ZERO NOVEL

악역 남편님,
집착할 분은 저쪽인데요

II

메나닉 장편소설

동아

악역 남편님,
집착할 분은 저쪽인데요 II

초판 1쇄 인쇄일 | 2021년 12월 02일
초판 1쇄 발행일 | 2021년 12월 10일

지은이 | 메나닉
펴낸이 | 박성면
펴낸곳 | (주)동아

출판등록 | 제406-3960100251002007000071호
주소 | 경기도 파주시 문발로 115, 세종대학교출판부 206호
전화 | (031)8071-5201
팩스 | (031)8071-5204
E-mail | bear6370@hanmail.net

정가 | 12,800원

ISBN 979-11-6302-550-4 (04810)
      979-11-6302-548-1 (set)

ZERO NOVEL

악역 남편님,
집착할 분은 저쪽인데요

II

메나닉 장편소설

동아

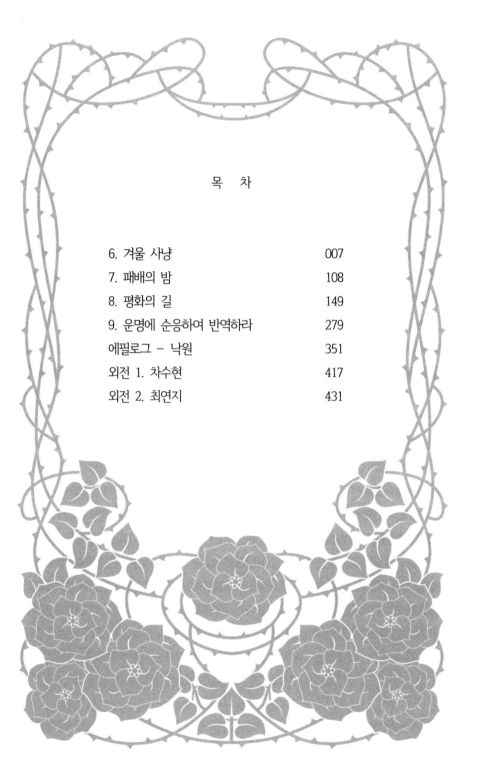

목　차

6. 겨울 사냥

넷은 눈에 너무 띈다는 데에 넷 전부가 동의했다. 우리는 두 팀으로 찢어지기로 했다. 나와 에덴이 먼저 북쪽으로 떠난다. 일주일 후, 시스엔과 실비아가 남쪽으로 떠난다.

출발은 서두를수록 좋았다. 나와 에덴은 재빨리 짐을 챙겼다. 해 질 녘을 기다려 어두울 때 관문을 넘기로 했다. 에덴이 훔쳐 온 통행증이 있었지만, 그래도 걱정이었다. 경비병들이 내 얼굴을 알아보면 어쩌나 싶었다. 시스엔이 내 짐을 살뜰히 챙겨 주었다. 평소보다도 유난했다. 그녀가 내게 가방을 내밀며 웃었다.

"꼭 신전령에서 만날 수 있겠지요."

나는 희미하게 웃고 고개를 끄덕였다. 하지만, 작전이 성공하면 사실상 영영 이별일 가능성이 컸다. 시스엔도 그걸 알고 있을 것이다. '안젤리카'의 충성스러운 시녀가 팔을 벌렸다. 나는 아주 친한 자매를 대하듯 그녀를 포옹했다. 결국 끝까지 '나는 안젤리카가 아냐.'라고 고백하지 못했다.

나를 어렵사리 놓는 시스엔에게서 떨어지자 실비아가 다가왔다. 그녀는 그 어느 때보다 생기 있었다. 눈에 어찌나 총기가 가득했던지, 내가 모르는 새 그녀의 눈동자에 별이 수십 개 떨어져 담긴 것 같았다.

"반드시 잘 하실 겁니다. 사냥터를 기억하시지요?"

"기억하네."

"그때처럼 잘 해내실 수 있을 겁니다."

실비아는 쉰 목소리로 속삭였다. 사냥터……. 그날 그게 온전히 내 능력은 아니었는데. 그날 내 뒤에는 라니에로가 있었다. 내게 약을 먹이고, 내가 위기에 처했을 때 나타나 나를 구해 준 권력자가. 이번에는 아니다.

그러나 실비아는 내가 잘 할 거라고 나보다도 더 굳게 믿는 것 같았다. 그건 믿음이 아니라 염원의 영역일지도 모른다. 하지제의 사냥터는 실비아에게도 흉터를 남겼다. 처음에 슬픔이었던 것은, 어미와 오라비를 향한 원망이 희석되자 라니에로를 향한 분노가 되었다. 타인의 놀잇감이 되는 게 즐거운 경험은 아니니까.

이게 잘 되면, 너는 사냥터의 주박에서 풀려날 수 있을까?

나는 의식적으로 실비아에게서 시선을 돌렸다. 남 걱정을 할 때가 아니었다. 에덴이 기다리고 있었다.

"갑시다."

나는 고개를 끄덕였다. 긴장이 목구멍을 막고 혀 위를 내리눌러, 그와 나는 한마디 대화도 하지 않고 말 위에 올랐다. 도시노 백작령에 안전히 도착한 이후로 미행이 흩어졌다는 건 에덴이 확인해 주어서, 그 부분은 안심하고 있었다.

우리는 별장 뒷문으로 나서, 인적 드문 길을 지나 관문으로 향했다. 나는 말고삐를 초조하게 만지작거렸다. 앞장서 걷느라 내게 뒷모습만 보이고 있는 에덴은 언제나처럼 침착했다. 하지만 나는 관문이 가까워질수록 괜한 걱정이 늘어, 누가 따라오지는 않는지 자꾸 주변을 두리번거렸다. 터벅터벅거리는 말발굽 소리가 지나치게 크게 들려, 누가 나와 보지는 않을지 걱정스러웠다. 얼른 해가 졌으면 하는 바람뿐이었다. 다행히 계절이 겨울이었다. 시뻘건 빛을 받던 것들이 순식간에 파르스름해졌다.

북쪽 관문을 통과하려면 도시노 백작저 옆을 지나가야 했다. 에덴이 이쪽을 흘긋 돌아보며 걸음을 재촉했다. 나도 마찬가지로 서둘렀다. 불빛이 깜박이는 백작저 코앞을 지나갈 때는 심장이 입 밖으로 튀어나올 것 같았다.

다행히 아무도 나와 보지 않았다. 나는 계속 백작저 창을 주의 깊게 보았는데, 대부분 커튼이 쳐 있었고 사람 그림자가 보이는 창문도 없었다. 하지만 백작저를 저 뒤로 등질 때까지는 안심할 수 없어, 말을 빨리 걷게 했다.

저쪽으로 관문이 보였다. 관문을 지키는 경비병은 넷이었다. 관문 양옆으로 좀 떨어진 곳에 초소가 있었는데, 그 안에도 불빛이 깜박거렸다.

"토할 것 같아요."

긴 침묵을 깨고 내가 마침내 중얼거렸다. 에덴은 용케 내 말을 들었는지, 내게 대답해 주었다.

"문 넘고 토하세요."

라니에로와는 다른 방향으로 재수 없는 인물이다. 하지만 나만큼은 아니더라도 에덴 또한 긴장한 듯했다. 목소리가 평소보다 메말라 있었다.

하긴, 관문에 나와 있는 경비병이 넷, 초소에 있을 경비병들이 각각 둘씩. 내가 아무리 활을 열심히 연습했다고 해도, 에덴이 아무리 뛰어난 성기사라고 해도 여덟을 동시에 당해 내기는 무리다. 싸움이 벌어지면 한 놈이 당장 백작저로 달려가 고발할 가능성도 간과해선 안 된다.

여기는 최대한 조용히 지나가야 한다. 그리고 그건 에덴의 역량에 달려 있었다. 초상화 등으로 얼굴이 알려진 나 대신, 악틸러스 국경을 넘어갈 때까지는 에덴에게 사람 대하는 일을 일임하기로 했기 때문이다.

"정지!"

우리가 관문으로 다가서자 경비병 하나가 이렇게 외쳤다. 에덴이 숨을 깊게 들이쉬는 소리가 들렸다.

"통행증 제시하고 소속 밝혀!"

경비병은 일부러 더 고압적인 목소리로 말했다. 에덴은 의도적으로 쉰 목소리를 내며 통행증을 내밀었다. 도시노 백작 부인의 금고에서 훔친 것으로, 직인까지 제대로 찍어 두었다. 이름에는 에덴과 내가 쓸 가명이 적혀 있었다. 경비병이 통행증을 확인했다.

"이 지역 사람이 아니구먼?"

"……."

"대답 안 해?"

"남쪽에서 와서 북쪽으로 떠나는 거요."

"왜?"

질문이 계속 이어졌다. 내 손에 식은땀이 맺히기 시작했다. 에덴은 미리 준비한 대사를 침착하게 늘어놓았다.

"접경지대에서 노모가 홀로 지내고 계시오. 최근 아랫지역에 운 좋게 집을 얻어 이제부터는 한집에서 모친을 봉양하려고 하오."

"뒤의 저 사람은?"

아, 제발 좀 보내 줘. 제발.

에덴이 나를 돌아보고 미소 지었다. 딱딱한 웃음이었다.

"내 아내요."

"직업은?"

"장사를 하오."

최대한 간결하게, 흠잡을 곳 없이 대답하려는 에덴의 노력이 돋보였다. 그런데 경비병이 느닷없이 들고 있던 창으로 흙바닥을 내리찍었다.

"웃기고 있네!"

그 말을 듣는 순간, 손끝이 확 식었다. 조금 전과는 비교도 되지 않는 한기가 몸속으로 스며드는 기분이었다. 나는 이를 악물었다. 커다란 보따리

속에 활을 넣어 두었다. 만약 상황이 잘못 돌아가면, 이걸 꺼내야…….

경비병이 큰소리를 쳤다.

"나를 바보 취급 하나? 세상 어느 장사꾼 얼굴이 이렇게 하얗고 곱상해? 세상 어느 장사치가 네놈 같은 말씨를 쓰나? 먹물깨나 먹은 놈이구먼!"

옆에서 다른 경비병이 거들었다.

"너희 범죄자지? 어? 이 새끼들 수상해."

그들은 당장이라도 우리를 구류할 기세였다. 머리가 하얘지는 순간이었다. 나는 최대한 이성을 붙잡으려고 노력했다. 정말 호랑이 굴에 물려 가도 정신만 차리면 되는 건지……. 그때, 갑자기 깨달음이 확 폭발했다.

경비병들은 당장 달려들어 우리를 체포하는 게 아니라, 을러대기만 했다. 초소에 있는 다른 경비병들을 부를 생각도 안 했다. 우리를 통과시킬 생각이 아예 없는 게 아니다.

"잠깐……."

나는 가까스로 목소리를 쥐어짰다.

"잠깐, 다니엘……. 여보."

여보라는 말이 정말 어색했지만, 그렇게 부르자 에덴이 돌아봤다. 나는 혹시라도 경비병들이 내 목소리를 알아들을까 봐 너무 불안했다. 하지만 녹음기도 없는 세상에서 상식적으로 그럴 리는 없다고 스스로를 안심시켰다. 얼굴도, 이렇게 어두워진 와중이라면 횃불을 들이댄다 해도 제멋대로 그림자가 져서 알아보기 어려울 것이다.

"이런 밤까지 우리 악틸러스를 위해 고생하시는 분들이니, 얼마나 대단하세요."

나는 용기를 내 앞으로 향했다. 그들이 낄낄거리며 서로를 돌아봤다.

"마누라가 좀 뭘 아는구먼."

그제야 에덴도 상황이 어떻게 돌아가는지 깨달은 모양이었다.

"아."

조심스레 살펴본 그의 얼굴에 순간 경멸이 스쳐 지나갔지만, 걱정할 정도 까지는 아니었다. 그는 수단 방법 가리지 않고, 이런 일에 자존심이나 정의를 세우지 않으니까. 자존심과 정의감이 투철하지 못하다는 부분은 나와 잘 맞는 파트너였다.

우리는 몸을 뒤졌다. 돈이 될 만한 것이 없는지 눈에 불을 켜고 찾았다. 혹여 신분이 특정될까 봐 귀금속은 대부분 두고 왔는데, 금팔찌가 있었다. 나는 얼른 그것을 끌러 경비병에게 내밀었다.

"봉사에 감사드립니다."

고개를 깊숙이 조아리는 것도 잊지 않았다.

"흐음."

경비병은 내게서 금팔찌를 받아 들고 횃불에 비추어 보았다. 나는 메마른 입술을 축이며 속으로 욕을 했다.

'개새끼야, 그거 진짜 금 맞으니까 빨리 보내 줘. 내가 황후인데 그게 가짜겠어?'

내 속이 타든 말든, 경비병은 여유로웠다. 그들 넷이 내 팔찌를 돌려 보며 관찰했다. 나는 그들에게 보이지도 않는 억지 미소를 얼굴에 띠었다.

"깨물어 보시지요. 순금입니다."

그 말에 경비병 하나가 어금니로 팔찌를 꽉 깨물었다. 당연히 잇자국이 선명하게 남았을 것이다. 그가 동료들을 향해 고개를 끄덕였다.

혹시라도 그들이 더 요구할까 봐 심장이 쿵쾅거렸다. 그러면 정말 싸워야할지도 모른다. 에덴도 마찬가지 생각인지, 그는 가죽으로 둘둘 감싼 검에 손을 얹고 있었다. 다행히, 경비병들은 우리에게 더 뜯어낼 게 없다고 생각했나 보다. 경비병들의 태도가 갑작스레 친절해졌다.

"어이구, 선생님들. 밤에 이동하느라 고생 많으시겠수다."

그들 중 하나가 도시노 백작 부인의 직인이 찍힌 통행증 위에 압인을 꾹 찍고는, 이름이 적힌 쪽을 떼어 갔다.

"수고하쇼."

그들은 싱글벙글 웃으며 관문을 열어 주었다. 나는 당장 박차를 세게 걸어차 말을 달리게 하고 싶었다. 그러나 그러면 의심을 살 것 같아 최대한 그러고 싶은 욕망을 억눌렀다.

횃불이 타오르며 내는 아주 작은 소리와 에덴과 내가 탄 말들이 내는 말발굽 소리 외에는 아무것도 들리지 않았다. 시간이 아주 느리게 가는 기분이었다. 관문을 통과하는 것 자체는 5분도 걸리지 않았지만, 정말이지 지독한 영원 같았다.

마침내 우리가 관문을 통과하고, 요란하게 삐걱거리는 소리와 함께 우리 등 뒤에서 문이 닫혔을 때, 나는 말 위에서 울음을 터뜨렸다. 내 울음소리를 들은 에덴은 당황했다.

"이봐요."

하지만 위로받고 싶은 기분이 아니었다. 슬퍼서 우는 게 아니었다. 그냥 모든 게 복잡했다. 거품기로 머릿속을 휘휘 저은 기분이었다. 나는 앙칼지게 쏘아붙였다.

"돌아보지 마세요. 그냥 계속 가요."

에덴은 내 말을 들어줘야 하는지, 무시하고 멈추어 나를 달래야 하는지 고민스러워 보였다. 그의 말이 멈칫거렸다.

"가라고요!"

하지만 내가 뒤에서 울음기 섞인 목소리로 외치자, '알았어요.' 하고 대답하곤 말을 달리기 시작했다. 나도 따라서 말을 달렸다. 무섭도록 차가운 바람이 할퀴듯 내 얼굴을 때리다가 후드까지 훌렁 넘겨 버렸다. 귀 끝이 떨어져 나갈 것만 같았다. 하지만 나는 그만 멈추자거나, 천천히 가자고 말하지 않고 계속 달렸다.

하늘 저 꼭대기에서부터 별이 내려앉기 시작했다. 갑자기 고함을 지르고 싶은 기분이 들었다.

"아아아아아!"

배 속에서부터 끌어모은 소리를 힘껏 내질렀다. 에덴이 놀라 뒤를 돌아보았다. 그는 주변을 살펴보았지만, 민가는 보이지 않았다. 아무리 소음을 내도 뭐라고 할 사람이 없었다. 나는 다시 한번 소리 질렀다.

"아아아!"

내 고함은 바람을 타고 순식간에 멀리 사라졌다. 소리를 반사할 곳이 없어, 돌아오지도 않고 그저 증발해 버렸다. 몸속에서는 열이 끓어오르는데 피부는 차가워 감각이 없어졌다. 나는 계속 속에 억눌러 쌓고 있던 것을 게워 내듯 소리를 질러 댔다. 말은 내 고함에도 놀라지 않고 기분 좋은 속도로 달렸다.

한참 후 목이 쉬어 버렸다. 나는 웃음을 터뜨렸다. 어쩐지 굉장히 후련했다. 간소한 짐만 가지고 악틸러스를 떠나, 꽁꽁 얼어붙은 벌판 위를 달린다는 것이. 이제 앞에 무엇이 있을지 모르는데도 걱정스럽기는커녕 마음이 가뿐했다.

"이랴!"

나는 에덴을 앞질러 달렸다.

"이봐요!"

에덴이 당황해 덩달아 속도를 붙였다. 다시금 내 눈에 눈물이 고였다. 그러나 아까와 같은 혼란 때문은 아니었다. 고함으로 비워 낸 자리에 형용할 수 없는 해방감이 차오르기 시작했다.

살아남는 것에 급급했다. 순간순간 모면하는 것에 매달렸다. 언제나 눈치를 보았고 위기를 넘기는 데에만 혈안이었다. 하지만 지금은 소리를 질러도, 마음대로 달려도 상관없었다.

처음으로 자유로웠다. 이전 세계에서도, 이번 세계에서도 나는 계속 상황에 떠밀려 오기만 했다. 하지만 지금은 모든 걸 다 버리는 데서 오는 개운함이 있었다. 콧속으로 밀려들어 오는 공기는 얼음 같았지만 상쾌했다.

나는 말을 멈추고 하늘을 올려다보았다. 기가 막히게 맑았고, 달이 없어 별이 쏟아질 것처럼 많았다.

"기분이 좋아요."

홀린 듯 중얼거렸다. 내 옆에 말을 세운 에덴이 똑같이 하늘을 올려다보았다.

"그렇다니 다행이네요."

* * *

시스엔과 실비아는 밤새 잠을 이루지 못했다. 혹시 에덴과 안젤리카가 멀리 가지 못하고 잡혀 오면 어쩌나 걱정스러워서였다. 실비아는 입술을 짓씹으며 계속 밖을 내다보았고, 시스엔은 무릎을 꿇고 두 손을 모은 채 어떤 신에게 올리는지 모를 기도를 반복했다. 지독히도 긴 밤이었다.

동이 터 오고 나서야 두 여자의 입에서 안도의 한숨이 흘러나왔다. 해가 뜨자 수레를 끈 배달부가 왔다. 시스엔이 나가서 달걀과 우유, 빵, 말린 고기를 받았다. 백작저로부터 온 배달부는 안젤리카가 잘 지내고 있는지 확인하라는 지령이라도 받았는지, 자꾸 목을 길게 빼며 별장 안을 들여다보려고 했다. 시스엔은 배달부의 눈에 마구간의 빈 공간이 보이지 않도록 신경 써서 그의 시야를 가렸다.

"황후께서는 잘 지내십니까? 얼굴 한번 뵙고 싶습니다만."

시스엔은 부러 쌀쌀맞게 대꾸했다.

"황후께서 아무에게나 얼굴을 보여 주시는 분인 줄 아나? 주제 파악하고 행동하시게."

배달부는 불쾌한 낯이었지만, 시스엔의 말에 반박은 못 하고 투덜거리며 수레를 끌고 사라졌다. 배달부를 보낸 시스엔은 바구니를 안고 집 안으로 들어와 현관문을 닫은 즉시 다리가 풀려 자리에 주저앉았다. 실비아가 시스엔을 일으켜 주었다.

"뭐라고 하던가요?"

"황후 폐하께서 잘 있는지 확인하고 싶다더군."

"잘됐네요. 황후 폐하와 성기사가 어제 관문을 넘은 건 모르나 봐요."

시스엔도 그 말에 동의했다. 에덴과 안젤리카의 출발로부터 일주일 간격을 두기로 한 것은, 그들에게 알리바이를 만들어 주기 위해서였다. 시스엔과 실비아가 별장에서 지내며 얼굴을 비치면 자연스레 안젤리카도 별장에 머무는 것으로 여겨질 테다. 그런 다음 그들이 떠나면, 안젤리카와 에덴이 정확히 언제 백작령을 벗어났는지 불분명해져 수색엔 혼선이 이어질 것이다.

떠나기 전, 안젤리카는 실비아와 시스엔에게 최선을 다해 도망치라고 거듭 강조했다. 되도록 흔적을 남기지 말고, 신경 써서 잠적하라고 누누이 강조했다. 두 여자는 안젤리카 앞에서는 꼭 그러겠다고 약속했지만, 속으로는 딴생각을 품고 있었다. 실비아가 시스엔의 손에서 바구니를 가져가며 물었다.

"우리가 어떡해야 하는지는 알고 계시죠?"

시스엔은 고개를 끄덕였다.

"미끼가 되어야지."

둘 다 잡히지 않는 것은 현실적으로 불가능할 것이다. 한 조는 잡히고 만다. 그러면 시스엔과 실비아가 잡혀야 한다. 안젤리카는 무사히 멀어져야 했다. 시스엔의 충성심을 위해서도, 실비아의 복수를 위해서도.

두 사람은 이미 떠난 황후를 극진히 모시는 체했다. 도시노 백작 부인이 방문하고 싶다는 이야기를 전해 왔을 때는, 안젤리카가 떠나기 전에 미리 써 놓은 편지를 심부름꾼 손에 들려 주었다.

[유감스럽지만 몸이 정말 좋지 않네. 꼴사나운 모습을 보이기 미안하니 나중에

만나세. 일주일 후는 어떤가?]

　도시노 백작 부인은 안젤리카의 편지를 독해할 정도의 정치적 머리는 있었다. 꼴사나운 모습을 보이기 싫다는 말에 '폐하께서 어떤 모습이셔도 좋습니다.' 따위의 답장을 보냈다가는 밉보이기 십상이다. 안젤리카가 아예 안 만나겠다고 한 것도 아니고, 일주일 후에는 만나겠다고 하니…….도시노 백작 부인은 하는 수 없이 폐하의 뜻대로 따르겠다는 답장을 보냈다.

　돌아온 답은 짧았다.

[이해해 주어서 고맙네.]

　그렇게 편지가 오가고 사흘 후, 실비아와 시스엔도 도망칠 채비를 마쳤다. 그들에게도 에덴이 훔쳐 온 여분의 통행증이 있었지만, 그것이 사용되는 일은 없었다. 실비아와 시스엔은 관문을 통과하지 않고 영지민들이 몰래 사용하는 개구멍을 통해 나갔다. 그 개구멍의 존재는 시스엔에게서 금화 한 닢을 받은 아낙이 알려 주었다.

　두 사람의 짐에는 황후의 패물이 잔뜩이었다. 얼굴 노출이 필요한 일은 시스엔이 도맡았다. 안젤리카와 시스엔은 언제나 꼭 붙어 다니는 단짝이나 다름없었으니, 시스엔과 함께 다니는 여자는 쉽게 안젤리카로 착각당할 가능성이 컸다. 그들은 한술 더 떠, 돈이 필요할 때마다 야금야금 안젤리카의 패물을 값으로 지불하고 다녔다. 수색대는 이제 그들을 쫓아올 것이다.

* * *

　기분이 하늘을 찌르는 내게 에덴은 아직 다 끝난 게 아니라며 주의를 주었다. 하지만 그냥 하는 말이었다. 관문을 통과하고 이틀쯤 지나자 그도 한 시름 놓았다.

"이제부터는 체력 관리를 하는 게 좋겠습니다."

나도 동의했다. 겨울에 이동하는 건 에너지를 너무 많이 쓰는 일이다. 악틸러스로부터 충분히 멀어지기 전에는 되도록 사람과 접촉하지도 않기로 했으니, 일찍부터 힘을 빼면 나중에 정말 큰 문제가 될 것이다.

나와 에덴은 내년 농사에 쓸 퇴비를 만들기 위해 마른풀 더미를 쌓아 놓은 공터를 발견했다. 우리는 걸음을 멈추고 말을 먹이기로 했다. 두어 시간 쉬기로 결심해 말의 짐도 내려 주었다. 에덴과 나는 말없이 챙겨 온 보존식을 씹었다.

여정은 순조로웠다. 내게는 실전 생존 지식이 없었지만, 에덴에게는 있었다. 튜니아의 성기사들은 낮의 태양과 밤의 별로 방향을 읽는 법을 배운다고 했다. 튜니아 신전령이 허허벌판 위에 있다 보니, 이정표 삼을 구조물이 별로 없어 멀리서 임무를 마치고 돌아오는 성기사들은 하늘 위에 뜬 것들로 위치를 파악할 일이 많았기 때문이다. 에덴은 열흘 내로 튜니아 신전령에 진입하리라는 결론을 내렸다. 신전령에 들어서서 신전까지는 하루 이틀이면 충분했다.

"에덴, 그런데 당신 추방은 괜찮을까요?"

나는 불쑥 물었다. 이제 에덴은 '까까머리'라고 부를 정도는 아니었다. 하지만 그 정도의 시간으로도 충분한지 나는 감을 잡을 수 없었다. 에덴은 육포를 질겅질겅 씹으며 어깨를 으쓱했다.

"이제 계절도 바뀌었으니, 뭐."

"당신 되게 과격하더라고요. 처음에 무릎 꿇었을 때부터 알아봤어야 했나 봐요."

"과격했습니까?"

"안 그런가요? 토벌전에서도 그렇고……. 마수의 각인 대상이 되겠다는 건 보통 담력으론 못 하는 일이잖아요."

"옛 성소에 빨리 들어가 보고 싶었으니까요."

"악틸러스에 온다고 해서 어떻게 하려나 싶었더니 추방을 당하질 않나……."

나는 에덴이 무슨 말을 해서 추방당했는지를 되짚어 보다가, 대답 없는 그에게 조금 가까이 다가섰다.

"세라피나는 무슨 생각일까요?"

에덴은 씹는 행위를 멈추고 내 얼굴을 물끄러미 바라보았다. 잠시 후 그가 입을 열었다.

"세라피나가 무슨 생각일지 궁금해하지 말아요."

"왜요?"

"이입하는 순간 이용하기 괴로워지니까."

"……."

"황제랑 있었던 일도 되도록 생각하지 마요."

"떠올리는 순간 괴로워질 테니까요?"

"네."

에덴은 육포를 싸서 다시 짐 한구석에 밀어 넣었다.

"그에게 좋은 감정이 조금이라도 있었다면 괴로워지겠죠. 당신이 살기 위해 무슨 선택을 하느냐와는 별개로."

"하지만, 저는 후회하진 않을 거예요."

"후회하지 않아도 괴로울 수는 있잖아요."

나는 입을 꾹 다물었다. 에덴의 말이 틀린 소리는 아니었다. 조금 어색한 공기가 감돌았다.

그때, 전신의 솜털이 일어서는 듯한 느낌이 들었다.

'무기를 확인해.'

동시에 갑자기 이런 생각이 들었다.

'누군가 온다.'

나는 재빨리 짐을 풀어 내 활이 잘 있는지 확인했다. 에덴은 내 뜬금없는 행동이 의아한지 나를 물끄러미 바라보았다. 화살촉을 점검하고 활 몸이 틀어진 데 없는지 더듬으며, 나는 에덴에게 물었다.

"에덴, 칼 확인해 봐요."

"갑자기 왜 그래요?"

"얼른요."

이해할 수 없다는 표정이었지만, 에덴은 고분고분 내 말에 따랐다. 굳이 무기 점검을 피할 이유도 없었으니까. 그가 검집을 꽁꽁 묶은 가죽띠를 풀었을 때였다. 갑자기 에덴의 눈빛이 예리해졌다.

"가만히 있어 봐요."

그가 내게 말했다. 나는 하던 일을 뚝 멈추고 숨을 죽였다. 잠시 후, 에덴이 중얼거렸다.

"어떻게 알았죠?"

"뭘요?"

그때, 내 의문에 답이라도 하듯 남자 세 명이 동시에 튀어나왔다. 나는 거의 반사적으로 활에 화살을 걸었다.

"으랴아아압!"

남자인 에덴보다는 덩치도 작은 여자인 내가 더 만만해 보였는지, 그들이 내게 한꺼번에 뛰어들었다. 에덴이 이쪽으로 달려왔다.

순간 아무런 생각도 들지 않았다. 매일 궁에서 궁술을 연습하기는 했다. 하지만 가만히 서 있는 나무를 과녁 삼아 겨냥하는 연습을 한 것이 전부였다. 도끼를 들고 내게 달려오는 남자들을 상대로는 무엇을 해야 할지 배운 적 없었다.

도끼. 그건 사냥터의 헨리 자크슈를 떠올리게도 했다. 눈을 깜박일 때마다 전투 도끼를 든 놈이, 여기에는 있지도 않은 나무 사이로 걸어오는 환상이 보였다. 나는 얼떨결에 시위를 놓았다. 화살이 바람을 갈랐다.

푹!

"아악!"

운 좋게도 내 화살이 그들 중 하나의 왼쪽 눈에 꽂혔다. 정말 요행이라고 밖에 말할 수 없었다. 내 화살에 맞은 남자는 거품을 물며 몸을 뒤로 젖혔다. 놈의 일행도 덩달아 잠시 동작에 틈이 생겼다.

지금이다! 나는 화살을 드는 대신 그들에게 활을 휘둘렀다.

퍼억!

무기를 쥔 팔을 노렸다. 내 힘이 약해서 그런지, 놈이 무기를 놓치지는 않았다. 하지만 손목이 아팠는지 무기를 쥔 손이 느슨해졌다.

"에덴!"

번쩍, 에덴의 검이 섬광을 흩뿌렸다. 에덴은 내가 만들어 준 기회를 놓치지 않았다. 그는 자연스럽게 세 놈의 움직임을 자기에게로 가져갔다.

네 사람이 얽히고설켜 싸우기 시작했다. 나는 허겁지겁 화살통으로 다가갔다. 손이 떨렸다. 하지만 가만히 있을 수만은 없었다. 재빨리 그들을 향해 화살을 겨누었다. 싸우느라 부상을 입은 놈들의 움직임이 둔해졌다. 그렇다고 내 화살이 반드시 명중한다는 뜻은 아니다.

나는 입술을 깨물고 활시위를 놓았다. 이 화살이 에덴에게 적중하지 않기만을 바라면서.

빠르게 날아간 화살은, 안타깝게도 누군가를 맞히지는 못했다. 하지만 놈들 중 하나의 관자놀이를 스쳤다. 굉장히 섬뜩한 경험이었을 테다. 그자는 반사적으로 이쪽을 돌아보았다. 에덴에게는 큰 기회였다.

몇 분쯤 후, 그와 나는 세 명의 도적들이 쓰러진 땅 위에서 숨을 몰아쉬고 있었다. 놈들의 도끼에 당해 오른팔에서 피를 흘리는 에덴이 얼굴을 찌푸리고 물었다.

"악틸러스 말은 주인이 당하고 있으면 같이 달려와 싸운다면서요?"

나는 겁에 질려 저만치 도망갔다가 슬금슬금 이쪽으로 다시 달려오고 있는 나와 에덴의 말을 곁눈질하며 답했다.

"그건 군마 얘기죠. 누가 저를 사나운 군마에 태우는 미친 짓을 하겠어요?"

다행히 에덴의 상처는 깊지 않았다. 팔의 보호대가 제 역할을 훌륭히 해 주었다. 도적 떼를 만날 줄 상상도 못 했다니…… . 스스로의 멍청한 순진함에 어이가 없을 지경이었다. 임시방편으로 깨끗한 천을 상처 위에 꽉 묶어 주고, 에덴의 옷을 갈아입혔다. 죽을 만큼 물이 아까웠지만, 건초 일부를 떼와 불을 피워 물을 끓이고 상처를 씻어 주기도 했다.

대충 에덴의 상처를 처리하고 나서는 숨이 끊어진 도적들의 주머니를 뒤졌다. 혹시 상처를 소독하고 몸을 데울 술이라도 있을까 싶어서였다. 내가 시체의 몸을 뒤지는 것을 빤히 바라보던 에덴이 불쑥 질문을 던졌다.

"좀 전에는 어떻게 안 겁니까?"

"그냥 감이요."

"허."

"거기 있다 보니 직감이 날카로워졌나 봐요. 하, 여기 있다. 술병."

나는 술일 거라고 확신했다. 이런 계절에 밖에서 죽치면서 노략질할 대상을 물색하는 도적들이라면, 물보다는 술을 마실 게 분명했다. 흔들어 보니 찰랑대는 소리가 가벼웠다. 양이 좀 아쉽다. 나는 그것을 전부 에덴의 상처에 쏟아부었다.

"으…… ."

보통 표정 변화가 크지 않은 에덴의 얼굴이 사정없이 일그러지는 것은 묘하게 통쾌하기도 했다. 에덴은 옷소매를 내리며 말했다.

"앞으론 좀 더 주의할 필요가 있겠군요."

나는 도적의 눈에서 화살을 뽑았다. 화살을 버리고 가는 건 너무 아까웠기 때문이다.

"또 누군가 우리를 약탈하려 들기 전에 빨리 신전령에 들어서야겠어요."

나는 시체를 내려다보았다. 이 사람들도 내 악몽에 나오게 될까? 거기까지 생각한 나는 눈을 깜박였다.

"……꿈."

에덴이 별다른 대꾸 없이 눈썹만 치켜올렸다. 나는 멍하니 중얼거렸다.

"그러고 보니 요새 악몽을 안 꾸네."

* * *

첫아들을 낳은 후로 오랫동안 아이가 없던 네르마 공작 부부. 이제 30대에 들어선 공작 부인의 임신은 그야말로 경사였다. 늦게 아이를 가진 네르마 공작 부인은 이토록 중요한 임신 초기, 절대 안정하며 태교에만 집중할 수 있음을 기쁘게 여겼다. 황후가 도시노 백작령을 요양지로 선택한 것은 정말이지 행운이었다.

시녀장을 독립시키며 네르마 공작가와 멀어져 독자적인 세력을 형성하려나 싶었는데, 도시노 백작령으로 갔다는 건 이쪽과의 결속을 좀 더 공고히 하겠다는 뜻이었다. 네르마 공작 부인은 한시름 놓았다. 최근 남편도 황제와 제법 화기애애하게 말을 섞었다고 하니, 정말 좋은 일들뿐이었다.

아직 홀쭉한 배를 쓰다듬으며 여유를 만끽하고 있던 때였다. 사용인 하나가 빠른 걸음으로 걸어왔다. 심각한 표정이었다.

"도시노 백작 부인께서 방문하셨습니다."

네르마 공작 부인은 미간을 찡그렸다.

"뭐? 아쿠벨라, 이 여자는 정신이 있는 거야, 없는 거야?"

황후를 보필하는 데 온 힘을 다해도 모자란 이 중요한 시기에 갑자기 수도 방문이라니? 네르마 공작 부인은 이런 절호의 기회도 못 받아먹는 도시노 백작 부인이 한심해, 뭐라 잔소리를 해 줄 생각으로 그녀를 집으로 들였다.

그런데, 도시노 백작 부인의 상태가 말이 아니었다. 얼굴이 하얗게 질려 입술을 몹시 떨고 있었다. 충혈된 눈이 휘둥그레 커져 있었다. 네르마 공작 부인은 심상찮은 일이 벌어지고 있다는 것을 깨달았다. 그녀는 배를 보호하듯 양손을 아랫배에 얹은 채 물었다.

"무슨…… 일이십니까?"

도시노 백작 부인이 오열하며 말했다.

"속았어요. 완전히 이용당했습니다. 그년이 증발했어요. 내 별장을 빌려 달라더니, 사라졌다고요! 이제 어떡하면 좋아요?"

네르마 공작 부인은 순간 뒤통수를 얻어맞은 기분이었다. 처음에는 도시노 백작 부인이 무슨 말을 하는지도 이해가 잘 되지 않았다.

"아쿠벨라, 지금 뭐라는 거예요? 그년이 증발했다니? 알아듣게 이야기를 해요!"

도시노 백작 부인은 분을 이기지 못하다가, 스스로를 원망하다가, 억장이 무너진 듯 가슴을 치며 횡설수설 설명했다. 네르마 공작 부인의 얼굴이 창백해졌다. 아무도 예상치 못한 일이었다. 황후가 도망치다니. 아무리 생각해도 황후가 도망칠 이유가 무엇인지 떠오르지 않았다.

"왜……?"

얼이 빠져 중얼거리는 네르마 공작 부인에게 도시노 백작 부인이 빽 소리를 질렀다.

"왜가 중요하겠어요? 중요한 건 사라졌다는 사실이지!"

네르마 공작 부인은 배를 꽉 끌어안으며 정신을 차렸다. 정말로 황후가 사라졌다면 큰일이었다. 황제가 황후를 얼마나 소중히 여기는가. 네르마 공작 부인이 보기에, 그는 아무리 생각해도 사랑에 푹 빠져 있었다. 만일 황제가 원정에서 돌아와 황후가 없다는 걸 알면, 노발대발하며 관련인들을 숙청할 것이 뻔했다.

일차적으로는 황후의 도주를 막지 못한 도시노 백작 부인. 그 다음으로는, 황제의 성격상…….

'도시노 백작가와 친분이 있는 가문 모두를 쓸어버릴 거야.'

그럼 네르마 공작가도 예외가 아니었다.

안 돼!

네르마 공작 부인은 소리 없는 비명을 질렀다. 도시노 백작 부인이 흐느껴 울었다.

"어떡하면 좋아요? 이제 어떡하면 좋아. 이제 다 틀렸어요. 죽을 운명이라고요. 나도 도망가야 하는지도 몰라."

넋을 놓은 그녀에게 네르마 공작 부인이 호통을 쳤다.

"정신 차려요!"

공작 부부의 타오르는 야망으로 네르마 공작가는 그 어느 때보다 명예롭고 부유한 자리에 있었다. 곧 태어날 아이가 유복하게 자라기에 손색없는 위치였다.

'오, 안 돼. 내 아기.'

다른 건 몰라도, 힘들게 얻은 둘째 아기가 비참한 삶을 살게 할 수는 없었다. 네르마 공작 부인의 눈에 불꽃이 튀었다. 그녀는 순식간에 냉정을 찾았다.

"황제 폐하께서 지금 자리를 비우셨으니 얼마나 다행이에요? 폐하께서 원정을 끝내시기 전에 우리끼리 찾아서 해결합시다."

별장이 비어 있는 것을 보고 계속 패닉에 빠져 있었던 도시노 백작 부인은 눈물만 줄줄 흘렸다. 네르마 공작 부인은 그런 그녀의 뺨을 가차 없이 올려붙였다. 한 대, 두 대. 그리고 마지막으로 한 대 더. 맥락 없는 따귀에 도시노 백작 부인이 눈물을 그쳤다.

"오늘 아침 우유 배달부가 발견했다고 했지요?"

뺨이 얼얼한 채로, 도시노 백작 부인은 고개를 끄덕였다.

"그렇지만…… 오늘 떠난 건 아닌 것 같아요. 며칠 된 게 분명해요. 오,

세상에. 그 미친 시녀장이, 만약 자기가 안 나와 보면 그냥 문 앞에 두고 가라고 했대요. 대문 앞에 둔 바구니의 내용물은 비렁뱅이들이 훔쳐 먹었고요."

네르마 공작 부인은 도시노 백작 부인의 멍청함에 화가 머리끝까지 났다. 그녀라면 무슨 핑계를 대서라도 황후를 구슬려 옆에 있었을 것이다. 황후가 싫은 기색이라고 해도, 모르는 척 거부하기 힘든 이유를 만들어 냈을 것이다.

'이 한심한 여자!'

도시노 백작 부인이 왜 집에서 그런 푸대접을 받는지 알 만하다는 생각이 들었다. 하지만 배 속 아이를 위해서라도 너무 화를 내면 안 됐다. 네르마 공작 부인은 크게 숨을 들이쉬었다가, 최대한 친절한 어조로 말했다.

"혹시 위조 통행증을 썼을지도 모르니, 보관된 통행증부터 확인해 봅시다. 그리고 영지 밖으로 나가는 다른 길도 전부 확인해요. 가난한 영지민들이 쓰는 불법적인 길 말입니다!"

* * *

지난 튜니아 신전령 원조를 떠날 때에 비하면 느린 속도였지만, 악틸러스 군대는 착실히 전진 중이었다. 그때에 비해 고단한 길일 것은 모두가 예상했으니, 별문제도 아니었다.

솜비니아의 땅을 우리 것으로 만들겠다는 열망이 그들 안에서 들끓었다. 정복을 가장 학수고대하던 것은 라니에로였지만, 그는 일부러 천천히 나아갔다. 군사들을 갑갑하게 만들기 위해서였다. 억지로 인내시킬수록 그들은 더욱 포악해져, 전투가 벌어지면 날씨의 핸디캡을 껴안은 솜비니아의 군대 쯤은 쉽게 집어삼킬 것이다.

하늘이 흐려지기 시작했지만, 아무도 크게 신경 쓰지 않았다. 라니에로를 비롯한 악틸러스 사람들은 올해 날씨도 지난 10년간과 비슷하리라고 생각했다. 어느 정도는 타당한 추측이었다. 그 정도면 해당 지역의 기후 경향성은 어느 정도 파악했다고 보아도 좋으리라.

하지만 올해는 운 나쁘게도 폭설이 내릴 예정이었다. 그것을 아는 사람은 극소수에 불과했고, 안타깝게도 그들 중 누구도 악틸러스 군대에 소속되어 있지 않았다.

라니에로는 하얀 하늘을 올려다보았다. 어제는 꿈을 꾸었다. 꿈이란 것이 으레 그렇듯, 깨어났을 때는 꿈의 내용 대부분을 잊어버린 채였다. 하지만 태어나서 한 번도 꿈이란 걸 꿔 보지 않은 라니에로에게는, 자신이 꿈을 꾸었다는 것 자체가 생경하고 이상하게 다가왔다. 그래서 꿈의 끝자락을 붙잡아 보려고 부단히 노력했다.

꿈에는 안젤리카가 나왔다. 안젤리카가 무엇을 했는지는 기억에서 사라졌다. 웃고 있지는 않았던 것 같다. 그는 꿈속의 안젤리카가 무슨 말을 했는지 떠올려 보려고 애썼다. 그래 봐야 현실의 그녀가 아닌, 관념 속의 존재일 뿐인데. 평소 라니에로는 그런 걸 무의미한 것으로 치는 사람이었다. 안간힘을 쓰는 라니에로의 머릿속에서 작은 악마가 속삭였다.

'잊어버려라.'

그것은 라니에로의 머리를 쥐고 사악한 바람을 불어넣었다.

'네 역할을 다해라.'

하늘을 올려다보던 라니에로는 먼 곳으로 시선을 던졌다. 솜비니아 왕국이 있는 쪽 말이다.

'재미있는 것을 보여 줘.'

머릿속의 목소리가 이야기하는 재미있는 것이란, 물론 피비린내와 비명이 가득한 전쟁터였다. 라니에로는 환하게 웃었다.

"가자."

머릿속에서 어린아이의 웃음소리 같은 것이 들렸지만, 라니에로는 의식하지 못했다. 그것은 신이 나 있었다. 그 하찮은 계집아이와 떨어져 있는 시간이 길어질수록 라니에로가 말을 잘 듣기 시작해서였다.

* * *

"하늘이 흐리네요."

에덴이 말했다.

단순히 사실을 묘사하는 것 같지만, 그렇지 않다. 그의 목소리에 걱정이 배어 있었다. 튜니아 신전령에 도착하려면 아직 거리가 좀 남았다. 그 전에 폭설이 쏟아질까 봐 두려운 것이다. 그는 입을 굳게 다물고 하늘만 보았다. 지금보다 더 서둘러야 할지, 좀 쉬어야 할지 갈피를 잡지 못하는 게 분명했다. 나는 그의 곁에 다가가서 말했다.

"큰 눈은 아닐 것 같은데요."

하늘을 올려다보던 에덴의 검은 눈이 나를 향했다. 본디 성격대로라면 '그런 안일한 판단을 내릴 때는 근거가 있어야겠죠?' 따위의 말로 나를 무안하게 했을 텐데, 그는 고개를 끄덕이기만 했다.

"당신 말이 맞을 것 같아요."

최근 나의 직감이 어마어마하게 날카로워졌기 때문이다. 얼마 전 도적들을 만난 것을 기점으로, 이상하게 내 예상이 잘 들어맞았다. 내 안에 잠들어 있던 야생성이 새삼스럽게 깨어났나 싶을 정도였다.

아무 때나 그런 것은 아니다. 뭔가 내 안에서 다른 사람이 꿈틀대는 듯한 느낌을 받고, 그 존재의 말을 내 입을 빌려 밖으로 꺼내 놓았다는 생각이 들 때면 항상 내 말이 적중했다. 굉장히 이상한 기분이었지만, 지금처럼 한 치 앞을 모를 때는 고마운 능력이었다.

'서쪽으로 한 시간만 걸어.'

"서쪽으로 한 시간 걸어요."

"왜요?"

"몰라요."

내 당당한 태도에 에덴은 미간을 찌푸렸지만, 그는 결국 내 의견을 따랐다. 왜 서쪽으로 한 시간 걸어야 하는지는, 30분쯤 후에 알게 되었다.

저쪽 멀리 작은 마을이 보였는데, 거기 진입하기 전에 여름에 누군가 농막으로 썼음 직한 작은 집이 있었다. 지금은 겨울이니, 몰래 하루 들어가 쓴다고 해도 주인이 찾아오지는 않을 것 같았다. 나와 에덴은 울타리에 말을 매어 놓고 문을 잠근 걸쇠를 부수었다. 나는 속으로 사죄했다.

'죄송합니다, 집주인분.'

"큰 눈만 아니라면 눈 오는 건 좋은 일이죠. 물도 얻을 수 있잖아요."

나는 조잘거리며 집 안을 둘러보았다. 세간은 굉장히 간소했다. 하지만 운 좋게도 한쪽에서 화로를 발견할 수 있었다.

"땔감을 얻을 수 없으려나."

혼잣말을 했더니 에덴이 즉시 밖으로 나갔다. 그는 얼마 후 잘 마른 가시덤불을 잔뜩 베어 가지고 왔다. 머리와 어깨 위에 소금 같은 눈이 조금 얹힌 채였다.

잠시 뒤 고군분투 끝에 화로에 불을 피울 수 있었다. 몸이 따뜻해지자 피부가 따끔따끔 간지러웠다. 나는 얼굴을 문질렀다. 간만에 실내에 들어오는 기분이었다. 지붕과 벽이 있다는 건 차원이 다른 안도감을 선사했다.

"좋다……."

황후로서 누리던 것에 비하면 열악하기 그지없는 환경이었지만, 마음이 편안했다.

"연기 괜찮아요?"

에덴이 물었다.

"뭐, 안 괜찮다고 하면 연기 안 올라오게 할 수 있어요?"

"아뇨."

"그런데 왜 물어봐요."

"말 좀 붙이려고요."

에덴은 도무지 '쓸데없는 수다'라는 개념을 모르는 사람이다. 그렇기에 할 말이 있다면, 그건 꼭 필요한 이야기일 테다. 나는 무릎을 세워 앉아 턱을 괴었다.

"해 보세요, 한번."

"당신 이름이 뭐예요?"

'안젤리카요.' 따위의 대답을 바라는 것이 아닐 테다. 내가 그를 처음 만났을 때 다른 이름이 있느냐고 다그쳐 물었던 것처럼, 그도 내게 같은 답을 요구하는 것이다. 저쪽 세계에서의 이름.

나는 입을 열었다. 그런데 말문이 막혔다. 원래 내 이름이 뭐였는지 잘 기억나지 않았던 것이다. 이름은 기억나는데, 성씨가.

"연지…… 연지요."

한참 기억을 되짚은 후에야 떠올랐다.

"최연지요."

에덴은 내 얼굴을 빤히 들여다보았다. 그도 나와 비슷한 생각을 하고 있을 것이다. 내가 묻자마자 자기 이름을 똑바로 말했던 에덴, 그리고 원래 이름을 떠올리려면 좀 애를 써야 하는 나. 나는 얼굴을 붉히며 변명했다.

"그 이름 쓸 일 없었잖아요. 반년 정도……."

아무리 그래도 이름을 잊어버리냐는 타박은 돌아오지 않았다. 무척 에덴…… 아니, 차수현다운 냉정하고 재수 없는 분석이 이어졌을 뿐이다.

"저쪽 세계에서의 정체성을 유지하려고 애쓰지 않네요. 여기가 맘에 들었나."

"전에도 말했잖아요. 저쪽 세계에서의 앞날이 별로 밝지 않았다고."

"여기에서의 앞날이라고 밝은 것도 아닐 텐데."

"그래서 당신하고 이렇게 개고생 중인 거잖아요? 돌아가려고."

"뭐, 그렇죠. 그때 저보고 뭐라고 했던 거 기억나죠?"

좀 사는 집 아들 아니냐고 빈정거렸을 때 이야기인가 보다. 그 말을 한 건 후회하지 않지만, 에덴이 마음속에 담아 두었다는 게 어쩐지 부끄러웠다. 나는 얼굴을 붉히며 기어들어 가는 소리로 말했다.

"기억나죠……."

"좀 사는 집 아들 맞아요."

"와. 자기 입으로 그럴 정도면 진짜 잘사나 보다. 제가 보기엔 까마득하게 잘사는 집 애들도 다 자긴 서민이랬거든요. 그래서, 하고 싶은 말이 자랑이에요?"

에덴은 화로에 마른 덤불을 더 던져 넣으며 고개를 저었다.

"아뇨, 그게 아니라 만약에……."

만약에?

"저쪽으로 돌아가면, 제가 최연지 씨가 뭘 하시든 좀 도와준다고 해도 영 의욕이 안 나요?"

"어……."

"이것도 재수 없는 소리인가요?"

재수 없긴 재수 없다. 하지만 그것보다 어리둥절한 게 더 컸다. 갑자기 왜 그런 말을? 나는 에덴을 몹시 수상하게 바라보았다. 이 사람, 되게 메마르고 계산적이라 나한테 호감이 있어 보이진 않는데. 실제로 지금도 에덴은 굉장히 사무적인 얼굴이었다.

"그런 약속을 드리면 돌아가려는 마음에 확신이 생길까 해서 말입니다."

"아……."

"지금은 마지못해서, 그것밖에 선택지가 없으니 어쩔 수 없어서. 뭐 이런 느낌이 강하거든."

오늘도 정말 날카롭고 재수 없구나. 나는 입을 다물었고, 에덴이 계속 말했다.

"당신 시녀, 실비아가 그러는데 당신은 황제를 사랑하는 게 아닐 거라고 하던데요. 그의 환심을 사는 게 가장 안전하니까, 스스로를 보호할 방책으로 황제를 고른 것뿐이라면서."

"실비아가 그렇게 생각했어요?"

"옆에 있는 시스엔도 부정 안 했고."

나는 타닥타닥 타는 불을 멍하니 바라보았다. 여태 그런 생각은 안 해 봤는데, 듣고 보니 그 말이 맞는지도 모른다. 나는 오로지 살기 위해서만 움직였다. 여기 처음 왔을 때 라니에로의 기분을 거스르지 않으려고 최선을 다한 것도 살아남기 위해서. 사냥터, 사교회 따위의 싫은 일을 한 것도 마찬가지고. 라니에로의 호감을 사서 좀 살 만해진 이후로는 그를 구슬려 하기 싫은 일들은 전부 피했다.

'황후로 살고 싶다는 생각을 잠깐 했던 건, 그런 삶이 편안하고 안온해서였나?'

정말 그럴지도 모르겠네.

"그가 죽어도 괜찮겠습니까?"

에덴이 물었다. '실비아가 그러는데 당신 사랑이 가짜래요.'라는 말 뒤에 저 말이 이어지니 그가 걱정하는 바를 알 것 같았다. 내 의지가 확고해져야 라니에로에게 모질게 굴 수 있지 않나, 그 딴에는 그렇게 생각한 것 같다.

나는 가만히 생각해 보았다. 그런 나를 에덴은 조용히 기다려 주었다. 한참 후, 내 입에서 나온 말은 '어쩔 수 없잖아요.'가 아니었다.

"내 자기 보호 본능이 스스로를 속인 건지, 어쩐 건지는 몰라도 그가 죽는 게 제게 상쾌한 일은 아닐 것 같아요."

그게 솔직한 심정이었다. 하지만 동시에, 라니에로와 멀어져 스스로를 객관적으로 돌아보니…….

"그렇다고 평생을 슬퍼하고 괴로워하지도 않을 것 같네요."

그를 향한 내 감정은, 이렇게도 얄팍했다는 걸 깨달았다. 악틸러스를 벗어나던 순간, 모든 걸 훌훌 털어 버린 듯한 후련함은 영영 잊을 수 없을 것이다. 나를 속박하던 악몽도 그때부터 사라졌고 말이다.

* * *

에덴은 우리가 신전령에 도달하기까지 정말 얼마 안 남았다고 했다. 도시노 백작령을 떠나고 17일이 지난 후였다. 맑은 하늘에서 갑자기 눈이 내리기 시작했다. 다음 순간 무서울 정도로 두꺼운 구름이 갑갑하게 창공을 덮어 버렸다.

"이번에 내리는 눈은 '그것'일 거예요."

내가 말하자 에덴이 고개를 끄덕였다. 그와 나는 말을 재촉했다. 나는 말을 달리며 생각했다. 정말 알맞게 도착했다고. 그때, 나란히 말을 달리던 에덴이 고함을 쳤다.

"황제가 곧 회군하겠죠?"

'아냐.'

내 직감이 다시 속삭였다.

'그칠 거라고 생각할 거야.'

나는 말발굽 소리를 뚫고 그를 향해 크게 외쳤다.

"아뇨!"

어쩐지 귀가 먹먹했다.

"정말 걷잡을 수 없는 상황이 돼야 회군할 거예요! 지금은 눈이 그칠 거라고 생각하겠죠!"

"그건 황제를 잘 알아서 하는 말입니까?"

에덴이 소리치는 게 먼 곳에서 들리는 것처럼 아득했다. 나는 대꾸했다.

"아뇨, '직감'이요!"

에덴은 납득하더니 앞만 보고 달렸다. 오랜 여행으로 지친 말은 아무리 박차를 가해도 제대로 속도를 내지 못했다. 하지만 상관없었다. 눈이 너무 많이 쌓이기 전에 일단 작은 마을에라도 들어서면 된다.

눈이 펑펑 내렸다. 나를 이 세상에서 아예 숨겨 버리고 싶은 양 하얗게. 머리와 어깨 위로 순식간에 작고 포근한 얼음덩어리가 쌓였다. 눈송이 몇 개는 내 몸에 닿아 녹았는데, 그 다음부터 같은 자리에 내리는 것들은 전우의 시체를 밟고 서로의 손을 잡아 나를 내리눌렀다. 손에 감각이 없었다.

에덴과 내가 튜니아 신전령 근처의 작은 마을에 도착했을 때는 이미 해가 넘어가고 있었다. 이곳에는 손님이 오는 일이 드물다. 말발굽 소리가 들리자 사람들이 무슨 일인가 싶었는지 고개를 빼고 내다보았다. 터벅터벅 걷다가 이내 마을 한복판에 멈춰 선 말이 하얀 입김을 내뱉었다.

촌장으로 추정되는 중년의 여자가 에덴과 내게로 다가왔다. 그녀는 에덴을 알아보았다. 당연한 일일지도 모른다. 튜니아 신전령은 너무 영세해서, 일손이 필요할 때 성기사들을 차출하기도 했을 테니까.

"에덴?"

에덴이 고개를 끄덕였다. 촌장의 얼굴이 이제는 나를 향했다. 나는 추위에 완전히 빨개진 얼굴로 그녀를 내려다보았다.

"이 사람은 누구지?"

에덴은 짧게 대꾸했다.

"동행인입니다."

그는 말에서 내렸다. 나도 얼른 똑같이 했다. 그가 언제나 그렇듯 침착하고 계산적인 말을 내뱉었다.

"말 두 필을 드릴 테니 따뜻한 식사와 방한복, 눈신으로 바꿔 주시겠습니까?"

나는 옷자락을 꽉 움켜쥐었다. 결코 그들도 손해 보는 장사가 아닐 것이다. 에덴이 촌장과 협상하는 동안, 나는 튜니아 신전이 있는 곳을 바라보았다. 아직은 잘 보이지 않았지만, 저기에 분명 있었다.

'세라피나……'

입 안이 탔다. 꼬박 하루 동안 물을 마시지 못해서일지도 모른다.

나와 에덴은 촌장의 집에서 식사를 대접받았다. 소박하다 못해 거칠었지만, 나와 에덴은 게걸스럽게 먹어 치웠다. 그와 나의 여정은 비교적 순탄했으나, 그렇다고 우리가 배곯지 않았다는 뜻은 아니다.

우리는 식사를 대접받고, 따뜻한 옷과 신발을 얻어 입은 채 다시 이동하기 시작했다. 촌장은 내가 악틸러스의 황후인 줄은 꿈에도 모르고 배웅했다. 지난번 잠깐 스쳐 지나간 것으로는 날 알아보지 못하는 모양이었다.

이제부터 눈은 무지막지한 속도로 쌓이기 시작할 테다. 늑장을 부릴 시간은 조금도 없었다. 우리는 서둘렀다. 하지만 지친 건 우리가 타고 온 말만이 아니었다. 우리도 마찬가지였다. 자칫하단 너무 체력이 없어 낙마할 것 같아 말을 주고 음식을 얻어먹은 것이었지만, 배가 차니 졸렸다. 하지만 여기서 잠드는 건 죽는 일이나 다름없었다. 납덩이 같은 발을 억지로 떼서 옮기는데, 갑자기 에덴이 내 팔을 움켜쥐었다.

나는 그를 바라보았다. 코가 새빨갛게 언 그가 내 손을 잡았다. 그리고 끌어당겼다. 묘한 동질감이 나를 사로잡았다. 에덴의 성격을 거북하게 여기고 나서부터는 한 번도 느껴 본 적 없는 감각이었다. 나는 에덴과 손을 잡고 눈보라를 헤쳤다.

눈은 순식간에 발등을 덮고 종아리까지 차올랐다. 눈신을 신지 않았다면 신발 안이 온통 눈으로 엉망이 되었으리라. 해는 이미 지평선 너머로 사라진 지 오래였다. 저 멀리 신전에서 흘러나오는 불빛이 보였다. 그게 우리가 볼 수 있는 유일한 빛이었다.

눈앞이 흐려 왔다. 젠장, 거의 다 왔는데. 아니, 거의 다 왔다기에는 아직도 할 일이 산더미지만…….

나는 휘청거렸다. 에덴이 꽉 붙잡고 있어 넘어지지는 않았다.

"다 왔어요. 다 왔어요……."

나도 알아.

그때, 나는 무조건 신전에 무사히 도착하리라는 확신이 들었다. 저들은 나를 극진히 대접할 수밖에 없으리라는 확신도. 여기까지 오면서 나를 많이 도와주었던 '직감'과 같은 녀석이라는 건 확실했는데, 뭔가…… 차원이 달랐다. 나는 잇새로 짐승 울음소리 같은 것을 내며 걸음을 옮겼다.

먼 곳의 빛은 보지 않았다. 그건 에덴이 보고 있을 것이다. 지금 내 손을 잡아끌고 있는 에덴이. 길은 그가 찾을 테니 나는 한 걸음 한 걸음 내딛기만 하면 된다. 나는 온 마음을 내 발끝에 집중했다. 오른발을 내딛은 다음엔 왼발. 그 다음에는 오른발. 시간도 일부러 생각하지 않았다. 눈도 거의 감다시피 했다.

그렇게 얼마나 지났을까. 에덴이 멈춰 섰다. 눈은 이제 내 무릎까지 쌓여 있었다. 나는 머리를 들었다. 신전으로 올라가는 계단 위에 낯익은 얼굴의 대주교가 서 있었다. 그는 혼란스러운 표정으로 나와 에덴을 번갈아 보았다. 혼란을 넘어 두려움까지 엿보였다.

에덴이 계단을 올랐다. 나도 따라 올라갔다.

"돌아왔습니다, 대주교 성하."

에덴이 가라앉은 목소리로 말했다.

"오……. 오, 에덴. 무슨 짓이냐. 옆에 계시는 분은……."

"악틸러스의 황후입니다. 지난 마수 토벌 때 뵈었지요."

내가 재빨리 말했다. 대주교는 대체 이게 무슨 일인지 감도 안 잡힌다는 얼굴이었다. 나는 얼어 버린 얼굴에 미소를 띠려고 무진 애를 썼다.

"악틸러스에서 도망쳐 왔어요."

"오, 신이시여."

"자비를 받드는 이들이여, 부디 제게 지낼 곳과 먹을 것을 베풀어 주세요."

대주교는 눈을 질끈 감았다.

"튜니아 신이시여."

거기까지 들은 나는 풀썩 쓰러졌다.

* * *

내가 눈을 뜬 것은 다음 날이었다.

나는 묘한 장소에 있었다. 지난 마수 토벌 때 라니에로와 함께 썼던 것보다 훨씬 좋은 방이었다. 침구는 희고 푹신했고, 벽난로 근처에 그을음도 없었다. 볕이 잘 드는 방에는 책이 정갈하게 꽂힌 책장도 있었다. 바닥에서 한기가 올라오지 않도록 두툼한 카펫도 깔려 있었다. 원조를 와 준 타국의 황제보다 좋은 방을 쓰다니, 이 방 주인은 분명 신전에서 가장 소중히 여겨지는 사람일 것이다. 거기까지 생각하면 내가 누구의 방에 있는지는 자명했다.

'세라피나.'

나는 침대에서 튕겨 오르듯 일어났다. 그리고 이미 본 것들을 다시금 들여다보았다. 사치스럽지는 않지만 모든 물건이 제자리에서 정성을 다하고 있었다. 단순히 누가 관리해 준다고 이렇게 되는 것이 아니다. 방을 사용하는 사람이 물건들을 아끼고, 사용할 때마다 감사하는 것이다. 나는 침대에서 조심스레 일어나 카펫 위에 섰다.

'장식품 같은 건 없네.'

한쪽에 옷가지들이 걸려 있었다. 몇 벌 안 되는 옷은 전부 순백의 면으로 만든 튜닉이었다. 나는 튜닉과 그 옆에 걸려 있는 머리쓰개를 만져 보다가 책장으로 눈을 돌렸다. 종교 서적들이었다. 아마 내가 옛 성소에서 본 것들과 같은 물건들일 것이다. 장담은 못 하겠지만.

책장은 총 네 칸으로 되어 있었는데, 세 칸에는 책들이 가득 차 있었고, 나머지 한 칸에는 펜과 잉크를 비롯한 필기구들이 있었다. 세라피나에게 그림을 그리는 취미라도 있는 건지, 잉크는 색색이었다. 책을 제외하면 그게 이 방에서 볼 수 있는 유일한 사치품이었다. 나는 손때 묻은 펜과 잉크병을 보다가, 무심코 가장 두툼한 책을 집어 들었다. 아무 페이지나 펼쳤다. 그 페이지 맨 위에는 이런 구절이 적혀 있었다.

[그리하여 너희는 이 땅에 자비를 펼치라. 너희 뜻을 아는 이 없어도 마땅히 그리하라. 어떤 자비는 미움을 끌어당기는 인력이 되나 그 증오에도 자비를 베풀어 용서하라.]

'이런 걸 내 고향 세계 말로 부처라고 하지.'
나는 실없는 생각을 하며 책을 덮었다. 경전은 영 내 취향이 아닌 것 같아, 다른 책을 살펴보려고 하는 그 순간이었다.
달칵.
문이 열렸다. 나는 황급히 책장에서 손을 뗐다.
"미, 미안해요. 무심코…… 아무도 없어서……."
허둥지둥 되는대로 소리를 뱉던 나는 말을 갈무리하지 못하고 입을 헤벌렸다.
윤기 나는 검은 머리칼을 길게 풀어 내린 여인이 나를 보고 있었다. 키가 늘씬하게 컸다. 나보다 반 뼘은 클 것 같았다. 푸른 기마저 느껴질 정도로 새카만 머리카락은 백옥 같은 얼굴과 대비를 이루었다. 입술은 작지만 도톰했고, 턱은 갸름했다. 그 무엇 하나 흠잡을 데 없는 맵시였지만, 개중 가장 아름다운 건 그녀의 눈이었다. 까맣고 긴 속눈썹이 촘촘히 둘러 난 그녀의 눈은 완벽한 아몬드 모양이었다. 초연한 분위기의 새벽하늘 같은 눈동자는 그야말로 시선을 빨아들이듯 잡아끌었다.
묘사하면 할수록 어쩐지 실물과 멀어진다는 생각이 들어, 내 표현력에 자괴감마저 들었다. 내가 여태껏 보았던 그 어떤 것보다 비현실적으로 아름다운 생물이 나를 보고 생긋 웃었다. 누구라도 마음을 빼앗길 만한 미소였다.

"괜찮아요."

나는 그렇게 튜니아의 성녀, 라니에로의 운명인 세라피나를 만났다. 밖에서는 눈이 펑펑 내리고 있었다.

* * *

잔혹한 신, 악틸라의 기사들마저 말 머리를 돌려야 했을 정도로 극심한 눈보라가 휘몰아치는 날이었다. 마른하늘에서 갑자기 내린 눈이 무서운 속도로 쌓이고 저들끼리 뭉쳐 얼었다. 목적한 길로는 도저히 더 나아갈 수 없었다.

모두 지휘관의 결단을 기다렸다. 금빛 고수머리를 나부끼며, 젊고 아름다운 청년은 오랫동안 막힌 길을 노려보았다.

"회군한다."

운명적인 결정이었다.

* * *

"쓰러졌던 건 기억나나요?"

세라피나가 낮은 테이블에 가져온 쟁반을 놓으며 말했다. 나는 잠시 멍하니 그녀의 얼굴을 보고 있다 정신을 차렸다.

"아, 네……."

"17일이나 겨울 황야를 걸어오셨다면서요. 요 앞 마을에 도착하기 전까지는 옷도 제대로 갖춰 입지 않고."

그렇게 말하니 굉장히 고단한 길을 걸어온 것처럼 들렸다. 나는 얼굴을 붉혔다.

"운이 좋아서 아주 어렵진 않았어요."

엄살을 부리는 대신 겸양을 떨었는데, 이건 내 평소 신조와 좀 어긋났다. 눈앞의 성녀가 내게 끼치는 영향일지도 모른다. 세라피나는 뺨 위로 긴 속눈썹의 그늘을 드리우며 말했다.

"훈련된 기사들도 그런 무모한 짓은 잘 하지 않는답니다."

훈련된 기사인 에덴이 제안한 길인데요.

"함께 온 기사도 탈진한 상태라, 지금 쉬고 있어요."

"아……."

나는 어색하게 양손을 앞으로 모으고 그녀를 바라보았다. 나를 보지 않고 이야기하던 그녀가 허리를 폈다. 말간 얼굴로 내게 우호적인 표정을 지어 보인다.

"자, 앉아요. 식사를 가져왔답니다."

나는 쭈뼛쭈뼛 그녀의 눈치를 보며 테이블까지 걸어갔다. 감자와 빵을 넣어 만든 수프 두 그릇이 모락모락 김을 피워 올리고 있었다. 자리에 앉아 세라피나를 올려다보니, 그녀도 그제야 자리에 앉았다.

"저는 세라피나예요."

그녀가 무척 담백한 어조로 자기소개를 했다. 왠지 모르게 아직도 긴장감에 휩싸여 있던 나도 허둥지둥 말했다.

"저는……."

뭐라고 소개하지? 3주 전이었다면 안젤리카 언로 악틸러스라고 소개했을 텐데. 나는 고개를 떨어뜨렸다.

"안젤리카예요."

"안젤리카."

이미 그녀가 누구인지는 알고 있지만, 나는 괜히 물었다.

"튜니아의 성녀이시죠?"

밝은 파란색 눈이 한순간 흐려진 것 같았다. 세라피나는 고아하게 웃으며 나무 숟가락을 들었다.

"그렇게 알려져 있지요."

그녀가 감자 수프를 먹기 시작했다. 그 몸짓은 정갈했다. 각자의 버릇이 가장 잘 드러나고, 긴장이 풀어지는 식탁에서조차 그녀의 움직임 하나하나에 군더더기가 보이지 않았다.

나는 감탄했다. 저토록 신체를 잘 통제하고도 여유가 남는 사람은, 으레 어떤 방향으로든 스스로를 연출하기 시작한다. 상대에게 뭔가 보여 주고 싶은 분위기를 풍기는 것이다. 나 또한 마찬가지다. 이 몸의 원래 주인은 공주님이니까. 그리고 나 같은 사람은 상대가 자신을 연출하고 있는지, 아닌지 알아보기 마련이다.

그런데 세라피나는 그저 자연스럽게 행동하고 있었다. 나조차 알아보지 못할 고도의 연출력이든, 정말 자연스러운 것이든 존경할 만하다. 그녀에게서는 스스로를 꾸미지 않는 사람만이 보이는 소박한 우아함이 넘쳐흘렀다.

순간 나는 내가 바짝 긴장하는 이유가 뭔지 깨달았다. 세라피나는 상냥하지만 압도적이다. 세라피나는 식사하는 동안 한 번도 목소리를 내지 않았다. 그게 신전에서의 예절이어서일 것이다. 나도 입을 다물고 식사를 했다. 정말 눈물 나도록 맛있는 감자 수프였다. 그녀와 나, 누구도 식기 부딪치는 소리를 내지 않았기 때문에 식사 시간은 아주 고요했다.

식사가 끝나자 세라피나가 빈 그릇과 수저를 나무 쟁반 위로 올려 한쪽에 치워 놓았다. 나는 머뭇거리다 물었다.

"여긴, 당신 방이지요?"

"맞아요. 기도실과 연결된 방이랍니다."

"기도실?"

"네, 기도실이요. 분에 넘치게도 저 혼자 쓰고 있는 곳이에요."

"주로…… 어떤 기도를 하세요?"

세라피나의 속눈썹이 살짝 흔들렸다. 하지만 다음 순간 그녀는 너무 아무렇지도 않아 보여서, 잘못 보았나 싶어졌다.

"미움이 생길 때 기도를 해요. 고요한 마음을 주시기를 간청하지요."

나는 그럴 때 튜니아 신이 고요한 마음을 내려 주는지 묻고 싶었다. 하지만 이제는 세라피나의 차례였다. 그녀가 내게 말했다.

"악틸러스의 황후 폐하. 도망쳐 오셨다고 들었어요."

나는 어색하게 고개를 끄덕였다.

"네……."

"어떤 연유로 도망쳐 오셨는지요."

깊은 한숨이 흘러나왔다. 그 이유를 세라피나에게 설명하고 라니에로를 죽이도록 하기 위해 여기 온 것이다. 내 일을 최우선하며 좀 이기적으로 살기로 결심했고 여태까지는 그 신조를 잘 지켜 오고 있었다. 그런데 그녀를 보고 있자니 입이 떨어지지 않았다. 나는 결국 눈을 내리깔며 살짝 대화에서 도망쳐 버렸다.

"에덴이 당신에게 아무 말도 안 해 주던가요?"

나는 스스로를 다독였다.

세라피나에게는 나보다 에덴의 말이 설득력 있을 테고, 나보다는 그가 침착하고 이성적인 태도를 유지하며 이야기를 효과적으로 전달할 테니. 게다가 원래 설명은 에덴이 담당하기로 했던 것 아닌가.

그런데 세라피나가 아무 말도 하지 않았다. 다시 눈꺼풀을 살짝 들어 그녀를 보는데 가슴이 쿵 내려앉았다. 내가 그녀의 가장 약한 부분을 건드렸다는 게 느껴졌다. 그녀의 입술이 파랗게 질려 있었다. 무방비하고 성스러운 짐승을 칼로 찌른 것 같아 죄책감이 엄습했다. 세라피나의 손끝이 떨렸다.

"이질감……."

그녀의 입에서 단어 하나만이 툭 튀어나왔다. 나는 숨죽이고 그녀의 입술이 다시 열리기를 기다렸다. 세라피나는 한참 말을 잇지 못했다. 그녀가 감당하기에는 버거운 이야기를 어떻게 진행시켜야 할지 모르는 사람 같았다. 어쩌면 인정하고 싶지 않은 것을 받아들이는 시간이 필요했을지도 모른다. 어쨌거나 그녀는 나를 보고 말하기 시작했다. 조금 경직된 얼굴이었다.

"오랫동안 나를 경멸해 오던 사람이 사실 나를 사랑했다고 말하고 추방당했어요."

내 얼굴이 뜨거워졌다. 나는 그만 이 자리에서 도망치고 싶어졌다. 에덴의 고백이 그저 추방당하기 위한 수단이었다는 것을, 세라피나가 알고 있었나 보다.

"당연히 거짓말이겠죠."

나는 아무 말도 하지 못했다.

"그리고 몇 달이 지나 당신과 함께 돌아왔어요. 우연일까……."

세라피나의 태도는 여전히 친절했다. 나는 그녀의 목소리에서 나를 향한 어떤 원망도 읽어 낼 수 없었다. 바보 같게도 나는 그것에 안도감을 느꼈다.

"아마 아닐 거예요. 당신을 만나기 위해 수단 방법을 가리지 않은 거겠지요. 아니, 더 나아가…… 당신을 여기로 데려오기 위해."

시린 파란 눈이 나를 직시했다. 은은한 향기가 코끝을 간질였다. 『나락 속에도 꽃은 핀다』의 모든 개연성이 여기에 있었다. 주인공을 앞에 둔 나는 그 모든 전개를 납득할 수 있었다. 때때로 이런 미모란 건……. 개인에게 어마어마한 재앙이 되기도 하는구나.

조금 슬퍼졌다. 나는 어설프게 웃었다.

"다 들켜 버렸네요."

잡아떼는 것은 소용없을 것 같았다. 무언가 세라피나의 마음속에 고여 단단히 자리 잡고 있었다.

"에덴이 날 사랑하지 않는다는 건 알고 있어요."

바로 이 슬픈 확신 말이다. 세라피나의 애달픈 사랑을 활자로 읽는 것과 당사자를 코앞에 두고 느끼는 것은 차원이 달랐다. 어마어마한 먹먹함이 나를 짓누르는 것 같았다. 나는 감히 어떤 위로도 입에 올릴 수 없었다. 그건 그녀의 기분을 나아지게 하기는커녕, 더 깊은 진창으로 밀어 넣을 게 뻔했다. 세라피나가 초연하게 웃었다.

"그러니 그를 만날 수 없었어요. 겁이 났거든요. 스스로가 미워지기도 하고, 아주 슬프기도 했어요."

한편, 나는 세라피나가 내 앞에서 이토록 솔직하다는 것에 놀랐다. 에덴을 사랑한다는 마음을 직접적으로 고백한 것은 아니지만, 조금만 눈치가 빠른 사람이라면 아무 사전 정보 없이도 유추해 낼 수 있을 정도로 그녀가 발산하는 슬픔이 강렬했다.

세라피나는 여태껏 자신의 마음을 꽁꽁 숨겨 왔다. 아무도 눈치채지 못하도록. 그런데 내 앞에서는 왜 보여 주는 것일까? 궁금해졌지만, 그런 것을 곧이곧대로 묻는 건 예의가 아니라는 걸 안다. 이럴 때 가감 없이 그런 것을 질문할 위인은 라니에로뿐일 거다.

갑자기 속이 메슥거리기 시작했다. 그때, 에덴의 말이 떠올랐다.

"세라피나가 무슨 생각일지 궁금해하지 말아요. 이입하는 순간 이용하기 괴로워지니까."

하지만 어떻게 궁금하지 않을 수 있나요. 마음이란 건 머리로 통제할 수 있는 게 아닌데. 그러나 나는 에덴의 조언을 반쯤 수용할 수는 있었다. 궁금한 걸 물어보지는 않았다는 뜻이다.

아무튼, '에덴한테 가서 물어보세요.' 따위의 태도로 일관하기는 어려워졌다. 세라피나에게 에덴을 독대하라고 차마 이야기할 수 없었다. 나는 에덴의 평가대로 쓸데없이 마음이 약한 모양이었다. 여기서 발버둥 치면서 꽤 모질어졌다고 생각했는데. 아니, 상대가 세라피나라서 마음이 약해졌는지도 모르지. 이런 분위기의 상냥한 사람을 상대로 그런 폭력을 휘두를 수 있었던 라니에로는 확실히 보통 인물이 아니구나.

나는 씁쓸하게 웃었다. 결국 내가 이야기하는 수밖에 없나 봐. 신중하게 첫 단어를 골랐다.

"혹시 최근에 튜니아 신께서 신탁을 내려 주신 일이 없나요?"

세라피나는 허리를 꼿꼿이 세우고 나를 바라보았다. 대답해 주는 대신, 내가 이야기를 다 끝낼 때까지 기다리겠다는 심산인가 보다. 이 이야기를 꺼내는 건 정말 어려웠다. 솔직히 말해서 염치없는 부탁이니까. 나는 라니에로 앞에서 바싹 엎드리면서는 어떤 굴욕감도 느끼지 않았는데, 세라피나 앞에서 이러고 있자니 무척이나 작아지는 느낌이었다. 핵심만 짧게 말하기로 했다.

"악틸러스 황제가 곧 이리로 올 거예요."

세라피나의 고운 눈썹이 살짝 일그러졌다.

"부탁이에요. 그를……."

갑자기 숨 쉬기 어려워졌다. 하얗고 반투명한 꽃잎이 하늘하늘 눈부시게 깔려 있던 꽃밭이 떠올랐다. 하필 이럴 때 쓸데없이.

"그를 죽여 주세요."

이 말을 내뱉은 즉시, 머릿속의 '확신'이 다시 찾아와 속삭였다.

'자비만이 전쟁의 숨통을 끊을 수 있어.'

나는 그것의 속삭임을 고스란히 따라 했다.

"튜니아의 성녀만 할 수 있는 일이에요."

아니, 내 해석을 조금 덧붙여서.

자비신의 성녀에게 살인 청부를 하는 형국이라, 기분이 정말 묘했다. 나는 수많은 밤과 나직한 속삭임, 나를 바라보던 붉은 눈을 기억에서 지우려고 애썼다.

"그게 다, 당신에게도 좋은 일일 거예요."

일견 허무맹랑하게 들리는 소리로 잠시 말을 맺어 둔 나는, 달아오르는 얼굴을 손등으로 식혔다. 이상한 소리를 들었는데 세라피나는 어떤 설명도 요구하지 않았다. 그저 여전히 곧은 자세로 앉아 나를 끈기 있게 들여다보다가 고개를 살짝 떨어뜨렸을 뿐이었다.

"그런가요?"

"네, 네……. 왜냐하면, 그가……."

목소리가 사정없이 떨렸다. 나는 눈을 질끈 감고 주먹을 꽉 쥐었다.

말할 수 없었다. 그가 당신을 범하고 망가뜨리려 들 텐데, 그게 당신의 운명이라는 이야기는. 사람이 사람에게 하기엔 너무 가혹한 소리였다.

나는 입을 다물고 눈을 떴다. 그러곤 세라피나의 예쁜 눈동자를 들여다보았다. 미소도 지어 보였다. 세라피나는 조금 곤란한 듯한 표정이었다. 그녀는 무척 숙고해서 단어를 골랐다.

"그러니까, 저를 위해서 말씀해 주시는 건가요……?"

"그건……."

세라피나의 질문에 순간 말문이 막혔다. 에덴이라면 여기서 막힘없이 '예, 당신을 위한 겁니다.'라고 당당히 말했을 텐데. 나는 괜히 머리카락을 꼬며 웅얼거렸다.

"당신만을 위한 건, 아니기는 해요."

세라피나는 입술 끄트머리를 움찔거리다 웃었다.

"당신을 위한 것이기도 하군요."

"에덴을…… 에덴을 위한 것이기도 해요."

나는 변명하듯 재빨리 에덴 이야기도 갖다 붙였다. 어쩌면 역효과였는지도 모른다. 미소 짓고 있던 세라피나의 눈이 살짝 흐려졌으니까.

"에덴을 위한 것이기도."

세라피나는 내 말을 따라 하고 굳게 입을 다물었다. 잠시 뒤 그녀가 물었다.

"당신은 그걸 어떻게 알고 있지요?"

"어……. 예언서가 있었어요."

"예언서……?"

"네. 그, 앞으로 일어날 일이 적힌 문서가……."

세라피나는 눈썹을 살짝 찡그렸다.

"어디에 있는 문서죠?"

나는 어떻게 말할까 고민하다가, 세라피나를 납득시킬 수 있는 설명을 하기로 마음먹었다.

"옛 성소의 대서고요. 그, 토벌 기간에, 당신이 자리를 비웠을 때 있잖아요. 거기에 있었어요."

"그런 문서가 있다는 건 못 들어 봤어요."

세라피나에게서 내가 그걸 왜 빼돌렸냐는 황당함과 질책의 감정은 엿보이지 않았다. 그저 순수한 궁금증과 약간의 놀람, 그리고 두려움만이 느껴졌다. 나는 어물대다 말했다.

"제 짐에 있는데……. 문제가 있어요. 그게, 제 눈에만 읽혀요."

세라피나가 자리에서 일어나 내 가방을 가져왔다. 나는 떨리는 손으로 짐을 풀어, 작은 책을 꺼내 세라피나에게 건네주었다.

나는 물었다.

"제목이 뭔지 보여요?"

세라피나는 고개를 저었다.

"그냥 빨간 꽃 그림만 보이네요. 예언서같이 생기지는 않는걸요."

그녀는 고운 손으로 페이지를 넘겨 보았다. 내게는 인쇄된 활자들이 빼곡해 보였다. 하지만 세라피나에게는 어떤 문장도 보이지 않는 듯, 그녀는 무작위로 아무 데나 펼쳐 보다가 이내 책을 덮었다.

"정말 백지네요."

"그렇죠……."

그녀에게는 백지로 보이는 책에 적힌 미래를 믿으라는 소리는 내가 생각해도 너무 사기같이 들렸다. 하지만 그게 사실인 걸 뭐 어떡해. 나는 내 말에 혹여라도 뒷받침이 될까 싶어, 세라피나가 피하고 싶어 하는 그 이름을 다시 한번 입에 올렸다.

"에덴도 이 예언을 알아요."

세라피나의 어깨가 움찔거렸다.

"에덴이요? 왜일까요?"

"왜냐면…… '예언'대로라면 그가 라니에로에게 죽거든요. 그래서 알게 됐어요."

그 말에 세라피나가 책을 떨어뜨렸다. 그녀는 눈에 띄게 동요하며 허둥거렸다.

"아, 세상에. 미안해요. 미안해요."

"아니에요, 아니……. 깨지는 물건도 아니잖아요."

나는 창백해진 세라피나를 진정시켰다. 허리를 굽혀 책을 주운 그녀는 떨리는 입술을 짓씹었다. 나는 사과했다.

"저야말로 죄송해요. 제가 너무 받아들이기 어려운 소리를……."

세라피나가 고개를 저었다. 결 좋은 생머리가 흔들렸다. 가슴이 답답했다. 결국 좀 협박 같은 이야기가 되어 버렸다. 네가 라니에로를 죽이지 않으면, 에덴이 죽어. 뭐 이런. 나는 그녀에게서 눈을 피하며 변명처럼 중얼거렸다.

"저는 영영 그냥, 도망 다녀도 상관없지만……. 에덴은 정면 돌파를 원했어요."

슬쩍 에덴에게 책임을 전가하며.

에덴, 비겁해서 미안해요. 하지만 수단 방법 가리지 않는 당신은 저의 귀여운 악행을 용서해 줄 거라고 믿어요. 솔직히 없는 말을 지어낸 것도 아니잖아요. 나는 처음엔 이 세계에서 살아갈 생각이었고……. 처음부터 원래 세계로 돌아갈 의욕으로 움직이던 건 당신이니까. 그러나 나는 곧 어쩔 수 없이 진실을 털어놓았다.

"미안해요. 에덴 탓만은 아니에요. 사실, 지금 피한다고 미래가 바뀌진 않는대요. 악틸라의 대자가 튜니아의 성녀에게……."

나는 가운데 내용은 다 잘라먹고 말했다.

"이번 만남 이후로 죽임을 당하는 건, 정해진 섭리로서……. 그럴 바에야 차라리, 좀 예측 가능하게 어느 정도 맞추어 가면서……. 그 과정에서 죽는 사람이 없도록……."

횡설수설하는 내게 세라피나가 물었다.

"당신도 죽나요? ……그, 예언대로라면요."

이 질문에는 나도 손끝이 차가워질 수밖에 없었다. 나는 힘겹게 미소 지었다.

"네, 그 '예언'대로라면, 제가 가장 먼저 죽어요."

세라피나는 몹시 슬픈 얼굴로 나를 바라보았다. 그녀가 손을 뻗어 내 뺨을 감쌌다. 쓰다듬는 손길은 보드랍고 미지근했다. 나는 그녀의 손에 기대고 눈을 감았다.

"저, 살고 싶어요."

세라피나가 내 이마에 자신의 이마를 기대 왔다.

"이해해요. 누구에게나 간절한 게 있는 법이잖아요."

나는 한참 입을 꾹 다물고 있다가 물었다. 잠긴 목소리가 흘러나왔다.

"그런데 제 말을 의심하지는 않으시나요……?"

여태 내가 한 건 의심스러운 소리뿐이었다. 좀 예의 없는 사람이라면 개소리 말라며 하하 웃어넘길 것 같은 헛소리. 하지만 세라피나는 진지하게 듣고 있었다.

나는 말을 뱉어 놓고 나서야 또 에덴의 말을 떠올렸다. 그녀가 무슨 생각을 하는지 궁금해하지 않았어야 했는데. 세라피나는 여전히 슬픈 눈으로 나를 바라보았다.

"미안해요."

그녀는 의미를 알 수 없는 말을 했다. 갑자기 왜 사과를 하지? 나한테 잘못한 것도 없는데. 몹시 궁금했지만, 차마 물을 수 없었다. 왠지 아는 것이 두려웠다.

* * *

며칠 후.

세라피나가 '성녀의 기도실' 밖으로 나왔다. 그녀는 앞으로 일어날 일을 전했다.

"악틸러스의 황제가 이끄는 군대가 곧 신전에 올 겁니다. 꽤 많은 수일 거예요."

청천벽력 같은 소리였다. 세라피나의 어조는 잔잔한 수면 같았지만, 신전의 구성원들은 모두 충격받은 얼굴로 그녀를 보았다. 누군가 물었다.

"시, 신께서 하신 말씀입니까?"

세라피나는 그의 말을 무시하고 엄숙하게 말을 이었다.

"신전령은 그들이 베푼 은혜를 입은 일이 있습니다. 이제 이쪽에서 베풀 때입니다."

아무도 그 말을 부정하고 나서지는 못했다. 그러나 거북한 표정도 감추지 못했다.

"무엇보다도, 우리는 자비신을 받드는 신도입니다. 그들에게 은혜 입은 일이 없다고 하더라도 이런 악천후 속에서 도움을 청하는 이들을 저버려서는 안 될 것입니다."

좌중이 침묵했다. 거기까지 말한 세라피나의 시선이 문득, 어느 한 곳에 머물렀다. 검은 머리칼의 성기사가 이쪽을 지그시 보고 있었다. 그 눈은 마주칠 때마다 세라피나를 무력함에 젖게 했다. 세라피나는 애써 그에게서 시선을 떼어 냈다.

악틸러스의 황후라는 그 작은 여자의 말에 따르면, 라니에로 악틸러스가 이리로 오는 것이 모든 재앙의 시작일 것이다. 그러나 그는 여기에 와야만 했다. 그를 축객하여 잠깐 도망치는 데에는 아무런 의미도 없었다. 그녀가 모시는 신의 목소리를 떠올리며 세라피나는 마지막 말을 남기고 자리를 떠났다.

"눈 속을 걸어온 이들의 몸을 녹일 술을 준비하세요."

아무도 그 말을 따르길 원치 않았다. 그러나 신의 전언, 성녀의 말이란 절대적이었다. 물론 세라피나는 그것이 '튜니아의 전언'이라는 말은 입에 담지 않았으나, 그녀가 아직 일어나지 않은 일을 기정사실로 이야기할 수 있는 것은, 그녀를 아껴 자주 속삭임을 불어넣는 튜니아 신 덕분이었다.

술과 음식을 준비하며, 사제들은 이번만큼은 세라피나의 말이 틀렸기를 간절히 바랐다. 튜니아 신께서 듣기에 꽤나 괘씸한 염원이었음이 틀림없었다. 긴장이 역력한 모습으로 창밖을 바라보던 성기사 하나가 낮은 신음을 흘렸다.

"온다."

그 말에 모두가 창 쪽으로 달라붙었다. 거의 가슴까지 쌓인 눈을 헤치고, 악틸러스 군대가 다가오고 있었다.

"맙소사, 너무 많아."

튜니아 신전령에 사는 사람 전부를 세워 놓아도, 라니에로가 지금 이끄는 군대보다는 수가 적을 것 같았다.

"저 사람들을 전부 수용할 곳은 없어."

누군가 공포에 젖어 중얼거렸다. 그러나 그렇다고 라니에로가 갑자기 방향을 바꾸어 신전과 멀어지는 일은 없었다. 대주교가 허망한 얼굴로 지시했다.

"술을 가져오너라."

한 시간쯤 후, 누군가 신전의 문을 세게 두드렸다. 대주교가 술을 들고 문을 열었다. 오늘따라 삐걱거리는 소리가 불길했다.

"오실 줄 이미 알고 있었습니다."

대주교가 문에서 비켜섰다. 머리끝까지 화가 나 오히려 무표정한 라니에로가 말없이 주름진 손에서 술병을 빼앗아 들었다.

"듣던 중 짜증 나는 소리로군."

그는 두꺼운 모피를 입고 있어 평소보다 더 위압적으로 보였다. 한 걸음, 한 걸음. 그가 실례한다는 말도 없이 더러운 발로 신전의 홀을 디뎠다. 붉은 눈이 무심히 주변을 둘러보았다.

* * *

나는 내내 기도실 안쪽, 세라피나의 방에 있었다.

"악틸러스 군대가 당신을 보면 곤란하겠죠? 여기 있어요. 여긴 아무도 오지 않아요."

세라피나의 말에 나는 고개를 끄덕였다. 기도실까지가 내게 허락된 공간이었다. 기도실은 생각보다 춥고 딱딱했다. 아늑하고 정갈하게 꾸며진 세라피나의 침실과는 달리, 혹독하기까지 했다. 천장이 무척 높았고, 창문은 천장 근처에 딱 두 개만 작게 나 있었다. 기도실에서 바깥을 내다보는 건 불가능했고, 높이 있는 창으로부터 가늘게 내려오는 햇빛 여부로 바깥 날씨 정도만 짐작할 수 있었다. 창은 닫혀 있지 않아, 비나 눈이 오면 그대로 들이칠 것 같았다.

그렇게 세라피나의 방에서 지낸 지 며칠째. 나는 세라피나의 방 창에 매달린 커튼 사이로 악틸러스 군대가 신전으로 다가오는 것을 바라보았다. 선두에 아끼는 흑마를 탄 라니에로가 있었다. 검은 털옷으로 무장한 모습마저도 화려해, 그에게만 자꾸 시선이 머물렀다. 그가 가까워졌다. 나는 커튼을 확 치고 돌아앉았다.

심장이 쿵쾅거렸다. 정말 이제부터 시작이었다.

* * *

『나락 속에도 꽃은 핀다』를 몇 번이나 반복해 읽었다. 특히 도입부를. 악틸러스군의 회군부터, 악틸러스 황후궁에서 안젤리카의 목이 떨어지는 그 장면까지. 세라피나의 침대에 앉아 한껏 웅크린 채, 손으로 활자를 더듬어 가며 이야기를 따라간다. 책에서는 고작 몇 줄. 이런 상황이 속도감 있게 이어진다.

라니에로는 세라피나를 본다. 그녀의 맑고 시린 눈에 비친 자신의 얼굴을 본다. 치를 떨며 자기혐오에 휩싸이고 세라피나에게 매료된다. 자신이 추하지 않다는 걸 증명하고 싶어진다. 그가 다가선다. 세라피나의 뺨을 감싸 쥔다.

그리고 바로 화면이 전환되어, 세라피나는 납치당하여 악틸러스 제국으로 향하고 있다.

소설은 압축적이지만, 현실은 훨씬 지난했다. 나는 창밖을 바라보았다. 사제들이 눈을 치우고 있었다. 벌써 사흘째. 라니에로는 사흘째, 여기를 떠날 생각을 하지 않고 있다. 이유는 나도 모른다. 세라피나는 내게 나오지 말라고 당부하고 이 방을 나선 이후로 한 번도 얼굴을 비치지 않았다. 그사이 나는 누구와도 이야기를 나누지 못했다.

때가 되면 기도실 앞에 내가 먹을 음식이 놓였다. 그러나 음식을 가져다 놓고도 기별이 없어 다 식거나 딱딱해진 것을 먹곤 했다. 숨 막히는 긴장에 짓눌려서, 나는 몇 번이나 울었다. 기도실 밖으로 나갈 수 없는 나는 이야기가 어떻게 돌아가는지 전혀 모르고 있었다. 뭐라도 알고 싶었다. 나는 기도실 문 앞에 바짝 붙었다. 혹시 음식을 가져오는 사제의 인기척을 느끼면, 문을 열고 그와 이야기를 나눌 수 있을까 싶어서였다.

얼마나 시간이 흘렀을까. 노크 소리가 들렸다. 나는 문을 벌컥 열었다.

"어……."

낯선 사람이 있을 거라고 생각했는데, 아는 얼굴이었다. 손에 음식을 들고 있지도 않았다. 나도 잠시 굳었고, 그도 내 얼굴을 보고 당황했다.

"에덴……."

"쉿. 세라피나는?"

"사흘간 한 번도 안 돌아왔어요. 에덴, 무슨 일이에요?"

"한 번도 안 돌아왔다고? 젠장, 어디 있는 거야."

언제나 침착한 에덴의 얼굴에 그늘이 졌다. 그는 얼굴을 길게 쓸어내리고 나를 살짝 밀었다.

"알았어요. 다른 데를 찾아보죠."

나는 에덴의 소맷자락을 붙잡았다.

"아, 안 돼요. 가, 가지 말아 봐요. 지금 상황이 어떻게 되어 가고 있는 거예요? 여긴 아무도 안 와요."

"성녀의 기도실이라 그래요. 원칙적으론 아무도 들어오면 안 돼요. 필요할 땐 성녀가 나와서 이야기를 하죠."

"아……."

그게 교리여서 아무도 안 오는 거였구나. 아니, 아무리 그래도 그렇지……. 나는 허탈한 마음을 괜히 에덴에게 분출하지 않기 위해 애를 썼다. 에덴은 초조하게 주변을 둘러보았다.

"오래 안 붙잡을게요. 말 좀 해 줘요. 황제, 아직 여기 있죠?"

"네."

간결한 대답에 바짝 긴장감이 들었다. 에덴이 미간을 찌푸리고 나를 보다 빠르게 속삭였다.

"전개가 달라졌어요."

"뭐, 뭐라고요?"

"세라피나가 그자를 안 봤어요. 원작엔 어떻게 적혀 있었죠? 처음 신전에 들어오는 순간 세라피나가 맞이해 줬죠?"

나는 고개를 끄덕였다.

"세라피나가 황제와의 만남을 회피하고 있어요."

아, 그래서 아직도 그가 여기 머물고 있는 건가.

"그, 그가 떠나기 전에 죽여야 하지 않아요?"

"그래요. 그리고 세라피나가 그를 죽이기 전에 우리가 옛 성소로 가야 돼요."

나는 당황했다.

"그게 무슨 말이에요?"

"군사 수가 일만 명이나 돼요. 거기까진 미처 생각 못 했어요. 신전에선 다 수용 못 해서 근처 마을들로 내려보냈어요. 민가에 몇 명씩 나누어 군사들을 숙식시키고 있다고요."

이럴 수가.

"대주교가 그들을 보살피는 게 신전령 사람들 입장에선 현실적으로 어렵다고 하니까 황제가 금화 자루 하나를 바닥에 던졌어요. 백지 어음 한 장도."

나는 짧게 신음했다. 이 동네 사람들이 금을 가져 봐야, 별 의미가 없다. 거의 물물 교환으로 생계를 꾸려 나가는데, 금이라니. 그런 건 있어 봐야 실질적으로 생활에 도움이 되는 것으로 바꾸기도 어렵고, 도적의 표적이 될 뿐이라서, 사람들에게 결코 달가운 일이 아닐 거다. 젊은 사람들은 그걸 가지고 제국으로 내려가 새로운 삶을 꿈꿀지도 모르지만, 그러면 젊은이들이 빠진 공동체는 어쩌고.

잔잔한 수면에 돌을 던져 흙탕물을 일으킨 꼴밖에는 안 됐다. 라니에로도 분명히 그걸 알 테고.

"아무튼, 세라피나가 지금 황제를 죽이면, 지휘관을 잃은 일만 명의 군사들이 여길 다 쓸어버릴 거예요. 알겠어요? 우린 그 전에 여길 빠져나가야 한다고요."

"그럼 여기 사람들은요? 죽어요?"

"그건 생각하지 마요. 악틸라의 피, 튜니아의 검. 그 두 가지만 생각하라고요."

"에덴, 이건 너무……."

스케일이 커져 감수하기 버겁지 않냐고 말하려던 찰나였다. 갑자기 발소리가 들렸다. 뒤를 돌아본 에덴이 급히 문을 닫았다. 나는 닫힌 문 앞에서 석상처럼 굳어 서 있었다. 문틈 너머로 익숙한 미성이 들려왔다.

"여긴 뭐지?"

라니에로. 나는 입을 틀어막았다. 입술 사이로 흐느낌 같은 신음이 흘러나왔다. 몸이 벌벌 떨렸다.

"여긴 어떻게 오셨습니까? 외부인 출입은 금지된 공간입니다."

라니에로를 응대하는 에덴의 목소리는 차분했다. 잠깐 간격을 두고 라니에로가 말했다.

"아내의 목소리가 들렸는데."

다리가 풀려 버렸다. 심장이 거세게 뛰었다. 귀가 먹먹할 정도였다. 나는 라니에로가 당장 여기를 열어 보겠다고 할까 봐 두려워졌다.

"황후 폐하께서도 신전에 계십니까?"

에덴은 단호하게 응대하기보다는, 순진한 척 되물었다. 라니에로의 목소리가 대답했다.

"아니. 몸이 좋지 않아 요양을 가 있는 참이다."

"그렇군요. 그러면 그분의 목소리는 당연히 아닐 듯합니다."

"누구와 대화를 나누고 있었지?"

라니에로는 떠날 기미가 보이지 않았다. 나는 주저앉은 채 입을 틀어막고 떨었다.

"성녀님이십니다. 여긴 성녀의 기도실입니다."

"성녀라?"

"외부인의 출입은……."

"금지돼 있다고."

"혹시 길을 잃으신 거라면 본관으로 안내해 드리겠습니다."

나라면 정말 기절했을지도 모르는데, 에덴은 침착하게 대화를 잘 끌어가고 있었다. 나는 엉금엉금 기어 기도실을 가로질렀다. 걷고 싶었지만 다리에 힘이 도저히 들어가지 않아 불가능했다.

세라피나의 방 문을 열고 들어가 잠갔다. 그 뒤 침대 밑으로 들어가 숨었다. 나는 한참 동안이나 거기 그러고 있었다. 그러다 먼지 냄새를 맡으며 잠이 들었다.

* * *

"네놈은 근신이다. 추방당하고도 정신을 못 차리고 기도실에 기어들어 가?"

성기사단장의 호통 소리가 적나라하게 신전을 울렸다. 비밀 장소에 몰래 숨어 그 이야기를 들은 세라피나는 눈을 감고 입술을 지그시 물었다.

자연스레 상상의 나래를 펼치게 된다. 에덴은 거기 세라피나를 찾으러 간 걸까? 아니면 안젤리카를 보러 간 걸까? 세라피나를 찾으러 갔을 확률이 좀 더 높을 것이다. 기분이 좋지는 않았다. 그가 세라피나를 찾을 이유야 뻔했으니까. 그는 적어도 정다운 이야기를 준비하지는 않았으리라.

세라피나의 오랜 짝사랑은 영영 보답받지 못할 것이다. 그게 그녀에게 주어진 죗값이었다.

'그가 나를 조금이라도 좋아했다면, 나를 좋아한다는 말을 추방 수단으로

쓸 수는 없었겠지.'

너무나도 차가운 사람. 언제나 신앙과 순종으로 불타오르던 에덴은, 어느 날 갑자기 모든 것에 식어 버렸다. 대주교가 세라피나에게 에덴을 걱정하는 이야기를 늘어놓았던 날이 떠올랐다.

"글쎄, 달관한 건지, 뭔가를 포기한 건지. 걱정입니다. 그런 것에 시달려 미지근해져 버리기에는, 에덴은 아직 열여덟 살 아닙니까."

그때 대주교를 향해 걱정 말라고 따뜻한 말을 건넸던 것이 기억났다.

걱정 마세요, 대주교 성하. 걱정하는 건 의미 없으니까요……. 이미 변한 사람을 걱정하는 건 아무런 의미도 없으니까요.

세라피나는 쓸쓸하게 웃었다. 에덴과 안젤리카, 둘 다 그녀가 라니에로를 만나 그를 죽여 주기를 바란다. 그 과정에서 세라피나가 덮어쓸 위험에 대해서 경고하고 돕겠다 말해 주는 사람은 없었다. 안젤리카를 탓할 생각은 없었다. 그녀는 아마, 세라피나를 보호하는 것은 에덴의 역할이라고 생각했을 확률이 크다. 아니면 자신에게 주어진 운명, 그러니까 곧 죽을지도 모른다는 것에 너무 겁을 집어먹어 아무런 생각도 못 했거나.

하지만 에덴으로 말할 것 같으면.

'날 지켜 주겠다는 생각 자체를 해 본 적이 없을 거야.'

계획에 필요하면 지켜 주고, 그의 계획에 필요하지 않으면 내버릴 것이다. 그게 지금의 에덴이었다. 세라피나의 입가에 묘한 미소가 떠올랐다. 체념과 미움이 한데 얽혀 구분할 수 없는 덩어리가 되었다.

그녀는 비밀 통로에서 나왔다. 악틸러스의 황제에게 얼굴을 보여 주기 위해서였다.

* * *

악틸러스 군대는 눈이 그치자마자 떠날 채비를 마쳤다. 날씨는 쾌청했지만, 높이 쌓인 눈은 아직 녹지 않았다. 귀환하는 악틸러스 군대는 분명 눈을 헤쳐야 할 것이다. 악조건이었지만, 황제와 기사단장은 결단을 내릴 수밖에 없었다. 열악한 환경의 튜니아 신전령에 오래 머무르는 것에 하등 장점이 보이지 않았다. 악틸러스인의 우수한 신체 조건을 믿고 돌아가는 것이 나으리라.

악틸러스군은 튜니아 신전에서 회군에 필요한 물자들을 챙겼다. 사실상 약탈이었다. 여기저기서 우는 소리가 났다. 사제들의 억장이 무너졌다. 그들은 군사들의 팔을 잡고 애원하다가, 멀리 내동댕이쳐졌다. 성기사단이 나서서 만류했으나 고작 백여 명이 약간 넘는 이들이 일만 명의 군사들을 상대하기에는 역부족이었다.

신도들 사이에서 튜니아 신을 향한 저주가 튀어나왔다. 그들은 튜니아 신이 성녀에게 내린 신탁 때문에 일이 이렇게 되었다고 생각했다. 신탁이 없었더라도, 튜니아 신전은 그들을 거부하지 못했으리라는 데까지는 생각이 닿지 못했다. 어쩌면 그냥 외면하고 싶었는지도 모른다. 라니에로는 신전 입구에서 그 아수라장을 무표정으로 내려다보았다.

그때, 뒤에서 아주 청명한 느낌의 목소리가 들렸다. 여자의 목소리였다.

"악틸라 신의 대자이시여."

라니에로는 뒤를 돌아보았다. 검은 긴 머리카락을 길게 땋아 내린 여자였다. 튜니아 신전령의 일원답게 수수한 차림이었다. 하지만 키가 크고 맵시가 좋으며 자태가 단아했다. 그녀는 고개를 숙이고 있었다. 라니에로가 눈을 깜박이며 말했다.

"아, 성녀인가."

감흥 없는 목소리였다. 세라피나가 조심스럽게 고개를 들었다. 햇빛 아래 그녀의 미모가 온전히 드러났다.

라니에로 악틸러스에게는, 그 얼굴이……

몹시 몰개성하고 흐릿하게 보였다.

＊ ＊ ＊

나는 기도실에서 라니에로의 목소리를 들은 뒤로는 정말 세라피나의 침실 밖으로 나갈 생각은 추호도 하지 않았다. 이상하게도, 세라피나는 한 번도 여기로 돌아온 적 없었다.

아직도 라니에로를 만나지 않은 걸까?

너무 궁금했지만, 찾으러 나갈 엄두가 안 났다. 예의는 전혀 신경 쓰지 않고, 튜니아 신전의 이곳저곳을 좋을 대로 활보하는 라니에로를 마주치기라도 할까 봐. 그때, 에덴이 인기척을 알아채고 눈치 빠르게 문을 닫지 않았더라면 어떤 일이 생겼을지. 좀이 쑤시고 갑갑했지만 참는 것밖에는 방법이 없었다.

그래도 불행 중 다행인 것은, 세라피나의 방 창밖으로 길이 보인다는 것이었다. 나는 평소처럼 커튼을 살짝 걷고 창밖을 내다보았다. 악틸러스 군대가 떠날 채비를 하고 있었다. 가슴이 두근거렸다. 나는 시간 가는 줄도 모르고 그들을 바라보았다.

'얼른 가라. 얼른 가.'

입 속으로 되뇌며 주문을 걸었다.

얼마나 시간이 흘렀을까. 군사들이 길 양쪽 가장자리를 차지하고 나란히 섰다. 라니에로가 애마를 타고 신전 계단으로부터 걸어 내려왔다. 뚫어져라 바라보았지만, 군사들의 머리 때문에 라니에로가 말에 혼자 타고 있는 건지, 세라피나를 같이 태우고 있는 건지 잘 알아보기 힘들었다.

속이 메슥거렸다. 나는 당장 커튼을 치고 세라피나의 침대에 앉아 입을 틀어막았다. 온몸이 식은땀으로 젖어 들어갔다. 그 순간 문득 에덴이 했던 말이 떠올랐다.

"세라피나가 황제와의 만남을 회피하고 있어요."

만약 세라피나가 라니에로를 안 만났으면 어쩌지?

'아냐, 그럴 리가 없어.'

혹시 몰라 세라피나에게 원작 전개를 다 이야기해 주지는 않았다. 라니에로가 그녀에게 보일 집착은 쏙 빼놓고, 에덴이 죽을 거라는 미래만 팔았다. 너무 이기적이고 나쁜 행동이었지만, 전부 솔직하게 털어놓으면 혹시라도 세라피나가 도망쳐서 모든 게 망가질까 봐…….

'두 사람이 만났다면 라니에로가 세라피나를 데려가긴 했을 거야.'

그런데 에덴이 나한테 오질 않네……. 세라피나가 황제를 죽이기 전에 떠나야 한다느니, 그런 소리를 한 게 에덴인데. 세라피나의 침실이 그다지 춥지는 않았지만, 나는 뼛속까지 한기가 스미는 감각에 오들오들 떨었다.

씁쓸했다. 처음 악틸루스를 벗어나 이리로 오기 시작했을 때까지만 해도 후련하고 기분이 좋았는데. 황야 위에서는 배고프고 힘겨울지언정 마음은 편했다.

'또다시 마음이 복잡해졌어.'

하지만 이럴 때 언제나 내가 택하는 것은, '지금 할 수 있는 일을 하는 것'이었다. 지금 할 수 있는 일은 일단 아주 오랜만에 여기서 나가는 거였다.

'에덴을 찾자.'

에덴은 밖에 있었으니까, 무슨 일이 일어났는지 내게 이야기해 줄 수 있을 거다. 나는 세라피나의 침대에서 내려섰다. 이어 침실 문을 열고, 기도실을 가로질러 무거운 석문을 밀었다. 아무도 없는 복도를 통과해 신전의 홀로 나섰다. 내 발소리가 들리자, 홀에 모여 있던 사제들이 일제히 나를 바라보았다. 나는 움찔했다. 그들의 시선에 절망이 가득 차 있었기 때문이다.

"황제가…… 떠났죠? 그간 절 숨겨 주셔서 감사해요."

떨리는 목소리로 말하며 그들의 눈을 하나하나 들여다보았다.

절망. 그건 세라피나가 여길 떠났다는 증거가 아닐까? 그러면, 결국 이야기는 돌고 돌아 원작대로 이루어질 거고…….

'라니에로가 죽길 기다렸다가 악틸러스로 잠입해서 세라피나를 데리고 옛 성소로…….'

상상만 해도 머리가 아팠지만, 한구석으로는 안심도 되었다. 그래, 세라피나와 라니에로가 함께 지내게 되었다면……. 적어도 내게 있어 최악은 피한 거니까.

'아, 나 진짜 너무 나빴다. 너무 이기적이야.'

그래도 이게 내게 최선이야.

나는 절망 섞인 사제들의 눈을 보며 한 걸음, 한 걸음 내디뎠다. 싸늘한 분위기 속에서 떨리는 목소리로 입을 열었다.

"저기, 에덴은 어디 있나요……? 에덴에게 묻고 싶은 게 있는데요."

정적만이 흘렀다. 내게 대답해 줄 기운이 남은 사람은 아무도 없는 것 같았다. 나는 어색한 미소를 지으며 뒷짐을 졌다.

"저, 나중에 여쭈어볼까요……?"

그때, 누군가 대답했다.

"에덴은 근신 중이에요."

그런데 그게 내가 아는 목소리였다. 청명하고 편안한 톤의 목소리. 여자의 목소리였다. 한순간 심장이 멈춘 것 같았다. 머리카락이 쭈뼛 솟는 기분이었다. 나는 소리가 들린 쪽을 바라보았다. 세라피나가 그쪽에서 나를 보고 있었다.

머리가 핑 돌았다. 말도 안 돼. 헛것을 보는 걸 거야. 세라피나가 어떻게 여기 있어. 나는 손을 뻗어 휘청휘청 그녀에게로 나아갔다. 헛것이야. 만져지지 않을 거야. 하지만 착각이었다. 그녀가 손을 뻗어 내 손을 잡자, 차가운 내 손에 온기가 느껴졌다. 나는 울음과 웃음이 뒤섞인 목소리로 그녀의 이름을 불렀다.

"세, 세라피나……."

세라피나가 난처하게 나를 바라보았다.

"왜 여기, 왜 여기 있어요……?"

사제들이 듣기에 이상한 질문이라는 것도 미처 생각지 못하고 말이 먼저 튀어 나갔다. 세라피나는 눈을 내리깔았다가, 다시 나를 보고 내 손을 꼭 잡았다. 나는 믿을 수 없다는 듯 물었다.

"라니에로를 안 만난 거예요……? 내가 이야기했는데……? 에덴이, 에덴이 죽는다는데……?"

붙들고 있던 정신력이 조각조각 부서져 바닥에 흩어지는 느낌이었다. 그저 내 손을 꼭 잡아 주고 있을 뿐인 세라피나가 그걸 자근자근 밟는 착각마저 느껴졌다. 그녀가 보는 내 눈은 분명 깊은 절망감에 얼룩져 있을 테다. 세라피나는 고개를 저었다.

"아니에요. 그를 만났어요. 그를 만났지만 아무 일도 없었어요."

"아무 일도 없었다고요……?"

그녀가 불길함을 감지한 목소리로 물었다.

"혹시, 무슨 일이 일어나야 하나요……?"

"안 죽였어요?"

"그를 여기서 죽였다간 무슨 일이 벌어질지 모르잖아요. 안젤리카, 진정해요. 악틸러스 군사 일만 명이 있었어요."

에덴이 죽는다는 소리를 반복하여 그녀에게 반박할 힘도 없었다. 세라피나의 말이 흐리게 들렸다. 무슨 일이지? 라니에로가 세라피나를 봤다고? 봤는데 안 데려갔다고?

"진짜예요? 진짜 황제가 당신을 봤는데 아무 일도 없었어요? 정말이에요?"

"안젤리카, 말해요. 무슨 일이 일어나야 하는 거예요?"

나는 세라피나의 말을 무시하고, 주변 사제들을 돌아보며 웃었다.

"다들, 정말이에요? 세라피나가 라니에로를 만났어요?"

사제들은 이상한 여자를 다 본다는 얼굴로 나를 바라보았다. 인자하고 꼿꼿한 노인인 대주교도 미묘한 눈빛으로 나를 보고 있었다. 욕지기가 치밀어 올랐다. 나는 당장 세라피나의 방으로 뛰어갔다.

"안젤리카, 안젤리카!"

세라피나가 나를 쫓아오는 소리가 들렸다. 그러나 그 부름을 무시한 채 석문을 열고 기도실을 가로질러 세라피나의 방으로 뛰어갔다. 테이블 위에 올려놓았던 『나락 속에도 꽃은 핀다』를 펼쳤다. 무용지물이 되어 버린 원작 본문은 신경도 쓰지 않았다. 나는 곧장 작가 후기로 넘어갔다.

[제가 만든 이 세계에 불변할 법칙이 있다면, 악틸라의 대자는 튜니아의 성녀에게 파괴적으로 집착할 수밖에 없다는 것 하나뿐입니다. 그들을 둘러싼 인물 도식, 알력 관계, 이런 것들이 얼마나 바뀌든 간에 악틸라의 대자는 반드시 튜니아의 성녀를 만나고 매달릴 것입니다. 결코 변하지 않아요.]

내가 이 척박한 튜니아 신전령으로 도망칠 마음을 굳히게 해 준 문장은 여전히 거기 떡 버티고 있었다.

[설령 악틸라의 대자가 본디 다른 이를 사랑했더라도요. 섭리이고, 운명이니까요.]

나는 머리를 쥐어뜯었다.

운명이라며. 섭리라며. 이 이야기 전체가, 폭력이 자비를 굴종시키려고 시도하다가 자비가 휘두른 폭력에 역으로 맞아 쓰러지는 이야기라며!

이게 틀릴 줄 알았다면 위험천만한 탈출을 감행하지 않았다. 라니에로를 배신하지 않았다. 그는 멀쩡한 정신으로 악틸러스에 돌아갈 거고, 내가 그를 배신했다는 걸 알게 될 것이다. 화를 내겠지. 당연히 화낼 거야! 최선의 선택이라고 생각했던 것이 최악의 수가 되어 내게 부메랑처럼 돌아왔다.

"아, 아······!"

나는 머리를 헝클며 비명처럼 웃었다. 웃음밖에 안 나왔다. 공포가 엄습했다. 발목을 타고 올라와 허리를 휘감고 목을 조른다. 목을 붙잡고 콜록거렸다. 목구멍이 가렵고 따가웠다. 나는 나도 모르게 목에 손톱을 세웠다.

"안젤리카!"

세라피나가 당황한 목소리로 내 어깨를 붙들었다. 그녀는 생각보다 힘이 셌다. 내 목에서 손을 떼어 낸 세라피나가 내 얼굴을 보았다.

"진정해요."

너무 공허하고 의미 없는 말이에요. 당신은 지금 아무런 관련도 없는 입장이잖아요. 입술 사이로 비실비실 웃음이 새어 나왔다.

"너무 걱정 말아요. 다른 방법이 있을 거예요. 분명······."

"다른 방법······."

"이러고만 있는다고 해서 아무것도 해결되지 않잖아요."

해결하려면 어떡해야 하지?

나는 머리를 산발한 채 허겁지겁 짐부터 챙겼다. 그러곤 가방을 어깨에 둘러메고 방한복과 눈신을 착용했다.

"안젤리카."

세라피나의 목소리가 떨렸다.

"에덴······. 에덴."

하지만 이제 세라피나는 내게 중요하지 않았다. 나와 함께 여기 온 나의 운명 공동체, 에덴이 필요했다. 그러면 뭐라도 계획해 주겠지. 재수 없고 무신경해도, 언제나 나보다 이성적이고 과감하고······. 목구멍으로 시큼한 것이 울컥 치밀어 올랐다. 눈이 확 뜨거워졌다.

'무엇보다, 에덴이 여기 오자고 했잖아. 에덴이……!'

그러니까 내가 이렇게 된 데에는 에덴이 책임을 져야지. 나는 옷을 입고 홀로 나가 외쳤다.

"에덴 어디 있어요? 에덴! 에덴!"

성기사 하나가 거의 정신이 나간 듯이 소리치는 나를 제압할 것처럼 다가왔다. 나는 눈에 눈물을 가득 담고 그를 노려보며 음절 하나하나를 씹어 뱉었다.

"에덴 어디 있어?"

내게 다가온 성기사가 움찔하더니, 여전히 거기에 있던 대주교에게 도움을 청하듯 눈길을 던졌다. 대주교는 몹시 안타깝다는 얼굴로 나를 보았다. 짜증 났다. 동정은 도움이 안 되니까.

"어디 있냐고!"

나는 발칵 화를 냈다. 동시에 주체하지 못하고 눈물을 흘렸다. 나를 가로막은 성기사가 주춤거리다 자리를 피했다. 대주교가 손짓했다.

"가시지요."

나는 그를 따라갔다. 대주교는 품에서 열쇠 꾸러미를 꺼내, 가장 안쪽에 있는 방에 걸려 있던 자물쇠를 열었다. 끼익. 문이 열리자, 거친 잠자리 위에 초라하게 앉아 눈을 감은 남자가 보였다.

"에덴!"

나는 단박에 그에게 달려갔다. 에덴은 눈을 떠 나를 보고는 물었다.

"황제는?"

나는 바로 답하지 못했다. 그러나 그는 더 입을 떼지 않았다. 내가 울고 있는 것을 보고 상황이 이상하다는 것을 알았나 보다. 나는 떠듬떠듬 말했다.

"화, 황제가 세라피나를 아, 안…… 안 데려갔어요. 원작이 틀어졌어요."

에덴의 얼굴이 창백해졌다.

"세라피나가 황제를 안 만났어요?"

"만났대요! 만났는데, 그런데……."

나는 에덴의 팔을 붙잡고 꺼이꺼이 울었다. 에덴이 소리 죽여 욕설을 내뱉는 게 들렸다.

"당신이 가져온 책에 그렇게 적혀 있었다면서요."

"맞아요, 그, 그렇게 적혀, 히끅……. 그런데요……. 그게 틀어졌어요……."

"진정해 봐요. 그만 울어요. 지금은 기회를 놓쳤지만……."

화가 솟구쳤다. 그냥 기회를 놓친 게 문제가 아닌데! 나는 일그러진 얼굴을 에덴에게 바짝 들이댔다.

"지금 그게 문제가 아니에요! 그가 세라피나에게 미쳐 버리지 않았다고요. 그가, 절…… 절 찾을 거라고요!"

"아."

에덴은 뒤통수를 한 대 얻어맞은 표정이었다. 나는 흐느끼며 그의 팔을 놓았다. 에덴은 결국 자기 입장만 생각하는 사람이다. 내 앞의 위기는 나 혼자서 헤쳐 나가야 한다. 나는 무턱대고 걸음을 내디뎠다. 에덴이 구금된 방 문을 지나려던 참이었다. 뒤에서 에덴이 성큼성큼 걸어와 내 팔을 잡고 돌려세웠다.

"무슨 짓이에요. 뭘 하려고 그래요?"

당연한 걸 왜 묻는 거지.

"돌아가야죠!"

나는 울음기 섞인 고함을 내질렀다.

"황궁으로 돌아가야죠, 아무 일도 없었던 것으로……."

"아킬러스 군대를 앞질러 갈 수 있어요?"

에덴의 날카로운 지적에 숨이 막혔다. 끊임없이 흘러나오던 눈물도 멎었다. 나는 눈을 휘둥그렇게 뜨고 딸꾹질만 했다.

"아무 일도 없었던 걸로 하려면 악틸러스 군대보다 먼저 도시노 백작령에 도착해야 하는데, 할 수 있겠어요?"

나는 그대로 바닥에 주저앉았다. 어떡해.

"어떡하죠? 화날 거예요. 날 찾아내려고 할 거예요. 가만두지 않을 게 분명해. 고통스럽게 갖고 놀다 죽이고 말 거야."

에덴이 나를 안심시키려는 듯 내 앞에 무릎을 꿇었다. 내가 튀어 나가는 걸 막으려고 내 양손을 꽉 잡는 것도 잊지 않았다.

"그자는 당신에게 관대했잖아요."

"내가 여태까지 고분고분했으니 그렇고요……."

에덴은 부정하지 못했다. 입을 다물고 나를 달랠 말을 궁리하던 그는 어설프게 내 어깨만 토닥거렸다. 하나도 위안이 되지 않는다.

그때, 내 머리 위로 누군가의 손이 내려앉았다. 나는 그게 누구인지 확인했다. 세라피나였다.

"안젤리카, 무슨 일인지 정확히는 모르겠지만……."

세라피나가 미웠다. 그녀 잘못이 아닌 걸 머리로는 아는데도, 세라피나가 이 모든 일을 망친 것 같았다. 그러다가도 그 화살은 금방 나를 겨누었다. 아냐, 내 탓이야. 내가 멍청해서.

세라피나는 눈물과 콧물로 엉망이 된 내 얼굴을 자기 소매로 닦아 주었다. 새하얗던 옷이 더러워져도 신경 쓰지 않았다. 그녀는 나를 꼭 안더니, 편안한 목소리로 말했다.

"여기까지 오는 데 17일이 걸렸다고 했지요. 황제의 군대도 그 정도는 걸릴 거예요."

"17일밖에 안 걸려요……."

"거기로 갔다가 당장 다시 이리로 온다고 해도 또 17일이 걸리겠네요. 그러면 한 달 넘게 여유가 있는 거지요. 안 그런가요?"

세라피나의 목소리는 진정제 같았다. 하도 울어서 힘이 빠진 것도 있겠지만, 나는 그녀의 품에서 차츰 눈물을 그쳤다. 세라피나가 나를 달랬다.

"당신 계획대로 되지 않은 게 이토록 큰 문제가 될 줄은 몰랐어요. 미안해요."

생각해 보면 세라피나가 사과할 게 아니었다. 내가 나쁜 거다. 세라피나에게 모든 걸 떠넘기고 숨으려고 했으니까. 그게 최선이라고 생각해서 그런건데, 정작 이렇게 사과를 들으니 내가 몹쓸 인간이라는 게 처절하게 느껴져 아주 수치스러웠다.

"아니에요……"

나는 훌쩍거리며 말했다. 세라피나가 나를 일으켰다.

"기도라도 할까요? 당신이 자비신의 신도가 아니라도, 기도는 도움이 된답니다."

그녀는 나를 보며 따사롭게 웃었다. 모든 근심 걱정을 녹여 버리는 얼굴. 자비신의 성녀라는 직책에 더없이 어울리는 사람이었다. 나는 맹목적으로 세라피나의 얼굴을 바라보았다.

"경건한 마음으로 절차를 따라 행동하면 마음이 차분해질지도 몰라요. 자, 오세요. 안젤리카, 당장 악틸러스로 가려고 해도 당신 몸이 여행을 감당못 할 거예요. 체력이 너무 많이 떨어졌어요."

나는 고개를 끄덕이며 세라피나를 따라갔다. 나와 그녀는 함께 기도실에 들어섰다. 세라피나는 내게 제례용 물건을 하나하나 보여 주었다. 머릿속이 복잡했지만 나는 일단 멍하니 고개를 끄덕였다.

세라피나는 내 손에 물건들을 하나하나 쥐여 주었다. 그리고 뭔가, 그녀만이 아는 과정을 내게 따라 하도록 했다. 그릇 다섯 개에 성수를 채우고 오각형을 만들게끔 정해진 위치에 놓는다. 제단의 초에 불을 붙이고, 기도실 중앙에 앉는다. 세라피나는 내가 무릎을 꿇어야 한다고 말했다.

나는 그렇게 했다.

"자비의 신이시여, 당신의 종이 여기 있나이다."

세라피나가 기도를 했다. 나도 그녀가 하는 말을 따라 해야 하냐고 물었더니, 그럴 필요는 없다는 답이 상냥하게 돌아왔다. 나는 손을 모은 채 눈만 감았다.

"길을 잃은 이에게 목소리를 내리사 올바른 길을 일러 주소서. 부디 안전하게 하시고 굳은 의지와 동행하게 하소서."

세라피나의 부드러운 목소리가 조금씩 나를 진정시켰다. 희고 아름다운 손이 내 뺨을 감쌌다. 조심스레 눈을 뜨고 바라보았더니, 그녀는 또 슬프게 웃고 있었다.

"이제, 당신의 성녀와 당신은 더 깊이 연결되었나이다."

기도는 그것으로 끝이었다. 이제 기도실을 정리해야 했다. 기도를 시작할 때 준비했던 것과 역순으로 정리가 이루어졌다. 촛불을 끄고, 그릇에 담긴 성수는 각 자리에 그대로 부어 버리고 그릇만 가져다 제자리에 둔다. 세라피나가 물었다.

"도움이 되었나요?"

기도가 내 상황을 낫게 만들어 준 것은 아니었지만, 적어도 한껏 격앙되었던 감정을 조금 눌러 주기는 했다. 그럼에도 내가 여전히 망연자실하고 무력한 상태인 것은 변함없었다. 그래서 어떤 대답도 명쾌히 하지 못하고, 나는 멀거니 내 손에 들린 그릇들만 내려다보았다.

"제게는 항상 절실함이 도움이 되었어요. 신의 목소리를 듣고 싶다는 절실함 말이에요. 언제나 성녀에게 가르침을 인도해 주죠."

세라피나는 내게는 별로 도움이 되지 않는 말을 했다. 나는 원래 그릇이 있던 선반에 그릇들을 올려 두었다. 돌아보니 세라피나의 속눈썹이 떨리고 있었다.

"당신을 용서할게요, 안젤리카."

가슴 한구석이 싸늘해졌다. 세라피나는 내가 일부러 정보를 생략해 그녀를 위기로 몰아넣었다는 것을 알고 있었다. 하긴, 그렇게 패닉에 빠져 떠들었는데……. 모르면 바보겠지. 나는 조마조마한 기분이 되어 그녀를 뚫어져라 보기만 했다. 그녀는 서글픈 미소를 띤 채 뭐라고 중얼거렸다. 나는 듣지 못했다.

세라피나가 기도실 밖으로 뛰쳐나갔다. 나는 그제야 그녀도 감정의 소용돌이 안에서 흔들리고 있었는데, 나를 진정시키기 위해 차분한 체했다는 것을 깨달았다. 나는 곧장 그녀를 쫓아가려고 기도실 문을 열었다. 그런데 그곳에 에덴이 있었다. 그는 조금 초췌한 얼굴로 말했다.

"당신이 죽게 내버려 두지는 않겠습니다. 나는 책임을 알아요."

* * *

시간은 겨울 한복판을 지나고 있었다. 날은 쾌청했다. 올해 내려야 할 눈을 전부 다 쏟아 냈는지, 하늘에는 구름도 한 점 없었다. 악틸러스 군대는 기가 죽어 있었다. 상당히 드문 일이다. 라니에로는 모래와 자갈이 그대로 드러난 땅을 내려다보았다.

'좀 더 버텨 볼 걸 그랬나?'

괜한 미련이 남았다. 하지만 거기서 더 버텼었다간 지금 잃은 것의 몇 곱절은 되는 군사를 잃었을 것이다. 눈을 헤치며 솜비니아로 넘어가는 건 불가능했다. 그때 거기 내린 눈은 다 녹지도 않았을 것이다.

'여긴 운 좋게 폭설 영향권을 벗어났군.'

갑작스레 몰아치던 눈보라를 생각하면 어금니를 꽉 물게 된다. 10년의 표본으로는 부족했나. 아무런 소득 없이 돌아온 라니에로는 아주 불쾌했다. 소득이 없는 정도가 아니라, 악틸러스군을 덮친 동상과 탈진 때문에 병력 일부도 잃었다. 그의 머릿속을 들쑤셔 재미있는 충동을 일으키곤 하던 목소리도 잠잠했다. 싸움에의 기대도, 잘라 낸 적의 머리통도 없이 그저 걷기만 하는 여정은 지루하기 짝이 없었다.

그때, 갑자기 번개처럼 안젤리카가 떠올랐다. 그러고 보니 그녀가 도시노 백작령에 있었다. 원정을 마친 뒤 도시노 백작령에 들러 그녀를 데리고 수도의 황궁으로 돌아갈 계획을 세웠었다. 도시노 백작령에 사나흘 정도는 함께 머물러도 상관없을 것이다. 어쩌면 안젤리카는 요양지의 어떤 부분이 마음에 드는지 조잘조잘 설명해 줄지도 모른다. 안젤리카를 생각하니 기분이 아주 조금은 나아졌다.

라니에로는 기사단장을 불렀다.

"여기서 갈라진다."

간결한 지시였다. 기사단장은 아무것도 묻지 않고 고개를 끄덕였다. 지휘관인 라니에로가 어디로 가는지 알 것 같아서였다.

"그럼, 수도에서 뵙겠습니다, 폐하."

라니에로는 마주 인사해 주지 않고 도시노 백작령 쪽으로 방향을 틀었다. 기사들이 내는 무거운 사슬 소리가 멀어지자 조금 상쾌한 기분도 들었다. 솜비니아와의 교전이 없었기에, 라니에로의 귀환은 예정보다 빨랐다. 안젤리카는 처음에는 놀라고, 그 다음에는 라니에로의 불평을 전부 들어 줄 것이다.

라니에로는 전쟁을 하지 못한 대신 안젤리카를 많이 괴롭힐 작정이었다. 사랑한다는 말도 아주 많이 듣고……. 그녀가 어떤 목소리로 사랑한다는 말을 속삭이는지 잊어버렸다. 아주 안타까운 일이 아닐 수 없었다. 정말 질리도록 들어야겠다. 그 말에 질릴 수 있을지는 모르겠지만.

안젤리카의 존재가 라니에로의 머릿속에 꽉 차 있던 불쾌함과 미련을 천천히 긁어내 바람에 흘려 버렸다. 그는 쉼 없이 말을 채찍질했다. 저쪽에 도시노 백작령으로 가는 관문이 보이자, 라니에로를 짓누르던 피곤함마저 가셨다.

관문에 입성하자 경비병들이 혼비백산했다. 으레 있는 일이었다.

"지고하신 악틸라 신의 대자, 황제 폐하를 뵙습니다."

그들이 우왕좌왕하다가 일단 라니에로의 발 앞에 엎드렸다. 라니에로는 이런 요식적 행위들이 귀찮아 죽을 지경이었다. 라니에로는 대답도 없이 말을 움직였다. 그들의 등을 말발굽으로 밟고 도시노 백작저로 향할 작정이었다.

"폐, 폐하!"

그런데 그들 중 하나가 벌떡 일어나서 무엄하게도 '폐하'를 불러 댔다. 라니에로는 들은 척도 않았다.

"폐, 폐하. 죄송합니다. 정말 죄송합니다. 한데 폐하께서 오시면, 먼저 백작저에 언질을 하라고……."

"네 주인이 그러더냐?"

라니에로는 저쪽에 보이는 백작저만 뚫어져라 바라보며 물었다.

자리에서 일어난 경비병은 말의 보폭에 맞추어 거의 뛰어야 했다.

"그게, 반드시 알리라고 하셨습니다. 여기서 조금만 기다리시면……."

"황제와 네 주인 중 누구의 명령을 우선해야 하지?"

라니에로의 시선이 마침내 경비병을 향했다. 그 눈을 마주한 경비병은 뱀 앞의 쥐처럼 얼어 버렸다. 그는 움직이지 않는 입술을 애써 움직여 말했다.

"무, 물론……."

말을 다 맺지는 못했지만, 라니에로는 대충 그가 무슨 말을 하고 싶은지 알고 있었다. 그래서 대신 해 주었다. 곧 안젤리카를 만난다는 생각에 너그러워진 채였다.

"황제 폐하 뜻대로."

이제 다 왔으니 서두를 것은 없었다. 지친 말이 고개를 푹 수그린 채 터벅터벅 걸었다. 그때 뒤에서 갑자기 말발굽 소리가 들리기 시작하더니, 경비 한 사람이 말을 달려 라니에로를 앞질러 갔다. 황제를 상대로 굉장히 무례한 행동이었으나, 라니에로는 지적할 마음도 들지 않았다. 걸음걸음마다 안젤리카에게 가까워지고 있었다. 그는 흡족한 얼굴로 허밍까지 했다.

그때까지 그의 기분은 최고조였다. 솜비니아 왕국의 허리를 정복하지 못했다는 아쉬움은 전부 잊어버렸을 정도로 안젤리카의 존재가 그의 머릿속을 꽉 채우고 있었다. 그런데 그 뒤로 뭔가 일이 이상하게 돌아가기 시작했다.

라니에로를 앞질러 간 경비병이 도시노 백작저에 입성했다. 그리고 그가 들어간 지 5분도 지나지 않아, 저택의 현관문이 다시 열렸다. 라니에로는 눈을 가늘게 하고 무슨 일이 벌어지는지 지켜보았다. 그는 눈이 좋았다. 사람들이 우왕좌왕하고 있다는 것을 첫째로 알 수 있었고, 그 사람들 사이에 안젤리카가 없다는 사실을 둘째로 알 수 있었다.

그때까지도 그는 아무런 경각심을 느끼지 않았다. 안젤리카는 자고 있거나, 어디 나들이를 갔겠지.

'그런데 영주가 좀 야무지지 못하군.'

라니에로는 느긋하게 걸어 백작저에 입성했다. 도시노 백작 부부가 사색이 되어 있었다. 라니에로가 온다는 소식을 듣고 놀라 뛰쳐나오긴 했는데, 나와서 뭘 해야 할지 몰라 안절부절못하기만 하다가 시간을 다 보낸 것 같았다.

"말을 마구간에 넣어 두도록 해."

라니에로는 집사로 보이는 이에게 대충 말을 맡기고 장갑을 벗으며 백작 부부에게 물었다.

"황후는?"

그 뒤에는 이런 말도 덧붙였다.

"쓸데없는 의전 같은 걸 올릴 생각은 집어치우고 당장 황후를 데려와."

그 말을 뱉고 잠시 생각하던 라니에로는 이내 고개를 저었다.

"아니, 내가 그녀의 방으로 가지."

라니에로는 한 치의 의심도 없이 도시노 백작저의 현관을 향해 걸음을 뗐다. 그때, 도시노 백작 부인이 라니에로의 옷자락을 붙잡고 늘어졌다.

"폐하. 폐하……."

고운 미간에 주름이 졌다. 라니에로는 도시노 백작 부인의 손에서 옷자락을 확 낚아챘다.

"무슨 짓이냐?"

흐느끼는 소리가 들렸다. 도시노 백작의 입에서 난 소리였다. 라니에로는 그제야 심상찮은 기색을 감지했다. 그는 잘 관리된 돌길 위에 서서 주변을 둘러보았다.

모두가 겁에 질려 있었다. 우는 건 도시노 백작만이 아니었다. 이상했다. 라니에로가 공포의 대상인 건 자연스럽다. 하지만 이건, 라니에로의 존재 그 자체가 불러온 문제는 아닌 것 같다. 불길함이 등 뒤로 올라탔다.

"뭐야?"

라니에로가 물었다. 울음소리가 조금 커졌다.

"시끄러워. 아내는 어디 있나."

"폐하, 죄송합니다. 죽여 주십시오. 황후 폐하께서 실종되셨습니다."

라니에로는 그 말을 들었지만 이해하지는 못했다. 아주 쉬운 단어로 구성되어 있는데 해석이 안 됐다.

"뭐라고?"

그래서 그는 멍청하게 되물었다. 도시노 백작 부인이 바닥에 쓰러진 채 엉엉 울었다. 벌레가 기어가는 것처럼 울음소리가 라니에로의 피부를 기어갔다. 시끄럽고 거슬렸다. 이런 꼴을 보려고 온 게 아니다. 안젤리카를 안으러 온 거다. 불길함이 그의 사지를 붙들었다. 난생처음 느껴 보는 기분이었다. 라니에로는 혼란스러웠다.

"황후가 뭐라고?"

도시노 백작 부인은 더 말하지 못하고 울기만 했다. 그때, 라니에로를 앞질러 갔던 경비병이 두 여자를 데려왔다. 양손을 결박당하고 머리칼은 산발이 된 여자들이었다. 당연하지만, 라니에로는 그들이 누구인지 몰랐다. 그는 사람의 얼굴을 잘 알아보지 못했기 때문이다. 그래서 그는 그들에게 집중하지 못했다. 황후 폐하, 실종이라는 말만이 머릿속을 둥둥 떠다녔다. 한참 혼란스러워하던 라니에로는 나름의 결론을 내렸다. 벗은 장갑이 그의 손에서 구겨졌다.

"그래……. 누가 황후를 납치한 모양이지? 누가 황후를 납치했는데, 멍청한 네놈들이 지키지 못해서 지금 그녀가 여기 없다는 말이겠지!"

언제나 여유롭고 약간의 음률마저 느껴지던 라니에로의 목소리가 점점 흉포하게 변했다. 귀신 같은 얼굴을 한 그로부터 모두가 무의식적으로 물러났다.

"감히 누가 황후를 납치했나. 감히 누가……!"

라니에로는 분을 이기지 못하고 검집을 풀어, 검집째로 도시노 백작을 후려쳤다. 백작은 외마디 비명을 지르며 땅으로 쓰러졌다. 라니에로는 머리카락을 헝클어뜨린 채 숨을 몰아쉬었다. 눈이 희번덕거렸다.

그는 가만히 서 있지 못하고 서성거렸다. 그의 아내가 납치를 당한 건 맞는 것 같은데, 누가 무슨 목적으로 그랬을지는 감이 잡히지 않았다. 그 날카로운 육감으로도. 당연한 일이다. 안젤리카는 납치당한 적 없으니까. 모두가 두려움에 떠는 와중에 누군가 당돌하게 외쳤다.

"납치라니, 천만에!"

날카로운 여자의 목소리였다. 라니에로는 그쪽을 바라보았다. 말한 것은 묶인 여자 중 한 사람이었다.

"뭐라고?"

깔깔대는 웃음소리가 돌아왔다. 그 웃음소리가 아주 거슬려 라니에로는 표정을 굳혔다. 그러나 그의 무서운 표정에도 아랑곳하지 않고 여자는 한참 고개를 젖히고 웃다가 작게 낄낄댔다.

"난 실비아 자크슈다."

이름을 물은 적은 없었다. 궁금하지도 않았다. 오직 안젤리카의 행방만이 궁금했다. 실비아의 목소리가 표독스럽게 귓전을 때렸다.

"왜? 언제나 모든 걸 잘 아는 것처럼 사람들 머리 꼭대기에서 놀더니, 이 번만은 그렇게 안 되시나? 안젤리카 언로 악틸러스 일에는? 아, 이젠 악틸 러스가 아니지."

검집을 쥔 라니에로의 손이 덜덜 떨렸다. 실비아는 그런 라니에로를 마음 껏 비웃어 주었다. 그리고 학수고대했던 순간을 음미했다.

"황후는 납치당한 게 아냐. 제 발로 도망쳤어. 네가 너무 끔찍해서."

그 순간 라니에로의 얼굴에 떠오른 표정이 실비아에게 더없는 만족감을 가져다주었다. 항상 오만하고 자기 확신에 가득 차 있던 라니에로의 얼굴에 서 불안과 현실을 부정하는 눈빛을 볼 수 있으리라고 누가 생각했겠는가. 안젤리카의 작품이었다. 그 작품에 자신의 손길도 닿아 있다는 것이 실비아 는 크게 기뻤다. 웃음을 참으려고 해도 자꾸만 터져 나왔다.

그녀의 생은 라니에로에게 바쳐진 것이었다. 실비아의 몸과 마음은 태어 난 순간부터 황제 될 자의 것으로 정해져 있었다. 그 삶에 순종했다. 강하 고 아름다우며 기품 있는 여자가 되었다. 너무 완벽하게 해냈던 나머지, 어 미와 오라비는 라니에로의 선택을 납득하지 못하고 주제넘은 짓을 꾸몄다. 그렇게 자크슈 모자는 죽을 운명에 처했다. 실비아는 그들의 손에서 벗어남 과 동시에 다른 이의 손에 장난감으로 떨어졌다.

인생이 남의 것이었다. 그녀에게는 삶인 것이 남에게는 유흿거리였다. 그 걸 깨달은 순간 이 운명이 소스라치게 싫어졌다. 자신의 삶을 갖고 놀다 흥 미를 잃어 내버려 둔 황제가 끔찍해졌다. 그런 삶을 살자고 여태껏 노력해 왔던 게 아니다.

인생을 보상받을 생각은 추호도 없었다. 아무도 보상해 줄 수 없다는 것 도 안다. 자크슈의 이름, 은근한 따돌림은 평생 그녀의 뒤를 따라다닐 것이 다. 그건 영구적인 상처다. 나을 수 없는 상처를 떠안게 되었다면, 상처 입 힌 이에게도 그만큼의 상처를 돌려주는 것이 인지상정이었다.

'날 갖고 놀았지. 몸부림치는 나를 툭툭 건드려 보며 잠깐 즐거워했지.'

실비아는 창백하게 질린 아름다운 얼굴을 올려다보았다. 이제 당신 차례야.

한편, 라니에로는 아무것도 받아들일 수 없었다. 그의 눈 밖에서 그에게 나쁜 일이 벌어지는데 아무것도 알아채지 못한 건 처음 겪는 일이었다. 사랑한다고 속삭이던 순간이 머릿속에서 떠나질 않았다. 안젤리카는 그를 사랑한다고 했다. 사랑하는 것을 두고 떠날 리 없었다.

라니에로는 그의 머릿속 안젤리카와 현재 상황을 연결시켜 이해해 보려고 부단히 애를 썼다. '네가 너무 끔찍해서'라는 실비아의 말은 외면하고 잊어버렸다. 받아들이는 순간 견딜 수 없을 것 같았기 때문이다.

그는 웃었다. 입술 끝을 끌어 올렸으니 웃었다고 보아도 좋을 것이다. 그러나 그 자리의 누구도 라니에로가 웃고 있다고 생각하지 못했다.

"사냥……."

그의 입에서 그런 단어가 흘러나왔다.

아, 그래. 이거다. 이 현상의 모든 의문을 단박에 해소해 주는 답이 그것이었다. 그러고 보니 안젤리카는 그의 겨울 사냥감이었다. 그녀는 계속 그것을 신경 쓰고 있었다. 나무줄기에 화살이 박혔던 흔적들은 겨울 사냥을 대비한 것이다.

"그래, 겨울 사냥. 겨울 사냥이군. 좀 더 넓은 사냥터가 필요했던 모양이야."

이 모든 소란은 아내가 준비한 깜찍한 여흥인 모양이다. 그렇게 생각하니 마음이 한결 가벼워지는 것도 같았다. 하지만 손은 여전히 떨렸다. 그는 검집째로 실비아를 겨누었다. 얕은수는 간파했다는 듯 여유로운 미소를 띤 채였다. 하지만 실비아의 눈에는 그가 여유를 가장하고 있다는 것이 빤히 보였다. 라니에로의 눈꺼풀이 파르르 떨렸다.

"시도는 가상하게 여겨 주지. 하지만 황후는 나를 사랑한다. 그러니……."

"황후는 당신을 사랑한 적 없어."

라니에로는 눈을 감고 이를 악물었다. 얼굴이 붉어지고 목에 핏대가 솟았다.

"닥쳐라."

"내내 도망칠 생각만 했어."

"넌 그녀를 몰라. 앤지는 거짓말을 못해."

그게 그가 붙잡을 수 있는 유일한 지푸라기였다. 안젤리카는 거짓말을 못한다. 그녀가 거짓말을 하려 들 때면, 라니에로는 언제나 단번에 간파했다. 안젤리카는 라니에로에게 거짓말을 할 엄두조차 내지 못했다. 들키면 라니에로가 화낼 것이 두려워서였다. 그녀가 세상에서 가장 무서워하는 것이 라니에로의 분노였다. 실비아의 웃음소리가 날카로웠다.

"할 수 있다는 게 이제는 증명됐네."

라니에로는 실비아 옆에 있는 여자를 바라보았다. 얼굴은 알아보지 못했지만, 논리적으로 생각하자면 이 여자는 시녀장 시스엔일 테다. 라니에로는 그녀를 가리키며 다시 한번 실비아의 말에 반박을 시도했다.

"이 여자는 아내가 한 몸처럼 아끼던 시녀. 두고 떠났을 리 없어. 거짓말로 날 능멸하려 드는 것도 여기까지다."

여기에는 무슨 소리로 받아치겠냐고, 라니에로는 시선으로 물었다. 실비아는 거기에 넘어가지 않았다. 한층 강도 높게 빈정거릴 뿐이었다.

"황후 폐하를 아주 잘 아나 보네. 그런데 그녀가 내내 도망을 원했다는 건 왜 몰랐을까?"

라니에로의 어금니에서 살벌한 마찰음이 들렸다. 눈에 실핏줄이 돋았다. 그는 검을 뽑았다.

'나를 현혹시키려 드는 저 혀를 잘라 내겠다.'

뽑아 든 검을 치켜들었다. 시퍼런 검날에 반사된 햇빛이 눈부셨다. 머릿속에 시커먼 안개만이 가득했다. 안젤리카의 이름이 새겨진 부분마다 흉하게 먹칠이 되어 버렸다. 라니에로를 빛나게 하는 자신감과 오만이 좌절로 얼룩져 버렸다. 그는 정신적 고통에 몸부림쳤다. 그런 개념을 알고는 있었지만 느껴 본 적은 처음이었다. 당연히 내성도 없었다.

여태껏 라니에로가 알았던 가장 부정적인 감정은 짜증과 따분함이었다. 남다른 통찰력과 날카로운 감각, 우월한 육체마저 타고난 라니에로는 항상 남들 머리 꼭대기에 있었다. 높이 있는 자에게 추락은 더 뼈아프다. 위기감이 그를 짓눌렀다. 혀를 잘라 낸다? 그것으로는 모자랐다. 죽여야 한다. 정확한 이유는 몰라도 그래야만 했다.

"죽일 텐가?"

이를 너무 세게 악물었던 나머지 턱이 아팠다.

"죽여! 나는 기꺼이 죽겠어. 죽여 봐, 그러면 네 아내는 너를 더 두려워하게 되겠지. 나를 죽이고 네 아내를 찾아서 실비아 자크슈를 죽였다고 어디 한번 말해 봐! 너 대신 잡힌 그 불쌍한 시녀를 죽였다고!"

"아냐."

라니에로는 일단 부정하고 들었다.

"황후는 네게 사랑이 아니라 공포를 느껴. 더 어두운 공포로 어디 그녀를 밀쳐 넣어 봐."

"아냐."

"그녀가 널 두려워하는 한 너는 사랑을 얻지 못해!"

"아니야!"

검이 휘둘러졌다.

라니에로는 눈을 휘둥그렇게 뜬 채로 씨근댔다. 허공을 가른 검은 바닥으로 형편없이 내동댕이쳐졌다. 실비아는 검을 바라보았다. 라니에로는 그녀의 몸에 털끝 하나 대지 못했다. 라니에로는 비틀거렸다. 모든 사람의 시선이 그를 향했다.

"아냐……."

그의 목소리는 애처로웠다. 도시노 백작 내외는 충격을 받았다. 그들의 황제가 연약해 보였기 때문이다. 떨리는 손이 바닥에 떨어진 검을 집어 들었다. 실비아를 죽일 수 없었다. 그 간사한 혀가 그의 손목을 붙잡아 검을 떨어뜨렸다. 라니에로는 주운 검을 고쳐 쥐고 다시 허공으로 치켜들었다. 하지만 저주라도 받은 양 팔이 꼼짝하지 않았다. 그는 의미 없는 소리를 지르며 검을 놓았다. 그러곤 몸을 웅크린 채 머리를 감싸 쥐었다. 실비아의 말을 부정하고 싶었지만 그녀의 말 한마디 한마디가 갈고리처럼 박혀 떨어지지 않았던 탓이다.

안젤리카가 사라졌다. 실비아의 말대로라면 라니에로가 무섭고 싫어서 도망친 것이다. 사랑한다는 말은 그를 방심시키기 위해 했던 거짓말이었다. 안젤리카가 그렇게까지 자신을 무서워하지만은 않는다고 주장하고 싶었다. 하지만……. 그렇다고 주장하기엔 공포에 질린 그녀의 얼굴을 너무 많이 보았다.

라니에로는 눈을 들었다. 결박당한 두 여자가 이쪽을 물끄러미 보고 있었다. 성미대로라면 저 두 사람의 목숨을 끊어야 맞다. 황제를 능멸했으니 온당히 그래야 했다. 하지만 그러면 실비아의 말대로 안젤리카에게 공포만 불어넣는 꼴이 된다.

라니에로는 안젤리카에게 공포가 결코 좋은 친구가 아니라는 사실을 알았다. 그녀는 무서운 꿈을 꿀 때면 손톱을 세워 목을 긁어내렸다. 공포는 그녀를 자해하게 만들었다. 그가 그녀에게 공포라면, 그녀는 라니에로에게서 벗어나야만 하는 운명인지도 몰랐다.

하지만 그건 싫었다. 라니에로는 원하는 것을 손에서 놓아 본 적이 없었다. 약탈, 갈취, 정복은 오랫동안 그의 친구였다. 한편 굴욕과는 사이가 멀었다.

다시 데려와야 했다. 안젤리카는 라니에로가 집요하다는 사실을 알고 있었다. 도망치면서도 그에게서 영원히 벗어날 수 있으리라는 생각은 안 했을 거라고, 라니에로는 무턱대고 추측했다. 다시 잡히더라도 그다지 놀라지 않을 것이다.

"무서워한다고……."

그는 중얼거렸다. 무서워하긴 하겠지. 안젤리카가 라니에로를 적극적으로 거스른 일이니까. 그녀가 한 짓이 불러올 파장에 겁을 먹었을 것이다. 크게 동요하던 라니에로의 얼굴이 갑자기 평온해졌다. 실비아는 달갑지 않은 변화에 미간을 찌푸렸다.

"무섭지…… 않다는 걸 알려 주면 돼."

그러면 될 것 같았다. 쫓아가서 다시 데려와 용서해 주면 된다. 그녀가 아끼던 시스엔과 실비아가 무사하다는 것도 보여 주고, 화나지 않았다고 달래고 안아 주면 된다.

황후가 도망쳤다는 건 귀찮은 가십거리가 되어 안젤리카의 뒤통수를 따라다니고, 그녀에게 불명예가 될지도 모른다. 그러니 이 모든 것은 '겨울 사냥 놀이'로 치부하기로 했다. 문제 될 것이 아무것도 없었다.

라니에로의 눈이 침착해졌다. 그가 이성적이라는 의미는 아니었다. 그는 침착하게 미쳐 버렸다. 조금 전 완전히 무너졌던 사람이라고는 상상조차 할 수 없게, 그는 평소처럼 느긋하고 달콤하게 웃으며 말했다.

"이건 재미있는 놀이일 뿐이야."

이성은 조금도 재미있지 않다고 주장했다. 그러나 라니에로는 그 목소리를 무시했다. 재미있는 놀이. '나의 앤지'가 준비한 나를 위한 게임 판. 기특하고 사랑스러웠다. 라니에로는 쿡쿡 웃었다. 재미있다고 계속 되뇌니 정말로 재미있어지는 것 같았다.

실비아는 아연실색하여 라니에로를 노려보았다. 겉으로는 라니에로의 기분이 좋아진 것처럼 보였으나, 속은 여전히 말이 아니었다. 안젤리카가 벌인 일이 재미있다는 자기 세뇌로도 덮어 누를 수 없는 불안과 동요가 그의 눈 속에서 거세게 파도쳤다.

도시노 백작 부부는 두려움에 고개를 들지 못했다. 그들은 내심 생각했다.

'네르마 공작 부인이 와 줬으면 좋았을 텐데.'

그녀는 도시노 백작 부부가 시스엔과 실비아를 검거할 수 있게 도움을 주기는 했지만, 백작령에 올라와 발 벗고 나서 줄 정도의 적극성은 보이지 않았다. 몸을 사리는 것이다. 악틸러스 최고의 야망가이자 능구렁이다웠다. 황후가 도망친 근본적인 원인은 도시노 백작 부부의 방심이었으니, 네르마 공작 부인이 발을 쏙 뺀 것을 원망할 수는 없었다.

한편, 라니에로는 도시노 백작 부부가 두려움에 떨도록 내버려 둔 채 응접실을 차지했다. 그는 시스엔을 불렀다. 시스엔은 양손이 뒤로 묶인 채 응접실로 들어섰다. 그녀는 두려움에 혼절하지 않기 위해 혀끝을 깨물었다. 안젤리카가 자리를 비우고 에덴을 만나러 갔던 날보다, 라니에로는 훨씬 무서웠다.

라니에로가 물었다.

"어디 있나?"

시스엔은 침묵했다.

"왜 그녀는 널 데려가지 않았지?"

돌아온 것은 여전히 침묵이었다.

"네가 아니라면 누굴 데려간 거지?"

굳게 다물린 입술은 열리지 않았다. 라니에로의 눈썹에 힘이 들어갔다. 그가 자리에서 일어났다. 그러자 시스엔이 크게 떨었다.

"아내의 패물을 값으로 치러 숙식을 해결했다고 들었다. 일부러 잡힌 거겠지?"

라니에로는 시스엔의 어깨에 턱을 괴고 속삭였다. 공포에 질린 시스엔이 팔을 움지럭거리는 것이 적나라하게 느껴졌다. 달콤한 목소리에 벌레가 꾀어드는 것 같았다. 그의 음성과 함께 고막을 타고 다리 여럿 달린 것들이 기어 들어가는 환촉이 느껴졌다.

시스엔은 대답하지 않았지만 라니에로에게는 상관없었다. 대답을 기대하지 않았다. 그저 그의 말을 들어 줄 나무토막이 필요한 것뿐이었다. 시스엔은 앞에 두고 떠들기 아주 좋은 나무토막이었다. 그녀의 떨림과 숨소리가 고스란히 단서가 된다. 평온을 가장하려고 해도 라니에로 앞에서는 쉽지 않을 것이다. 라니에로를 속이는 일은 무척 어렵다. 그가 알기로, 그를 속인 것은 그 앙큼한 작은 여자뿐이었다.

'이건 재미있는 일이야.'

라니에로는 솟구쳐 오르는 분노를 가라앉히기 위해 그렇게 생각하며 활짝 웃었다. 눈가에 살짝 경련이 일었다.

"남쪽으로 내려가 일부러 사람이 많은 곳에 얼굴을 노출했다. 그렇게 하면 그쪽 방면으로 수사 인력이 몰릴 것을 알았겠지."

라니에로는 여전히 시스엔의 귓가에 입술을 바짝 갖다 댄 채 추론했다.

"아내는 북쪽으로 갔겠군."

시스엔은 침착하려고 노력했다. 하지만 라니에로의 귀에는 그녀의 호흡이 조금 가빠진 것이 똑똑히 들렸다. 그래, 남의 몸이 보내는 신호를 잡아내는 건 이렇게 쉽다. 그런데 안젤리카가 거짓말을 했다고. 안젤리카는 매번 그에게 매달리고 교태를 부렸다. 조금도 거북함을 드러내지 않았다. 그런데 사랑하지 않았다고. 말도 안 되는 일이다.

억지로 끌어 올렸던 기분이 다시 바닥으로 처박혔다. 갑자기 커진 감정 기복에 라니에로는 속수무책으로 당해 버렸다. 그는 시스엔의 머리채를 쥐어 고개를 꺾었다. 두려움으로 얼룩졌지만 여전히 주인을 향한 지조와 절개가 느껴지는 밤색 눈이 그를 바라보았다. 라니에로는 입술을 비틀었다.

"네 주인이 널 버렸다."

계속 침묵으로만 일관하던 시스엔이 희미하게 웃었다.

"네 주인이 널 배신했는데 이렇게 완고한 게 다 무슨 소용이지?"

마른 입술이 열렸다.

"내 인생의 주인이신 나의 공주…… 그분께서는…… 변하신 지 오래되었습니다."

목소리도 메말라 갈라져 있었다. 하지만 젖은 천처럼 무겁기도 했다. 도시노 백작 부부는 잠자지 못하도록 시스엔을 고문한 모양이었다. 라니에로의 귀환 전에 안젤리카의 행방을 알아내고 싶었을 테니 가능한 수단은 전부 동원했을 터다. 육체적인 고문 흔적도 보였다. 여태껏 겪어 본 적 없는 괴로움이 매 순간 그녀를 좀먹고 있을 텐데도, 시스엔은 웃었다.

그건 라니에로의 웃음과는 전혀 결이 달랐다. 스스로를 속이는 사람의 표정이 아니었다. 라니에로는 사람의 얼굴이 가진 개성은 구분하지 못했지만, 표정은 알아볼 수 있었다. 그의 얼굴에서 억지웃음이 씻겨 나갔다.

"그분이 아무리 변하셨더라도…… 저만은 그분 편. 그분의 신뢰와 저의 충성만큼은……."

라니에로에게는 없는 공고한 신뢰의 기둥이 시스엔에게는 있었다. 심지어 그녀는 행복해 보이기까지 했다.

"그분께서 배신하셔도 저는 여전히 그분의 편이지요……. 몇 번을 배신하셔도 믿을 겁니다. 속아 드릴…… 거예요."

그 무덤덤한 고백은 라니에로에게 질문을 던지는 것처럼 들렸다.

'황후 폐하께서 당신을 배신했다면 당신은 그분에게서 돌아설 겁니까? 더 이상 믿지 않을 겁니까?'

라니에로는 혼란스러웠다. 믿지 않는 것이 당연하지 않은가. 거짓말을 한 이를 신뢰하는 건 바보짓이다. 그는 이제 안젤리카를 믿을 수 없었다. 용서하고 안아 주겠다고 다짐하기는 했지만 앞으로 믿을 수는 없을 것 같았다. 시스엔은 그런 라니에로보다 더 깊고 넓게 안젤리카를 포용하겠다고 선언했다. 올곧고 무조건적인 애정이 라니에로의 집착을 가뿐히 제쳐 버렸다.

그게 사랑인가? 패배감이 느껴졌다. 불길 같은 질투가 라니에로의 심장을 태우기 시작했다. 시스엔을 취조하려던 본래 목적은 까맣게 잊어버렸다. 라니에로는 얼굴을 일그러뜨리고 시스엔을 내려다보았다.

이기고 싶었다. 이런 자들에게서 배신을 얻어 내는 방법을 수천 가지 알고 있었다. 아무리 강한 충성심을 가진 자라도 10분이면 주인을 배신하게 된다.

'그렇게 할까?'

아니면 차라리……. 그의 손이 시스엔의 목으로 향했다. 죽여 버리면 더 쉽지 않나? 라니에로의 손끝이 시스엔의 목으로 파고들었다. 그러나 그 순간 역시 그를 방해한 것은 실비아의 날카로운 비웃음이었다. 실비아의 환청이 어디 한번 죽여 보라고 을러대는 것 같았다. 시스엔은 안젤리카의 정신적 자매나 다름없었다. 죽이면 안젤리카는 슬퍼하겠지. 그리고 라니에로를 두려워하겠지.

영영 그를 사랑할 수 없게 될 것이다.

라니에로는 더럭 겁이 났다. 그는 황급히 시스엔의 목을 놓았다. 동공이 흔들렸다. 그는 얼굴을 쓸어내리고 응접실 내부를 정신 사납게 서성거리다가, 시스엔을 두고 그대로 나가 버렸다. 무작정 복도를 가로지르는데 저쪽에서 도시노 백작 부인이 다가왔다.

"폐, 폐하. 명령하신 대로 북쪽 관문의 통행증 목록을 살폈는데……."

그녀는 허리를 깊이 숙이고, 떨리는 손으로 통행증을 내밀었다.

"한 달여 전, 출신이 불분명한 부부가 북쪽 관문을 통과했다고 합니다."

부부라. 라니에로는 통행증 두 장을 내려다보았다.

"그런데 그것이……."

도시노 백작 부인은 수치심 가득한 얼굴로 머뭇거리다 말했다.

"제가 이 통행증이 사용되기 며칠 전, 열쇠를 도둑맞은 적이 있습니다. 말씀드리기 부끄럽습니다만, 저는 가정에서 홀대받고 있는 상황이기 때문에 마, 마음이 무척 약해져 있었고……."

물기 가득한 목소리가 듣기 싫었다. 구구절절 자기 사정을 설명하려 드는 것도 귀찮았다. 라니에로는 핵심만 짧게 말하라고 일갈했다. 그러자 도시노 백작 부인이 허둥지둥 본론을 털어놓았다.

안젤리카 일행이 처음 왔던 날, 시스엔의 사용인이 백작 부인의 열쇠를 훔쳐 통행증을 가져간 것 같은데, 그 열쇠가 다음 날 안젤리카의 손에 있었다는 이야기였다. 그때는 아무런 의심도 하지 못할 만한 이유가 있었다는 읍소가 이어졌다.

라니에로는 멀거니 도시노 백작 부인을 바라보았다. 안젤리카가 도시노 백작령으로 데려온 사람은 셋. 둘은 황후궁의 시녀고, 한 사람은 시스엔의 사용인이다. 짐꾼으로 데려가겠다고 통보하던 안젤리카의 얼굴이 떠오른다.

"짐꾼과 함께 떠났군."

라니에로는 속삭이듯 중얼거렸다. 부부라고 말을 하고 다녔단 말이지. 아주 귀엽게도……. 짐꾼과 함께 북쪽으로 떠났다. 북쪽 황야는 녹록한 곳이 아니다. 길잡이가 없다면 미아가 되어 헤매다가 굶어 죽기 십상이었다.

안젤리카는 겁이 많다. 그냥 무모하게 황야로 덤벼들 위인이 아니다. 뭔가 보험이 있었을 것이다. 아마 그 짐꾼은 일찌감치 고용한 길잡이였을지도 모르고.

'분명 목적지가 있었다.'

그렇다면 목적지는 어디였을까? 적어도 고향인 언로 왕국은 아니었다. 방향도 맞지 않고, 거기라면 안젤리카를 다시 내쫓았을 것이다. 언로의 국왕은 악틸러스를 두려워했다. 딸을 시집보내 놓고도 안부조차 묻지 않을 만큼.

'갈 만한 곳……. 앤지가 갈 만한 곳.'

그런 곳이 어디인지 계속 생각하고 추측하던 때였다. 기억 한 장면이 머릿속에서 불쑥 튀어나왔다. 튜니아 신전을 활보하다가 안젤리카의 목소리를 들은 일이 있었다. 무심코 이끌린 장소에서 어떤 남자가 황급히 문을 닫고 여기는 외부인의 출입이 금지된 공간이라고 했다. 안젤리카를 보지 못한 지 오래되어 환청을 들은 줄 알았던 라니에로는 순순히 물러나 주었다.

얼굴에서 핏기가 가셨다. 환청이 아니었다. 안젤리카는 정말로 거기에 있었다. 그들은 며칠이나 같은 공간에 살았다. 안젤리카도 분명 알았을 것이다. 안젤리카뿐만이 아니다. 튜니아 신전의 모두가 알고 있었다.

오직 라니에로만 몰랐다. 까맣게 속아 넘어갔다. 목구멍이 타들어 갔고 눈앞이 깜깜했다.

"당장 말을 준비해라. 활도."

라니에로가 거친 목소리로 말했다. 도시노 백작 부인은 잠깐 멈칫거렸다가 허둥지둥 말을 준비하러 갔다. 당장 튜니아 신전령으로 떠나야겠다는 생각만이 라니에로를 지배했다. 안젤리카가 왜 거기로 갔는지는 모른다. 아직 거기 있을지 확실하지도 않았다. 하지만 추론할 여유가 없었다. 가야 한다는 집념이 앞섰다.

'빨리 가야 한다.'

그녀가 지금 거기 없더라도 마찬가지다. 한시라도 빨리 도착해야 한다. 안젤리카가 거기 있었던 흔적, 추적할 단서가 없어지기 전에. 얼굴이 자꾸만 뜨거워졌다. 마음이 조급해졌고 시야도 좁아졌다. 여태까지는 별로 멀게 느껴지지 않았던 튜니아 신전까지의 거리가 까마득하게 여겨졌다.

그의 진로를 톡톡히 방해할 눈. 아직 녹지 않았을 것이다. 그렇게 많이 쏟아졌으니 당연하다. 안젤리카에게로 가는 길에는 악재뿐이었다. 도시노 백작이 다가와 황제를 수행할 최고의 인력을 붙여 주겠다고 굽신거렸다. 하지만 라니에로는 들은 척도 하지 않았다.

'혼자 가야 한다.'

그는 생각했다. 병력을 데려가는 건 거추장스럽기만 할 게 뻔했다. 신의 축복을 받은 라니에로의 체력을 일반인들이 따라올 리 만무했다. 라니에로의 머릿속에 충동을 불어넣곤 하는 목소리가 이번만큼은 그를 만류했다.

'아냐, 가지 마. 함정이야.'

그 목소리에 본능을 맡기면 언제나 일이 잘 해결되었다. 경험해서 잘 알고 있었다. 그러나 그는 처음으로 그 목소리에 따르지 않았다. 그것이 뭐라고 속삭이든 간에, 그는 가야만 했다.

* * *

지금 이 순간에도 라니에로가 다가오고 있었다. 무서운 속도로 황야를 질주해 올 그를 생각하면 음식도 넘어가지 않았고 잠도 오지 않았다.

소꿉놀이는 완전히 끝나 버렸다. 원작이 왜 바뀌었는지는 모르겠다. 세라피나는 그녀를 둘러싼 잔혹한 운명에서 벗어났고, 나는 긁어 부스럼을 만든 꼴이 되었다.

세라피나의 간청으로 에덴의 근신은 해제 조치되었다. 그녀는 대주교와 성기사단장을 따로 만나 긴 이야기를 나누었다. 결과가 정해진 싸움이었다. 튜니아 신전령에서 성녀의 영향력은 절대적이다.

한편, 신전령 사람들은 나를 불청객 취급 했다. 겉으로 티 내지 않으려고 노력하고 있었지만, 그들의 친절 사이사이에 콕 박힌 위화감만은 쉽게 지워지지 않았다.

물론 살가운 대접을 바라지는 않았다. 나는 원래도 환영받을 만한 손님은 아니었다. 그들 입장에서 나는 시한폭탄이나 다름없다는 건 충분히 이해했다. 악틸러스 황제로부터 도망쳐 온 황후라니.

다른 집단이라면 당장 내쫓았을 텐데, 여태껏 받아 주고 있다는 것만으로도 자비신의 신전이라는 이름값은 훌륭히 해낸 것으로 보아도 좋겠지.

그걸 이해하는 것과는 별개로, 아무튼 나는 외로웠다. 세라피나와 에덴은 내게 우호적인 편이었지만, 그들도 내 처지에 공감해 주지 못하기는 매한가지였다. 성심성의껏 나를 도우려고 애를 쓰기는 하지만, 내 상황이 어떤 것인지 전혀 이해하지는 못하는 세라피나. 자신을 둘러싼 모든 것을 오직 도구로 사용할 뿐인 에덴.

두 사람한테 고맙지 않다는 게 아니다. 에덴에게는 특히 고맙다. 솔직히 말해서 나는, 에덴이 나를 버릴 거라고 생각했다. 의리보다 능률이 우선인 사람이니까. 그가 나를 죽게 내버려 두지 않겠다고 한 순간에는 조금 위안이 되었다. 그래도 내가 너무 답답하게 굴면 결국은 버림받을지 모른다는 생각에 불안한 건 마찬가지였다. 악틸러스에 시스엔마저 두고 온 내가 의지할 곳은 이제 아무 데도 없었다.

사람들 사이에 있을수록 숨이 막혔다. 그런 탓에, 이제 세라피나의 방에 틀어박혀 있기만 할 이유가 없는데도 나는 거기에서 나오지 않았다. 그러던 어느 날 밤, 에덴과 세라피나가 내게 찾아왔다. 두 사람 다 무거운 표정이었다.

"원칙적으로 들어오면 안 될 사람이 있네요."

나는 툭 농담을 던졌다. 하지만 웃지는 못했다.

"방 주인의 허락이 있었으니까 괜찮습니다."

에덴은 가볍게 내 농담을 받으며 침대 앞에 앉았다. 세라피나도 머뭇거리다 그의 옆에 자리했다. 나는 신경질적으로 머리카락을 헤집었다. 에덴이 입을 열었다. 달래는 듯한 말투였다.

"황제가 군대를 이끌고 오진 못할 겁니다. 그렇죠? 그 자신은 몰라도 기사들의 상태가 좋지 않을 테니까."

나는 고개를 끄덕였다.

"결국 혼자 올 겁니다. 혼자라면 우리 쪽 승산이 없는 것도 아니에요. 성기사들의 전투력도 만만치 않으니까요."

세라피나가 입술을 달싹이다 고개를 숙였다. 나는 그 작은 신호를 놓치지 않았다.

“너무 비관할 일이 아닌지도 모릅니다. 한 달 반이나 과로한 황제를 우리 영역으로 끌어들인다고 생각하면……”

얼핏 들으면 그럴듯했지만, 냉철한 에덴답지 않게 너무 희망적인 해석만 늘어놓고 있었다. 에덴은 라니에로가 악틸라의 대자라는 것, 그에게는 살육에 천재적인 재능이 있다는 것을 일부러 무시했다. 나를 달래기 위해서. 나는 미소 지었다. 고맙지만 도움은 안 됐다. 나는 떨리는 목소리로 말했다.

“꼭 싸워야 할까요? 그런 사람을 상대로……”

“싸우지 않으면?”

“대화로 해결할 수 있지 않을까요?”

말을 뱉어 놓고도 스스로가 바보 같아 나는 이내 입을 다물었다. 에덴의 얼굴에 당황한 빛이 떠올랐다.

“만약 당신이 굳이 그걸 원한다면……”

“알아요.”

나는 다급히 에덴의 말을 끊었다.

“당신 계획에 대화는 없다는 거……. 당신에게는 라니에로를 죽일 이유가 분명히 있잖아요.”

옛 성소의 문에 새겨져 있다는 글귀가 떠올랐다.

‘악틸라의 피가 준비되면 튜니아의 검으로 열어라.’

세라피나의 시선이 에덴 쪽으로 돌아갔다. 에덴이 라니에로를 죽여야만 하는 이유가 궁금한지도 모른다. 에덴은 세라피나를 마주 보아 주지 않았다. 오직 나만 바라보았다. 나는 에덴의 눈을 살짝 피하며 웅얼거렸다.

“화난 그 사람과 대화를 나눌 수 있을 거라는 생각도 안 해요.”

전쟁신의 화신이랑 대화로 잘 해결하겠다는 발상 자체가 어불성설인 건 당연했다. 만나자마자 검부터 날아올 거라고 생각하는 쪽이 합당했다. 에덴이 자리에서 일어났다.

"무장을 준비하도록 성기사단장을 설득해 보겠습니다."

나는 고개를 끄덕였다. 잘될 거라고 생각하지는 않았다.

좀 시간이 지난 후였다. 세라피나가 나를 불렀다.

"안젤리카?"

문 너머에서 소리가 들려왔다. 그녀는 기도실에 있는 모양이었다. 나는 침대 밖으로 다리를 내밀고 땅을 디뎠다. 실내화를 신고 가벼운 겉옷도 걸쳤다.

"세라피나?"

나는 천천히 기도실 문을 열었다. 세라피나는 기도 의식 중이었다. 어두운 기도실을 촛불 빛이 밝혔다. 그릇에 떠 놓은 성수 위로 주황색 그림자가 어룽거렸다. 나는 그녀를 방해하고 싶지 않아 숨을 죽였다. 그런데 기도 중인 세라피나가 나를 왜 불렀을까?

그녀는 내게서 등을 돌린 채 앉아 있었다. 긴 머리칼은 한 올도 빠짐없이 머리쓰개 속으로 집어넣은 채였다. 조용히 기도하는 줄만 알았던 세라피나가 다시 나를 불렀다.

"안젤리카, 이리 와요."

나는 왠지 불길한 느낌에 사로잡혔다. 평소 세라피나의 목소리가 아닌 것 같았다. 맑고 상냥하면서도 묘한 힘이 느껴지는 목소리가 아니었다. 달큼하기도 하고 어쩐지 끈적거렸다. 하지만 나는 얌전하게 '네.' 하고 대답하며 그녀에게 다가갔다.

"앉아요."

거역할 수 없는 마력에 나는 엉거주춤 자리에 앉았다. 기도실 안은 어두웠다. 고개를 숙인 세라피나의 얼굴은 잘 보이지 않았다. 나는 머뭇머뭇 양손을 모으고 그녀처럼 머리를 숙였다.

세라피나는 무슨 기도를 하고 있는 걸까?

의문 속에서 그녀를 힐긋힐긋 곁눈질하던 와중, 그녀가 갑작스레 고개를 들었다. 붉은 눈이 나를 바라보았다.

"앤지. 이제 다 왔어."

라니에로였다. 그가 활짝 웃으며 내 목을 움켜쥐었다.

나는 숨을 크게 들이쉬면서 잠에서 깼다. 귀가 먹먹할 정도로 심장 소리가 컸다. 옆에서 자고 있던 세라피나가 깨어나 잠이 묻은 목소리로 물었다.

"무슨 일이에요?"

나는 가슴을 부여잡았다. 심장 박동은 도저히 가라앉지 않았다. 오랜만에 꾼 악몽이었다. 악틸러스를 벗어나고 나서는 한 번도 꾸지 않았는데. 라니에로가 날 찾으러 오고 있다는 것을 느낄 수 있었다. 지금까지는 막연한 추측이었다면, 꿈이 확신을 주었다.

'오고 있어.'

내 것인지, 최근 자주 강하게 느껴지던 계시적 확신인지 확실치 않은 목소리가 내 귓전에서 울렸다.

'가까워. 곧…….'

"가까워요."

"가깝다니. 이렇게 빨리요? 불가능한 속도예요."

보통 사람이라면 그렇겠지. 라니에로는 전쟁신과 강하게 동화될수록 신체적 능력도 인간의 것을 아득히 뛰어넘는다. 그런 그가 잠을 자지도, 먹지도 않고 그저 내달린다면 이 속도도 불가능은 아니다.

아, 그런데 이런 설정을 어디서 알았지? 원작에는 없었던 것 같은데. 하지만 중요한 게 아니었다. 그가 오고 있었다. 나를 잡으러. 이렇게 빨리 왔다는 건, 감정이 아주 고조되었다는 뜻이었다. 내게는 악재였다. 나는 몸을 떨었다. 세라피나가 조심스레 내 손을 잡았다. 그녀는 내 손이 덜덜 떨리는 것을 보더니 나를 끌어안았다.

"미안해요."

또 의미를 알 수 없는 사과였다. 나는 자리를 박차고 일어났다. 기도실 문을 열었다. 그리로 들어서는 순간 갑자기 내 전신을 타격하듯, 어떤 문장이 내 머리에 내리꽂혔다. 나는 그 문장이 가져다준 충격에 파르르 떨었다. 문간을 짚고 뒤를 돌아보았다. 침대에 앉은 세라피나가 뭔가 직감했는지 하얗게 질려 나를 보고 있었다.

"튜니아의 검은 당신이 아니야."

에덴과 내가 착각했었다.

"정확히 누구인지는 모르겠지만 당신이 아니라는 것만은 알겠어."

어떻게 내가 이런 것들을 자꾸 알게 되는지 모르겠다. 알 수 없는 곳에서 누군가 전달해 주는 확신. 한 치의 어긋남 없이 들어맞는 이것은 계시라고 부르는 것이 더 정확할지도 모른다.

어디에서 오는 걸까? 나는 문득 갈증을 느꼈다. 이렇게 확실한 이정표를 더 많이 가지게 된다면, 이 갑갑한 상황을 헤쳐 나갈 방법을 얻게 되지 않을까? 어느새 나는 나도 모르게 양손을 모으고 중얼거렸다.

"세라피나가 아니라면 무엇이 튜니아의 검이지?"

빠른 발걸음으로 기도실 안을 빙글빙글 돌았다. 발바닥으로 냉기가 올라와 이내 감각이 없어졌다.

"그걸 왜 튜니아의 검이라고 부르는 거지?"

나는 절실해졌다. 정말 알고 싶었다. 그리고 그때 다시 한번 계시가 내리꽂혔다.

'검의 계획은 실패한다.'

내가 원하던 답은 아니었지만, 튜니아의 검에 대한 정보이기는 했다. 하지만 여전히 난해하고 추상적이었다. 검의 계획이 실패한다니? 추측하기 막막했다. 나는 생각했다.

'그게 무슨 뜻인지 알고 싶어.'

하지만 더 이상 검에 대한 답은 돌아오지 않았다. 대신, 눈을 감았다 뜨자 눈앞에 잠깐 환상이 펼쳐졌다. 나는 황야에 있었다. 새카맣고 맑은 하늘 아래, 미처 녹지 못한 눈이 제멋대로 얼어붙어 빙판이 되어 있었다.

그 위를 내달리는 말 한 필이 있었다. 말은 누가 보아도 혹사당한 기색이 역력했다. 체력은 고갈된 지 오래였지만, 정신력으로 달리고 있었다. 말에게도 정신력이 있다면 말이지만.

그 위에 우아한 짐승처럼 올라탄 라니에로가 끊임없이 채찍질을 하고 있었다. 그는 자신이 올바른 길로 가고 있는지 의심하지 않는 표정이었다. 내가 튜니아 신전으로 올 때 가끔 받았던 '계시'를 그는 온몸으로 내내 받고 있는 듯했다.

라니에로는 올바른 방향으로 오고 있었다. 나침반을 보지 않고도, 별의 거리를 재지 않고도 무섭도록 나와의 거리를 좁혀 왔다. 사흘도 되지 않아 그는 여기에 도달할 것이다.

눈을 감았다 떴더니 다시 기도실 풍경이 보였다. 갑작스레 바뀐 풍경에 눈앞이 핑그르르 돌아, 나는 바닥에 넘어졌다.

"안젤리카!"

세라피나가 나를 황급히 붙잡았다. 나는 가물거리는 의식을 붙잡으면서 그녀의 얼굴을 올려다보았다.

또다.

또 그녀는 죄책감으로 얼룩진 표정이었다.

* * *

"악틸러스의 세력이 더 커지는 걸 대주교께서도 염려하지 않으셨습니까?"

에덴이 대주교를 따라다니며 끊임없이 떠들었다. 허리를 꼿꼿하게 펴고 뒷짐을 진 대주교는 쉬이 입을 열지 않았다. 그만하면 단념할 만도 한데,

에덴은 오늘따라 집요했다. 대주교의 길을 가로막는 결례까지 서슴지 않았다.

"들어 보십시오, 대주교 성하. 그가 여기로 오고 있습니다. 그런데 단신일 겁니다. 확실해요. 본국과 몇 주 거리 떨어진 이곳에, 황제가 혼자 온단 말입니다."

딱정벌레처럼 빛나는 대주교의 작은 눈이 에덴의 얼굴을 꼼꼼히 살폈다. 대주교가 아는 에덴 또한 그런 '좋은 기회'를 놓칠 인물이 아니다. 하지만 눈앞의 에덴에게서는 대주교가 흐뭇하게 보던 혈기가 더 이상 느껴지지 않았다. 하는 말은 비슷한데 그 말을 하는 이유가 예전과 딴판인 게 빤히 보였다.

변했다는 생각은 오래전부터 했다. 그래서 에덴이 '예전의 에덴'처럼 신앙심을 보일 때마다 지나치게 기뻐해 왔다. 대주교는 자기가 실수했다는 사실을 이제야 깨달았다. 에덴은 대주교가 무슨 생각을 하는지도 모르고 호소했다.

"악틸러스를 와해시킬 기회입니다. 대자가 죽으면 악틸라 또한 피 흘리고 약해질 겁니다."

대주교는 불쑥 손을 들어 에덴의 머리칼을 쓸어 주었다. 에덴이 어색한 얼굴을 했다.

"정말 많이 변했구나, 에덴."

"성하. 급한 건 옛 추억이 아닙니다."

"그래. 네 마음이 앞서는 건 알겠다. 하지만 어떻게 성기사단에게 악틸러스의 황제에게 대적할 준비를 하라고 명하겠느냐. 우리가 누구 때문에 웨이브를 막았더냐."

"은혜를 갚으려 드는 것도 좋지만 그러다 다 죽을지도 모릅니다. 여기 오는 황제의 기분이 좋지 않을 게 뻔하잖습니까."

대주교는 느긋하게 걸음을 옮겼다. 도통 설득되지 않는 그의 태도가 에덴은 마뜩잖았다.

"그는 분노해서 달려올 거고, 저희가 황후를 은닉한 데에 대한 책임을 물을 겁니다."

"그 황후를 여기까지 데려온 네가 할 말은 아니구나."

"성하, 황후를 버리실 겁니까?"

에덴의 목소리에 가시가 돋았다.

에덴, 아니 차수현은 본디 잔잔한 마음을 가진 인간이다. 대부분의 경우 그의 마음은 미풍조차 없는 바다처럼 끔찍하게 고요했다. 라니에로와는 조금 다른 이유이기는 했지만, 그에게도 모든 사람은 비슷하게 가벼운 존재로 여겨졌다.

그러나 안젤리카는 조금 각별했다. 같은 세상에서 왔기 때문이다. 많이 소중한 건 아닐지라도, '다른 사람들보다는' 소중하다는 게 중요했다. 안젤리카를 살릴 것이냐, 튜니아 신전의 다른 사람들을 살릴 것이냐 그 가운데서 선택한다면 당연히 전자였다.

물론, 튜니아 신전 사람들이 안젤리카를 버리는 선택을 하는 것도 용납할 수 없었다. '조금' 각별한 안젤리카의 목숨이 이 모든 사람의 목숨을 합한 것보다 에덴에게는 중요했으므로. 0은 아무리 더해 봤자 0이다. 그녀를 제외한 그 누구도 에덴과 공감대를 형성해 주지 못한다.

대주교는 예민하게 구는 에덴을 지그시 바라보았다. 에덴의 눈이 감정으로 일렁거리기 시작했다. 대주교는 찬찬히 그 감정을 읽어 보았다. 어렵지 않았다. 그는 자신의 말을 따르지 않는 대주교를 경멸하고 있었다.

'아, 이 오만한 녀석아.'

대주교는 혀를 차며 에덴의 말을 들어 주었다. 에덴의 목소리에는 조금씩 열기가 깃들기 시작했다.

"만약 황후를 버릴 거였다면 일찌감치 그랬어야 합니다. 황제가 여기 머무는 동안요. 처음부터 그녀를 받지 말았어야 했는지도 모릅니다."

"그러냐."

"착하고 가여운 사람이에요."

에덴은 급기야 동정심에까지 호소해 보았다. 평소라면 절대 하지 않을 짓이었다. 하지만 대주교는 꼼짝없었다. 그는 뒷짐을 지고 에덴을 보며 빙그레 웃었다.

"에덴. 너, 정말 그렇게 생각하는 거냐?"

"예."

"늙은이 눈에는 다르게 보인다."

"어떻게 보이십니까?"

"네게 원하는 게 있고, 내게 그걸 들어 달라고 조르기 위해 그럴듯한 구실을 갖다 붙이는 걸로 보인단 말씀이야."

에덴은 잠시 침묵했다. 대주교의 말이 뼈아프게 다가와서가 아니라, 이해할 수 없어서였다.

"하지만 그렇다고 제가 말한 내용이 거짓말이 되는 것도 아닙니다. 이게 저희에게 기회라는 것부터……."

대주교는 악틸러스의 황후에 대해 생각했다. 소심한 것처럼 보이지만 눈치가 빠르고 행동력이 시원시원하다. 최근에는 도통 무엇에도 의욕을 갖지 못하고 성녀의 방에만 틀어박혀 있는데, 대단한 정신적 충격을 받은 지 얼마 안 되어서 그래 보였다.

인격으로 말할 것 같으면, 소박하게 이기적이었다. 타인의 불행에 안타까워할 줄은 알지만, 자기가 가진 것은 선뜻 내놓지 못하는 평범한 사람. 자신에게 돌아올 불이익이 두려워 불의에 눈감기도 하고, 누군가를 방패 삼아 위험을 회피하려는 시도도 한다. 그 때문에 튜니아의 성녀가 그녀의 희생양이 될 뻔했다. 그녀가 꾸민 것이 정확히 무엇인지는 몰라도.

떠올리면 괘씸해야 마땅하지만, 그릇 작은 인물이 오죽 무서웠으면 그랬겠나 싶어 대주교는 화도 나지 않았다. 당사자인 성녀 또한 그녀에게 악감정은 없어 보였다. 대주교는 눈을 끔벅거리다 나직하게 에덴을 불렀다.

"에덴."

에덴이 한숨을 푹 쉬고 대꾸했다.

"말씀하십시오."

"사실 말이다, 악틸러스 군대가 여기를 떠나던 날 악틸러스의 황후가 하는 행동이 수상쩍지 않았니?"

그날을 떠올린 에덴은 부정하지 못했다. 그날 원작이 틀어지고 나서, 패닉에 빠진 안젤리카는 누가 봐도 수상하다는 티를 줄줄 흘리고 다녔다. 그 상태로 에덴부터 찾은 것도 현명한 선택은 아니었지. 에덴은 갈라진 목소리로 물었다.

"그래서…… 버리실 겁니까? 그 이유 때문에요? 하지만 당사자인 성녀께서 그녀를 용서했어요."

그는 여기에는 어떻게 반박할 거냐는 듯한 태도로 재빠르게 말했다. 대주교는 잔잔하게 웃으며 고개를 저었다.

"방금 나도 구실을 붙였을 뿐이란다. 마음이 정해진 게 먼저고 구실이 붙는 게 나중이지. 그러니까 나는 말이다, 네가 뭐라고 반박하든 설득되지 않을 게야. 마음이 이미 정해졌거든."

그제야 대주교의 의중을 대강 이해한 에덴의 얼굴이 어두워졌다.

"악틸러스의 황후를 위해 성기사들을 소집하는 일은 없을 거다."

"이유를 여쭤봐도 됩니까?"

"성기사들을 소집해 악틸러스의 황제를 혼쭐내 주자는 게 네 계획이어서 그렇단다."

"그러니까 제 말에 무조건 반대할 준비만 하고 계셨다는 겁니까?"

날카로운 말에 대주교는 그저 웃었다.

"그래. 사실 또 다른 구실도 있지. 우리 성기사들이 한꺼번에 덤벼도 그자를 이길 수는 없단다. 마수 토벌에서 보지 않았니? 그는 적이 아무리 많아도 승리한다. 거기가 싸움터, 전쟁터인 이상은 그의 소관이야."

라니에로가 보여 주었던 기예에 가까운 학살을 떠올린 에덴은 대주교의 말을 이해했다. 하지만 그렇다고 모든 의문이 해소되는 것은 아니었다.

"구실 얘기는 그만하세요. 요는 제 계획이 무엇이든 들어주지 않겠다고 결심하신 것 아닙니까?"

대주교는 고개를 끄덕였다. 에덴은 대주교를 잘 알았다. 그는 개인적 원한으로 에덴을 벌하기 위해 이러는 것이 아니었다. 그렇다면 일이 어떻게 된 건지는 뻔했다. 머리가 지끈거렸다.

"성하. 성녀께서 그러라고 시키던가요?"

대주교는 부정하지 않았다. 이제부터 악틸러스의 황제를 공격하려는 에덴의 계획은 반드시 실패한다. 튜니아 신이 그것을 원했다. 정확한 이유는 알 수 없었지만.

*　*　*

나를 찾아온 에덴은 머리끝까지 화가 나 있었다.

"협조를 안 해 주겠대요. 다른 합당한 이유가 있는 것도 아닙니다. 그게 내 계획이라서!"

그는 평소처럼 차근차근 설명해 주지 않고, 격앙된 어조로 신경질을 부렸다. 나는 얼떨떨하게 에덴을 바라보았다.

"지, 진정해요. 좀 똑바로 설명도 해 보고……."

내 부탁에도 에덴은 진정하지 못했다. 그의 알맹이가 교양 있는 청년 차수현이 아니었다면 물건 몇 개가 작살났을 것이다. 그가 씩씩대며 허리를 짚고 나를 확 돌아보았다.

"대주교가 뭐라고 하는지 압니까?"

그, 그걸 제가 어떻게 알아요.

"제 계획이라면 무조건 반대할 준비를 하고 있었답니다. 이유가 뭔지 압니까?"

그것도 당연히 모르죠. 나는 살짝 고개만 흔들었다.

"세라피나가 그러라고 시켜서였습니다."

"세라피나가요?"

갑자기 튀어나온 예상외의 이름에 나는 눈을 휘둥그렇게 떴다. 에덴은 한숨을 푹 쉬었다.

"몰라요. 신께서 제 계획이 실패할 거라는 신탁을 내렸으니, 제 말에 무조건 반대하란 소리를 했다는 겁니다."

거기까지 말한 에덴은 벽을 쾅 쳤다. 나는 움찔했다.

"개소립니다. 그게 무슨 소리냐고요. 내 계획을 실패시켜야 하니 내 말을 들어주지 않겠다? 그게 신의 의지다?"

그러곤 그는 성기사로서는 해선 안 될 소리로 말을 맺으며 으르렁거렸다.

"그렇다면 그딴 신은 왜 있는 겁니까?"

한편 나는 약간 주눅 들어 에덴의 표정만 살피던 와중, 그의 말에서 단서를 얻었다. 잠깐. 신께서 에덴의 계획이 실패할 거라는 신탁을 내렸다고? 내 입에서 불쑥 이런 말이 튀어나왔다.

"에덴. 그럼 당신이 튜니아의 검이에요?"

"예?"

여전히 짜증이 가득 담긴 험악한 얼굴로 에덴이 나를 보았다. 나는 아까보다 더 주눅이 들었지만, 기도실에서 있었던 이야기를 에덴에게 전달해 주었다.

"검의 계획은 실패한다고 했어요."

내 말이 에덴의 기분을 아주 나락까지 떨어뜨리는 데에 일조한 것 같았다.

"내 실패가 정해져 있고, 그건 신의 의지라 막을 수 있는 게 아니다?"

나는 차마 고개를 젓지 못했다. 내 머릿속에 누군가 불어넣는 확신은 틀린 일이 없었기 때문이다. 그렇다고 고개를 끄덕이지도 못했다. 에덴이 내뿜는 기운이 너무 살벌했으니까.

'기분이 나쁘구나.'

당연할지도 모른다. 그가 어떤 행동을 하든 이미 정해진 결말로 모든 것이 수렴된다고 하면, 몹시 불쾌하겠지. 내가 바꿀 수 있는 건 아무것도 없다는 뜻이니까. 에덴처럼 스스로에 대한 확신이 강한 사람이 듣기에는 정말 화나는 소리다. 그는 이를 악물고 얼굴을 찌푸린 채 내내 서성거렸다. 한편, 에덴이 이성을 잃자 나라도 정신을 차려야겠다는 생각에 나는 머릿속이 확 맑아졌다.

아무튼, 튜니아 신전 사람들의 협조를 기대할 수는 없겠다. 튜니아 신은 에덴을 험한 상황으로 내몰 생각인 것 같으니까. 세라피나가 튜니아 신을 대변한다면, 그녀의 도움도 마찬가지로 기대할 수 없으리라. 그러면 라니에로가 나를 향한 분노로 미친 듯이 달려오는 이 상황에서 내가 할 수 있는 최선의 선택이란 무엇일까.

나는 눈을 감고 최대한 차분히 생각해 보았다. 라니에로는 이성을 잃었다. 나를 쫓아오고 있고, 그의 타깃은 오로지 나일 것이다. 협상의 여지는 없다고 보는 게 안전하다. 내게 있어 지금 최선의 결말은, 원작의 세라피나처럼 감금당하고 고통받는 것일 확률이 높았다. 나는 몸을 떨었다.

'그건 안 돼. 절대 싫어.'

악틸러스에서의 생활이 나쁘지는 않았다. 하지만 그건 어디까지나 라니에로가 내게 관대했기 때문이다. 이제 그런 관대함을 기대해서는 안 된다. 너무 겁이 나니 오히려 웃음이 나오기도 했다.

"사냥이 되어 버렸네."

여름에 예고했던 대로, 겨울에 안젤리카 사냥을 시켜 주게 생겼네. 나는 소름 끼치던 여름의 사냥을 떠올렸다. 그때는 사냥감에게 무기가 주어졌다. 나는 튜니아의 검을 바라보았다.

"에덴……."

내 부름에 그가 나를 마주 보았다. 그의 눈은 언제나 새카만 심연 같다. 하지만 왠지 이제는 두렵지 않았다.

"악틸라를 피 흘리게 하고 옛 성소로 가서 문을 열어요. 제가 유인할게요."

처음 악틸러스를 떠날 계획을 세웠을 때는 내가 이런 소리를 할 줄 상상도 못 했는데. 나는 눈을 질끈 감았다.

좋아. 악틸라의 피가 준비되면, 튜니아의 검으로 열어서 그 문 너머에 뭐가 있을지 한번 봐 보자고.

* * *

오감을 넘어 육감까지 활짝 열어 둔 채로 라니에로는 끊임없이 달렸다. 함정일 테니 가지 말라고 속삭이던 목소리는 이제 라니에로를 말릴 수 없다는 것을 깨달은 것 같았다. 그것은 오히려 라니에로에게 힘을 불어넣어 주었다. 일을 빨리 완수하고 그의 보금자리로 돌아가자는 듯.

안젤리카와 함께 보금자리로 돌아가는 건 오로지 그가 바라는 것이었다. 그에게 힘을 주는 무언가와 단둘이 동행하는 시간이 길어질수록, 라니에로는 취한 듯 즐거워졌다.

사냥 놀이야.

백작저의 응접실에서 시스엔과 했던 이야기는 아득히 날아가 버렸다. 용서나 신뢰는 중요한 것이 아니었다. 안젤리카를 데려가서 이제는 다시 도망칠 수 없게 만드는 것만이 그의 관심사였다. 목소리는 라니에로에게 인간을 초월한 힘과 폭력의 충동을 계속 동시에 불어넣고 있었다.

안젤리카를 곁에 두기 위해서라면 수단과 방법을 가릴 이유가 없었다. 그녀가 어차피 라니에로를 두려워하고 사랑할 수 없다면, 그래. 이제는 감정을 바라지 않겠다. 튜니아 신전령이 가까워질수록 그의 다짐은 점점 더 확고해졌다.

그가 목적지에 도달한 것은 날이 맑은 저녁이었다. 겨울답게 날씨는 아직 싸늘했고, 하늘은 피바다처럼 시뻘겋게 물들어 있었다. 타고 온 말은 기어이 거품을 물고 쓰러져 버렸다. 라니에로는 쓰러진 말을 차가운 땅 위에 버려두고 안장에 묶어 두었던 활과 검을 풀어 몸에 지녔다.

그 어느 때보다도 활력이 넘쳤다. 안젤리카가 가까웠다. 그것을 온몸으로 느낄 수 있었다. 기분이 자꾸만 널을 뛰었다. 날아오르다 곤두박질쳤다. 치가 떨리면서도 행복했다.

차가운 바람이 그의 등을 떠밀었다. 그는 신전으로 걸어갔다. 그가 올 줄 알고 있었던 듯, 대주교가 이미 문 앞에 서 있었다. 라니에로는 신전 앞 계단을 올랐다. 탁 트인 공간인데도 그의 목소리가 웅웅 울렸다.

"아내를 찾으러 왔다."

대주교는 의연하게 라니에로의 눈을 바라보았다. 하지만 붉은 눈을 직시하는 것만으로도 공포가 밀려와 눈꺼풀이 떨리기 시작했다. 목소리마저 떨려 나왔다.

"떠났습니다."

라니에로는 검집을 힘주어 쥐고 물었다.

"언제?"

"몇 시간 전입니다."

"어디로?"

대주교는 문을 나서던 황후의 모습을 떠올렸다. 그녀는 대주교를 보며 똑똑히 말했다. 옛 성소로 갈 거라고. 그 옆에서 에덴 역시 어깨 너머로 대주교를 향해 힐끗 눈길을 던지고는, 그녀의 뒤를 따라갔다.

"북쪽으로……."

"그 폐허로군."

몇 개월간 보수 작업을 거친 옛 성소는 이제 폐허는 아니었지만, 여전히 아무도 살고 있지는 않았다. 대주교는 이제 라니에로가 당장 등을 돌려 안젤리카를 추격할 줄 알았다. 하지만 라니에로는 이대로 그들이 안심하도록 놔둘 마음이 없었다.

"성녀를 내놔."

대주교의 어깨가 움찔했다. 누군가 외쳤다.

"황후의 행방을 알려 주었지 않았나!"

라니에로의 대답은 싸늘했다.

"닥쳐라. 내가 여기 왔을 때 나를 기만한 대가다. 성녀를 내놔."

그는 거침없이 대주교를 밀쳤다. 그 뒤 인파를 가르고 튜니아의 신전을 헤쳤다. 그는 성녀가 지내는 곳이 어디인지 알고 있었다. 예전 안젤리카의 목소리가 들렸던 곳으로 가면 되었다.

그는 황야를 가로질러 왔을 때처럼 거침없이 걸어, 튜니아의 신도라면 모두 경건하게 여겨 함부로 출입하지 않는 기도실 문을 열어젖혔다. 라니에로에게는 한없이 흐릿한 인상을 한 여자가 기도실 중앙에 앉아 있다가 일어났다.

들어온 사람이 누구인지 확인한 그녀의 얼굴이 창백해졌다. 두려움을 감추려 했지만 입술이 달싹거렸다. 세라피나는 최대한 태연한 체 촛불을 끄고 물그릇을 모아 제자리에 가져다 두었다.

라니에로는 세라피나를 기다려 주지 않았다. 손목을 우악스럽게 잡아 끌어당겼다. 어떠한 성적 긴장감도 없이 그저 난폭하기만 했다. 세라피나가 작게 비명을 질렀다. 사제들이 긴장한 얼굴로 라니에로를 바라보았다. 라니에로는 입술에 비웃음을 머금고 세라피나를 잡아끌었다.

"내게 가장 중요한 것을 네놈들 품에 숨겨 두었지. 그러니 내가 네놈들의 가장 소중한 것도 가져가야 옳다. 그래야 공정하지 않은가?"

세라피나가 끌려 나가는데도 아무도 라니에로를 막을 엄두를 못 냈다. 기백이 눈에 보일 정도였다. 압도적인 공포가 그들을 짓눌러 손발을 꼼짝할 수 없었다. 그들은 그제야 실감했다. 라니에로는 여태껏 그들을 굉장히 우호적으로 대해 주었음을.

"나의 앤지를 무사히 손에 넣는다면 이 여자도 살려 두겠다. 하지만 만일 내가 그녀를 찾지 못하거나."

새빨간 눈에서 불꽃이 튀었다.

"불완전하게 가져가야 할 일이 생긴다면 이 여자도 무사하진 못할 테다."

사제들의 잇새로 가느다란 신음이 터져 나왔다. 그들은 라니에로에게 항변하고 싶었다. 악틸러스의 황후는 에덴이 제멋대로 데려온 거고, 그들은 악틸러스와 척질 생각이 없었다고. 그러니 우리의 성녀를 데려가지 말라고. 하지만 세라피나가 가냘픈 미소를 띠고 그들을 돌아보며 고개를 저었다.

"괜찮아요."

그녀는 수수께끼 같은 말도 한마디 남겼다.

"제가 아니니까요."

라니에로는 순식간에 그들의 시야에서 사라져 버렸다. 세라피나는 달렸다. 아니, 라니에로의 속도에 맞추어 끌려갔다고 해야 더 정확할지도 모른다. 발가락이 수없이 꺾이고 때로는 휘청거려 발목을 접질렸다. 라니에로는 물론 세라피나의 몸을 보살펴 주지 않았다.

밤이 깊어서 그들은 옛 성소 앞에 도착했다. 라니에로가 우뚝 멈추어 섰다. 저쪽에 탁한 분홍색 머리가 휘날리고 있었다. 너무나 오랜만에 본 안젤리카의 모습이었다. 그녀는 활을 들고 있었다. 활. 라니에로가 가르친 무기. 그녀는 천천히 라니에로를 향해 화살을 겨누었다.

라니에로가 중얼거렸다.

"그래. 쏴 봐, 그대. 나를 꿰뚫어 봐."

그는 안젤리카의 눈을 집요하게 바라보았다. 연녹색 눈에 애정은 보이지 않았다. 불안과 공포가 가득 담겨 있었다. 그녀는 라니에로가 당장 죽어야 안심할 것 같았다. 그게 라니에로의 속을 싸늘하게 만들었다. 하지만 그는 또한 망설임도 읽었다. 겁이 많은 그녀는 자신의 화살이 전쟁신의 축복을 받은 라니에로를 꿰뚫을 수 있을지 의심하고 있었다.

라니에로가 세라피나를 밀치듯 놓았다. 그러곤 그 또한 활 통에서 화살을 꺼내 활에 메겨 안젤리카를 겨누었다.

그가 선언했다.

"끝장을 보자."

7. 패배의 밤

바람이 살을 에는 것 같았다. 한기가 뼈와 살을 분리할 기세로 덤벼들었다. 시위를 잡은 손이 빨갛게 얼어 갔다. 나는 땅을 단단히 딛고 선 채로 라니에로를 바라보았다.

그가 이성을 잃고 검을 뽑아 내게 덤벼들지도 모른다고 생각했다. 하지만 라니에로는 멀리서 내게 화살을 겨누었을 뿐이다. 이렇게 보니 그는 제법 냉정해 보였다. 잘 모르는 사람이 보면 다행이라고 손뼉을 칠지도 모른다. 하지만 그와 반년간 살을 부대끼고 살면서 내내 그의 눈치만 살폈던 나는 알 수 있었다. 라니에로 악틸러스는 돌아 있었다. 전혀 이성적이지 못한 상태였다.

수십 보 떨어진 곳에서 그가 발산하는 분노와 배신감을, 나는 만질 수도 있을 것 같았다. 몸이 사정없이 떨렸다. 너무 무서웠다. 이렇게 대치한 채로 시간이 멈추어 버렸으면 좋겠다. 다음 순간으로 나아가기가 너무 힘들었다.

나는 새삼 내가 얼마나 소인배인지, 얼마나 겁이 많은지 실감했다. 내가 왜 도망칠 수밖에 없었는지 그 이유가 머릿속에 선명하게 새겨졌다. 그가 내게 아무리 관대하게 굴더라도, 싫증이 나는 순간 손바닥을 뒤집듯 이렇게 변할 수 있는 것이다. 나는 그에게 의지할 수는 있었지만 끝까지 그를 신뢰하지는 못했다.

'너무 무서워.'

눈물이 고였다. 당장 엎드려 빌고 싶었다. 내가 잘못했다고, 사랑한다고 입 맞추고 궁으로 돌아가자고 보채고 싶었다. 그렇게 이 사건을 잠깐의 일탈로 봉합하고 끝내 버리고 싶었다. 하지만 나를 향해 활을 겨누고 있는 사람을 상대로 그런 꿈을 꾸는 건 너무 사치스러운 일이겠지.

나는 눈물을 참으려고 애썼다. 눈물을 흘려 버리는 순간 후들거리는 다리가 그대로 무너질 것 같았다. 나는 꼿꼿하게 서서 그에게 화살을 겨누었다. 그의 시선이 온전히 나만을 향하도록.

라니에로의 눈과 입가에 부정적 감정이 덩어리져 엉겨 붙어 있었다. 시선에 온도가 있다면 내 피부는 온통 타서 엉망이 되었을 것이다. 그의 모든 감각이 나를 향해 날을 세운다. 나는 버거울 정도로 예민해졌다. 이제 한계라고 느꼈을 때쯤이었다.

"제발……. 지금이야."

내 속삭임에 화답하듯, 갑자기 라니에로의 측면에서 새카만 덩어리가 튀어나왔다. 밤의 어둠 속에서 에덴이 든 칼은 선뜩하게 새하얬다. 놀란 세라피나가 날카로운 비명을 질렀다.

그 다음부터는 모든 것이 내 눈에 슬로모션처럼 천천히 보였다. 천하의 라니에로조차 가까운 곳에 에덴이 매복해 있다는 사실을 눈치채지 못했다. 나에게만 너무 집중한 탓이었다. 그의 강렬한 감정을 내가 앞에 나서서 온몸으로 받아 내는 동안, 에덴은 어둠 속에 도사리고 기회를 노렸다.

나와 에덴은 라니에로가 무척 화가 나 있으리라는 사실을 역으로 이용하기로 했다. 그의 목적지는 나였다. 나를 끔찍하게 살해할 예정이든, 살아서 고통받게 만들 예정이든. 그는 고삐 풀린 말처럼 날뛰면서 나만 볼 것이다. 나는 그냥 알 수 있었다. 내가 그에게 활이라도 겨눈다면, 우습고 어이가 없어서 내게만 촉각을 곤두세울 것이다.

그러면 라니에로가 내게 집중한 틈을 타 에덴이 뛰어든다. 에덴 개인의 능력은 라니에로에게 한참 못 미치겠지만, 잠깐의 허를 찌르는 정도라면 가능할지도 몰랐다.

예상은 보기 좋게 들어맞았다. 천하의 라니에로 악틸러스가 자신의 품을 무방비하게 노출했다. 이를 갈고 있던 에덴이 거침없이 그리로 파고들어 검을 휘둘렀다. 라니에로가 활을 놓쳤다. 에덴이 허벅지에 차 놓았던 단검까지 뽑아 다시 한번 그를 찔렀다. 세라피나가 경악에 찬 눈으로 그들을 보고 있었다. 금빛 머리채가 천천히 아래로 내려갔다.

차갑던 몸에 피가 확 도는 것 같았다. 내가 어떤 기분인지 정확히 모르겠다. 이제 정말 도망칠 수 있겠다는 안도감. 두려워하지 않아도 된다는 환희. 그리고 그 밑에 잔잔하게 깔려, 아주 예민하게 감각을 곤두세우지 않으면 느껴지지 않는 미묘한 슬픔. 종이 위에 물감을 엉망으로 짜 놓고 접었다 폈을 때처럼, 온갖 색의 감정이 제멋대로 휘몰아쳤다.

나는 털썩 주저앉았다. 갑자기 발목이 후끈거렸다. 덜덜 떨며 그쪽을 내려다보았더니, 화살이 꽂혀 있었다. 라니에로가 시위를 놓쳤을 때 날아온 화살이 박힌 것이다. 옷 위로 피가 번지는 것을 보고 나서야 고통이 몰려왔다. 나는 이를 악물고 화살대를 움켜쥐었다. 하지만 차마 화살을 뽑지는 못했다. 박힌 화살촉을 빼려면 얼마나 아픈지 안다. 나는 대신 화살대를 부러뜨려 버렸다.

이쪽으로 에덴이 달려왔다. 나는 바닥을 짚고 일어섰지만, 무심코 다친 다리에 힘을 주어 다시 앞으로 엎어졌다. 마음이 급해진 에덴이 머리 위로 짧은 욕설을 내뱉는 소리가 들렸다. 에덴은 안 되겠다 싶었는지 나를 아예 들쳐 안았다. 나는 외마디 비명을 지르며 에덴의 어깨를 끌어안았다. 에덴은 서둘러 옛 성소로 들어왔다. 내 귓가에 닿는 숨소리가 몹시 거칠었다.

나는 어깨 너머로 라니에로를 보았다. 그는 피 흘리며 무릎을 꿇은 채 멀거니 이쪽을 바라보고 있었다. 단 한 번도 상상하지 못한 광경이었다. 눈이 마주쳤다. 멀었지만 확실히 느낄 수 있었다. 나는 그 눈 속에 들어 있는 것이 무엇인지 차마 확인할 수 없었다. 아까와는 다른 방향으로 겁이 났기 때문이다. 나는 그쪽을 외면해 버렸다.

옛 성소는 어두웠다. 밤에는 아무도 없으니 당연하다. 에덴이 뛸 때마다 발소리가 크게 들렸다. 어둠이 사방에서 그와 나를 포위하고 조여 오는 것만 같았다. 분명 위험은 벗어났을 텐데 숨이 턱 막혔다. 별로 크지도 않은 건물을 가로질러 서고로 가는 길이 왜 이렇게 길게 느껴지는지. 발목은 타는 듯이 아팠고 등에서는 식은땀이 흘렀다.

서고에 들어선 에덴은 거침없이 한쪽 벽으로 다가섰다. 그는 조심스레 나를 바닥에 내려놓고, 내 얼굴을 잠시 들여다보았다. 어둠 속에서 어슴푸레하게 보이는 그의 얼굴도 창백했다. 에덴이 속삭였다.

"됐어요. 끝났어요."

"어떻게 됐는데요?"

나는 목이 메어 속삭였다.

"죽었을 거예요. 목을 찔려서……."

에덴이 그렇게 말하며 급하게 벽을 더듬었다. 나는 조심스레 발목을 더듬었다. 너무 아파 눈물이 고였다. 그때 내 머리 위에서 낮은 중얼거림이 들렸다.

"조금만 참아. 돌아가면…… 저쪽 몸으로 돌아가면 아프지 않아."

피비린내가 코를 찔렀다. 피가 내 발목에서만 나는 것은 아니었다. 에덴의 어깨도 푹 젖어 있었다. 라니에로가 순순히 당해 주지만은 않았나 보다. 나는 그제야 에덴이 중얼거리던 아프지 않다는 말이 스스로에게 되뇌던 것임을 깨달았다.

그때, 철컥 소리가 들렸다. 뭔가 막혀 있는 소리였다. 내게는 그저 소리였을 뿐이다. 하지만 에덴에게는 좀 달랐다. 그는 믿을 수 없다는 듯 자신의 손을 내려다보았다. 그러다 이내 벽에서 조금 떨어진 허공에서, 보이지 않는 무언가를 움켜쥔 듯한 그의 손이 계속 움직였다. 에덴의 숨이 더욱 거칠어졌다. 나는 엄습하는 공포 속에서 그의 손을 쳐다보았다. 단정한 얼굴이 일그러졌다.

"에덴, 괜찮아요?"

에덴은 내 말에 대답하지 않았다. 주먹으로 석벽을 쾅 쳤을 뿐이다. 한 번으로는 분이 풀리지 않았는지, 두 번. 세 번. 자신의 몸을 돌보지 않고 아주 거칠게. 끼고 있던 장갑이 망가져 손마디가 벗겨질 때까지.

"그만해요! 왜 그래요?"

나는 상체를 뻗어 그의 팔을 잡았다. 에덴이 허공에 흩뿌리는 하얀 입김이 불안정하게 벽에 닿았다. 에덴의 손이 몹시 차가웠다. 내 손도 빠르게 차가워지고 있었다. 왜 그러느냐고 물었지만 나는 이미 답을 알고 있었다. 문이, 열리지 않는 것이다. 에덴은 휘청거렸다. 현실을 부정하고 싶은 얼굴이었다.

"왜 열리지 않는 거야? 왜?"

그는 문 너머의 누군가에게 간절하게 속삭이듯 말했다.

"악틸라의 피를 보았잖아. 내가 튜니아의 검이라서 실패한 거야? 그저 실패할 운명이라서? 신이 그렇게 정해 두었으니까?"

에덴의 입술이 가늘게 떨렸다.

"내가 얼마나 열심히 했는지와는 관계없이, 내가 그저 실패할 운명이라서?"

그가 느끼는 좌절이 내게까지 영향을 끼쳤다. 나는 넋을 놓고 에덴을 올려다보았다. 에덴은 울분에 차 벽을 걷어찼다.

"아무리 그래도, 조건을 맞추었잖아!"

그는 악을 썼다. 그의 목소리가 서고 전체를 울렸다. 나는 그 공명 속에서, 약간의 위화감을 잡아냈다. 어떤 소리가 에덴의 목소리에 겹쳐 울리고 있었다. 온몸의 솜털이 쭈뼛 솟아올랐다.

'에덴은 조건을 맞추지 못한 거야.'

내 머릿속에서 또 결코 틀리지 않는 무언가가 속삭였다. 악틸라의 대자가 후계를 남기지 않고 죽어야만 신의 본체가 타격을 입는다. 악틸라가 피 흘린다는 것은 그런 뜻일 테다. 나는 벽에 등을 기대고 문 쪽을 바라보았다. 눈을 커다랗게 뜬 채.

"그가 죽지 않은 거예요."

아직도 벽에 화풀이를 하고 있던 에덴이 우뚝 멈추었다. 바로 옆에서 소란을 피우던 에덴이 조용해지자, 옛 성소 안에 들리는 소리는 이제 발소리뿐이었다. 묵직한 것 하나. 불규칙하게 들리는 가벼운 것 하나. 나는 무릎을 세우고 감싸 안았다. 그러자 발목이 너무 아파 신음이 흘러나왔다.

"살아 있을 수 없어요. 목을 찔렸다고."

에덴이 중얼거렸다. 하지만 그가 틀렸다. 서고의 문으로 인영 하나가 드러났다. 그것은 느리게, 하지만 아무 일도 없었다는 것처럼 멀쩡하게 다가오고 있었다. 붉은 안광이 내 쪽을 똑바로 향했다.

에덴의 말대로 그는 목을 찔렸다. 상처가 꽤 깊어 보였다. 하지만 자세히 보니 출혈이 이미 멎어 버렸다. 전쟁신의 축복을 듬뿍 받은 그는 인간의 경지를 뛰어넘어 괴물에 가까웠다. 그가 쇳소리 섞인 음성으로 말했다.

"나의 앤지. 사냥은 이제 끝났어."

그의 손에 검이 들려 있었다. 그가 그것을 높이 치켜들었다. 그 검이 누구를 벨지는 자명해 보였다.

"아, 안 돼!"

나는 일어났다. 엉겁결에 다친 발에 무게를 실어 버려, 강렬한 통증이 다리 전체를 타고 올라와 머리를 울렸다. 하지만 이를 악물고 버텼다.

에덴의 앞을 가로막고 섰다. 위험 앞에서는 무조건 도망칠 궁리만 하는 내 성격을 생각하면 상상을 초월한 일이었다. 저질러 놓으니 턱이 덜덜 떨렸다. 무서워서 발목이 아픈 것마저 잊어버릴 정도였다.

나는 에덴을 감싸느라 그의 주의를 끌게 된 것을 아주 잠시 동안 후회했다. 라니에로는 한 팔로 쉽게 장검을 든 채 나를 뚫어져라 바라보았는데, 그 얼굴이 너무 무표정해 시체 같았다.

서고 사이로 기어들어 숨어 버리는 게 나다운 선택인데. 하지만 지금 에덴이 죽어 버리면, 여기서 살아남는다고 해도 나는 평생 끔찍한 삶을 살게 될 것 같았다. 여름 사냥 때와는 달랐다. 내게 적대적인 사람에게 맞서는 것과 우호적인 사람을 제물로 바치고 도망치는 건 아주 다른 일이었다.

하염없이 눈물이 흘렀다. 멍청한 안젤리카. 나는 결국 어중간하게 되어 버렸구나. 철저하게 약삭빠르지도, 철저하게 착하지도 못한 인간이 되고 말았어. 일이 닥치면 결국 이런 선택을 해 버릴 걸, 왜 살아남는 것에만 최선을 다하겠다고 호언장담했을까.

라니에로가 천천히 팔을 내렸다. 매서운 칼끝이 내 목으로 곧장 들어왔다. 나는 신음을 흘리며 고개를 뒤로 뺐다. 그만큼 칼날도 더 가까워졌다. 잔뜩 쉬어 버린 목소리로, 라니에로가 내게 명령했다.

"비켜."

하지만 나는 비키지 않았다. 몸이 벌벌 떨리는 건 어쩔 수 없었지만, 그 자리에서 꼼짝도 하지 않았다. 뒤에서 에덴의 숨소리가 들렸다. 그가 머리를 굴리고 있다는 게 느껴졌다. 여기서 라니에로를 지나치게 자극하지 않으면서, 나와 그 둘 다 살아남을 길을 찾으려고. 하지만 헛수고다. 그런 길이 있을 리 없다.

라니에로는 조금 더 바짝 나를 위협해 왔다. 목에 금속이 닿았다. 그쪽으로 온 촉각이 곤두세워져, 그의 검이 내 피부에 아주 가느다란 상처를 내고 있다는 걸 알 수 있었다.

"비켜. 그대는 내가 세 번 말하게 할 건가."

나는 벌벌 떨며 길게 숨을 내뱉었다. 하지만 비키지 않았다. 이만 각오를 하자. 죽을 거야. 나와 에덴 둘 다 죽게 되겠지. 안녕, 에덴. 당신은 재수 없지만 그래도 의지가 되는 동료였어요.

스르르 눈을 감으며 속으로 에덴에게 작별 인사를 건네던 때였다. 갑자기 요란한 소리가 났다. 쩡! 마치 정으로 얼음을 깨는 듯한 소리였다. 눈을 떠 보니 검이 바닥에 떨어져 있었다. 라니에로가 칼을 버린 것이었다.

얄량하게 앞을 가로막은 내 시도가 우습다는 듯, 라니에로는 맨손으로 너무나 쉽게 나를 치워 버렸다. 나는 작은 비명을 지르며 엉덩방아를 찧었다. 화살촉이 발목으로 더 파고드는 느낌이 났다.

"윽……!"

나는 얼굴을 찌푸렸다. 통증 때문에 눈앞이 가물거렸다. 하지만 다음 순간 들려온 무자비한 소리 때문에 정신이 번쩍 들었다. 벽에 에덴을 밀어붙인 라니에로가 주먹으로 그를 후려갈기고 있었다. 에덴의 고개가 홱 돌아갔다. 한 번, 두 번. 차라리 라니에로가 무슨 말이라도 하면 덜 무서웠을지도 모르는데, 그는 지독한 침묵 속에서 기계처럼 일정한 힘으로 계속 에덴을 구타했다.

처음 가격당했을 때 에덴은 라니에로의 팔을 붙잡고 있었다. 일말의 반항이었다. 고통 때문에 흘리는 소리도 들렸다. 하지만 다섯 대, 여섯 대가 되자 그의 손이 툭 떨어졌다. 그리고 아무런 소리도 내지 않았다. 나는 팔을 뻗어 라니에로의 옷자락을 붙잡았다. 그리고 있는 힘껏 당겼다. 있는 힘껏이라고 해 봐야 무시할 수 있을 정도의 힘이었을 텐데, 그는 우뚝 멈추었다.

나는 울먹거리며 속삭였다.

"그만해요……. 그만해요. 제가 잘못했어요……."

엉금엉금 기어 그의 발목을 양손으로 잡았다. 그리고 끌어당겼다. 라니에로가 허공에서 에덴을 툭 놓았다. 그는 무생물처럼 허물어져 내렸다. 에덴이 살아 있는지 확인해야 하는데, 그럴 수 없었다. 라니에로가 상체를 돌려 나를 내려다보았기 때문이다. 여전히 인간 같지 않은 무표정. 그리고 조금 전까지만 해도 활활 타오르던 눈이 텅 비어 있었다. 혼이 빠져나간 것처럼 공허하게 그가 물었다.

"두렵나?"

나는 아무 말도 하지 못하고 그를 올려다보기만 했다. 라니에로가 천천히 내 앞에 한쪽 무릎을 꿇었다. 그가 고개를 기울이며 다시 속삭였다.

"저자가 죽을 것 같아서 무서워? 화가 나나? 내가 공포스러워?"

당연한 소리다. 하지만 너무 무서운 나머지 그렇다고 말할 수 없었다. 나는 아주 간단한 몸짓으로도 의사를 전달하지 못하고 그의 발목을 놓았다. 조금씩 멀어지는 내 손을 그가 콱 붙잡았다.

"꺅!"

나는 나도 모르게 손을 빼며 비명을 질렀다. 그러나 라니에로의 힘이 너무 억셌다. 그는 내가 도망치는 걸 허락하지 않았다. 그는 에덴의 피로 엉망이 된 손으로 내 손을 잡아당겼다. 그러곤 그대로 그의 목을 만지게 했다.

"자, 봐. 앤지. 이것 봐. 나도 다쳤어."

몸의 떨림이 멈추지 않았다. 나는 거부하지 못하고 그가 이끄는 대로 상처를 더듬었다. 촉감이 소름 끼쳤다. 상처를 보고 싶지 않았지만 저절로 보게 되었다.

상처를 똑바로 본 순간 숨이 멎을 뻔했다. 피가 멈춘 정도가 아니었다. 검붉게 피가 고인 상처 속에서 분홍색 새살이 차오르고 있었다. 손을 대고 있으면 그것이 자라느라 꿈틀대는 것이 느껴질 지경이었다. 빨리 낫는다는 건 알고 있었지만 상식적인 선에서 회복이 빠른 수준인 줄 알았는데.

내가 제정신이 아니었어. 미쳤어. 이런 걸 죽이려고 했어. 칼로 찌르면 죽을 줄 알았어. 세라피나가 해 줬어야 하는 건데. 튜니아의 성녀인 그녀가……. 이 일을 수행할 수 있는 유일한 인물인 그녀가. 그녀가 그 일을 할 수 있다는 계시적 확신만은 틀리지 않았을 테니까.

"아, 아……."

나는 손에 힘을 주었다. 하지만 라니에로는 내가 떨어지게 두지 않았다. 자기도 다쳤다는 걸 어필하려는 듯. 그의 목소리가 떨렸다.

"저자도 나를 다치게 했어. 나도 아팠어. 그런데 그대는 나만 무서워?"

라니에로는 대답을 종용하듯 나를 몇 번 다그쳤다. 하지만 나는 이가 딱딱 부딪칠 정도로 떠느라 아무 말도 할 수 없었다. 미약한 힘으로 그의 손에서 벗어나려고 했을 뿐이다. 얼마나 시간이 지났을까. 그가 단념했다.

라니에로의 붉은 눈이 나와 에덴을 번갈아 보았다. 나는 그제야 에덴의 등이 오르내리고 있다는 것을 알았다. 죽지는 않은 모양이었다. 하지만 방치하면 정말 죽을지도 모른다. 나의 눈은 이제 입구 쪽으로 돌아갔다. 라니에로의 발소리 말고 좀 더 가벼운 것이 뒤따라 들어왔던 것이 기억났다.

'세라피나. 거기 있잖아요. 제발…….'

서고 사이를 샅샅이 훑었다. 한쪽에 흰 천 자락이 튀어나와 있었다. 세라피나가 나서면 모든 게 해결될지도 모른다. 라니에로의 시야는 한껏 좁아진 채였다. 그는 나와 에덴만을 의식하고 있었다.

바닥에는 스치기만 해도 피부를 잘라 버릴 수 있게끔 날카롭게 벼려진 칼이 아무렇게나 굴러다녔다. 악틸라의 대자를 죽일 자격을 신에게서 부여받은 자가 활약하기에 최적의 타이밍이었다.

하지만 세라피나는 나오지 않았다. 소리를 질러 세라피나를 부를까? 하지만 그러면 라니에로가 수상한 기미를 눈치챌 것이 뻔했다. 나는 바닥에 엎드려 흐느꼈다. 라니에로의 말대로 이제 사냥은 끝나 버렸다. 나는 체념해서 중얼거렸다.

"죽여요……."

결국 이게 이렇게 되네. 나는 자조적으로 웃었다.

"축하드려요."

라니에로가 내 말에 칼을 집어 들었다. 목에 칼이 떨어지길 기다렸다. 하지만 칼날이 내 목을 파고드는 일은 없었다. 라니에로가 검을 검집에 넣는 소리가 들렸다. 그는 비척비척 다가와 나를 잡았다.

그가 에덴에게 저지른 일을 목도한 나는 힉, 숨을 들이쉬며 몸을 뒤로 뺐다. 그 바람에 다시금 발목의 상처가 벌어졌다. 차가운 공기 속에서 흘러내린 피가 신발 속에 찐득하게 고여 굳어 가고 있었다.

"아윽……."

고통에 얼굴을 찌푸리는데 라니에로가 그대로 나를 안아 들었다. 어쩔 수 없이 느껴지는 섬뜩한 기분이 내 얼굴에 그대로 드러났다. 그러나 라니에로는 내 얼굴을 보지 않았다. 다행이었다. 그가 나를 안고 걸음을 옮겼다. 저쪽에 보이던 옷자락이 그제야 움직였다.

세라피나가 엉금엉금 기어 나왔다. 나 이상으로 공포에 물들어 있어, 그 아름다운 얼굴은 기괴하게까지 보였다. 거의 넋을 놓은 채 입을 벌리고 에덴에게 기어간 그녀는 그제야 황급히 그가 살아 있는지 확인했다. 에덴은 살아 있었다. 그것을 알아차린 세라피나가 허겁지겁 에덴을 끌어안았다.

라니에로는 두 사람이 뭘 하든 간에 전혀 신경 쓰지 않았다. 이제 볼일은 다 봤다는 태도로 건조하게 날 안고 서고 밖으로 나아갈 뿐이었다.

세라피나에게서 기묘한 짐승 울음 같은 것이 새어 나왔다. 지쳐서 늘어진 나조차도 소름이 돋을 정도로 섬뜩한 소리였다. 한이 맺힌 느낌. 단순히 라니에로에게 납치당하고, 에덴이 죽을 뻔한 것을 목격한 것 이상의 무언가가 담겨 있었다. 내 직감을 뒷받침하듯 세라피나가 중얼거렸다.

"이럴 수도 있었는데."

그 말을 들은 내 목덜미의 솜털이 죄다 일어섰다. 나는 숨조차 멈추었다. 그녀의 나직한 혼잣말을 더 들으려고. 하지만 그녀의 혼잣말은 더 이상 나직하지 않았다. 그녀는 울부짖었다.

"이렇게 살려 둘 수도 있었는데!"

'그게 무슨 소리야?'

심장이 덜컥 내려앉았다. 이럴 수도 있었다니. 이러지 않은 적도 있었다는 거야?

세라피나를 처음 만났던 날이 떠오른다. 그녀는 쓰러졌다 깨어난 내게 식사를 대접하고, 내게서 라니에로를 죽여 달라는 부탁을 들었다. 그때 그녀는 아무것도 모르는 사람 같았다. 내가 예언서가 있다며 말을 꾸며 대면서 원작 이야기를 꺼냈을 때도 아는 체라곤 전혀 하지 않았다.

솜비니아 침략을 실패한 라니에로가 튜니아 신전에 머물러 왔을 때도 마찬가지였다. 혼란에 빠진 내 앞에서 그녀는, 자기가 라니에로를 만나면 무슨 일이 생겨야 하는 거냐고 물었다. 마치 아무것도 모르는 것처럼. 그런데 저게 무슨 소리야? 이럴 수도 있었다니.

마치 그 말은……

'세라피나에게 원작의 기억이 있는 것 같잖아.'

정신적 충격이 몰려왔다. 그 충격과 함께 떠오른 기억은 내게 알 수 없는 사과를 하던 세라피나였다. 그제야 깨달았다.

'날 속여서 사과했던 거였어.'

내가 그녀를 방패 삼아 라니에로의 주의를 돌리려던 수가 드러났을 때, 그녀가 나를 쉽게 용서해 준 것도 어쩌면, 그래서였는지도 몰라. 그녀도 나를 속였으니까. 비긴 거라고 생각해서.

세라피나의 이야기를 자세히 들어야겠다는 생각이 들었다. 어찌나 맹목적으로 그것만 생각했던지, 나는 라니에로를 살짝 밀어내기까지 했다.

"내, 내려 주세요. 저 이야기 들어야 돼요."

그러나 라니에로는 바위 같았다. 꼼짝도 하지 않았다.

"폐하."

나는 애원조로 말하며 그의 옷을 붙잡았다. 올려다보니 그는 나를 외면한 채 앞만 보고 있었다.

"저 사람 얘기 들어야 해요……. 저는."

세라피나의 흐느낌 소리가 멀어졌다. 그는 나를 안은 채 옛 성소를 벗어났다. 그쯤 되자 나도 포기하고 입을 다물어 버렸다. 잠시 잊고 있었던 발목의 통증이 전신으로 번지는 것 같았다. 흠씬 두들겨 맞은 건 에덴인데, 내 몸이 다 아팠다.

무릎 높이의 가시덤불 외에는 아무것도 보이지 않는 황야. 라니에로는 나를 안고 끊임없이 걸었다. 어디로 가는지는 말해 주지도 않고. 그와 내 몸에서 진동하는 피 냄새가 내 신경을 곤두서게 만들었다. 눈을 감으면 처참하게 얻어맞던 에덴의 환상이 보였다. 무시무시한 속도로 새살이 돋아나던 라니에로의 목도 마찬가지로 떠올랐다.

나는 그에게 가까이 붙어 있었지만, 목을 확인할 엄두는 나지 않았다. 아틸라의 대자가 이런 존재이기까지 할 줄은 몰랐다. 아무리 신의 아바타라고 해도, 신체 능력이 인간을 초월했다고 해도…… 이 정도일 줄은.

'소설 속에선 세라피나의 칼에 죽었으니까 당연히 몰랐지.'

원작에서 세라피나 외의 다른 사람이 라니에로를 죽이려는 시도를 하는 장면은, 에덴과의 결투 신뿐이어서. 소설 속 묘사에 따르면, 그때 에덴은 라니에로에게 하나도 상처를 못 냈으니까…….

그나저나 이 사람은 나를 죽일 생각은 없는 걸까? 라니에로는 검을 거둔 채 나를 안고 걷기만 했다. 나는 색색 숨만 몰아쉬었다. 지금 내가 알 수 있는 건 시간의 변화뿐. 하늘에서 천천히 어둠이 걷혀 가더니, 저 먼 지평선에서 붉은빛이 차오르기 시작했다.

시간이 흐름에 따라 라니에로의 발걸음이 천천히 무거워지고 있었다. 그도 지친 걸까. 아니, 그렇다고 생각할 수는 없었다. 이 사람은 지치지 않을 것 같았다.

저쪽에 멀리 튜니아 신전이 보였다. 라니에로는 망설임 없이 그리로 향했다. 앞으로 일어날 일이 눈에 훤해서, 나는 참담해졌다.

그와 나는 아침이 밝아서야 튜니아 신전에 도착했다. 신전의 입구에는 잠을 이루지 못한 것이 뻔히 보이는, 대주교를 비롯한 사제 몇이 나와 있었다. 라니에로와 나를 본 그들의 얼굴이 흙빛이 되었다. 기대했던 사람이 아니니까. 그들이 이렇게 목이 빠지게 기다리던 건 내가 아닌 세라피나겠지. 대주교가 무릎을 꿇었다. 그의 눈에서 맑은 눈물이 흘러나왔다.

"오오, 오오…… 세라피나는 어떻게 되었습니까. 우리의 성녀는……."

라니에로는 묵묵부답이었다. 그는 거칠게 말했다.

"가장 좋은 방을 준비해라."

"세라피나는……."

"세 번 말하게 만드는 순간 전부 죽는다."

스산한 목소리에 대주교는 할 말을 잃었다. 그의 뒤에서 눈치를 보고 있던 다른 사제 하나가 재빨리 이쪽으로 오라며 라니에로를 안내했다. 그는 마수 토벌 때 라니에로와 내가 머물렀던 방 쪽으로 향했다. 그런데 라니에로는 따라갈 생각 없이 멈추어 섰다. 사제가 의아하게 돌아보자 라니에로는 그제야 발걸음을 뗐다.

그런데 주어진 방으로 가려는 눈치가 아니었다. 그는 거침없이 기도실로 향했다. 당황한 사제가 안 된다며 따라왔지만 그는 아랑곳하지 않고 문을 열어젖혔다. 어쩐 일인지 그 안쪽에 성녀의 보금자리가 있다는 것을 눈치챈 모양이다. 그는 기도실 맞은편의 작은 문도 열고, 아늑하게 정돈된 침대에 나를 앉혔다.

사제가 뭔가를 갈망하는 시선으로 나를 바라보았다. 뭘 찾는지는 뻔했다. 나는 억지로 미소를 띠며 말했다.

"옛 성소에…… 세라피나와 에덴 둘 다 살아 있어요."

이들이 에덴 이야기를 궁금해할지는 잘 모르겠다. 성기사들을 동원하자는 계획을 거절당한 후, 에덴과 다른 사제들 사이에 벽이 솟아난 것이 너무 뻔히 보였기 때문이다. 하지만 나는 모르는 체 에덴 이야기도 끼워 넣었다.

"하지만 늦으면 에덴은 죽을지도 몰라요."

"성녀님은요?"

사제가 물었다. 속눈썹이 파르르 떨렸다. 이 기만자들. 세라피나를 걱정할 정신머리만 있고, 에덴을 걱정할 자비는 없는 거야? 하지만 나는 순순히 대답했다.

"무사해요."

사제의 얼굴에 화색이 만발했다. 그는 그 희소식을 대주교에게 알리기 위해 당장 방에서 뛰어나갔다. 이 협소한 공간에, 나와 라니에로 둘만을 남기고. 침대 옆에 우두커니 서 있던 라니에로가 침대 앞에 앉았다. 나는 흠칫 놀라 뒤로 몸을 뺐다.

"에덴."

낮은 목소리가 그 이름을 불렀다. 내 손이 잘게 떨리기 시작했다. 한 손으로 다른 손을 세게 붙잡았다. 그런다고 긴장을 감출 수는 없었다.

"그자가 그토록 중요한가 보군, 그대는."

그의 목소리는 어느새 황궁에서 듣던 것처럼 매끄러워져 있었다. 그러나 그 안에 미묘하게 돋친 가시를 나는 알아볼 수 있었다. 나는 아무런 말도 하지 못했다. 그에게서 시선을 떼고 내 손끝만 바라보았다. 거기서 시선을 떼면 마치 아주 나쁜 일이라도 일어날 것처럼.

"죽이려고는 안 했어."

그가 그렇게 말하며 내 다친 발목을 끌어당겼다. 나는 다리를 통째로 부수려는 것만 같은 고통에 이불을 덥석 쥐었다. 전신이 벌벌 떨리고, 흐느끼는 소리가 저절로 입 밖으로 나갔다. 라니에로가 아직도 내 발목을 헤집고 있던 화살을 그대로 뽑아냈다.

"아악!"

나는 목이 찢어져라 비명을 질렀다.

"흐윽, 허으으……."

눈물이 줄줄 흘렀다. 나는 헐떡거리며 세라피나의 침대 위로 납작 엎드렸다. 라니에로는 내 발목을 놓아주지 않았다. 화살을 뽑고도 그대로 잡고 있었다.

"자, 잘못했어요. 잘못했어요. 제발 아프게 하, 하지 말아 주세요. 잘못했어요."

죽일 거라면 빨리 죽여 줬으면 좋겠다. 상처에 벼락이라도 내리꽂히는 것처럼, 몇 초 간격으로 환부를 타고 전류가 올랐다. 뇌를 전부 태워 버릴 것만 같았다.

"죽여 주세요……. 빨리 죽여 주세요."

나는 이성을 잃은 채로 횡설수설했다. 그러나 라니에로는 당장 내 목을 쳐 줄 생각은 하지 않았다. 그저 사색에 잠긴 듯 잠시 침묵하다 조용히 물었다.

"그대는 왜 내게서 도망쳤을까?"

"죄송해요……."

"두려워서? 그럴 거라는 이야기를 들었지. 그것뿐인가? 그대가 나를 두려워하지 않는 날은, 영영 오지 않을 텐데."

"제발……."

"그대는 나의 태생, 내가 받은 축복을 두려워하니 말이야……."

곧 그가 내 종아리도 움켜쥐었다. 순간 숨이 멎었다. 안 돼.

"그런 그대가 도망치지 못하게 하려면."

그가 내 상처 난 다리를 그대로 비틀려는 듯, 손아귀에 힘을 주었다. 나는 더 이상 아무 생각도 못 하고 양팔을 버르적거렸다. 그에게서 몇 센티미터라도 더 멀어지려고 안간힘을 썼다.

그가 내 다리를 잡은 채 가만히 앉아 있는 것이 느껴졌다. 아까처럼 공허한 눈으로 내 등을 바라보고 있을까. 아니면, 도망치려고 했지만 그의 손아귀에 붙잡힌 나를 비웃고 있을까.

바람 빠지듯 웃는 소리가 났다. 그가 내 발목을 스르르 놓았다. 나는 그 다리를 거두어 내 쪽으로 가져오지도 못하고, 그저 늘어뜨린 채 울었다. 그 때 침대가 삐걱거리고 내 등 뒤로 그늘이 드리워졌다. 하염없이 흐르던 눈물이 멈추어 버렸다. 나는 몸을 뻣뻣하게 굳힌 채 납작 엎드렸다. 침대 위로 올라탄 라니에로가 내 등에 상체를 붙이고 귓가에 속삭였다.

"죽여 달라니……. 나는 그대를 죽일 마음이 없어."

그가 내 머리카락을 쓸어내렸다.

"솔직히 말해서 그자는 죽이고 싶었지."

'그자'라는 건 에덴을 뜻하는 것일 테다. 내 숨이 가빠졌다.

"하지만 죽이지 않았잖아. 그러면 된 것 아닌가? 그대는 나를 잘 알잖아. 나라면 반드시 그자를 죽여. 하지만 그러지 않았잖아. 참았어. 그대가 더 무서워할까 봐……."

그가 내 귓바퀴에 입술을 꾹 눌렀다. 내 몸은 이제 반사적으로 그가 접촉할 때마다 떨기 시작했다. 목덜미로 미끄러져 내려가던 입술이 천천히 떨어졌다. 그는 이해할 수 없다는 듯 물었다.

"죽이지 않는다고 했잖아. 왜 두려워하는 거지?"

그 말을 끝으로 의식이 흐려졌다.

* * *

라니에로는 정신을 잃은 안젤리카를 망연히 내려다보았다. 그녀에게 화살을 겨누기는 했지만 맞힐 생각은 없었다. 안젤리카가 먼저 그를 향해 화살을 겨누었기에 똑같이 한 것뿐이다. 따지자면 아내의 발목에 화살이 꽂힌 건, 에덴이라는 그 작자가 라니에로를 죽이려 뛰어들어서다.

에덴을 때린 것도. 그게 그렇게 무서울 일인가? 라니에로는 오히려 자신이 몹시 자비로웠다고 생각했다. 안젤리카를 납치한 혐의는 차치하고서라도, 황제의 몸에 칼을 들이댄 사람은 당연히 죽여야 한다. 그게 라니에로가 아는 도리다. 하지만 그는 그 건방진 자를 살려 두었다. 안젤리카가 두려워할까 봐.

그녀의 마음을 이토록 많이 헤아려 주었는데 안젤리카는 여전히 그를 두려워했다. 여전히? 그 말도 적절하지 않은 것 같다. 예전보다도 훨씬, 그를 많이 두려워한다.

'죽여 달라니.'

다시 말하지만, 죽일 생각은 전혀 없었다. 죽일 생각이었다면 이렇게 직접 나서서 한시가 급하게 쫓아오지도 않았다. 그저 곁에 두고, 도망치지 못하게 하고 싶을 뿐이었다. 그래서 죽이지 않겠다고 똑바로 말하기도 했는데.

라니에로는 이해가 가지 않았다. 무섭게 군 적이 있기에, 무서워하는 것도 이해는 하지만……. 거짓말을 한 적은 없었다. 그럴 필요가 없었기 때문이다. 그러면 죽이지 않겠다는 것도 진심인 걸 당연히 알았을 텐데. 왜 그렇게 무서워했을까.

'발목을 비틀어 버리려고 들어서 그랬나.'

하지만 도망치는 순간, 잡히면 그렇게 되겠다는 것 정도는 안젤리카도 감수했어야 하는 것 아닌가. 안젤리카도 그가 어떤 사람인지 잘 알면서.

안젤리카는 라니에로가 무서워서 도망쳤다고 했다. 무서워하는 것처럼 보이지 않을 때조차도 계속. 그렇다면 그녀가 라니에로를 두려움 없이 대할 날은 영영 오지 않을 테니……. 당연히 도망칠 수 없게끔 해야 하는 것 아닌가?

라니에로는 혼란스러웠다. 사실 그저 발목을 비틀어 버리는 것에서 그치는 것도, '라니에로치고는 상당히 온건한 해결책'인 편이었다. 그러나 다리를 망가뜨리는 것도 너무 무서워서 그만두었다. 그만두었는데도 안젤리카는 겁에 질려 있었다. 옛 성소에서 안고 올 때도 그녀는 떨고 있었다.

그렇게 두려운가. 그렇게 싫은가? 이렇게 정신을 잃을 만큼? 그러면 이제부터는 어떡해야 하나?

라니에로는 정신을 잃은 안젤리카의 호흡을 확인했다. 너무 절망스럽게도, 의식이 있을 때보다 훨씬 안정적이었다. 피는 꽤 많이 흘린 것 같지만 목숨에 지장은 없어 보였다. 발목에서 빼낸 화살촉을 보니 제법 깔끔했다. 신발을 벗겨 확인한 상처도 마찬가지였다. 잘 꿰매고 고정하면 흔적도 없이 나을 것 같았다. 악틸러스 사람인 라니에로 기준으로 별것 아닌 상처였다. 물론 안젤리카는 악틸러스인이 아니니 좀 더 고통스럽게 치료 과정을 견디기는 해야 할 테다.

라니에로는 성녀의 방에서 나갔다. 어느 정도 치료한 후에 안젤리카를 악틸러스로 데려가야겠다는 판단이 들어서였다. 그가 벌인 일 때문에 신전은 어수선했다. 옛 성소로 끔찍이 아끼는 성녀를 데리러 간 것인지, 본관을 지키고 있는 사람 수도 적었다. 하지만 대주교라는 노인만은 자리를 지키고 있었다. 그는 허망하게 자리에 앉아 하염없이 밖을 바라보았다. 라니에로는 배려 없이 그런 대주교의 어깨를 움켜쥐었다.

대주교가 화들짝 놀라 자리에서 거의 튀어 오르더니 라니에로를 보았다. 그의 눈에도 어렴풋이 공포가 서렸다. 공포. 지긋지긋했다. 공포의 대상이 되는 것에 단 한 번도 이런 기분이 든 적 없었는데.

"아내가 다쳤다."

라니에로가 짧게 말했다. 대주교가 눈꺼풀을 떨며 고개를 끄덕였다.

"치료해라. 상처가 잘못될지 아닐지 두고 보지."

안젤리카가 깨끗이 낫지 못하면 가만두지 않겠다는 뜻이었다. 당장 움직이지 않으면 일이 심상찮게 돌아갈 것을, 대주교는 빠르게 눈치챘다. 라니에로는 굼뜬 몸을 이끌고 당장 자리에서 일어나 어딘가로 들어가는 대주교의 뒷모습을 보며, 나이를 헛먹은 것은 아닌가 보다 어렴풋이 생각했다.

라니에로는 한숨을 쉬며 조금 전까지 대주교가 앉아 있던 자리에 앉았다. 안젤리카를 만나기만 하면 모든 것이 명료해질 것 같았는데 전혀 아니었다. 아니어서 화가 났다.

라니에로는 무엇이든 파괴하고 자기 발밑으로 복속시킬 운명을 타고났다. 신의 총애는 특권이었고 모든 이들이 그 특권을 부러워하며 기꺼이 경배했다. 악틸라의 신자들에게 공포와 동경은 동의어였다. 잔인하고 무자비할수록 더 많은 존경심이 따라왔다.

여기까지 생각한 라니에로는 문득 자신의 목을 만져 보았다. 회복이 이렇게까지 빠른 것은 드문 일이기는 했다. 에덴이라는 그 성기사가 이를 악물고 단검으로 쑤셔 놓은 상처에 새살이 거의 다 차올라 있었다. 아직 아팠지만 내일이 되면 고통이 사라지고, 일주일만 지나면 흔적도 없이 나을 것 같았다.

악틸라와 강하게 일체화될수록 상처가 낫는 속도도 빨라지고 신체 능력도 아득히 강해진다. 괴물 같은 회복력은 신과 그의 대자가 긴밀히 연결되었다는 증표였으며, 경외의 대상이었다.

안젤리카는 이것마저도 두려워한다. 라니에로의 정답은 안젤리카에게 모조리 오답이다. 그녀는 여태껏 라니에로가 살아온 법칙 밖에 있었다. 사실, 그런 자들의 존재는 지금까지 그에게 큰 문제가 되지 않았다. 개미들의 감정이 어떤지 무엇 하러 헤아리는가. 알지 못해도 그것들을 가지고 노는 것에 하등 방해받은 적이 없는데.

라니에로는 다시 자신의 목을 더듬었다. 안젤리카에게 상처를 만지게 했을 때, 그녀가 창백해지던 것이 떠오른다. 상종할 수 없는 것을 보듯 혐오스러운 얼굴이었다. 아름다운 입술이 비틀렸다. 그는 이제, 아까 안젤리카가 그랬던 것처럼 덜덜 떨고 있었다. 목을 더듬던 손가락이 상처를 무자비하게 쑤셨다. 기껏 아물어 가던 상처가 투둑, 뜯어졌다.

이따위 축복. 라니에로는 처음으로 그의 신을 부정했다. 그 순간 악틸라가 진노했다. 라니에로의 머릿속으로 찢어지듯 높은 비명 소리가 파고들었다. 갓난애가 목청 터져라 우는 소리 같기도 했고, 고양이가 죽어 가며 내지르는 단말마 같기도 했다.

"윽……!"

그는 머리를 싸쥐었다. 악틸라는 알아듣지 못할 말로 그의 대자를 꾸짖었다. 라니에로는 느낄 수 있었다. 전쟁신은 화가 나 있었다. 언제나 기특했던 아들이 그를 부정했기 때문에. 안젤리카를 찾는 것도 도와줬더니 이제는 신의 가호를 부정하다니.

그의 몸이 점점 앞으로 기울어지다가 균형을 잃고 넘어졌다. 바닥에 머리를 찧은 충격과 머릿속에 직접 내리꽂히는 신의 진노로 라니에로는 난생처음 극심한 두통을 겪었다. 그는 온 얼굴을 일그러뜨리며 비명을 질렀다. 라니에로는 바닥을 구르며 경련했다. 포악한 신은 거리낌 없이 라니에로를 난자했다. 고통은 곧 전신으로 번졌다. 온몸을 흠씬 두들기는 것 같다가, 사지를 불태우는 작열통으로 변했다.

'축복이 싫다면 이런 것을 원하는 거냐?'

소름 끼치게 높은 소음 가운데 그 문장은 라니에로의 뇌리에 정확히 박혔다.

자비신의 사제들이 겁에 질린 얼굴로 발작하는 라니에로를 바라보았다. 그러나 아무도 도울 엄두를 내지 못했다. 그들 또한 안젤리카 못지않게 라니에로를 두려워했기 때문에, 차마 개입할 용기가 나지 않았던 것이다.

그래서 라니에로는 신의 화가 풀릴 때까지 계속 괴로워했다. 그는 안젤리카와 달리 고통을 주는 존재에게 복종을 맹세하며 빌지 않았다. 그저 고통을 감내할 뿐이었다.

어느 순간 신이 내리던 형벌이 뚝 그쳤다. 라니에로는 천장을 바라보며 헐떡거렸다. 언제나 타오르는 듯 빛나던 붉은 눈의 초점이 풀려 흐릿했다. 라니에로는 기침을 토하며 몸을 일으켰다. 멀미라도 나는 것처럼 머리가 어지러워 네 발로 엎드린 채 헛구역질을 했다. 아무도 그를 일으켜 주지 않았다. 사실, 누가 일으키려고 들었다면 그는 역정을 냈을 것이다.

정신을 차리려고 몇 차례 머리를 흔드는데, 밖이 소란스러웠다. 뭐라고 외치는 소리도 들렸고, 그 소리를 들은 사람들이 눈을 휘둥그렇게 뜨고 계단을 뛰어 내려가기도 했다. 라니에로는 비척거리며 일어나 의자를 도로 세우고는 거기에 앉아 숨을 몰아쉬었다.

세라피나, 무사하다, 다행, 상처. 웅성거림 속에서 이런 단어들을 잡아낼수 있었다. 옛 성소에 두고 온 성녀가 돌아온 모양이었다. 아직 숨이 붙어 있을 성기사를 데리고. 라니에로의 예상이 맞았다. 사제인지 성기사인지 모를 것들이 만신창이가 된 남자를 부축해 들어왔다.

성녀가 잠시 이쪽을 보고 파르르 떨었다. 그녀를 따라 에덴도 무심코 라니에로를 보았다. 강렬하게 쏘아보는 것이 느껴졌다. 그토록 얻어터지고도 저토록 형형한 눈빛이라니, 기백만은 좋다. 손쉽게 목숨을 끊을 수 있는 상대라 같잖기도 했지만. 그 같잖은 상대가 가누기도 어려워 보이는 몸으로 비틀비틀 라니에로에게 다가왔다. 라니에로는 말없이 그자를 마주 보았다.

"내가 인간이고…… 네가 신이라서, 쿨럭……. 내가 실패할 운명이라도……."

잠기다 못해 쉭쉭거리는 목소리로 그는 힘겹게 말했다.

"덤벼들겠다……. 나 외의 다른 누구도, 내 한계를 단정, 큭……. 하지 못하도록……."

라니에로는 냉랭하게 말했다.

"각오는 좋군."

붓고 멍들어 엉망이 된 얼굴로도 그런 말을 할 담력이 있다는 것은 인정해 줄 수도 있었다. 그러나 딱 그 정도. 존중해 줄 생각은 없었다.

"그런데 네깟 것의 각오 따위는 궁금하지 않아서."

그 말에 에덴이 웃음을 터뜨렸다. 예상치 못한 반응에 라니에로가 눈썹을 찡그렸다.

"간과하는 것에 발등 찍히기 마련이지."

에덴은 그렇게 말하며 라니에로의 발등에 피 섞인 가래침을 뱉었다. 라니에로는 더러워진 신발을 물끄러미 바라보았다. 배 속에서부터 분노가 끓어오르기 시작했다. 그건 라니에로가 일부 부여받은 신격을 모독하는 소리였다. 에덴에게 그럴 의도가 있었는지는 명확하지 않으나, 안젤리카 건을 끌고 와 조롱하는 것처럼 느껴지기도 했다. 네가 바보같이 안심하고 간과한 사이 그녀가 도망쳤다고.

실비아를 향했던 것보다 더한 살심이 솟구쳤다. 에덴은 안젤리카가 동반자 삼은 사람이다. 도시노 백작령에 두고 온 이들과는 본질적으로 달랐다. 라니에로를 떠나 함께할 사람으로 안젤리카가 직접 선택했다. 이자가 뭐가 그렇게 특별해서? 라니에로 눈에 에덴은 얼굴도 구분되지 않는 개미 한 마리일 뿐.

'죽여 버릴까.'

역시 아까는 너무 그답지 않게 자비로웠던 것 같다. 그때 목숨을 끊었다면 이런 건방진 소리를 듣지 않아도 되었을 텐데. 머리가 이렇게 더 혼란스러워지지 않아도 되었을 텐데.

지금의 에덴을 죽이려면 날붙이도 필요 없었다. 라니에로의 맨손이면 충분했다. 그는 손을 들어 에덴의 목을 움켜쥐었다. 새카만 눈은 겁도 없이 라니에로를 노려보았다. 그것 역시 실비아를 떠올리게 했다. 목숨 아까운 줄 아는 이들이라면 모두 라니에로 앞에 벌벌 떨며 머리를 조아렸는데.

너무 건방지다. 본보기로 삼아야 한다.

라니에로의 목에 힘줄이 돋았다. 손끝이 험하게 에덴의 목을 파고들었다. 하지만 안젤리카가 도망친 것을 알게 된 이후, 라니에로의 행동을 족족 방해하던 실비아의 목소리가 이번에도 귓가에 쟁하니 울렸다.

"죽여 봐, 그러면 네 아내는 너를 더 두려워하게 되겠지."

"큭……."

숨이 막히는지 에덴이 라니에로의 팔을 긁었다. 하지만 용서를 빌거나 죄를 인정하지는 않았다. 굴복하지 않겠다는 태도가 라니에로를 더 짜증 나게 만들었다. 하지만 실비아의 말이 그의 숨통을 끊는 것을 방해했다.

"그녀가 널 두려워하는 한 너는 사랑을 얻지 못해!"

악다구니가 귓가에 쟁쟁했다. 라니에로는 결국 에덴을 바닥에 팽개쳤다. 그는 동공이 잔뜩 확장된 채로 식은땀을 줄줄 흘렸다. 손끝도 사정없이 떨리고 있었다. 목을 졸린 사람은 에덴인데, 라니에로가 쥐어짜 낸 소리로 볼품없이 일갈했다.

"신의 권위에 도전하는 자는 합당한 대가를 치르게 될 거다."

그는 신음하는 에덴을 피하듯, 재빨리 신전 건물을 나가 버렸다. 사람들은 홀린 듯 라니에로의 뒷모습을 보다가, 에덴에게 모여들었다. 아무리 이사달을 낸 괘씸한 녀석이라고 해도 치료는 해야 했다. 그들 가운데서 세라피나가 일어섰다.

"안젤리카도 다쳤지요. 그녀는 어디 있나요?"

"기, 기도실 안쪽 방에……."

그렇게 말한 사제는 성녀의 방을 지키지 못해 미안하다는 투였다. 하지만 세라피나는 조금도 개의치 않는 표정이었다.

"잘됐네요. 여태껏 줄곧 거기서 지냈으니, 거기가 제일 편하겠네요. 그녀의 치료는 제가 도맡겠어요."

그녀의 표정이 다소 흐려졌다.

"할 말도 있고요."

* * *

정신을 차렸더니 머리 위로 햇빛이 잔뜩 쏟아지고 있었다. 굉장히 목이 말랐다. 나는 눈도 뜨지 못한 채로 머리맡을 더듬었다. 그러자 누군가 내 손에 미지근한 물 잔을 쥐여 주었다. 나는 그것을 허겁지겁 마셨다. 솔직히 말해서 반 정도는 시트에 흘린 것 같다. 하지만 그런 걸 신경 쓸 겨를이 없었다.

"하아……."

머리가 깨질 것처럼 아팠다. 한편 의식을 잃기 전의 기억은 굉장히 흐리멍덩했는데, 별로 좋은 것이 아니었다는 인식만은 남아 있어서 영영 기억나지 않았으면 싶었다.

아픈 것은 머리뿐만이 아니었다. 뻐근한 근육통이 전신을 잠식한 와중, 둔하고 무거운 통증이 발목에서 느껴졌다. 자세를 바꾸려고 조금 움직이자 그 고통은 찌르듯 날카롭게 변했다.

"윽……."

나는 오만상을 찌푸리며 눈을 떴다. 그때 누군가 내 손에서 잔을 가져갔다. 그 손이 움직이는 방향으로 내 시선이 따라갔다. 곧 내 눈에 굉장히 긴장한 얼굴의 세라피나가 보였다.

그 얼굴을 보는 순간 잊고 싶었던 기억이 다시 빠르게 새겨지기 시작했다. 라니에로의 추격에 불안해하던 것부터, 옛 성소에서 에덴을 끌어안은 세라피나가 비명처럼 외쳤던 말도. 나는 퍼뜩 일어나 세라피나에게서 멀어졌다. 그러는 통에 발목을 잘못 건드려 단박에 미간이 구겨졌다.

"안젤리카……."

"오지 마요."

나는 황급히 말했다. 그 말은 좀 매정하게도 들렸다. 세라피나는 속눈썹을 떨며 고개를 숙였다. 그러곤 테이블 위에 빈 물 잔을 내려놓았다.

"제게 궁금한 게 많을 거예요."

정말 너무 많았다. 무엇부터 물어야 할지 정확히 모를 정도로. 왜 아무것도 모르는 척했냐는 것부터 물어야 할까? 아니면 정확히 뭘 알고 있냐는 것부터 물어야 할까? 나는 입술을 깨물었다. 바보가 된 것 같아 몹시 노여웠다. 나는 목멘 소리로 물었다.

"왜…… 안 죽였어요?"

결국 내 입에서 가장 먼저 나온 질문은 이것이었다. 입 밖으로 내고도 오싹해 몸이 떨렸다. 나는 팔을 쓸어내리며 눈에 힘을 주고 세라피나를 바라보았다.

"다 알았으면…… 제 부탁을 들어줬으면 이런 꼴은 안 당했잖아요. 왜, 왜 안 그랬는데요."

똑 부러지고 단호하게 말하고 싶은데 바보처럼 내 목소리가 자꾸 떨렸다. 눈시울도 뜨거워졌다. 옛 성소 안에서 겪었던 일은 내게 순수한 공포였다. 그간 라니에로에게 품었던 일말의 호감을 전부 휘발시켜 버릴 만큼.

세라피나는 예의 복잡한 표정으로 나를 가만히 들여다보았다. 그녀는 대답해 주는 대신 살며시 고개를 젓더니, 책장 쪽으로 갔다. 내가 여기에서 눈을 떴을 때 처음으로 살펴보았던 책장이었다. 음식을 든 세라피나가 들어오는 바람에 황급히 손을 떼기는 했지만.

세라피나는 그중 교리서가 아닌 책 한 권을 꺼내 들었다. 그런데 그 책이 좀 수상했다. 표지와 앞 수십 페이지는 멀쩡한데, 그 다음 페이지부터는 가로세로 몇 센티미터의 여백을 둔 채 직사각형으로 잘려 있었다. 책을 잘라 작은 상자를 만든 셈이었다. 세라피나는 그 상자 안에 다른 책을 넣어두었다.

그녀가 그 책을 꺼내 조심스레 다가왔다. 나는 반사적으로 흠칫했는데, 그녀가 양손을 들어 해칠 의도가 없다는 걸 보여 주곤 그걸 조심스레 내 무릎 위에 올려놓았다.

"버리려고 했는데 그럴 수 없었던 책이에요. 내버려도, 찢어도, 태워도 어느 순간 내 방에 있었죠. 마치 낙인 같았어요."

세라피나의 담담한 설명이 이어졌다. 책은 낡아 보였지만, 표지는 선명한 보랏빛 가죽으로 장정되어 있었다. 그 위화감이 뒷골을 싸늘하게 했다. 이런 색깔은 이 세계에서 내기 어려울뿐더러, 가죽을 염색하면 이렇게 오랫동안 곱게 유지되지도 않는다.

나는 떨리는 손으로 책을 펼쳤다. 펼치는 순간 알 수 있었다. 이건 에덴이 옛 성소에서 찾은, 떨어져 나온 책장 한 페이지와 꼭 들어맞는 짝이라는 걸. 날 처음 만났을 무렵 에덴이 그토록 애타게 찾던 금지된 주술에 관한 이야기가 가득했다. 나는 허탈해서 너털웃음을 흘렸다.

에덴, 그렇게 기를 쓰고 옛 성소 탈환에 기력 쓸 필요가 없었네요. 그냥 성녀 방을 뒤져 봤으면 됐을걸.

나는 책 페이지를 이리저리 넘기면서 세라피나를 바라보았다.

"그래서, 이 책으로 당신이 그를 왜 안 죽였는지 설명이 가능한가요?"

세라피나는 조금 주눅 들어 고개를 끄덕였다. 나는 어디 한번 해 보라는 얼굴로 고갯짓을 했다.

"이야기를 하려면 약간의 설명이 필요해요."

"하세요……."

나는 한숨을 푹 쉬었다.

"이 세계는 '섭리'의 숨결에서 태어났고, 각 신들이 '섭리'의 꿈에서 태어났어요. 신은 지상에 직접 위력을 행사할 수 없고, 오직 각각 신의 뜻을 따르는 신도들만이 그 가르침에 따라 나름대로 세상을 꾸려 갔답니다."

지루한 신화 이야기인가? 답답한 마음이 들었지만, 힘이 쭉 빠져 닦달할 기운도 없었다. 나는 그냥 낡은 종이를 만지작거리며 세라피나의 설명을 듣기만 했다.

"각 신들이 한날한시에 태어난 것은 아니에요. 아주 오래된 신도 있고, 비교적 새로 태어난 신도 있지요. 새로 태어난 신 중 하나가 악틸라예요."

세라피나는 조곤조곤한 어조로 설명을 이어 갔다. 그나저나 그녀는 이런 신화는 어떻게 알았을까? 악틸러스 황실 도서관에서도 읽은 적 없는데.

"포악한 악틸라는 화합할 줄 몰랐습니다. 영역을 타협할 줄도 몰랐지요.

그저 어떤 핏줄과 긴밀하게 연결되어, 가장 자질 있는 아이의 머릿속을 차지하고 암시를 불어넣었어요."

그게 악틸라의 대자인가.

"그러면 그 아이는 악틸라의 축복을 받아 그의 신에게 오락거리를 선사하게 되지요. 끝없는 전쟁, 살육. 세상을 멸망시킬 때까지 악틸라는 멈출 것 같지 않았어요."

"그래서요?"

"신들은 악틸라를 죽이기로 했어요."

지루한 이야기라고 생각했지만, 이 말에는 등골에 쭈뼛 소름이 돋았다. 나는 나도 모르게 미간을 찌푸렸다.

"하지만 살신의 과정은 복잡해요. 신은 물리적으로 죽일 수 있는 존재가 아니니까요. 오직 믿는 자가 사라질 때만 신은 힘을 잃어요."

세라피나의 말이 무슨 뜻인지 알 것 같았다. 신은 신도를 잃어야 죽는다. 다행인지 불행인지, 악틸라 신앙의 구심점은 그의 대자 한 사람뿐이다. 무한한 힘과 끝없는 승리가 악틸라의 축복을 증명한다. 그런 그가 패배한다면, 악틸라 신앙도 무너지기 마련이다. 그렇다면 악틸라의 대자를 죽여야만 악틸라의 살해도 도모할 수 있다는 뜻인데.

문득 괴물 같은 속도로 나아 버리던 라니에로의 상처가 떠올랐다. 나는 홀린 듯 중얼거렸다.

"그런데 악틸라와 강력하게 연결된 악틸라의 대자를 죽일 수 있는 방법이 없었군요. 너무 강하니까……."

세라피나는 슬프게 고개를 끄덕였다.

"신 중 하나가 섭리와 대화해 대가를 치르고 무기를 얻어 오는 수밖에 없었지요."

이쯤 이야기가 진행되자 그 무기라는 것이 무엇인지도 알 것 같아졌다.

"튜니아의 성녀."

세라피나가 나를 살짝 외면했다.

"그래요. 모든 신들이 대가를 치르는 것이 두려워 몸을 사리고 있을 때, 튜니아 신께서 섭리에게 대가를 치르고, 그분의 성녀에게 악틸라의 대자를 살해할 권능을 주셨습니다."

"튜니아 신이 섭리에게 치른 대가란 뭐죠?"

대답은 한참의 침묵 후에나 들을 수 있었다.

"그분이 가장 아끼는 인간의 불행…… 이었습니다."

아. 이제 원작의 개연성이 완벽히 이해되었다. 세라피나가 그토록 끔찍한 겨울을 보낼 수밖에 없었던 이유가 그것이었구나. 악틸라의 대자가 튜니아의 성녀에게 파괴적으로 집착할 수밖에 없다는 것도 무슨 뜻인지 알겠다. 악틸라는 그의 대자를 해치고, 나아가 악틸라 자신을 죽일 무기를 부수고 싶었던 것이다. 세라피나는 피곤해 보이는 얼굴을 길게 쓸어내렸다.

"섭리는 계약이 체결되기 전까지는 치러야 하는 대가가 무엇인지 알려 주지 않습니다. 튜니아 신의 경우에도 마찬가지였지요."

거기까지 들은 나는 어이가 없어졌다.

"아니, 그런 건 '섭리'라는 그쪽 선에서 정리해 두어야 하는 것 아니에요? 악틸라는 생태계 교란종이 날뛰면서 세상을 망치면 알아서 정리해야지, 대체 왜 그런 복잡한 방식을……."

"섭리에게는 이 세상에 닥칠 끝없는 전쟁의 재앙이 그저 거대한 톱니바퀴의 일부로 보였나 봐요. 섭리는 악틸라의 존재를 문제로 여기지 않았어요."

나는 할 말을 잃었다. 높으신 분들 생각은 알 수가 없다지만…….

"아무튼, 저는 그래서…… 제가 원한 적 없던, 그러한 운명적인 역할을 수행할 의무를 짊어지게 되었습니다."

세라피나는 가련하게 떨며 웅얼거렸다.

"당신만 읽을 수 있다던 그 '예언서'에는 어디까지 적혀 있었죠, 안젤리카?"

나는 한숨을 쉬고 대꾸했다.

"당신이 황제의 목을 자르고 걸어가는 장면까지요. 그런데 그 일을 겪긴 했다는 말이죠, 결국? 황제의 회군도……. 에덴의 죽음도. 전부 다?"

"네."

그렇게 말한 세라피나는 내게 그 다음 이야기를 해 주기 시작했다.

* * *

사실상 악틸러스의 황제와 저 사이에 있었던 일은 신들의 다툼이었습니다. 신들에게는 찰나였겠지만 제게는 아주 길고 지루하고 끔찍한 시간이었어요. 악틸러스 황제가 어떻게 느꼈을지는 잘 모르겠군요.

튜니아 신께서는 제가 고통받는 동안, 제가 어째서 그 꼴을 당해야 하는지에 대해서는 말씀해 주시지 않았습니다. 저는 그것도 모르고 여느 때처럼 그분께 빌었어요. 미움이 생기니 제 마음에 평화를 달라고요.

하지만 에덴이 죽고 나서는 도무지 이성을 유지할 수 없었어요. 정신을 차려 보니 저의 재앙은 이미 죽어 있었습니다. 그때는 다른 이 손에는 그가 죽을 수 없다는 것도 몰랐죠. 저는 제게 주어진 역할을 수행했습니다만 텅 비어 버렸습니다. 몸도 마음도 만신창이였고, 제게 남은 것은 아무것도 없었지요.

저는 튜니아 신전으로 돌아왔습니다. 제 가족들은 저를 가여워하고 보듬어 주었으나 제가 부족한 탓인지, 악틸러스에서 깊이 새겨진 상처는 낫지 않았습니다.

매 순간이 악몽이었어요. 제게 주어진 매초를 견디기가 너무 버거웠어요. 먼 곳에서 들리는, 악틸러스의 몰락 소식도 반갑지 않았습니다. 아무런 느낌이 들지 않았어요. 모든 절규와 환희를 그곳에 몽땅 쏟아붓고 제 몸과 마음은 그저 공허할 뿐이었어요. 그쯤 되자, 다정히 저를 돌보아 주는 가족들의 얼굴을 보는 것도 싫고 역겨워졌습니다. 그들은 저를 구하러 오지 않았거든요. 이해해요. 두려워서 그랬겠지요……. 하지만 제가 그들에게 배신감을 느끼는 것도, 그들이 이해해 주어야 할 것입니다.

아무튼 그래서 저는 혼자 있고 싶어졌습니다. 고독하게 지내기에는 옛 성소가 딱 어울리는 장소였어요. 저는 그곳에서 살았습니다. 혼자요. 당신도 알다시피 거기에는 서고가 있지요. 옛 성소에서 할 일이라곤 망가진 책들을 읽는 것뿐이었습니다. 머릿속에 지식을 쌓는다기보단, 그저 활자 한 글자 한 글자를 흘려보내는 것에 불과한 행위도 '읽는 것'으로 명명할 수 있다면요. 그렇게 당신 무릎 위에 올려놓았던 그 책을 만나게 된 거예요.

그 책을 찾게 된 건 오랜 시간이 지나고 나서였습니다. 왜 그 책이 거기에 있었는지는 저도 알지 못합니다. 섭리의 장난질일지도 모르지요. 제가 모시던 신의 의지가 아닌 것만은 분명합니다. 이 책에는, 보시다시피, 시간을 돌리는 주술이 적혀 있어요. 자, 여기요. 그렇지요? 잘 읽어 보세요. 저는 거기에 적힌 대로 했습니다. 그리고 저의 주술은 성공했습니다.

여기 적힌 주술은 각각의 이름이 붙어 있고 전부 효과가 다르다고 적혀 있지만, 실은 성공 시 단 하나의 결과만 불러일으킵니다.

섭리를 만나는 것이요.

저는 섭리 앞에 직접 설 수 있었어요. 눈에 보이는 건 희뿌연 빛 무리뿐이었지만 저는 자연스레 그것이 섭리인 것을 알았습니다. 섭리는 개념이지 인격이 아니기 때문에, 당연히 형체도 없는 것이었어요. 저는 그것과 이야기했습니다.

기묘한 경험이었어요. 제가 제 입으로 섭리에게 말을 건네면, 섭리 또한 제 입을 빌려 자신의 의사를 표현했습니다.

저는 섭리에게 말했습니다. 이 모든 끔찍한 사건이 일어나기 이전으로 시간을 돌리고 싶다.

섭리가 제 입을 빌려 말했습니다. 그러려면 대가가 필요하다.

저는 섭리에게 말했습니다. 무슨 대가를 치러야 하느냐.

섭리가 제 입을 빌려 말했습니다. 그것은 미리 알 수 없다. 그럼에도 불구하고 소원을 이루겠다는 의지가 확고한가?

아, 섭리는 제게 물을 필요조차 없었습니다. 무엇보다도 확고했지요. 내 사랑, 억울하게 스러진 에덴을 다시 불러올 수 있다면……. 저는 제가 끔찍한 일을 겪었던 것보다 에덴이 목숨을 잃은 것이 가슴 아팠습니다. 그는 사랑하지도 않은 여자를 지키려다가 허무하게 죽은 셈이었어요.

해서 저는 돌아가면 반드시 같은 실수는 반복하지 않겠다고, 에덴을 지켜 주겠다고 다짐했지요. 저는 섭리에게 무엇이든 대가로 치를 수 있다고 고개를 끄덕였습니다. 그러자 섭리가 제 소원을 이루어 주었어요.

시간은 무사히 돌아갔습니다. 저는 돌아간 시각, 제가 있었던 자리에 있었습니다. 그리고 저는 제 머릿속으로 튜니아 신의 불호령이 떨어지는 것을 느낄 수 있었습니다. 그분은 제게 몹시 실망하셨습니다. 섭리와 거래를 하는 것이 어떤 의미인지 아느냐며 저를 꾸짖으셨습니다. 하지만 그때의 저는 이상하게도 알고 있었습니다. 섭리와의 거래는 그분도 하셨다는 걸요.

제 마음속에 반항심이 생겨났습니다. 어떻게 제게 그런 가혹한 운명을 내리실 수 있냐며 대들었습니다. 저는 이제 당신을 모시지 않겠다며, 성녀로서 역할을 수행하지 않겠다고 고래고래 소리를 질렀어요. 그렇게 저는 성녀의 자격을 잃었습니다.

이야기가 너무 길었네요. 예……. 핵심은 이것이었습니다.

악틸라의 대자에게 대항할 무기는 튜니아의 성녀뿐인데, 저는 더 이상 튜니아의 성녀가 아니라는 것이에요. 그러니 황제와 저의 만남은 아무런 의미도 없었고, 제게는 그를 죽일 능력이 없습니다.

* * *

돌아 돌아 결론에 도달한 긴 이야기였다. 나는 한동안 숨을 멈추고 세라피나를 바라보았다. 그녀는 울고 있었다. 아니길 바라며 나는 조심스레 물었다.

"세라피나……. 섭리가 당신에게 가져간 '대가'라는 건……."

세라피나가 억지로 입술만 끌어 올려 미소 지었다.

"사랑하는 이의 영혼의 소멸……."

아, 맙소사. 나는 웅크려서 머리를 잔뜩 헝클어뜨렸다. 세라피나가 나를 보고 미안하다고 했던 게 그래서였어. 이 세상에 떨어진 것 자체가 그녀가 불러일으킨 나비 효과여서. 세라피나의 회귀를 위한 대가로 에덴의 혼이 소멸하고, 그 자리에 차수현 씨가 빙의했다.

아마 안젤리카에 내가 빙의한 것도 비슷한 메커니즘일 것이다. 하지만 나는 세라피나가 대가로 치를 만한 소중한 사람이 아니었는데. 왜 안젤리카의 혼이 사라지고 내가 이 자리에 파고든 거지? 내 의문에 답하듯, 세라피나가 입을 열었다.

"새로운 튜니아의 성녀 또한 필요했지요."

머리를 쥐어뜯던 나는 퍼뜩 고개를 들어 세라피나를 바라보았다.

"뭐라고요?"

나는 얼토당토않다는 표정으로 말했다.

"내가 튜니아의 성녀라는 거예요? 지금?"

세라피나가 조심스레 고개를 끄덕였다. 나는 코웃음을 쳤다.

"무슨 말이에요? '안젤리카'는 원래도 그렇고 이번에도 그렇고, 튜니아 신전과는 아무런 상관도 없었어요. 전 튜니아의 신도조차 아니에요. 세라피나, 헛소리를 하고 있는 거예요."

하지만 푸른 눈은 진지했다.

"아니에요, 안젤리카. 잘 생각해 봐요. 당신이 계시에 가까운 확신을 얻기 시작한 건 누구의 영향권에 들어서서였는지."

그 말을 듣는 순간 심장이 멈추는 것만 같았다. 세라피나의 말은 가혹하게도, 계속 이어졌다.

"당신이 그 계시와 가장 강력하게 연결된 것이 어느 장소에서였는지……."

"아냐."

"정말 미안해요, 안젤리카. 하지만 당신이에요."

세라피나의 입술이 달싹거렸다.

"튜니아 신께서는 당신을 선택하셨어요. 정확한 이유는 그분만이 아시겠지만……."

발목의 상처가 욱신거렸다. 나는 멍하니 허공을 응시했다. 그렇다면, 그 말은.

"악틸라의 대자를 죽일 수 있는 건 이제 제가 아니라, 당신이에요."

세라피나의 이야기 대부분은 다 납득이 갔다.

신들의 다툼으로 불쌍한 인간이 박 터지게 고생하는 건 흔하고 진부한 이야기니까. 하지만 그 불쌍한 인간이 내가 되었다는 소리는 받아들이기 어려웠다. 이성적으로든, 감정적으로든. 여기 오면서 이상한 확신이 들기 시작한 건 사실이고, 그것과 가장 확실하게 연결된 것이 성녀의 기도실이라는 것도 사실이기는 했다. 하지만 그것만으로는 너무 빈약하다. 세라피나가 그냥 넘겨짚는 것 아닌가.

"그런 말을 하려면 좀 더 확실한 근거를 대 봐요."

나는 단호하게 말했다.

"애초에, 예정이랑 다르잖아요. 안 그래요? 악틸라의 대자는 튜니아의 성녀와 눈이 마주치는 순간 운명의 충돌을 느끼는데……."

나한테는 그런 것도 전혀 없었다. 항변하는 나를 바라보는 세라피나의 시선에 측은함이 담겨 있었다. 그렇게 부정해 봐야 진실은 변하지 않는다는 듯. 세라피나가 역으로 내게 물었다.

"그러면 당신은 다른 튜니아의 성녀가 있다고 믿는 건가요? 어디에요?

언제 등장할까요?"

그렇게 묻는다면 할 말은 없었다. 내가 입을 다물자 세라피나의 말이 계속 이어졌다.

"당신을 축으로 중심 사건들이 어긋나고 있어요. 가장 중요한 황제의 감정까지요. 첫인상의 불꽃이 그렇게 중요한가요?"

그녀에게는 흔들리는 기색이 없었다.

"튜니아의 성녀로서 악틸라를 살해할 의무는, 제게 주어진 방식과 당신에게 주어진 방식이 다른 것에서부터 시작되는 거겠죠."

"하, 하지만."

나는 무턱대고 반박했다.

"자비신의 성녀가 되기엔 전 전혀 자비롭지 않아요. 용감하지도 않고요. 굳세지도 않아요. 그냥 평범하고 겁 많은 사람일 뿐인데……."

그런 세계적인 임무를 소시민한테 짊어지게 만들다니. 나 같으면 그렇게 안 한다. 라니에로가 두려워서 주어진 임무를 수행하지 못하면 어쩌려고? 내가 신이라면 모든 사람을 철저하게 검증한 다음, 고르고 골라 최고의 후보에게 사명을 내려 줄 것이다.

그리고, 또다시 강조하는 거지만. 나는 튜니아의 신도조차도 아니다. 거기까지 생각하자 웃음이 나왔다. 이 모든 것이 농담처럼 느껴졌던 것이다.

"세라피나. 정말 아닌 것 같아요. 말도 안 돼요. 에덴이 성녀라는 소릴 들어도 이것보단 덜 웃길 것 같아요."

나는 언제나 라니에로에게 반기를 들기보다는, 바싹 엎드리거나 도망치기를 선택해 온 사람이다. 입 아프도록 말해 온 사실인데, 나는 겁이 많다. 그가 건네는 살벌한 농담에도 등골이 오싹해지고, 그의 화살이 나를 향했을 때는 무서워서 꼼짝도 못 했다는 말이다.

그런 내가 라니에로를 죽여? 말도 안 된다. 뒤에서 몰래, 튜니아의 성녀를 도와주는 일 정도는 있는 용기 없는 용기 다 끌어모으면 어찌어찌 할 수도 있겠지만, 직접 나서서 그를 살해하는 건 정말 무리다. 신이라면 이런 소인배를 성녀로 임명할 리 없지.

"당신도 제 성격 알잖아요, 안 그래요? 세라피나. 저는 그 사람을 못 죽여요."

원작 세라피나의 경우 사랑하는 사람의 죽음으로 이성을 잃어 눈에 보이는 게 없었다지만, 내게는 그만큼 강력한 영향을 끼칠 사람도 없는걸.

"뱀 앞의 쥐처럼 몸이 굳어 버릴 거예요."

내가 극구 부정을 거듭하자, 세라피나는 결국 고개를 살짝 끄덕였다. 하지만 내 말을 전부 납득하는 눈치는 아니었다. 나는 그녀의 시선을 피하며 재빨리 화제를 돌렸다.

"그, 그러고 보니 에덴은 어때요? 많이 다쳐서 걱정이 되는데……."

세라피나의 얼굴에 착잡한 기색이 떠올랐다.

"당신처럼 의식을 잃었어요. 죽을 고비는 넘겼지만…… 몸이 예전 같진 않을 수도 있다고 들었어요."

에덴 이야기는 전혀 환기가 되어 주지 못했다. 생각보다 심각한 소식이어서, 마음이 싱숭생숭해졌다. 나는 입을 꾹 다물었다. 세라피나가 나를 위로하듯 말했다.

"하지만 그 사람은 강하니까요. 그렇지 않나요? 그의 정신력은……."

그러나 그 말은 끝맺어지지 못했다. 예고 없이 세라피나의 침실 문이 벌컥 열렸기 때문이다. 그럴 만한 위인은 하나밖에 없었다. 라니에로.

내 표정이 굳어졌다. 잠시 동안은 자각도 못 한 상태로, 나는 뻣뻣하게 그를 올려다보았다. 방에는 세라피나가 뻔히 함께인데도, 그는 그녀를 아예 없는 사람 취급 했다. 실수로라도 그녀에게 시선이 가는 일은 없었다. 그 붉은 눈이 겁나고 불편했다. 빙의 초기보다 더. 간신히 그의 눈을 마주 보는 데 익숙해졌던 나는, 농도 짙어진 공포를 견디지 못하고 그를 외면했다. 그러자 라니에로가 말했다.

"안녕, 앤지."

아무 일도 없었다는 듯 태연한 어조였다. 어쩌면 그는 나 또한 '안녕하세요, 폐하.' 하고 태연하게 마주 인사해 주기를 바랐을지도 모른다. 하지만 그럴 만한 정신 상태가 아니었다.

"나가."

그가 짧게 명령했다. 세라피나에게 하는 말이겠지. 나는 황급히 세라피나를 쳐다보았다. 지금 라니에로와 둘만 남기는 싫었다. 그녀에게 간절한 눈빛을 보냈다. 세라피나도 머뭇거렸다. 그 꼴을 본 라니에로의 목소리에, 대번에 쇳소리가 섞였다.

"나가라고 명령했는데 듣지 못했나?"

세라피나가 가여울 정도로 떨고 있는 게 보였다. 그녀 또한 라니에로로 인한 트라우마를 가진 사람이다. 공포심을 느끼는 것도 자연스럽다. 하지만 내 간절한 눈빛 때문인지, 세라피나는 저항하려고 노력했다.

"여기는 악틸라의 영역이 아닙니다. 당신에게 명령할 권리는……."

그 말이 마무리되기도 전에, 라니에로의 얼굴이 험하게 구겨지기 시작했다. 나는 라니에로가 세 번 말하는 걸 싫어한다는 것을 안다. 결국 세라피나의 말을 내가 잘랐다.

"세라피나, 그냥 나가 줘요."

입술을 짓이겨 물던 세라피나가 눈을 질끈 감고 일어났다. 한스러워 보이는 표정이었다. 그녀는 문으로 걸어가다 살짝 나를 돌아보았다. 괜찮겠냐고 묻는 듯했다. 나는 어설프게 웃었다.

세라피나가 나가고 라니에로와 단둘이 남게 되자마자, 나는 그녀를 내보낸 것을 후회했다. 공기가 내 어깨를 짓누르기 시작했다. 우아한 짐승의 자태로 라니에로가 테이블 앞 의자를 하나 빼 앉았다.

"내게 할 말이 있나?"

정말 어려운 질문이었다. 처음 빙의했던 날 이상의 압박감이 몰려왔다.

답은 정해져 있는 것 같았다. 그의 화를 풀어 주려면 사죄하는 게 최선이었다.

"죄송……."

"죄송하다, 다신 안 그러겠다는 말은 필요 없어."

라니에로는 그렇게 내 최선의 선택지를 막아 버렸다. 말문이 막힌 나는 라니에로의 눈을 바라보았다. 그의 표정은 차분했지만 눈만은 아니었다. 핏빛 눈동자에 도사린 집착이 당장이라도 날 집어삼킬 것 같았다. 모르는 체하거나 흘려보낼 수 있는 게 아니었다.

내가 이번 튜니아의 성녀라는 세라피나의 말과 튜니아의 성녀에게 너무 잔혹한 상황만이 이어지는 원작의 내용이 그 눈빛에 절로 엮여 들었다. 감당하기 어렵겠다는 생각이 든 것도 잠시. 다음 순간 나는 침대에서 벗어나 일어나 있었다.

상처가 몹시 아파 다친 쪽 무릎이 순간 구부러졌다. 그 바람에 몸이 휘청거렸다. 라니에로가 반사적으로 내게 손을 뻗었다. 나는 겁 없게도 그 손을 탁 쳐 냈다. 라니에로의 눈이 잠깐 커졌다가, 믿을 수 없다는 듯 자신의 손을 내려다보았다. 그 다음에는 허탈한 웃음을 흘렸다.

"그대의 답이 이렇단 말이지."

그가 하는 말은 잘 들리지도 않았다. 나는 세라피나가 테이블 위에 놓고 간 잔을 집어 들었다. 운 좋게도 도자기였다. 더 생각할 것도 없이 그것을 나무 테이블에 그대로 내리쳐 깨뜨렸다.

잔은 날카로운 소리와 함께 깨져 버렸다. 나는 이를 악물고 가장 큰 조각을 집어 들었다. 그러곤 다짜고짜 라니에로에게 덤벼들었다. 의자에 앉아 있던 그를, 내 무게를 실어 덮쳤다. 요란한 소음과 함께 라니에로가 넘어졌고, 나는 그 위로 엎어졌다. 눈에 핏발이 서도록 이를 악물고 날카로운 단면으로 그를 내리찍었다. 하지만 소용없었다. 내 아래에서 그가 침착하게 나를 올려다보았다.

"으…… . 으으…… ."

내 입에서 기묘한 소리가 흘러나왔다. 라니에로는 아무 거리낌 없이, 손
으로 내 조악한 무기를 가로막았다. 나는 다시 허공으로 팔을 치켜들었다가
푹 내리찍었다. 이번에는 그가 내 손에서 도자기 조각을 빼앗아 저쪽으로
던져 버렸다.

내 눈에서 눈물이 방울방울 떨어졌다. 내가 튜니아의 성녀라면, 지금이라
도 이 사람을 당장 죽일 수 있어야 하지 않아? 신이 섭리를 상대로 대가까
지 치르면서 얻어 온 비장의 무기를 내가 쥐고 있다면, 이렇게 쉽게 가로막
혀서는 안 되는 것 아니냐고. 내 눈물이 피가 번진 라니에로의 손바닥 위로
떨어졌다.

"자꾸 이러다간 발목을 못 쓰게 될 텐데."

그의 손에서 피가 천천히 멎어 갔다. 나는 무의식적으로 그의 목을 확인
했다. 에덴의 일격이 낸 상처는 염증도 나지 않고 깔끔하게 낫고 있었다.

"나는 상관없지만."

라니에로가 내 손을 끌어갔다. 도자기 조각이 박히지는 않았는지 확인하
는 것 같았다. 나는 황급히 손을 뒤로 뺐다. 그러나 그가 그렇게 두지 않았
다. 내가 떨어지는 걸 용납하지 않겠다는 강력한 신호였다. 한 손으로는 내
손목을 단단히 쥐고, 다른 손으로는 허리를 옥죄듯 감아 안아 왔다.

나를 집요하게 바라보는 두 눈에 갇혀 버릴 것 같았다. 나를 둘러싼 모든
것이 버겁게 느껴졌다. 이제 어찌해야 할지 아무런 생각도 들지 않았다. 그
때, 라니에로가 속삭였다.

"나를 사랑한다고 했던 건 거짓말이었나?"

그 말은 아무런 생각 없이 툭 튀어나온 것 같았다. 아니, 정정하겠다. 내
내 그것만 생각하고 있었기 때문에 저도 모르게 터져 버린 말 같았다.

누군가 보기엔 낭만적일지도 모르지만, 나는 분하고 억울해졌다. 내가 사
느냐 죽느냐의 문제로 발버둥 칠 때 그에게 가장 중요한 건 고작…… 내가

속삭인 사랑의 진위 여부라는 게. 그와 나 사이 힘의 불균형에 화가 났다.

'내가 당신을 죽일 수 있다는 생각은 한 번도 안 해 봤다 이거지?'

내내 나를 좀먹어 가던 공포를, 갑갑함과 울분이 밀어내기 시작했다. 나는 떨어지는 눈물을 주체하지 못하고 물었다.

"고작 그런 게 궁금해요?"

"고작?"

"부럽다."

그가 내내 품고 있던 질문이 튀어나온 것처럼, 나도 부지불식간에 그에게 말을 툭 던졌다. 나도, 그도 예상하지 못한 말이었다. 공포와 일말의 의지하고 싶은 마음 뒤에 가려진 가장 근본적인 감정이 어쩌면 시기였는지도 모른다.

진짜 부러워 죽겠어. 태어나 한 번도 약해 본 적 없으니, 약자는 도태시켜야 한다는 말을 서슴없이 할 수 있는 그의 입장. 모두 그의 앞에서 무릎 꿇고, 무례하게 굴어도 반발하지 못하는 압도적인 힘. 서러운 마음에 울음이 그치지 않았다.

라니에로가 천천히 상체를 일으켜 나를 안아 들었다. 그는 눈물을 쏟아 내는 나를 세라피나의 침대에 앉히고, 잠시 자리를 비웠다. 돌아올 때는 손에 약병과 붕대를 들고 있었다. 그는 아무렇지 않게 내 앞에 무릎을 꿇었다. 그러더니 내 손을 가져가 소독하기 시작했다.

"그대를 어떻게 다루어야 할지 모르겠군."

그의 목소리는 건조하고 단조로웠다. 좀 낯설게 느껴졌다. 나는 그에게 다친 손을 맡긴 채 팔뚝으로 눈두덩을 꾹 눌렀다.

"처음에는 달래 주려고 했지. 그 다음에는 화가 났고. 지금은 아무것도 모르겠어. 정말 어려운 문제야."

가장 깊이 베인 손바닥부터, 자잘한 상처로 쓰라린 손가락까지 꼼꼼히 붕대로 가려졌다.

"확실한 건, 그대도 나도 죽지 않는다는 거야. 난 그대를 죽일 마음도, 죽어 줄 마음도 없다."

붕대 위로 그의 입술이 닿았다. 그는 내 손바닥에 입술을 묻은 채로 나를 바라보았다. 화려한 눈매가 가늘게 떨렸다.

"그대에게 선택지를 주지."

그가 입술 끝을 올리는 것이 보였다. 하지만 눈은 전혀 웃고 있지 않았다. 공허한 것처럼 보이기도 했고, 막무가내로 날뛰는 감정에 재갈을 물리느라 애쓰는 것 같기도 했다.

"하나, 나와 함께 궁으로 돌아가든지."

나는 그 진득한 시선을 피하지 못했다. 피할 수 없겠다는 생각이 들었다.

"둘, 감히 제국의 황후를 은닉한 이 사람들을 모두 반역죄로 죽이고……
나와 함께 궁으로 돌아가든지."

8. 평화의 길

오랫동안 궁을 비운 황제가 마침내 돌아온다. 황후 또한 마찬가지로 아주 오랜만에 귀환할 예정이었다.

먼 곳에서, 라니에로는 황후궁을 정리하고 단장하라고 일러 왔다. 사정을 잘 모르는 사람들은 도주한 황후가 사지 멀쩡하게 돌아와 다시 황후궁으로 들어간다는 소식에 놀랐다. 라니에로에게 반항하는 자는 언제나 철저한 응징을 당해 왔기 때문이다. 더구나 황후가 라니에로를 두려워해 위험을 무릅쓰고 도주를 감행했다는 것 또한 공공연하게 알려져 있었다. 그러나 놀람도 잠시, 악틸러스 사람들은 그들 나름대로 현상에 대한 해석을 마쳤다.

'황제가 황후를 공개적으로 조롱하는 유희를 계획하고 있는 것은 아닌가?'

악틸러스에서 나약함은 죄. 그들이 사안을 그렇게 해석하는 것도 당연하다면 당연한 일일지도 모른다. 황후의 도주를 도운 시스엔과 실비아가 황궁의 지하 감옥에 수감되었다는 것도, 그 해석에 설득력을 더했다.

동경과 찬탄의 대상이었던 안젤리카 언로 악틸러스는 단박에 고위 귀족들 사이에서 조롱의 대상이 되었다. 하지만 모든 고위 귀족이 안젤리카를 모욕하는 일을 유희 삼은 것은 아니었다.

네르마 공작 부인과 펠론 백작 부인을 비롯하여 황후궁의 식구들은 황후와 관련된 화제에 조금도 말을 얹지 않고 입을 꾹 다물었다. 라니에로와 안젤리카의 관계를 가까이에서 지켜본 이들이므로, 안젤리카가 라니에로에게 얼마나 예외적 존재인지 잘 알았기 때문이다.

그중에서도 네르마 공작 부인의 눈초리가 내내 날카로웠다. 시스엔과 실비아의 축출로 인해 자연스레 황후궁의 중심인물이 된 그녀였지만, 권력을 쥐고도 여느 멍청한 사람들과 달리 희희낙락하지 않았다. 안젤리카의 귀환 며칠 전, 그녀는 펠론 백작 부인을 자택으로 초대하여 함께 차를 마셨다.

"우리가 처신을 똑바로 해야 합니다."

펠론 백작 부인은 긴장한 얼굴로 고개를 끄덕였다. 두 사람 다 참 인생이 묘하다고 생각했다. 두 가문이 이렇게 의기투합할 일은 없을 줄 알았다. 본디 펠론 백작가는 네르마 공작가를 견제하길 원했고, 네르마 공작가 측에서도 그걸 뻔히 알고 있었다. 하지만 지금은 그런 해묵은 기 싸움을 청산할 때였다.

두 사람은 머리를 맞대고 아주 오랫동안 이야기를 나누었다. 펠론 백작 부인은 밤이 깊어서야 네르마 공작저를 나서 집으로 돌아갔다.

* * *

얼마 지나지 않아 라니에로가 안젤리카를 데리고 돌아왔다. 황제 부처의 귀환은 아주 조용히 이루어졌다. 수수한 마차에 탄 안젤리카는 여정 내내 가림막을 내려 얼굴을 노출하지 않았다. 그들의 황궁 입성을 환영하는 잔치도 없었다. 안젤리카는 곧장 황후궁으로 입궁했다.

네르마 공작 부인이 동요하는 기색을 보이지 말라고 그토록 주의를 주었건만, 어린 시녀들은 안젤리카를 보자마자 흠칫 놀랐다. 요양을 한다고 떠날 때부터 건강 상태가 좋아 보이지는 않았지만, 대체 어떤 겨울을 보낸 건지 짐작도 안 가는 모습이었다. 사랑스럽게 말랑말랑하던 뺨이 날렵해졌고, 동그란 눈에는 그늘이 져 예전과 인상이 무척 달라졌다. 약삭빠르면서도 어쩐지 허술한 데가 엿보이던 여름 무렵의 황후는 신기루처럼 사라지고 말았다.

네르마 공작 부인과 펠론 백작 부인이 안젤리카를 향해 허리를 깊이 숙였다. 안젤리카는 그들에게 흘금 시선을 던지는가 싶더니, 피곤한 표정으로 명령했다.

"물러가게나. 내 일은 내가 알아서 할 테니."

안젤리카 앞에 선 두 시녀는 며칠 전 회동에서 오갔던 이야기를 상기했다. 두 사람이 합의했던 것 중 하나는 절대 황후의 기분을 거스르면 안 된다는 것이었다. 두 시녀는 안젤리카의 말 한마디로 응당 있어야 할 의전을 모조리 생략하기로 했다. 설령 황제가 방문을 청해 오더라도, 안젤리카의 상태가 좋지 않으면 거절해야 한다. 이토록 곱게 안젤리카를 데려온 것을 보니, 이제 안달 내는 것은 라니에로 쪽임이 더욱 분명해졌다.

"목욕물을 준비해 두었습니다. 저와 펠론 백작 부인이 별실에 머무르겠으니, 만일 도움이 필요하시다면 종을 울려 주십시오."

네르마 공작 부인은 인사치레도 없이 전할 말만 깔끔히 하고 물러났다. 어린 시녀들이 서로의 눈치를 보았다. 원래 퇴궁할 때는 하나하나 황후에게 인사를 올리는 것이 옳으나, 지금은 그럴 때가 아닌 것 같았다. 네르마 공작 부인이 정적 속에서 그들에게 눈짓했다.

'얼른 나가세요.'

그제야 어린 시녀들은 재빨리 줄지어 방을 나섰다. 안젤리카는 그들을 돌아보지도 않고, 익숙한 방의 테라스로 나서 바깥을 바라보고 있었다. 네르마 공작 부인이 그 뒷모습을 어깨 너머로 살짝 보다가 펠론 백작 부인과 함께 방을 나섰다. 안젤리카가 있는 장소로부터 충분히 멀어졌다는 확신이 들었을 때, 그녀가 목소리를 낮추어 펠론 백작 부인에게 속삭였다.

"아주 최악의 상태는 아니네요, 그렇지요?"

펠론 백작 부인이 고개를 끄덕였다. 그들은 안젤리카가 자해를 해서 몸이 엉망진창이라거나, 정신을 놓아 이성이 또렷하지 않을 경우까지 염두에 두고 있었다. 하지만 그보다는 사정이 훨씬 나았다. 바로 그게 문제였다.

"좀 주무르기 쉬운 상태였으면 좋았을 텐데."

펠론 백작 부인이 고개를 절레절레 저으며 말했다. 네르마 공작 부인은 적극적으로 그 말에 동조하지는 않았지만, 내심 같은 생각이었다.

지난 회동에서 두 사람은 안젤리카가 제국의 황후 자리에 어울리지 않는다고 결론지었다. 사실 황후야 어떤 인물이든 상관없었다. 황제가 제자리에서 하던 대로 잘하기만 하면. 안젤리카의 문제는, 라니에로의 주의를 전쟁으로부터 돌린다는 데에 있었다. 라니에로가 이번처럼 안젤리카에게 정신이 팔려 국정도 팽개치고 한 달 넘게 자리를 비우는 일이 또 있어서는 안 됐다.

역대 전쟁신의 대자 중에서도 가장 축복받은 자, 라니에로 악틸러스. 더구나 그는 아직 새파랗게 젊다. 파죽지세로 세계를 정복해 나가며 악틸라의 뜻을 떨치기에 가장 찬란한 타이밍에, 안젤리카의 존재는 장애물이었다.

'제거해야 한다.'

안젤리카가 죽어 버린다면, 당장은 라니에로의 정신에 큰 타격을 줄지도 모른다. 피바람이 불겠지. 그러나 그때만 몸을 사리고 잘 견디면 된다. 시간이 조금 지나면 그녀를 잃은 괴로움을 전쟁으로 해소하라고 바람을 넣을 수 있을지도 모른다.

어쩌겠는가. 악틸라는 전쟁과 파괴의 신이지, 부활의 신이 아닌데. 안젤리카가 돌아오지 못한다는 것을 깨닫게 되면, 라니에로도 별수 없이 전쟁신의 대자로서 의무를 다하게 될 것이다. 그러면 그가 세력을 확장함에 따라 악틸러스는 더욱 부강해지고, 더없는 황금기를 누릴 것이다.

라니에로가 안젤리카를 감기처럼 앓게 두자. 그 후 누구도 마음에 담지 못하게 된다면, 악틸러스의 귀족으로서는 손뼉 치고 기뻐할 일 아닌가.

두 시녀는 눈짓을 주고받고 헤어졌다. 시스엔이 없어 일이 쉬울 것 같았다.

* * *

나는 홀로 남아 창밖을 내다보았다. 익숙하고도 낯선 풍경이었다. 모든 구조물의 위치가 눈에 익는데, 나무들이 이렇게 헐벗은 모습은 어색했다.

결국 황궁으로 돌아와 버렸다. 내가 이번 튜니아의 성녀라는 걸 완전히 받아들이지는 못했다. 하지만 라니에로를 죽이는 일을 계속 시도하기는 했다.

신전에서 떠나기 전날. 불시에 성기사 하나의 검을 빼앗아 라니에로를 덮쳤다. 신전에서 떠나 악틸러스로 돌아오는 길. 다친 손을 감쌌던 붕대를 풀어 그의 목을 조르기도 해 보았다.

하지만 전부 부질없었다. 내 시도는 계속해서 라니에로의 동물적인 감각 때문에 가로막혔다. 그쯤 실패하자 안 그래도 없던 확신이 점점 사라지기 시작했다. 세라피나가 잘못 알고 있었던 게 아닐까? 내가 튜니아의 성녀라면, 이렇게까지 실패하는 일은 없어야 하는 게 아닌가? 내 머릿속에 툭하면 직접 속살대던 누구 것인지 모를 목소리도, 그때쯤에는 끊긴 상태였다.

나는 내가 많이 변했다는 것을 느꼈다. 라니에로 살해 시도는 예전의 나라면 감히 생각도 못 할 일이다. 만에 하나 그런 일을 시도할 수는 있다고 쳐도, 한 번 실패하면 다음은 엄두가 나지 않았으리라. 하지만 천천히 헤아려 보니 일곱 번은 그런 시도를 한 것 같았다.

라니에로의 반응은 매번 비슷했다. 무감정한 얼굴로 너무 쉽게 내 시도를 저지하고, '안됐군.'이라고 짧게 말했다. 그러나 나는 그 무감정한 얼굴이 방패인 것을 첫 시도 때 바로 알아차리고 말았다. 그는 내 행동에 상처받고 있었다.

'상처받을 수 있는 사람이었어?'

나는 그 사실이 놀라웠다. 그리고 짜릿했다. 항상 내 머리 꼭대기 위에서 나를 쩔쩔매게 만들던 인간이 내 행동으로 상처받는다니. 그래서 그런지, 세 번째 시도부터는 진지하게 죽이겠다는 생각보다는 그에게 상처 입히겠다는 마음이 앞섰던 것 같다. 그의 무신경한 말에 마음 졸이고 납작 엎드렸던 날들을 보상받고 싶었는지도 모른다. 정작 비굴하게 굴 때는 그게 나를 괴롭혔다는 사실도 인지하지 못했는데.

내가 그에게 부러움을 느끼고 있었다는 자각은 모든 걸 송두리째 바꾸어 버렸다. 그렇다고 해서 그를 향한 공포가 씻은 듯이 사라진 것은 아니다. 그에게 덤벼들고 살해에 실패할 때마다, 나는 잠깐 동안 늘 같은 공포에 사로잡혔다. 그의 참을성이 다 떨어져 '장난은 끝났다'면서 나를 죽이거나, 사지를 잘라 버릴까 봐 겁이 나는 것이다.

하지만 위험한 걸 알면서도 나는 계속 뛰어들었다. 그러고 나서 그가 상처와 모멸을 감추려 무표정의 가면을 덮어쓸 때마다, 공포를 뛰어넘는 희열이 내 뇌리를 잠식하고 만다. 아, 나는 이번에도 살아남았구나. 나는 그 감각에 중독되고 말았나 보다. 도주에 실패하고 내게 별 희망이랄 게 남지 않은 지금, 유일한 기쁨이라곤 그것뿐이었다. 그런 저열하고 음습한 감정도 기쁨이라고 부를 수 있다면.

시녀들을 전부 물리고 나자 황후궁은 고요해졌다. 쌀쌀한 바람이 헐벗은 나뭇가지를 휘감는 소리만 간헐적으로 들릴 뿐이었다. 나는 침대에 털썩 앉았다가 벌렁 드러누웠다.

"시스엔⋯⋯. 실비아."

라니에로에게 그들의 행방에 대해 물어본 일이 있다. 그는 시스엔과 실비아가 잡혔다고 짧게 대꾸해 주었다. 그 소식을 알게 된 순간 내 몸이 바짝 굳어 버렸다. 라니에로 성격상 분명 죽여 버렸을 거라고 생각했기 때문이다. 하지만 그는 내게 그들을 죽이지 않았다고 이야기해 주었다. 그는 그 소식을 전하고 나서 나를 빤히 쳐다보았는데, 내가 안도했는데도 불구하고 얼굴에 실망한 빛이 스쳤다.

뭐였을까. 다른 무슨 반응을 바랐던 걸까?

아무튼, 시스엔과 실비아가 목숨을 건졌다고는 해도, 그들의 상황은 아마 녹록지 않을 것이다. 춥고 눅눅한 감옥 속에서 내내 허기와 싸우고 있겠지. 라니에로에게 그들을 감옥에서 꺼내 줄 수 있는지 물어봐야겠다.

'황후궁으로 다시 데려올 수 있을 것 같진 않지만.'

당연한 소리지만, 에덴은 튜니아 신전에 두고 왔다. 라니에로와 내가 떠날 무렵에는 목발을 짚고 돌아다닐 수 있을 정도로는 회복한 상태였다. 그는 떠나는 나를 보러 나왔다. 잠깐 눈이 마주쳤지만, 혹시 라니에로가 그것을 알아챌까 봐 겁이 나 재빨리 외면했다. 라니에로가 내게는 관대해도 에덴에게는 아니었으니까. 옛 성소에서의 일과 비슷한 일이 또 생기는 건 정말 싫었다.

내게로 에덴의 시선이 따라붙는 것은 보지 않아도 느낄 수 있었다. 그가 이렇게 묻는 듯했다.

'앞으로는 어떡할 겁니까?'

그러게, 어떡하죠.

입가에 씁쓸한 미소가 번졌다. 그가 튜니아의 검으로서 실패의 운명만 점지받았다고 해도, 제법 의지되는 동료이기는 했는데. 결국 나는 혼자 남고 말았네.

"혼자⋯⋯."

나는 중얼거렸다.

"혼자 남아 버렸네."

인생 혼자 사는 거라지만, 그래도 그새 정이 들었나 보다. 세 사람을 생각하니 눈물이 고였다. 나는 양손으로 얼굴을 덮고 깊게 숨을 들이쉬었다. 그 상태로 열까지 센 다음, 너무 우울감에 잠겨 버리지 않기 위해 옷을 갈아입기로 결심하고 자리에서 일어났다. 그러곤 뒤로 돌아서는 순간, 나는 주저앉을 뻔했다.

라니에로가 문간에 서 있었다. 그를 향한 공포와 살의라는 강렬한 양가감정이 몰아쳤다. 주춤 뒷걸음질 친 나는 떨리는 목소리로 말했다.

"앞으로 오실 때는……."

아냐, 여기서 말을 멈추고, 목소리를 가다듬어 최대한 또렷하게. 나는 짐짓 당당한 체 말을 이었다.

"오신다고 기별을 해 주셨으면 좋겠어요."

"왜?"

그가 짧게 물으며 한 걸음 내게로 다가왔다.

"그러면, 그대는 거절하게?"

"여태까지 그럴 수 없었다는 게 너무 이상하지 않아요?"

라니에로의 눈에 의문이 깃든다. 그는 그런 걸 이상하다고 생각해 본 적이 없었을 것이다. 그의 앞에 잠긴 문은 없고 막힌 길도 없다. 잠긴 문의 자물쇠를, 막힌 길의 장애물을 부수고 나아가는 게 그니까. 그는 내게 서슴없이 다가왔다. 가까이 붙어 서서 나를 내려다보았다. 내가 입을 다물고 있자 그가 물었다.

"오늘은 죽이려고 하지 않나?"

그가 오른손을 들었다. 나는 나도 모르게 흠칫 떨었다. 옛 성소 일이 있고 나서부터는 간혹 반사적으로 이런 반응이 나오곤 했다. 라니에로는 그 손을 내 뺨에 올려, 한껏 부드럽게 쓸어 주었다. 해칠 의도는 전혀 없었다는 듯, 아주 상냥하게.

"이제는 덜 원망스러워졌나?"

라니에로는 내가 그를 죽이려 덤벼드는 게 에덴 때문인 줄 안다. 내가 그를 사랑한다고 생각하는 것이다. 그는 나와 에덴이 사랑의 도피를 저질렀다고 넘겨짚고 있었다. 그러니 끊임없이 그를 살해하려는 시도도, 에덴을 위한 복수인 줄로만 알고 있었다.

완전히 틀린 해석이었다. 내가 에덴에게 가진 건 동질감과 동료 의식이지, 이성적인 호감이 전혀 아니다. 하지만 나는 굳이 정정해 주지 않았다. 그걸 해명할 기운도 없었고, 그가 착각한다고 내게 나쁜 일이 돌아오지도 않았으니까. 사랑한다는 말이 거짓말이었냐고 물었던 것도 그런 연장선에 서였던 것 같다. 내가 아닌 그 성기사를 사랑하냐고.

순간 오싹 소름이 돋았다. 원작에서는 세라피나가 에덴을 정말 사랑했었지. 그게 라니에로를 질투로 돌게 했고. 내가 튜니아의 성녀라면, 이번에도 에덴이 라니에로를 미쳐 버리게 하는 걸까? 그가 결국은 에덴의 머리를 잘라서 접시에 올리고, 클로슈로 덮어 내게 가져다주게 될까?

'아냐, 그럴 리 없어.'

나는 스스로를 안심시켰다. 호전적인 원래 에덴의 혼은 세라피나가 시간을 돌린 대가로 소멸되어 버렸다. 지금 에덴의 몸 속에 들어가 있는 건 얄밉게도 계산적이고, 실리를 추구하는 차수현 씨. 그러면 날 구한답시고 라니에로를 상대로 무모한 도전을 하지는 않을 테니 원작과는 달리 안전할 것이다.

"앤지?"

골똘히 생각하느라 한참 대답이 없자, 라니에로가 나를 불렀다. 나는 그제야 그의 눈을 바라보며 말했다.

"그게 그렇게까지 궁금해요?"

가시 돋친 데다 도발적인 질문. 라니에로의 얼굴이 딱딱해졌다. 순간적으로 그런 질문을 한 것이 후회되었다. 간헐적인 공포로 인한 감정 기복은 이제 거의 생리적인 수준이었다. 나는 살짝 목을 움츠려 그의 손에서 떨어졌다.

라니에로는 메마른 웃음을 터뜨렸다. 그 뒤 떨어지는 나를 움켜쥐려는 듯 손을 갈고리처럼 구부렸다. 나는 기겁하고 뒷걸음질 쳤다. 라니에로는 그 자리에 우두커니 서서 그런 나를 응시했다. 해가 떨어져 점점 어두워지는 방 안에서 그의 두 눈이 요요한 빛을 뿜기 시작했다.

"그대는 이제 내가 쉽고 우습지?"

그래 보이나? 쉽고 우스웠으면 정말 좋겠는데. 아직도 무서워서 문제다. 그를 죽이려는 시도를 하거나, 날카로운 말로 쏘아붙일 수 있게 된 것과는 별개로 아직 너무 무섭다. 전보다 더 무서워진 것도 같은걸.

"나는 옛날에는 그대가 참 쉬웠는데."

계속 뒷걸음질 치다 보니 벽에 등이 닿았다. 나는 라니에로가 내게 다가올까 봐 신경을 곤두세웠다.

"하지만 지금은 아무것도 모르겠군. 그대가 너무 어려워."

그는 그것을 전부 안다는 듯, 거리를 좁히지 않았다. 라니에로는 스스로를 비웃으며 말했다.

"이런 건 하나도 재미있지 않은데."

그 순간 그의 얼굴에 떠오른 표정은 처연할 정도였다. 하지만 다음 순간 분위기가 싹 바뀌었다. 나는 숨을 멈추었다. 어둠 속에서 마주친 맹수의 눈처럼, 그의 눈도 번득거렸다.

"그러니 그대를 없애 버려야겠지."

방을 둘러싼 공기가 변했다. 피비린내가 났다. 피 흘리는 사람은 아무도 없는데. 라니에로가 전장의 악귀 같은 얼굴을 하고 성큼성큼 걸어왔다. 머릿속이 하얗게 변하는 기분이었다. 그러다 이내 경고 사이렌처럼 붉은빛이 번쩍거렸다.

"아악!"

나는 비명을 지르며 손에 잡히는 것을 확인도 하지 않고 그에게 던졌다. 내가 잡았던 것은 화병이었다. 라니에로는 그것을 공중에서 후려쳐 깨뜨려 버렸다. 주먹 쥔 그의 손을 화병 조각이 거칠게 할퀴었다. 손마디에서 피가 뚝뚝 떨어졌다. 하지만 그걸 멍하니 보고 있을 때가 아니었다. 지금 저 사람은 내가 당해 낼 수 없는 상태였다.

인간이라기보다는, 이를 드러낸 짐승.

그가 등을 살짝 구부리고 무릎을 낮추었다. 금방이라도 확 튀어 올라 날 덮칠 것 같았다. 나는 침대 옆 협탁을 그의 앞으로 엎어 버리고 침대 위로 뛰어올랐다. 그걸 타 넘어가 무작정 황후궁 밖으로 도망칠 생각이었다. 내 위치에서 밖으로 나가려면 그 경로밖에 없었다.

일은 쉽지 않았다. 나는 침대 위로 뛰어오르는 것까지는 성공했다. 하지만 넘어진 협탁에서 내게로 금세 주의를 돌린 라니에로가 내 발목을 움켜쥐었다. 나는 소리 없는 비명을 질렀다. 가슴이 덜컥 내려앉는 것보다 고통이 우선했다. 의도한 것인지는 모르겠지만, 하필 다쳤던 발목이 잡혔다. 나는 그대로 침대 위로 넘겨졌다. 침대 옆이 푹 꺼졌다. 날렵하게 침대로 올라온 라니에로가 내 등을 짓눌렀다.

"쿨럭……!"

숨이 제대로 쉬어지지 않아 기침을 뱉었다. 라니에로는 무자비했다. 나를 죽이려는 건 진심이었다.

"아아악!"

여기 떨어진 이후로 여태까지 날 이끌어 왔던 생존 본능이 다시 유감없이 발휘되었다. 시야는 극단적으로 좁아졌지만 감각은 날카로워졌다. 궁지에 몰린 작은 새가 뱀의 눈을 쪼듯, 나는 몸을 뒤틀어 라니에로의 손등을 깨물었다. 턱뼈가 부서져도 좋겠다는 마음으로 그렇게 했다.

내가 던진 화병 때문에 다친 손에서 찝찔한 맛이 났다. 나는 씩씩거리고 울면서도 그 손을 놓지 않았다. 하지만 그 반항도 오래가지 못했다. 그의 손이 내 입에서 빠져나갔다. 나는 사지를 버둥거렸지만 그가 어깨를 짓누르자 그마저도 못 하게 되었다.

완전히 제압당한 채, 나는 산발이 된 머리카락 사이로 그를 올려다보며 숨을 몰아쉬었다. 그가 팔뚝으로 내 상체를 단단히 내리눌러 고정했다. 어떻게든 그를 가격하려고 해 봤지만 역부족이었다. 울음이 내 목구멍을 막았다. 나는 형편없이 히끅거리고 헐떡거렸다.

라니에로가 내 목을 움켜쥐었다. 이내 압박감이 느껴지기 시작했다. 나는 그를 똑바로 바라보았다. 달리 볼 데가 없었기 때문이다. 눈앞이 가물거려 왔다. 이대로 숨이 끊어지는 건가.

"무서워……."

나는 두서없이 중얼거렸다.

"무…… 서워……."

까만 안개처럼 어둑하고 흐릿하게 변해 가는 시야 가운데, 라니에로의 눈이 휘둥그렇게 커지는 것이 보였다.

"아냐."

그는 밀쳐 내다시피 나를 놓았다. 호흡기로 갑작스레 공기가 밀려들었다. 허겁지겁 산소를 탐하는 폐 때문에 계속 기침이 나왔다. 그 와중, 옆에서 들린 소리가 내 주의를 앗아 갔다. 시작은 라니에로가 깨진 꽃병을 밟는 소리였다. 그의 무게에 밟힌 사기 조각이 '까드득' 비슷한 소리를 내며 바스러졌다. 곧 라니에로의 입에서도 비슷한 소리가 났다. 꽉 문 어금니가 서로 갈리는 소리였다.

나는 빳빳하게 굳은 채 그쪽을 바라보았다. 라니에로의 얼굴과 입술이 창백하게 질려 있었다. 그는 병자, 아니……. 시체 같아 보였다. 핏기가 빠진 입술로 조용히 '아냐', '안 돼', '내 의지가', '내 생각은' 따위의 말을 중얼거리던 라니에로가 갑자기 바닥으로 툭 쓰러졌다. 마리오네트의 실을 한꺼번에 끊어 버린 것처럼, 몸을 가누지 못하는 것 같았다.

그리고 내 방에 끔찍한 비명 소리가 울리기 시작했다. 그토록 처절한 비명은 처음 들어 보았다. 전기 충격이라도 받은 것처럼 그의 몸이 바닥에서 파드득 튀어 올랐다가 경련했다. 언제나 화려한 색을 뽐내던 그는 지금 유난히 음산하게 창백한 낯빛이었는데, 흰자위의 실핏줄이 죄다 터져 눈이 시뻘겋게 보여 몹시 기괴했다.

옛 성소에서 에덴이 얻어맞을 때보다 더 극심한 공포가 나를 감쌌다. 여름 사냥 때 라니에로가 내게 먹였던 약 생각이 불현듯 간절해질 정도였다. 나는 흐느껴 울며 손가락을 깨물었다. 이성을 잃지 않기 위해서였다. 차라리 정신을 잃어버리는 게 더 좋은 선택지일지도 모르지만, 왠지 여기서 의식을 놓으면 끝장일 것 같다는 직감이 들었다.

혼절하면 안 돼. 나는 스스로에게 되뇌며 손가락을 깨문 턱에 힘을 주었다.

라니에로의 발작은 한참 이어졌다. 그보다 강한 무형의 힘, 그가 저항할 수 없는 힘이 그에게 압도적인 위력을 행사하는 것 같았다. 내가 알기로 이 세상에서 가장 강한 건 라니에로였기 때문에, 그가 그렇게 무력하게 당하고만 있다는 것 또한 또 다른 공포로 다가왔다.

'신벌이야.'

그때 머릿속에 갑자기 이런 깨달음이 스쳐 갔다. 내가 직접 떠올린 것인지, 알 수 없는 누군가가 불어넣는 확신인지는 확실하지 않았다. 나는 침대 위에 웅크려 벌벌 떨며 라니에로를 바라보았다. 신벌이라면, 그에게 악틸라가 벌을 주는 것일까? 이렇게 가혹한 벌을? 라니에로는 분명 악틸라가 사랑하는 아들인데……

"헉……!"

비명을 지르며 괴로워하던 라니에로의 가슴이 허공으로 튕겨 올랐다. 그는 그대로 몇 초간 경련하더니, 이내 바닥에 늘어졌다. 더 이상은 아무 일도 일어나지 않았다. 사방이 고요했다. 갑작스레 조용해진 건 또 다른 방향의 공포를 선사했다. 정말 이제 공포라면 지긋지긋한데.

나는 벌벌 떨면서 침대 위를 기어갔다. 그에게 좀 더 가까워졌지만, 그는 일어날 기미를 보이지 않았다. 정신을 잃은 것 같았다. 이러다 내가 다가갔을 때 번쩍 눈을 뜨고 다시 덤벼들면 어쩌지? 몹시 겁이 났으나 확인해야 한다는 생각이 앞섰다. 나는 훌쩍거리며 침대에서 내려가 천천히 그에게 다가갔다.

내가 코앞으로 다가가도 그는 깨어나지 않았다. 깨진 사기 조각이 그의 얼굴에 상처를 남겼다. 아름다운 공예품을 마구 그어 버린 것 같은 형상이었다. 나는 심호흡을 하고 서서히 그에게로 몸을 내렸다.

죽었나? 숨소리가 들리지 않아 그런 생각이 들었다. 정말 죽었을지도 모른다. 그런데 기쁨보다는 당황이 앞섰다. 나는 그의 옆에 무릎을 꿇고 앉아 가슴에 머리를 대 보았다. 그때였다. 갑자기 문이 벌컥 열렸다.

"폐하!"

나는 화들짝 놀라 상체를 일으켰다. 문간에 서 있는 건 네르마 공작 부인이었다. 그녀의 눈이 처음에는 나를 향했다가, 엉망이 된 바닥, 그리고 쓰러져 있는 라니에로 순으로 옮겨 갔다. 그녀의 미간에 주름이 갔다.

"이게 무슨 일입니까?"

"아, 아무 일도 아닐세."

나는 재빨리 대꾸했다. 라니에로가 쓰러져 있어 내 말에 설득력은 없었지만.

"나가 보게. 정말 아무 일도 아니었네."

네르마 공작 부인은 버티고 서서 방을 관찰하듯 바라보았다. 나는 초조해졌다. 그녀의 어깨를 밀쳐서라도 내보내야겠다는 생각이 들었다. 나는 자리에서 일어나 성큼성큼 그녀에게 다가섰다.

나보다 키가 큰 그녀가 나를 흘금 내려다보았다. 그 눈에서 호의는 아닌 다른 감정이 잠깐 엿보였는데, 정확히 어떤 것인지 세부적인 것까지는 파악하기 힘들었다. 나는 입을 열려다 할 말을 잊어버리고 말았다. 하지만 다음 순간 정신을 차리고 단호하게 말했다.

"명령을 듣지 않는가."

네르마 공작 부인은 몇 초간 아무 말도 없었다. 그러나 곧 그녀의 얼굴에 봄꽃이 만발하듯, 근육이 풀어지고 입매가 부드러워졌다. 내게 익숙한, 생글생글 웃는 표정이었다.

"예, 폐하. 큰 소리가 들렸다고 생각했는데 제가 착각했나 봅니다."

그녀는 내 어깨 너머로 쓰러져 있는 라니에로에게 눈길을 주었다. 내 입술이 초조해서 바싹 말랐다.

"하지만 폐하. 황제 폐하께 급하게 드릴 말씀이 있사온데 제가."

네르마 공작 부인이 한 걸음 성큼 다가왔다. 그녀 또한 악틸러스인이었다. 내뿜는 기백에 내가 당해 낼 수 없었다.

"한 말씀 드려도 되겠습니까?"

그녀는 내 말을 듣지 않고 가로막은 나를 지나쳐 갔다.

"무, 무엄하다!"

뒤에서 내가 소리쳤지만 네르마 공작 부인은 듣지 않았다. 합리적인 태도이기는 하다. 황제가 황후궁에서 비명을 지르다 쓰러졌는데 내 말만 듣고 순순히 물러나 주는 건 말이 되지 않겠지. 네르마 공작 부인이 라니에로의 옆에 무릎을 꿇고 앉았을 때였다. 갑자기 라니에로의 상체가 천천히 일으켜 세워졌다.

나는 움찔하고 입을 틀어막았다. 그사이 라니에로는 어지러운 것처럼 머리를 몇 번 흔들어 털었다. 그러다 이내 그가 눈을 떴는데, 언제나 선명한 핏빛으로 반짝이던 눈동자가 탁해 보였다. 그가 문 근처의 나를 바라보았다.

네르마 공작 부인은 눈을 둥그렇게 뜨고 입을 다물었다. 곧 그녀를 발견한 라니에로가 몹시 탐탁잖은 태도로 툭 말을 던졌다.

"넌 뭐지?"

네르마 공작 부인이 재빨리 머리를 숙였다.

"네르마 공작가의 안주인입니다."

"왜 여기 와 있지?"

내가 서둘러 끼어들었다.

"폐하께 급히 드릴 말씀이 있다고."

라니에로의 생사를 확인하기 위한 핑계였을 뿐, 네르마 공작 부인에게 급히 할 말이란 게 있을 리 없었다. 그녀는 어깨를 잘게 떨다 황급히 일어났다.

"죄송합니다. 당장 드려야 할 말씀은 아닌 듯싶습니다. 나가 보겠습니다. 방해하여 정말 죄송합니다."

그녀는 거듭 사죄를 반복하며 방을 나섰다. 나는 나가는 네르마 공작 부인을 바라보았다. 그녀와 나의 눈이 마주쳤다. 제법 잘 갈무리해, 보통 사람이라면 쉽게 발견하지 못했을 묘한 적대감이 보였다. 나는 입술을 꽉 깨물었다.

악틸라의 벌에서 해방된 라니에로는 잠시 자기가 누구인지도 생각나지 않았다. 그를 덮쳤던 건 그 정도로 극렬한 고통이었다. 라니에로는 멍하니 그 자리에 앉아 있었다. 옷 속으로 들어온 사기 조각이 그의 몸을 날카롭게 찌르고 불편하게 배겼다.

상체를 일으키기는 했지만 정신이 몽롱했다. 옆에 있는 사람에게 누구인지, 왜 여기 있는지 묻기는 했지만 대답이 제대로 인지되지도 않았다. 맞은 편에서 누군가의 말소리가 들리고, 옆에 있던 사람은 재빨리 일어나 자리를 피했다. 그 일련의 과정 동안 라니에로의 머릿속은 여전히 어지러웠다.

방을 나선 사람이 구둣발로 복도를 걸어가는 소리가 들렸다. 감정이 약간

격앙된 것인지, 품위 있다고 생각하기엔 어려운 속도였다. 그는 다시 한번 머리를 털었다. 그제야 사물이 선명히 보이는 것 같았다.

저쪽, 문 옆에 안젤리카가 서 있었다. 그녀는 벽을 짚은 채로 하염없이 문 너머를 바라보았다. 꽉 깨문 입술이 터져 금방이라도 피가 날 것 같았다. 라니에로는 조용히 그녀를 시야에 담았다.

시선을 느꼈는지 안젤리카가 그를 돌아보았다. 그녀의 안색이 시시각각 변했다. 새빨갛게 달아올랐다가, 핏기가 싹 빠져 창백해졌다가. 다리도 후들후들 떨렸다. 잘못하다간 곧 주저앉을 것 같았다. 그때까지 아무것도 생각나지 않던 라니에로는 천천히 문장 하나를 떠올렸다.

'아내는 약하고 겁이 많다.'

그는 비척비척 일어섰다. 몸이 천근만근 무거웠다. 손끝은 까딱하지도 않았다. 걸음을 잘못 뗐다간 그대로 고꾸라질 것 같아, 그는 잠시 가만히 서 있었다. 시선은 안젤리카에게 고정한 채로.

무슨 일이 일어났는지도 잘 기억나지 않았지만, 아무튼 무서운 건 다 지나갔고 이제 괜찮다고 위로해 주어야 할 듯했다. 그래야 또 도망가지 않을 것 같았다. 라니에로는 걸음을 뗐다. 사실, 그렇게 해석하기엔 그의 몸짓이 좀 너절하기는 했다. 발끝을 몇 센티미터쯤 끌어 본 것에 가까웠다.

안젤리카의 표정에 갈등하는 기색이 떠올랐다. 가장 지배적인 감정인 공포 사이에서, 라니에로는 아주 미묘하고 작은 걱정의 조각을 볼 수 있었다. 누굴 걱정하는 거지? 라니에로는 무거운 팔을 간신히 들어 그녀를 향해 손을 뻗었다. 그 순간 안젤리카의 표정이 얼음물을 뒤집어쓴 듯 변했다. 그녀는 사색이 되어 문 너머로 도망쳤다. 뛰어가는 소리가 멀어졌다. 갈 곳 없어진 손이 아래로 뚝 떨어졌다.

라니에로는 그 자리에 덩그러니 서 있었다. 발밑에서 사기 조각이 밟히고 얼굴과 손이 아주 따가웠다. 사기 조각들은 저들끼리 부딪쳐 갈리며 듣기 거슬리는 소리를 냈다. 라니에로는 발밑을 내려다보았다.

화병은 원래 형체를 알아볼 수 없을 만큼 산산조각 나 있었다. 마치 라니에로와 안젤리카의 관계 같았다. 아니, 사실 망가졌다고 보기에도 어폐가 있었다. 처음부터 이렇게 깨진 채였다. 그동안은 라니에로가 보기에만 화병이었던 것이다.

그는 비틀비틀 걸어 방을 나갔다.

웃음이 나왔다.

* * *

귀가한 펠론 백작이 오만상을 찌푸렸다.

"술 가져와. 독한 것으로!"

그는 외투를 받아 드는 집사에게 괜히 화풀이를 하듯 일갈했다. 위층에서 잘 채비를 마치고 책을 읽고 있던 펠론 백작 부인이 남편의 목소리를 듣고 내려왔다.

"왜 그렇게 화가 났어요?"

허리를 짚고 씩씩거리던 펠론 백작이 아내에게 자초지종을 설명하려다, 보는 눈이 많다는 것을 자각했는지 얼른 그녀를 데리고 계단을 올라갔다. 펠론 백작 부인의 방에 들어가 문을 잠근 펠론 백작은, 아내를 화장대 앞에 앉히고 머리를 쓸어 넘겼다.

"폐하께서 예전 같지 않소."

그 말에 펠론 백작 부인의 눈빛이 예리해졌다. 펠론 백작이 정신 사납게 손톱으로 화장대 위를 두드렸다.

"남부 국경 지대에서 소소한 반란이 일어났소. 사실 이번이 처음이 아니외다. 수도와 먼 곳에서 국지적인 마찰이 계속 일어나고 있소."

펠론 백작 부인의 등에 살짝 소름이 돋았다. 황실에 불복하는 세력이 나타났다는 것은 결코 경하게 넘어갈 문제가 아니었다. 악틸러스는 신정 국가다. 그리고 신과의 유일한 연결 고리는 라니에로다. 편의상 사제라고 불리는 이들이 있기는 하지만, 의전 때문에 둔 명목상의 지위일 뿐이다. 그러므로 라니에로의 권위가 약해지는 것은 곧 악틸라의 권위가 약해지는 것. 펠론 백작도 같은 생각인지, 안색이 좋지 않았다.

"황제 폐하께서 자리를 오래 비우신 것이 문제의 원인 중 하나요."

"그렇겠지요."

펠론 백작 부인이 한숨을 쉬며 뺨을 쓸어내렸다. 펠론 백작이 저도 모르게 아내의 화장대를 주먹으로 가볍게 내리치며 말을 이었다.

"이런 상황에서는 폐하께서 직접 남부 반란지에 가서서 무공을 뽐내고 괘씸한 놈들을 진압하셔야 하지 않소?"

펠론 백작 부인은 동의한다는 듯 고개를 끄덕였다.

"내가 아는 폐하께서는 누구보다도 그런 일에 앞장서시는 분이오. 그런데……!"

"여보."

펠론 백작의 목소리가 커지자 펠론 백작 부인이 주의를 주었다. 그녀는 아랫것들 귀에 이런 화제가 들어가 좋을 게 없다는 것을 차고 넘치도록 알았다. 펠론 백작도 그것을 잘 아는 사람이라 이리로 올라온 것이었으니, 나지막한 부름이 무엇을 뜻하는지 재빨리 파악하고 입을 다물었다. 하지만 눈에는 여전히 불만이 서려 있었다. 펠론 백작 부인이 아무도 없는 주변을 단단히 확인하듯 둘러보더니 어쩔 수 없다는 양 말을 꺼냈다.

"황제 폐하께서 요새 그분답지 않으신 건 황후 때문이에요."

"뭐요?"

펠론 백작은 반사적으로 눈썹을 치켜올렸다. 하지만 이내 이해했다는 듯 깊은 한숨을 내쉬었다.

"어쩐지 아무런 조치가 없더라니. 그렇게 망신스러운 황후인데."

어차피 외국에서 데려온 황후, 죽여도 그만이었다. 하지만 라니에로가 그녀를 털끝 하나 건드리지 않고 곱게 황후궁으로 돌려보낸 데서부터 뭔가 이상하긴 했다. 펠론 백작 부인이 목소리를 낮추어 빠르게 말했다.

"황후 때문에 황제 폐하께서 제정신이 아니세요. 당신께서 자리를 비우면, 황후가 또 도망갈까 봐 불안해서 황궁을 못 비우는 거라고요."

"그러면 반란지에 황후를 데려가면 될 것 아니오?"

"황후 몸이 안 좋아서 그렇게 못 해요."

펠론 백작 부인이 은근히 빈정거렸다.

"반란을 진압하러 가는 길에 그 여자가 쓰러지기라도 하면, 원정은 안 가느니만 못해질걸요. 폐하께서 얼마나 난리가 나시겠어요?"

펠론 백작이 짧은 신음을 토하며 벽에 등을 기댔다. 하긴, 요 며칠간 황제는 펠론 백작이 알아 왔던 모습과 완전히 달랐다. 여전히 오만하고, 안하무인이기는 하나……. 자신만만함이 없었다. 그는 신경질적이었고 불안해 보였다. 넘치는 광휘를 몰고 다니던 때와는 확연한 차이가 있었다. 펠론 백작의 안색이 어두워졌다.

"이러면 곤란한데……."

펠론 백작 부인이 그런 남편을 보며 은근히 운을 뗐다.

"여보, 어떡해야 한다고 생각하세요?"

"뭘 말이오?"

"이 상황을 타개하려면 말이에요. 당신과 나는 애국자잖아요."

펠론 백작 부인은 입술을 오므렸다 탁 벌리며 마지막 단어를 다시 한번 강조했다.

"애국자."

"애국자……."

"그 말은, 악틸라 신의 가장 순종적인 신도라는 뜻이기도 하잖아요. 우리의 신께서 위험에 빠졌는데 우리가 가만히 있을 수 있나요?"

펠론 백작 부인의 말에 일리가 있었다. 펠론 백작은 한동안 무겁게 침묵했다. 한참 뒤 그가 입을 열었을 때, 그의 눈은 오랜 동반자인 아내를 향한 신뢰로 반짝이고 있었다.

"그 여자를 치워야겠군."

"그렇게 말씀하실 줄 알았어요. 사실, 안 그래도 일을 진행하고 있어요."

"뭐라?"

펠론 백작은 아내의 독단에 눈썹을 찡그렸다.

"어찌 나와 상의하지 않고!"

"쉿, 조용히 하세요. 하지만 이런 일은 최대한 적은 사람을 개입시키는 게 가장 중요하다고요. 참견하는 이의 수만큼 배신자도 늘어나는 셈이지요."

펠론 백작은 자신을 배신자 취급 하느냐고 따져 묻고 싶었지만, 그래 봐야 소용없을 것 같아 고개만 젓고 입을 다물었다.

"그래, 알겠소. 일을 어떻게 진행하고 있는지 들어나 봅시다."

"공피르 자작 아시지요? 그 집 딸이 저와 함께 황후궁 시녀직을 맡고 있지요."

공피르 자작은 당연히 알고 있다. 지닌 깜냥에 비해 욕심이 지나친 인사라는 인상이 있어, 펠론 백작은 그를 업신여겼다. 마음에 차지 않는 이가 황후 암살 작전에 가담했다는 소식에 펠론 백작은 코를 씰룩거렸다.

"그자가 뭘 한다는 말이오?"

"독을 구했어요."

"독이라."

"몸에 어떠한 증거도 남지 않는대요. 공피르 자작가 늙은 하녀한테 실험해 봤다더군요. 꾸준히 투약시켜야 하는 번거로움은 있지만."

"오호."

"공피르 자작이 어렵게 구한 솜비니아제 물건이라고 들었어요. 어찌나 값나가는지 피눈물이 난다던데요."

"그런 걸 어떻게 알고 그자에게 도움을 요청한 거요?"

펠론 백작 부인이 입을 비죽거렸다.

"고 여우 년이지요, 뭐. 네르마 공작 부인 말이에요. 그자가 여기저기 발이 넓잖아요."

"흐음."

"공피르 자작은 황후를 치워 버린다는 생각에 신이 났어요. 자기 딸을 황후로 만들 생각 만만이거든요. 그러니 뭐, 협조는 잘 할 거예요."

"내가 뭘 하면 좋소?"

"아주 작은 여론전이요."

펠론 백작 부인이 속삭였다.

"황후를 제거한 다음, 주동자를 네르마 공작가로 몰아가지요."

그녀는 희미하게 웃었다. 겉으로는 독살의 흔적이 남지 않는 독이니만큼, 황후의 사인은 급격한 건강 악화로 인한 돌연사쯤으로 하자고 네르마 공작 부인과 말을 맞추어 두긴 했다.

하지만 이왕 일을 치는 것, 슬그머니 욕심이 생겼다. 애초에 네르마 공작가와 맺은 '동맹'도, 황후를 치우는 데까지가 아닌가.

* * *

요즘 들어 몸이 축축 처진다. 그 어느 때보다도 컨디션이 나쁘다. 스트레스 때문인가? 스트레스 때문인지도 모른다. 주변에 내 편이 하나도 없으니까.

네르마 공작 부인의 동공 깊은 곳에 비쳤던 적의가 아직도 생각난다. 그녀는 로베르타 자크슈와 달라서, 발톱을 집어넣을 줄 아는 사람이다. 그래서 그 이후로는 그렇게 내 앞에서 뭔가를 드러낸 적이 없다. 내가 그 부정적인 감정을 마주한 것은 아주 찰나였을 뿐이다. 그런데도 불편함이 내 가슴속에 앙금처럼 남아서, 시녀들의 웃는 얼굴 아래에 숨겨진 진실은 무엇일지 불안해진다. 이들의 살갑고 극진한 대접을 믿기 어렵다.

"최근 몸이 좋지 않으셔서 보양식으로 준비했습니다."

식사 시간. 내가 식탁 앞에 앉자, 네르마 공작 부인이 허리를 깊이 숙이며 말했다.

"최근 식사를 자주 남기셔서 걱정입니다. 몸을 보전하시려면……."

"알아서 하겠네."

나는 싸늘하게 말했다. 네르마 공작 부인이 미소 띤 그대로 말을 멈추었다. 지금 그녀의 눈을 자세히 들여다보면 전에 보았던 섬뜩한 적대감을 찾을 수 있을지도 모른다. 하지만 나는 그러지 않았다. 맛있어 보이는 고기 수프만 물끄러미 내려다볼 뿐이다. 사실, '맛있어 보인다'는 것도 객관적인 관점에서다. 이상하게도 나는 음식을 보자 비위가 상했다. 최근 식사량이 줄어든 것도 그것 때문인 듯했다.

처음에는 입덧일지도 모른다고 생각했지만, 그것 때문이 아닌 것은 확실했다. 라니에로와의 관계로 아이가 들어섰다면 이미 배가 부르기 시작하고도 남았을 시기다. 혹시 몰라 여러 의사도 불러 확인했다. 그 의사들 또한 아이를 가진 것은 아니라고 입을 모았다.

나는 억지로 음식을 한 술 떠 입에 넣었다. 혀가 까끌까끌하고 별맛이 느껴지지 않았다. 알맞게 식은 무미 무취의 걸쭉한 액체가 목구멍으로 넘어가는 감각만 남을 뿐. 조금 먹던 나는 스푼을 놓았다. 네르마 공작 부인과 펠론 백작 부인의 시선이 허공에서 살짝 얽혔다. 요새 이 둘의 눈이 마주치는 모습이 예전보다 자주 보인다.

뭐, 둘이 호흡을 맞추는 일이 부자연스러울 건 없다. 공식적인 인사이동은 없었지만 네르마 공작 부인이 시녀들을 총괄하는 시녀장 역할을 도맡고, 펠론 백작 부인이 그녀를 보조하는 수석 시녀 역할을 담당하고 있었으니까. 하지만 왠지 감이 좋지 않았다.

네르마 공작 부인이 입가에 친절한 미소를 띠고 물었다.

"입에 맞지 않으십니까? 다른 것을 가져다드릴까요?"

"되었네."

나는 자리에서 일어났다. 다시 한번, 허공에서 네르마 공작 부인과 펠론 백작 부인의 시선이 부딪친다. 이번에는 다소 노골적이다.

"폐하, 외람되오나……."

"외람된 말이면 꺼내지 말게."

나는 인상을 찌푸리고 말했다. 속이 메스껍다. 메스꺼워서 그런지 가벼운 현기증이 일었다. 내가 휘청거리자 펠론 백작 부인이 나를 잡아 주었다.

"조금이라도 쉬시는 게 좋겠습니다. 식사가 입에 맞지 않으신다면 말린 과일이라도 가져다드리겠습니다. 좋아하시는 간식이잖아요."

그녀는 내가 어린애인 양 달랬다. 나는 미간을 찌푸렸다. 문득 위화감이 느껴졌다. 왜 이렇게 뭘 먹이려 들지? 내 몸이 약해진 것도 맞고, 원기를 회복하려면 먹어야 하는 것도 맞다. 사실 시스엔이나 실비아가 이랬다면 나는 선의로 받아들였을 것이다. 하지만 이들이 이러니 의심스러웠다. 네르마 공작 부인의 눈에서 그 냉랭함을 목격한 이상, 이런 살가움을 좋게 받아들이기만은 힘들었다.

내게 좋은 감정도 없으면서 왜 자꾸 이렇게 먹이려 드느냐 말이야.

나는 두 사람을 번갈아 가며 지그시 보았다. 둘 다 친절한 표정으로 나를 마주 보고 있었다. 인위적으로 만든 표정 같아 오싹해졌다. 차라리 적의를 여과 없이 드러내 주면 그게 더 고마울 것 같았다. 이대로라면 숨 막혀서 안 되겠다. 나는 아무 말도 없이 걸음을 옮겨 방을 나갔다. 네르마 공작 부인과 펠론 백작 부인이 곧장 뒤로 따라붙었다.

"어딜 가십니까?"

나는 입을 꾹 다물었다가 이내 짧게 대꾸했다.

"황제 폐하께 가네."

정말 내가 오죽하면 라니에로에게 갈 생각을 했을까. 잠깐 동안 세 사람의 발소리 외엔 아무것도 들리지 않았다. 또 저들끼리 눈짓을 주고받는 거겠지.

"말씀드리기 송구스럽지만, 정무 회의 시간입니다."

"상관없네. 그분이 회의실에서 나오실 때까지 기다리겠네."

"걱정됩니다, 폐하. 최근 몸이 좋지 않으시지 않습니까. 황제 폐하께 드릴 말씀은 부디 저희에게 전달하시고 휴식하시면……."

나는 그들을 무시하고 걸음만 옮겼다. 화내고 기 싸움 할 기력도 없었기 때문이다. 어차피 이들은 나를 말로만 만류할 수 있을 뿐이지, 대놓고 가로막지는 못한다. 내 생각대로 그들은 종종걸음으로 나를 따라오기만 했다. 나는 그들을 의식하지 않으려고 애썼다.

라니에로를 만나는 건 오랜만이다. 지난번 일이 있고 난 이후로 그는 한 번도 나를 보러 오지 않았다. 안심되면서도 두려운 일이었다. 라니에로 악틸러스는 어디로 튈지 모르니까.

'그런데 정말 이런 공기 속에선 못 살겠어.'

네르마 공작 부인과 펠론 백작 부인이 자꾸 날 따라왔다. 그들은 내가 라니에로를 방문하면 안 되는 이유를 계속 주워섬기고 있었다. 그런다고 멈출 내가 아닌데. 오히려 이들이 이럴수록 머리가 아프고 라니에로를 만나야겠다는 결심만 더욱 굳어진다.

지금 내가 그를 만나려는 이유는, 시스엔과 실비아의 석방을 요청하기 위해서다. 그래야 좀 숨을 쉴 수 있을 것 같아서. 라니에로가 그들을 감옥에서 쉽게 내보내 주지 않으리라는 것은 이미 알고 있다. 어쩌면 그와 거래를 해야 할지도 모른다.

거래를 한다면, 그는 뭘 조건으로 내세울까? 사랑한다고 말해 달라고 할까? 거기까지 생각한 나는 속으로 조소했다. 그 정도에서 그칠 거라고 기대하다니, 나도 배가 불렀네? 그러면 다리라도 하나 잘라 달라고 하려나? 하지만 깊게 생각한다고 좋을 것도 없으니 그만 생각하자. 내가 했던 수많은 예측이 빗나간 지금, 일어나지도 않은 일을 걱정하면 두통만 도질 뿐이다.

정무 회의실 앞에 도착한 나는 닫힌 문 앞에서 깊이 심호흡을 했다. 얼마 지나지 않아 회의가 끝났는지 문이 열렸다. 회의실에는 꽤 많은 수의 고위 관료들이 있었는데, 문 앞에 나타난 내 모습에 약간 얼이 빠진 것처럼 보였다. 내게 인사도 하지 않고 그대로 굳어 있는 것만 보아도 알 수 있었다.

라니에로는 상석에 앉아 턱을 괸 채 눈을 감고 있었다. 나는 내게 인사하지 않는 이들에게 신경 쓰지 않고 천천히 발걸음을 뗐다. 그런데 시선이 너무 따갑게 느껴졌다. 분위기 때문인지, 호흡이 어려워지고 어지러웠다. 여기서 쓰러지면 안 돼. 나는 발끝에만 신경을 집중했다.

내 발소리를 들었는지, 아니면 아무도 나가지 않는 것이 이상했는지 라니에로가 눈을 떴다. 나와 눈이 마주쳤지만, 그에게는 별다른 감흥이 없어 보였다. '아, 또야?' 이런 느낌의 눈빛이었다. 이상하게도 가슴이 철렁 내려앉았다. 내게 이제 관심이 없어져서 그간 찾아오지 않았던 건가? 그가 내게 얻어 낼 게 없다면, 시스엔과 실비아를 꺼내 달라는 협상도 불가능하지 않을까? 지긋지긋한 공포감이 내 발목을 타고 오르기 시작했다.

그러나 다음 순간, 라니에로의 표정이 조금씩 바뀌었다. 어리둥절한가 싶더니, 의심스러운 기색이 얼굴 위로 떠올랐다. 왜 저러지? 의문이 생긴 순간 그가 자리를 박차고 일어났다. 그는 환하게 웃었다. 늦여름쯤 사이가 좋았을 때 그랬듯, 무해한 사람처럼. 그 모습이 겁나도록 반짝거렸다.

나는 주먹을 말아 쥐었다. 정신을 차리려고 노력했다. 이 사람이 어떤 말과 행동으로 나를 공포에 몰아넣었는지 잊지 않으려고. 그런데, 나를 싫어하는 이들의 가식적 친절함 속에서 지내다 마주한 저 호의적 표정……
지금은 정말 한 줄기 빛 같아서 괴로워졌다. 나는 입술을 세차게 깨물었다.

시스엔과 실비아를 그 끔찍한 곳에서 꺼내 곁에 두면 이런 바보 같은 감정은 사라질 거야.

"앤지."

그가 나를 불렀다. 날 녹이려는 것처럼 달콤한 목소리였다.

"그대가 올 줄은 몰랐는데."

라니에로가 내게로 다가왔다. 주변에서 숨죽여 그와 나만 바라보았다. 둘러보지 않아도 시선을 느낄 수 있었다. 나는 라니에로를 올려다보았다. 그가 날 만지려고 손을 올렸다. 내 몸이 반사적으로 긴장했다. 그러자 그의 낯빛도 약간 어두워졌다. 그의 손이 허공에서 잠시 갈피를 못 잡다가 거두어졌다. 나는 모르는 체 시선을 내렸다.

"부탁하고 싶은 게 있어요."

"뭐지?"

그의 목소리에 기대와 두려움이 혼재되어 있었다. 그 감정을 고스란히 읽을 수 있다는 게 기막히고, 좀 서글프기도 했다. 라니에로의 머릿속이 뻔했다. 내 부탁을 들어주면 사이가 좋아질지도 모른다는 기대. 내 부탁이 어쩌면 그를 떠나 먼 곳으로 가고 싶다는 것일지도 모른다는 불안.

정말 그는 어쩌다 이렇게 쉬워졌을까. 그런데 동시에, 어쩜 이렇게 믿을 수가 없을까. 나는 가까스로 목소리를 끌어냈다.

"시스엔과 실비아를 풀어 주셨으면 좋겠어요."

"……."

"그들을 석방하고 차라리 황후궁에 절 감시할 병력을 더 많이 붙이세요. 정 풀어 주기 싫으시면, 하루에 몇 시간이라도 얼굴을 좀 보게 해 주세요."

라니에로는 흔쾌히 수락하지 못했다. 그들이 내 곁에 있으면 내가 또 도망칠 거라고 생각하는 것 같았다. 그런 게 아닌데. 나는 뒤를 돌아보았다. 정무 회의실 문 앞에, 여기까지 따라온 네르마 공작 부인과 펠론 백작 부인이 서서 묘한 표정으로 나를 보고 있었다. 등골이 오싹했다. 나는 라니에로의 팔을 덥석 잡았다.

"제발요. 숨 막혀 죽을 것 같아요."

다리가 후들거리고 머리가 어지러웠다. 사실 아까 전부터 실제로 숨이 막혔다. 비유적인 표현이 아니라 정말로……. 어……? 정말…….

나는 목을 감싸 쥐었다. 눈앞이 핑그르르 돌았다. 정말 몸이 안 좋나 보다. 나, 요새 너무 자주 쓰러지는데……. 귀가 먹먹해지는가 싶더니, 순식간에 의식이 멀어졌다. 라니에로가 내 몸을 흔드는 것이 잠깐 느껴졌지만 이내 온몸의 감각이 사라져 버렸다.

내 몸의 무게가 한없이 가벼워져 허공으로 붕 떠오르는 기분이었다. 나는 눈을 감고 그 부유감을 즐겼다. 내 시녀들이 내게 보이는 적의나, 라니에로를 향한 공포, 튜니아의 성녀로서 수행해야 하는 의무에서부터……. 감금당한 시스엔과 실비아, 부상당한 에덴, 세라피나까지 전부 나와는 관련 없는 일로 여겨졌다. 도시노 백작령의 관문을 넘었을 때와 비슷한 해방감이 백 배쯤의 카타르시스로 몰아쳤다.

나는 웃음을 터뜨렸다. 설마 나, 죽은 건가? 왜 죽었는지는 모르겠지만……. 죽는 것도 생각보단 별것 아니네. 죽음 앞에는 아주 무서운 것이 도사리고 있을 줄 알았는데, 고작 이런 거였다면 괜히 겁먹었잖아. 정말 기분 좋은 잠을 자는 것 같아. 엉망으로 엉켜 버린 인생을 두고 멀리 떠나는 기분이었다. 그 무엇보다도 내게 이런 것이 필요했다는 생각이 들었다.

나는 눈을 감은 채로 끝도 없이 떠올랐다. 나른하고 행복했다. 영원히 이러고 있으면 좋을 것 같았다. 실제로도 나는 꽤 오랫동안 그렇게 떠다니기만 했다. 호수 위 나뭇잎처럼, 먼바다의 해파리처럼. 충분히 쉬었는지는 모르겠지만, 그래도 이만하면 곤두서 있던 신경이 조금 가라앉았다고 생각했을 때 누군가 나를 깨웠다.

"일어나거라."

분명 처음 듣는데 익숙한 목소리였다. 눈을 뜨자 역시 처음 보지만 눈에 익은 얼굴이 보였다. 나와 비슷한 키에 허리가 꼿꼿한 노인이었다. 성별이 불분명한 그는 객관적으로 볼 때 상당히 초라한 행색이었다. 하얗게 센 머리칼이 드문드문 빠져 있었고, 입은 옷 또한 곳곳이 해진 채였다. 하지만 그 누구도 그를 함부로 대할 수 없을 것 같았다. 가장 거친 조각도를 쥐고 마구잡이로 찍어 낸 것처럼 깊은 주름과 흉측한 상처 자국이 가득한 얼굴에 엄청난 위엄이 깃들어 있었기 때문이다.

그에게서 웃음기라곤 조금도 찾아볼 수 없었다. 그에게서 친절함이나 상냥함을 기대하면 안 될 것 같았다. 그럼에도 불구하고 나는 그가 자비의 신이라는 것을 단박에 알아차렸다. 자비는 바람에 흔들리는 온정이 아니라 어떤 고난에도 흔들리지 않는 굳센 의지. 그래서인지 튜니아의 얼굴에는 거센 풍파가 깃들어 있었다.

사실, 내가 가진 튜니아의 이미지란 것이 별로 좋지 않다. 튜니아 신전 사람들이 보인 위선적이고 이기적인 면모 때문이었다. 하지만 여기서 이렇게 튜니아를 직접 마주하니 범접할 수 없는 존재라는 자각이 강렬했고 경외감마저 차올랐다. 신도들은 튜니아의 가치를 제대로 반영하지 못하고 있었다. 거기까지 생각이 닿자 자연스레 라니에로가 떠올랐다.

'왜 그가 그토록 귀한 인재라는지 알겠어.'

모시는 신과 깊이 동화되어 세상에 제대로 교리를 떨치는 것도, 선택받은 인간의 재능이 출중해야 가능한 일이니까. 나는 입도 벙긋하지 못하고 튜니아를 물끄러미 바라보는 결례를 저질렀다. 그러나 그는 나를 질책하지 않았다. 그저 다시 한번 말했을 뿐이다.

"일어나거라."

나는 주섬주섬 몸을 일으켰다. 발이 닿을 곳이 아무 데도 보이지 않는데 나는 무사히 일어설 수 있었다. 하긴, 조금 전까지 허공에 누워 있었으니까. 나는 여기가 물질세계가 아니라는 것은 정확하게 알 수 있었다. 강력한 확신을 가지고, 나는 물었다.

"저, 죽은 거죠?"

튜니아는 웃을 줄 모르는 것 같은 무뚝뚝한 얼굴로 고개를 저었다.

"아니다. 네게는 유감스러운 일이겠지?"

그가 뒷짐을 지고 나아갔다. 나는 황급히 그를 따라갔다.

"그토록 죽기 싫어하더니, 죽음이 달콤하더냐."

"그건……."

나는 조금 발끈해서 말했다.

"저처럼 고생했으면 누구라도 이제 쉬고 싶어질 거예요."

튜니아는 느리게 고개를 끄덕였다.

"그럴 거다."

나는 주변을 둘러보았다. 여기는 오묘한 공간이었다. 빛과 어둠이 얽히며 끊임없이 기하학적인 무늬를 그렸는데, 그럼에도 불구하고 굉장히 정적으로 느껴졌다.

"여긴 신들의 세계인가요?"

"그렇단다."

"저는 여기 왜 온 건가요?"

"첫째로는, 네 시녀들이 너를 독살했기 때문이지. 둘째로는, 네 혼이 육체의 속박을 벗어나는 순간 내가 이리로 불러들였기 때문이고."

"시녀들이 저를…… 미워할 뿐만 아니라 독살하려고까지 들었어요?"

"그래."

나를 등지고 걷던 튜니아가 몸을 돌려 나를 지그시 보았다.

"그들은 너 때문에 악틸라의 기세가 제대로 뻗지 못한다고 생각하고 있더구나. 그러니 너를 제거하면 모든 것이 제자리로 돌아오리라고 판단했던 거지."

"어떻게 그렇게 모든 걸 다 아세요? 신이라서 다 아시는 건가요?"

"그렇지."

"그러면 당신의 신자들은 아무런 걱정이 없겠네요? 신께서 앞으로 일어날 일을 다 아시니까."

튜니아는 무례할 정도로 당돌한 내 질문에도 별다른 반응을 보이지 않았다.

"내가 모든 걸 다 알아도 내 신도들에게 목소리가 닿지 않는다면 아무런 소용이 없지."

나는 내 머릿속에 출처를 알 수 없는 목소리가 들어앉아 나를 도와주던 것을 기억했다. 그 목소리는, 세라피나의 말에 따르면 튜니아의 것이었다. 나는 머뭇거리다 물었다.

"저는 튜니아의 성녀인가요?"

"그렇단다."

나는 실패한 일곱 번의 살해 시도를 떠올렸다. 라니에로가 너무 쉽게 눈치채고, 막아 버린 그 시도들.

"하지만 저는 라니에로를 죽이는 데 일곱 번이나 실패했어요. 제가 튜니아의 성녀라서 당신의 무기라면, 당연히 성공해야 하는 것 아니에요?"

튜니아는 내 다그침에 수수께끼 같은 소리를 했다.

"신을 죽이려면 검을 쥐어야지."

"네? 검은 에덴이잖아요? 그러고 보니 튜니아의 검은 왜 항상 실패한다는 거예요? 아, 정말 궁금한 게 너무 많네."

"그야 악틸라의 대자를 죽일 권한을 받은 건 나의 검이 아니라 나의 성녀니까."

나는 가슴을 쳤다.

"아오, 답답해요. 좀 시원하게 가르쳐 주시면 안 돼요? 저 머리 나쁘다고요. 수수께끼 놀이는 당신 검이랑 하세요. 그 사람은 생각하는 거 좋아하니까."

튜니아는 한숨조차 쉬지 않고 무뚝뚝하게 말했다.

"검은 성물이다. 그 자체가 무기는 아니야. 그는 성녀를 각성시키도록 바쳐진 인물이다."

"아…… 그러니까, 실용적인 검이 아니라 제례용 장식 검 같은 거라는 뜻이군요? 그게 성녀를 각성시킨다고요? 어떻게요?"

"이를테면, 지난번에는."

여태까지 단 한 번의 동요도 없이 바위처럼 우직하던 자비의 신은, 이 이야기를 꺼낼 때 잠깐 틈을 두었다.

"나의 성녀는 복수심을 매개로 악틸라의 대자를 죽일 수 있었다. 검은 그 복수심에 불을 붙이는 부싯돌이 되었지."

나는 조금 불안해졌다.

"성녀가 악틸라의 대자를 죽이려면 매개가 필요해요?"

"강력한 의지가 필요하지. 이건 내가 인위적으로 불어넣어 줄 수 있는 것도, 네가 억지로 이끌어 낼 수 있는 것도 아니야."

강력한 의지라. 나랑은 정말 거리가 먼 말 같았다. 나는 항상 도망치기에 급급한 사람인데.

"제가 이번 튜니아의 성녀가 맞는다면, 정말 잘못 고르셨어요. 저는 도저히 인재가 아니라니까요."

나는 한숨을 푹 쉬며 말했다. 그러자 튜니아는 고개를 저었다.

"그렇지 않다. 악틸라는 지금 어느 때보다 곤두서 있어. 그는 네 존재에 위협을 느껴서, 네 의지가 각성하기 전에 너를 죽이려고 한단다."

"……."

"너를 중심으로 악틸라와 그의 대자가 갈등을 빚고 있어. 라니에로 악틸러스는 아주 잔혹하고 오만한 품성을 타고나, 악틸라의 마음에 쏙 드는 아이였다. 그런데 그가 반항 중이야."

손이 떨리기 시작했다. 나는 양손을 꼭 맞잡았다.

"악틸라는 너를 죽이라고 명령하고, 라니에로는 차마 너를 죽이지 못하기 때문이지."

귓가에 라니에로의 비명이 쟁쟁 울렸다.

"신벌……."

"그래. 그래서 악틸라는 라니에로에게 종종 벌을 주고 있다. 그것이 어떤 효과를 불러오는지 아느냐?"

나는 고개를 저었다.

"라니에로와 악틸라 사이의 유대감이 무너진다. 네 존재가 얼마나 거대한 것인지 이제는 짐작이 가느냐?"

나는 잠시 아무런 말도 할 수 없었다. 튜니아가 말을 이었다.

"세라피나가 일을 수행할 때는 라니에로의 정신을 사로잡기 위해 추가적인 개입이 필요했다."

라니에로가 세라피나를 보고 첫눈에 집착하게 된 것을 이야기하는 것 같았다.

"하지만 이번에는 그럴 필요조차 없었어."

튜니아의 개입 없이도 라니에로가 나를 좋아하게 되었다. 대체 그는 어떻게 악틸라의 대자의 마음을 조종한 걸까? 섭리와 두 번째 거래를 한 걸까? 그런 의문은 잠시 머릿속을 스쳤다 사라져 버렸다. 나는 그런 의문을 품기엔 한없이 실질적이고 이기적인 사람이었기 때문이다.

"이, 이런 말씀 하시면 제가 그 사람을 죽이기 어려워져요. 그가 제게 호감을 가지고 있다고 한다면……."

그를 죽이는 건 정말 어려운 일이 된다. 나는 바보 같게도 그렇게 모질지는 못해서. 튜니아가 말을 끝까지 맺지도 못한 내 손을 잡았다. 그의 손은 거칠고 딱딱했다.

"너를 좋아해 주는 이에게 온정적으로 변하는 네 기질은 잘 안다. 하지만 그를 조금이라도 좋아한다면, 더더욱 그를 죽여야 해."

그가 따라오라는 듯 내 손을 잡아끌었다. 나는 어리둥절해하며 그를 따라갔다. 사방이 똑같아 보이는 풍경인데, 튜니아는 이상하게도 길을 알고 있었다. 얼마나 걸었을까? 그가 멈추어 섰다.

"저기를 보아라."

나는 그가 가리키는 곳을 바라보았다. 거대한 무언가가 있었다. 자세히 들여다보자 그것이 웅크린 사람의 형상임을 알 수 있었다. 나는 나도 모르게 인상을 찌푸렸다. 그것의 자세는 구부정하고, 잔뜩 충혈된 눈이 퀭했다. 온갖 추레하고 볼품없는 묘사를 다 갖다 붙이면 적합할 것 같았다. 잘 뜯어보니 외견상 나이는 10대 중반가량 될 것 같은데, 얼핏 보기에는 그것보다 훨씬 나이 들어 보였다.

"저게 악틸라다."

"네?"

나는 튜니아의 말에 놀라 나자빠질 뻔했다. 라니에로 악틸러스가 모시는 게 저런 신이라고? 악틸라는 나와 튜니아의 존재를 알아차리지 못한 것 같았다. 그것은 어딘가를 내려다보며 끊임없이 중얼거리고 있었다. 속삭임에 가까운 소리를 자세히 들어 보니, '죽여', '목을 잘라', '슥삭슥삭 썰어'처럼 원초적인 폭력의 부추김이었다.

악틸라의 언어는 조악하고 독선적이었다. 아, 어떻게 이런 신이 그토록 영향력을 떨쳤는지 믿을 수 없을 정도로……. 볼품없이 덩치만 비대한 전쟁의 신. 고작 이런 존재를 악틸러스 전체가 그렇게 떠받든단 말인가.

튜니아가 말했다.

"라니에로는 죽어야만 저것으로부터 해방될 수 있다. 그러지 않으면 영영 저것의 충동질에 꼭두각시놀음이나 할 뿐이야."

손끝이 싹 차가워졌다.

"그러니 그를 죽여. 라니에로라는 인간에게 해방의 자비를 베풀거라."

라니에로를 향한 나의 두려움도, 미움도, 일말의 호감도……. 전부 그를 죽여야 할 이유가 된다.

그가 나를 죽일까 봐 두려우면, 그를 죽여서 공포의 원인을 없애야 한다. 그가 내게 저지른 짓 때문에 증오스럽다면, 그를 죽여서 복수해야 한다. 그를 조금이라도 좋아하고 걱정한다면…… 그를 죽여서 악틸라에게서 해방시켜야 한다.

사방이 거미줄이라서 발 디딜 곳이 없었다. 어떤 선택지를 고르든 배드엔딩 하나로 귀결되는 게임 같았다. 그가 악틸라의 꼭두각시라면, 나는 튜니아의 꼭두각시인 거야. 나는 튜니아를 바라보았다. 원망을 담아서.

이 세계의 자비신은 참 이상하지. 섭리와 거래할 수 있는 신이 튜니아만 있는 것도 아니었을 텐데, 그가 나섰다. 좋은 것은 다른 신에게 양보하고 섭리와 거래해, 거래 순간에는 알 수도 없었던 가장 혹독한 대가를 감내했다. 세상 사람들은 보통 이런 걸 미련퉁이, 답답이, 멍청이라고 부른다.

그뿐인가. 튜니아는 자신을 생각해 주지 않는 이들에게 좋은 것을 전부 양보한 다음, 자신을 사랑하는 이들에게는 가장 척박한 것만 남긴다. 그래서 튜니아의 신도들은 마수와 국경을 마주 대고 위험천만한 환경에서 가난하고 쓸쓸한 삶을 살며……. 튜니아의 성녀는 세상에서 가장 가혹한 의무를 짊어진다. 튜니아의 선택 때문에 애꿎은 신도들이 손해를 보는 것이다. 그의 신도도 아니었던 나까지.

너무 부조리한 일이다. 신의 의지로 인간의 삶이 정해진다는 것은. 안식을 위해 아무리 발버둥 쳐도 결국 거대한 흐름에 따라 궁지로 몰려 버린다. 내 눈에서 굵은 눈물이 소리 없이 뚝뚝 흘렀다.

"저를 사랑하세요?"

"그렇단다."

"사랑하면 좋은 것만 줘야지 어떻게 이렇게 못되셨어요?"

"미안하다."

"남들이 행복하도록 자비를 베풀고 희생해서 불행해지려면 혼자 하셔야지요. 왜 저까지 끌어들이세요?"

"정말 미안하다, 아가야."

튜니아가 여전히 무뚝뚝한 어조로 나를 아가라고 불렀다. 나를 가장 사랑하면서 나에게 가장 가혹한 자비의 신.

"사랑한다면서 제 발목만 잡고 계시잖아요."

"……."

나는 훌쩍거리며 말했다.

"제 인생인데 제가 통제하면 안 돼요? 제가 통제할 수 없는 거라면, 차라리 아무것도 안 알려 주시면 안 되냐고요."

차라리 아무것도 몰랐다면 그를 죽이는 데 저항도 없었을 것이다. 백번 양보해서 내가 튜니아의 성녀라는 것 정도만 알았더라면, 꺼림칙하기는 하겠지만 지금 같은 기분은 들지 않았을 것이다. 하지만 내가 무슨 생각을 하든, 정해진 것 외에는 내게 사실상 선택지가 없다는 걸 알게 된 이상……. 나는 이 운명에서 벗어날 방법이 정말 없는지 확인하고 싶어졌다.

"라니에로를 죽이는 것 외에는 방법이 없어요?"

"그래."

"라니에로와 악틸라 간의 유대가 약해지고 있다고 했잖아요. 그게 아주 끊길 수는 없는 거예요? 그런 식으로 죽이는 건 안 돼요?"

내 말이 더 빨라지고 애원조로 변하자, 튜니아의 얼굴이 살짝 일그러졌다. 그는 고통받는 것 같았다.

"미안하다. 핏줄에서 핏줄로 이어져 온 결속이 너무 강하단다."

"……."

"그리고 라니에로는 악틸라의 사도로 너무나 '적합한' 아이다."

악틸러스의 황위 계승식이 떠올랐다. 이 나라라고 사람들이 혈육에게 가족애를 못 느끼는 것은 아니다. 실비아도 가족을 사랑했고, 네르마 공작 부인도 아들과 배 속 아이를 얼마나 끔찍이 여기는지. 하지만 라니에로는 그런 것에 발목 잡히는 일 전혀 없이 즐거이 형제자매를 살해하고 아버지의 목숨마저 끊었다.

라니에로는 악한 기질을 타고났다. 그는 살육을 놀이처럼 재미있어한다. 아주 공을 들이면 쾌락 추구와 폭력 충동을 제어하도록 훈련할 수는 있을지 몰라도, 영영 본질적으로 교화될 수는 없는 부류의 사람이다.

그런 존재이니, 고작 나를 죽이느냐 마느냐로 악틸라와 마찰을 빚는 정도로는 신과의 연결을 근본적으로 잘라 낼 수는 없는 거겠지. 내 목숨 외의 일에서는 신과 사도가 지향하는 바가 일치할 테니까. 나는 멀거니 서서 악틸라를 올려다보았다.

"제가…… 성녀의 역할을 수행하지 않는다면 무슨 일이 벌어질까요?"

"커다란 전쟁이 벌어지겠지. 당장은 아니겠지만, 가까운 미래에 그렇게 될 거다."

전쟁은 악틸라가 좋아하는 것이다. 무자비하게 자행되는 폭력은 악틸라를 더 비대하게 만들 테고.

"악틸라가 세상을 집어삼키겠군요."

내가 성녀의 역할을 수행하지 않으면 이 세상은 무고한 사람들의 신음과 폐허로 채워지겠구나.

"세상 모든 것이 제 것이 되면 악틸라가 멈출 것 같니?"

나는 눈물을 닦으며 고개를 저었다.

"아뇨……. 그때는 또 다른 학살이 시작되겠죠."

악틸러스의 계승식처럼, 악틸라는 자신의 신도들을 마구잡이로 싸움 붙이기 시작하리라. 그렇게 이 땅 위에는 아무것도 남지 않게 되겠지. 나는 이기적인 사람처럼 물었다.

"그래도 제가 운명의 장난을 거부하고 그를 죽이지 않겠다고 결정한다면요? 그를 살리고 세상을 망쳐 버리겠다고 한다면, 악틸라가 라니에로한테

하는 것처럼 당신도 제게 신벌을 내리실 건가요?"

튜니아는 즉시 대답했다.

"아니, 용서하겠다."

"지금 제가 한심하다고 생각하시죠?"

"아니, 그렇지 않다."

튜니아가 내 어깨에 투박한 손을 올렸다.

"일을 네게 맡겨서 미안하다."

나는 다시금 악틸라를 바라보았다. 악틸라는 내가 여기 있는지도 모르고, 지상에 코를 박고 내려다보다 뭐가 좋은지 낄낄거리고 손뼉을 쳤다. 그리고 다시 쉭쉭거리는 목소리로 정신없이 뭔가를 지껄이기 시작했다. 나는 중얼 거렸다.

"신이시여, 정말 잘못 고르셨어요. 제가 얼마나 이기적이고 그릇이 작은 인간인데요……. 저는 긍지나 명예, 사명보다는 욕망과 감정에 휩쓸리는 인 간인데."

욕망과 감정이라. 내가 라니에로에게 품은 욕망과 감정은 정확히 뭘까? 명쾌히 정의할 수는 있는 걸까? 여름 이후로는 한 번도 단순했던 적이 없는 것 같다. 살의와 동정심, 공포가 마구잡이로 고개를 내밀어 지배적인 감정 이 시시각각 바뀌고 만다.

이제 어떡해야 하지.

나는 운명에 순응하여 반역을 저질러야 할까?

* * *

안젤리카가 쓰러지고 며칠이 지났다. 일을 꾸민 자들에게는 유감스럽게도, 안젤리카는 죽지 않았다. 독이 모자랐던 탓이다. 입이 터무니없이 짧아진 안 젤리카인지라, 그때까지 섭취한 독극물이 치사량에 이르지 못한 것이다.

사용된 독은 악틸러스와 공식적 교류가 없는 솜비니아에서 밀수해 온, 증상을 드러내지 않는 것. 그래서인지 황실 주치의들도 안젤리카가 쓰러진 원인을 규명하지 못했다. 황실 주치의 중 하나는 안젤리카가 쓰러진 이유로 피로와 영양실조를 꼽았다. 하지만 그런 이유로 실신했다기엔 며칠이나 눈을 뜨지 않아, 그렇게 말하는 본인도 자신 없어 보였다.

라니에로는 정말이지 크게 분노했다. 그 분노를 지켜본 펠론 백작 부인은 두려움이라는 덫에 걸리고 말았다. 막연히 상상한 것보다 라니에로의 분노가 더 뜨거웠다.

펠론 백작 부인은 남편의 옆구리를 찔러 네르마 공작가를 고발하도록 지시했다. 그것이 당초의 계획 중 하나였기도 하고, 황제의 시선을 돌릴 필요가 절실했기 때문이다. 본디 주동자를 색출하여 응징하면 사람의 분노란 것도 사그라드는 법이다.

그러나 남편을 궁에 보내고도 그녀의 근심은 그치지 않았다. 황제가 황후궁 시녀들 전부를 공범 취급 하여 처형하면 어쩌지? 충분히 그럴 만한 위인이라는 게 너무 뒤늦게 생각나 버렸다. 일을 저지를 당시에는 악틸러스의 번영에 방해되는 황후가 거슬려 시야가 좁아진 나머지 미처 생각지 못했던 부분이었다.

하지만 펠론 백작 부인의 이런 염려는 기우로 그치는 듯했다. 네르마 공작가를 밀고하고 돌아온 펠론 백작은, 황제가 어느 정도 이성을 찾은 것 같다고 귀띔했다.

"내일 자세한 이야기를 듣고 싶다고 하셨소."

펠론 백작 부인은 바짝 긴장했다. 여기서부터가 진짜 시작이다. 이야기를 잘 만들어 내야 한다.

두 사람은 다음 날 황제와의 오찬에 초대받았다. 황제와의 겸상은 다시없을 영광이지만, 펠론 백작 부부는 순수히 기뻐할 수 없었다. 여기서 처신을 어떻게 하느냐에 미래가 달려 있기 때문이었다. 황제가 고른 오찬 장소가 하필 황후궁이라는 것도 긴장을 더했다. 펠론 백작 부인은 매일 오던 황후 궁이 어쩐지 낯설게 느껴지기 시작했다.

본디 주인인 황후 안젤리카는 간데없고 라니에로만이 이미 식탁 앞에 앉아 그들을 기다리고 있었다. 어쩐지 어색하게 들어오는 펠론 부부를 잠시 응시하던 라니에로는 명령했다.

"인사는 됐고, 앉아."

그는 펠론 백작의 말대로 어느 정도 이성을 찾은 것처럼 보였다.

"네르마 공작가가 황후 암살을 주도했다는 이야기는 들었다. 한 치의 거짓 없는 진실일 테지?"

펠론 백작의 목울대가 크게 움직였다. 펠론 백작 부인은 침착하게, 어젯밤 늦게까지 남편과 짜 놓은 각본대로 이야기를 늘어놓았다. 라니에로는 펠론 백작 부인의 이야기를 끝까지 들었다. 때로는 고개까지 끄덕여 가면서. 이야기를 마무리한 펠론 백작 부인은, 몹시 망설이다 이런 말까지 꺼냈다.

"아무리 네르마 공작가의 속셈을 몰랐다고는 하나, 황후 폐하를 잘 보살피지 못한 저의 책임도 있어……."

벌을 달게 받겠다는 말은 라니에로의 손사래에 잘려 나갔다.

"그보다 식사를 먼저 하지."

알맞은 타이밍으로, 하녀들이 음식을 가져왔다. 우선 라니에로의 앞에 전채가 놓였다. 펠론 백작 부부의 앞에도 접시가 이어 놓였다. 그런데, 앞에 놓인 음식을 보는 순간 펠론 백작 부인의 안색이 어두워졌다.

"들지."

라니에로가 말했지만, 펠론 백작 부인은 스푼을 들 수 없었다. 수프에서 시큼하고 퀴퀴한 냄새가 났다. 어느 모로 보아도 상한 것이었다. 단순히 상하기만 한 음식도 아니었다. 이건……. 며칠 전, 안젤리카의 식탁에 올라갔던 독이 든 수프였다.

펠론 백작 부인은 떨리는 손으로 마침내 스푼을 들었다. 음식을 살짝 뒤적이자, 헛구역질을 참을 수 없을 정도로 역겨운 냄새가 코를 찔렀다.

정적이 흘렀다. 눈을 들자, 황제가 이쪽을 바라보고 있었다.

"음식이 마음에 들지 않나?"

그가 나긋나긋하게 물었다. 온몸의 솜털이 쭈뼛 솟는 기분에, 펠론 백작 부인은 침착하지 못하고 말을 더듬었다.

"폐, 폐하. 이것은……."

"응, 그날 앤지가 먹었던 것인데. 왜?"

모르는 척 내숭을 떨지도 않고, 라니에로는 선선히 음식의 출처를 시인했다. 그가 시치미를 떼지 않는 통에 펠론 백작 부인은 오히려 할 말을 잃어버렸다. 저도 모르게 손이 떨리는 것을 막을 수 없었다. 스푼이 접시 바닥에 부딪쳐 상스러운 소리가 났다. 라니에로는 미소를 띠고 고개를 살짝 기울였다. 언젠가 안젤리카가 그렇게 생각했듯, 삿된 천사 같은 얼굴이었다.

"들지?"

"폐하……."

펠론 백작 부인이 마른침을 삼키며 말했다.

"황후께 벌어진 일은 제가 저지른 지, 짓이 아닙니다."

그녀는 거의 혀를 깨물 뻔했다. 그사이 라니에로는 한가롭게 제 몫으로 주어진 수프를 떠먹기 시작했다. 펠론 백작은 아내를 거들지도 못하고 딱딱하게 굳어 있기만 했다. 펠론 백작 부인이 다시 한번 항변했다.

"폐하, 맹세코 제가 저지른 짓이……."

"알아."

"호, 혹시 믿지 않으시는 건."

"믿어."

믿는다는 말에 펠론 백작 부인의 얼굴이 잠시나마 밝아졌다. 하지만 다음 순간 그녀에게 떨어진 말이 기가 막혔다.

"알고, 믿는데, 먹으라고."

이 순간 악틸러스의 황제에게는 아무런 논리도 통하지 않는다. 그가 먹으라면 먹어야 하는 것이다.

"요새 내가 예전 같지 않다는 말이 떠도는 것을 내가 모를 것 같았나?"

여전히 한 술도 뜨지 못하는 펠론 백작 부인을 옆에 두고, 라니에로는 우아하고 여유롭게 식사를 이어 나갔다. 그는 얼굴이 흙빛이 되어 벌벌 떨고 있는 펠론 백작 부인 쪽으로 상체를 살짝 내밀었다.

"그대들은 이런 나를 바란 것 아닌가?"

아무런 맥락도 이유도 없이 잔인하게 구는 황제.

"이상하군. 소원대로 해 주었는데, 마음에 들지 않나? 자아, 먹어 봐."

그가 채근했다.

"황후에게 진상된 요리잖나. 들어가는 모든 재료는 가장 좋은 것들이지."

"하지만 여기에는……."

"하지만?"

라니에로의 뺨에 보조개가 패었다. 그 앞에서 '하지만'은 금기어였다. 누가 감히 그에게 거역한단 말인가. 악틸라의 대자는 절대적인 복종만 허용할 뿐. 이 상황을 피할 수 없겠다는 사실을 알게 된 펠론 백작 부인은 암담한 눈으로 수프를 내려다보았다.

펠론 백작도 쉽사리 나서지 못했다. 여기서 무슨 말을 보태든 라니에로는 불쾌하게 여길 것이 뻔했기 때문이다. 그들에게도 이 정도 눈치는 있었다. 펠론 백작 부인이 어금니를 깨물었다.

'그래, 괜찮아.'

그녀는 스스로를 다독였다.

'눈 딱 감고 먹는 거야.'

안젤리카에게 먹였던 독은 일정량을 꾸준히 섭취시켜 몸에 축적되도록 해야 효과가 발생하는 것이었다. 그녀가 입이 짧아진 것을 고려해 공피르 자작의 볼멘소리를 무시하고 좀 많은 양을 넣기는 했지만, 그 한 번으로는 치사량에 도달하지 않는다. 그렇게 생각하면, 그저 상한 음식을 먹는 것으로 치부하면 된다.

유쾌한 일은 아니지만……. 먹는다고 죽지는 않는다.

펠론 백작 부인은 억지 미소를 지으며 스푼 가득 수프를 떴다. 역겨움에 구역질이 몰려왔지만 최대한 숨을 참은 채 씹지 않고 넘겨 보았다. 날이 아직 쌀쌀해 음식이 아주 썩지는 않아서 그런지, 염려한 것만큼 최악은 아니었다.

그렇게 세 사람의 식사가 시작되었다. 펠론 백작 부인은 음식을 위장으로 없애는 데에만 집중했다. 상한 음식은 먹을수록 익숙해지기는커녕 입 안 곳곳에 역겨운 냄새를 겹겹이 쌓았다.

"우욱……."

펠론 백작 부인이 결국 참지 못하고 구역질을 했다. 그 곁에서 펠론 백작은 안절부절못했다. 그러나 라니에로는 신경도 쓰지 않았다. 그는 펠론 백작 부인이 꾸역꾸역 수프를 다 먹은 후에야 가볍게 손뼉을 쳐 생선 요리를 내오도록 했다.

나오는 음식을 본 펠론 백작 부인의 표정이 더더욱 어두워졌다. 예상대로, 생선 요리도 며칠 전 안젤리카의 식사로 준비한 것이었다. 손조차 대지 않은 생선 요리는 일견 말끔해 보였지만, 자세히 보면 끼얹은 소스의 기름층이 분리되고 있어 몹시 비위가 상했다.

그러나 어쩔 수 없었다. 이것도 먹는 수밖에. 그나마 위안인 것은, 고기 수프에만 독을 넣었기 때문에 지금부터 먹을 음식은 그저 변질되었을 뿐 독으로부터는 안전하다는 사실이었다.

"잘 먹는군."

옆에서 칭찬하는 소리가 들렸다. 펠론 백작 부인은 무력하게 음식을 자르던 것을 멈추고 움찔했다.

"보기 좋아."

"가, 감사합니다."

"그래……. 뭐라고 했더라. 네르마 공작가와 공피르 자작가와의 유착 관계가 수상하다고?"

"예……."

섣불리 말을 덧붙였다가는 이야기에 허점이 생길까 봐, 펠론 백작 부인은 말을 아꼈다. 게다가 말을 하면 목구멍에서 역겨운 냄새가 올라와 참기 어렵기도 했다.

라니에로는 몇 번인가 계속해서 펠론 백작 부인에게 사건의 세부적인 부분을 물었다. 펠론 백작 부인은 앞에 했던 이야기를 떠올리며 말에 어긋남이 없도록 조심하면서 네르마 공작 부인을 모함했다. 라니에로는 기분을 알 수 없는 묘한 태도로 고개를 끄덕였다.

"그렇군."

곧이어 입가심을 할 수 있도록 얼음과자가 준비되었다. 다행히 얼음과자는 안젤리카의 상에 올리려 했던 것이 녹아 버려, 펠론 백작 부인은 상한 것을 먹지 않아도 되었다.

그렇게 안도했던 것도 잠시. 오늘의 메인 디시인 송아지 요리가 도착했다. 이것이 가장 먹기 어려울 것 같았다. 다 먹어야 한다는 생각에 다시금 머리가 새하얘졌지만, 그녀에게는 선택지가 없었다.

하지만 그녀는 송아지 요리를 다 먹지 않아도 되었다. 아니, 정확히는 다 먹을 수 없었다. 상한 고기를 잘라 입에 넣는 순간, 펠론 백작 부인은 이게 '단순히 상한 고기'가 아님을 깨달았다. 그러나 그때는 이미 늦은 상태였다. 혀가 타들어 가기 시작했다.

"우욱, 우……."

심상찮은 고통에 펠론 백작 부인은 목을 부여잡고 콜록거렸다. 그녀는 거의 본능적으로 물 잔을 향해 손을 뻗었다. 입 안을 씻어 내야 한다는 생각에 사로잡혔기 때문이다. 하지만 그것도 마음대로 되지 않았다. 라니에로가 상체를 뻗더니 너무 간단하게 물 잔을 가져갔던 것이다.

펠론 백작 부인의 얼굴에 절망이 깊이 아로새겨졌다. 한편, 라니에로의 얼굴에는 그림 같은 미소가 걸려 있었다. 그는 펠론 백작 부인에게 생명수와 같았을 물을, 그녀의 얼굴에 끼얹었다.

"폐, 폐하!"

펠론 백작이 자리에서 벌떡 일어섰다.

"끄어어어……."

펠론 백작 부인의 눈이 뒤집혔다. 의자에서 둔중한 것이 떨어지는 소리가 났다. 라니에로는 소름 끼치게 차가운 얼굴로 그 모습을 내려다보았다.

펠론 백작은 머리가 잘 돌아가지 않았다. 그저 아찔할 뿐이었다. 그때, 라니에로가 입가를 닦으며 펠론 백작에게 단검 한 자루를 내밀었다.

"선택해라."

펠론 백작은 이마에서 돋아나기 시작한 식은땀을 훔쳤다. 일이 대단히 잘못 돌아가고 있었다.

"하나. 네 아내는 어차피 5분 내로 죽고, 살아남을 가능성은 없다는 걸 미리 말해 두겠다. 저 여자의 얼굴부터 해서, 머리 가죽을 통째로 벗겨라."

"예, 예……?"

끔찍한 지시에 펠론 백작의 눈이 휘둥그렇게 변했다.

"둘, 그게 싫다면…… 아내가 남긴 음식을 전부 먹어 치워라."

펠론 백작의 눈이 흔들렸다. 이제 펠론 백작 부인은 목구멍에서 그륵그륵 거리는 소리를 내며 거품을 물고 있었다. 언뜻 보인 혀가 시꺼멓게 변한 채였다. 증상을 보아 하니 메인 디시에는 솔레오 독개구리의 독이 주입되었음이 틀림없었다.

펠론 백작은 혼란스러운지 주춤거렸다. 하지만 이내 식은땀을 줄줄 흘리면서도, 라니에로의 손에서 단검을 받아 들었다. 라니에로 악틸러스는 펠론 백작이 죽어 가는 아내에게 다가가는 것을 잠깐 보다가, 곧 흥미를 잃고 마저 식사에 열중하기 시작했다.

* * *

그날 오후.

라니에로 악틸러스가 대신들을 불러 모았다. 황후가 쓰러지는 일이 벌어지고 얼마 지나지 않아 재빠르게 펠론 백작 부인을 주동자로 밀고한 자, 네르마 공작도 그 가운데 끼어 있었다. 조용히 황제의 등장을 기다리는 분위기가 아주 무거웠다.

얼마나 기다렸을까. 어깨에 뭔가를 들쳐 멘 악틸러스의 황제가 나타났다. 모두 일제히 무릎을 굽히며 머리를 조아렸다. 라니에로는 언제나 그렇듯, 의전에는 큰 관심이 없었다. 그는 어깨에 들쳐 메고 있던 것을 바닥으로 내던졌다. 그것을 본 대신들의 얼굴이 굳었다. 얼굴을 알아볼 수 없을 만큼 끔찍하게 훼손된 시체였다.

……황후의 옷을 입은.

그 시체는 황후가 정무 회의실에서 쓰러지던 날 입었던 옷을 입고 있었다. 치수가 맞지 않는 옷을 억지로 끼워 넣어 옷이 군데군데 터져 있었다. 라니에로가 시체를 벌레 보듯 내려다보며 말했다.

"황후가 죽었다."

꼴깍. 긴장한 이들의 목구멍으로 마른침이 넘어갔다.

"이 시체는 황후다."

라니에로는 단어를 바꾸어 가며 같은 말을 반복했다. 그는 대신들에게 확인시키듯 물었다.

"이게 뭐라고?"

다른 건 다 몰라도, 그 시체가 황후가 아닌 것만은 분명했다. 사람들의 혼란 속에서, 네르마 공작은 저것이 펠론 백작 부인이리라는 강한 확신을 느꼈다. 그러나 생각하는 바를 그대로 입 밖으로 내면 안 됐다. 무소불위의 지배자가 저것이 황후라고 주장하고 있었다. 이제 황후는 공식적으로 죽었으니, 그녀의 행방에 아무도 관심 갖지 말라고 명령하는 것이다. 대신들이 일제히 라니에로의 질문에 대답했다.

"돌아가신 황후 폐하이십니다."

라니에로는 싸늘하게 웃었다.

* * *

'황후'의 장례식은 바로 다음 날이었다. 비가 왔다. 더 정확히 말하자면, 시꺼먼 구름이 두껍게 하늘을 덮은 가운데 살얼음 낀 비가 오다 말다 했다. 살짝 풀려 가는가 싶던 공기가 바짝 얼어붙었다. 조금 가벼운 옷을 꺼낸 조문객들의 옷 솔기 사이로 한기가 스몄다. 사람을 살살 짜증 나게 하는 날씨였다.

이런 날 '황후'의 장례식에 참석한 귀족들은 대부분 착잡한 표정이었다. 물론, 황후가 젊다 못해 어린 나이에 타국에서 억울하게 스러진 데에 안타까움이나 애도를 느껴서는 아니다. 이 모든 것이 뻔한 위장임이 장례식 곳곳에서 티가 났기 때문이었다.

황제는 숨길 생각조차 하지 않았다. 모든 절차가 어처구니없을 정도로 졸속이었다. 이런 일에 돈과 시간을 쓰는 게 아깝다는 듯. '황후'의 몸은 대충 크기가 맞는 나무 궤짝에 담겼다. 관을 대체한 궤짝에는 꽃도 깔리지 않았다. 심드렁한 얼굴로 입관식을 보던 황제는 사제가 추도사를 읽을 시간이 되자 자리에서 일어나 사라졌다. 그날, 그가 입은 옷마저도 검은색이 아니었다.

'황후'의 장례식은 그렇게 두어 시간 만에 끝나 버렸다. 그녀는 황궁의 지하 무덤에 미리 마련된 자리에 안치되었다. 장례 행렬이라고 부르기엔 다소 민망한 규모로 줄지어 관을 따라온 사람들은 미묘한 표정으로 시선을 교환했다.

그들 가운데는 의외의 얼굴도 있었다. 바로 시녀장 시스엔과 평시녀 실비아였다. 황후의 도주를 돕고 황제를 기만한 죄로 지하 감옥에 갇혔던 이들에게, 황제는 이상하리만치 관대한 결정을 내렸다. '황후'의 장례식에 참석하는 것을 허락했을 뿐만 아니라, 지하 감옥 수감 생활도 청산하게 해 주었던 것이다. 그들은 좀 더 넓은 장소에 수감되었다. 이제 텅 비어 버린 황후궁 말이다.

장례식 내내 얼빠진 얼굴이던 시스엔은, 안젤리카가 지녔던 흔적이 아직 곳곳에 남아 있는 황후궁에 들어서자 무릎을 꿇고 오열했다. 안젤리카가 죽었을 리 없다는 것은 시스엔도 잘 알고 있었다. 그 황제가 황후궁으로 소중히 돌려보낸 황후다. 진정 그녀가 죽었다면 장례식이 이렇게 초라할 리 없다. 하지만 죽음을 가장해야 할 정도로 그녀가 위기에 몰려 있었다는 것이 시스엔의 마음을 아프게 했다. 그런 사건이 있었다는 것조차, 감옥에 갇혀 있던 시스엔은 전혀 알 방도가 없었던 것도.

시스엔은 하염없이 울었다. 실비아는 그런 시스엔의 옆에 앉아 조용히 등을 토닥여 주었다. 실비아는 시스엔보다 덜 감상적이고 더 실질적인 생각을 하고 있었다.

황제가 숨긴 황후는 어디에 있는가. 황제에게서 벗어나겠다는 그녀의 의지는 아직도 확고한가? 그날, 도시노 백작령에서 황후와 함께 떠났던 성기사는 지금 어디서 무엇을 하고 있을까. 혹시 이미 죽어 버린 것은 아닐까?

* * *

황후의 장례식 다음 날에는 훈장 수여식이 있었다. 훈장을 수여받을 사람은 네르마 공작 부인이었다. 어느 모로 보아도 이치에 맞지 않는 일이었다. 공식적으로 '황후는 죽었다'. 그러니 황후궁의 살림을 꾸려 나가는 핵심 인물인 네르마 공작 부인은 아무리 관대하게 보더라도 관리 미비의 책임을 져야 했다. 그러나 황제는 네르마 공작 부인에게 책임을 묻는 대신 치하하는 묘한 결정을 내렸다.

일각에서는 네르마 공작 부인이 주동자를 재빨리 간파해 황제에게 고했으니, 책임 추궁은 모면할 수 있을지도 모른다는 이야기가 돌기도 했었다. 그렇다 하더라도 훈장 수여가 납득 가능한 일은 아니었다. 그 고발로 황후의 독살을 막았다면 모를까, 이미 진짜 황후가 쓰러지는 것을 실시간으로 목격한 이가 십수 명인데. 하지만 이미 이상한 장례식마저 치른 마당에 훈장 수여가 이상하다는 지적에 무슨 의미가 있겠는가.

사람들은 아무런 내색도 하지 않고 네르마 공작 부인을 축하해 주었다. 그들에게 화답하는 네르마 공작 부인의 얼굴에 떠오른 미소는 굳어 있었다. 일이 이렇게 되기 전까지만 해도, 네르마 공작 부인은 책임을 통감하고 수도를 떠나겠다는 요지의 상서를 올릴 생각이었다. 처음 황후 암살을 도모할 때부터, 수도에 남는 것보다 떠나서 후일을 도모하는 게 낫다는 계획 하에 움직였기 때문이다. 잠시 피해 있다가 정세가 잔잔해지면 돌아오려고 했는데.

'상황이 너무 나빠졌어.'

그녀는 이 훈장이 어떤 의미인지 안다. 훈장까지 받은 인재가 황제의 명령 없이, 자의로 수도를 떠나는 일은 전례가 없다. 황제는 네르마 공작가를 수도에 붙잡아 놓을 셈인 것이다. 눈앞에 깔린 융단 길이 가시밭길 같았다.

언제나처럼 서글서글하고 보기 좋은 미소를 얼굴에 띤 채, 네르마 공작 부인은 순진한 척하려고 애를 썼다. 훈장을 받게 되어 정말 기쁜 것처럼 가장해야 했다. 이상한 의심을 사지 않게. 네르마 공작 부인은 사뿐사뿐 융단

위를 걸어 황제 앞에 무릎을 꿇었다. 황제가 직접 수여사를 읊었다.

"도로테아 네르마는 시녀장 대행으로서 안젤리카 언로 악틸러스를 보필하고……."

네르마 공작 부인은 고개를 들어 황제의 표정을 확인하고 싶었지만 간신히 참았다.

"앞으로도 수고해 주길."

수여사 끝에 황제가 직접 그녀의 옷깃에 훈장을 달아 주었을 때, 그녀는 더없이 행복한 얼굴로 활짝 웃었다.

"무한한 영광입니다."

황제는 마치 안젤리카에게 하듯 다정한 목소리로 속삭였다.

"내 곁에서."

네르마 공작 부인의 얼굴은 평정을 가장하고 있었지만, 등줄기에선 식은땀이 흘렀다.

'당장 도망쳐야 해.'

황제가 그녀를 붙잡아 두려는 이유가 무엇인지는 모르겠지만, 별로 유쾌한 것은 아닐 것 같았다.

* * *

야반도주는 속전속결로 이루어졌다. 네르마 공작 부부 둘 다 한시라도 빨리 이 압박감에서 벗어나고 싶었다. 그리고 이런 일을 처리하려면 서둘러야 한다. 만전을 기한다고 결행이 늦어지면, 계획이 새어 나가 결국 아무것도 못 하게 되니까.

네르마 공작 부부는 누구에게도 떠난다는 사실을 알리지 않았다. 모두가 잠든 새벽, 칭얼대는 아들만 깨워 은밀하게 집을 나섰을 뿐이었다. 네르마 공작이 직접 밤새 내리 달려 수도를 벗어날 짐마차를 수배해 둔 참이었다.

지역에서 꽤 신뢰받는 마부는 지역 이동에 이골이 나, 관문 경비병에게 얼굴이 익은 사람이었다. 통행증이나 짐 검사는 아마 없을 것이다.

네르마 공작 부인은 긴 머리채를 자르고 모자를 썼으며, 펑퍼짐한 옷을 입어 체형을 감추었다. 더 일찍 도망쳤어야 하는 건데 싶어 후회가 되었다. 하지만 황후가 쓰러진 바로 그날, 황제가 네르마 공작을 불러 어떻게 된 일인지 추궁했기 때문에 별수 없었다. 펠론 백작 부인의 이름을 대며 이야기를 꾸며 내는 수밖에. 그 뒤로 곧장 가짜 장례식이 거행될 줄 누가 알았겠나.

네르마 공작 부인은 초라한 나무 궤짝에 들어가던 훼손된 시체를 떠올렸다. 어쩌면 그 시체가 자신이 될 수도 있었다.

"우리 어디 가는 거예요?"

"외할머니 댁 가는 거예요."

철모르는 아들은 어린 하인의 옷이 싫은지 입을 비죽거렸다.

"언제 갈아입을 수 있어요? 왜 밤에 가야 되는데요?"

"조용히 하지 못해?"

네르마 공작 부인은 신경질적으로 아들을 꾸짖었다. 평소 서글서글하고 다정하기만 했던 것과 사뭇 다른 어머니의 모습에 아들은 놀라 입을 다물었다.

일은 순조로웠다. 금화를 주고 매수한 마부의 짐마차는 텅 비어 있었다. 관문을 넘어 서쪽 지역으로 갔다가, 올 때 특산품을 싣고 와 수도에서 팔 작정이었기 때문이다. 보나 마나 비어 있을 것이 뻔한 짐마차를 검문할 리는 없었다. 네르마 공작 부인은 짐마차에 타기 전, 아들의 어깨를 쥐고 눈을 똑바로 마주 보며 말했다.

"이제부터 절대 소리를 내면 안 됩니다. 배가 고파도, 오줌이 마려워도 아무 말 없이 참기만 해야 합니다. 안 그러면 이 어미는 뒤도 안 돌아보고 아버지와 둘이서만 갈 거예요. 알아듣겠어요?"

그쯤 되자 아들도 지금 그들이 할머니 댁에 가는 것이 아니라는 것쯤은 알 수 있었다. 어린 아들의 눈에 서서히 혼란과 동요가 깃들기 시작했다. 하지만 아들을 달래 줄 시간이 없었다. 네르마 공작이 서둘러 아들을 들쳐 안고 짐마차에 올라탔다.

곧 짐마차가 구르기 시작했다. 짐마차 안에서는 불쾌한 냄새가 났고, 몹시 어두웠다. 한 줄기 빛도 새어 들어오지 않았다. 관문만 넘으면 된다. 네르마 공작 부인은 그리 생각하며 손톱을 깨물었다. 상스럽다고 그리도 지적받아 10대 시절에 이미 고친 버릇이 극한의 스트레스 속에서 다시 발현 중이었다.

관문이 가까워질수록 심장이 두방망이질 쳤다. 얼마나 지났을까. 짐마차가 서서히 멈추어 섰다. 네르마 공작 부인은 마부석 쪽에 귀를 바짝 대고 대화를 엿들었다.

"오늘도 새벽 여정인가?"

"말도 마오. 어찌나 고생인지……."

"좋은 물건은 이른 아침에 나오니 어쩔 수 없지. 거, 수고하고."

"예에."

미친 듯 뛰던 심장이 천천히 안정을 찾는 것 같았다. 네르마 공작 부인은 안도의 한숨을 쉬었다. 그런데 뭔가 이상했다. 마차가 움직이지 않았다. 그리고 희미하게 절그럭거리는 소리가 들렸다. 네르마 공작 부인은 사색이 되고 말았다.

곧, 짐마차의 문이 활짝 열렸다. 희미한 달빛 사이로 악틸러스 기사단원 다섯의 실루엣이 드러났다. 그들 중 하나가 이를 드러내며 말했다.

"검문은 성실히 해야지."

* * *

악틸러스 기사단은 네르마 공작 부부를 붉은 융단 위에 거칠게 팽개쳤다.

오늘 네르마 공작 부인이 훈장을 받은 그 자리. 하지만 상황은 완전히 바뀌어 버렸다.

"너무 예상대로이니 재미없지 않나. 도망이라니, 너무들 하지. 내가 그런 것을 질색하는 걸 알면서도⋯⋯."

머리꼭지 위에서 서늘한 목소리가 들렸다. 부부는 벌벌 떨며 황좌를 올려다보았다. 그 와중, 네르마 공작 부인의 눈에 걸리는 것이 있었다.

지도였다. 세계 전도. 의문을 품은 것도 잠시, 황제가 소리 없는 걸음으로 황좌에서 일어나 천천히 다가왔다.

"이제 그대들이 왜 도망치려고 했는지 알아볼 차례지?"

기사 중 하나가 황제에게 단검 한 자루를 건넸다. 그것을 받아 든 황제는 눈을 감고 세계 전도 위를 아무 데나 내리찍었다. 그 일련의 행위가 어떤 의미인지 알 수 없어, 네르마 공작 부부는 어리둥절함에 잠시 두려움도 잊었다.

"어디 보자."

황제가 단검을 뽑아 다시 기사에게 건넸다. 무작위로 박힌 단검 끝은 공교롭게도 변방의 약소국, 언로 왕국의 지도를 꿰뚫고 있었다. 그의 입술 끝이 말려 올라갔다.

"아아, 왜 훈장을 받는 영예를 안고도 쥐새끼처럼 도망을 가나 했더니⋯⋯."

노래라도 부르는 듯한 어조였다.

"언로 왕국과 내통해서 악틸러스를 팔아먹을 생각이었군?"

네르마 공작 부부의 얼굴이 창백해졌다. 말도 안 되는 소리였다. 악틸러스의 귀족이 언로 왕국과 내통할 이유가 뭐란 말인가. 언로 왕국은 내통할 가치가 없는데. 애당초, '내통 국가'라는 것도 방금 무작위로 세계 전도를 꿰뚫어 정한 것이 아닌가. 면전에서 누명을 씌우겠다고 선언하고 행동하는 것이었다. 이제는 틀렸다는 체념보다 당혹감이 먼저 밀려왔다.

"폐, 폐하. 저희는 그런 일이 없습니다. 결코 그런 일이 없습니다."

"호오, 그래? 그것 외에는 도망을 갈 이유가 없는데?"

황제가 퍽 아름답게도 웃으며 물었다.

"다른 이유인가?"

돌덩이가 목구멍을 콱 틀어막은 것처럼 아무 말도 나오지 않았다. 너무 밑도 끝도 없는 누명이라 어디서부터 반박해야 할지 몰라 머릿속이 멍해졌다.

"반박이 없는 걸 보니 내 말이 맞는 모양이지?"

사냥한 쥐의 꼬리를 밟고 툭툭 쳐 보는 고양이처럼 묻는 황제는 여전히 숨 막히는 미소를 짓고 있었다. 네르마 공작 부부는 아니라는 말만 계속했다. 악틸러스 사교계를 쥐고 흔들던 네르마 공작 부인은 평소의 달변은 어디에 두고 왔는지 떠듬거리며 그럴 이유가 없다고만 웅얼거렸다. 그러자 황제가 고개를 갸웃거렸다.

"그래? 이상하군……. 나는 분명 그렇게 들었는데."

들었다니? 이건 또 처음 듣는 당혹스러운 이야기였다. 입술이 말라 아무 말도 못 하는 네르마 공작 부부를 내려다보던 황제가 손끝을 딱 튕겼다.

"들여라."

"예!"

각 잡힌 대답 뒤로 일사불란한 발소리. 그 다음에는, 아주 가느다란 흐느낌 소리가 들렸다. 흐느끼는 소리가 점점 가까워졌다. 소리만 들어도 울음을 억누르려는 시도가 느껴져 짠할 지경이었다. 황제가 우는 여자의 팔을 잡아 끌어당겼다. 네르마 공작 부부는 그제야 황제가 들인 것이 누구인지 알게 되었다.

'엘레노어 공피르……!'

공피르 자작의 딸이자, 황후궁의 어린 시녀들 중 하나였다.

"자, 엘레노어."

황제는 몹시 다정한 목소리로 달래듯 엘레노어의 이름을 불렀다. 하지만 팔뚝을 무자비하게 잡은 손등에는 힘줄이 툭툭 불거졌다.

"네 아비가 내게 뭐라고 말했지?"

엘레노어는 차마 네르마 공작 부인의 얼굴을 마주 보지 못하고 표정을 일그러뜨리며 말했다.

"흐윽……. 네르마 공작, 가에서……. 외국과 내통하여 악틸러스의 기밀을 흘리고 독을 드, 들여와……. 황후 폐하를 해하고 나라의 기, 기, 기강을 흔들며……."

"그리고?"

"그, 그런데 자기들이 걸리면 안 되니까 도, 독은……. 저희 공피르 자작가에서 관리하도록, 저희가 뒤, 뒤집어쓰도록……. 흐어엉……."

엘레노어는 압박감에 시달리다 기껏 참고 있던 울음보를 터뜨려 버렸다. 라니에로는 엘레노어의 팔을 놓고 고개를 끄덕였다.

"이렇다는데?"

네르마 공작 부인은 멍하니 엘레노어를 바라보았다. 배반하다니. 공피르 자작은 네르마 공작가가 아니면 아무것도 아닌 존재인데. 딸아이가 황후가 되는 것은 이미 물 건너간 일이니, 황제의 승은이라도 입었으면 좋겠다는 볼멘소리에 엘레노어를 황후의 시녀 자리에 꽂아 준 것이 누구였던가. 안젤리카 독살 계획을 세우며 엘레노어를 선불리 황제의 침소에 밀어 넣으려고 한 걸 말린 사람은 누구였던가. 그런 호의가 이런 배신으로 돌아오다니.

네르마 공작이 외쳤다.

"모, 모함입니다, 폐하! 독을 들여온 것은 공피르 자작가로, 제가 말씀드린 것처럼……."

"그래, 공피르 자작은 그대가 그리 말할 거라고도 이미 예측하고 있더군. 그래서, 그대는 떳떳하다?"

"내통이라니요. 독을 들여왔다니요. 아닙니다. 정말 아닙니다. 내통이라니, 저희가 악틸러스의 제국민으로서 얼마나 자부심을 느, 느끼는데…….
한 번도 그런 생각은 해 본 적 없습니다.”

네르마 공작은 간절한 목소리로 빌며 결백을 읍소했다. 하지만 황제는 조
금도 설득되지 않았다.

“어쩌나. 나는 공피르 자작의 말을 믿는데.”

“폐, 폐하…….”

그는 아주 자비로운 지배자처럼 너그러운 얼굴로 말했다.

“난 펠론 백작가가 주동자라는 그대들의 말도 아무 의심 없이 믿어 주었
는데. 내가 공피르 자작의 말을 믿지 못할 이유는 뭐지?”

한동안 엘레노어가 훌쩍거리는 소리만 들렸다. 네르마 공작 부부는 더 이
상 아무 말도 하지 못했다. 끝을 직감할 수 있었다. 황제가 네르마 공작 부
인의 이마를 구둣발로 짓이기며 웃었다.

“결론적으로 그대들은 혐의를 인정하지 않는군. 좋다.”

그 발끝은 곧 네르마 공작의 관자놀이로 향했다. 공작의 머리가 마치 공
이라도 되는 양 걷어찬 라니에로는 대기하고 있던 기사들에게 명령했다.

“끌고 가.”

기사들이 네르마 공작 부부를 우악스럽게 일으켰다. 라니에로의 눈이 번
득였다.

“반드시 자백을 받아 내라.”

없는 사실의 자백을 받아 내라는 것이 무엇을 의미하는지 모를 정도로
순진한 사람은 여기 없었다. 네르마 공작 부인이 실성한 웃음을 흘렸다.
정말 행복할 일만 남았을 줄 알았는데. 이 모든 게 악틸러스를 위한 것이
었는데.

“후회하실 것입니다, 폐하. 후회하실 것입니다…….”

그녀는 끝까지 자신이 옳다고 생각했다.

“그 여자를 죽이셔야 합니다. 그래야 악틸러스가 번성합니다. 제 눈에도

보이는 것을 어찌 폐하께서……."

끌려 나가는 네르마 공작 부인의 입이 다물어질 줄 몰랐다. 라니에로는 네르마 공작 부인이 마음껏 지껄이도록 두었다. 저주에 가까운 훈계 소리는 점점 멀어지다 이내 들리지 않게 되었다.

가여운 엘레노어는 그때까지 울고 있었다. 다리에 힘이 풀려 주저앉기까지 했다. 아버지가 무서운 표정으로 외우게 시킨 말을 그대로 읊기는 했지만, 자신이 거짓말을 하고 있다는 건 스스로가 가장 잘 알았다.

일이 완전히 꼬여 무서웠다. 엘레노어는 너무 억울했다. 무슨 일이 일어나는지 알고는 있었지만, 어른들이 하는 일에 그녀가 어떻게 참견하겠는가. 그저 모르는 체했을 뿐인데 일이 이렇게나 커지다니. 황제는 이제 엘레노어에게 볼일이 없었다. 그는 우는 엘레노어를 두고 발걸음을 뗐다. 그러자 엘레노어가 그의 뒤통수에 대고 다급히 물었다.

"폐, 폐하. 그, 그러면 이제 저희 가문은 아, 안전한……. 흑. 안전한 거죠?"

황제는 그녀를 돌아보고 화사하게 웃으며 대꾸했다.

"아니? 그럴 리가."

전부 어떠한 구실을 붙여서든 끔찍한 일을 당하게 해 줄 생각인데.

* * *

모든 일을 마치니 새벽이었다. 라니에로는 아무도 정확한 위치를 모르는 황제의 침실로 들어서서 문을 닫았다.

안젤리카는 오늘도 자고 있었다. 라니에로는 본디 낮에 이 방을 비워 두었지만, 안젤리카를 이리로 데려온 이후로는 시간이 날 때마다 수시로 들러 그녀의 생사를 확인하고 젖은 천으로 입 안을 축였다.

그는 안젤리카의 손목을 매만졌다. 앙상하게 야위어 가는 그녀가 의식을 잃은 채 며칠이나 더 숨이 붙어 있을지 모르겠다는 생각이 들었다.

'잘못 판단했다.'

그녀의 손가락 사이로 자신의 손가락을 밀어 넣어 단단히 붙잡으며, 라니에로는 잠든 아내를 물끄러미 바라보았다.

익숙한 장소에서, 익숙한 사람들과 함께 아무런 벌도 받지 않고 다시 일상을 영위하게 되면 좋아지리라고 생각했던 것은 얼마나 안일한 착각이었나. 그 '익숙한 사람들'이 안젤리카에게 대체 무슨 짓을 저질렀나.

'황후궁에 두면 안 되었는데.'

처음부터 이리로 데려왔어야 했다. 안젤리카의 머리끝부터 발끝까지 철저히 그가 통제했어야 했다. 그녀가 그를 얼마나 끔찍하게 여기든 간에. 옛날 같은 일상은 이미 끝장났다는 사실을 외면한 대가는, 안젤리카의 언제 깨어날지 모를 긴 잠으로 돌아왔다.

"앤지."

듣지 못하는 것을 알면서도 그녀를 불러 보았다. 잠든 안젤리카는 라니에로를 밀어내지도, 그를 죽이려고 덤벼들지도 않았다.

머릿속 목소리가 자꾸 안젤리카의 목을 조르라고 시키는 것은 불편하고 거북했다. 그사이 '발작'이 두어 번 있었는데, 라니에로는 굴종하지 않고 그저 버텼다. 그러자 그 다음부터는 머릿속 목소리도 잠잠해졌다. 안젤리카가 잠들어 있는 동안은 휴전하기로 마음먹은 모양이었다.

대신, 그것은 라니에로가 다른 이들에게 잔인하게 굴 것을 요구했다. 라니에로 또한 복수를 바라고 있던 터라, 그럭저럭 그것을 만족시켜 줄 수 있었다. '발작'은 달갑지 않았지만, 지금까지 이 정도 견뎌 냈으면 앞으로도 견뎌 낼 수 있을 것이다.

그 말은……. 라니에로만 드나들 수 있는 이 방에서, 안젤리카는 안전하다는 의미가 된다. 그녀를 해칠 이는 아무도 없었다. 찬찬히 생각해 보니 안젤리카가 진정 원하던 것이 그것이었다. 평화, 안전, 안식……. 그것을 줄 수 있어 기뻤다.

그녀가 쓰러지던 날 요구했던 대로 시스엔과 실비아도 풀어 주었다. 안젤리카가 깨어나 어느 정도 안정되면 라니에로의 동행하에 그들의 얼굴을 보여 줄 수도 있을 것이다. 정말 모든 것이 완벽하니 이제 안젤리카가 깨어나기만 하면 되는데.

고집스럽게도 눈을 감은 것이 야속하지만, '라니에로의 방식'대로 해결할 수 있는 것은 아무것도 없었다. 하염없이 바라보기만 하는 수밖에. 라니에로는 안젤리카의 푸석한 머리카락을 넘겨 주며 귓가에 입술을 바짝 붙였다.

"그대는 여기서 안전해……. 그러니 눈을 떠."

그는 그렇게 아내의 귓가에 속살거리다 아주 잠깐 눈을 붙였다. 안젤리카의 손끝이 움직럭거리고, 눈꺼풀이 서서히 들려 연녹색 눈동자가 오랜만에 드러난 것은 바로 그때였다.

내가 육체로 돌아왔다는 것이 눈을 뜨자마자 실감 났다. '저쪽'에 있을 때 느껴지던 가뿐함이 전혀 없었다. 손끝, 발끝을 까닥하는 것에도 큰 노력이 필요했다.

얼마나 오래 자고 있었던 걸까? 배고픔이나 목마름이 느껴지는 않았다.

나는 도로 눈을 감았다. 보통 꿈이란 건 잠에서 깨는 순간 빠른 속도로 멀어진다. 내가 수많은 악몽에 시달리면서도 제법 또렷한 낮을 보낼 수 있었던 것도 꿈의 그런 성질 때문이겠지. 하지만 이번 '꿈'만큼은 내가 여태껏 꾸었던 꿈 중 가장 비현실적이면서도……. 가장 현실에 가까운 무게로 나를 짓눌렀다. 튜니아의 목소리, 악틸라의 압도적인 형상을 지금도 보고 있는 것만 같았다.

나는 눈썹을 찌푸렸다. 현실로 주의를 환기하기 위해 나는 눈을 떴다. 맺히는 상이 살짝 흐려서 몇 번이고 눈을 깜박였다. 주변이 어두웠다. 여기가 어디인지, 무엇이 있는지 알아보는 데 조금 시간이 걸렸다. 익숙한데 낯선 장소였다.

'황제의 침실이다.'

작은 창문 여러 개와 가구가 별로 없어 휑한 방. 너무 개성적인 구조라 알아보기 쉬웠다.

'내가 왜 황후궁이 아니라 여기 있지?'

의문이 든 것도 잠시. 내가 시녀들에 의해 독살당했었다는 게 떠올랐다.

'그래서 여기로 옮긴 건가?'

그런데 '그래서 여기로 옮겼다'고 하기엔, 그럴 만한 합당한 이유가 잘 생각나지 않았다. 나는 눈을 굴렸다. 뭔가 이유가 있기는 할 텐데. 저 위에서 신과 이야기를 나누고, 운명에 부딪칠지 회피할지 고뇌하는 바람에 지상에서 일어난 일은 전혀 모르겠다. 내 현 상태를 확신할 수 있는 단서도 당장은 보이지 않고.

'후회된다. 이왕 위쪽 세계로 올라가 본 거, 지상에서 무슨 일이 벌어지는지 철저히 파악하고 내려왔어야 했는데.'

충격적인 얘기를 들은 건 들은 거고, 챙길 건 다 챙겼어야 했는데! 내 생각은 어쩜 이렇게 매번 짧니……. 스스로의 지능에 대한 자괴감을 느낀 것도 잠시. 나는 일어나야겠다고 생각했다. 그리고 나는 그제야, 이 방에 나 혼자 있는 게 아님을 깨달았다.

이 방의 주인인 라니에로 악틸러스가 침대 옆 바닥에 앉아 내 손을 잡은 채, 침대 위에는 상체 일부와 머리만 괴고 선잠을 자고 있었다. 그가 자는 모습은 난생처음 본다. 함께 보냈던 밤, 그는 언제나 나보다 늦게 잠들고 먼저 일어났으니까.

나는 나도 모르게 그의 얼굴을 좀 더 자세히 보려고 몸을 살짝 움직였다. 평소 몸에 두르고 다니는 오만과 폭력성은 잠에 빠진 동안만큼은 어디론가 사라진 것 같았다. 깨어나 있을 때의 그는 어떤 자극에도 흠집 나지 않는

다이아몬드 같은데, 지금은 정으로 내리치면 산산조각으로 깨질 대리석처럼 보였다. 잠자는 그의 무해한 얼굴에 그를 향한 두려움이 잦아들고, 한동안 눈치를 보던 일말의 설렘이 작게 고개를 내민다.

나는 무거운 몸을 움직여 그의 머리카락을 쓰다듬었다. 손이 닿자 그의 어깨가 움찔했다. 아주 가벼운 접촉이었을 뿐인데 잠에서 깨 버린 것이다. 나는 반사적으로 흠칫 떨며 손을 거두었다. 하지만 그가 다시 잠드는 일은 없었다. 장막 같던 속눈썹을 천천히 들어 올린 그가 나를 바라보았다. 어둠 속에서 새빨간 눈이 이정표라도 되는 양 반짝거렸다.

주변이 고요하고 분위기가 묘했다. 지금, 라니에로의 모습은 내게 현실감이 전혀 없었다. 내가 육체로 돌아와 잠에서 깬 것이 맞는지 의심이 될 정도로. 그것은 그에게도 마찬가지였나 보다. 그는 어떤 말도 없이 고개를 살짝 가누고 눈만 깜박거렸다. 쓰러졌던 날 그를 보았을 때 그랬던 것처럼, 뭔가를 가늠하는 것 같았다.

뭘 그렇게 재 보는 걸까. 내가 진짜인지?

나는 홀린 듯 거두었던 손을 다시 내밀었다. 라니에로는 길들여진 개처럼 내 손에 머리를 살짝 들이밀었다. 나는 이번에도 손을 거두었는데, 공포보다는 어색함 때문이었다.

라니에로가 자는 내내 잡고 있던 내 오른손을 당겼다. 나는 어색하게 웃었다. 무슨 표정을 지어야 할지 알 수 없었다. 그러자 라니에로도 따라 웃었다.

"앤지."

기쁨보다는 안도가 서린 목소리였다.

"일어났군."

악틸라는 나를 죽이길 원하고 라니에로는 내가 살아 있기를 원한다. 튜니아는 그를 죽여야 한다고 말하고, 나는······.

내 생각을 방해하듯, 라니에로가 부산하게 움직였다. 침대 옆 협탁 위에 놓인 주전자에서 물을 조금 따라 내게 마시게 했다. 나는 고분고분 따랐다. 내게 물을 따라 주는 라니에로의 손이 살짝 떨렸다. 나는 그것을 못 본 체했다.

누워 있는 동안 쓰지 않은 목은 잠겨 있었고, 맹물을 넘기는 것도 조금 힘겨웠다. 말을 하는 건 당연히 과욕이었다. 나는 그래서 아무 말도 하지 않았다.

라니에로 혼자 바빴다. 그는 방의 문을 열고 사라지더니, 해가 천천히 떠오르고 방이 밝아질 무렵 미지근한 미음을 가지고 돌아왔다. 대체 이 시간에 누굴 괴롭혀 이걸 가져왔는지 궁금하다가도, 그가 서툴게나마 제대로 나를 보살피고 있다는 생각이 들어 정말 묘한 기분이 되었다.

'쓰러져 있던 사람에게 미지근하고 간이 안 된 미음을 먹여야 한다는 건 누가 알려 줬을까?'

실없는 생각을 흘리며 그가 떠먹이는 대로 받아먹고 있다 보니, 여름 사냥을 앞두고 활을 배울 때쯤의 일이 생각나기도 하고. 맛도 없고 먹는 재미도 없는 음식이었지만, 나는 라니에로의 성의에 응답해 일단 주는 것은 다 받아먹었다. 접시가 비자 라니에로는 몹시 즐거워했다.

"얼마나 지났어요?"

나는 잔뜩 잠긴 목소리로 조심스레 물었다. 라니에로는 곧장 대답했다.

"열흘."

나는 그 말에 놀랐다. 그만큼 많이 시간이 지났을 줄은 몰랐다. 내가 '저쪽'에 있었던 것은 체감상 한두 시간 정도였기 때문이다.

"열흘……."

그래서 이렇게까지 힘이 없었구나.

"독살을……."

무심코 '당했다고 들었다'라고 말하려다, 그렇게 말하면 대체 어디서 들었냐는 답이 돌아올 것 같아 혀를 살짝 깨물고 말을 고쳤다.

"시도한 거겠죠?"

조심스럽게 말하자 라니에로의 표정에 잠시 그늘이 드리워졌다. 그러나 그는 곧 아무렇지도 않은 얼굴이 되었다.

"괜찮아."

밑도 끝도 없는 소리였다. 나는 설명을 요구하는 눈빛을 보냈다.

"그대는 이제 안전해."

"주동자들은 죽였어요?"

그냥 궁금해서 물어봤을 뿐이었다. 하지만 라니에로는, 그의 본질을 모르는 사람이 보았다면 가엾게 여길 정도로 위축되어 내게 되물었다.

"그러면 안 돼?"

"어……."

그런 건 아닌데.

"그런 건 무서워?"

"아, 그게……."

내가 말할 기회도 주지 않고, 그는 약간 절박하고 다급하게 속삭였다.

"둘은 죽였지만, 하나는 살아 있어. 죽이지 말까?"

"아니, 그럴 필요는 없는데……."

내 태도가 떨떠름하고 미적지근하자 라니에로는 순식간에 길을 잃은 듯한 표정이 되었다. 불안하고 확신 없는 모습이었다.

"그러면 죽이는 게 좋아?"

그렇게 물으니까 진짜 뭐라고 대답해야 할지 모르겠네. 딱히 죽인다고 통쾌해질 것 같지는 않은데, 동정심이 드는 것도 아니고. 주동자가 셋이라는데, 수상한 느낌을 대놓고 풍기던 네르마 공작 부인과 펠론 백작 부인을 제외하면 나머지 하나는 누구인지도 모르겠지만 딱히 궁금하지도 않고. 정말 아무래도 상관없는 느낌.

나는 고개를 살짝 저었다.

"그냥 알아서 하세요. 상관없으니까."

"앤지……."

그는 잡고 있지 않으면 내가 어디로 날아가기라도 할 것처럼 내 손을 붙잡았다. 그러다 갑자기 생각난 듯 기대감 어린 목소리로 말하기 시작했다.

"시스엔과 실비아 자크슈를 황후궁에서 지내도록 했다. 그대가 그렇게 해 달라고 했잖아. 그렇지?"

"아."

나는 고개를 끄덕였다. 시스엔과 실비아가 풀려났다니 다행이었다. 솔직히, 그걸 청했을 때 라니에로가 보여 준 반응으로 보아 석방은 불가능할 거라고 생각했는데.

"그러면 이제 황후궁으로 돌아가도……."

나는 당연히 그렇게 생각했다. 그런데 내가 그 말을 입 밖으로 내는 순간 라니에로의 표정이 순식간에 얼어붙었다. 그 표정은 내게 생리적인 작용을 불러일으켰다. 잠시 접어 두었던 공포가 또 활개 쳤다. 나는 입을 딱 다물었다. 뭔가 좋지 않은 것을 건드린 것 같았다.

"그대는 황후궁으로 돌아가지 않아."

그는 단호하게 말했다.

"앞으로는 내내 여기서 지낸다. 부득이하게 밖으로 나가야 할 일이 있으면 반드시 내가 동행할 테니 그렇게 알고 있도록 해."

"네?"

"그대는 공식적으로 죽었어."

이건 완전히 경악스러운 소리였다.

네? 죽었어요? 제가요?

"그러니 그대를 찾을 사람은 아무도 없고, 악틸러스의 황후로서 그대가 나서야 할 일도 앞으로는 전혀 없다."

라니에로는 조금 전 주동자를 죽일지 말지 내 의사를 물어보던 때와는 사뭇 다른 태도였다. 이것만큼은 자신이 정한 대로 따르라는 강요가 느껴졌다.

나는 당혹스럽게 방을 둘러보았다. 내가 잠들어 있던 지난 열흘간 라니에로는 대체 무슨 일을 저지른 걸까? 정확히 사건이 어떻게 흘러갔는지 알고 싶었지만, 정제된 언어로 객관적인 설명을 해 줄 사람은 어디에도 없었다. 있더라도 만날 수 없을 테지.

내가 라니에로의 동의 없이 이 방을 나가는 건 거의 불가능한 일이었다. 그러려면 라니에로만 답을 아는 기계식 자물쇠를 풀어야 했다.

"그러니까 지금 저를⋯⋯."

감금하는 거냐고 물어보려던 찰나, 라니에로가 내 말을 가로챘다.

"보호하는 거지."

라니에로가 입에 담기에는 상당히 낯선 개념이었다. 보호라니.

"그대가 갖고 싶다고 내게 말했던 것 기억나?"

뭘 가지고 싶다고 했었지? 언제 했던 이야기인지 갈피를 잡기 어려워 나는 그냥 멍하니 그의 얼굴을 바라보기만 했다.

"평화. 평화를 가지고 싶다고 했잖아."

라니에로는 확신에 찬 표정으로 말했다.

"여기서 그대가 그토록 원하던 평화를 누리도록 해."

라니에로는 이것만이 유일하고 확고한 답이라고 믿는 듯했다. 그만이 들어올 수 있는, 이 작은 방 한 칸에서의 '평화'.

'오직 라니에로 한 사람에게만 기대서 살아간다니.'

물론 나를 적대하는 사람들 사이에서 홀로 지내는 것보단 당연히 안전하겠지. 하지만, 그래도⋯⋯. 이건 평화가 아니다. 단언할 수 있다.

그는 상식이 통하지 않는 난폭한 변덕쟁이. 나는 안전핀 꽂힌 커다란 폭탄을 안은 기분이 되었다. 옆에서 가상의 안내원이 친절하게 웃으며 말하는 환청이 들린다.

'안전핀이 꽂혀 있는 한 결코 터지지 않아요. 하지만, 극히 희박한 확률로 안전핀이 저절로 빠지기도 한답니다. 그럴 땐 안타깝게도, 폭탄이 터지고 당신은 죽어요.'

내게 라니에로 악틸러스는 그런 존재였다. 너무 위험해서 함부로 마음을 줄 수 없었다.

'아무튼, 이제부터 계속 이 폭탄을 안고 계셔야 해요. 멀리 떼어 놓는 건 불가능하답니다.'

가상의 안내원은 정말이지 친절하게 안내를 마쳤다. 나는 되도록 황후궁으로라도 돌아가고 싶었다.

"저를 죽이려고 했던 사람은 전부 응징하셨다면서요. 그럼 이제 괜찮지 않아요? 그래도 안 돼요?"

"그대에게 접근하는 사람 중 또 누가 위험할지 모르니까."

이 소리에는 정말 할 말이 없었다. 자기 자신만은 내게 위험하지 않다고 굳게 믿고 있구나. 결국 나는 참지 못하고 문제의 핵심을 찔러 들어갔다.

"당신이 제게 위험하다면요?"

라니에로는 내 말을 이해하지 못했는지 눈썹을 찡그렸다.

"내가 그대에게 왜 위험하지?"

"왜냐하면, 당신 머릿속에…… 나를 죽이라고 명령하는 목소리가 있으니까요. 그렇죠?"

붉은 눈이 가늘어졌다. 보기 좋은 입술도 살짝 벌어졌고.

"그걸 어떻게 알았지?"

"그냥……."

나는 대답을 얼버무렸다. 라니에로는 달리 추궁하지 않았다. 내가 그걸 어떻게 알았는지 별로 중요하게 여기지 않는 듯했다.

"제가 안전하려면 당신이 그 목소리에 계속 거역해야 하잖아요. 어떤…… 대가를 치르든 간에."

결코 들을 일 없을 줄 알았던 라니에로의 처절한 비명. 여태까지 겪어 본 적 없던 신과의 불화 앞에서 라니에로는 얼마나 버틸 수 있을까. 라니에로가 악틸라의 의지에 반항할 때마다 신벌이 내려지겠지. 라니에로가 그 벌을 매번 버텨 낼지라도 나는 불안함을 떨칠 수 없을 것이다. 그런 고통은 이번에 버텼다고 다음에도 버틸 거라는 보장이 없다. 그건 말이 좋아 신벌이지 고문이다. 고문은 사람의 정신을 마모시켜 버린다.

한 번은 견딜 수 있을지도 모르지. 다섯 번도 될지도 몰라. 열 번쯤도. 그런데 백 번은? 천 번은? 버텨도 아무런 보상이 없다. 그저 고문이 계속될 뿐이다. 그걸 버티고 버티다 어느 순간 폭발해 버리면, 그럼 나는 어떡해?

튜니아의 말에 따르면, 나는 성녀로서의 의무는 부여받았지만, 검을 통한 의식을 치르지는 못했다. 그러면 나는 그냥 예전과 다를 바 없이 약한 인간 하나일 뿐이다. 그에게 무력으로 대항하는 건 불가능하다.

악틸라의 대자가 튜니아의 성녀를 죽이는 건 섭리나 신의 제약 때문에 불가능할지도 모르지. 하지만 고문은 할 수 있어. 세라피나가 당했던 것처럼.

갑자기 몹시 떠나고 싶었다. 그와 영영 상관없는 삶을 살고 싶었다. 나는 신의 꼭두각시 노릇을 하기도 싫고, 날 죽이지 못했다고 그가 벌을 받는 걸 보기도 싫고, 언제 그의 마음이 변할지 맘 졸이기도 싫어.

생각해 보면 단 한 순간도 그의 품에서 온전한 안식을 누린 적이 없었다. 그와 가장 사이가 좋았던 늦여름쯤에도 나는 그 때문에 갖가지 이유로 불안했고, 그 불안은 꿈의 형태로 나를 괴롭히곤 했다. 어색하게 감돌던 침묵 끝에 라니에로가 말했다.

"그래도 그대는 여기 있어야 해."

설득될 것 같지 않았다. 라니에로는 나를 너무 힘들게 한다. 지금 그가 나를 얼마나 좋아하는지, 얼마나 노력하는지와는 관계없이.

"알았어요."

나는 짧게 대답했다. 라니에로는 끝끝내 내가 황후궁으로 돌아가도 된다는 말을 해 주지는 않았다.

* * *

부모님은 물론, 짐마차를 끌던 마부까지 잡혀간 후에도 네르마 소공작은 짐마차 안에 있었다. '검문은 철저히'라는 말에 가락까지 붙여 노래를 부르며 네르마 공작 부부를 잡아갔던 악틸러스 기사들은, 사실 말처럼 철저하지는 않았나 보다. 짐마차의 그늘진 안쪽 구석에서 한껏 웅크린 채 벌벌 떨던 네르마 소공작의 존재를 못 알아챈 것을 보면 말이다.

어린 소공작은 모든 위험이 사라질 때까지, 어미의 당부대로 기척을 죽이고 텅 빈 짐마차 안에서 소리 없이 울었다. 소공작은 부모가 왜 도망치려고 했는지, 왜 잡혀가고 말았는지 알지 못했다. 하지만 이제 좋은 때가 다 지나갔다는 것만은 직감할 수 있었다. 순종적인 하인들을 가검으로 마음껏 후려치는 재미있는 나날들은 이제 영원히 안녕인 것이다. 부모가 잡혀간 것과 앞날이 깜깜한 것 중 어느 것이 더 견디기 어려운지 소공작은 가늠하기 힘들었다.

날이 밝자 배고파졌다. 허기를 견뎌 본 적 없는 소공작은 주섬주섬 짐마차에서 내렸다. 주린 배를 움켜쥐고 무작정 사람들이 있을 법한 곳으로 걸음을 옮겼다. 다리가 아파 올 무렵 그는 민가가 모여 있는 구역으로 들어설 수 있었는데, 위장을 자극하는 음식 냄새가 났다.

하인의 옷을 빌려 입은 탓에 주머니가 비어 있었다. 소공작의 얼굴이 일그러졌다. 아무리 철이 없다지만, 지금 자신이 네르마 공작가의 이름을 대고 무전취식할 수 있는 형편이 아닌 것 정도는 소공작도 알았다. 자신의 직감이 그건 너무 위험하다고 소리쳤다. 그러면 구걸을 해야 할 텐데, 또 그것은 소공작의 자존심이 허락지 않았다. 그래서 소공작은 골목 한가운데 우두커니 서 있기만 했다.

멍하니 서 있는 낯선 아이란, 악틸러스 소년 소녀들에게는 사냥감이나 다름없었다. 불현듯 어디선가 돌멩이가 날아와 소공작의 어깨를 맞혔다. 소공작은 화들짝 놀라 두리번거렸다. 건물 사이사이, 그림자 속에서 짓궂은 표정의 아이들이 낄낄거렸다. 호전적인 악틸러스 소년으로서 이런 도전은 참고 넘길 수 없었다. 소공작은 콧김을 씩씩 내뿜으며 떨어진 돌을 주웠다.

그러나 패기도 잠시. 여기는 네르마 공작저가 아니었다. 소공작이 원하는 대로 순순히 맞아 주기만 할 하인은 존재하지 않았다. 소공작은 무자비하게 돌팔매질당했다. 소공작은 또래에 비해 덩치도 크고 강했지만, 사방에서 동시에 깔깔거리며 덤비는 데에 당해 낼 재간은 없었다. 날카로운 통증이 이마며 어깻죽지를 사정없이 때렸다. 여태까지 소공작의 가장 큰 무기였던 귀족의 이름은 이제 하등 쓸모가 없었다.

비겁하다고 비난한다 해도 아무런 소용도 없을 일이었다. 악틸러스는 비겁한 승리 또한 미덕으로 삼는 나라이므로. 소공작은 절망하고 분노했다. 그러나 화를 낼 만한 여유가 없었다. 운 나쁘게도 돌멩이 하나가 소공작의 눈으로 빠르게 날아왔기 때문이다.

따악!

그 순간, 재빠르게 누군가 그 돌을 바닥으로 쳐 버렸다.

"네놈들! 이게 무슨 짓이냐!"

천만다행으로 눈을 잃지 않은 소공작은 얼떨떨해졌다. 소공작을 괴롭히던 아이들은 불호령이 떨어지자 후다닥 도망갔다. 소공작을 구해 준 중년 남자는 무릎을 꿇고 앉아, 부드러운 미소를 띠고 소공작을 바라보았다.

"너 집이 어디니?"

그 말에 소공작의 울음보가 터지고 말았다. 콧구멍이 벌렁거리더니 이내 둑이 무너지듯 눈물이 쏟아졌다. 서러운 울음소리와 함께 꼬르륵 소리도 커졌다. 남자는 난감한 얼굴로 소공작을 보았다. 그는 소공작이 길 잃은 아이이며, 배를 곯아 제정신이 아닌가 보다 생각했다. 뭐, 절반쯤은 맞는 말이었다. 그는 긴 고민 끝에 결정을 내렸다.

"뭐라도 먹자."

소공작은 그 말에 눈이 번쩍 뜨였다. 눈물이 뚝 그쳐 버렸지만, 먹을 걸 주겠다는 말에 울음이 그친 건 어쩐지 부끄러워 가열하게 가짜 울음으로 통곡했다. 남자는 어린애들의 가짜 울음을 구분하지 못하는지, 쩔쩔매며 소공작을 달래 집으로 데려갔다.

크게 우는 아이가 집에 입성하자, 몇 사람이 놀라 튀어나왔다. 그들은 남자가 예기치 못하게 데려온 어린애를 보고 난감한 표정이었다.

"길 잃은 애야. 뭐라도 먹이지."

소공작은 가짜 울음을 살짝 그치고 주변을 돌아보았다. 가정집이라기엔 좀 이상한 공간이었다. 아늑하기는커녕 긴장감이 팽팽했고, 사람들은 가족이라기엔 어색한 구석이 있었다.

입구에서 먼 곳, 빛이 들지 않는 자리에는 사람이 앉아 있었다. 일견 보기에는 사람이 아닌 것 같았다. 생명 없는 덩어리 같았다. 무심코 그쪽을 바라본 소공작은, 그 사람이 고개를 들어 자신을 바라보았을 때 소름이 끼쳐 주저앉을 뻔했다.

새카만 눈동자에 전혀 안광이 깃들지 않았다. 정확히 어디를 보는지 알 수 없는 눈이었다. 그는 소공작의 얼굴을 잠깐 보다가, 소년을 데려온 남자에게로 시선을 옮겼다.

"그 애는 뭡니까?"

음울한 청년의 말에 남자가 살짝 얼굴을 붉혔다.

"원래 개입할 생각이 아니었는데, 어쩌다 보니 이렇게 됐소. 길을 잃은 것 같은데 배만 채우게 하고 금방 내보내지."

"팔자 좋군요."

남자를 향한 말인지, 소공작을 향한 말인지 알 수는 없었지만 비꼬는 투만은 역력했다. 무례한 태도였으나 남자는 아무 말도 못 했다. 자신이 너무 충동적이었다는 자각이 있어서였다.

그는 사실 '반악틸러스 연합군'의 수장이자 악틸러스의 적국, 솜비니아의 국왕인 리처드였다. 허름한 가정집은 연합군의 정보 수집 창구이자 작전 기지 중 하나였다. 실제로 중요한 이야기가 오가는 비밀 공간은 따로 있다지만, 아이를 데려온 건 경솔하기 짝이 없는 짓이긴 했다. 대체 왜 이 아이를 데려올 마음이 들었는지, 리처드도 잘 몰랐다.

"미안하오."

"사과할 필요 없어요."

무기력한 목소리였다. 사실, 리처드에게는 이 청년의 이런 모습이 낯설었다. 엊그제까지만 해도 정말 의욕적이고 패기 넘쳤는데, 황후 서거 소식이 들리자 큰 충격을 받더니 딴판으로 변해 버렸다. 모든 의지가 풍화되어 날아간 것 같았다.

'무슨 말을 해 줘야 의욕을 좀 찾으려나.'

그렇게 생각하는 리처드는, 자신이 충동적으로 길에서 주워 온 아이가 그 열쇠가 되리라는 것까지는 아직 모르고 있었다. 소공작의 배 속에서 꼬르륵 소리가 났다. 리처드가 자못 쾌활한 목소리를 꾸며 냈다.

"에덴. 당신도 이 녀석과 식사를 하는 게 좋겠소. 그래, 그것부터 합시다."

* * *

'황후 서거' 몇 주 전, 튜니아 신전령. 라니에로가 안젤리카를 데리고 떠난 지 사흘이 지난 참이었다.

튜니아의 신도들은 내심 안도했다. 라니에로가 체류하는 동안 신전령을 쑥대밭으로 만들 줄 알았는데, 비교적 조용히 지내다 안젤리카만 데리고 돌아갔던 것이다. 가여운 안젤리카가 돌아가 무슨 일을 당할지 걱정하는 이도 있었다. 하지만 그런 이들조차도 세라피나의 무사를 더욱 감사히 여겼다. 곤죽이 되도록 얻어맞은 에덴에 관해서는…….

"참 안된 일이지."

다들 그렇게 입을 모았다. 하지만 그 와중 어떤 사람은 저열하게도, '하필 최근 엇나가던 놈이어서 다행'이라고 생각했다. 세라피나와 에덴의 관계가 완전히 틀어진 것도 어찌 보면 잘된 일이었다. 두 사람은 서먹해졌고, 성녀가 부득이하게 기도실 밖에 나올 때도 결코 눈을 마주치지 않았다.

그렇게 튜니아 신전은 무사히 일상으로 돌아가는 듯했다. 한데 이상한 일이 있었다. 평화를 찾아 가던 튜니아 신전에 갑작스레 외부 손님이 온 것이다. '외부 손님의 갑작스러운 방문'이라니. 아무리 이상하다고 강조해도 모자랐다.

본디 신전에 외부 손님이 올 때는, 성녀가 튜니아의 계시를 받은 후 손님이 무슨 용건으로 방문하는지 대주교에게 언질하기 마련이었다. 그런데 세라피나는 이번 손님에 대해서는 아무것도 모르는 기색이었다. 생각해 보면, 에덴이 안젤리카를 데리고 왔을 때도 세라피나는 신의 계시를 받지 못했다.

사람들은 다소 불안해했다. 악틸러스의 악의와 수탈을 겪은 후 어쩔 수 없이 예민해진 상태였기 때문이다. 더구나 방문자는 신전에 입성할 때까지는 신원을 밝힐 수 없다고 못 박아, 내부에서 손님을 받을 것인지 말 것인지 갑론을박이 있었다.

'자비는 뻗어 오는 손을 가리지 않는다'는 자비신의 교리가 우선이라는 의견과, 지금 당장은 지역의 회복이 우선이라는 의견이 팽팽히 맞섰다.

승자는 교리파였다. 결국 신전은 신분 모를 방문자를 향해 문을 열어젖혔다.

"문을 열어 주어 고맙소."

눈 바로 밑까지 천을 둘둘 말아 얼굴을 가린 이에게서 중후한 목소리가 흘러나왔다. 부드러우면서도 단단한 인상을 남기는 음성이었다.

"정말 감사하오. 약소하나 도움이 될까 싶어 가져온 것이 있소."

순례자 같은 복장을 한 남자는 대주교에게 정중히 절을 했다. 이어 짐꾼들이 지고 온 상자의 잠금쇠를 풀었다. 상자가 열리자, 대주교 옆을 지키고 있던 어린 사제가 분별없이 감탄사를 내질렀다.

"와아……."

하나같이 알이 통통한 곡물이었다. 샘이 드물고 땅이 거친 튜니아 신전령에서는 정말 눈물 나도록 귀한 물자다. 신이 난 어린 사제는 곡물 상자 속으로 손을 푹 찔러 넣었다. 손으로 떠 올리면 황금빛 폭포처럼 알곡이 흘러내렸다.

"더 많은 상자가 올 거요."

어린 사제의 모습을 흐뭇하게 보던 남자가 덧붙였다. 대주교는 경계심 가득한 목소리로 물었다.

"누구시오?"

그제야 남자가 얼굴을 감싼 천을 풀어 모습을 드러냈다. 이마와 턱 선이 억세지만 깊은 녹색 눈이 부드럽고 따뜻한 중장년의 남자였다. 그는 대주교에게 동전 하나를 내밀었다. 최근 주조된 것으로 보이는 동전 앞면에는 남자의 옆얼굴이 새겨져 있었다. 뒷면에는 솜비니아 왕실의 문양, 그리고 '리처드 솜비니아 3세 즉위 기념'이라는 문구가 마찬가지로 양각된 채였다. 대주교는 잠시 입을 헤벌리고 남자와 동전을 번갈아 보았다.

"솜비니아의 국왕이외다. 여름에는 정말 미안했소. 언제나 마음속에 부채를 가지고 있었소."

솜비니아는 마수 웨이브에 병력을 지원해 달라는 요청을 정중히 거절했다. 정말 정중한 거절이었다. 거절 의사를 밝힌 그 어떤 나라도 솜비니아처럼 이유를 소상히 밝히고 유감을 표하지는 않았다. 리처드는 당시 솜비니아

특정 지역에 전염병이 돌아, 군 병력으로 전염병 발발 지역을 봉쇄하고 있으며, 따라서 병력을 보내기는 어렵겠다는 내용의 긴 편지를 보냈다.

'이런 말을 하긴 좀 그렇지만 악틸러스에 도움을 요청해 보라'는 조언과 함께, 그리로 가져갈 조공 물자를 지원한 것도 솜비니아였다.

리처드가 대주교를 향해 손을 내밀었다. 대주교는 머뭇거리다 마찬가지로 손을 내밀어 악수했다.

"어찌 이리 언질 없이 갑작스레, 여기까지 오는 동안 신분도 감추시고……."

"놀랐으리라 생각하오. 그 점 또한 미안하오. 극비리에 움직여야 하는 일이었소."

일국의 왕이 '극비리에 움직여야 하는 일'이라. 얽히면 별로 좋을 게 없을 것 같다는 직감이 대주교를 강타했다. 대주교는 곡물 상자를 보았다. 신전령의 민심이 술렁이고 있었다. 그저 민심만 술렁거리면 다행이게. 굶어 죽는 아이도 심심찮게 생겼다. 예년보다 훨씬 많은 숫자였다. 일만의 군대가 남긴 아픈 흔적이었다.

라니에로가 귀찮다는 듯 던지고 간 금화를 사용할 곳은 사실상 악틸러스의 도시노 백작령이 가장 현실적이었는데, 백작령 자체 상황이 좋지 않다 보니 그마저도 틀어막히고 말았다. 그런 와중 이 곡물 상자는 정말이지 가뭄의 단비 같았다. 어쩌면, 지금 리처드에게 잘 말하면 금화로 괜찮은 거래를 할 수 있을지도 몰랐다. 생존의 문제였다. 리처드의 '일'이 무엇인지는 몰라도, 당장 굶주리고 있는 아이의 배를 불릴 알곡을 외면하기는 너무 힘들었다.

대주교는 떨리는 목소리로 물었다.

"무슨…… 일이시오?"

"악틸러스를 칠 거요."

담백한 말에 듣는 이들 전부가 까무러쳤다. 리처드는 이들의 반응이 과하다는 생각에 눈살을 찌푸렸다. 그때까지 신기하다는 듯 알곡을 만지던 어린 사제가 작은 비명을 지르며 상자에서 손을 뺐다.

악틸러스와 얽히는 건 이제 지긋지긋했다. 대주교의 어깨가 굽어 들었다. 그는 리처드에게 눈짓하더니, 지팡이를 짚고 터덜터덜 응접실로 향했다. 리처드는 이끌고 온 사람들을 향해 어깨를 으쓱해 보이곤 대주교를 따라갔다. 신전령에서 나는 드문 식물 중 하나로 만든 쓴 차를 앞에 놓고 앉아, 리처드가 입을 열었다.

"단도직입적으로 말하겠소이다. 병력을 달라는 게 아니오. 정보를 달라는 거요."

대주교는 복잡한 얼굴로 리처드를 바라보았다.

"라니에로 악틸러스가 신전령에 방문했지 않소. 염치없지만 그때 있었던 일들을 소상히 듣고 싶소."

"정보를 얻으려고 지원 요청을 거절하고 악틸러스에게 도움을 청할 것을 제안하셨습니까……?"

대주교의 합리적인 의심에 리처드는 얼굴을 찡그리며 난처하다는 듯 웃었다.

"그런 건 아니었소. 그렇게 생각해도 어쩔 수는 없지만……. 솜비니아의 사정은 그때 정말 좋지 않았소."

"국왕께서 하는 말은 논리적으로 이치가 맞지 않습니다. 전염병 때문에 고역을 겪은 지 얼마 안 되어 악틸러스를 친다니."

대주교의 목소리가 떨렸다.

"그러면 그때 그건…… 핑계였다고 생각하는 쪽이 더 합당하지 않습니까?"

"음."

리처드는 말을 해야 할지 말아야 할지 고민하는 얼굴이다가, 길게 한숨을 내쉬었다.

"국왕으로서 내 나라의 약점을 보이는 것이 내키지 않소만……. 좋소. 당시 솜비니아의 사정을 자세히 이야기하자면……."

그때, 노크도 없이 문이 벌컥 열렸다. 대주교는 문을 연 장본인을 보고 비명처럼 외쳤다.

"에덴!"

에덴은 대주교를 쳐다보지도 않았다.

"라니에로 악틸러스를 죽일 방법은 알고 있습니까?"

리처드는 믿을 수 없다는 듯 물었다.

"앞에 지키는 사람을 세워 놓지 않은 거요?"

대주교는 몹시 부끄러워하며 대꾸했다.

"보통은 세워 두지 않아도 아무런 문제가 없습니다. 들어오는 사람은 물론, 엿듣는 사람도 없지요."

"이렇게 난입한 사람이 생긴 시점에서 듣기엔 상당히 설득력이 없소만……."

에덴은 떨떠름해 보이는 리처드와 수치스러워 보이는 대주교를 무시하고 말을 이었다.

"다음 악틸라의 대자가 결정되지 않는 한 라니에로 악틸러스는 죽지 않습니다. 전쟁터에서 그는 악틸라와 강하게 결속될수록 괴물이 되니까."

"에덴, 당장 나가거라!"

"잠깐, 내보낼 필요 없겠는데."

지팡이를 휘두르며 역정을 내는 대주교를 리처드가 제지했다. 그는 이미 에덴의 폭로에 상당한 매력을 느끼고 있는 것 같았다.

"계속 말해 보시오, 젊은 사제."

에덴은 자신이 사제가 아니라 성기사라고 정정하지도 않고 재빠르게 말을 이어 갔다. 리처드가 흥미를 보일 때 기회를 잡아야 한다고 생각했기 때문이다.

"상처는 생기는 대로 나아 버리고 피를 많이 흘려도 끄떡없습니다. 조금도 다치지 않았던 사람처럼 움직인단 말입니다."

"목을 자르거나 심장을 꿰뚫으면?"

에덴은 차갑게 웃으며 자신의 목을 가리켰다.

"이쪽 혈관을 끊었습니다만 소용없었습니다."

"아아, 에덴……."

대주교는 탄식했으나 리처드는 에덴의 이야기에 더욱 빠져들었다.

"마치 그의 목을 잘라 본 적이 있는 사람처럼 말하는군?"

"그랬죠."

"이리 앉으시오, 젊은 사제. 에덴? 당신의 이야기가 듣고 싶소."

에덴은 기회를 놓치지 않았다. 대주교는 허망한 눈으로 에덴을 바라보았다. 심연 같은 눈동자에 집요한 불꽃을 가득 담아 리처드를 바라보던 에덴이 당돌하게 말을 꺼냈다.

"더 이야기하기 전에 저도 묻고 싶은 게 있는데요."

무례하기까지 한 언사였으나 리처드는 웃어넘겼다. 그는 소탈하고 관대한 왕이었다.

"해 보시오."

"악틸러스를 어떻게 칠 겁니까?"

리처드는 미간을 살짝 좁혔다.

"그걸 다 꺼내 놓으라고?"

"카드는 한 장씩 오픈하는 겁니다."

"오호."

"질문 하나에, 답변도 하나씩."

"좋소."

"에덴!"

에덴은 꾸짖음에 조금도 주눅 들지 않고 딱 잘라 말했다.

"대주교 성하는 이만 나가 주십시오."

대주교는 암울한 얼굴을 했다. 하지만 그도 에덴이 자신의 말을 듣지 않으리라는 것은 알고 있었다. 에덴의 말을 무작정 거절하고 안젤리카를 지킬 성기사를 차출하지 않았던 대가가 이렇게 돌아오는 것이다. 그때 대주교가 에덴의 말을 들어주지 않았던 것처럼, 에덴도 거역할 작정인 모양이었다. 대주교는 에덴의 얼굴을 하염없이 보다 노구를 일으켜 방을 나섰다.

에덴은 새로운 가능성으로 부상한 솜비니아의 왕, 리처드의 얼굴을 똑바로 바라보며 심호흡을 했다.

'실패하지 않는다. 이번만큼은 반드시, 실패하지 않는다. 신들의 농락에 무너지지 않는다. 나는 집으로 돌아간다.'

"시작하죠."

* * *

두 사람이 마주 앉은 지 30분도 지나지 않아, 리처드는 에덴이라는 인재를 몹시 탐내기 시작했다. 악틸러스 황제에 대한 에덴의 통찰이 아주 깊었다. '악틸라의 대자'라는 것이 어떤 것인지 그 의미를 잘 이해하고 있는 한편, 라니에로가 싸움터에서 어떤 모습인지도 소상히 기억하고 있었다.

"섬뜩한 발상으로 상대의 정신력을 무너뜨리는 것을 좋아합니다. 하지만 그런 것을 처음 접했을 때의 충격에서 오는 강렬함을 걷어 내고 냉정히 생각하면 그의 전술은 몹시 단순 명료한데……."

리처드의 상체가 에덴 쪽으로 잔뜩 기울어 있었다. 에덴은 그 시선을 똑바로 받지 않고 말을 이었다.

"화력으로 압도하는 것입니다. 그가 택할 수 있는 가장 효율적인 방법이 그것이기 때문입니다."

"악틸러스의 군대는 무엇 하나 빠지지 않으니까."

"그것도 있지만…… 그래야 악틸라와의 결속이 강해집니다. 그들에게는 전쟁이야말로 진정한 제례입니다. 약속된 승리는 악틸라를 흥겹게 하니, 황제의 무위 또한 화려해지고 군사의 사기도 오릅니다."

라니에로의 특기는 총력전을 통한 맹공이다. 판단에서 작전의 결행, 승리까지 모든 것이 쾌속. 그래서 전면전으로는 악틸러스를 능가할 곳이 없다. 에덴이 드디어 리처드와 눈을 마주쳤다. 리처드는 순간 움찔했다. 새카만 눈에 묘한 위화감이 있었다. 에덴은 모르는 체 시선을 내렸다.

"여태껏 악틸러스와 솜비니아의 갈등은 비교적 팽팽하게 유지되었다고 알고 있습니다만."

"솜비니아가 여태 '방어의 고지'를 점한 거요."

리처드는 담담히 인정했다. 본디 전쟁이란 찌르려는 자보다 막으려는 자가 유리한 편이다. 더구나 솜비니아는 산맥 너머라는 지형의 유리함까지 톡톡히 누렸다. 하지만 그렇게 버티는 것도 여기까지다.

"라니에로는 젊은 황제고, 아직 20대 중반이오. 재능은 찬란하고 천성이 잔인하오. 더 성장한다면 당해 낼 수 없으니 이만 끝을 보아야 하오."

에덴은 고개를 끄덕였다. 리처드의 입장에서 보면 당연한 이야기였다. 시간을 더 끈다면 솜비니아는 통째로 집어삼켜지고 말 것이다. 솜비니아뿐이겠는가. 그 너머에서 솜비니아를 방패로 세우고 스스로를 보호하던 많은 나라들도 마찬가지다.

"사실 끝을 준비하기 위해 아주 많은 노력과 수많은 희생이 필요했소. 결행도 이런저런 사정 때문에 많이 늦어진 상태요. 더 이상은 악틸러스에 숨어든 나의 동포들에게 기다리라는 말을 할 수 없소."

마지막 문장은 에덴을 낚고 싶어 일부러 흘린 말에 가까웠다. 에덴은 리처드의 속셈을 알면서도 미끼를 덥석 물었다.

"악틸러스에 숨어든 동포들이 있다. 그 말은, 악틸러스 안에 이미 솜비니아의 세력이 있다? 당신이나 제가 악틸러스로 들어갈 경로도 확보되었다?"

"그렇소. 국경 지대에서 국지적 반란을 일으켜 지역을 흔들고, 혼란을 매개로 더 많은 동포를 유입시키는 중이오. 가짜 신분도 여러 개 만들어 두었소."

에덴의 목덜미로 솜털이 곤두섰다.

"악틸러스 주변국을 솜비니아 군대의 경유지로 삼았다는 말입니까? 그들이 그러도록 허락을……."

"오래전부터 그렇게 협조가 이루어지는 중이오."

"들키면 악틸러스에게 응징당할 텐데. 그 위험을 감수하고도 솜비니아의 군사들에게 문을 열어 주었단 말입니까?"

리처드는 너털웃음을 흘렸다.

"그런 구실이 없어도, 악틸러스는 아무 이유 없이 주변국을 쑥대밭으로 만들고 정복하오. 잡아먹히는 건 시간문제요. 그들도 그것을 아니……."

"차라리 위험을 무릅쓰고 솜비니아가 악틸러스를 무너뜨리는 데에 걸었군요."

에덴은 멍하니 중얼거렸다. 모든 염원이 솜비니아의 왕, 리처드를 향하고 있었다. 산맥 너머의 소국들은 솜비니아가 그들의 방패가 되어 주기를 원한다. 그리고 악틸러스와 국경을 면한 소국들은, 악틸러스의 팽창을 저지할 창으로 솜비니아를 택했다. 리처드는 멋쩍게 웃었다.

에덴은 입을 다물고 리처드의 면면을 뚫어지게 살폈다. 아직 그는 이자의 매력도, 됨됨이도 아리송하다고 생각했으나 단 하나만은 알 수 있었다. 이 왕에게, 온 세계가 희망을 걸었다. 그리고 이자의 의지 또한 굳건해 보인다.

"한데 난처하군. 죽지 않는 전장의 악귀라……. 이는 대체 어떻게 해결해야 할지 정말로 감이 잡히지 않소……. 목을 잘라 내면 당할 자가 없겠소만, 몸에서 목을 분리하는 것도 일단 제압을 해야 가능한 일 아니오……."

에덴은 입을 열려다 다물었다. 라니에로를 죽일 유일한 수단, 성녀의 이야기는 아직 뒤집지 않은 카드로 남겨 두어야 했다.

* * *

"에덴!"

그를 간곡히 부르는 청아한 목소리에도 에덴은 돌아보지 않았다. 무참히 무시당한 여인은 가방에 옷가지를 밀어 넣는 손을 덥석 잡았다.

세라피나를 향한 에덴의 감정은 최악이었다. 몸 주인이 남긴 감정의 잔재에 더해, 세라피나가 '알면서도 숨겼다'는 괘씸함이 그를 몸서리치게 했다. 에덴은 지나치게 흥분하지 않으려고 눈을 감고 셋을 셌다. 그의 속눈썹이 파르르 떨렸다.

"이러시면 저만 혼납니다."

그 말에 상대의 손이 주춤주춤 멀어졌다. 에덴은 약간의 빈정거림을 담아서 불렀다.

"성녀님."

세라피나에게 달리 앞뒤 설명을 들은 일은 없었다. 옛 성소에서 돌아오고 나서 그들이 이렇게 대면한 것도 처음이나 다름없었다. 하지만 에덴은 설명을 듣지 않으면 상황을 이해하지 못하는 바보가 아니었다. 안젤리카가 발휘하기 시작한 '직감', 세라피나가 더 이상 듣지 못하게 된 '계시'가 사실상 동일한 의미를 뜻하는 것임을 스스로 깨우쳤다.

세라피나 또한 에덴이 눈치챘다는 사실을 알았다. 에덴은 많은 부분을 알고 있을 것이다. 신과 인간 사이의 복잡한 이야기는 몰라도, 세라피나 때문에 시간이 돌아갔다는 것까지는 알 공산이 컸다. 세라피나가 성녀의 자격을 상실했음을 에덴이 신전에 고발하지 않는 것만으로도 세라피나에게는 다행인 일이었다.

아니, 다행인 게 맞을까……. 상관없을지도 모른다. 어차피 에덴의 말을 아무도 믿지 않을 테니. 세라피나는 두려움에 떨며, 이제는 적대감을 감추지도 않는 까만 눈을 피하지 않고 똑바로 바라보았다.

"솜비니아의 국왕을 따라갈 거라고 들었어요."

에덴은 대꾸조차 하지 않았다. 그럴 가치가 없다고 느끼는 것 같았다. 세라피나는 견디지 못하고 무너지듯 무릎을 꿇었다.

"가지 마세요. 제발, 이렇게 빌게요. 가지 마세요."

에덴은 세라피나를 투명 인간 취급 했다. 세라피나는 엉거주춤 자리에서 일어나 에덴이 챙기고 있던 짐을 전부 엎어 버렸다. 그제야 에덴이 화난 얼굴로 세라피나를 바라보았다.

"솜비니아의 국왕은 실패할 거예요. 에덴, 가지 말아요."

눈물로 가득 찬 눈이 지나치게 맑았다. 세라피나의 눈동자에 에덴이 비쳤다. 그녀가 매달리고 애원하는 '에덴'은 옛날의 에덴이었다. 혐오감을 감추지도 않고, 에덴의 표정이 상하기 시작했다.

"가지 말아요……. 너무 많은 것이 바뀌어 버렸어요. 지난번엔 솜비니아가 승리했지만 이번엔 아닐 거예요."

맥락도, 두서도 없는 말이었지만 어떤 말인지 대충 감은 잡혔다. '지난번'은 지난번 시간선을 의미하겠지. 그때도 솜비니아와 악틸러스의 전쟁이 있었나? 솜비니아가 승리했고? 라니에로가 죽었기 때문에? 하지만 지난 시간선은 에덴과 상관없었다. 에덴은 신경질적으로 바닥에 흩어진 물건들을 주웠다. 세라피나가 엉금엉금 기어와 양손으로 그의 손을 붙들었다.

"라니에로가 너무 오래 살아 있어요. 지난번에 솜비니아가 승리한 건, 라니에로가 죽어 악틸라 신앙의 구심점이 사라져서예요. 당신도 알잖아요, 라니에로가 살아 있는 한……."

에덴이 세라피나의 손을 무자비하게 쳐 냈다. 이를 어찌나 꽉 깨물었는지 턱에 근육이 도드라질 정도였다. 그 무정함에 세라피나는 상처받았지만, 더욱 간절하게 에덴을 설득했다.

"제발요, 에덴. 떠나면 신들의 의지에 의해 검으로 소모될 뿐이에요, 이건 실패할 뿐⋯⋯."

더 이상 참지 못한 에덴의 입술이 열렸다. 고함을 지르려나 생각했는데, 소름 끼치도록 싸늘하고 나직한 목소리가 흘러나왔다.

"실패? 좀 작작 못 하겠어요?"

정말 지긋지긋하다는 투였다.

"그래, 지난번 작전은 실패했죠. 왜? 세라피나 당신이 모든 것을 알면서 아무것도 말해 주지 않았으니까."

세라피나는 그 말에 헛숨을 들이켰다. 에덴은 갑자기 가방을 바닥에 내팽 개치고 세라피나를 똑바로 가리키며 발음 하나하나를 똑똑히 끊어 말했다.

"당신이, 내 실패의, 원인이라고."

크게 일렁이던 눈물이 흰 도자기 같은 뺨 위로 툭 떨어졌다.

"그때 당신이 제대로 입을 열었으면, 그 빌어먹을 황제가 죽고, 악틸러스 는 무너지고 세계에 평화가 도래했겠지. 당신이 입을 다물고 있어서⋯⋯."

에덴의 눈에 서늘한 안광이 어렸다.

"전부 망쳤어."

세라피나는 손등으로 눈물을 훔쳤다. 그녀도 나름대로 반박하고 싶었다. 악의로 그런 것이 아니었다. 어차피 그때는 아무도 라니에로를 죽일 수 없 었다. 안젤리카가 세라피나에게 차마 '원작'의 이야기를 해 주지 못했듯, 세 라피나도 이야기를 회피했을 뿐이다.

"내가 마, 말했다고 해도 황제는 죽일 수 없었어요, 왜냐하면 성녀는 검 으로 의식을 치러야만⋯⋯."

"그럼 그것도 말해 줬어야죠, 안 그래? 말해 줬으면 그런 무모한 작전은 아예 꿈도 안 꿨을 거라고. 도망쳐서 시간을 벌었을 겁니다. 그 빌어먹을 의식인지 뭔지⋯⋯."

"당신들도 나한테 아무것도 말해 주지 않았잖아요!"

결국 세라피나는 언성을 높였다. 그러나 다음 순간 꽂힌 차가운 시선에, 그 말은 안 하는 게 좋았겠다는 것을 깨달았다. 그녀는 바로 태도를 바꾸어 빌기 시작했다.

"미, 미안해요. 그런데, 정말 안 갔으면 좋겠어요, 당신을 위해서예요."

눈앞의 청년이 더 이상 자신이 사랑하던 에덴이 아니고, 낯선 이라는 사실을 안다. 이제 자신과는 상관없는 사람이라고 생각해서 안젤리카와 그를 방관했다. 하지만 옛 성소에서 그가 무자비한 폭력에 노출되었을 때, 세라피나는 정말 무서워졌다. 이제 시간을 돌렸으니, 그건 다 없던 일이 되어 버렸는데 왜 망령이 되어 그녀의 목을 조르는지. 운명에서 도망쳤어도 세라피나는 여전히 불행했다.

"꼭 가야 하나요……?"

세라피나의 입술이 덜덜 떨렸다. 너무나 익숙한 구도였다. 라니에로의 손에 성녀가 잡혀 있고, 튜니아의 검이 그것을 탈환하러 떠난다. 결말이 너무 뻔해 보였다. 그녀는 절망 속에서 입술을 달싹였다.

"가지 마세요……."

이 사람이 그 사람이 아닌 걸 뼈저리게 아는데도 혼란스럽고 괴로웠다. 하지만 에덴이 세라피나의 마음을 책임져 줄 이유는 없었다.

"그 운명에서 도망쳤으면 더 이상 개입도 하지 말아요. 어떻게든 해 보려고 발버둥 치는 사람한테 반드시 실패할 거라는 등 저주도 하지 말고."

날카롭게 박히는 말에 세라피나는 더 이상 에덴을 붙잡지 못했다. 에덴은 결국 그날 리처드와 함께 떠났고, 세라피나는 기도실에 틀어박혀 울었다. 신의 이름을 울부짖기도 했다. 그러나 세라피나가 옛날에 저버린 그녀의 신이 대답을 돌려주는 일은 없었다.

한편, 에덴은 튜니아의 검이 실패하리라는 예언을 거역하고 반드시 성공을 쟁취하리라고 이를 갈고 있었다. 그 패기는 악틸러스의 황후가 죽었다는 소식을 듣기 전까지 이어졌다.

* * *

악틸러스에 진입할 때까지 에덴과 리처드 앞에는 행운만 있었다. '하필' 그들이 가는 길만 검문이 느슨했고, 난처할 때면 '우연히' 동지를 만나 도움을 받았다. 잘 될지 확신이 없었던 협상 또한 '공교롭게도' 이해관계가 맞아떨어져 잘 이루어졌다.

에덴은, 엄밀히 말하자면 그것이 '리처드의 행운'이라고 생각했다. 몇 주간 겪은 리처드는 주사위 열 개를 던지면 여덟 개쯤은 6을 띄울 것 같은 사람이었다. 마치 세상의 신비가 리처드를 사랑하는 것 같았다. 어쩌면, 올해 갑자기 기상 이변이 벌어져 라니에로가 솜비니아를 치지 못하게 된 것도 '리처드의 행운'일지도 몰랐다.

모든 일에 행운이 따르는 사람답게 리처드는 낙천적이고 호쾌했다. 자상하기도 했다. 그와 함께하는 여정 도중, 잔뜩 곤두서 있던 에덴의 예민함도 한결 풀이 죽었다. 모든 것이 잘될 것 같다는 생각이 들었다. 에덴은 그답지 않게 낙관에서 오는 평안함을 누렸다.

그러나 그것도 잠시. 몇 주간의 행운 뒤에는 끔찍한 소식이 뒤따랐다.

황후가 죽었다. 튜니아 신전령을 떠나 몇 주간 힘껏 달려온 보람도 없이, 악틸러스에 입성하기가 무섭게 황후가 죽었다는 소식이 들려왔다.

악틸러스 황실 내부의 공공연한 비밀, 시체의 정체는 황실 바깥으로 흘러나오지 않았다. 그래서 에덴은 꼼짝없이 안젤리카가 죽었다고 생각할 수밖에 없었다.

리처드를 비롯한 연합군의 목적은 악틸러스의 붕괴와 세계적 긴장의 완화다. 그러나 에덴의 목적은 딴판이었다. 집으로 돌아가는 것만이 그의 유일한 목표. 악틸라의 피가 준비되었을 때, 튜니아의 검으로 옛 성소의 문을 열어야 했다.

라니에로의 죽음 없이 악틸러스가 붕괴하는 것은, 어쩌면 만에 하나의 확률로 가능할지도 모른다. 하지만 악틸라의 피를 준비할 수 있는 것은 튜니아의 성녀, 안젤리카뿐이다. 그리고 이 낯설고 이상한 세상에서 아주 조금이라도 그와 공감대를 형성해 줄 수 있는 사람 또한 그녀뿐이고.

'왜 죽었지? 누가 죽였지?'

두 가지 질문이 그의 매분 매초를 지배했다. 쇠약해져서 죽었나? 하지만 그녀는 그렇게까지 약하지는 않다. 그 황제가 죽여 버린 건가? 아냐, 죽였을 거라면 이미 신전령에서 그랬겠지. 그렇다면 다른 세력인가? 가능성 있다. 악틸러스의 고위 세력 입장에서 본다면, 안젤리카는 눈엣가시니까. 암살인가?

만일 안젤리카가 정말 죽었다면 지금 당장 악틸러스를 벗어나야 한다. 집으로 돌아가는 것은 포기하고 이 세계에서 '에덴'으로서의 정체성을 받아들이고 살아가는 것이 그나마 최선의 길이다. 그러나 에덴은 쉽사리 떠나겠다고 말하지 못했다. 그저 나사 빠진 사람처럼 한쪽에 틀어박혀 생각하고 또 생각했을 뿐이다.

자리만 축내며 분위기를 망치는 그를 작전 기지의 다른 이들은 탐탁잖게 여겼으나, 에덴은 그 사실조차 알지 못했다. 리처드가 그를 감쌌기 때문이다. 지금처럼, 그의 식사 때를 챙겨 주는 것도 리처드뿐이었다. 대부분의 경우, 에덴은 식기를 손에 쥔 채 조금도 움직이지 않고 생각에 잠겨 있었지만. 지금도 마찬가지였다.

귀족 소년답지 않게 요란한 소리를 내며 배를 채우던 소공작이 석상처럼 미동도 하지 않는 에덴을 흘금거렸다. 슬슬 속이 따뜻해져서 그런지, 죽상을 하고 있는 청년이 몹시 눈에 거슬렸다. 소공작이 리처드의 소매를 잡아당겼다.

"저 사람 왜 저래?"

"너 말본새가 나쁘구나."

리처드의 지적에 소공작이 콧잔등을 찡그렸다. 가슴이 뜨끔했지만 순순히 인정하고 고개를 숙이는 일은 네르마 공작가의 장남이라는 자존심이 허락지 않았다.

"뭐어……. 뭐, 안 좋은 일이라도 있는 건가?"

"공손하게 굴지 못하겠느냐?"

"……요."

혹시 꿀밤이라도 맞을까 냉큼 말투를 고친 소공작은 천한 것이 괜한 유난을 떤다고 속으로 투덜거렸다.

'우리 아버지가 여기 있었으면 다들 내 구두에 입을 맞추었어야 할 텐데.'

소공작은 뾰로통한 얼굴을 하고 그릇 바닥을 긁었다. 소공작의 치기 어린 속내를 다르게 해석한 건지, 리처드가 조금 누그러진 목소리로 말했다.

"이 형은 황후께서 돌아가셨다는 소식 때문에 마음을 다쳤단다."

다독이는 듯한 말에는 뚜렷한 의도가 보였다. 대답은 해 주었으니 아이의 철없는 궁금증도 일부나마 해소되고, 사연이 무거우니 아이는 더 이상 캐묻지도 못할 테고. 어른다운 우아한 방식이었다. 하지만 상황이 리처드의 계산과 다르게 돌아갔다. 소공작이 눈을 치뜨고 당돌하게 대꾸했던 것이다.

"황후는 안 죽었는데?"

그 말에 리처드가 난처하게 웃었다.

"애들 사이에서는 그런 말이 도느냐?"

애들끼리 수군대는 뜬소문 취급 하는 리처드에게 소공작은 단단히 약이 올라 버렸다.

"아니야, 관에 들어간 건 가짜 황후야. 우리 어머니가 아버지한테 그렇게 이야기하셨으니 틀림없어."

그때까지만 해도 리처드는 소공작의 말을 대수롭지 않게 여겼고, 에덴도 그저 식어 버린 음식을 바라보며 두 사람 사이의 이야기를 흘려듣고 있을 뿐이었다. 자의식 넘치는 소공작은 그런 분위기를 참을 수 없었다. 결국 여태까지 입을 꼭 다물고 말하지 않았던 것을 홧김에 말해 버리고 말았다.

"진짜라니까! 우리 어머니는 도로테아 네르마, 황후궁의 수석 시녀셔! 공작가의 문장을 걸고 하는 말이야! 나 무시하지 마!"

그 말이 떨어지는 순간, 계속 그릇만 보고 있던 에덴의 눈동자가 마침내 움직였다.

* * *

나를 내보내지 않겠다는 라니에로의 뜻은 정말 완고해 보였다. 하긴, 빈말을 하는 사람은 아니지.

아침이 온전히 밝자 그는 다녀오겠다고 말했다. 나는 그저 천천히 고개를 끄덕였다. 우리 둘이 정상적인 관계를 형성한 부부였다면 남편을 배웅하는 이 시간이 달콤했을지도 모른다. 하지만 그렇지는 않은지라, 분위기가 숨막히도록 어색했다.

"다녀오지. 기다리고 있어."

재차 말한 라니에로는 조금 전까지의 당당한 태도와 딴판으로 주춤주춤 물러서다 도망치듯 방을 나섰다. 문이 닫히자 나는 완전히 혼자가 되었다. 차라리 혼자 남으니 마음이 편한 것 같다. 적어도 폭탄은 사라진 셈이니까.

조심조심 이불을 걷고 침대 밖으로 발을 뻗어 보았다. 카펫 위로 올라서려는데, 순간적으로 다리에 힘이 풀렸다. 나는 얼떨결에 넘어지고 말았다.

"아야……."

그냥 침대 속에 얌전히 틀어박혀 있을걸. 나는 땅이 꺼질 것처럼 긴 한숨을 내쉬었다.

"도로 잠이나 잤어야 했어."

하지만, 이런 말을 하면서도 잠이 오지 않을 건 알고 있었다. 너무 오랫동안 자고 일어났기 때문이겠지. 주저앉은 채로 방을 아무리 살펴보아도, 이 방에 오락거리라 칭할 만한 것은 눈에 들어오지 않았다.

그럴 만하지. 라니에로는 이 방에서 시간을 오래 보내지 않으니까. 여기와 연결된 반지하 욕실에서 목욕을 하고, 올라와서는 짧은 취침과 아침 식사 후 바로 밖으로 나간다. 그에게는 자기 전 책을 읽는 습관도 없으니, 방에 읽을거리를 두었을 리 만무하고…….

'볼거리'라고 칭할 만한 건 작은 창 너머의 풍경뿐일 테지. 뒷길로 사용인들도 지나다닐 테니까. 그래서 창 쪽으로 가려고 했는데 몸에 힘이 안 들어가니……. 아무것도 볼 만한 게 없다는 걸 알면서도 괜스레 방을 한 번 더 둘러본 나는 낙담했다.

'방에 시계도 없다니…….'

침대에 기대앉아 고개를 젖혀 천장 무늬를 세던 것도 잠시. 나는 결국 창 쪽으로 엉금엉금 조금씩 기어가기 시작했다. 창이 내 앉은키보다 높이 있었기에, 라니에로가 세숫대야를 놓고 얼굴을 씻는 테이블 앞의 의자도 질질 끌어 가지고 갔다.

열흘이나 누워 있었던 데다, 고작 묽은 미음만 좀 먹어서인지 금방 체력이 떨어지고 배가 고팠다. 그렇다고 그냥 또 가만히 앉아 있자니 시간이 흘러가는지 아닌지도 모르겠고, 몹시 따분했다. 나는 안간힘을 다해 의자를 짚고 일어나, 의자 위에 무릎을 꿇어 앉았다.

창밖이 내다보일 정도로 허리를 곧추세운 내 눈에 보인 것은…….

"하."

날카로운 돌로 이루어진 작은 절벽과 키 큰 나무, 그리고 조금 멀리 떨어진 담벼락뿐이었다. 모로 봐도 사람들이 지나다닐 만한 길은 없었다. 일부러 그렇게 설계한 것이 분명했다. 아무리 내다보아도 그림자 방향만 눈치채지 못할 정도로 아주 조금씩 변할 뿐. 그냥 잘 그려진 그림을 보는 것이나 다름없었다.

이 방이 생각보다 높은 데 위치하지는 않았다는 정보를 얻었지만, 그게 전부였다. 그런 정보가 무슨 소용이 있겠어. 뛰어내릴 것도 아니고.

나는 헛웃음을 지으며 바깥을 바라보다가, 허리에 힘이 빠져 그냥 의자에 털썩 주저앉았다. 결국 내가 찾은 오락거리라곤 하염없이 내 머리카락을 땋았다 풀었다 하는 것뿐이었다. 얼마나 그러고 있었을까. 나는 결국 내 머리카락도 팽개치고 말았다.

지겨워.

지겨워 죽겠어.

아마 시간은 오래 지나지 않았을 테다. 기껏해야 두세 시간 정도겠지. 그것보다 덜 지났을지도 몰라. 엄마가 '30분 손 들고 있어!'라고 불호령을 내렸을 때, 팔이 몹시 아프고 지루해서 10분은 지났겠지 싶어 시계를 보면 3분도 지나지 않았을 때처럼. 실제로도 바깥을 살펴보니, 그림자의 방향이 아까랑 크게 다를 바가 없었다.

살풍경한 방 안에서 나를 옥죄는 절대적인 무료함. 신전령, 세라피나의 방 안에서도 며칠간 혼자 지내 본 적 있었지만 그때는 지금보다 사정이 나았다. '원작' 탐독에 몰두할 수도 있었고, 방에 놓인 색 잉크와 붓으로 낙서라도 끼적일 수 있었다. 창밖을 내다보면 신전 안팎을 오가는 사람들이 보이기도 했다. 하지만 지금 내게 주어진 것은 오로지 끔찍한 고요뿐이었다.

"어이없어……."

뜨거운 눈물이 솟구쳐 올라 툭 떨어졌다. 여기 갇혀 지내야 한다는 말을 들었을 때는 오로지 라니에로를 향한 공포만이 극복할 대상인 줄 알았지. 혼자 있을 때는 그가 날 죽이려 덤벼들 일도 없을 테니, 차라리 마음 편하겠다고 생각했는데. 외부와의 완전한 차단에서 오는 따분함과 고립감이 이렇게 막막할 줄이야.

나는 왜 이렇게 나약할까? 왜 이런 별것도 아닌 고통을 견디지 못하는 꼴사나운 인간인 걸까? 이 자리에 실비아나 에덴이 앉아 있었다면…… 그들은 이런 것쯤, 고통으로 여기지도 않았을 텐데…… 난 왜 그들처럼 강하지 못할까? 나는 한참 동안 하염없이 앉아 눈물만 툭툭 떨어뜨렸다.

라니에로는 언제 오지? 혹시 일과가 다 끝나고 밤이 되어서야 돌아오는 게 아닐까? 그러면 나는 이 방에서 그때까지 계속 이러고 있어야 하는 건가?

지루함과 적막이 고통스러워 소리를 질러 보아도 돌아오는 건 내 목소리의 반향뿐. 나는 가만히만 있는 것을 참을 수 없어 하염없이 방 안을 빙글빙글 돌아 기었다.

하염없이 빙글빙글…….

* * *

그렇게 영원과도 같던 몇 시간이 지나고, 아래로 기울어 있던 그림자가 위로 고개를 틀었을 때쯤. 라니에로가 문을 열었다. 나는 다리에 힘이 들어가지 않는 것도 잊어버리고 일어나 그에게 달려가려다, 요란하게 앞으로 넘어졌다. 바닥에 깔린 카펫이 푹신했기에 망정이지, 맨바닥이었다면 이마가 깨졌을지도 모른다.

"앤지."

라니에로가 성큼 다가와 나를 부축했다. 넘어져서 아팠지만 그 이상으로 라니에로가 반가웠다. 나는 그에게 몸을 맡기고 일어나면서 실성한 사람처럼 웃었다. 정말 너무 간사해. 어이없어. 난 뭐가 이렇게 쉬워? 이 정도로 줏대가 없어? 고작 몇 시간 고립당했다고 이렇게까지, 꼬리 흔드는 개처럼 달려들 일이야?

내 이성이 나를 비난했지만 소용없었다. 지금 이 사람이 라니에로가 아니라 살아 돌아온 로베르타 자크슈였대도 한순간은 반가웠을 것이다.

사람이다. 대화를 나눌 수 있는 사람.

며칠 고립되어 있었던 것도 아니고, 고작 몇 시간이었을 뿐인데 타인의 존재가 꿀처럼 달았다. 시계조차 없는 방, 시간의 흐름을 알 수 없어 더더욱 그랬다. 나는 라니에로에게 바싹 붙어 물었다.

"나, 몇 시간이나 혼자 있었어요……?"

라니에로는 갑자기 살가워진 내 태도에 얼떨떨한 표정을 짓다가, 내 머리카락을 살짝 쓸었다.

"반나절 정도."

"반나절……."

"배가 고팠나?"

당연하지. 묽은 미음은 조금씩 자주 먹어 주어야 한다. 하지만 지난 여섯 시간 나를 가장 괴롭혔던 건 허기가 아니다. 나는 그래서 고개를 저었다.

"그래도 먹어야 해."

라니에로는 나를 안아 들어 침대에 앉혔다. 그리고 밍밍하고 미지근한 미음을 떠먹이기 시작했다. 맛은 없었지만, 투정은 사치라는 걸 잘 알고 있었다. 나는 얼른 미음을 다 받아먹었다. 속이 든든해지는 느낌은 전혀 없었어도, 허기는 조금 가셨다. 라니에로는 빈 그릇을 침대 옆 협탁에 내려놓고 내 이마를 쓸었다.

"내 생각이 짧았군. 그대는 식사를 좀 더 자주 해야 돼."

다정하기 짝이 없는 말투였다. 나는 고개를 끄덕였다. 그는 이렇게 내게 계속 음식을 떠먹일 생각일까? 그럼, 더 잦은 식사는 내 억겁 같은 고립의 시간을 조금이나마 단축시켜 줄 수 있을까?

"그럼…… 자주 오실 거예요?"

그는 잠시 내 눈을 들여다보았다. 복합적인 감정 때문에 내 눈은 한껏 젖어 있었다. 그의 엄지가 내 눈가를 가볍게 스치고 지나갔다. 내 질문의 진의가 무엇인지 재고 있는 듯했다. 자주 오지 말라는 건지, 자주 와 달라는 건지…….

빨리 대답을 받고 싶었던 나는 곧장 덧붙였다.

"자주 오셨으면, 좋겠는데……."

그 순간 라니에로의 긴장이 탁 풀리는 것을 여실히 느낄 수 있었다. 그는 감정의 변화를 감추지 않았다. 그럴 필요가 없는 사람이었다. 그는 어딜 가나 강자였으므로, 자기 마음을 흘러넘치도록 표현할 권리가 있었다. 그는 믿을 수 없다는 듯 물었다.

"정말?"

나는 고개를 끄덕였다. 그 순간 라니에로 악틸러스는 세상 누구보다 행복해 보였다.

"그러도록 하지."

"어, 얼마 만에 한 번씩 오실 거예요?"

내 질문에 라니에로의 목소리에는 이제 즐거움마저 덧칠되기 시작했다.

"얼마 만에 한 번씩 올까?"

"최대한 자주요……."

고작 몇 시간 만에 손바닥 뒤집듯 태도를 바꾼 나 자신이 스스로도 우스웠다. 라니에로가 보기엔 얼마나 우스울까? 에덴……. 에덴이 보았다면 날 얼마나 한심하게 생각할까? 라니에로에게 잦은 방문을 애걸하면서, 나의 인격적인 무언가가 밑바닥으로 떨어지는 듯한 기분이 들었지만……. 괜찮다. 익숙하다. 그와 나란히 버진 로드에 섰을 때부터, 비굴함은 언제나 내가 가장 자주 쓰는 무기였으니까.

"최대한 자주……."

라니에로는 황홀하게 내 말을 따라 했다. 나는 그의 기분이 좋아 보여 안도했다. 내 말을 들어주겠지……. 어쩌면 다른 부탁도, 이때라면 들어주지 않을까? 기세가 좋을 때 흐름에 올라타야 했다. 나는 상체를 그 쪽으로 숙이고 그의 무릎에 손을 얹었다.

"저, 그리고 부탁이 있는데……."

"뭐지?"

"들어주실 거예요?"

"뭔지 들어 보고."

"허락부터 해 주시면, 안 돼요?"

"나가게 해 달라는 소리가 튀어나올지도 모르니 그건 안 돼."

"그런 게 아니고……. 그런 건 바라지도 않아요……. 정말 쉬운 건데."

"정말 쉬운지 어디 들어 보지."

확답부터 받고 싶었는데……. 하지만 그건 욕심인지도 모른다. 나는 순순히 입을 열었다. 누가 들어도 정말 쉬운 부탁이니, 그는 흔쾌히 들어줄 것이다.

"방에 시계가 있으면 좋겠어요. 그, 그리고 읽을거리도요. 도서관에서 아무 책이나 한 권……."

시계와 책이 있으면 조금 전처럼 끔찍한 상황은 겪지 않아도 될 것이다. 너무 절실하게 말하고 싶지는 않은데, 뺨의 근육이 제멋대로 떨렸다. 내 부탁에 라니에로의 얼굴에 살짝 물음표가 떠올랐다. 의미를 이해하려는 것 같았다. 시계와 읽을거리가 왜 필요한지. 하지만 조금만 생각해도 답은 나온다.

그의 눈이 마침내 내 얼굴에서 떨어져 방 안을 훑었다. 시간을 때울 수단은 아무것도 없는, 그저 침실의 기능을 할 뿐인 방. 창밖을 보려는 필사적인 시도로, 몸이 제대로 회복되지도 않은 내가 의자를 창가까지 끌어간 흔적이 남아 있는 방. 라니에로는 평범한 인간의 사고방식을 이해하지는 못할지언정, 내 부탁과 이 환경의 상관관계를 찾아내지 못할 바보는 아니었다.

"폐하……."

나는 그의 대답을 재촉하며 칭얼거렸다.

시계랑 책, 분명 가져다주겠지? 그는 내 환심을 사고 싶을 정도로 날 좋아하니까. 내가 그를 반겼다는 사실에 순수한 기쁨을 느낄 정도로. 그래, 나를 여기 가두어 둔 것도 나를 보호하기 위해서라잖아. 바깥은 위험하니까…….

그는 언제 악틸라의 조종을 받아 내게 덤벼들지 모르는 시한폭탄이지만, 지금만큼은 내 작은 호의를 받고 싶어 안달이 나 있다. 내 사정을 알았으니 내 마음에 들기 위해 내 부탁을 들어주겠지. 내 기대감 어린 눈을 라니에로가 가만히 들여다보며 속삭였다.

"그렇구나. 그대는 내가 없는 동안 몹시 따분하고 지루하여 괴로웠겠군. 가엾게도……."

이마에 다소 차가운 입술이 와 닿았다. 그 어느 때보다도 다정한 키스였다. 내 말은 전부 들어줄 것 같은 태도였다. 나를 얼마나 사랑스럽게 여기는지 전부 느껴졌다. 그 입술, 그 손길, 그 목소리에서……. 나는 나도 모르게 무장을 해제하고 어리광을 부렸다.

"네, 맞아요……. 정말 괴로웠어요."

한번 털어놓기 시작하니 아무것도 없는 이 방 안에 홀로 있는 것이 어찌나 괴로웠는지, 말이 마음대로 마구 튀어나왔다. 라니에로는 아무 말도 보태지 않고, 내 이마에 입술을 누른 채 어깨와 목덜미, 머리카락을 어루만져 주었다. 정신없이 쏟아 놓은 이야기가 마무리될 무렵, 그가 입술을 떼고 내 눈을 마주 보았다. 마치 공감한다는 듯 그가 말하기 시작했다.

"즐길 만한 것이 아무것도 없는 곳에서, 시간의 흐름을 홀로 고스란히 느끼기만 하는 건 고문이나 다름없지."

지나치게 유려한 목소리. 내가 느끼는 고통을 그도 생생히 느껴 본 적 있는 것 같지는 않았다. 하지만 이 상황이 내게 무척 괴롭다는 것을 인지하고 있다는 표현만으로도 나는 희망을 얻었다. 눈가가 뜨거워졌다.

"알아주셔서 고마워요……."

내 생애 최악의 위협이었던 그가 구원자처럼 느껴지는 건 정말 순식간에 일어난 일이었다.

너무 섣부른가? 하지만 뭐 어때? 검을 통한 각성 의식을 치르지 못한 성녀인 나는 어차피 그를 죽일 수 없고, 이 방에서 그에게 의지해서 살아가야 하는데.

그래, 생각해 보니까 공포는 답이 아닌 것 같아. 어차피 이렇게 살아가야 한다면 생각을 바꾸는 거야. 겁에 질려 있기만 한다면 내 삶이 너무 괴롭잖아. 차라리 그가 앞으로도, 모든 신벌을 견뎌 낼 거라고 믿고 마음을 여는 게 나을지도 몰라. 라니에로는 나와 달리 강한 사람이니까. 그 끝없는 고문에도 이성을 잃지 않을 수도 있어.

만일 그가 지금만 같다면, 나를 보듬어 준다면, 나는 비로소 그를 인정하고 정말 사랑할 수 있게 될지도 모른다는 생각이 들었다. 그럼 정말 좋겠다. 라니에로는 내게 사랑한다는 말을 듣길 원했으니까. 내 뺨이 눈물로 젖어 들어갔다.

나는 눈빛으로 호소했다. 이만큼 협소해진 내 세계를 낙원으로 꾸며 주세요. 배알도 자존심도 없는 나는 그러면 바깥세상을 궁금해하지 않고 살아갈지도 모르니까.

"그대는 괴로워서 나를 반겼구나?"

손바닥으로 내 눈물을 닦아 내 주던 라니에로가 나를 녹여 버릴 듯 아름다운 미소를 띠고 속삭였다. 순간 머리가 조여 오듯 저리다가 싹 차가워졌다. 그가 다음에 할 말이 뭔지는 모르겠지만 내 염원과는 다를 것 같았다.

"그대의 기다림이 지루하고 괴로울수록 그대는 나를 더 갈구하고 기다리겠군……."

입가에 살짝 걸려 있던 미소는 그의 얼굴 전체에 환희로 번졌다. 답을 찾았다는 설렘이 깃든 목소리.

"시계는 없어. 읽을거리도 물론."

심장이 쿵쿵거렸다. 눈물은 그쳐 버렸다. 나는 입술을 벌린 채 그를 멍하니 바라보았다.

"오직 나의 방문만을 그대의 기쁨, 그대의 구원으로 삼아."

붉은 눈에 깃든 광기와 희열. 나는 새삼 그의 천성이 잔인하다는 것이 어떤 의미인지를 깨닫고 말았다. 다정한 손이 나를 절망의 구렁텅이로 밀쳐 넣었다.

"고독이 그대를 괴롭힐수록 나의 존재는 그대에게 더더욱 눈부신 빛이 될 테니……."

라니에로는 마치 생일 선물을 잔뜩 받은 어린애 같았다. 그는 내 뺨이며 이마에 쉼 없이 키스를 퍼부었다.

"함께 있는 시간이 행복하고 달콤해질 거야."

그가 선택한 '정답'은, 내게는 모조리 오답이다.

라니에로의 말이 불러온 파장은 어마어마했다. 안젤리카는 이것이 생애 마지막 기회인 것처럼 발악했다. 그녀는 울부짖었다.

"불행할 거예요!"

라니에로를 저주했다.

"결코 당신을 사랑하지 않을 거야, 영영 저주하고 증오하겠어!"

라니에로는 여전히 눈부신 웃음을 만면에 머금은 채 안젤리카를 바라보았다. 몸에 힘이 없으면서도, 안젤리카는 라니에로를 죽이려는 듯 덤벼들었다. 그 몸짓에 담긴 의도는 진정한 살의라기보다는, 라니에로를 상처 주겠다는 빤한 마음이었다.

라니에로를 진짜 죽였다가는 여기서 나갈 수 없다는 걸 안젤리카도 알았다. 여기서 욕실로 나가려면 견고한 문을 세 개나 지나야 하고, 라니에로가 아니면 풀 수 없는 자물쇠가 걸려 있으니. 그래서 라니에로의 숨을 가져갈 것처럼 그의 목에 감겼던 손가락은 이내 힘을 잃고 툭 떨어졌다.

안젤리카는 겁에 질려 씨근거렸다. 라니에로 자체보다는 자신이 처한 상황이 두려운 듯했다. 그것을 지켜보는 기분이 어찌나 황홀한지. 곧 독차지하게 될 달콤한 과실의 향내가 벌써부터 코끝에 감도는 것 같았다.

지금 당장은 사랑하지 않아도 좋았다. 어차피 그녀는 곧 라니에로를 사랑하게 될 것이다. 혼자 남겨지는 것을 견딜 수 없을 테니까. 누군가에게 의지해야만 하는 게 안젤리카의 천성이니까. 그래서 라니에로는 안젤리카가 그의 목을 조르려 해도 그저 웃을 수 있었다. 여유의 산물이었다.

그 여유는 안젤리카에게도 똑똑히 읽혔다. 놀라 그쳤던 눈물이, 비참함 때문에 뚝뚝 흘러넘치기 시작했다. 울부짖음도, 저주도, 살해 시도도 통하지 않자 마침내 그녀가 마지막 무기를 빼 들었다.

"주, 죽어 버릴 거예요."

그 말에는 라니에로의 눈썹이 잠깐 움직였다. 순간의 동요를 목격한 안젤리카의 얼굴이 단서를 잡았다는 듯 환해졌다.

"거짓말 아니야. 차라리 죽겠. 죽겠어요."

"어떻게?"

라니에로는 조금 전보다 건조해진 목소리로 물었다. 안젤리카는 그 변화에 살짝 움츠러들었지만, 목소리가 더 뾰족해지도록 날을 세웠다.

"어떻게든요. 목을 매, 매든, 혀, 혀를 깨물든."

안젤리카를 바라보는 새빨간 눈이 살짝 가늘어졌다. 두 사람 사이의 긴장이 팽팽했다. 안젤리카의 최후통첩을 마지막으로, 그 누구도 섣불리 입을 열거나 행동하지 않았다.

라니에로의 입술이 말랐다. 안젤리카가 죽는 것은 당연히 바라지 않는다. 그녀가 깨어나지 않고 잠들어 있던 지난 열흘은 어땠던가. 일말의 반응조차 돌아오지 않는 끝없는 일방통행을 다시는 겪고 싶지 않았다. 그럼에도 불구하고 라니에로는 안젤리카의 처절한 부탁을 들어주지 않았다.

"해 봐."

그는 연녹색 눈을 직시하며 품에서 단검을 꺼내 건넸다. 예상 밖의 행동에 안젤리카의 눈동자가 흔들렸다.

"농담이 아니에요. 정말 주, 죽을 거라고요."

이렇게까지 말하는 그녀에게 라니에로가 단검을 건넬 수 있었던 이유는, '죽음'을 입에 올릴 때마다 그녀가 말을 더듬었기 때문이다. 그 모습이 어찌나 투명하고 사랑스러운지. 죽음 자체는 그녀에게 두렵지 않을지도 몰라. 하지만 죽음의 과정에서 필연적으로 따라오는 고통의 순간은 두려울 것이다.

"그래. 해 봐."

안젤리카는 거친 숨을 몰아쉬며 단검을 뚫어져라 바라보았다. 사시나무 떨듯 온몸을 떨던 그녀는 자신의 말이 진심임을 증명하겠다는 듯 검에서 검집을 벗겨 냈다. 하필 칼날이 오늘따라 유난히 날카로워 보였다. 안젤리카는 칼날에서 시선을 떼지 못했다. 그녀는 다치는 것이 얼마나 아픈지 안다. 고통의 기억이 망설임을 불러왔다. 칼날에서 시선을 떼지 못하는 것은 라니에로도 마찬가지였다.

"흐윽……. 윽……."

안젤리카는 몹시 무거운 물건을 드는 것처럼 단검을 힘겹게 들었다. 그 예리한 칼끝을 손목 안쪽에 가져다 댄 그녀의 숨결이 아주 가빠졌다.

"으으으윽……."

계속 신음만 내뱉는 그녀의 행동에 이렇다 할 진전이 없었다. 라니에로는 그녀를 막지도, 부추기지도 않았다. 기껏 미음으로 부족하게나마 배를 불린 것이 소용없게 될 정도로 안젤리카는 한없이 울었다.

시간이 한참 흘러도 그녀는 결국 스스로의 살갗을 베지 못했다. 깨끗한 시트 위로 단검이 떨어졌다. 안젤리카는 꺽꺽 울며 시트를 쥐고 웅크렸다. 정수리에서 회한과 자기혐오가 엿보였다. 그녀는 자해마저도 제대로 해내지 못한 것이다.

라니에로는 우아한 태도로 단검을 거두었다. 조금 전과 같이, 옷 안에 감쪽같이 단검을 감춘 그는 안젤리카의 등을 길게 쓸어 주며 속삭였다.

"그대가 아무것도 못 해도 나는 상관없어. 그런 그대가 좋아."

약한 것을 경멸하는 라니에로에게 안젤리카만은 한심하게 느껴지지 않는다.

"흐으……."

"하지만 그대가 객기 부리는 것도 여기까지로 해. 응?"

라니에로의 손바닥에 마른 척추의 윤곽이 만져졌다. 그는 그 감촉을 즐기며 싸늘하게 속삭였다.

"다음에도 이런 식으로 객기 부리면 내가 언제쯤 다시 올지 이야기해 주지 않을 거야. 그림자의 방향과 태양의 높이로도 그대가 얼마만큼 혼자여야 할지 알 수 없도록."

안젤리카의 등줄기가 정직하게 굳어 버렸다. 솔직한 반응이 좋다. 아무것도 감출 여유가 없는 것이 여실히 느껴진다. 라니에로는 웅크린 안젤리카를 감싸 안고 등에 입 맞추었다.

안젤리카를 극한으로 몰아 놓은 이제야 모든 것이 원래 궤도대로 돌아온 기분이었다. 여름에 그랬던 것처럼 라니에로가 목줄을 쥐게 된 것이다. 익숙하고 편안했다. 원하는 것을 얻으려면 역시 관용보다는 파괴가 유용했다. 답이 이렇게 명쾌할 줄이야.

'그대의 세상에 나만 남기면 되는 거였는데.'

이제부터는 사랑스러운 안젤리카의 사랑, 증오를 비롯한 모든 감정을 라니에로가 독차지할 것이다.

* * *

식사 자리에는 한동안 분을 이기지 못한 소공작이 씩씩거리는 소리만 맴

돌았다. 열 살 남짓한 아이가 한순간에 꾸며 냈다기에는 이름과 직책이 너무 실질적이었다. 아니, 그냥 실질적인 정도가 아니었다. 아이는 정확히 알고 있었다. 가문명과 직책 둘 다. 도로테아 네르마의 이름은 시스엔의 사용인으로 잠입해 악틸러스에서 생활했을 때 들은 적 있다. 시스엔은 에덴에게 네르마 공작 부인이 요주의 인물이라고 이야기해 주었다.

에덴은 아이의 얼굴을 바라보았다. 얼굴이 새빨개진 아이의 태도는 너무나 당당하고, 눈빛은 교만했다. 리처드와 에덴을 완전히 아랫것 취급 하고 있었다. 이 소년이 정말 네르마 공작가의 귀한 아들이리라는 직감이 들었다. 하지만 신중을 기해야겠다는 자각은 있었다. 에덴은 자리에서 일어나 아이의 옷소매를 잡아당겼다. 아이는 기분 나쁘다는 듯 에덴의 손을 홱 뿌리쳤다.

"네가 입은 옷은 귀족의 옷이 아닌데?"

에덴은 쉰 목소리로 물었다. 그의 질문에 아이의 얼굴 위로 모멸감이 떠올랐다.

"하, 하인의 옷이야. 이것 봐."

아이는 헐렁한 소매를 에덴의 눈앞에 들이밀었다.

"치수가 맞지도 않잖아. 내 옷이 아니라니까."

"원래 너 같은 어린 하인들은 옷을 두 치수쯤 크게 입잖아. 물려 입는 것도 예사니 당연히 옷은 크겠지."

에덴은 시시각각 변하는 아이의 표정을 주의 깊게 살폈다. 아이는 전혀 몰랐다는 얼굴이었다.

"그, 그럼……. 그래! 검을 줘 봐. 내가 직접 사사받은 검술을 보여 줄 테니까! 처, 천한 애들은 검술 선생님도 없다며? 저들끼리 돌팔매질이나 한다며?"

"네가 검을 쓴다는 게 네르마 소공작이라는 증거야?"

"당연하지! 다시 말하지만, 천한 애들은……."

"그건 네가 '천한 애'가 아니라는 증거지, 공작가의 아들이라는 뜻은 아니잖아. 수도에서 한참 먼 촌뜨기 귀족 자제일지도 모르지."

아이는 하인의 옷을 지적받았을 때보다 이 말이 더 수치스러운 모양이었다. 얼굴은 물론이거니와 목까지 새빨개져서는, 이제 거의 악을 지르고 있었다.

"그럼 뭐든 물어봐! 우리 가문에 대한 건 내가 다 아니까 척척 대답해 줄 테니!"

"에덴."

에덴이 어린애를 지나치게 도발하고 있다는 데에 생각이 닿았는지, 리처드가 둘 사이를 중재하기 위해 끼어들었다. 하지만 에덴은 입이 틀어막히지 않는 한 마지막 질문은 던져 볼 작정이었다.

"좋아. 그렇게 잘났다는 너희 어머니는 지금 어디 계시지? 직접 여쭤보자."

아이의 입이 쩍 벌어졌다. 얼굴이 시퍼렇게 질렸다가 다시 빨갛게 물들었다. 가장 빨리 붉어진 것은 눈가였다. 둥그렇게 커진 눈에 눈물이 그렁그렁 차올랐다. 고단하게 걷고 돌팔매질을 당하느라 잠시 잊었던 짐마차에서의 기억이 강렬하게 아이를 때렸다. 리처드가 아이를 번쩍 안아 올렸다. 그는 황급히 아이를 데리고 계단을 내려갔다. 에덴이 그의 등에다 대고 날카롭게 외쳤다.

"그 애 함부로 풀어 주거나 어디 보내지 마요!"

리처드는 어깨 너머로 슬쩍 에덴에게 눈길을 던졌다. 사실, 에덴이 굳이 그런 말을 하지 않아도 일이 이렇게 된 이상 리처드가 아이를 내보낼 일은 없었을 것이다. 리처드의 발소리가 조금 작아지고 나서야 에덴은 얼굴을 감싸 쥐었다.

진짜다. 대화의 흐름이 너무 진짜다. 완전한 신뢰를 위해서는 좀 더 검증을 거쳐야겠지만 저 애가 거짓말을 하고 있는 것 같지는 않다. 아이의 반응으로 대화에서 오간 이야기 이상의 사실도 잡아낼 수 있었다.

'네르마 공작 부인이 좋지 못한 일을 당했다.'

아이가 입은 하인의 옷은 네르마 공작 부인이 직접 입혔을지도 모른다. 신분을 위장하고 도망치려고 했을 공산이 컸다. 왜 도망치려고 했지?

'그야 당연하지, 황후 서거에 뭔가 연루된 게 있겠지!'

그렇다면 안젤리카의 '죽음'이 암살이었음에 좀 더 무게가 실린다. 에덴은 인상을 찌푸렸다. 머리가 아플 정도로 핑핑 돌았다.

'그런데 황후는 죽지 않았다. 아이의 부모가 그런 말을 했다……'

충격적인 소식이 몰고 온 절망에 가려졌던, 이상했던 지점이 눈에 띄기 시작했다. 그 황제가 안젤리카를 죽였을 리 없다고는 일찌감치 생각하고 있었다. 에덴은 튜니아 신전령에서의 일을 떠올렸다. 회상은 무척 쉬웠다. 그에게는 엊그제 일처럼 생생했으니까.

분노가 정점에 달했던 순간에도 라니에로가 안젤리카에게 입혔던 유일한 상해는 오발된 화살에 맞아 생긴 발목 상처뿐이었다. 라니에로의 머릿속에 도사린 악틸라의 목소리와 신벌에 관해서는 알 턱이 없던 에덴은, 악틸러스로 돌아간 안젤리카에게 라니에로로 인한 목숨의 위협은 없었으리라고 단정 지었다.

아무튼, 황후의 죽음이 황제의 뜻이 아니었다면 이상한 부분이 보인다. 장례식이 지나치게 초라하지 않았나. 황후의 서거 소식을 들었던 리처드가 당혹스러운 목소리로 이렇게 말했었다.

"일국의 황후가 먼 길을 떠났는데 기리는 행렬이 없단 말이오? 그냥 이런 식으로 '죽었다', 발표하고 끝인 거요?"

황족을 보내는 애도의 절차가 충분하지 않다고 생각하는 건 리처드뿐만이 아니었다. 솜비니아 외의 국가에서 온 사람들도 그 부분에 조금 당황하던 눈치였다. 누군가는 황제가 황후의 죽음에 무심한 것이 아닐까, 조심스레 가능성을 제기했다.

'하지만 황제는 황후의 죽음 이후로 단 한 번도 황궁 밖에 모습을 비치지 않았고, 칩거하는 것처럼 보였…….'

거기까지 생각한 에덴은 머리가 지끈거려 눈을 질끈 감았다.

"슬픔의 칩거가 아니야."

아내를 어딘가 숨겨 둔 황제가 보금자리를 떠나지 않는 것이다. 에덴은 계단을 거의 뛰어 내려가다시피 했다. 1층 거실에서 리처드가 우는 아이를 안아 달래고 있었다. 그 모습을 본 에덴은 처음으로 리처드에게 경이를 느꼈다. 어떻게 하필 오늘 바깥에 나가, 어떻게 하필 저 아이를 만났고, 어떻게 하필 데려올 충동을 느꼈느냐는 말이다.

'당신의 운은 어디까지인 겁니까?'

리처드는 묘한 표정으로 에덴을 마주 보았다. 그가 소리 내지 않고 입만 뻐끔거려 에덴에게 말했다.

'아이가 울음을 그치면 뭔가 더 알아볼 수 있나 조심스레 물어보겠네.'

조심스럽지 않아도 된다는 말은 굳이 덧붙이지 않고, 에덴은 고개를 끄덕였다. 그는 계단 밑 벽장에 위치한 비밀 통로를 통해 지하 회의실로 향했다.

좁고 어두운 통로를 지나는 동안 그는 내내 결의를 다졌다. 안젤리카가 살아 있다면 움직여야 한다. 그녀와 어떻게든 접촉해야 한다. 하지만 그녀는 황궁에 있고, 라니에로 또한 황궁에서 나오지 않는다.

라니에로는 지금 상당히 신경이 곤두서 있을 것이다. 그녀가 한 차례 도망쳤던 것 때문에 그녀의 외부 접촉 창구를 몽땅 차단했을 가능성이 높다. 거기에 암살 시도까지 더해졌다면, 황궁에 라니에로가 버티고 있는 한 안젤리카와의 접촉은 거의 불가능하다고 보아도 좋으리라.

결국 방법은 하나뿐이었다.

'그자를 황궁 밖으로 끄집어내야 해.'

에덴이 지하 회의실에 들어서자, 이야기를 나누고 있던 이들 몇이 고개를 들어 에덴의 얼굴을 확인했다. 황후 서거 소식을 들은 이후로 에덴은 단 한 번도 지하 회의실에 온 적이 없었다. 에덴의 존재가 낯설고 이상한 그들이 미간을 살짝 찌푸렸다.

에덴은 조금도 괘념치 않고 그들 하나하나와 눈을 마주쳤다. 그에게는 분명한 목적이 있었다. 안젤리카를 만나, 튜니아의 성녀인 그녀가 라니에로를 죽이도록 하고, 옛 성소의 문을 열어 집으로 돌아가는 것.

안젤리카가 없다면 아무것도 이루어지지 않는다. 에덴은 제 능력의 한계를 잘 아는 사람이었다. 지금 같은 상황에서 단독 행동을 통해 안젤리카를 만나는 것은 불가능했다. 결국 반악틸러스 연합군의 도움을 받아야 했다.

하지만 이들이 아무것도 묻지도, 따지지도 않고 에덴에게 도움을 줄 리는 없었다. 그런 동화적인 일은 에덴도 기대하지 않았다. 안젤리카 탈환이 이들에게도 마찬가지로 수지맞는 장사가 되어야 움직여 주지 않겠는가. 에덴의 심장이 아플 정도로 뛰었다. 이제는 여태껏 감추어 왔던 튜니아의 성녀 이야기를 꺼내야 했다. 그는 거칠어진 목소리를 가다듬고 입을 열었다.

"악틸러스의 황제를 죽일 방법이 있습니다."

회의실에 있는 자들은 그 말에 눈썹을 찡그렸다.

"죽일 방법이 없다고 한 건 당신 아니오? 사자가 그렇게 말했는데."

'사자'란 리처드를 이르는 말이었다. 솜비니아의 적국인 악틸러스에서 지내며, 그를 곧이곧대로 솜비니아의 국왕이라고 부르기 곤란하니 지칭어를 만든 것이다. 에덴은 숨을 크게 들이쉬었다.

"사실은 하나 있습니다."

여기서는 통칭 '사마귀'라고 불리는 리처드의 오른팔이 짜증스럽게 물었다.

"갑자기 그게 무슨 소리요?"

에덴은 자신이 왜 이런 말을 하는지, 여태까지는 왜 숨겼는지 모든 경위를 줄줄 늘어놓지는 않았다. 아주 단순하게, 다소 뜬금없어 보일 정도로 핵심만 꺼내 놓았다.

"튜니아의 성녀가 악틸라의 대자를 죽일 수 있습니다."

그 말에 분노한 사마귀가 벽을 때렸다.

"갑자기 무슨 헛소리요, 그게! 그런 이야기는 튜니아 신전령에서 했었어야 할 것 아니오! 이제 와서 튜니아 신전령에 또 연락을 하는 거추장스러운 과정을 거치란 말이오?"

"신전령에 연락할 필요 없어요. 성녀가 악틸러스 수도 내에 있으니까."

에덴은 사마귀의 입을 틀어막듯 곧장 말을 이었다.

"황후, 안젤리카가 튜니아의 성녀입니다. 라니에로 악틸러스를 죽이고 싶다면 그녀를 탈환해야 합니다."

"아니, 하지만 황후는……."

"살아 있다고 합니다."

에덴에게로 곱지 않은 시선이 연달아 꽂혔다.

"그녀를 구해 내야 합니다."

누군가 의심스럽게 물었다.

"성녀니 뭐니, 다 꾸며 낸 이야기고……. 혹시 황후와 관련된 개인적인 이유 아니오?"

그 말에 다른 이가 동의의 눈빛을 보냈다. 에덴이 황후와 개인적인 인연이 있었다는 것쯤은 이 자리의 대부분이 알고 있었으니, 합당한 의심이었다. 악틸러스 중심부에서 작전을 세우고 사람들을 통솔하는 역할을 맡은 이들은 경험이 많았다. 개인적 욕망을 작전 사이에 끼워 넣어 달성하려다 일 전체를 그르치는 사람을 한두 번 본 것도 아닐 테다.

의심의 눈빛에 화가 나지도 않았다. 말을 뱉어 놓은 에덴 본인조차도 자신의 이야기가 뜬금없고 허무맹랑하게 들린다는 것을 인정했으니. 그저 난감해졌을 뿐이다.

에덴은 날카로운 직관의 소유자였지만 화려한 언변과는 거리가 먼 사람이었다. 스스로 무언가를 깨우치는 건 쉬워도 남을 설득하는 것은 어려웠다. 에덴은 미리 이들의 신뢰를 사 놓을 걸 싶어 작은 후회를 했다. 안젤리카가 성녀라는 고백이 지나치게 섣불렀는지도 모른다.

'리처드 솜비니아에게 먼저 이야기했어야 했나?'

하지만 리처드라고 에덴의 말을 전부 믿어 준다는 보장은 없었다. 그가 온정적인 성격이기는 하나, 세계의 안녕이 걸린 일에 개인의 주장만 덥석 믿고 그에 따라 작전의 그림을 수정할 만큼 멍청한 인물은 아니니까.

에덴은 결국 한발 물러났다. 안젤리카와의 접촉을 포기하겠다는 생각은 전혀 없었다. 그저 이들을 무슨 말로 설득할지 더 깊은 고민이 필요하겠다고 생각했을 뿐이다. 그러나 괜한 걱정이었다. 전혀 예상치도 못한 곳에서 보내온 도움 때문에 문제가 해결되었던 것이다.

* * *

세라피나가 기도실에서 나왔다. 솜비니아에서 온 식량 지원으로 신전 구성원 대부분의 표정이 밝았는데, 그녀의 얼굴만이 어두웠다.

"여러분."

언제나 새벽처럼 청명하던 목소리마저 쉬어 있었다.

"말씀드릴 것이 있어요."

사제들과 성기사들은 제각각 할 일이 있어 바빴지만, 군말 없이 손에 쥐고 있던 것을 놓았다. 성녀의 발언은 그만큼 절대적이었다. 그들은 세라피나의 주변에 둘러앉았다. 모든 사람을 불러 모은 세라피나는 가족들의 얼굴을 하나하나 살폈다. 때때로 현실과 타협하고 위선적으로 굴더라도 그들의 가치는 자비였다. 세라피나는 그들의 신앙이 불완전한 것을 탓하고 싶지 않았다. 당당한 악보다는 위선과 가식이 언제나 낫기 때문이다.

세라피나는 이들을 사랑했다. 한때는 지긋지긋하게 느꼈던 적도 있지만, 지금은 아니다. 그래서 이 자리가 무서웠다. 이 이야기가 끝나고 나면, 앞으로 이들에게 미움받게 될 테니. 세라피나는 떨리는 목소리로 입을 열었다.

"우리의 성녀께서 악틸러스에 계십니다."

"뭐?"

누군가의 정숙하지 못한 외침을 시작으로, 튜니아의 신도들이 혼란스럽게 서로를 바라보았다. 이들의 반응이 겁났지만 세라피나는 계속 말해야만 했다.

"지난여름부터 저는 이미 성녀의 자격을 상실했습니다. 그때부터는 아무런 계시도 받을 수 없었습니다. 여태까지 여러분을 속여 죄송합니다."

그럴 리 없다는 듯 사제 하나가 소리 높여 물었다.

"하지만 계시를 받았잖아요? 겨울에 악틸러스 사람들이 올 걸 예견했잖습니까?"

"죄송합니다……. 그건 다른 경로로 알았어요. 신의 말씀이 아니라……."

사람들의 동요가 거세졌다. 그 사이에서 세라피나는, 자신이 가장 큰 죄인일지도 모르겠다는 생각을 했다. 시간을 돌리지 말았어야 했다. 가혹한 현실에서 도망치려는 시도는 언제나 최악의 결과만을 불러왔다. 섭리와의 계약도, 안젤리카 앞에서 입을 다물었던 것도. 에덴의 출발을 막으려던 시도까지도.

"지금 성녀께서는 악틸러스의 황궁에 계십니다."

크나큰 술렁거림.

"그분은 악틸러스의 황후이십니다. 악틸라의 대자를 살해할 유일한 무기로서 그곳에 계십니다."

그 뒤로는 숨 막히는 정적. 세라피나는 입술을 깨물며 납작 엎드렸다.

"여러분을 기만한 죄를 달게 받겠습니다. 자격도 없이 성녀인 체했습니다. 사죄합니다. 하지만 지금 하는 이야기만은 한 치의 거짓도 없는 진실입니다."

옛 성소에서 돌아왔던 날처럼, 그녀는 긴 이야기를 시작했다.

* * *

튜니아 신전령에서부터 악틸러스로 남하하는 길. 에덴과 리처드는 도시노 백작령을 거쳤다. 도시노 백작령은 천만다행으로 라니에로의 벌을 피했다. 안젤리카를 데리고 돌아온 라니에로가 그들에게 벌을 줄 경황이 없어서인지도 모른다.

하지만 악틸러스 중심 세력으로 편입되는 것은 완전히 글렀다. 더구나 황후 도주에 관한 소문이 퍼져 평판이 더 떨어질 수 없을 정도로 나빠졌다. 인접한 다른 영지의 영주들은 도시노 백작 부부와의 교류를 노골적으로 꺼리기 시작했다. 따돌림을 당하고 있다고 보아도 좋았다.

에덴은 도시노 백작령의 상황이 그러한 것을 이미 알고 있었다.

튜니아 신전령까지 그들이 고초를 겪고 있다는 소식이 건너왔기 때문이다. 에덴과 안젤리카의 목적지가 튜니아 신전령이었다는 것을 안 이후로, 도시노 백작 부부가 튜니아 신전령을 괘씸하게 여긴 탓이었다. 도시노 백작령에게는 크나큰 전환점이 없는 한 쇠락만이 남아 있었다.

황야를 지나며 에덴의 이야기를 들은 리처드는, 그러면 도시노 백작이 조국을 배반하도록 설득하면 어떻겠느냐고 말했다. 도시노 백작령을 손에 넣으면 악틸러스 북부 국경이 뚫린 것이나 다름없으니, 전술적 자유도가 높아질 것 같다는 이야기가 뒤따랐다. 에덴은 당황했다. 리처드가 허황된 이야기를 하고 있다고 생각했다.

"그러다 도시노 백작 부부가 황제에게 일을 밀고하면 끝장입니다."

"일리가 있는 말이오."

일리가 있다면서도 리처드는 도시노 백작 부부를 포섭하는 일을 포기하지 못했다. 그 일을 해야만 한다고 확고하게 생각하는 듯했다. 솔직히 말해, 에덴은 짜증이 났다. 왜 이상한 일에 매달리는지 모를 일이라고 여겼다.

"그러면 당신 혼자 백작을 만나세요. 저는 우회해서 내려갈 테니."

"좋소. 그러면 이 지점에서 만납시다."

리처드는 지도를 펴 놓고 도시노 백작령의 남쪽 관문과 인접한 지점을 가리켰다. 에덴은 그 지점에서 이틀 후에 리처드를 만났다. 대체 무슨 마법을 부린 건지, 리처드는 도시노 백작 부부를 완전히 구워삶은 참이었다. 그는 경악한 에덴 앞에서 껄껄 웃었다.

* * *

바로 그 도시노 백작령에서 수도의 작전 본부로 전갈을 보내왔다. 튜니아 신전 기사단이 남하했는데, 움직일 때가 올 때까지 도시노 백작령에 비밀리에 주둔시키겠다는 내용이었다. 전갈에는 그간의 자초지종을 담은 세라피나의 서신도 동봉되어 있었다. 그것을 가장 먼저 열어 본 이는 '사마귀'였는데, 그 순간 그가 에덴을 보며 지은 표정이 몹시 볼 만했다.

* * *

나는 침대에 죽은 듯 누워 있었다. 깨어난 지 며칠이 지났다. 지난 며칠을 곱씹어 본다. 혼자 있을 때 할 수 있는 것 중 가장 지성을 필요로 하는 행위가 바로 그것이었다.

라니에로가 화사하게 웃으며 나의 영원한 고립을 선언했던 날, 그는 나를 절망의 구렁텅이로 걷어차 놓고 잠시 후 떠났다. 일국의 황제이니 해야 할 일이 있었기 때문이다. 그 사실은 나를 정말 무력하게 만들었다.

나는 문을 바라보며 하염없이 울었다. 이 방 안에 갇힌 나에게는 싫으나 좋으나 그 하나뿐이었다. 하지만 그에게는 나 외에도 돌볼 것과 신경 쓸 것이 있었다. 그는 내 세계의 전부가 되었고, 나는 그의 세계의 고작 일부만을 차지한 셈이다.

나를 혼자 남겨 두었던 그는 방이 조금씩 어두워질 때쯤 도착했다. 창밖의 나무와 돌 위로 떨어지는 빛의 색으로 보건대 황혼까지는 아직 먼 것 같았다. 나는 침대에 웅크려 누워 그를 바라보지도 않았다.

"앤지."

그가 어르듯 나를 불렀다. 그 목소리에 밴 여유가 나를 서럽게 만들었다.

"먹어야지. 응?"

라니에로는 나를 쉽게 일으켜 앉혔다. 그를 밀어내려는 시도를 해 보았지만 잘 되지 않았다. 그는 눈 하나 깜짝하지 않았다. 며칠 전만 해도 내 말과 행동에 쉽게 상처받던 사람이라고는 믿을 수 없었다. 허탈한 기분이 들었다.

나를 앉힌 그가 예정된 수순처럼 스푼과 그릇을 들고 침대 앞에 앉았다. 마치 아무런 흠결도 없는 다정한 연인처럼, 그가 미음을 한 스푼 떴다.

"아, 해 봐."

소꿉놀이라도 하는 듯한 태도에 순간 울컥 화가 치솟았다.

"싫어!"

나는 앙칼지게 소리치며 그릇을 손등으로 쳐 내 버렸다. 묽은 미음이 라니에로의 가슴팍 위에 기분 나쁜 색의 얼룩을 남겼다. 카펫 위로 그릇이 나동그라졌다. 나는 씩씩거렸다. 이 방은 사소한 것까지 라니에로가 직접 관리하니, 더러워진 카펫이며 미음이 튄 이불도 그가 직접 정돈해야 할 것이다. 하지만 그는 조금도 화내지 않았다. 축축하게 젖은 옷을 벗고, 한쪽 서랍에 들어 있던 리넨 손수건을 꺼내 몸을 닦을 뿐이었다.

"식욕이 없나 보군."

그는 이렇게 일축했다. 나는 쓰러지듯 침대에 누워 웅크렸다.

그런데 시간이 얼마나 지났을까. 배가 요동치기 시작했다. 살아 있는 인간이라면 지극히 당연한 생리 현상인 허기가 나를 덮쳐 왔다. 처음에는 눈을 질끈 감고 참았다. 제발 꼬르륵 소리가 나지 않기만을 빌면서. 그러다 보니 배가 비어 있다는 게 너무 의식되었다. 허기가 더욱 강하게 느껴졌다.

라니에로는 내 배에서 나는 꼬르륵 소리를 뻔히 듣고도 모르는 체했다. 그를 등지고 누운 내 관자놀이에 키스하고, 해 질 녘에 오겠다는 말을 남겼을 뿐이다.

그 뒤로는 또 하염없는 기다림. 그 기다림은 아침의 기약 없는 기다림만큼이나 고역이었다. 배고픔 때문이었다. 나는 침대에 누운 채 소리 죽여 울었다. 미음 그릇을 쳐 낸 것이 후회되었다. 왜 그랬을까? 먹지 않아 봐야 나만 손해인 건데. 무의식적으로 라니에로가 전전긍긍하는 모습을 기대하기라도 했던 걸까?

하지만, 나는 알고 있었다. 그와 나의 관계에서 우위를 점하는 건, 앞으로 영원히 라니에로이리라는 것을. 내 모든 것을 통제할 수 있게 된 그가 더 이상 마음 졸일 이유는 없었다. 나는 내 몸뚱이를 내세운 협박도 제대로 해내지 못하는 머저리 천치니까, 더더욱……

이제 인정하자. 그냥 여름으로 돌아갔다고 생각하는 거야. 비위를 맞추고 그렇게 근근이 살아가는 거지.

눈두덩이 화끈해졌다. 그때는 겨울이 되면 모든 것이 끝나리라고 생각했었다. 그래서 제법 발랄하게 견딜 수 있었던 것도 같다. 하지만 지금, 여기는 끝이 보이지 않는다.

* * *

라니에로는 약속대로 저녁에 돌아왔다. 이번에 그가 가져온 것은 미음이라기에는 점도가 있어, 죽에 조금 가까워진 음식이었다. 나는 낮과 같은 객기는 부리지 않고 온순하게 그가 주는 것을 받아먹었다.

조금은 간이 되어 있었고 건더기도 씹혔다. 나의 본능이 어찌나 기뻐했는

지, 나는 체면도 잊고 허겁지겁 그를 재촉하며 그릇을 전부 비웠다. 라니에
로는 나직하게 웃으며 내 입술에 키스했다. 아주 가벼운 입맞춤이었다. 나
는 거부하지 않았다.

"말 잘 들을게요."

그가 시키지도 않은 말을 하며 어깨에 머리를 기댔다. 가슴속에서 뭔가
뜨거운 것이 용솟음쳤다. 어쨌거나 내가 유일하게 의지할 사람이었다. 언제
나 차가웠던 그의 몸이, 오늘따라 기막히게도 따뜻했다.

라니에로가 웃었다.

"나를 기쁘게 해 주는군."

* * *

다음 날, 나는 '최악'이라는 단어에 대해 고민하게 되었다. 사실 '최악'이
라고 불릴 만한 건 세상에 존재하지 않는 게 아닐까. 최악이라고 생각한 순
간 아래를 내려다보면, 그보다 더 밑바닥에서 좌절이 아가리를 벌리고 이쪽
을 올려다보니까. 사실 그것도 최후의 밑바닥이 아닐 테다. 분명 그 아래에
더 끔찍한 절망이 있겠지. 갑자기 이런 생각을 하게 된 까닭은, 라니에로가
약속을 어겼기 때문이다.

간밤에 나는 라니에로와 함께 목욕을 하고 그의 품 안에서 잠이 들었다.
아침에는 방에 설치된 승강기에 세숫물과 나의 아침 식사가 함께 올라왔다.
내 식사를 도와주고 입술을 닦아 주면서, 라니에로는 두 시간 후에 오겠다
고 했다. 그 두 시간이 얼마나 끔찍할까. 나는 두려움에 떨면서 고개를 끄
덕였다.

기다림과 굶주림을 경험해 본 나는 정말이지 온순해져 있었다. 그때부터
는 그에게 반항하겠다는 꿈은 추호도 꾸지 않았다. 라니에로에게 거슬리지
않게 구는 것은 여름부터 나의 장기였다. 나는 그의 손을 잡고 손등에 작은

새가 쪼는 듯한 키스를 거듭 선사하며 속삭였다.

"그보다 더 일찍 와 주셔도 돼요……."

자존심도, 배알도 없는 소리였지만 어차피 듣는 사람은 그와 나 둘뿐이었다. 아, 어쩌면 한동안 몹시 잠잠한 튜니아도 듣고 있을지 모르지. 하지만 나의 신은 내가 무슨 짓을 하든 용서하겠다고 말한 바 있었다.

라니에로는 내 말에 무척 행복한 얼굴을 했다. 떠나는 순간 그가 얼마나 아쉬워했는지 모른다. 나는 그래서 라니에로가 약속한 것보다 더 이르게 올지도 모른다는 기대를 품었다. 하지만 내 예측은 완전히 빗나갔다. 두 시간은커녕, 반나절이 지나도 그는 오지 않았다. 그사이 방 안에 설치된 종이 울리고 식사만 두 번 올라왔을 뿐이다.

불안해졌지만 나는 일단 배를 채웠다. 그리고 억지로 낮잠을 청했다. 어떻게든 잠들 수는 있었다. 잠에서 깨어 보니 방 안이 붉었다. 해가 넘어가고 있었던 것이다. 라니에로가 왔었던 흔적은 없었다.

나는 덜컥 겁이 났다. 혹시 무슨 일이 있는 걸까? 하지만 그 사정을 내가 알 길이 없었다. 나는 가쁜 숨을 몰아쉬며 설렁줄을 당겨 보았다. 욕실이든, 어디든 연결되어 있어 종소리가 분명 들렸을 텐데 아무도 답이 없었다. 나는 앓는 듯한 울음소리를 내며 침대에서 내려가 무작정 문을 열었다.

맨발로 계단을 내려가고 통로를 지나갔다. 그 끝에 있는 문에 걸린 자물쇠가 나를 맞았다. 라니에로만 답을 아는 복잡한 퍼즐을 풀어야 열리는 자물쇠. 나는 기를 쓰고 거기에 매달렸다. 하지만 당연하게도 자물쇠는 풀리지 않았다.

"흐어엉……."

어린애처럼 울며 자물쇠를 아무리 만져도 내 손에 해답이 주어지는 일은 없었다. 한참 동안 꺽꺽 울던 나는 결국 탈진해서 차가운 바닥에 누워 버렸다.

그래……. 정말 천운으로 이 자물쇠를 푼다고 치자. 그래 봐야 자물쇠는 두 개 더 있어. 포기하자. 안 되는 거야. 몸이 으슬으슬해졌다. 우느라 뜨거워졌던 몸이 확 식으면서 그런 듯했다.

눈앞이 가물가물했다. 시야에 잡히는 모든 것이 흐릿했다. 나는 느리게 눈을 깜박였다. 가빴던 숨이 천천히 안정되고 등이 땅에 들러붙는 듯했다. 이때 나는 의식을 놓아 버렸던 것 같다. 기절한 것과는 조금 다르다. 그냥 아무 생각도 하지 않게 된 것이다. 마치 본능만 남은 짐승처럼. 지루함을 괴롭게 여기기도 지쳤는지 모른다.

그렇게 있다 보니 청각이 예민해졌다. 내 심장 소리와 숨소리는 물론, 흉곽이 부풀었다 내려앉으면서 머리카락 한 올 한 올이 흘러내리는 소리마저 들렸다. 먼 곳에서 들리는 발소리, 남성의 걸음이 만드는 바닥의 진동도 느낄 수 있었다.

'라니에로다.'

나는 누운 그대로 있었다. 라니에로는 머지않아 가까워졌다. 곧 달그락 소리가 들렸다. 문에 뚫린 작은 구멍에 그가 손을 불쑥 집어넣어 손끝의 감각으로 자물쇠를 풀고 있었다.

끼이이. 두꺼운 문이 열리는 소리.

나는 눈을 깜박였다. 머리 위에서 작은 웃음소리가 들렸다.

"나와 있었나?"

내가 의도한 것이 꿀 떨어지는 마중은 아니었지만, 나는 달리 부정하지 않았다. 라니에로는 감기에 걸리면 곤란하다는 등, 다시없이 다정한 사람처럼 말하며 나를 쉽게 안아 올렸다. 그는 어린아이를 안듯 내 엉덩이를 받쳐 들고, 내가 그의 어깨를 끌어안게끔 했다. 서로의 상체가 딱 달라붙었다. 라니에로는 나를 안은 채 자물쇠를 잠그고, 내 엉덩이를 토닥이며 나아갔다. 나는 팔다리로 그를 옭아매듯 안고서 눈시울을 붉혔다.

창문이 있는 침실로 돌아와 보니, 방 안에는 달빛이 내리고 있었다. 시계가 없어서 밤 9시인지 새벽 3시인지 알 도리는 없었지만. 그의 몸에서 나는 나무껍질과 불의 냄새를 맡으며 나는 잠긴 목소리로 말했다.

"두 시간이 훨씬 지났잖아……."

"미안해."

미안하다고 말하는 목소리에는 웃음기가 섞여 있었다. 나를 귀엽게 보는 것이다. 라니에로는 자신이 왜 늦었는지 이유를 말해 주지 않았다. 하지만 나는 알 수 있었다. 피치 못할 사정으로 오지 못한 게 아니다. 오고 싶었는 데 오지 못한 거라면 자물쇠를 풀고 올라오는 그의 걸음걸이가 그렇게 여유로웠을 리 없다.

이건 다분히 의도적인 행위다. 나를 오래 방치하고 내 반응을 보려 했던 것이다. 그리고 나는 그의 기대에 부응한 셈이고. 방에서 기다리지조차 못하고, 풀지 못할 자물쇠 앞까지 갔으니.

"흑……."

이제 흘릴 눈물도 없는 줄 알았는데 또 눈앞이 흐려졌다.

"앤지, 늦어서 미안해. 내가 잘못했어. 응?"

나는 그에게 매달려 안긴 채 훌쩍거렸다.

"이런……."

난처하다는 듯 혼잣말을 하는 목소리에 감추지 못한 즐거움이 섞여 있었다. 그는 나를 침대에 내려놓으려고 했지만 나는 악착같이 매달렸다. 그게 어여삐 보였는지 라니에로는 내 입술에 거듭 키스를 퍼부었다.

그는 행복해 보였지만 나는 아니었다. 라니에로가 기분에 따라 약속을 깰 수 있다는 사실이 중요했다. 그래, 그게 그답긴 하다. 그는 언제나 기분파니까. 갑자기 내가 밑바닥까지 떨어져 그를 향해 손을 뻗고 허우적거리는 게 보고 싶어지면, 그냥 그렇게 하는 사람. 이런 게 재미있다고 생각했을 것이다.

그 말은…….

'이제 약속을 믿을 수가 없어.'

그는 기분에 따라 약속을 지키기도 할 거고, 지키지 않기도 할 테니까.

라니에로가 나의 살해 시도에 상처받고 내 말 한 마디, 행동 하나에 전전긍긍하던 때가 다시 생각났다. 그 의미를 이제야 알 것 같아서였다. 라니에로는 그저, 내가 그의 영향권 밖 어딘가로 떠날까 봐 두려웠던 것이다. 그를 증오해서 또다시 도망칠까 봐, 다시는 나를 곁에 두지 못하게 될까봐…….

그는 온전한 나를 원하는 게 아니다. 내가 얼마나 망가지든 간에 나를 쥐고 있다는 것이 중요한 것이다. 여기서 벗어날 길은 어디에도 보이지 않았다. 그는 나를 완벽히 손에 넣고야 말았다.

* * *

이른 아침, 무자비하게 쏟아지는 햇살에 라니에로가 안젤리카보다 먼저 눈을 떴다. 나신의 안젤리카는 라니에로의 옆구리에 꼭 붙어 옹송그린 채였다. 마치 어린 짐승 같다. 눈물겹도록 보기 좋은 모습이었다. 아무렇게나 풀어 헤친 긴 머리칼이 침대 여기저기로 흩어져 있고, 그 사이로 흰 어깨가보인다.

라니에로는 미소를 띠고 그 어깨를 매만졌다. 많이 수척해진 안젤리카의 몸은 전만큼 보드랍지 않다. 뼈마디가 딱딱하게 도드라진다. 이제 그녀의몸은 가냘픈 인상마저 풍긴다.

"앤지."

라니에로가 안젤리카의 귓바퀴에 입술을 바짝 가져다 대고 그녀를 불렀다. 안젤리카의 몸이 굳는 것이 느껴졌다. 신경이 곤두서는 것이다. 하지만그녀는 기를 쓰고 자는 체했다. 아침 인사를 하고 라니에로가 떠날까 봐. 마음에 든다. 라니에로는 속삭거렸다.

"늦게 온 만큼 늦게 갈까 하는데……."

분명 반응이 있다. 하지만 안젤리카는 여전히 눈을 뜨지 않았다. 확신이 없는 것이다. 어제 라니에로가 약속을 어겼으니까.

'길을 들이려고 일부러 그랬다는 걸 아는군.'

잇속에 밝은 그녀는 이런 데에만 눈치가 빠르다. 물론 라니에로는 안젤리카의 그런 점을 귀엽게 여긴다.

"그대가 눈을 뜨지 않으면 의미가 없으니, 갈까."

결국 위협을 불어넣고 나서야 안젤리카가 눈을 떴다. 그녀의 눈동자가 떨리고 입술이 벌어졌다. 라니에로는 그녀가 내비치는 불안이 몹시 만족스러웠다. 스무 시간에 가깝게 그녀의 얼굴을 보지 못한 건 라니에로로서도 아쉬운 일이었지만, 그 인내의 결과가 이렇게 달다면 이런 짓쯤 몇 번이고 할 수 있었다. 기분이 좋아진 라니에로는 소리 내 웃으며 상체를 숙여 안젤리카의 이마에 입술을 꾹 찍었다.

"식사하고, 목욕하러 가자."

목욕이라는 말에 안젤리카의 눈빛이 조금 변했다. 그녀는 목욕을 좋아했다. 정확히는 이 방과 다른 환경에 놓이는 것을 좋아하는 듯했다. 목욕이 끝나도 쉬이 방으로 돌아오려 들지 않았다. 잔물결을 멍하니 보고 있으면 시간이 잘 가는 느낌이 들어서일까.

라니에로는 안젤리카가 완전히 의지를 잃고 무력한 상태가 되면, 아주 가끔은 정원을 거닐게 해 줄까 생각도 했다. 물론 지나친 관용은 결코 금물이다. 그녀가 자신의 몸에 상처를 낼 용기가 날 정도로 궁지에 몰리기 직전이 되어서야 언뜻 행복의 끝자락을 내어 줄 것이다. 아주 잠깐만.

'앤지는 그걸 또 줄 수 있는 사람이 누군지 알지.'

감질나니까, 라니에로에게 더 달라고 사랑스럽게 어리광을 부려 대겠지. 이미 훤히 보인다. 즐거운 상상을 하며, 라니에로는 침실에서 안젤리카와 간소한 식사를 했다. 이제는 안젤리카가 스스로 식기를 쥐고 식사를 하기 시작했는데, 그게 못내 아쉽기는 했다.

라니에로는 끊임없이 나를 담금질한다. 한없이 다정한 태도로 끝없이 가혹하게 군다. 내가 울면서 이러지 말라고 애원하면 그는 못된 짓을 멈춘다. 그러면 내 몸에는 하나의 명령어가 입력된다. 아이처럼 울고 매달려라. 그는 그런 걸 좋아하니까.

그가 정말 미웠다. 정말 증오스러웠다. 언제 올지 모르는 그를 기다리며 전전긍긍할 때면 특히 그랬다. 하지만 바깥에서 발소리가 들리고, 닫혔던 문이 열리면 몇 시간만큼은 더 이상 혼자가 아니어도 된다는 생각에 그 증오를 잊는다.

한번은 그가 바깥에서 꺾은 꽃가지를 가져왔다. 이른 봄꽃의 망울이 올망졸망 맺혀 있었다. 그는 내가 생각나 가져왔다며 잔에 물을 채우고 가지를 꽂았다. 그때 나는 참을 수 없이 벅차올라 그를 안고 사랑한다는 말을 수없이 속삭였다. 라니에로는 그 말에 무척이나 기뻐했다.

나의 사고 회로는 매분 매초 단순해졌다. 라니에로는 언제 올까? 라니에로가 이런 걸 좋아할까? 이렇게 하면 라니에로가 너그러워질까? 또, 꽃가지 같은 걸 가져다주지 않을까? 내가 잘못하면 이 꽃가지를 가져가 꺾어 버리는 게 아닐까? 안 돼, 다 피지도 못했는데…….

곤두세운 촉각의 끝에는 언제나 라니에로가 있었다. 라니에로가 내게 바라는 것도 바로 그것이었다. 그는 내가 인간으로 남는 것보다는 본능만 남은 짐승이 되어 한없이 그라는 사람만을 추구하기를 바랐다. 그러도록 부추기고 있었다.

나는 순종적으로 인간성을 잃어 갔다. 의복은 거추장스러워 입지 않았다. 말수도 적어졌다. 여기는 매일이 똑같기 때문에 딱히 할 말이 없다. 라니에로가 바깥 이야기를 하면 질투가 났다. 그래서 나는 그 또한 말하지 못하도록 했다. 키스나 포옹, 성적인 접촉은 아주 좋은 수단이었다.

몸으로 하는 유혹은 라니에로가 이 방에 조금 더 체류하게 만드는 데에도 도움이 되었다. 그리고, 당연한 부가적 효과도 있었는데……. 내 기분도 좋아졌다. 잠깐 내 몸에 들불처럼 번져 나를 울게 했던 자괴감과 자기혐오는 나를 떠난 지 오래였다.

그런 건 너무 인간다운 감정이라, 사치스러웠다.

* * *

악틸러스의 수도와 먼 국경 지역. 시시각각 작은 반란이 일어나는 곳. 반동분자 세력은 새끼라도 치는 건지, 소탕을 거듭해도 야금야금 늘어났다. 지역 치안대도, 수도에서 파견된 기사들도 뭔가 좀 이상하다고 생각했다. 봉기야 원래 간간이 있는 것이다. 라니에로가 즉위하며 악틸러스가 파죽지세로 세력을 넓혔으니, 접경 지역의 혼란은 당연하다. 하지만 계속 밟으면 반란의 불씨도 잠잠해지기 마련이다. 그런데 누가 풀무질이라도 하듯 열기가 식지 않았다. 악틸러스 사람들이 아무리 싸움을 좋아한다고 해도, 끝이 보이지 않는 두더지 잡기에는 지칠 수밖에 없다.

누군가 의심하기 시작했다. 이들은 왜 지치지 않나? 혹시, 그들에게 계속 동력을 불어넣는 배후가 있는 것 아닌가? 배후의 존재는 아직 가능성의 하나 정도로 언급되었을 뿐이지만, 해당 지역에서 교묘하게 반란의 물결을 주도하던 연합군 간부는 바짝 긴장했다.

악틸러스 인접국들이 서로 공조하여 반악틸러스 연합군을 형성했다는 것은 아직 극비였다. 반악틸러스 연합군의 존재가 라니에로 악틸러스의 귀에 들어가면 일이 어떻게 될지는 뻔했다. 지역 간부의 속이 부글부글 끓었다.

'이래서 작전 지연이 길어지면 안 된다고 건의를 올렸는데도!'

악틸러스를 친다면, 적은 병력으로나마 속공을 펼치는 것이 옳다. 속도를 내세워 주요 거점을 점거하는 방향으로 말이다. 어차피 총력전으론 악틸러스군을 상대할 수 없지 않은가.

하지만 연합군의 덩치가 커지면서 수많은 이해관계가 얽혔고, 그 주축인 솜비니아가 하필 지난여름 전염병으로 몸살을 겪으며 작전 결행은 한없이 미뤄졌다. 사실 구체화된 작전이 아직까지 없다는 것도 지역 간부는 불만이 었다.

이대로라면 분명 연합군도 지칠 텐데…….

그때, 중앙에서 기가 막힌 지령이 내려왔다. 그 지령을 한 문장으로 요약하자면 이렇다.

흑색선전을 펼쳐라!

사실 연합군이 레지스탕스를 표방하고 있으니, 흑색선전이야 항상 하던 것이었다. 하지만 효과가 썩 대단치는 않았다. 싸움의 승리를 즐기는 악틸러스 사람들이 모략 따위로 전의를 잃는 일은 없었다. 지금도 좀 피곤하게 여긴다 뿐이지 싸움 자체를 그만두고 싶어 하는 기색은 없었다. 그런데 중앙에서 지령 내린 흑색선전의 슬로건이 기가 막혔다.

소국에서 온 황후가 사실은 살아 있다. 악틸라의 대자가 여자에 미쳐 대자로서의 역할을 다하지 않는다. 그러니 악틸라가 곧 악틸러스를 버릴 것이다.

안 그래도 지역 치안대는 라니에로가 직접 상황을 정리하러 나타나지 않는 것에 불만을 느끼고 있었다. 꼭 이 지역이 아니라도, 비슷한 사정인 다른 지역에 나타나 영웅담을 만들어 주어 병사들의 사기를 고취시키기를 바라는 것이다. 그간 라니에로는 실제로 그러한 방식을 통해 병사들을 독려했다.

한데 공교롭게도 혼인을 기점으로 그의 변방 지원은 자취를 감춘 터라, 그 부분을 찌르는 선전에 힘이 있을 것 같았다. 반악틸러스 연합군은 재빨리 그 저주의 말을 여기저기로 흘렸다.

그 말에는 효과가 있었다. 사람들이 동요하기 시작했다.

* * *

"어찌 그런 말도 안 되는 뜬소문이 하수구의 쥐새끼처럼 돌아다닌단 말입니까? 악틸라께서 악틸러스를 버리신다니!"

수도의 귀족들이 저들끼리 모여 분개했다. 하지만 그들의 눈동자는 흔들리고 있었다. 황후가 살아 있는 것도, 황제가 그녀에게 홀려 있는 것도 사실이었기 때문이다. 황후의 존재가 장기적으로 악틸러스에 독이 되리라는 것은 모든 귀족이 어느 정도 인정하고 있는 바이기도 했다. 그들은 내심 악틸러스가 전쟁신의 눈 밖에 날까 싶어 두려웠다. 사실 악틸러스 사람들이 유일하게 두려워하는 것은 그것이었다. 악틸라의 가호가 없는 악틸러스에게 주어질 미래는 몰락뿐이다.

근거 없는 주장일 뿐이라면 코웃음으로 응수할 텐데, 그들에게도 눈과 귀가 있어 소문을 부정하고 들 수 없으니 절로 초조해졌다. 그래서 네르마 공작가와 펠론 백작가가 위험을 무릅쓰고 그녀를 제거하려다 봉변을 당하지 않는가. 그들처럼 잔혹한 벌을 받기는 싫어 말과 행동을 전부 조심할 수밖에 없으니, 이젠 이렇다 할 조치를 취할 수도 없다. 참 답답할 노릇이었다.

악틸라가 악틸러스를 버린다는 소문이 분명 라니에로의 귀에도 들어갔을 텐데, 그는 무대응으로 일관했다. 물론 뒤로는 인력을 파견하여 흑색선전의 출처를 색출하려는 대응을 하고 있었지만, 사실 사람들이 라니에로에게 기대하는 것은 그런 것이 아니다. 금빛 고수머리를 휘날리며 화려하게 나타나, 일격에 반동분자를 한꺼번에 휩쓸어 버리는 그림이 그들이 원하는 바다. 그러나 라니에로는 수도의 황궁을 떠나지 않는다.

이유는 뻔하다. 자리를 비우기 싫은 것이다. 죽음을 위장하고 황제의 침실에 숨겨 놓은 황후 때문에.

* * *

"악틸러스가 들썩거리고 있습니다."

반악틸러스 연합군의 수도 작전 수뇌부. 연락책이 싱글벙글 웃으며 가져온 소식에 모두가 잔잔히 웃으며 서로의 어깨를 토닥였다. 흑색선전의 슬로건을 만든 장본인인 에덴은, 이 희소식의 가장 큰 공헌자이면서도 마치 외부자처럼 한쪽에 팔짱만 낀 채 서 있었다.

그런 것을 가만히 보고 있을 리처드가 아니다. 그는 크고 두툼한 손으로 에덴의 등을 연신 때리다시피 두드리며 웃었는데, 그 바람에 에덴의 몸이 앞으로 휘청 쓰러질 뻔했다. 리처드가 에덴의 팔을 덥석 붙잡았다.

"조심하시오. 몸도 성치 않으니."

에덴은 속으로 투덜거렸다. 내가 왜 휘청거렸는데? 그리고 몸 상태가 별로 좋지 않기는 하지만, 리처드의 염려를 받고 싶지는 않았다. 리처드가 쉽게 내비치는 온정을 에덴은 좀 부담스럽게 여겼다.

에덴과 달리 네르마 소공작은 리처드의 살가움을 아주 기껍게 받아들였다. 아이는 부모님의 행방을 알 수 없게 된 것도 잊고 리처드에게 정을 붙였다. 아이가 의지하는 대상은 리처드뿐만이 아니었다. 아이는 며칠 전 위험을 무릅쓰고 북쪽에서 내려와 작전 수뇌부에 합류한 새로운 인물을 무척이나 좋아했다.

에덴은 신랄하게 생각했다.

'꼴에 눈은 달려서 미인을 좋아하는군.'

사실, 에덴이 아니라 다른 누구라도 그렇게 생각했을 것이다. 소공작이 홀딱 반한 상대는 장미조차 스스로의 얼굴을 부끄러워하며 한숨지을 만한 미인이었으니까.

'전' 튜니아의 성녀, 세라피나는 작전 수뇌부에 꼭 필요한 인물이었다. 라니에로에 대한, 에덴이 가진 정보의 공백을 메워 줄 수 있는 사람이 그녀였기 때문이다. 세라피나와 에덴의 도움으로 갖은 첩보 활동으로도 알 수 없었던 것들을 알게 되고, 라니에로를 제압할 수단에 관한 실마리마저 얻게 되면서 모든 것에 탄력이 붙었다. 에덴의 염원대로 안젤리카가 희망의 중심이 되었다. 그녀 본인은 일이 이렇게 돌아가고 있다는 걸 전혀 모를 테지만.

에덴은 아직도 서로 덕담을 나누고 있는 사람들에게 다가서며 찬물을 끼얹었다.

"기뻐할 때가 아닐 텐데요. 황제가 사냥개를 풀었습니다."

"그래, 그래. 알고 있소."

분위기가 약간 우중충해지자, 리처드가 활기찬 목소리로 에덴을 달랬다.

"흑색선전의 꼬리가 밟히기 전에 작전을 결행해야 한다는 거지."

"이제부터는 속도가 생명이니까."

작전은 이미 세워졌다. '황제 유인, 성녀 탈환, 관문 개방'으로 요약할 수 있는 작전의 골자는 무수한 양동 작전이었다. 황제를 황궁 밖으로 유인해 낸다. 그 틈을 타 황궁에 잠입하여 성녀를 탈환한다. 그 시점, 악틸러스 국내에 산개해 있는 반악틸러스 연합군 세력은 동시다발적으로 게릴라전을 일으켜 혼란을 야기하고, 관문을 확보하여 개방한다. 성녀가 황제를 죽이고, 악틸러스 국경 밖에서 주둔하던 연합군은 일제히 관문을 넘어 총공격. 이런 작전을 수립할 수 있었던 배경에는 세라피나의 이야기가 있었다.

"악틸라의 대자가 죽는다는 건, 신앙이나 민심의 구심점이 사라지는 것으로 단순하게 생각할 수 없어요."

그녀는 신들의 사정에 가장 밝은 사람이었다.

"악틸라와 세상을 잇는 매개가 사라지는 겁니다. 그래서 악틸러스 사람들에게 내려졌던 축복도 거두어지고, 신체 능력이 저하되지요."

"해 볼 만한 싸움이 된다는 거군."

"예……. 하지만 어디까지나 악틸라의 대자가 죽는다는 전제하에서 가능한 이야기입니다."

"악틸라의 대자가 죽지 않을 때를 가정하여 작전을 수립하는 게 가능하겠소?"

세라피나는 온화하게 웃는 얼굴로 이렇게 말했다.

"최선을 다했다는 가치는 있겠습니다. 하지만 제 판단은……."

"알아듣겠소……."

리처드는 시무룩하게 대꾸했다.

결국 성녀에게 모든 것을 걸어야 했다. 하지만 작전의 핵심인 성녀가 순순히 협조해 줄지는 누구도 장담하지 못했다. 사실, 그것을 가장 크게 걱정하는 사람은 세라피나였다. 너무 거대한 흐름이 요동치고 있었다. 그녀는 때때로 부담감에 숨이 막히는 기분이 들었다. 없던 일이 된 지난 시간선의 끔찍한 기억을 꺼내 사용하는 것도 그녀의 심신을 소모시켰다. 그럴 때면 아무도 모르게 창고로 쓰는 다락에 들어가 웅크리고 있었다.

그녀는 반악틸러스 연합군에 합류한 자신의 행동을 후회하지 않았다. 왜냐하면, 이제는 더 이상 도망치고 싶지 않았으니까…….

"세라피나."

건조하고 듣기 좋은 목소리에 세라피나는 퍼뜩 고개를 들었다. 에덴은 어디를 보는지 정확히 알 수 없는 눈을 느리게 깜박였다. 세라피나가 물었다.

"사마귀가 저를 찾던가요?"

에덴은 고개를 저었다.

"그러면?"

세라피나의 목소리가 떨렸다. 에덴은 고저 없는 목소리로 평온하게 말했다.

"지식을 나눠 줘서 고맙다고 말하러 왔는데요."

"……."

"지금 고맙다고 하지 않으면 기회가 없을 것 같았습니다."

화해와 감사의 힘으로 공기가 조금 낭만적인 색을 띠려는데, 에덴은 이어지는 말로 또 찬물을 끼얹었다.

"전 곧 떠날 테니까."

세라피나는 입을 삐죽거리다 살그머니 에덴을 곁눈질했다.

"에덴, 만약 안젤리카가 라니에로를 죽이려 들지 않으면 어떡하죠?"

에덴이 눈살을 찌푸렸다.

"그럴 리가 없잖아요?"

그는 안젤리카도 이 세계가 지긋지긋하리라 믿어 의심치 않았다. 그녀도 갖은 고생을 했으니까.

"만에 하나요. 만약 그녀의 마음이……."

세라피나가 걱정으로 말을 보태려 했으나 에덴은 그 말을 다 들어 줄 정도로 상냥하거나 여유롭지 못했다.

"그런 건 상상하기 싫으니까 안 할 건데요."

말허리를 끊긴 세라피나는 괜히 투정조로 대꾸했다.

"알았어요."

* * *

"폐하, 이렇게 애걸합니다. 단 한 번만 헛소문의 진원지로 가서서 그 광휘를 떨치십시오!"

기사단장은 죽을 각오를 하고 직언했다. 하지만 황제로부터 돌아온 것은 싸늘한 대답이었다.

"그 '애걸'을 내가 들어줘야 할 이유는?"

"혼란이 커지고 있습니다……."

기사단장의 목소리에 괴로움이 진하게 배어 있었다. 하지만 라니에로는 거대한 벽 같았다.

"적합한 인재를 파견하고 있다. 기사단장은 내 판단이 틀렸다고 생각하나? 내가 또 궁을 오래 비워야 한다고 주장하는 건가?"

싸늘한 목소리로 뱉은 말은 합리적이었다. 국경 지대 근처에서 벌어지는 사태를 정리하러 출정하면, 또 몇 주간 수도를 비워야 할 공산이 컸으니. 하지만 라니에로가 대체 언제 합리로 나라를 다스렸나. 누가 대체 악틸라의 대자에게 논리와 냉정함을 바란단 말인가. 심지어 악틸라조차도 그런 것을 기대하지는 않으리라.

기사단장은 충성을 다해 모시던 군주가 몹시 낯선 존재 같아졌다. 물론 그 군주는 기사단장의 마음 따위 알 바 아니라고 생각할 테지만. 기사단장의 얼굴은 공포로 허옇게 질렸지만, 그는 쉽게 물러나지 않았다. 악틸라가 악틸러스를 버릴지도 모른다는 두려움이 그를 좀먹었기 때문인지도 모른다. 악틸러스 사람들이 가진 가장 근원적인 공포는 예외 없이 기사단장에게도 파고들어 불안을 키웠다.

한편, 라니에로는 기사단장이 버티고 서 있자 성질이 났다. 어째서 이렇게 불복하는지 모를 일이었다. 그의 눈이 번득였다.

"좋다, 내게 악틸라의 대자다움을 바란다면……."

네놈의 목을 제단에 바치겠다며 검을 뽑으려는 찰나. 뇌수가 얼어붙는 것만 같은 두통이 라니에로를 강타했다. 라니에로의 얼굴이 험악하게 일그러졌다.

"꺼져."

"폐하……."

"당장 꺼져!"

라니에로의 노성이 기사단장을 옭아맸다. 그는 혼을 빼 놓은 채 주춤주춤 물러나다 걸음을 재촉해 알현실을 떠났다.

홀로 남은 라니에로가 황좌에 앉아 머리를 싸쥐었다. 거대한 손이 두개골 안으로 들어와 뇌를 마구 주무르는 느낌이었다. 라니에로의 목구멍에서 처절하고 기이한 신음이 흘렀다.

파편적인 언어가 그의 뇌 주름 사이로 와르르 쏟아졌다. 신벌은 아니었다. 신벌의 고통은 전신에 미친다. 체내의 모든 뼈를 부러뜨리고 빻아 골수와 뭉개 곤죽을 만드는 감각과 가장 유사하다. 지금 라니에로를 덮친 것은, 신벌이라기보다는 아주 강력한 언령에 가까웠다.

악틸라가 굶주렸다. 그가 아들의 머릿속에서 패악을 부리고 악다구니를 썼다.

* * *

"악틸라는 미래를 생각하지 않고 시야가 좁습니다."

세라피나의 목소리는 차분했으나, 감출 수 없는 증오의 흔적이 역력했다. 모든 사람이 정숙히 그녀의 말을 경청했다.

세라피나의 말에 따르면, 악틸라에게는 이지 자체가 없다. 냉철함과 계획성이야말로 악틸라와 거리가 가장 먼 단어일 것이라고, 그녀는 단정했다. 게다가 악틸라는 지상과 너무 가깝다. 그러므로 다른 신들처럼 세상 전체를 굽어보지 못한다. 언제나 대자의 등 뒤에 바싹 눈을 대고 있느라 그렇다. 지상과의 가까운 거리는 악틸라에게 압도적인 영향력을 선사하기도 했지만, 그만큼 앗아 간 것도 많았다.

"그러니 계속 라니에로에게 떼를 쓸 거예요. 나가자. 죽이자. 쓸어버리자……. 재미있는 걸 오래 보지 못했잖아요."

"거기에 나라 전체가 들썩이고 있으니까, 귀찮은 동요를 잠재우기 위해서라도, 황제는 한 번쯤 몸을 일으켜야 할 겁니다."

세라피나는 에덴의 말에 고개를 끄덕였다.

"하지만 그는 궁을 비우길 원하지 않죠."

에덴이 뚫어져라 지도를 쳐다보았다.

"거리가 핵심이겠군요. 황제가 악틸라에게 타협해 줄 수 있을 정도의 거리."

리처드가 그 말에 조건을 하나 더 보탰다.

"황제에게는 산책처럼 여겨질 정도로 가벼운 출정, 하지만 내부의 불만을 가라앉히고 악틸라를 어느 정도는 만족시킬 수 있을 만한 규모의 전투."

세라피나가 잊지 말라는 듯 속삭였다.

"하지만 아군의 피해는 최소화해야 해요."

사마귀가 발을 굴렀다.

"하지만 황제가 일을 빨리 끝내면 안 됩니다! 성녀를 탈환하고 북문을 열 시간은 있어야 하니까요."

양보할 수 있는 조건이 없다 보니, 라니에로를 유인할 장소를 정하는 것은 큰 난관이었다. 하지만 늑장을 부릴 여유 따위는 없었다. 열띤 토론 끝에 결국 장소가 정해졌다. 수도와 지나치게 가까운 장소였기에, 양동 작전을 펼치는 아군이 시간을 확보하기 어렵겠다고 사마귀는 불만이었다.

하지만 거기가 최선의 선택지였다.

* * *

수도의 동쪽 관문을 지나 하루 정도 말을 달리면, 에메랄드빛 호수가 아름다운 전원도시 헤카타가 있었다. 그런데 그 헤카타도 반동분자들에게 점거당하고 말았다. 목숨을 걸고 제보한 '선량한 악틸러스 백성'에 따르면, 반동분자들은 헤카타에 비밀리에 자리를 잡고 수도를 칠 기회만 노리고 있었다. 수도와 가까운 곳에 그런 위험이 도사리고 있다는 이야기는 위협이 아닐 수 없었다.

지금 헤카타를 점거한 반동분자의 수는 500명가량. 큰 위협이 될 만한 수는 아니나, 안일하게 방치했다가는 언제 몸집을 불릴지 모를 크기의 세력이었다.

누군가 정무 회의에서 조심스레 황제에게 물었다.

"이번에도 파견을 보내시겠지요? 그렇게 일러둘까요?"

라니에로는 미간을 살짝 구긴 채 지도를 하염없이 바라보았다. 계산을 하는 것 같기도 하고, 그저 고통을 견디는 것 같기도 한 얼굴이었다. 정무 회의실 안의 사람들은 침묵 속에서 라니에로가 입을 열기만을 기다렸다.

한참의 공백 끝에, 마침내 그가 말했다.

"내가 직접 간다."

9. 운명에 순응하여 반역하라

침대에 몸을 늘어뜨리고 오늘은 언제 하늘이 어두워질까 생각하고 있던 때였다. 갑자기 희미한 발소리가 들렸다. 나는 퍼뜩 몸을 일으켜 문을 열었다. 발소리가 환청이면 어쩌나 겁도 났다. 실제로 나는 때때로 라니에로의 목소리나 발소리의 환청을 들었다. 얼마나 그의 존재가 간절하면.

하지만 이번은 환청이 아니었다. 계단을 올라오는 라니에로와 눈이 마주쳤다. 적어도 이 순간의 고문은 여기에서 끝이었다. 나는 환하게 웃으며 계단을 뛰어 내려갔다. 라니에로는 익숙하고 편안하게 나를 끌어안았다. 아무것도 걸치지 않은 등을 그가 느릿하게 쓸어내렸다.

"몇 시예요?"

나는 언제나 이것을 묻는다.

"4시 반."

정무 회의 시간일 텐데. 하지만 나는 굳이 지적하지 않았다.

"언제 갈 거예요?"

"오늘은 안 가."

"정말?"

라니에로가 고개를 끄덕였다. 나는 얼떨떨해졌다. 그가 듣기 좋은 말로 확신을 주는 일은 드물다. 언제 갈 거냐고 내가 질문하면, 그는 거의 항상 모르겠다는 답을 돌려준다. 시도 때도 없이 '갈까?' 하는 다정한 협박을 하기도 한다. 그러면 나는 그를 최대한 오래 내 곁에 붙잡아 놓기 위해 수단과 방법을 가리지 않곤 했다.

오늘은 전전긍긍하지 않아도 된다는 생각에 잠깐 들떴다. 하지만, 곧 라니에로가 약속을 어길지도 모른다는 생각에 불안해지기도 했다. 나는 라니에로의 목을 꼭 끌어안았다.

"정말이죠?"

"그래."

믿을 수 없다는 걸 알면서도 그의 말에 매달릴 수밖에 없었다.

"말 바꾸면 안 돼요……. 꼭 말씀하신 대로 오늘은 내내 여기 있어야 해요."

나는 최대한 애처롭게 애원했다. 라니에로는 죄책감이나 연민이 결핍된 사람인 걸 알면서도. 하지만 라니에로는 내 애원을 마음에 들어 했다. 맹목적인 모습이 귀여우니까. 의도한 대로 돌아가지는 않았지만, 그거면 나는 됐다. 그가 나에 대한 미안함으로 움직일 거란 기대는 하지 않는 게 좋다는 걸 다시 배웠을 뿐. 그래서 나는 저항 없이 귀엽게 굴어 주었다. 그의 기대에 어긋난 행동을 했다가는 이 방에 홀로 버려질 것 같다는 두려움이 너무 컸다.

"사랑해요……."

나는 그가 제일 듣기 좋아하는 말을 들려주었다. 라니에로의 입술 사이로 가벼운 웃음이 흘러나왔다.

언제 와요? 언제 가요? 사랑해요.

그와 나 둘 사이에 그 외의 단어는 필요 없는 것 같다. 좀 더 엄밀히 생각해 보면, '언제 와요?'나 '언제 가요?'도 필요 없는 것 같네. 어차피 그는 기분에 따라 말을 바꾸기도 할 텐데. 그러면 결국 '사랑해요.' 하나만 남는구나.

나는 그 말을 주문처럼 거듭 되뇌었다. 라니에로의 눈이 예쁘게 가늘어진다. 엄지손가락으로 그 눈가를 매만지면, 그가 고개를 틀어 내 손끝에 키스한다. 나는 살짝 입술을 떼고 라니에로의 얼굴을 바라보았다. 마주친 눈이 내게 온전히 집중하고 있다. 나는 그제야 마음을 놓고, 눈썹을 둥글게 만들며 배시시 웃었다.

"내일은 가면 언제 오세요?"

나는 의미 없는 질문을 했다. 라니에로가 대꾸했다.

"글쎄……."

정확한 답을 돌려주지 않으리라는 것은 알고 있었다. 나는 막연히, 해가 질 때쯤 돌아오겠지 싶었다. 평소처럼. 그래서 다음 날 아침 그를 보낼 때, 딱 평소만큼의 아쉬움과 막막함으로 문을 바라보았다.

* * *

그가 떠나고 나는 깊은 잠에 빠졌다. 정말이지 단잠이었다. 지루함, 외로움과 같은 괴물들은 잠에 빠져 있는 동안은 나를 건드리지 못했다. 운이 좋은 날은, 라니에로가 돌아오기 직전까지 하염없이 잠만 잘 수도 있었다. 그럴 때면 정말 더할 나위 없이 기분이 좋아졌다.

땡그랑!

어렴풋이 종소리가 들렸다. 점심때가 되어 식사가 도착했나 보다. 하지만 점심을 먹으려 의식을 되찾을 생각은 없었다. 한번 깨면 곧장 다시 잠들기 어려웠으니까.

내게 음식을 가져다주는 사람이 정확히 누구인지는 모르겠다. 뭐, 라니에로가 신뢰할 수 있는 사람이겠지. 건전한 신뢰는 아닐 테다. 폭력과 세뇌로 얻어 낸 신뢰일 가능성이 높다. 아무튼, 그 누군지 모를 사람은 종을 울리고도 내가 답이 없으면 더 이상 나를 깨우지 않는다. 나는 살짝 꿈틀거리는 의식을 지그시 내리누르며 다시 수면 아래로 잠겨 들었다.

그런데.

땡그랑! 땡그랑! 땡그랑!

막 의식이 멀어지려는 찰나, 종이 요란하게 울리기 시작했다. 살금살금 다가오던 잠이 겁먹은 고양이처럼 후다닥 달아나 버렸다.

"아악!"

나는 신경질적으로 머리를 헝클며 일어났다.

나한테 왜 이래? 그냥 좀 잠을 자겠다는 거잖아. 내가 여기서 마음대로 온전히 가질 수 있는 건 잠뿐인데, 그것마저도 달아나게 만들어야겠어?

종소리는 나를 비웃듯 계속 땡그랑거렸다. 나는 승강기 문을 벌컥 열었다. 아직 아래에서 도르래 끈을 잡아당기지 않아, 눈앞에 보이는 건 아무것도 없었다. 나는 승강기 올라오는 통로에다 대고 소리 질렀다.

"날 내버려 둬! 가만히 두라고!"

목에 피가 맺힐 것처럼. 그렇게 소리를 지르고 나자 맥이 탁 풀렸다.

"소란스럽게 굴지 마……."

그래서 그 다음에 한 말은 내가 듣기에도 힘이 없고 처량맞았다.

아래에 있는 사람은 아무런 말도 없었다. 도르래를 굴리는 소리만 들렸다. 밧줄이 당겨지자 통로에 꼭 맞게 재단해 앞뒤 뚫린 상자 모양으로 만든 승강기가 올라왔다. 따뜻하게 가져온 음식이 거기에 담겨 있었다.

나는 입술을 꼭 깨물고 눈썹을 찌푸렸다가 휙 몸을 돌려 다시 침대에 누웠다. 멀리 가 버린 잠이 기적처럼 다시 찾아오기를 바라면서. 라니에로가 올 때까지 다시 푹 잘 수 있었으면 좋겠다. 하지만 완전히 잠에서 깨 버린 나는 몇 시간이 지나도 다시 잠들 수 없었다.

뜬눈으로 멍하니 시간을 보냈다. 라니에로는 정무 회의를 끝냈을까? 오늘도 짬을 내서 와 주지 않으려나? 오늘도 어김없이 시간은 끔찍할 정도로 느리게만 흘러갔다. 정말 시간이 가기는 하는 건지 의심스러울 정도로.

이게 다 쓸데없이 땡그랑거리는 소리로 나를 깨운 종소리 때문이었다. 대체 내 뭐가 그리 미워서 단잠을 기어코 깨워야만 했을까? 아무래도 날 괴롭히려고 그랬겠지? 억울해. 내가 뭘 잘못했다고 나를 괴롭혀. 나는 견딜 수 없이 억울해져 몸을 웅크리고 눈물을 흘렸다.

'라니에로가 얼른 왔으면 좋겠다……. 바로 일러바칠래.'

라니에로가 저 사람을 혼내 주면 좋겠어. 매달려서 어리광을 부리면 들어줄 거야. 폭군답게 모가지를 치라고 하든, 삼족을 멸하라고 하든……. 내 심리는 극한에 몰려, 이제 전이라면 꿈도 못 꾸었을 끔찍한 생각도 아무렇지 않았다.

* * *

아무리 기다려도 라니에로가 돌아오지 않는다. 나무 그림자가 조금씩 길어지고, 하늘과 땅이 빨갛게 변하고, 어둠이 내려앉아 나뭇잎이 어두운 은빛으로 변해도 라니에로는 오지 않았다.

나는 또 라니에로가 변덕을 부리는 것이겠거니 생각했다. 두렵고 서러워 나는 침대에 웅크리고 앉아 훌쩍훌쩍 울었다. 아무리 울어도 달래 줄 사람은 없다. 라니에로가 돌아오지 않는 한. 서러움이 커지자 울음소리도 덩달아 커졌다.

나는 한참이나 목 놓아 울다가, 앞으로 푹 고꾸라져 기절했다.

* * *

내 머리 위로 눈치 없는 햇살이 내리쬔다. 이제 겨울은 다 지났다는 양

위세를 과시하듯. 나는 눈을 감은 채 몸을 쭉 늘렸다. 지금쯤 라니에로가 돌아왔겠지.

나는 비실비실 웃으며 팔을 뻗어 침대 위를 더듬었다. 라니에로가 내 손을 잡아 주기를 기대하면서. 하지만 잡히는 것은 부드러운 시트와 도톰한 이불뿐. 눈이 퍼뜩 뜨였다. 마른침만 목구멍으로 꼴깍꼴깍 넘어갔다. 나는 천천히 불러 보았다.

"폐하……?"

대답은 들리지 않았다. 인기척도 없었다. 방은 소름 끼치게 조용하기만 했다. 불길한 기운이 엄습했다. 나는 그제야 벌떡 몸을 일으켜 방 안을 둘러보았다.

라니에로는 없었다. 이렇게까지 오래 그가 돌아오지 않은 것은 처음이었다. 설마, '길들이기'를 하는 거야? 그럴지도 모른다고 생각하니 나는 정말 눈앞이 캄캄해졌다.

또? 그만큼 했으면 됐잖아……

* * *

안젤리카가 라니에로의 부재를 발견한 아침.

라니에로의 침실과 연결된 욕실에서, 한 여자가 괴로운 얼굴로 종을 울렸다. 안젤리카의 식사가 담긴 트롤리와 그녀를 감시할 악틸러스 기사 하나가 곁에 있는 채였다. 최대한 아무렇지 않은 태도로 승강기의 문을 열고 음식을 올려 보내며 그녀는 자꾸만 동행한 악틸러스 기사를 흘금거렸다.

어제부터 안젤리카의 식사를 담당하게 된 그녀의 이름은 시스엔이었고, 황궁에 남은 이들 중 가장 안젤리카를 사랑하는 사람이었다. 시스엔은 라니에로가 부재할 일주일 동안만 안젤리카의 식사 담당이 되는 것을 허락받았다.

라니에로는 떠나기 직전 황후궁을 찾아와 자신이 자리를 비울 것이라고 통보했다. 그는 자신이 부재한 동안 시스엔이 간접적으로나마 안젤리카의 상태를 확인하고, 그녀가 지나치게 궁지에 몰릴 경우 조치를 취하도록 명령했다. 기존 안젤리카의 식사 시중을 들던 이는 그런 역할을 수행할 수 없어 시스엔에게 맡긴 것이었다.

"귀가 들리지 않고 혀가 없거든."

이유를 들은 시스엔은 온몸이 싸늘해졌으나, 고개를 약간 숙인 채 동요를 최대한 감추었다. 라니에로는 시스엔에게 그녀가 일주일간 맡을 업무의 내용을 간략히 일러 주었다.

"앤지를 직접 만날 수는 없다. 원칙상 대화도 해서는 안 된다."

하지만 안젤리카의 정서가 극심히 불안한 것으로 판단할 수 있을 경우, 정체를 밝히고 간단한 대화를 나누는 것이 허용되었다. 단, 대화의 주제는 엄격히 제한한다. 그녀가 황후궁에서 본궁으로 오가는 것을 '도울' 감시자가 계속 듣고 있을 테니 위반은 꿈도 꿀 수 없으리라.

"만일……. 승강기 통로를 통해 하는 대화로도 그분께서 안정을 찾지 못하시면 어떡합니까?"

"새끼 고양이를 한 마리 구해 올려 보내라."

간단한 해결책에 시스엔은 목이 콱 막히는 느낌이었다. 라니에로의 귀환 후에 '쓸모'가 없어질 그 고양이가 어떻게 될지 눈에 선해서였다. 그러면 그때 안젤리카가 받을 충격은 이루 말할 수 없을 정도일 것 같았다. 그녀는 알겠다고 고개를 조아렸지만, 안젤리카에게 고양이를 보내는 일만큼은 결코 하지 않겠다고 몰래 다짐했다. 그렇게 라니에로는 수도 동쪽의 헤카타에 간단한 군사 작전을 수행하러 떠났다.

시스엔은 당일 점심부터 안젤리카에게 식사를 날라다 주었다. 기별을 했는데도 그녀로부터 별 반응이 없어 종을 여러 번 울리자, 위에서는 날카로운 부르짖음이 돌아왔다. 안젤리카가 식사를 가져가지 않은 것은 덤이었다.

시스엔은 충격에 주저앉아 오열했다. 직접 얼굴을 보지 않아도 그녀의 정신이 얼마나 상했는지 알 수 있어서였다. 황제가 안젤리카를 어떻게 저 지경까지 만든 건지, 시스엔으로서는 가슴이 답답하고 울화통이 터졌다.

황후궁으로 돌아가는 길, 그녀는 감시자 역을 하는 기사의 팔을 붙잡고 간절히 애원했다. 그녀에게 말을 걸어 주어야 한다고, 이미 그녀의 정서가 극히 불안하다고. 하지만 감시자는 냉랭하게 대꾸했다.

"더 지켜보지."

"저는 자그마치 14년 동안이나 저분을 보필하며 지냈어요. 더 지켜보았다가는 돌이킬 수 없이 위험해질 거라고요!"

감시자는 시스엔의 말을 무시했다.

안젤리카는 저녁 식사도 거르고 잠만 잤다. 다음 날 아침에는 승강기 통로에 바짝 귀를 기울이자 흐느끼는 소리가 들렸다. 식사는 당연히 손도 대지 않았다. 그녀는 안젤리카에게 말을 걸어야 한다고 감시자에게 다시금 읍소했다. 하지만 감시자는 강경했다.

"더 지켜보지."

망할 자식, 언제까지 지켜보기만 할 거야! 시스엔은 어금니를 꽉 물고 당장 감시자를 찔러 죽이는 상상을 했다. 그날 오후 12시 30분이 되자, 감시자가 어김없이 찾아왔다.

"가지."

그가 시스엔을 데리고 황후궁을 나서려는데, 갑자기 다른 악틸러스 기사 둘이 황후궁 안으로 들어오는 것이 보였다. 시스엔은 본능적으로 긴장했다. 한쪽에 앉아 있던 실비아의 눈에도 경계가 깃들었다. 그들 중 하나가 감시자에게 말했다.

"경, 부단장께서 급히 호출하셨습니다."

"부단장께서? 갑자기 왜지?"

"정확히는 모릅니다."

"황제 폐하의 명령으로 주어진 일을 마치고 가겠다고 전해 드려라."

"지금 당장 오라고 하십니다. 일은 저희가 잠시 대리하여 맡겠습니다."

숨을 죽이고 두 사람 사이에 오가는 대화를 듣던 실비아와 시스엔이 쭈뼛 긴장했다. 건조하고 차분한 목소리. 너무나도 귀에 익었다. 모자 아래로 언뜻 보이는 눈이 깊이를 알 수 없이 새카맣다.

"대리라고?"

감시자의 목소리에 의심스러운 기색이 섞여 들었다.

"그렇습니다."

시스엔의 얼굴이 하얗게 질렸다. 그녀는 재빨리 실비아에게 시선을 던졌다. 안 그래도 실비아는 움직이고 있었다. 무거운 흑단 보석함을 손에 든 채, 살금살금 감시자의 뒤로 다가가는 중이었다.

어느 정도 거리가 가까워지자, 실비아는 온 힘을 다해 달렸다. 실비아를 등지고 서 있던 감시자가 그녀의 발소리를 듣고 놀라 돌아보았다. 잘 훈련된 악틸러스의 기사답게, 그는 반사적으로 발검하려 했으나 이미 한발 늦었다.

흑단 보석함의 모서리가 그의 이마를 정통으로 찍었다. 감시자는 비명도 지르지 못하고 휘청거렸다. 그를 제외한 나머지 네 사람에게는 잘된 일이었다. 실비아는 보석함을 고쳐 쥐고 진노한 귀신 같은 얼굴로 감시자를 거듭 내리찍었다.

퍽! 퍽!

둔탁한 소리가 몇 번 울리고 나자, 감시자가 바닥으로 쓰러졌다. 눈조차 감지 못한 그의 사체 주변으로 피 웅덩이가 생겼다. 시스엔은 입을 틀어막고 시체를 빤히 바라보았다. 충격과 공포 사이로 일말의 통쾌함이 고개를 내밀었다.

한편, 실비아는 여전히 흑단 보석함을 쥔 채 에덴의 뒤에 서 있는 남자를 뚫어져라 바라보았다. 그 시선이 다소 소름 끼치는지, 덩치가 산만 한 남자는 입술을 움찔거리다 우호적인 미소를 지었다. 적갈색 수염이 텁수룩해서 그 미소가 잘 티 나지는 않았지만.

"아군이오."

그는 에덴과 잘 아는 사이라는 듯 그와 자신을 번갈아 손짓했다. 하지만 이상하게도 이름은 말하려 들지 않았다. 실비아는 그제야 흑단 보석함을 한쪽으로 굴려 버렸다.

"악틸러스 기사단복과 암구호를 용케도 구했군요. 어려웠을 텐데."

"별로요. 여기저기서 벌어지는 내전 때문에 이 나라도 신병들을 많이 모집해서."

에덴은 감시자의 머리에서 피 묻은 모자를 벗겨 냈다. 혹시 계급장을 떼어 자신이 달 수 있는지 확인하려는 듯했다. 하지만 계급장에도 피가 튀어 있어, 에덴은 한숨을 쉬고 단념했다. 그는 모자를 바닥에 떨어뜨리고 주변을 둘러보았다. 적막이 흘렀다.

"그 어린애 얘기가 맞는군요. 도주에 가담한 시녀들이 석방되어서 황후궁에서 지낸다고."

"어린애?"

에덴은 시스엔이 떠올린 의문에 답을 주지 않았다.

"안젤리카는 어디 있습니까?"

그 질문에 시스엔의 목덜미로 소름이 돋았다. 무슨 이런 운이 다 있나 싶었다. 만일 에덴이 엊그제 찾아왔더라면, 시스엔은 그 질문에 대답해 줄 수 없었을 것이다. 오늘 이 시간에 찾아왔더라도, 라니에로가 시스엔에게 일을 맡기고 떠나지 않았다면 결과는 마찬가지였다. 그녀는 떨리는 목소리로 말했다.

"운이 좋네요. 저도 어제가 되어서야 알았거든요."

에덴이 눈썹을 찡그렸다.

"어제가 되어서야? 왜죠?"

"황제가 그분과 저희를 격려했으니까요."

시스엔의 대답 뒤로 실비아의 질문이 꼬리를 물었다.

"그래서, 당신들은 여기 왜 온 거죠?"

에덴은 사무적인 어조로 거창한 답을 해 주었다.

"안젤리카를 구하고, 황제를 죽이고, 세계 평화를 도모하기 위해서."

시스엔은 안젤리카를 구한다는 부분이 마음에 들었고, 실비아는 황제를 죽인다는 부분이 마음에 들었다. 많은 것이 궁금했지만 여유롭게 질의응답이나 하고 있을 때가 아니었다. 서둘러 움직여야 했다.

"시체는 숨겨 두어야 하나?"

리처드가 물었다.

시스엔과 실비아는 그럴 필요 없을 거라고 입을 모았다.

"저희를 감시하는 경비들은 황후궁 안까지 들어오지는 않아요. 죄인이 생활하는 공간에 들어오면 병이라도 생기는 줄 알거든."

* * *

라니에로가 아직도 오지 않았다. 나는 침대에 힘없이 누워 천장만 바라보았다. 보고 싶어. 너무 보고 싶었다. 왜 안 오는지 그 이유를 알 수 없어 갑갑했다. 아무리 바빠도 이건 말이 안 된다. 만 하루 동안 그는 단 한 번도 얼굴을 비치지 않았다.

내가 뭘 잘못한 걸까? 그렇다면 뭘 잘못한 걸까? 내가 그의 마음에 들지 않게 행동한 적 있다면 그때그때 말해 주었으면 좋았을 텐데. 그러면 나는 곧장 고칠 수 있는데……. 괴로운 생각이 자꾸만 들어 배는 고프지도 않았다.

나는 시간이 제자리걸음을 한다는 불평도 없이 라니에로가 오지 않는 이유를 계속 추측했다. 수많은 가능성이 떠올랐다. 그중 대부분은 나의 흠결이었다. 내가 그의 마음에 들지 않아서 이런다는 쪽으로 자꾸만 상상력이 기우는 것이다.

멍하니 눈을 깜박거리다 잠깐 잠이 들었다. 꿈에서 라니에로는 잠시 내 얼굴을 들여다보더니 뒤도 돌아보지 않고 떠났다. 나는 잠깐만요, 가지 마세요, 제 곁에 있어 주세요 따위의 말을 주워섬기며 엉엉 울었다. 그의 뒤를 따라가고 싶었지만 그럴 수 없었다. 무수한 자물쇠가 달린 창살이 그와 내 사이를 가로막고 있어서였다.

그가 사라진 자리에는 깊은 어둠과 서늘한 공기만이 남아 있었고, 나는 그가 돌아오지 않을 걸 알면서도 하염없이 그 어둠을 응시했다. 내 가슴에서 자라난 절망이 가슴을 가르고 기어 나왔다. 절망은 붉은색이었다. 내 피를 전부 빨아 먹고 몸집을 키워서 그런지도 모른다…….

땡그랑!

그때, 이상한 소리가 들렸다.

땡그랑, 땡그랑, 땡그랑!

요란한 종소리였다. 나를 짜증 나게 하는 종소리.

땡그랑, 땡그랑, 땡그랑, 땡그랑, 땡그랑!

너무 시끄러워. 그만 울리면 안 될까?

"최연지 씨!"

쿵!

나는 눈을 번쩍 떴다.

* * *

쿵!

리처드가 도끼로 벽을 내리쳤다. 워낙 튼튼하게 지어진 건물이라, 벽을 좀 부순다고 건물 전체가 내려앉지는 않으리라는 판단하에서였다. 두 여자는 벽과 승강기가 부수어지는 광경에 혼이 팔려, 에덴이 안젤리카를 이상한 이름으로 불렀다는 것은 머릿속에서 금방 지워 버렸다.

리처드와 에덴은 부순 벽과 승강기의 잔해를 끄집어내 한쪽으로 치웠다. 벽을 일부 부수자 승강기 통로의 크기가 어느 정도 되는지 적나라하게 드러났다. 어깨를 수그려 통로 안으로 머리를 들이민 리처드는 이내 고개를 저으며 빠져나왔다.

"안 되겠소. 내게는 너무 좁소."

에덴에게도 마찬가지로 승강기 통로는 너무 좁았다. 여자인 실비아마저도 움직이기 어려운 공간이었다. 하지만 실비아는 몸으로 통로의 가로 세로를 재더니, 약간 상기된 목소리로 말했다.

"황후 폐하는 몸집이 작아요. 충분히 통과할 수 있을 거예요."

"승강기 문으로 몸을 집어넣을 수 있다면 말이지. 저쪽 승강기 문 규모는 모르잖소."

그때, 시스엔이 위쪽을 향해 외쳤다.

"폐하! 시스엔입니다! 폐하! 대답을 주세요!"

* * *

"시스엔……?"

나는 웅얼거렸다. 시스엔이라니? 내가 환청을 듣는 건가? 시스엔이 어떻게 여기까지 왔지? 갇혀 있는 게 아니었나……? 지하 감옥에 있다고 하지 않았어? 탈옥을 한 건가? 아니, 라니에로가 풀어 줬다고 했었나? 하나도 기억나지 않는다. 나는 침대에서 몸을 일으켜 승강기 문을 열었다. 그러곤 통로로 머리를 불쑥 집어넣고 아래를 향해 외쳤다.

"시, 시스엔……!"

그러자 아래가 단박에 소란스러워졌다. 시스엔 혼자 있는 게 아닌 것 같

있다. 남자의 목소리도 들렸다. 나는 혼란스러워졌다. 아래에서 감격한 시스엔의 목소리가 다시 올라왔다.

"폐하, 시장하지는 않으십니까? 그 위는 어떠신가요, 네? 건강은 하십니까?"

"나는……."

대답을 하려는데 머리가 캄캄하게 비었다. 이 위가 어떠냐고. 정말 말할 필요도 없이 끔찍하지. 건강……. 나는 내 손목을 바라보았다. 뼈가 툭 불거질 정도로 가늘었다.

"폐하, 괜찮으세요? 폐하!"

"나, 난……."

오지 않는 라니에로가 야속해 한바탕 눈물을 쏟아 냈는데, 내 눈물샘은 지치지도 않았다. 나는 끅끅거리며 양손에 얼굴을 묻었다.

"괜찮지 않아……."

아래에서 다시 두런거리는 소리가 들렸다. 나로서는 난생처음 듣는, 울림이 크고 중후한 남자의 목소리가 이런 말을 했다.

"소리가 들리는 위치를 보아 하니 황후가 있는 방은 별로 높지 않소."

그리고 다른 남자의 목소리가 끼어들었다.

"내 목소리 들려요? 알아듣겠어요?"

아아……. 나는 다리에 힘이 풀려 주저앉았다.

"에덴……."

신음처럼 흘러나온 소리는 아래까지 닿기에는 역부족이었다. 대체 그가 어떻게 들어온 건지 모르겠다. 라니에로의 눈을 어떻게 피한 거지? 물론, 라니에로는 날 제외한 사람의 얼굴을 못 알아보긴 하지만…….

"이건 철문이어서 부술 수 없소. 자물쇠만 부수려 해도, 자물쇠가 안쪽에 있군……."

조금 전과는 약간 멀어진 지점에서 중후한 남자의 목소리가 다시금 들렸다. 대화의 내용으로 보아 나를 이 방에서 나가게 해 주려는 모양이었다. 하지만 어떻게?

저 사람의 말대로 문은 부술 수 없는 소재로 되어 있고, 바깥에서 자물쇠를 끊지 못하도록 자물쇠는 안쪽으로 채워져 있다. 라니에로가 바깥에서 열 때면 손만 간신히 들어갈 수 있는 구멍으로 손을 집어넣어 조작한다. 나의 의문에 답하듯, 아래에서 에덴이 물었다.

"거기 승강기 문이 있죠? 어때요, 어깨가 들어갈 만한 크기입니까?"

내가 어깨를 움츠린다면 가능할 것 같았다. 나는 통로 안쪽 벽을 더듬어 보았다. 욕실 공기 때문에 습해서 그런 건지, 미끈거렸다. 달리 잡을 만한 포인트도 없어 보였다.

아래에서 중후한 목소리의 남자가 말했다.

"그 위는 뭘 하는 공간이오?"

"치, 침실이에요. 원래 황제가 쓰는 공간이에요."

"그러면 좋은 침구가 있겠군."

나는 침대로 눈을 돌려, 눈대중으로 이불의 크기를 쟀다.

"이불을 밧줄 삼아 내려가는 건 무리예요. 너무 짧을 것 같아요. 여긴 커튼도 없어요."

"그렇다면 어쩔 수 없겠소."

중후한 목소리의 남자가 단호하게 말했다.

"침구를 있는 대로 전부 아래로 내던져 깔고, 그 위로 뛰어내리시오."

그 말에 순간 머리가 띵해졌다. 겁이 나기도 했다. 여기가 그렇게 높지 않다고 해도, 2층에서 3층 사이의 높이는 된다. 그걸 뛰어내리라니. 하지만 못 한다고 뒷걸음질 친다면, 나는 영영 여기서 나갈 수 없을지도 모른다.

손이 미친 듯이 떨렸다. 나는 그렇게 떨리는 손으로 베개를 덥석 쥐었다. 라니에로의 것, 내 것. 두 베개를 차례로 떨어뜨렸다. 무겁고 부드러운 물체가 추락하며 내는 '툭' 소리는 분명 작았다. 하지만 멀게 들리지는 않는다.

충분히 뛰어내릴 수 있는 높이라고 나를 독려하듯.

"잘하고 있소."

아직 별것 하지도 않았는데 아래에서 나를 칭찬하는 소리가 들렸다. 나는 침대에서 두꺼운 이불도 끌어 내렸다. 그걸 승강기 통로로 밀어 넣는 일은 만만치 않았다. 무겁기도 하고, 이불 들어갈 입구가 그렇게 크지 않아서. 하지만 해내야 했다. 이거라도 혼자 해내야 했다. 나는 낑낑거리며 이불을 통로로 떨어뜨렸다.

"어, 어느 정도 됐나요?"

나는 어색하게 물었다. 충분히 푹신할지 감이 잡히지 않았다.

"이제 용기만 가지시면 되겠소."

아래에선 부드럽게 달래는 말이 올라왔다. 시스엔의 응원 소리도 들렸는데, 너무 흥분했는지 말이 빨라 내용을 잘 알아들을 수는 없었다.

나는 심호흡을 하고 승강기 입구로 한쪽 다리를 밀어 넣었다. 그리고 다음 순간, 속으로 외마디 비명을 삼키며 재빨리 물러났다. 나는 몸에 아무것도 걸치지 않은 채였다. 갑자기 수치심으로 얼굴이 화르르 타올랐다. 한순간 짐승에서 인간이 된 기분이었다.

나는 허둥지둥 서랍을 뒤졌다. 그 안에서 가장 먼저 손에 잡힌 라니에로의 옷가지를 꺼내 재빨리 몸에 걸쳤다. 너무 큰 옷이라 자꾸 흘러내렸다. 하지만 고작 수치심 때문에 한없이 꾸물거릴 수는 없었다. 상황이 급했으니까. 나는 허리춤을 최대한 단단히 부여잡고 다시 승강기 통로로 다리를 내밀었다.

"저, 지, 지금 다리 밀어 넣었어요."

"잘했어요."

들려온 것은 에덴의 침착하고 차분한 목소리였다. 저 사람이 얼마나 칭찬에 인색한지 안다. 눈 가장자리가 화끈해졌다.

"조심하시오."

나는 승강기 문을 부여잡고 조심스레 나머지 다리도 밀어 넣었다. 이제 뛰어내리기만 하면 된다. 발밑이 너무 아득하게 느껴졌다. 눈을 질끈 감았다. 할 수 있어. 할 수 있어.

부정적인 생각이 자꾸만 떠올랐다. 다리가 부러지면 어떡하지?

'아냐, 밑에는 남자가 둘이나 있어. 날 안고 나갈 수 있을 거야. 다리가 부러지면 아프긴 하겠지만······.'

하지만, 만약 라니에로가 갑자기 들이닥친다면······.

나는 라니에로의 이름이 떠오른 순간 뛰어내렸다. 그를 생각하기 시작하면 더는 용기를 내지 못할 것 같았다.

좁은 통로에서는 축축하고 불쾌한 냄새가 났다.

"아악!"

정말 좁았기 때문에 나는 어정쩡한 자세로 떨어졌다. 머리가 부딪쳤고, 본능적으로 굽힌 팔꿈치며 무릎도 벽에 이리저리 치이긴 마찬가지였다. 하지만 두려움을 느낄 새도 없었다. 추락은 너무나 빨리 끝나 버렸다. 나는 무릎을 꿇은 채 내가 던진 침구 위로 떨어졌다. 아늑한 감각은 아니었다. 무릎과 정강이가 몹시 아팠다.

"으으······."

벌벌 떨면서 조심스레 눈을 떴다. 내 눈앞에는 네 사람이 있었다. 에덴, 시스엔, 실비아, 그리고 낯선 아저씨. 낯선 아저씨가 중후한 목소리의 주인공이겠지. 그런데 이상하게도 그 낯선 아저씨가 제일 기뻐 보였다. 그는 상기된 얼굴로 활짝 웃으며 내 손을 잡아 통로에서 빼내 주었다.

"잘하셨소! 아주 잘하셨소! 담력이 있으시군."

시스엔이 내게로 와락 달려들어 내 몸 여기저기를 만져 보았다.

"아, 폐하······. 몸이 이렇게······."

"시스엔, 나 움직일 수 있어······."

"그 후레자식이 폐하를 이렇게······. 얼마나 귀하신 나의 공주님이신데······."

나는 얼굴을 붉혔다. 내 옷이 지나치게 큰 것을 본 실비아가 자기 옷에 묶인 허리끈을 풀어 내 허리 위로 동여매 주었다.

"이제 나가는 게 문제인데."

에덴의 목소리는 싸늘하다 싶을 정도로 냉철했다.

"한꺼번에 다섯 명이 움직이면 누가 봐도 수상할 테니, 쪼개져야 할까요?"

"그래야 할 수도 있겠소. 아, 황후께서는 조금이라도 기력을 보전하시게. 음식을 가져왔다오. 다 먹을 시간은 없겠지만."

그 말에 시스엔이 허둥지둥 내 손에 식기를 쥐어 주었다. 조금 식었지만 여전히 맛있어 보이는 음식이었다. 나는 약간의 당황 속에서 일단 시키는 대로 음식을 입에 밀어 넣었다.

"그, 그런데 누구세요?"

나는 그제야 낯선 아저씨의 정체가 궁금해졌다. 어디서 가져왔는지 모를 살벌한 도끼를 집어 들던 그가 빙그레 웃었다.

"적국의 왕이오. 이름은 리처드요."

"네?"

내가 놀랄 시간을 주지도 않고 에덴이 끼어들었다.

"갈라져야 할 것 같으니 당신이 황후와 함께 움직이세요. 아무래도 저보단 당신이 나을 것 같습니다."

시스엔이 나보고 대화를 나눌 생각은 말고 얼른 먹으라고 재촉했다. 나는 서둘러 배를 채웠다. 하지만 눈은 계속 굴러갔다. 적국이라면 분명 솜비니아겠지. 솜비니아의 왕이 악틸러스 한복판의 황궁에는 대체 무슨 연유로 들어온 거지? 대체 어떻게 들어올 수 있었던 거고? 잠깐, 저건 악틸러스 기사단복인가? 어디서 구한 거야?

에덴은 어서 갈라져 빠져나가자고 재촉했지만, 리처드는 그럴 생각이 없어 보였다.

"잠깐 기다려 보시오."

그는 도끼를 든 채 욕실 여기저기를 둘러보았다.

"경계심 많은 황제……. 그런 황제의 침실과 바로 통하는 장소……."

그는 도끼의 뒤통수 부분으로 욕실 벽 이곳저곳을 두드렸다.

"우리 조상이라면 여기 어딘가에 바깥과 바로 통하는 길을 만들었을 거요……. 어느 나라나 비슷할 거요. 만에 하나 황궁이 점거되는 일이 생기면 도주로가 필요하니……."

라니에로가 비밀 통로를 이용해 도망치는 그림은 잘 상상되지 않았다. 그에게는 싸워서 이기는 것이 더 어울린다. 하지만 악틸러스가 언제나 지금만큼 부강했던 건 아니고, 악틸라와의 결속이 지금만큼 강하지 않았던 시절도 있었으리라. 그때의 황제들은 위험한 상황이 왔을 때 도망칠 구석을 마련하고 싶었을지도 모를 일이다.

리처드의 말을 들은 에덴은 지체 없이 움직였다. 실비아도 마찬가지였다. 시스엔이 내 옆에 앉아 나를 돌보는 동안, 세 사람은 벽을 두드리거나, 벽에 귀를 대 보는 등 있는지 없는지 모를 비밀 통로를 찾는 데 열심이었다.

성과를 낸 것은 리처드였다. 그가 자신만만하게 탄성을 질렀다.

"여기요!"

그가 벽에 새겨진 복잡한 무늬에 교묘하게 감추어진 이음매를 찾아냈다. 리처드는 그리로 바람이 빠져나가고 있다고 주장했다. 바깥과 이어진 게 틀림없다는 뜻이었다. 그는 분명 여는 방법이 있을 거라며 그 주변 벽을 이리저리 더듬어 보다가, 포기했는지 도끼를 단단히 쥐었다.

"물러들 나시오."

다들 얌전히 물러났다.

잠시 후, 벽 무너지는 소리가 이어졌다. 리처드가 상쾌하게 말했다.

"문이라서 그런지 얇아서 부수기 좋소!"

하지만 그렇게 말하는 그의 팔이 후들후들 떨렸다. 이해한다. 호쾌하게 벽을 부수고도 아무렇지 않을 수 있는 사람은 라니에로밖에 없을 것이다. 나는 리처드의 체면을 위해 모르는 체하고 마지막으로 스푼을 놀렸다. 들고 가면서 먹을 수 있는 빵은 일부러 손대지 않았다. 나는 양손에 빵을 쥐었다.

리처드가 부순 문 너머에는 좁은 길이 있었다. 나란히 걸어가거나 뛰어가기엔 역부족이었지만, 다행히 높이가 충분해 기어갈 필요는 없었다. 우리 다섯 사람은 즉시 그리로 들어섰다.

에덴이 리처드를 앞장서게 시켰다.

"안이 어두워 보이니 당신이 먼저 가세요."

리처드는 고개를 끄덕였다.

나는 빵을 뜯으며 걸었다. 머리 위인지, 발밑인지 모를 곳에서 물 흐르는 소리가 들렸다.

리처드는 말이 많은 사람이었다. 내 앞에서 실비아와 리처드가 두런두런 이야기를 나누는 소리가 계속해서 들렸다. 나는 의도치 않게 리처드에게 내 또래의 딸이 있다는 사실을 알게 되었다. 그가 자리를 비운 동안 아내와 딸이 나라를 다스리고 있다는 것도. 그의 목소리에서 가족에 대한 자부심이 여실히 느껴졌다. 어쩐지 목이 메었지만 나는 부지런히 빵을 먹었다.

생각보다 통로는 짧았다. 리처드가 삐걱거리는 창살 문을 몸으로 밀어 열었다. 곧 우리 다섯 사람 앞으로 눈부신 빛이 쏟아졌다. 햇빛이었다. 창 너머가 아닌, 하늘에서 바로 내 머리 위로 떨어지는 햇빛. 나는 입을 벌리고 멍하니 하늘을 올려다보았다.

그새 봄이 와서, 새싹을 돋운 나무와 풀로부터 기분 좋은 냄새가 났다. 이리저리 둘러보던 나는 뒤를 돌아보고 흠칫 굳었다. 날카로운 돌로 이루어진 작은 절벽이 있었다. 그 너머로 작은 창이 난 건물이 보였다.

나는 저기에 갇혀 있었던 것이다.

'여긴⋯⋯.'

내가 매일같이 바라보던, 사람이 지나다니지 않는 동쪽 담벼락 앞이었다.

나무와 관목으로 가려져 잘 보이지 않는 위치에 허리를 숙여야 지나갈 수 있는 작은 문이 나 있었다. 리처드는 벽을 부수느라 이가 다 빠진 도끼로 문에 낀 이끼를 긁어내고 문을 힘껏 밀었다. 위에서 늘어진 덩굴 식물로 가려져 있던 작은 문 너머, 숲이 있었다.

"이리로 나왔다니 잘됐군."

리처드가 말하는 소리가 들렸다. 여기가 어딘지는 나도 대강 안다. 황실 소유의 숲이다. 동쪽으로는 계속 숲이 이어지고, 북쪽이나 남쪽으로 빠지면 사람 사는 곳이 나온다. 탈출했다는 게 실감 나지 않아 나는 멍해졌다. 이렇게 빠르고 간단히? 실비아가 얼이 빠져 있는 내게 자기 신발을 신겨 주더니, 손을 잡아 이끌었다.

"고마워……."

내 말에 실비아는 생긋 웃었다. 기력을 아껴야 한다는 걸 아는데 왈칵 울음이 쏟아졌다.

빠져나왔다.

이 사람들이 도와줘서, 거기서 벗어날 수 있었다.

"감사합니다……."

나는 실비아의 손을 잡고 걸으며, 눈물로 옷소매를 적셨다.

"정말 감사합니다. 큰 은혜를 받았어요……. 정말 감사합니다."

난 한 것도 없는데, 이렇게 위험을 무릅쓰고 구해 줄 만한 가치가 없는데……. 구하러 와 줄 때까지는 난 나올 생각도 못 했는데.

"나는 거기서 영영 살 생각을 했는데……. 나올 생각을 못 했는데……."

그 말을 하며 나는 아주 작아졌다. 나를 구하러 온 네 사람은 아주 위대해 보였고 나 자신은 너무 하찮고 보잘것없게 느껴졌다.

"제게는 자격이 없는데……."

앞장서 가던 리처드가 나를 돌아보았다. 그는 묘한 얼굴을 하고 다가와, 내 어깨를 두드렸다. 무너질 것 같았지만 나는 애써 버텼다. 그리고 남은 빵을 입 안으로 전부 밀어 넣었다.

감상에 젖을 여유가 별로 없었다. 이 숲에도 경비가 순찰을 돈다. 여기서 꾸물거렸다가는 기껏 탈출한 보람도 없이 다시 잡히게 될 것이다. 궁금한 것도 많았지만 질문은 나중으로 미루어야 한다는 자각도 충분히 있었다. 내게 신발을 벗어 준 실비아가 양말 바람인 게 신경 쓰였다. 하지만 신발을 누가 신어야 하는지 여부로 실랑이할 시간도 없었다.

우리 다섯 사람은 황궁으로부터 정신없이 멀어졌다. 바위와 덤불, 높이 자란 나무 아래로. 감시탑 위에 있을 경비의 시선을 피하면서. 일부러 최대한 돌 위를 밟았다. 발자국을 남기지 않기 위해서 말이다.

"운이 좋아."

뒤에서 에덴이 중얼거리는 소리가 들렸다. 내 생각이 바로 그것이었다. 운이 좋다. 믿을 수 없을 만큼.

황궁으로부터 어느 정도 멀어지자, 리처드가 잠깐 쉬었다 가자고 주장했다.

"딱 10분만 앉았다 가지."

에덴이 반대하고 들 줄 알았는데, 그는 의외로 고개를 끄덕였다. 그는 품에서 회중시계를 꺼내 시간을 보았다.

"슬슬 시체가 발각됐을 것 같습니다."

에덴의 말에 실비아와 시스엔이 의미심장하게 서로를 바라보았다. 무슨 시체지? 나는 숨을 죽였다. 실비아가 한숨을 쉬었다.

"그래요. 그 사람은 급한 호출 때문에 지름길로 나갔다느니, 둘러대긴 했지만……."

시스엔이 중얼거렸다.

"그럼 곧장 그 욕실로 찾으러 오겠죠?"

"비밀 통로를 여는 장치를 찾지 못해 문을 부숴 버렸으니, 우리가 숲에 있다는 것도 금방 들통날 겁니다."

네 사람이 이야기하는 상황에 대해서는 잘 몰랐지만, 나도 모르게 내 안색이 어두워졌다.

"그러면 라니에로가 금방 찾으러 올 텐데."

내 말에 네 사람이 일제히 멈칫했다. 나는 의아하게 넷을 번갈아 보았다. 나의 의문에 리처드가 답해 주었다.

"황후, 황제는 지금 황궁에 없소."

나는 눈을 깜박거렸다. 이번에는 유난히 오랫동안 돌아오지 않기는 했지. 그렇다 해도 안심할 수는 없지 않나?

"물론 잠깐 외출했을 수도 있겠지만⋯⋯. 금방 돌아올 테니까요."

리처드가 단호하게 고개를 저었다.

"잠깐의 외출 정도가 아니오. 며칠간 궁을 비운 거요."

어리둥절해하는 나에게, 시스엔이 조심스레 부연해 주었다.

"수도 인접 지역에 반란군들이 주둔해 있다고 하여, 출정했어요."

"출정했다고? 나한텐 그런 말 한마디도 없었어."

떨리는 목소리로 중얼거리자, 괜히 시스엔이 죄책감 가득한 표정을 했다. 그녀가 잘못한 게 아닌데도.

에덴이 차분하고 간략하게 설명해 주었다. 악틸러스의 무차별적 횡포 때문에 세계적으로 반악틸러스 연합이 조직되었고, 리처드는 그 핵심 인물이며, 악틸러스 붕괴를 위해 사람들이 움직이고 있다고. 수도 내부의 작전 수행을 위해 헤카타에 반군이 주둔한다는 이야기를 흘려, 라니에로의 시선을 그리로 돌리려 했다고.

하지만 설명은 귀에 잘 들어오지 않았다. 라니에로가 며칠 단위로 자리를 비울 예정이면서 내게 말하지 않았다는 충격이 컸다. 사실, 배신감을 느끼는 것도 우습다. 기대감이 남아 있었다는 뜻이니까.

'날 어디까지 밑바닥으로 떨어뜨릴 생각이었던 걸까?'

나를 그렇게 부수고도 부족했던 걸까? 아, 일찍 와서 나와 시간을 보냈던 건 떠나기 위함이었구나. 내가 언제 오냐고 물어봤을 때, 그는 무의미한 대답을 흘리며 무슨 생각을 했을까? 나를 조금 가엾게 여기기는 했을까? 그랬을 리 없다는 것을 안다. 그에게는 그런 감정이 결핍되어 있으니까. 라니에로가 가진 감정이란 것은 오로지 욕망과 분노, 즐거움, 지루함뿐⋯⋯.

튜니아 신과 했던 대화가 떠오르며 입 안이 씁쓸해졌다. 그는 날 좋아하지. 좋아하지만⋯⋯.

"이동합시다."

무거운 분위기 속에서 리처드가 말했다. 나는 힘없이 일어났다. 나무뿌리며 돌부리가 험하게 돋아난 숲속을 걸으며, 나는 라니에로에 대해 생각했다. 왈칵 치솟아 오르는 분노 뒤로 곧장 체념이 뒤따른다. 그리고 여름부터 언제나 나를 지배했던 공포도.

공포. 지긋지긋한 공포. 내가 도망치면 그는 또 좇아올 거다. 이번에는 날 잡으면 무슨 짓을 할까? 멀리 도망쳐야 해. 아주 멀리⋯⋯. 에덴의 말에 따르면 전쟁이 벌어질 텐데, 그 전쟁을 틈타 타국으로 넘어가 조용히 살아야 한다. 내가 이 세계에 처음 왔을 때 계획했던 것처럼.

멀리서 개 짖는 소리가 들렸다. 신경이 바짝 곤두섰다. 숲을 수색하기 시작한 것이다. 수색견의 소리를 들은 건 나뿐만이 아니었다. 모두 걸음을 재촉했다. 발자국을 최대한 남기지 않으려고 애쓰면서. 그런데 숲이 너무 오래 이어지는 것 같았다. 우리가 계속 동쪽으로 향했기 때문일 것이다. 나는 조금 의아해졌다.

"저, 숲을 벗어나서 사람들 사이에 섞여 들어야 하지 않을까요?"

나는 리처드의 넓은 등을 향해 물었다.

"이러다 잡히겠어요⋯⋯."

"어쨌거나 이 방향으로 가기는 해야 하오."

리처드의 목소리가 조금 거칠고 탁해졌다. 내게 미안해하는 것 같다는 느낌도 전해졌다. 뭐지?

"왜요?"

나는 물었다. 나와 나란히 걷던 에덴이 갑자기 내 손을 잡았다. 나는 깜짝 놀라 에덴을 바라보았다.

"이쪽으로 계속 가면 뭐가 있는지 알아요?"

에덴이 물었다. 수색견이 짖는 소리가 잦아들었다. 수색대가 조금 멀어진 것 같았다. 방향을 잘못 잡았나 보다. 나는 긴장한 채 대답했다.

"동쪽 관문⋯⋯?"

그 말을 뱉어 놓고 나서 나는 당혹스러워 입을 틀어막았다. 동쪽 관문을 넘으면 헤카타가 있다. 라니에로가 있다는.

"헤, 헤카타로 가는 거예요?"

나는 당황스러워 목소리를 높일 뻔했다. 에덴이 황급히 내 입을 틀어막지 않았더라면 소리를 질렀을지도 모른다.

"헤카타로 갈 수도 있고 수도 어딘가에 숨을 수도 있어요. 그 결정은 당신이 할 겁니다."

"당연히 숨어야죠! 제, 제가 헤카타로 왜 가요! 기껏 도망쳐 나왔는데⋯⋯."

머릿속이 하얘졌다. 왜 헤카타로 가는지 알겠다. 겨울, 에덴이 이것과 같은 작전을 짰던 것이 떠올랐다. 그때 우리는 처절히 실패했다. 내가 지금 이 모양 이 꼴이 된 것도 다 그때 실패해서 그렇다.

"그 사람은 못 죽여요!"

나는 얼굴을 일그러뜨렸다. 라니에로가 얼굴을 굳히기만 해도 나는 얼어붙을 것이다.

"주, 죽지 않는 괴물인 걸 알잖아요?"

"당신이 죽일 수 있잖아요."

에덴은 얄밉게도 차분하게 말했다. 나는 세차게 고개를 저었다.

"아니에요, 죽일 수 있었으면 일찌감치 죽였을 거예요. 튜니아 신전령에서, 돌아오는 길에……. 그런데 그는 너무 쉽게 나를 가로막았어요, 나 같은 건 아무것도 아니라는 듯."

"……."

"나, 난 의식을 치르지 못해서……."

라니에로를 죽일 수는 없을 테니, 의미 없는 계획을 세우지 말고 목숨이라도 보전하자고 딱 자르려는 찰나. 나를 물끄러미 들여다보고 있는 에덴의 시선이 눈에 밟혔다. 그 시선이 무서웠던 건 아닌데, 나는 그대로 얼어 버렸다.

이질감이 느껴졌다. 가을과 겨울에 걸쳐 함께 행동했을 때와 그는, 어쩐지 달라져 있었다. 그가 어디를 보는지 정확히 알 수 없다는 생각이 들었다. 그의 눈 색이 심연처럼 어둡기 때문만은 아니었다. 얼굴은 분명히 나를 향하고 있는데, 그런데도 시선의 행방을 알기 어려웠다. 문득 에덴이 어두운 통로 안으로 리처드를 먼저 보내던 것이 떠올랐다.

나는 떨리는 손을 뻗었다. 그가 어디를 보는지 분명치 않은 건, 시선의 초점이 맞지 않아서다. 어둠 속에서 시야를 확보할 수 없으니 리처드를 먼저 보냈을 것이다.

한쪽 눈은 분명 내게 정직하게 시선을 던진다. 하지만 다른 쪽은 무엇을 보아야 할지 갈피를 잡지 못하고 허공에서 헛돈다. 나는 에덴의 오른쪽 눈을 가렸다.

"보여요?"

에덴은 대답하지 않았다. 그 침묵이 오히려 답이 되어 주었다. 장이 뒤틀렸다.

"왼쪽 귀는, 들려요?"

에덴은 이번에도 대답하지 않았다. 나는 얼굴을 감싸 가렸다.

언제 이렇게 되었는지 뻔했다. 무자비한 주먹질 소리와 세라피나의 흐느낌 소리가 돌벽에 반사되어 끔찍하게 울리던 겨울의 옛 성소. 장이 꼬이는 것처럼 아팠고 과거의 환상과 현재의 시야가 복잡하게 얽혀 현기증이 일었다.

그날 일 때문에 에덴은 왼쪽 눈과 귀를 잃었다. 짐작컨대 오른쪽 눈이라고 성하지는 않을 것 같았다. 그는 이런 몸을 이끌고 여기까지 왔다. 일이 성사될지 어떨지 확실하지도 않은데. 돌아가겠다는 의지 하나로.

그렇다면 나는…….

'이 사람을 돌려보내야 한다.'

그런 생각이 강렬하게 들었다. 마치 계시처럼 내리꽂혔지만, 튜니아 신의 목소리가 아니었다. 내 의지였다.

'아…….'

나는 나를 도와준 이들을 차례로 보았다.

실비아. 그녀는 라니에로의 죽음을 간절히 바랄 것이다. 그녀는 그래서 겨울에 내 도주를 도왔다. 이번, 나의 구출도……. 실비아의 염원이 이루어졌으면 좋겠다.

시스엔. 나의 충성스러운 시녀. 하지만 유감스럽게도 나는 그녀가 마음을 바친 공주, 안젤리카가 아니다. 그녀는 세라피나가 시간을 돌리며 사라져 버렸다. 안젤리카를 도로 불러올 수는 없겠지만, 그렇다면 적어도 그녀가 자유로워졌으면 좋겠다.

리처드. 나와 일면식도 없는데 위험에 뛰어들어 나를 구조했다. 그는 좋은 사람이다. 그냥 보면 알 수 있다. 인연이 없는 나를 도와주었잖아……. 그런 그의 목적이 악틸러스의 붕괴다. 신들의 세상, 잔뜩 웅크려 사악한 말을 지상에 불어넣던 악틸라의 형상이 눈꺼풀 뒤로 언뜻 스쳤다.

손끝과 발끝이 뜨거웠다. 악틸러스는 무너져야 하는 나라고, 라니에로는 죽어야 하는 사람이다. 라니에로가 발걸음 딛는 곳에는 재앙만 남는다. 그가 호의를 지니고 대했던 나마저도 그의 곁에 있다 보면 바닥을 알 수 없는 절망으로 떨어지고 만다. 그런 그를 죽일 수 있는 유일한 무기는 튜니아의 성녀인 나다.

나는 괴로운 운명을 부여한 신에게 반항하고 외면하려고 애썼다. 주변을 돌아볼 여유가 없다는 핑계로 내가 편해질 길을 찾았다. 나는 체념하고 도망칠 줄만 알았다. 인간으로서의 존엄성을 버리면서까지. 그래선 안 됐다. 내 주변에 선 네 명의 사람들을 보기에 너무 부끄러운 짓 아닌가.

이들도 움직이는데 나는…….

수치스러웠다. 정말 못 견디게 수치스러웠다. 라니에로가 씌워 두었던 의존과 공포가 한 꺼풀 벗겨지고 인간다운 부끄러움이 그 자리를 대신했다. 그리고 악틸라의 대자를 제거하겠다는 강력한 의지가 뿌리내린다. 튜니아가 이야기했던 그대로다. 검은 성녀를 각성시키도록 바쳐진 인물…….

아, 이게 '안젤리카'의 검의 의식이구나.

세라피나는 복수심을, 나는 부끄러움을 계기로 라니에로에게 대항할 마음을 먹었다.

나는 숨을 골랐다. 도망은 라니에로를 향한 공포를 불리기만 했다. 그를 당해 낼 수 없다고 규정하고 도망칠 때마다 그의 영향력이 점점 거대해졌다. 그러면 나는 그 영향력에 순종하여 무력해지고……. 그리고 또 도망칠 생각을 하고. 이제 도망의 연쇄를 끊자. 그의 심장에 칼을 꽂자.

"헤카타로 갈게요."

나는 말했다. 분위기가 묘해졌다. 시스엔은 그렇다 치고, 나머지 사람들은 라니에로의 죽음을 간절히 바랄 텐데. 그 누구도 대놓고 기뻐하지 못했다. 한편 내 몸을 가장 중요하게 생각할 시스엔도 내 휴식과 치료가 우선이라느니 하는 말로 에덴에게 반박하지 못했다. 그녀도 아는 것이다. 원하는 것을 다 손에 쥘 수는 없음을. 삐걱거리는 몸으로라도 나는 내게 주어진 역할을 수행하러 움직여야 했다. 하지만 시스엔은, 우려 섞인 말을 내뱉는 것까지는 참지 못했다.

"헤카타에 가면 군사들이 있을 텐데……. 마, 만일 황제 살해에 성공한다고 해도, 그럼 폐하께서 위험해지시는 건 아닌지."

"지원군이 있어요. 그들이 관문을 넘을 때까지 안젤리카의 이동을 도울 겁니다. 관문을 넘고 나서는 훈련된 군사들이 은신해 있죠."

완전히 다 납득하진 않았을 텐데, 시스엔은 입을 다물었다. 나는 아무 말도 하지 못했다. 헤카타로 가겠다는 말을 하고 나자 몸이 부들부들 떨렸다. 아무래도 무서운가 보다. 그래도 가겠다고 한 것을 후회하지는 않았다. 라니에로는 죽어야 하고, 악틸러스는 무너져야 하고. 그 일을 할 수 있는 건 나뿐이기 때문에.

한순간에도 몇 번씩, 긴장에 온몸이 싸늘해졌지만 내가 처음 성녀라는 걸 알았을 때처럼 혼란스럽지는 않았다. 리처드는 만감이 교차하는 얼굴로 나를 바라보았다. 그러더니 그가 깊이 허리를 숙였다.

"정말 감사하오."

아직 말밖에 한 게 없는데 감사 인사를 받는 기분이 너무 이상했다. 나는 손사래를 쳤다.

"이, 이러지 마세요. 이럴 시간 없어요. 빨리 움직여야죠. 수색대도 돌아다니고 있고."

수색대 이야기를 꺼낸 건 효과가 있었다. 리처드는 눈가가 촉촉해진 채로 고개를 끄덕였다. 목적지는 동쪽 관문. 에덴이 계속해서 시계와 나침반을 보았다.

나는 그 모습을 흘금 바라보았다.

"몇 시예요?"

에덴은 내게 아무렇지 않게 시계를 건네주었다. 그게 뭐라고 순간 눈물이 날 뻔했다. 어떻게든 참았지만.

황궁에서 동쪽 관문으로 가는 절대적 거리는 제법 가깝다. 황궁에서 관문까지 직선거리로 가려면 길조차 나지 않은 숲을 통과해야 해서 그렇지. 먹은 것이 금방 소화되어 버려 배도 고프고 발도 아파 올 즈음, 관문의 전망대가 보이기 시작했다.

"개 짖는 소리가 이제 안 들려요. 사람 사는 데로 빠져나갔다고 생각하나 봐요."

실비아가 속삭였다.

"황제에게 보고하러 헤카타로 건너갈 사람은 없나 보오."

리처드가 그녀의 말을 받았다.

"나는 사실 그걸 가장 걱정했소. '성녀'가 그런 걱정은 하지 말라고 해서 불안한 내색은 하지 않았소만……."

"간신히 그자가 무력을 뽐낼 환경을 만들어 뒀는데, 황후가 없어졌다는 보고를 곧장 했다간 반역자 소탕이고 뭐고 다 팽개치고 궁으로 돌아올 거 아니에요."

에덴이 당연한 걸 왜 걱정하냐는 투로 리처드에게 핀잔을 주는데, 단어 하나가 내 귓속에 파고든 것 때문에 나는 정신이 번쩍 들었다.

"성녀?"

대화의 흐름상 그 '성녀'가 나를 부르는 호칭이 아님이 분명해 보였다. 혹시.

"세라피나가 왔어요?"

에덴이 몸을 돌려 나를 보고 고개를 끄덕였다.

"네. 도와주러. 관문 앞에서 만날 수 있을 겁니다."

담백한 말에 형언하기 어려운 감정이 몰아쳤다. 굳이 그 감정에 이름을 붙이자면, 동질감에 가장 가까울 것 같다.

조금 더 걷자, 리처드가 우리를 '약속 장소'로 이끌었다. 거센 비바람에 쓰러진 고목 근처, 세라피나가 보였다. 그녀는 반악틸러스 연합군 일원으로 추정되는 사람들 몇몇과 함께 있었다. 웃을 상황이 아닌데도 웃음이 나왔다. 망토 후드를 푹 눌러쓴 그들은, 누가 봐도 음모를 꾸미는 사람처럼 수상해 보였기 때문이다.

나는 나직하게 불렀다.

"세라피나."

내 목소리에 세라피나가 퍼뜩 고개를 들었다. 후드를 벗은 그녀는 유령을 본 사람처럼 새하얗게 질려 있었다. 세라피나는 믿을 수 없다는 듯 천천히 다가오다가, 달려와 나를 와락 끌어안았다.

"동쪽 관문으로 왔군요. 아, 세상에……."

안도와 죄책감으로 얼룩진 목소리.

"이리로 왔다는 건 헤카타로 가겠다는 결심을 해서겠죠. 아, 안젤리카. 안젤리카……."

세라피나는 한동안 하염없이 내 이름을 불렀다. 나는 어색하게 그녀에게 안겨 있다가, 어설프게 손을 내밀어 그녀의 머리카락을 쓸어내렸다. 그녀도 고생을 했는지, 신전령에서 보았을 때는 차르르 윤기가 흐르던 흑단 같은 머리칼이 지푸라기처럼 퍼석퍼석한 질감으로 변해 있었다.

나의 운명을 처음으로 전해 주었던 사람. 우리는 이기심을 칼처럼 품고 서로를 속였다. 튜니아 신전령을 떠나면서 다시 만날 일은 없을 줄 알았는데.

"그러는 당신은 악틸러스로 왔네요……."

그녀가 왜 여기 왔는지 나는 알 수 있었다. 에덴 때문일 테다. 그녀는 나보다 에덴에게 더 큰 죄책감을 가지고 있었으니까. 하지만 그녀가 누구를 위해 움직이는지는 이제 전혀 상관없었다. 에덴이나 리처드도, 내가 라니에로를 죽여 주길 바랐기 때문에 더 적극적으로 나를 구출했겠지. 그것도 상관없다. 대가를 바라고 호의를 베푼 거였더라도, 뭐 어때. 그 호의가 내게는 간절한 거였는데.

나는 세라피나를 안은 채 후드를 쓴 낯선 이들을 둘러보았다. 내가 헤카타로 가겠다는 결심을 할 때를 대비해, 나를 경호하고 돕기 위한 인력으로 차출된 것이다. 후드 아래로 그들의 눈이 반짝거렸다. 오늘을 위해서 만반의 준비를 했음이 분명했다. 어떻게든 맡은 바 소임을 확실히 해내겠다는 기세가 하늘을 찔렀다. 나는 어쩐지 그들의 기세에 좀 주눅이 들어, 조심스럽게 물었다.

"관문을 넘을 방법은 준비해 두셨나요?"

리처드가 내 등을 두드렸다.

"물론이오."

이 사람 말은 왠지 신뢰가 간다. 나는 리처드를 올려다보며 웃었다.

* * *

그리고 얼마 지나지 않아 자신만만한 그를 믿었던 걸 후회했다. 관문을 편하게 넘을 방법은 없었다. 오물을 흘려보내는 배수로를 지나야 했다.

"제일 감시가 느슨하고 안전한 방법이었소. 정말 심사숙고해서 골랐는데."

악취 나는 배수로 앞에서 내가 콧잔등을 움찔거리자 리처드가 시무룩하게 말했다.

"문을 넘으려고 싸울 수는 없잖아요."

에덴이 솔선수범해서 오염된 물에 발을 담그며 덧붙였다.

"싸움의 시작은 다른 쪽에서 끊기로 돼 있거든요."

정확히 무슨 이야기를 하는 건지는 모르겠지만, 대충 맥락은 알겠다. 황제 살해 및 악틸러스 수도 함락 작전은 내가 막연히 생각했던 것보다 덩치가 큰가 보다. 교전은 이쪽이 아니라 다른 쪽의 역할 같고. 각자 맡은 역할을 최대한 정교하게 수행하는 것이 관건이니, 불만을 가지고 튀는 행동을 하면 안 된다는 거겠지.

뭐, 좋아. 시키는 대로 하는 건 내가 제일 잘하는 거지.

그런데 관문을 넘기 전에 할 일이 있었다. 나는 사람들의 수를 셌다. 총 열두 명이었다.

"이 사람들이 다 관문을 넘어야 할 필요가 있을까요?"

"그건 왜 묻죠?"

세라피나가 질문했다. 나는 그녀에게로 잠깐 시선을 던졌다가, 시스엔을 바라보았다.

"시스엔, 너는 관문을 넘어 헤카타로 가지 말고 어디 다른 곳에 숨어 있어."

이제는 몹시 희미해진 몸 주인의 기억을 더듬어, 언로 왕국의 공주 시절에 썼던 정다운 말씨로 지시했다. 시스엔은 약간 상처받은 눈으로 나를 바라보았다. 내가 하는 일에 함께하고 싶은 것이다.

하지만 그녀는 결국 고개를 끄덕일 수밖에 없었다. 자신이 짐이 될 거라고 생각한 것이다. 그녀는 다룰 줄 아는 무기도 없고, 악틸러스 사람만큼 신체가 강건하지도 않다. 그녀가 가진 무기라고는 나에 대한 애정뿐.

정확히 말하자면, 내가 아니라……. 이제는 어디에서도 찾아볼 수 없는 불쌍한 안젤리카.

사실 나는 그녀가 짐이라고 생각해서 떼어 놓으려는 게 아니다. 그것보다는, 이제 그녀가 본인의 삶을 살았으면 싶어서. 쉽지 않으리라는 건 안다. 이러려면 일찌감치 그녀를 보내 주었어야 했다는 것도.

'겨울에 잡히지 않았다면 좋았을 텐데.'

언제, 어쩌다 잡히게 된 건지는 몰라도……. 그냥 잘 도망가서 악틸러스 남부를 맴돌다가, 적당히 틈을 봐 튜니아 신전령으로 올라갔으면 좋았을 텐데. 잡힌 사연이 있었겠지만, 아쉽기는 하다.

그래도 시스엔이 있어 참 고마웠다. 어쩌면 오늘의 탈출도 그녀가 없다면 불가능했을지도 모른다. 많이 마음 써 주지 못해 미안할 뿐.

"그러면, 일을 마치신 후 뵙겠습니다."

시스엔이 무겁게 말했다.

세라피나가 데려온 일행 중 두 사람이 시스엔과 남기로 했다. 우리가 떠나면 '아이'가 있다는 은신처로 그녀를 데려가 보호하겠다고, 그 둘 중 한 사람이 내게 말했다. 나는 고개를 끄덕이고 악취 나는 수로 안으로 발을 들이밀었다.

수로는 낮았다. 몸집이 작은 나는 허리를 굽혀 들어갈 수 있었지만, 키가 큰 사람들은 영락없이 무릎을 낮추고 불안한 자세로 벽을 짚어야 했다. 체구가 곰 같은 리처드가 가장 고생일 듯했다.

역한 냄새는 익숙해지지도 않고 계속 강렬하게 코를 찔렀는데, 아래를 살짝 내려다보니 썩은 털가죽이 느릿느릿 흘러가는 것이 보였다. 부패한 것들의 퇴적물 때문에 수류가 느려진 것이다.

"여긴 청소도 안 하나 봐……. 이러다 막힌다고……."

세라피나가 데려온 일행 중 누군가가 투덜거렸다. 나는 그 말에 좀 웃고 말았다. 불행 중 다행인 것은, 수로를 통과한 후로도 계속 썩은 물 냄새가 나는 옷을 입을 필요는 없었다는 점이다. 수로를 지나야 한다는 것을 염두에 두고 자루에 깨끗한 옷을 넣어 근처 땅에 묻어 둔 사람이 있었다.

"답사를 왔다 이런 짓을 하면, 치안대한테 들킬지도 몰라서 겁나지 않아요?"

에덴이 내 의문에 답해 주었다.

"그래서 불길한 물건을 같이 집어넣었어요. 옷 주인에게 원한을 품은 사람이 저지른 저주 주술처럼 보이게."

"아."

"안 그랬어도 파낸 사람은 없었던 것 같지만."

야외에서 옷을 갈아입는데 탈의실을 기대할 수는 없는 노릇이었다. 내가 침실에서 뛰어내릴 때 옷을 죽어라 사수한 것이 무색하게도, 사람들은 서로에게 몸을 훤히 보이며 재빨리 옷을 갈아입었다. 사실 부끄러워할 틈도 없었다. 시간이 없어서 후다닥 갈아입어야 했으니까.

자루에 들어 있던 옷도 내 몸엔 컸지만, 라니에로의 튜닉보단 잘 맞았다. 그리고 무릎과 팔꿈치에 가죽을 덧댄 사냥꾼 옷이라 마음에 들었다. 가죽끈으로 옷소매를 조이는데 에덴이 불쑥 내게 무언가를 내밀었다. 나는 그걸 가만히 바라보았다.

활과 화살이었다. 늦봄, 악틸러스에 떨어진 내가 사냥터에 들어가기 위해 배웠던 무기.

떠올려 보면, 내가 무기를 배운 원인은 라니에로였다. 그가 나를 사냥꾼으로 사냥터에 넣었으니까. 그때, 나는 당장의 생존을 위해 활을 배웠다. 그 뒤로는 도망칠 때 도움이 될까 싶어 계속 활을 연마했다. 강도들을 상대로는 그럭저럭 도움이 되긴 했지. 옛 성소 앞에서 라니에로를 겨누고 견제했던 기억도 났다. 그때 나는 화살을 쏠 생각이 아예 없었다. 라니에로를 베는 건 에덴의 역할이었으니까.

하지만 이번엔 내가 쏘아야 할 것이다. 라니에로가 여흥으로 내게 쥐여 준 무기는, 이제 그에게 치명상을 남길 예정이다.

"헤카타까지는 걸어서 하루 정도 걸려요. 밤에도 걷는다면 더 빨리 도착하긴 하겠지만, 그렇게까지 강행군을 하진 않을 겁니다."

나는 활과 화살통을 어깨에 둘러메며 에덴의 말에 고개를 끄덕였다.

"이동 중 상대와 조우하게 될 가능성이 높아요. 우리 쪽 피해를 최소화하는 관건은……."

"라니에로를 최대한 빨리, 정확히 죽이는 거군요."

결국 내 임무가 가장 막중하다는 뜻이었다. 장갑을 낀 손에 땀이 배어 나왔다.

제일 움직임이 느린 내가 옷을 다 갈아입자, 사람들이 이동하기 시작했다. 걱정과 부담감에 내 걸음이 좀 삐걱거렸다. 에덴이 나와 나란히 걸으며 속삭였다.

"괜찮을 겁니다. 저 사람이 있으니까."

그의 눈짓 끝에는 리처드가 있었다. 나는 의아해져 눈썹을 찡그렸다.

"저 사람이 왜요?"

"행운아거든."

에덴은 그답지 않게 비논리적이고 미신적인 이야기를 했다.

"제 '실패할 운명'조차 짓눌러 버릴 정도로."

나도 에덴을 따라 리처드를 흘금 보았다. 악의 축인 강대국을 붕괴시키러 온, 기골이 장대하고 선한 행운아. 고전 대서사시의 주인공 같은 속성이네. 그런 이야기 속에서 저런 사람이 결국 승리하고 금의환향하지. 악틸라의 대자는 당연히 구제가 불가능한 악역일 테고.

뒷맛이 살짝 미묘하게 나쁘다. 우리는 결국 거대한 운명의 수레바퀴를 이루는 살 하나일 뿐인 걸까? 내가 지금 성녀의 역할을 수행하러 가는 것처럼.

그만 생각해야지. 급하게 허겁지겁 해치워야 하는 일은 지나가고, 걷는 단계에 들어서자 쓸데없는 생각이 많아진 것 같았다. 어쩌면 무기를 받아서인지도 모른다.

우리는 몸을 낮추고 숲속에서 걸었다. 관문을 넘었다 해도 대로에 모습을 드러내는 건 안 될 일이다. 세라피나가 데려온 수상한 일행은 숲속에서도 길을 아주 잘 찾았다. 그들이 작은 실개울을 가리키며 내게 속삭였다.

"이 물줄기가 결국 헤카타 호수로 이어져요."

"이 근방의 모든 물이 그리로 간다고 생각하면 됩니다."

천연 저수지인 호수 덕에, 헤카타의 땅은 비옥하다. 알맞은 양의 숲 그늘과 촉촉한 공기 덕에 햇볕에 잎이 쉽게 타는 작물들도 잘 자란다고 했다. 상품성이 훌륭한 작물들로 부유해진 전원도시. 하지만 지금은 반란군의 주둔지로, 피바람이 몰아치는 장소다.

나는 꿀꺽 침을 넘겼다. 라니에로가 나를 두고 며칠짜리 작전을 떠났다는 배신감은 금방 씻겨 나갔다. 그를 향한 호의 때문이 아니라, 앞으로 벌어질 일을 생각하느라. 지금 헤카타는 어떻게 변해 있을까? 나는 라니에로를 잘 안다. 세상 누구보다도 잘 알 것이다. 어쩌면 라니에로 자신보다도.

악틸라가 날뛸 것이다. 반군 토벌은 나, 안젤리카와 관계없는 일. 악틸라와 라니에로가 반목할 이유가 없다. 그는 지난겨울, 튜니아 신전에서 만났을 때보다 더 강할 것이다. 더 강하고, 아주 잔혹하고.

"헤카타에 실제로 우리 쪽 세력이 있기는 한 건가요?"

나는 조심스레 물었다.

"그렇죠. 잠시 교전하다가 숲속으로 흩어져 빠지기로 했어요. 시간을 끌기 위해서요."

"시간을 얼마나 끌려고 했어요?"

"이틀…… 사흘 정도."

"이틀에서 사흘……."

"그사이 수도를 점거하려고."

이 사람들은 내가 헤카타로 가는 것을 거부하고 은신처행을 택했을지도 모른다는 각오를 하고 있었다. 내가 작전에서 빠지더라도, 라니에로를 헤카타에 묶어 놓고 최대한 수도를 난장으로 만드는 게 이들의 목표였음을 추측할 수 있었다.

라니에로가 죽지 않는 한 수도를 '점거'하는 건 불가능하다. 수도의 손상은 미봉책에 불과하고, 라니에로의 화만 돋우는 결말로 수렴할 확률이 높다. 세라피나가 있었으니 그들도 알았을 텐데. 그래도 악틸러스가 세상을 집어삼키게 놔둘 수만은 없으니 애라도 써 보려고 했구나.

내 시야 밖에서도 사람들이 저마다의 열망과 다짐을 품고 이를 악문 채 최선을 다하고 있었다. 자기 이야기를 최선의 결말로 이끌어 보려고. 완전히 다른 곳에서 흘러온 이야기가 이렇게 내게 영향을 끼치고, 나의 결심과 행동이 그들이 목숨 건 작전의 성패를 가르는 중심이 된다.

기분이 몹시 이상했다. 누구나 이기적으로 움직이는데, 그 합이 맞으니 이 낯선 사람들이 오랜 동료처럼 느껴졌다. 약간 감상에 젖으려는 찰나, 헤카타로 가는 길이 녹록지만은 않으리라는 증표라도 되는 양 말발굽 소리가 들리기 시작했다. 관문에서부터 들리는 소리였다. 세라피나의 얼굴에서 핏기가 빠졌다. 누군가 중얼거렸다.

"빌어먹을."

추적대가 아니기를 빌고 또 빌었다. 하지만 일이 뜻대로 흘러가지 않았다.

"저쪽이다!"

"황후만 산 채로 잡아! 나머지는 다 죽여!"

나무 사이로 화살이 날아왔다.

"흩어져!"

에덴이 소리쳤다. 나는 무심코 그를 따라가려고 했다. 그 와중에 에덴과 눈이 마주쳤다. 그의 어두운 눈에, 순식간에 수많은 가능성과 계산이 스쳐 지나갔다. 그가 한순간 내게로 달려왔다. 그리고 내 어깨를 세게 밀쳤다. 내 머리가 있던 자리에 화살이 날아왔고, 나는 리처드의 품으로 밀려 들어 갔다.

리처드가 나를 감싸 안고 그 자리에 수그렸다. 나는 어깨 너머로 에덴을 돌아보았다. 그는 뒷모습만 보인 채 달렸다. 리처드가 일어나 내 손목을 붙 잡고 뛰었다. 나는 파도에 휩쓸린 어린 물고기처럼 정신없이 그가 이끄는 대로 따라갔다.

* * *

추적대가 그들에게 따라붙은 순간, 에덴은 깨달았다. 지금 안젤리카에게 는 불운과 멀어지고 행운과 가까워지는 일이 필요하다는 것을. 그는 대뜸 리처드에게 안젤리카를 떠넘긴 채, 뒤도 돌아보지 않고 멀어졌다.

아예 깊은 숲으로 들어가 버린 것은 올바른 선택이었다. 나무가 울창하여 말들도 속도를 내기 어려워했다. 나뭇가지에 기수가 부딪치는 일도 예사였다.

에덴은 숨이 턱 끝에 차오를 때까지 달리며 뒤를 돌아보았다. 처음 추적 대가 화살을 쏘았을 때, 재빠르게 파악한 수는 예닐곱이었다. 지금 에덴을 쫓아오는 이는 둘. 이쪽이 세 무리로 찢어졌으니 저쪽도 세 무리로 찢어진 것 같았다.

'젠장, 시녀장한테 한 명만 딸려 보낼걸.'

말까지 탄 이들을 상대하기에는 이쪽 전력이 좀 아쉬웠다. 그렇다고 비관만 할 상황도 아니었다. 성녀를 헤카타로 안내할 이들은 전부 전투에 숙련된 이들이었다. 에덴도 성기사로서 무기를 다루는 데에 이골이 났으니, 해볼 만한 싸움일지도 몰랐다. 낙마시키기만 하면 된다. 이자들은 라니에로 같은 괴물은 아니고, 악틸라의 가호를 받아 신체 조건을 좀 더 타고난 보통 사람일 뿐이니까.

에덴과 무리 지은 일행도 비슷한 생각을 하고 있었다. 기수가 탄 말을 향해 화살이 날아갔다. 한 발은 말의 옆구리에, 한 발은 목덜미에 꽂혔다.

말은 고통에 날뛰었다. 기수가 말을 진정시키려고 했지만 화살이 연달아 날아들었다. 의도한 대로 기수를 거꾸러뜨리지는 못했지만, 기수가 무기에서 손을 떼고 말고삐를 잡은 것은 이쪽에 호재였다.

아드레날린이 핑핑 돈다. 나머지 기수 하나가 진로를 방해받아 멈칫했다. 에덴은 더 볼 것도 없이 그리로 뛰어들어 검을 뽑았다. 말의 무릎을 후려쳤다. 그러자 기수의 균형이 무너졌다. 두 번째 기수의 몸이 이쪽으로 쏠리자 에덴이 이를 악물고 기수의 목을 노려 검을 휘둘렀다.

왼쪽 눈과 귀를 잃은 에덴에게, 좌측은 사각이다.

"안 돼!"

누군가 그렇게 외쳤지만 에덴은 소리의 거리를 재지 못했다. 목을 베는 것에만 집중했을 뿐이다. 이 위험 요인을 제거하고 어떻게든 빨리 상황을 수습해야 한다. 두 번째 기수의 눈이 휘둥그렇게 커졌다. 에덴의 검이 그의 목에 성공적으로 파고들었다.

그때, 시야가 좁은 왼쪽에서 뭔가 불쑥 튀어나왔다. 에덴은 소스라치게 놀라 확 물러섰다. 튀어나온 그림자가 비틀거렸다. 그림자가 튀어나온 방향, 조금 먼 곳에서 짧은 신음이 들렸다. 비틀거리는 사람을 무심코 받쳐 안고 보니, 쓰러진 말과 첫 번째 기수가 보였다.

그를 처리한 두 사람이 하얗게 질린 얼굴로 에덴의 품을 바라보았다. 에덴도 그제야 시선을 아래로 내렸다.

검은 머리카락이 길게 아래로 늘어졌다. 바람 빠지는 소리를 내며 위아래로 급히 오르내리는 가슴에 화살이 꽂혀 있었다. 두 발의 화살이. 에덴이 두 번째 기수의 목을 이 악물고 노리는 동안, 첫 번째 기수는 쓰러지더라도 에덴의 목숨을 앗아 가고자 했던 것이다. 그 화살을 세라피나가 대신 맞았다.

가망이 없었다. 화살이 폐를 꿰뚫은 듯, 그녀는 유언조차 남기지 못하고 계속 피거품을 물었다. 빠른 속도로 목숨이 꺼져 갔다. 새벽하늘같이 맑기만 하던 눈이 탁하게 변했다. 에덴과 눈이 마주친 그녀는 어설프게 웃었다.

그녀가 바라는 바를 알아차린 에덴은 희미하게 웃는 표정을 돌려주었다. 세라피나는 평생 가지고 싶었던 웃음 한 조각을 쥐고 세상을 떠났다. 그 안에 든 영혼이 그녀가 사랑하던 사람이 아니더라도, 그 미소에는 가치가 있었다.

* * *

두 사람의 추적대가 내는 말발굽 소리가 요란했다. 정신을 차려 보니 리처드, 그리고 다른 두 사람과 함께 움직이고 있었다.

"빨리! 더 빨리!"

나와 함께 도망친 세 사람이 날 다그쳤다. 그들은 나를 보호하는 일을 최우선으로 여겼다. 자꾸만 날 먼저 보내려는 것으로 알 수 있었다. 하지만 나는 내가 방패 삼아 앞으로 나가야 한다고 생각했다. 위험천만한 짓이었지만, 역설적으로 그게 제일 안전하겠다는 계산에서였다.

추적대는 '황후만은 살려 두라'고 서로에게 지시했다. 그 말이 내 목숨만 붙여 놓으면 끝이라는 의미는 아닐 테다. 내가 살아서 라니에로에게 돌아간다고 해도, 몸이 성하지 않으면 그는 화를 내겠지. 라니에로가 생각하기에 나를 망가뜨릴 수 있는 건 그 자신뿐이다. 타인의 손에 내가 다치는 건 용납하지 않으리라. 리처드를 끌어당겨 내 뒤로 보내고, 그 앞을 가로막아 섰다.

'이들은 분명 라니에로의 분노를 두려워할 거야.'

나는 아픈 게 싫고 무섭다. 하지만 번득이는 무기 앞으로 몸을 내미는 순간만은, 고통스럽게 다칠지도 모른다는 데에 생각이 미치지도 않았다. 겁이나 몸을 사릴 만큼 한가하지 않았으니까.

예상대로, 추적대는 함부로 나를 베지 못했다. 리처드를 비롯한 내 일행은 그들이 머뭇대며 보인 틈을 놓치지 않았다. 나를 경호하여 헤카타까지 데려간 후, 그곳에서 라니에로를 죽이고 남은 악틸러스군과 싸우는 일은 아주 중요한 작전이다. 그러니 동원된 이들 모두가 악틸러스 사람들에게 결코 밀리지 않을 만큼 강했다.

추적대 두 사람이 쓰러졌고, 주인을 잃은 말은 놀라 무차별적으로 발길질을 하며 도망쳤다. 리처드와 나, 그리고 나를 따라온 두 사람의 아군 중 크게 다친 사람은 기적적으로 아무도 없었다. 추적대 한 사람이 마상에서 휘두르는 검을 받아 낸 리처드의 손목이 접질렸을 뿐이다. 리처드는 자기 손목이 아픈 것이야 아무것도 아니라는 듯, 나부터 살폈다.

"괘, 괜찮아요."

나는 웅얼거렸다. 리처드의 눈에 미안함이 깃들었다.

"정말 미안하오. 당신은 훈련받은 병사가 아닌데."

그제야 리처드의 이 깊은 죄책감이 어디서 기인하는지 알 수 있었다. 그는 나를 민간인 취급 하고 있었다. 나는 그의 죄책감을 좀 덜까 싶어, 멈칫거리다 살짝 웃었다.

"저도 악틸러스 사람인데요."

무기를 다루는 기본적인 방식은 익혔다는 뜻이었으나, 리처드를 비롯한 일행들에게는 내 발언이 약간 다른 방식으로 다가갔나 보다. 그들의 표정이 살짝 어두워졌다.

"물론, 이 나라에 소속감과 애국심을 느끼고 있진 않아요."

나는 재빨리 덧붙였다.

"악틸러스 망해라."

농담조로 건넨 말로 리처드를 조금 웃게 만들 수는 있었다.

"얼른 가요."

나는 속삭였다. 우리와 떨어진 다른 사람들이 무사할지 궁금했다.

'아냐, 생각하지 말자.'

나는 눈을 질끈 감았다. 최악을 상상하게 될까 두려웠다. 이를테면, 그들 중 누군가가 죽었다거나…….

'안 돼!'

최대한 희망적으로 생각해야 했다. 나는 상황이 나쁘면 정신 타격을 크게 받는다. 절망적인 환경에서 벗어나고, 할 일이 분명하게 주어지면 빠르게 회복하는 편이지만……. 아무튼, 지금은 생사를 알 수 없는 일행보다 헤카타에 집중해야 했다. 이상한 생각에 빠져 일을 그르치기에는 내가 맡은 책임이 너무 막중하다.

추적대와의 싸움 때문에 몸이 고단해졌고, 일행은 뿔뿔이 흩어져 버렸지만 우리는 꾸준히 동쪽으로 전진했다.

"헤카타까지는 얼마나 남았을까요?"

대답은 쉬이 돌아오지 않았다.

개울을 찾아 물을 마셨다. 긴장 상황이어서 그런지 허기가 느껴지지는 않았다. 기력이 좀 빠지기는 했지만.

얼마나 더 걸었을까? 슬슬 하늘이 붉게 물들고 공기가 싸늘해지기 시작했다. 어쩌면 그만 이동을 멈추고 숨어서 잘 곳을 마련해야 할지도 모른다는 생각이 스친 찰나. 갑자기 리처드가 고개를 번쩍 들었다. 놀라서 덩달아 고개를 들자, 저쪽에서 연기가 올라오는 것이 보였다. 세 줄기의 연기였다. 무슨 신호를 보내고 있다는 것이 다분히 느껴졌다. 나는 그것이 불길한 신호일까 싶어 긴장했는데, 리처드의 얼굴이 삽시간에 환해졌다.

"북문을 열었군!"

리처드가 정확히 무슨 말을 하는지는 알 수 없었는데, 순간 손끝과 발끝이 확 저렸다. 심장이 두근거리기 시작했다.

"북문이 열렸다고요?"

"그렇소. 도시노 백작이 해냈군."

"도시노 백작이요?"

"도시노 백작이 반악틸러스 연합군에 가담한 지 좀 됐소."

나는 얼떨떨해졌다. 리처드가 내 등을 두드리며 전진하자고 재촉했다. 나는 떠밀려 나아가며 물었다.

"도시노 백작이 어쩌다 반악틸러스 연합군에 가담한 거예요?"

"국내에서 입지를 다질 수 없다고 판단한 것 같소. 국가가 붕괴하면 폐허 위에서 한자리를 차지할 심산이겠지. 도박을 건 셈이오."

"아……."

"튜니아 신전령의 성기사들을 이끌고 왔을 거요. 수도에서 노역을 시킬 인부들로 가장해서 말이오."

뒤를 돌아보니 여전히 연기가 올라가고 있었다.

"북문을 탈환한 다음에는요?"

"황궁을 점거해야지."

등골이 오싹해졌다.

"그래서 라니에로를 밖으로 끌어냈군요. 저를 구출하고, 그가 없는 동안 황궁을 점거하기 위해서."

"그렇소. 원래는 그를 국경 근처까지 끌어들이려고 했소. 그가 그쪽까지 고개를 내밀면 수도에서 작전을 개시하기 훨씬 편해지니."

하지만 라니에로는 멀리 갈 생각이 없었다. 나를 침실에 가두어 뒀으니까.

"장소가 헤카타로 정해져 좀 촉박하게 움직여야 했소만, 일이 잘 풀리고 있으니 됐소."

리처드가 다시 내 등을 탁탁 치며 웃었다.

"조금만 더 갑시다. 그 다음엔 야영을 해야겠소. 불을 피울 수 없으니 춥겠지만……."

나는 작게 고개를 끄덕였다. 그런데 조금만 더 가자는 리처드의 말에 따를 수 없었다. 손발에 무거운 족쇄를 채운 것처럼, 갑자기 몸이 굳어 버렸다. 한동안 들리지 않던 계시적 목소리가 머릿속, 손끝, 발끝……. 신체의 모든 곳에서부터 밀려들어 와 전신을 채웠다.

나의 신이 내게 경고했다.

악틸라가 섭리와 거래했다!

* * *

라니에로는 뺨 위에 달라붙은 머리칼을 쓸어 넘기며 숨을 몰아쉬었다. 그의 눈이 환희로 번득거렸다. 죽어 가는 자들의 비명과 신음이 아직도 귓가에 쟁쟁했다. 머릿속의 목소리가 기뻐서 춤을 춘다. 술에 취한 듯, 라니에로는 몹시 나른하고 즐거워졌다. 무기를 휘둘러 뼈를 부수고 살덩이를 꿰뚫는 동안, 익숙한 고양감이 전신을 뒤흔들었다. 그는 그런 것을 좋아하는 사람이다. 그의 신은 그런 것에 기뻐하고 보상을 주는 존재다.

반란군과 민간인을 가르는 일은 그에게 거추장스럽다. 가리지 않고 죽이면 일이 빠르고 쉽게 끝난다. 이성을 차릴 일이 없으니 싸움도 즐겁다. 라니에로에게 인간은 개미와 같다. 어린애들이 개미집 둔덕을 파내 개미 떼를 밟으면서 양심의 가책을 느끼지 않듯, 라니에로도 사람을 죽이며 양심의 가

책을 느끼지 않는다.

악틸라는 간만에 재미있는 것을 보아 배를 불렀다. 라니에로가 데려온 악틸러스의 기사들은 공포와 경외에 젖었다. 사실, 그 두 단어는 악틸러스에서는 동의어나 다름없다.

기사들은 라니에로에게서 신의 모습을 보았다. 그들의 신은 꼭 라니에로처럼 아름다울 것 같았다. 금으로 자아낸 듯한 머리칼, 심혈을 기울여 다듬은 듯한 얼굴과 몸, 그리고 섬뜩하고 그윽한 목소리를 가졌을 것만 같다. 아름답고 강한 신은 경배를 받아 마땅하다. 기사들은 악틸라의 대자를 가장 가까이에서 보필하고, 그가 행하는 '가장 악틸러스다운 일'에 동행할 수 있어서 영광이었다. 그들이 하염없이 군주를 바라볼 때, 갑자기 라니에로가 몸을 확 돌렸다. 그의 표정이 빠르게 굳었다. 낯빛이 창백해졌다.

"앤지."

신음처럼 흘러나온 말을 들은 이는 아무도 없었다.

기사들의 고개도 같이 돌아갔다. 수도 방향에서 연기가 올라가고 있었다. 누군가에게 신호를 보내는 형상이었다. 악틸러스 사람들은 불을 피워 서로에게 신호를 보내지 않는다. 수도의 모든 관문 옆에 위치한 전망대에서 묵직한 소리가 나는 종을 울린다.

날카로운 예감이 그들의 간담을 서늘하게 했다. 수도에 무슨 일이 벌어진 것이 분명했다. 라니에로가 자리를 비우자마자. 설마, 헤카타로 라니에로를 끌어낸 것이 반동분자들의 계획인 건가? 깨달음은 너무 늦었다.

"폐, 폐하!"

누군가 매달리는 어조로 라니에로를 돌아보았다. 그런데 그들의 황제가 조금 이상했다. 라니에로는 무기를 떨어뜨리고, 어깨를 수그린 채 비틀거리고 있었다. 사방에 널브러진 시체 사이에서 좌우로 이상하게 비틀거리는 라니에로의 모습이 몹시 기이했다.

그의 입술 사이로 끔찍한 소리가 흘러나왔다. 싸움을 거는 고양이가 내는 울음소리 같았던 소음은 곧 천지를 울릴 것처럼 거대한 비명으로 변했다. 인간의 몸에서 나는 소리라고는 믿기 어려울 정도였다. 기사들은 다리가 후들거려 그대로 무릎을 꿇었다.

잠시 후 라니에로가 고개를 들었다. 그의 걸음걸이는 여전히 지그재그로 휘청거렸고, 언제나 곧바르던 자세가 이상하게 구부정했다. 반짝이던 두 눈에 검은 안개라도 들어찬 것처럼, 눈구멍이 온통 시커멓게 보였다. 벌어진 입 안도 시커멓게 보이기는 마찬가지였다.

악틸러스의 수도에 이상이 생긴 것을 알아챈 순간, 당황한 악틸라는 마침내 고개를 조금 들어 라니에로의 등에서 시선을 뗐다. 시야를 넓혀 수도 전체를 내려다본 악틸라는 그제야 성녀의 탈출과 수도의 위기를 알아차렸다.

라니에로를 죽일 성녀가 헤카타로 오고 있었다. 라니에로가 부재한 수도의 병력은 기습에 우왕좌왕했다. 그 꼴을 보자 다급해진 악틸라가 앞뒤 볼 것 없이 섭리와 거래했다. 지상과 신계를 아우르는 규칙을 부수었다.

그가 아들의 몸을 그릇 삼아 지상에 강림했다.

* * *

튜니아가 보내는 메시지의 전달력이, 여느 때보다 훨씬 압도적이었다. 전신을 울리는 강렬함에 내 몸이 뻣뻣하게 굳고 고개가 뒤로 꺾였다. 리처드가 당황하는 것이 느껴졌다. 안젤리카, 안젤리카! 나를 내내 '황후'로 부르던 그가, 다급한지 내 이름을 부르며 어깨를 흔들었다.

하지만 내 정신은 이미 지상을 벗어나 신계에 붙들려 있었다. 육신에서 영혼만 잡아 뽑은 것처럼, 나는 한없이 위로 올라갔다. 나는 신의 시야로 지상을 내려다보았다.

폐허가 된 헤카타. 그 가운데, 악틸라에게 의식을 잠식당한 라니에로가 있었다. 내 시선이 그에게 빨려 들었다.

그는 언제나처럼 눈에 띄었다. 하지만 그를 상징하는 자신만만함과 화려함은 간데없었다. 그를 감싼 공기가 탁하고 음습했다. 그러나 그 존재감은 평소보다 훨씬 압도적이었다.

그 존재를 감지하는 것만으로도 인간들의 손발에 무형의 족쇄가 걸린다. 형체 없는 손이 목을 졸라 호흡이 곤란해진다. 눈이 마주치는 순간 갖가지 절망의 환상이 눈꺼풀 뒤로 달라붙는다.

라니에로의 거죽을 입은 악틸라가 그저 걸음을 옮겼다. 신의 걸음이 미치는 파급력은 어마어마했다. 그 어깨에 생지옥이 매달려 있었다.

튜니아의 시야와 안젤리카의 시야가 몇 초간의 간격을 두고 번갈아 보였다. 그러다 어느 순간 한계에 도달한 듯, 나는 신이 보여 주는 광경에서 튕겨 나왔다. 가슴이 크게 부풀었다. 나는 잠시 몸을 가누지 못하고 휘청거렸다.

"괜찮소? 정신이 드시오? 나를 알아보겠소?"

놀란 리처드가 다그치듯 물었다. 나는 색색 숨을 몰아쉬었다. 두피가 식은땀으로 젖어 들었다.

"가야 해요……. 헤카타로 가야 해요."

"물론 헤카타에 갈 거요. 안젤리카, 일단은 쉽시다."

리처드가 두르고 있던 짧은 망토를 재빨리 풀어 바닥에 깔았다.

"여기 앉으시오."

나는 고개를 저었다.

"지금 가야 해……."

내 말에 리처드는 곤란하다는 얼굴을 했다.

"해가 지고 있소."

야간 이동은 위험할 뿐 아니라 체력을 훨씬 더 많이 소모한다. 그의 우려를 이해한다.

"나는 갈 거예요."

리처드를 비롯한 세 사람의 동요가 느껴졌다.

"안 되오."

리처드의 의사는 중요하지 않다. 나는 갈 거다. 나는 리처드를 밀어내고 억지로 걸음을 뗐다. 그러자 다른 동료들이 리처드에게 합세해서 나를 만류했다. 나는 꿋꿋하게 걸었다. 내 고집이 쉬이 꺾이지 않자 리처드가 두 동료와 시선을 교환했다.

"좋아요, 갑시다."

결국 리처드가 두 손 두 발 다 들었다는 듯 한숨을 쉬었다. 하지만, 아니. '갑시다'가 아냐. 같이 가자는 게 아니야. 나는 리처드의 녹색 눈동자를 똑바로 들여다보며 말했다.

"나 혼자 갈 거예요."

리처드 또한 나를 똑바로 바라보았다.

"그럴 수는 없소. 에덴이 당신을 내게 맡겼소. 나는 책임을 져야 하오."

나는 말없이 그를 응시했다. 에덴이 왜 리처드에게 나를 맡겼는지 그는 알까? '튜니아의 검'으로서 떠안게 된 '실패할 운명'마저 상쇄해 버릴 거대한 행운을 가진 사람이 그라서 그렇다. 내게 그를 붙여 두면, 적어도 내가 무사히 라니에로에게 도달하지 않을까 싶은 희망을 품은 것이다.

하지만 나는, 바로 그래서 리처드와 함께 갈 수 없다. 리처드가 나와 함께 간다면 그는 라니에로의 외피를 덮어쓴 악틸라를 마주하게 된다. 그러면 리처드는 분명히 죽는다. 그러도록 두어서는 안 된다.

나는 갑자기 옷 속으로 밀려들기 시작한 한기에 가볍게 떨며 북서쪽을 바라보았다. 격렬하게 타오르는 석양을 가르듯 아직도 몇 줄기의 연기가 올라오고 있었다.

"당신은 저쪽으로 가야 해요. 수도로. 싸우러요."

그의 행운을 오직 나만을 위해 소모해서는 안 돼.

"여기까지 같이 와 줘서 고마워요. 이제 여기서 갈라져요."

나는 그렇게 말하고 리처드를 지나쳐 걸었다. 걷다가, 달렸다. 숨이 턱 끝까지 차오를 정도로. 저 뒤쪽에서 리처드가 내 이름을 외쳤다. 나는 대답하지 않았다. 그가 따라오며 나를 불렀다. 그 목소리는 얼마 지나지 않아 작아졌다.

머리 위로 한두 방울씩 비가 떨어지기 시작했다. 어깨에 동그란 물방울 자국이 아로새겨졌다. 나는 서서히 속도를 늦추고, 상체를 숙여 무릎을 짚었다.

이 세계에 와서 처음으로 온전히 이타적인 결정을 내렸다. 왜 그랬는지는 나도 몰라. 마지막이 다가오니까 감상적으로 변했는지도 모르지. 스스로가 영웅적인 결정을 내렸다고 생각하고 싶지는 않았다. 그건 너무 낯간지럽고 나답지 않잖아.

* * *

신을 담는 그릇으로 전락하고도 라니에로의 의식은 깨어 있었다. 다만 그는 육신의 움직임에 조금도 개입하지 못했다. 그의 신체의 지배권은 모두 악틸라가 쥔 채였다. 그러나 의식이 깨어 있는 것과 마찬가지로, 감각 또한 여전히 느껴졌다. 그래서 라니에로는 몹시 생경하고도 불쾌한 경험을 하게 되었다. 목구멍에서 가래가 낀 듯 그륵거리는 소리가 났다. 날카로운 이명이 바깥 소리와 섞여 들려 머리가 깨질 듯 아팠다.

한낱 인간의 육체는 신을 담기에 역부족이다. 아무리 지상에서 가장 신에 가깝다고 여겨지는 라니에로의 육신이라고 해도 예외는 아니었다. 부위를 가리지 않고 실핏줄과 피부가 숱하게 터졌다가, 악틸라가 가진 본연의 힘 때문에 곧장 아물었다. 야트막한 통증이 밀려왔다 사라지기를 반복했다. 상처가 났던 곳에는 피 흘렀던 자국이 그대로 머물렀다. 언제나 아름답던 얼굴이 피 얼룩과 미처 떨어져 나가지 못한 딱지로 뒤덮이기 시작했다. 시야가 흐릿하게 깜박거렸다. 그래도 무슨 일이 벌어지는지 분명히 볼 수는 있었다.

악틸라는 그저 걸었다. 그저 걸을 뿐인데 통곡과 울부짖음이 헤카타의 폐허를 메웠다. 라니에로는 울부짖는 병사들이 뭐라고 하는지 알아들을 수 없었다. 당연한 일이다. 의미 없는 울부짖음이었으니까. 다들 자기만이 알아들을 수 있는 말로 애원인지, 호소인지 모를 소리들을 해 댔다. 아비규환이었다. 보통 인간의 정신으로는 악틸라의 존재를 감당할 수 없었다. 그들은 악틸라의 형상을 목격한 눈, 악틸라의 기척을 들은 귀를 거침없이 스스로 찔렀다.

그런다고 신의 존재를 외면할 수는 없었다. 피부로 느껴지는 을씨년스러움, 스산함……. 공기의 향과 맛마저 이상해졌다. 구더기 끓은 과일처럼 들큼하고 불쾌한 냄새와, 정체 모를 비린내가 코와 입에서 진동했다. 악틸라를 목격한 이들은 더 이상 견디지 못했다. 눈이 뒤집혀 앞뒤 가리지 않고 서로를 베고 꿰뚫었다. 어떤 이는 화형을 당하는 사람처럼 괴성을 지르며 몸을 비틀었다.

신에게 주권을 빼앗긴 라니에로는 왠지 그 꼴이 별로 재미있게 느껴지지 않았다. 자유를 박탈당하고 의식이 갇혀 버린 처지이기 때문일지도 모른다.

악틸라는 미쳐 버린 사람들을 뒤로하고 수도를 향해 전진했다. 몸을 공유하고 있었기에, 악틸라가 무엇을 알고 무슨 생각을 하는지 라니에로는 고스란히 느낄 수 있었다.

안젤리카가 오고 있다. 침입자들의 손에 풀려나, 라니에로를 죽이러. 악틸라는 그녀를 죽이고 수도에 입성하여 지상의 존재들에게 모습을 드러내 보일 작정이었다. 그러면 악틸러스 사람들과 반동분자들을 구분하는 의미 없이, 모두 헤카타의 병사들처럼 미쳐 버릴 것이다.

악틸라의 존재가 내뿜는 영향력 아래 사람들은 차마 경배조차 올릴 수 없다. 원초적 공포와 악몽이 인간들을 뒤흔들어 이성을 좀먹고 짐승으로 만들 테니. 악틸라는 그들에게 '가서 너 태어난 곳에 환란을 전하라'고 명령할 것이다. 그러면 그들은 입 안에 공포의 저주를 담고 소중한 고향으로 돌아가, 사랑하는 이들 앞에 그것을 모두 게워 내리라.

이 절망적인 전망에 저항하는 것은 불가능하다. 인간의 의지로는 역부족이다. 라니에로조차도 자신의 육체에 갇힌 채 상황을 바라보기만 할 뿐이다.

악틸라와의 협상은 요원했다. 라니에로가 악틸라의 대자로, 악틸라와 가장 가까운 위치의 인간이어도 마찬가지다. 그와 동등한 위치의 신들조차 무수히 대화를 시도했음에도 모조리 실패하고, 섭리에게 간청해 악틸라를 죽일 무기를 내려 달라고 빌었음을 잊으면 안 된다.

무기, 안젤리카······.

라니에로는 덜컥 겁이 났다. 악틸라가 그녀를 부수어 없애려고 한다. 용납할 수 없었다. 안젤리카는 어디에도 가지 않고 라니에로만 바라보며 살아야 했다. 라니에로는 고의적으로 안젤리카를 망가뜨렸지만, 그건 두 사람이 함께할 '이상적인 미래'를 위해서였다······. 모든 것을 입맛에 맞추기 위해 얼마나 섬세하게 굴었던가.

라니에로는 고함을 질렀다. 그러나 그것은 소리 비슷한 것도 되지 못했다. 당연히 악틸라에게도 닿지 않았다. 그가 침실에 안젤리카를 가두어 놓았듯, 악틸라가 육신 깊숙한 곳에 라니에로를 가두어 버렸다. 갇혀 있는 동안 안젤리카가 느꼈던 것과 비슷한 무력함을 라니에로는 고스란히 느꼈다. 그가 손쓸 수 있는 건 아무것도 없었다. 모든 것이 그를 지배하는 자의 의지에 달려 있었다. 고립감에 막막했다. 상황이 최악으로 치닫는 것을 바라보기만 해야 했다.

휘청휘청 느리게 걷는 것 같은 악틸라가 이동하는 속도는 생각보다 훨씬 빨랐다. 눈 깜박할 사이에 헤카타 호수에 도달해 있었다. 낮에 빛을 빨아들인 수생 생물이 밤마다 묘한 초록색으로 발광하는 헤카타 호수. 해가 져 어둑해진 밤의 숲에서 헤카타 호수가 빛나기 시작했다. 갑자기 악틸라가 걸음을 멈추었다. 라니에로가 그의 시야를 공유받았다.

십수 발짝 너머에서 분홍빛 그림자가 어른거렸다. 아, 익숙한 인영이다.

하지만 어쩐지 낯설기도 했다. 안젤리카는 라니에로가 모르는 옷을 입고, 한 번도 본 적 없는 표정으로 그를 응시했다. 그녀가 거죽을 뚫고 자신을 똑바로 바라보는 것 같다고, 라니에로는 생각했다.

'추워.'

두피로, 목덜미로 떨어지는 빗방울이 내 체온을 앗아 간다. 얼어 버린 손끝이 평소보다 단단하게 느껴졌다. 감각 없는 손으로 화살을 쥐고 시위에 걸었다. 활을 든 팔을 지면과 수평으로 들어 올렸다. 시위를 한껏 당기고 숨을 죽였다.

악틸라가 내뿜는 존재감의 영향력은 이상하게 나를 조금도 구속하지 못했다. 내 이성은 또렷했고, 악틸라의 무엇도 나의 의지에 간섭할 수 없었다. 환멸이나 체념의 그림자조차도 나를 건드리지 않는다. 그래, 나는 악틸라를 제거할 무기니까. 나는 굳어 가는 입술을 움직였다.

"악틸라."

나의 부름에 신이 진저리를 치며 끔찍한 소리를 냈다. 녹슨 철판을 못으로 긁어 대는 것 같다. 나는 눈썹을 찡그렸다. 섭리와의 계약에는 대가가 뒤따른다. 나는 악틸라가 계약의 값으로 무엇을 치렀는지 깨달았다.

"그 몸에 갇혔구나."

신은 직접 죽일 수 없다는 것이 섭리가 세운 원칙이다. 당연하다. 관념은 칼로 찌른다고 상해를 입지 않는다. 서로를 죽일 수 없는 신들이 섭리에게 간청해 악틸라를 죽일 무기를 받았지만, 그 무기마저 우회적으로 작동했다. 튜니아의 성녀가 악틸라의 대자를 죽이면, 신앙의 구심점이 무너져, 존재하기 위한 양분을 지상으로부터 끌어올 수 없는 악틸라가 쓰러지는 방향으로. 그러나 이제 악틸라는 지상에 직접 영향력을 행사하기 위해 라니에로의 몸 속에 강림했고, 그 안에 감금되어 버렸다.

즉……. 내가 여기서 라니에로의 육신을 죽이면, 악틸라도 죽는다.

'무섭다.'

나는 떨면서 입술을 끌어 올렸다. 기묘하다. 나의 공포는 악틸라로부터 기인하지 않는다. 내가 무서워하는 대상은 라니에로다. 스스로에게 비웃음을 보낸다. 신을 눈앞에 두고도 인간을 두려워하나.

나는 시위를 놓았다. 비 내리는 밤 공기를 가르고 화살이 날아갔다. 첫 화살은 그의 발목을 꿰뚫었다. 옛 성소에서 라니에로의 화살이 나를 다치게 했듯.

당연한 소리지만, 라니에로는 무장하고 있었다. 경장이긴 했어도 치명상을 입을 만한 부분은 갑옷으로 보호하고 있어 어디를 노려야 할지 몰라 망설여졌다. 어쩔 수 없이 노린 부위가 발목이었지만, 생각 외로 큰 효과를 보았다.

난생처음 살이 찢기는 '격통'을 느낀 악틸라가 비명을 질렀다. 그것은 펄쩍펄쩍 날뛰었다. 하지만 그럴수록 상처는 벌어지기 마련이다. 성녀가 낸 상처는 아물지 않았다. 고통이 이어졌고 악틸라는 괴로워했다. 육신을 처음 가져 본 그는 고통을 다루는 방법에는 전혀 일가견이 없었다.

두 번째 화살이 날아갔다. 눈을 노려 쏘았지만 악틸라가 몸부림을 치고 악을 썼기 때문에 아슬아슬하게 빗나갔다. 그의 귀에서 피가 흘렀다.

"아아아아악!"

시꺼먼 안개가 드리워 있던 눈에 잠시 붉은빛이 스쳤다. 그 눈이 나와 그가 서로를 잘 몰랐을 때처럼 영롱하게 반짝였다. 등줄기의 솜털이 일제히 일어섰다. 악틸라가 고통에 젖어 도망치려 들 때마다, 라니에로의 의식이 수면 위로 떠올랐다가 사라졌다. 찰나의 순간 라니에로가 잠시 제 몸의 지배권을 탈환했다가, 도로 신에게 빼앗겼다.

나는 숨을 몰아쉬었다. 차가운 몸에 열이 돋기 시작했다. 젖은 머리칼이 뺨에 착 달라붙었다. 나는 활을 바닥으로 버렸다. 대신 화살을 손에 쥐었다.

"라니에로."

조금만 있으면 그를 만난 지 1년이 된다. 하지만 그의 이름을 입 밖으로 내어 불러 본 건 처음이다.

라니에로가 나의 부름에 반응했다. 고통에 시달리는 악틸라가 어찌할 바를 모르는 사이, 그의 발끝이 움직였다. 어둠 너머로 붉은빛이 이쪽을 향한다. 나는 다가가며 속삭였다.

"그래……. 이리 와. 이리 와……."

라니에로의 발이 부자연스럽게 땅에 끌렸다. 그가 조금씩 내게 다가왔다. 나는 혹여라도 놓칠까 봐 화살을 세게 움켜쥔 채 팔을 벌렸다.

"이리 와."

악틸라의 혼란을 기회 삼아 라니에로의 의식이 꿈틀거리고, 그는 마침내 불완전하게나마 육체의 지배권을 되찾았다. 추운 날 램프 불이 깜박거리듯 그의 눈구멍 속 홍채도 빛을 찾았다, 잃기를 반복한다. 그는 금방이라도 넘어질 것처럼 휘청거렸다. 그런 와중에도 포기하지 않고 거리를 좁혔다. 그 맹목적인 허우적거림은 여러 가지 심상을 불러일으킨다.

마침내 그가 손 닿을 만큼 가까워졌다. 나는 찬찬히 그를 향해 손을 내밀었다. 손끝에 와 닿는 숨결이 뜨겁다. 열병에 걸린 사람 같다. 불현듯 붉은 눈동자가 심연에 집어삼켜졌다. 다시 의식의 전면에 나선 악틸라가 소름 끼치는 소리로 으르렁거리며 내 목을 움켜쥐었다.

나는 발작하듯 기침하고 그 손목을 부여잡았다. 악틸라는 나를 물어뜯을 듯 아가리를 벌렸다. 입 안의 어둠이 밤비보다 서늘하고 을씨년스러웠다.

"큭……."

내 가슴이 크게 오르내렸다. 머리가 아프도록 저리고 의식이 멀어질 무렵, 갑자기 내 목에서 손이 떨어졌다.

나는 라니에로의 품에 무너지듯 안겼다. 관절이 부자연스럽게 뚝뚝 꺾이는 소리가 들렸다. 내가 인식할 수 없는 곳에서 치열한 싸움이 벌어지고 있었다.

"하아, 하아……."

나는 안긴 채로 라니에로의 등을 더듬었다. 라니에로를 가까이 부른 것은 갑옷을 벗기기 위해서다. 하지만 내 손으로 걸쇠를 풀 수 없었다. 손으로만 더듬어 파악하기엔 생각보다 구조가 복잡했고, 내 손은 밤비 때문에 곱아 있었다. 그리고 라니에로의 몸이 자꾸만 움직였다……

"쉿, 가만히 있어. 가만히……"

서로에게 체온이 옮았다. 나는 그가 듣는지 아닌지도 모르면서 그를 달랬다. 운명적인 결투라기엔, 지나치게 정적이고 보잘것없는 그림이었다. 멀리 있는 이들이 보기엔 다정한 연인 같은 형상일지도 모른다.

라니에로의 잇새에서 의미 없는 신음이 흘러나왔다. 나는 무심코 그를 올려다보았다. 그 또한 나를 내려다보았다. 누가 몸의 주도권을 갖느냐에 따라 표정이 시시각각 변했다. 나는 잠시 그 변화무쌍함에 시선을 빼앗겼다가, 빙그레 웃었다.

"그러고 보니 내내 얼굴을 보고 있었네."

당신이 투구를 벗고 있어서.

갑옷을 벗길 필요가 없었구나.

움켜쥔 화살촉에 호수의 발광체가 내는 빛이 반사되어 번득거렸다. 나는 있는 힘껏 화살촉을 라니에로의 목에 내리꽂았다.

검은 피가 내 손으로 왈칵 쏟아져 흘렀다. 빗방울이 무겁고 거칠어졌다. 쏴아, 아프게 내 머리와 어깨를 때리고 목의 피를 씻어 흘려보냈다. 이를 악물고 화살촉을 더 깊게 밀어 넣었다. 피가 거짓말같이 많이 흘렀다. 라니에로가 몸을 수그리더니 새카만 색의 피를 토해 냈다.

나는 화살을 놓았다. 손이 벌벌 떨렸다. 라니에로가 균형을 잃고 내 쪽으로 넘어졌다. 나는 그 무게를 이기지 못하고, 그를 끌어안은 채로 바닥에 주저앉았다.

"윽……"

나는 자세를 추스르고 라니에로를 무릎 위에 곧게 눕혔다. 피는 멎을 줄 모르고 흘렀다. 보통 사람의 몸 속에 들어 있는 혈액의 양을 아득히 넘어서,

가히 폭발적이라고 표현해도 좋을 만큼.

땅이 검게 물들고 막 돋아나기 시작한 풀이 녹아 버렸다. 그의 피에서는 피비린내라고 부르기에는 좀 오묘한 냄새가 났다. 게다가 타르처럼 끈적끈적 뭉치고 기분 나쁘게 달라붙었다.

라니에로가 입을 뻐끔거렸다. 검은 안개가 걷힌 눈으로 나를 올려다보았다. 이 죽음에 세계의 존속이 걸려 있었다. 악틸러스는 오늘 무너진다.

무너져야 하는 나라.

죽어야만 하는 사람.

라니에로를 갱생시켜 약한 것과 공존하게 만들 수 있으리라는 기대는, 환상을 넘어서 망상이다. 내게만 무해하고 내게만 다정한 폭군이라는 명제도, 마찬가지로 망상이다. 그 폭군이 나를 어여삐 여긴다고 해도 마찬가지다.

이런 사람은 나와 사고의 본질이 다르다. 서로를 이해할 수 없다. 다른 부분 때문에 계속해서 충돌한다. 그는 단단하고 나는 무르기 때문에, 결국 부수어지고 깎여 나가는 것은 내 쪽이다.

나는 그의 목에 꽂힌 화살을 가만히 바라보다 그의 양손을 모아 잡았다. 피부가 터졌다 나은 흔적이 곳곳에 산재해 있었지만, 성녀가 낸 상처는 생채기조차 없이 깨끗한 손. 저항하지 않았다는 증거였다. 나의 서툰 몸짓은 그의 눈에 뻔했을 텐데. 그는 다 알았을 텐데.

"왜 그랬어?"

정말 모르겠다. 왜 그랬는지. 당신은 언제나 자기 자신이 제일 중요했잖아. 내 마음은 전혀 소중하지 않아서, 아무렇지 않게 손에 쥐고 우그러뜨리기도 했잖아.

"왜 갑자기 죽어 줄 마음을 먹었어?"

답을 들을 수는 없었다. 벌어진 입에서 다시 피가 울컥 쏟아졌다. 이번에는 새빨간 피였다.

"이번에도 변덕을 부린 거야? 자기 좋을 대로 나를 괴롭혔다가, 당해 주다가……."

라니에로가 손을 움찔거렸다. 시시각각 생명이 꺼져 가는 눈이 간절히 호소하는 바가 무엇인지는 바보 천치라도 눈치챌 것이다. 나는 죽음을 목전에 둔 사람의 소원을 들어주었다. 상체를 숙여 그를 끌어안았다.

심박이 희미하고 느리다. 애처롭게 구는 모습 또한 제법 가없다.

나는 고개를 기울인 채 그의 젖은 머리카락을 쓰다듬었다. 언제나 화려하게 눈길을 사로잡던 그는 이제 창백한 낯빛으로 죽어 가고 있었다. 그의 눈빛과 몸짓에서 사죄는커녕 후회조차도 찾아볼 수 없다. 그의 사상을 지배하던 악틸라가 죽어도 그는 여전했다.

옳고 그름을 판단하는 부분이 완전히 망가져 버린 사람. 이렇게 죽어 버리면 당신은 끝이구나. 아무것도 이해하지 못하고, 잠깐의 고통 끝에 편안한 안식으로 떠나는 거야. 그래서 튜니아가 말하길, 당신을 살해하는 것은 해방의 자비를 베푸는 것이라고…….

그의 뺨으로 눈물이 툭 떨어졌다. 이 죽음으로 모든 사람이 간절히 바라던 것을 이룰 것이다. 실비아가 원하던 복수는 끝나고, 리처드가 원하던 평화가 찾아오고, 에덴이 원하던 귀환이 가능해진다.

하지만 그러고 나면 내 손에는 무엇이 남나.

"난 당신에게 사죄를 받고 싶었는데……."

눈물이 걷잡을 수 없이 흘렀다. 그의 얼굴로 떨어지는 것이 빗방울인지 눈물인지 알 수 없었다.

"그게 안 된다면, 내가 받은 고통을 똑같은 방식으로라도 되돌려 주고 싶었어……."

그럴 수 없지. 당신이 일방적으로 너무 높은 곳에 있었으니까. 그래서 내가 끝내 마음을 다 주지 못했다고.

라니에로가 가느다랗게 숨을 쉬는 소리가 들렸다. 나는 서러움과 억울함,

그리고 쓸데없는 연민 때문에 오열했다. 그러던 와중, 나는 다소 뜬금없는 이름을 떠올렸다.

'세라피나.'

나는 검게 물든 땅을 돌아보았다. 비에 푹 젖은 몸이 벌벌 떨렸다. 나의 기억은 그 순간 튜니아 신전령에서 있었던 일을 고스란히 재생하고 있었다. 침대에 앉은 내게 긴 이야기를 해 주던 상냥하고 청아한 목소리.

여기 적힌 주술은 각각의 이름이 붙어 있고 전부 효과가 다르다고 적혀 있지만, 실은 성공 시 단 하나의 결과만 불러일으킵니다.

섭리를 만나는 것이요.

내 무릎 위에 얹혀 있던 보라색 표지의 양장서.

기억이 더 멀리 뜀을 뛴다.

에덴이 내게 넘겨 주었던 페이지의 문장이 눈앞에 선명하게 아로새겨졌다.

[술식의 정확성도 중요하지만 그것보다 더 중요한 것은 술자의 힘과 염원이다.]

그 책에는 진실과 거짓이 섞여 쓰여 있다.

술식은 전혀 중요하지 않다. 어차피 모든 술식의 결과가 단 하나의 결론으로 수렴된다면, 식에는 의미가 없다. 중요한 것은 술자의 힘. 나는 신을 살해할 권능을 부여받은 자. 그리고 염원…….

머릿속에서 비명이 울렸다.

'안 돼!'

신의 목소리였다. 아찔한 두통에 나는 머리를 부여잡았다.

'섭리와의 계약은 반드시 대가를 치른다. 무엇을 대가로 내놓을지도 모르는 채로!'

그 어느 때보다도 선명하게, 그는 나를 꾸짖었다. 그러면 내가 더럭 겁을 먹고 물러날 줄 아는 양. 당신의 충실한 어린양이었던 세라피나에게도 통하지 않았던 방법인데.

"신이시여, 제가 당신을 사랑해서 여기까지 왔다고 생각하시면 큰 오산이에요……."

당신의 가치를 이해합니다. 하지만 사랑할 수는 없어요. 당신이 연민과 포용을 아는 존재여서 더더욱 그래요. 나에게만 가혹한 자비의 신. 당신을 실망시킬 수 있다고 생각하니 정말 기뻐요.

나는 눈을 감았다. 그리고 가장 높은 곳에 존재하는 개념을 불러들였다. 나는 _____을 갖고 싶었다.

* * *

사납게 내리던 비가 그쳤다.

파랗게 질린 입술로 벌벌 떨며, 에덴이 움직였다. 그는 물길을 따라갔다. 이 주변의 모든 물은 헤카타 호수로 흘러 들어가니까.

먼동이 터 왔다. 하늘에서 어둠이 조금씩 밀려나고, 새벽빛이 발 아래를 비추었다. 조금만 더 견디면 햇빛이 한기도 몰아내 줄 것이다.

가쁜 숨을 고르며 계속 물을 따라가던 에덴의 발끝이 순간 멈칫했다. 땅이 이상했다. 누가 땅에 검은 물감을 뿌려 둔 것 같았다. 그 검은 토양 위에 살아 있는 것은 아무것도 없었다. 풀 한 포기도, 벌레 한 마리도. 밟기에 무척 거북했다.

에덴은 그 이상한 땅을 못 본 체하며 나아갔다. 하지만 어느 순간부터는 도저히 외면할 수 없게 되었다. 헤카타 호수를 중심으로 두고, 넓은 땅이 죄다 시커멓게 변한 채였다. 그는 난감하게 발치를 둘러보다가 고개를 들었다. 오염된 땅 사이 호수만이 부자연스러울 정도로 반짝거렸다. 호숫가에는 안젤리카가 앉아 있었다.

에덴이 외쳤다.

"연지 씨!"

안젤리카가 돌아보았다. 그녀로부터 몇 보 떨어진 곳에 라니에로가 쓰러져 있었다. 목에 화살이 꽂힌 그는 미동조차 없었다. 목덜미에 쭈뼛, 솜털이 곤두섰다. 심장이 쿵쿵 뛰었다.

안젤리카가 해냈다. 결국, 기어이.

호수로부터 불어오는 바람이 따뜻했다. 제법 봄 느낌이 났다. 비를 맞아 얼어 있던 몸을 살짝 녹이고, 안젤리카의 목소리를 실어 에덴에게로 날랐다.

"다 끝났어요."

그녀의 목소리가 이상하리만치 가까이에서 들렸다. 에덴은 위화감에 눈썹을 살짝 찌푸렸다.

"악틸라의 피가 준비됐어요. 당신은 돌아갈 수 있어요."

당신은?

상당히 묘한 단어 선택이라고 생각하던 찰나, 안젤리카가 일어나 무릎을 툭툭 털었다.

"제가 뭘 하든 도와주신다고 했던 거 고마워요. 그런데 저, 사실 돌아가서 하고 싶은 게 없어요. 그래서 그때 아무런 말도 못 했던 거예요."

그녀의 목소리에서 머쓱한 기색이 묻어났다.

"어떤 사람들은 꿈도 목표도 없이 그냥 주어진 하루를 흘려보내기만 하거든요. 좀 한심하죠?"

한심하다는 자조적인 발언은, 신을 살해한 업적을 세운 사람에게 향하기에는 어폐가 있었다. 에덴은 안젤리카의 말을 부정하려고 했다. 그런 건 일단 돌아가서 찾으면 찾아질 거라고. 그래서 여기 남겠다는 거냐고……. 제발 멍청한 소리 좀 하지 말라고. 여기에는 불행밖에 없는데.

그런데 입이 떨어지지 않았다. 삶의 목표가 일단 돌아가면 무조건 생길

거라고 어떻게 보장하나. 그걸 어떻게 자신이 판단하나. 그런 발언은 너무 무책임하다. 여기에는 불행밖에 없다는 단언도 마찬가지로……

"수현 씨, 저, 여기엔 남아서 해 보고 싶은 게 있어요. 좀 불순하고 음험한 일이지만……"

안젤리카는 그렇게 말하며 호수에 발을 담갔다. 에덴은 잠긴 목소리로 웅얼거렸다.

"다 하는 데 얼마나 걸리는데요?"

"음, 모르겠어요. 아마도 오래."

그 작은 소리를 대체 어떻게 들은 건지, 대답은 가뿐하게 돌아왔다.

"그러니 기다리지 말고 가세요."

"그럼 솜비니아로 가서 살아요. 당신 시녀 데리고."

안젤리카는 대답을 바로 하지 않고 웃으며 호수 안으로 한 발짝 더 내디뎠다. 그녀는 전에도 그랬듯 말끝을 흐렸다.

"이 너머에 살아 있는 사람은 아무도 없어요. 악틸라 때문이에요……. 그러니 이제 여길 봉쇄해도 불의의 미아는 나오지 않을 거예요."

"연지 씨."

안젤리카의 목소리가 바람에 날리는 홀씨처럼 가벼웠다. 그녀는 한없이 홀가분해 보였다.

"정말 고마웠어요. 당신에게 도움이 되어서 기뻐요."

그녀가 아무렇지도 않게 한 발짝 더 앞으로 나아갔다. 소리도 없이 그녀가 물에 빠졌다. 사람이 빠진 것 같지 않았다. 마치 물속에 돌덩이가 떨어진 것 같았다. 허우적거리거나 떠오르는 일 없이, 그녀는 그저 아래로 잠겨 들었다.

당황한 에덴이 오염된 땅을 밟고 호수 쪽으로 다가가려 했다. 그런데 그 순간, 검은 땅이 그를 밀어냈다. 그는 순식간에 제자리로 돌아갔다. 몇 번을 시도해도 마찬가지였다. 오염된 땅이 에덴을 거부했다. 헤카타 호수 쪽으로는 더 나아갈 수 없었다. 에덴은 아연해져서 호수를 바라보았다. 안젤리카를 집어삼킨 호수 옆에, 라니에로의 시신만 덩그러니 놓여 있었다.

몇 시간 후 리처드와 실비아를 비롯한 동료들이 물길을 따라 호수 근처에 도착했지만, 에덴과 마찬가지로 그 누구도 오염된 땅을 밟을 수 없었다.

* * *

"안식하시오."

봉분 위로 흙을 한 삽 더 떠 올리며 리처드 솜비니아가 속삭였다. 에덴은 아무 말 하지 않고 눈을 지그시 감은 채 고개를 숙였다. 그들 뒤로 십수 명이 늘어서 에덴과 마찬가지로 묵념했다. 묵념 사이로 가느다란 흐느낌이 터져 나왔다.

대주교가 비틀비틀 걸어와 무덤 위로 흰 베일을 덮었다. 세라피나는 그렇게 '가족'들이 있는 땅으로 돌아와 묻히게 되었다.

'만족하나요?'

에덴이 속으로 물었다.

'내 실패할 운명을 일부 가져가고 그렇게 스러져서, 만족합니까?'

죽은 사람은 답이 없다.

대주교를 비롯한 신도들은 신전령에서 안젤리카의 장례식 또한 치르기를 원했으나, 안젤리카의 유일한 가족이라 칭할 만한 시스엔이 거부했다. 에덴은 안젤리카가 돌아오지 않으리라는 소식을 전달받은 순간 오열하던 시스엔을 떠올렸다. 그녀는 바닥에 주저앉아 '공주님'을 찾으며 통곡했다. 그 모습을 바라보던 에덴의 혀가 까끌까끌했다. 눈 뜬 순간부터 공주님이 아니라 '황후'였던 '연지'는, 엄밀히 말하면 그녀의 애정과 충성이 향하는 대상이 아니었던 셈이다.

사람들이 흩어지고 나서도 에덴은 한동안 목석처럼 세라피나의 무덤 앞에 서 있었다. 리처드가 에덴의 곁을 지켰다.

　"식사하러 가죠."

　해가 뉘엿뉘엿 저편으로 넘어갈 때쯤에야 에덴이 말했다. 두 사람은 나란히 걸었다. 말이 많은 리처드 때문에 두런두런 이야기가 오갔다. 리처드는 에덴이 모르는 이야기를 제법 알고 있었다. 시스엔의 귀향, 실비아와 네르마 소공작의 솜비니아 망명……. 그 어떤 것에도 별 관심이 없었지만 에덴은 리처드가 무안하지 않을 선에서 꾸준히 대꾸해 주었다. 침묵은 리처드에게 먼저 찾아왔다. 석양이 드리운 그의 얼굴은 어쩐지 매섭게 보였다.

　"고백할 게 있소."

　에덴은 대수롭지 않게 말을 받았다.

　"하세요."

　그 예사로운 태도 때문에 리처드는 도리어 머뭇거렸다. 아홉 발짝을 걸을 동안 그는 망설였고, 열 발짝째 내디딜 때 나지막하게 속삭였다.

　"사람들은 라니에로 악틸러스를 죽인 게 나라고 믿고 있소."

　"그래서?"

　대꾸하는 에덴의 태도는 여전히 예사로웠다. 그의 반응에 리처드가 당황했다.

　"내가 아니잖소. 안젤리카가 헤카타 호수에서 황제와 대치하고 있을 때, 나는 그녀가 지시한 바에 따라 북문으로 향하는 중이었소. 나는 헤카타 호수 근처에 있지조차 않았소."

　"당신이 그걸 속으로만 생각할 위인은 아니니, 그런 소릴 하는 사람들 앞에서 펄쩍펄쩍 뛰며 정정하고 다녔겠군요."

　"하지만 소용이 없소."

　"그렇겠지. 이유는 당신도 알잖아요."

　석양이 드리운 리처드의 얼굴에 복잡한 표정이 떠올랐다. 그 또한 제왕학을 배웠고 이 현상을 해석할 수 있었다.

"알지만……."

"그럼 내버려 두세요. 역사서에 적을 영웅담과 무너진 악틸러스를 돌볼 새 구심점이 필요하니까."

"에덴."

"진실을 알리는 것보다는 '정당성'을 가지게 된 당신이 상황을 주도해서 빠르게 수습하는 게 중요하다고 생각하는데요, 전."

에덴마저 그런 소리를 하자 리처드로서는 더 할 말이 없었다. 에덴은 어깨를 으쓱했다.

"이것마저도 당신의 행운이라고 생각하세요. 그 여자가 살아 있었어도, 자기 공을 가로챈 게 당신이라면 별말 안 했을걸요."

리처드가 미심쩍게 에덴을 보고 물었다.

"당신, 괜찮은 거요?"

에덴은 왜 그런 걸 묻냐는 듯 리처드를 마주 보았다.

"안 괜찮을 건 뭔데요?"

* * *

옛 성소의 장서 보관소.

문은 아직 거기 버티고 있었다. 낙인처럼 찍힌 얄미운 문장도 그대로였다.

악틸라의 피가 준비되면 튜니아의 검으로 열어라.

에덴은 그 글귀를 손끝으로 더듬어 보다가 문고리를 돌렸다. 지난겨울과 달리, 문은 너무나 부드럽게 열렸다. 문 너머로 긴 복도가 있었다. 복도 끝에 새하얀 빛이 일렁거렸다. 여기를 지나가면 지긋지긋한 이 세계와 안녕이다.

'성공했다.'

성공이라고 생각해야겠지. 에덴은 숨이 막힐 때까지 공기를 들이마셨다가 한순간 내뱉었다.

그때였다.

"수."

등 뒤에서 여자아이의 목소리가 들렸다. 에덴은 소스라치게 놀라 돌아보았다. 부드러운 갈색 머리칼에, 우윳빛 피부 위로 주근깨가 맺힌 깡마른 소녀가 있었다. 에덴은 반신반의하며 물었다.

"날 불렀어?"

아이는 고개를 끄덕였다.

"수……."

아이는 고군분투하다 포기했다. 자연스러운 일이다. '현'은 이 세계에서 이름에 쓰이기는커녕, 잘 발음되지도 않는 글자다. 에덴은 오묘한 기분으로 아이를 내려다보았다.

"넌 누구지?"

"미이."

에덴의 눈초리가 싸늘하게 식었다.

"이름을 물어본 게 아닌데."

그 태도가 무서운지, 아이의 동공이 흔들렸다. 긴장한 어린애들이 으레 그렇듯 손을 자꾸만 움지럭거리고 몸을 비비 꼬았다. 아이다운 태도에 에덴의 맥이 탁 풀렸다. 그는 힘없이 질문했다.

"그 이름을 어떻게 아느냐고. 나는, 그 이름을……."

"한 사람 **빼면** 누구에게도 말해 준 적 없는데?"

에덴이 할 말을 미이가 가로챘다. 에덴이 다소 사납게 물었다.

"너 진짜 뭐야? 그걸 어떻게 알아?"

미이는 눈을 커다랗게 뜨고 주춤주춤 물러났다.

"그냥 생각났어요."

미묘한 기시감이 발목을 타고 올랐다. 에덴은 말없이 소녀를 뜯어보았다. 정말이지 처음 보는 얼굴인데, 이 기시감은 어디에서 오는 걸까. 그는 목소리를 조금 누그러뜨렸다.

"여긴 뭐 하러 왔지? 어린애가 옛 성소에 올 일이 없는데."

그래도 미이는 에덴이 조금 무서운 것 같았다. 발끝을 내려다보고 웅얼거렸다.

"그것도 그냥……."

"생각나서?"

미이가 냉큼 고개를 끄덕였다. 어린애와 선문답을 하는 건 딱 질색이었다. 에덴은 눈살을 찌푸렸다. 이상한 기분이 뒷덜미에 달라붙기는 하지만, 굳이 더 말을 섞을 이유는 없어 보였다.

"그냥 집에 가. 난 여기서 할 일이 있으니까."

하지만 미이는 떠나지 않았다. 둥근 눈으로 에덴을 말끄러미 바라보다 입을 열었다.

"안젤리카는 악틸라를 죽이고 신격을 얻어 섭리와 거래를 했어요."

몸에서 핏기가 싹 가시는 느낌이 들었다. 에덴의 목소리 끝이 살짝 흔들렸다.

"그것도 그냥 생각나서 하는 말이야?"

"네……."

에덴은 눈을 감았다. 안젤리카가 신의 목소리를 듣기 시작했을 무렵, 그녀는 '그냥 알게 되었다'는 말로 현상을 설명했다.

새 성녀로구나. 튜니아가 내게 전할 말이 있어 성녀를 이리로 보냈구나.

에덴은 문고리에 손을 얹은 채 속삭였다.

"그래, 계속 말해 봐."

미이는 안젤리카가 섭리에게 요구한 것에 대해 알려 주었다. 섭리와 거래를 하려면 상응하는 대가가 필요하다는 것까지. 세상의 이치를 뒤트는 일이어서 그렇다고.

에덴은 혀를 찼다. 그렇게 겁이 많더니, 손댈 수 없이 위험한 짓을 거침없이 저질러 버렸구나. 안젤리카의 요청이 무엇이었는지 들은 에덴이 미이에게 반문했다.

"그럼 대가는?"

"충분히 긴 잠……. 세상이 무수히 변해 악신의 죽음에 얽힌 모든 이해가 인류에게 의미 없어지고, 역사와 전설의 경계가 모호해질 때까지의 오랜 잠."

안젤리카는 누구에게도 방해받지 않고 잠을 자기 위해 호수 밑바닥으로 걸어 들어간 것이다.

"양호한 대가네."

에덴은 건조하게 평했다. 하지만 의문은 남아 있었다.

"다른 대가는 뭐지?"

미이는 눈을 깜박였다.

"안젤리카는 섭리에게서 두 가지를 얻어 냈다며. 그럼 지불해야 할 대가도 두 개지. 나머지 하나의 대가는 뭐지?"

"몰라요."

미이는 속삭였다.

"그건 안젤리카가 깨어나야 알 수 있을 것 같아요."

* * *

세상이 무수히 변해 악신의 죽음에 얽힌 모든 이해가 인류에게 의미 없어지고, 역사와 전설의 경계가 모호해질 만큼 오랜 시간이 흘렀다.

먼 옛날, 악틸러스의 헤카타라고 불렸던 지역은 그 기간 동안 봉쇄되어 있었다. 악신의 사체가 내뿜는 독이 살아 있는 모든 것에게 나쁜 영향을 끼쳤기 때문이다.

처음에는 버려진 땅을 개척하겠다는 의지를 가진 용기 있는 자가 여럿 손을 들었다. 하지만 그런 사람들은 하나도 빠짐없이 개처럼 침을 흘리고 사람을 물어뜯으려 드는 광증에 휩쓸려 어쩔 수 없이 격리해야 했다. 그들은 시름시름 앓다 죽었다.

오염된 땅을 밟고도 목숨을 부지할 수 있었던 건 당대 솜비니아의 국왕인 리처드 3세뿐이었다. 사실, 엄밀히 말하자면 그뿐만은 아니었지만, 좀 더 극적인 서술을 위해 역사가는 시스엔이나 실비아라는 보잘것없는 이름을 생략했다.

그들이 오염된 땅 너머 헤카타 호수로 전진할 수 있었다는 뜻은 아니다. 땅은 그들을 자꾸만 밀어냈다. 접근을 거부하는 듯. 결국 리처드 3세는 악틸러스 수도 동쪽 관문 너머로 향하는 길을 꼼꼼히 봉쇄했다. 아이들이 실수로라도 그쪽으로 향하지 않도록, 끔찍한 내용의 괴담이 구전되어 내려갔다.

그 이후 벌어진 갖가지 사건으로 악틸러스 수도 또한 사람이 살기 어려운 불모지가 되면서, 헤카타로 가는 길은 그 어떤 인간의 방해도 받지 않고 오랜 기간 동안 그저 방치되었다.

시간이 오래 지나자 땅에 변화가 생겼다.

안젤리카가 섭리에게 첫 번째로 요청한 것은, 악틸라의 사체 위에서 사라진 모든 것들의 부활이었다. 안젤리카의 긴 잠은 이것을 위한 대가였다.

시간이 흐르자 오염된 토양 아래에 벌레가 생겼다. 독에 내성이 생긴 생물이 신의 사체를 파먹었다. 숨 쉴 틈이 생기자 씨앗도 싹을 틔우고, 새들이 날아와 앉을 수 있게 되었다.

그리고 악틸라의 사체 위에서 목숨을 잃었던 아름다운 청년 또한, 새들이 귀찮게 지저귀는 소리에 눈을 떴다. 찡그린 눈에 버거울 정도로 눈부신 햇살이 쏟아졌다. 그의 마지막 기억은 비 오는 밤 안젤리카의 화살에 목을 찔린 것으로 끝났다. 그런데 영문을 알 수 없게도 땅은 말라 있었고 목에는 상처가 없었다.

라니에로는 손으로 주변을 더듬었다. 라니에로가 꿈을 꾼 것이 아님을 증명이라도 하듯, 그의 목 바로 옆에 화살이 떨어져 있었다. 그런데 라니에로의 손이 닿자마자 파삭, 부서져 가루로 흩어지고 말았다.

라니에로는 눈을 깜박였다. 영문을 알 수 없었다. 사라진 건 화살뿐만이 아니었다. 시리도록 머리가 맑았다. 라니에로에게 수시로 간섭하던 무엇인가가 사라졌다. 그는 눈을 깜박이다가 신이 죽었으니 당연하다는 결론을 내렸다. 악틸러스 사상의 근간이자 그에게 강대한 무력을 주었던 신이 사라졌는데, 일말의 유감도 느껴지지 않았다. 그는 비척비척 일어났다.

주변의 모든 것이 바뀌었지만, 헤카타 호수만은 그대로였다. 물이 늘지도, 줄지도 않고 한결같이 그 자리에 있었다. 누군가 깊은 잠에 빠진 보금자리였기 때문이다.

라니에로는 호수로 다가갔다. 수면 위에서 안젤리카가 자고 있었다. 그녀를 데리고 나오기 위해 호수에 발을 집어넣었지만, 물이 그를 도로 밀어냈다. 호수가 마음대로 그녀를 깨우지 말라고 아우성을 쳤다. 라니에로는 숱한 시도 끝에 체념했다. 그는 발만 적신 상태로 안젤리카를 바라보았다. 그녀는 깨어날 기미를 보이지 않았다.

라니에로는 그 주변을 떠나지 않고 호수 위의 안젤리카가 잠에서 깨어나기만을 기다렸다. 기다리는 것 외에는 달리 할 수 있는 일이 없었다. 안젤리카의 기상을 하염없이 기다리며, 라니에로는 스스로의 몸이 변했다는 것을 깨달았다.

허기와 졸음이 느껴지지 않았다. 혀에 대는 것은 전부 아무 맛도 나지 않았고 눈을 감아도 잠이 오지 않았다. 손목을 지그시 짚었는데, 맥조차 잡히지 않았다. 그가 되살아난 시체였기에.

그는 호수에 시선을 고정한 채 막연히 시간을 흘려보내고 또 흘려보냈다. 세상은 라니에로를 제법 기다리게 했다. 호숫가에서 수선화와 앵초가 차례로 피었다 지고 붓꽃의 꽃대가 올라올 때까지, 라니에로는 그저 기다려야 했다. 그러다 호숫가의 붓꽃이 일제히 봉오리를 벌린 날, 여름이 되어서야 안젤리카가 대가의 지불을 마치고 기적처럼 눈을 떴다.

"앤지."

눈을 뜬 그녀는 라니에로의 부름이 들린 방향으로 고개를 돌렸다. 라니에로는 그저 안젤리카가 깨어나 기뻤다…….

그녀는 사뿐히 물 위를 걸었다. 마침내 그녀가 호수 밖으로 걸어 나왔을 때, 라니에로는 본능적으로 일어나 그녀를 끌어당기려고 했다.

"안 돼."

그런데 그 순간 몸이 굳어 버렸다. 악틸라가 그를 부추길 때 듣던 속삭임보다 훨씬 강력한 권능이 그를 속박했다. 악틸라의 목소리는 신벌을 감수하면 거부할 수 있었다. 하지만 지금은 달랐다…….. 반항할지 말지 결정하기도 전에 몸이 먼저 움직였다. 그의 의지와는 아무런 관계도 없었다.

부드러운 목소리가 라니에로를 향해 명령했다.

"무릎을 꿇고 머리를 낮춰."

라니에로는 얼떨떨하게 복종했다. 녹녹한 땅에 그의 무릎을 대고, 이내 머리를 깊이 숙였다. 육체가 그의 것이 아닌 것 같았다. 몹시 이상한 기분이었다. 그러나 불쾌하지는 않았다. 그는 아무런 거부감 없이 자연스럽게 순종했다. 안젤리카는 한동안 그 모습을 물끄러미 바라보다 설핏 웃었다.

안젤리카가 섭리에게 두 번째로 요청한 것은, 다름 아닌 절대적인 지배력이었다. 이제 그녀는 라니에로를 자신의 발밑으로 끌어내렸다. 그를 두려워할 필요도, 부러워할 필요도 없었다. 라니에로가 앞으로 무슨 생각을 하고 어떤 마음을 먹든 안젤리카의 의지에 반하는 행동을 할 수 없다.

섭리는 안젤리카에게 라니에로의 정신을 조종할 수 있기를 바라느냐고 물었지만, 안젤리카는 고개를 저었다. 세뇌는 안젤리카에게 별 매력적인 선택지가 되지 못했다. 대신, 라니에로가 그녀의 명령에 복종하는 것은 항구적인 일이어야만 한다.

라니에로는 복종의 자세를 취한 채 미동조차 하지 못했다. 안젤리카가 일어나는 것을 허락하지 않았기 때문이다. 안젤리카는 여전히 허락의 말을 내주지 않은 채 몸을 돌렸다. 그녀는 천천히 멀어졌다. 라니에로는 안젤리카가 얼마나 멀어졌는지 정확히 알 수 없었다. 그는 명령에 복종하여 땅을 바라보고 있었던 탓에…….

그는 조금씩 초조해졌다. 시간이 지나자 몸이 덜덜 떨리기 시작했다. 안젤리카는 이대로 떠나고 그는 영원히 이 땅에 무릎을 꿇은 채 그저 존재해야 하나? 악틸라의 가호로 무의식 저 깊은 곳에 처박혀 있던 감정, 공포가 의식 위로 솟구쳐 그를 휩쌌다. 그건 기존에 그를 움직이던 감정인 분노, 따분함, 좋고 싫음과는 닮은 구석이 없었다.

공포는 늪 같았다……. 헤어나려고 애쓸수록 발목을 잡아끌었다. 그것이 어떤 것인지 머리로는 알고 있었다. 라니에로는 그 감정을 곧잘 이용하곤 했으니까. 그러나 체감하는 것은 또 완전히 다른 경험이었다. 그를 가만히 지켜보던 안젤리카가 나직한 목소리로 말했다.

"일어나."

라니에로는 그제야 일어날 수 있었다. 그는 저편, 나무 사이로 사라질 것 같은 안젤리카를 보았다. 그녀가 말했다.

"이제 따라와."

라니에로는 걸음을 뗐다. 그의 움직임이 조급했다.

* * *

그 무엇도 잃지 않고 원하는 모든 것을 얻을 수 있었다면 좋았겠지만, 유감스럽게도 내가 겪어 온 세상은 그리 동화적이지 않다.

나는 언제나 그 속에서 매 순간, 힘닿는 한 최선을 다했다. 그러니 잃은 것에 후회는 없고, 얻은 것에 만족한다.

발끝이 가뿐하고 머리가 맑았다.

이 정도 쌉싸름한 느낌은 퍽 나쁘지 않다.

에필로그 - 낙원

'안젤리카'가 깨어났대.

정말? 드디어, 우리 세대에?

그러면 여기로 오는 거야?

올 거라고 했잖아, '수'가 남긴 글에 그렇게 적혀 있었어.

그래, 알리시아도 그렇게 말했어…….

* * *

나와 라니에로가 숲을 헤치고, 봉쇄된 관문을 어떻게든 넘어, 길이 사라진 땅 위를 더듬다 만난 것은 쓸쓸한 폐허였다. 최강의 대국이었던 악틸러스의 수도는 악틸라의 죽음 뒤로 완전히 몰락해 버렸나 보다.

사실, 이 지역이 비어 있을 줄은 깨어날 때까지만 해도 몰랐다. 당연히 다른 나라의 지배권 아래 들어가, 라니에로와 내게 몹시 낯선 풍경이 되어 있을 거라고 생각했다.

낯선 풍경이기는 했다. 인간의 손이 닿지 않고 방치된 건물 표면을 이끼와 덩굴이 보금자리 삼았다. 식물의 무게를 이기지 못하고 내려앉은 건물도 왕왕 보였다. 길짐승이 잠자리를 만든 흔적도 있었다.

"시간이 얼마나 지났을까?"

나는 혼잣말을 하며 건물을 뒤덮은 이끼에 살짝 손을 얹었다.

"몇백 년쯤 지났을까?"

섭리는 내가 정확히 얼마나 자야 하는지 알려 주지 않았다. 하지만 신의 죽음이 인간사에 의미 없어지는 과정이 수십 년 만에 뚝딱 이루어질 리는 없으니, 몇백 년은 흘렀겠구나 싶었다. 그동안 세상이 어떻게 변했을까. 사람들은 어떻게 살고 있을까.

문득 라니에로가 시야에 들어왔다. 나는 긴 세월이 흘렀다는 것 정도는 깨어날 때부터 알았다. 하지만 라니에로는 시간의 흐름에 대해 전혀 알지 못할 것이다.

"라니에로."

내 부름에 그가 돌아보았다. 아직은 그의 이름을 부르는 것이 어색하다. 하지만 이제는 '폐하'라고 부를 수 없는 노릇이다. 어색한 건 나뿐인 듯했다. 라니에로는 자연스럽게 대꾸했다. 숲에서 내가 그를 두고 갈까 봐 전전긍긍하던 모습도 사라져 있었다.

"왜?"

"당신은 언제 깨어났어?"

내 물음에 라니에로가 골똘히 생각에 잠겼다. 나는 그가 생각에 빠지는 모습을 본 순간 답을 얻기는 틀렸구나, 직감했다. 답을 모르니까 고민에 빠지는 거지. 알았다면 즉시 대답이 나왔을 거다. 라니에로는 태연하게 대꾸했다.

"모르겠는데."

이럴 줄 알았다. 나는 질문을 바꾸었다.

"계절이 몇 번이나 지나갔는지는 기억나?"

"한 번."

"그럼, 당신이 느끼기엔 반년도 시간이 흐르지 않은 거네."

내 말에 라니에로가 느리게 눈을 깜박였다. 무슨 소리인지 그제야 깨달은 듯했다.

"내 체감보다 시간이 훨씬 많이 흐른 모양이군?"

나는 고개를 끄덕였다.

그와 나는 황궁이 있던 곳으로 향했다. 화려하고 거대하던 황궁은 거의 붕괴되어 있었다. 여기저기로 무심한 시선을 툭툭 던지던 그가 중얼거렸다.

"전투의 흔적이 있어."

오래된 폐허. 내게는 전투의 흔적 따위, 눈을 씻고 찾아봐도 보이지 않았다. 평생 싸움꾼으로 살아온 사람의 시선은 나와 확실히 다른가 보다.

"황궁으로 쳐들어왔었군."

라니에로의 눈에는 북문에서 연기가 피어올랐던 날, 여기서 무슨 일이 있었는지 선명하게 그려지는 것 같았다. 그의 붉은 눈이 쉼 없이 움직였다. 가만 살펴보니, 그의 시선은 가상의 침략자들이 움직이는 경로를 따라가고 있었다.

"모종의 사유로 북문이 뚫렸다. 침략자들은 꽤 많아……. 하지만 수가 많다고 악틸러스군을 이길 수 있는 건 아니지."

그는 무너진 건물의 잔해를 툭 발로 찼다.

"다른 일로 내부가 혼란스러웠을 거다. 그래서 습격에 제대로 대처하지 못한 거고."

라니에로의 눈이 '혼란'의 원인을 향했다. 나를 바라보았다는 뜻이다.

"그대가 탈출해서 일이 꼬였군."

나는 하마터면 거의 반사적으로 잘못했다고 할 뻔했다. 몸에 밴 버릇이 튀어 나가려는 것을 막으려 입술 안쪽을 지그시 깨물었다. 말없이 심호흡을 하며 스스로를 다독였다. 더 이상 그를 겁낼 필요 없다. 내게는 비장의 무기가 있으니까. 납작 엎드려 그의 비위를 맞추는 대신 쏘아붙였다.

"일이 꼬여서 잘됐네. 내가 그 안에서 얼마나 고통스러웠는데."

라니에로는 순간 아차 싶었는지 입을 다물었다. 딱히 과거를 반성해서는 아니다. 그냥, 내가 언제든지 그를 이 자리에 묶어 두고 혼자 떠날 수 있다는 것을 알아서다. 이제 눈치를 봐야 하는 건 라니에로 쪽이다.

나는 깨어나 그를 처음 만난 순간 외에는 단 한 번도 이렇다 할 명령을 내리지 않았다. 하지만 내가 그에게 거부할 수 없는 명령을 할 수 있다는 사실 자체가 앞으로 그의 족쇄가 된다. 예전의 내게 그의 성정과 권위가 족쇄 역할을 했듯. 나는 내 기분을 살피는 기색이 여실한 라니에로를 달래 주지 않았다. 알아서 하라지.

쌉쌀한 기분이다.

"여긴 이제 됐어. 다른 곳으로 가 보자."

나는 한숨을 섞어 말했다. 그 말은 명령이 아니었기 때문에, 라니에로가 즉시 나를 따라오지는 않았다. 그는 한쪽의 허물어진 벽을 응시했다.

"재미있었는데."

그가 흘리듯 중얼거렸다. 그 '재미있는' 일이 무엇을 의미하는지 나는 안다. 그의 목소리에서 진하게 배어나는 아쉬움이 내 기분을 미묘하게 만들었다. 이 공간을 어서 떠나는 게 낫겠다는 생각이 들었다.

"라니에로."

그런데 내 부름에도 라니에로가 우두커니 서 허물어진 벽만 보고 있었다. 나는 재차 그를 불렀다.

"라니에로."

그가 마침내 나를 돌아보았다. 그런데 내게 오지는 않았다. 그가 입술에 검지를 갖다 댔다.

'왜지?'

라니에로가 허물어진 벽 안쪽을 가리켰다. 그러더니 그 안으로 성큼성큼 들어갔다. 나는 의문을 품고 그를 따라 들어갔다. 들어가 보니 거기가 예전에 무엇이었는지 느낌이 왔다. 궁에 소속된 사용인들이 쓰던 휴게실 같았다. 한쪽에 걸어 둔 거울의 모양이 투박했고, 작은 가위로 추정되는 것이 굴러다녔다.

물론, 라니에로의 주의를 끈 것은 그런 사소한 것이 아니었다. 안쪽에 사람이 있었다. 심지어 하나가 아니다. 셋이나 있었다. 여자 둘에 남자 하나. 그들은 모두 곤히 잠든 채였다.

목덜미의 솜털이 쭈뼛 곤두섰다. 나는 재빨리 그들의 행색부터 살폈다. 몰골이 꾀죄죄하기는 하지만 부랑자 같아 보이진 않았다. 오히려 학자에 가깝지 않을까 싶었다. 큰 가방의 입구에 장비로 추정되는 것이 비스듬히 빠져나와 있었다.

라니에로가 그들에게 다가섰다. 나는 혹시 라니에로가 그들에게 대뜸 해코지라도 할까 덜컥 걱정이 되었다. 재빨리 속삭였다.

"다치게 하지 마."

명령이었다. 라니에로의 몸이 움찔 굳었다. 명령하지 않았으면 유혈 사태가 벌어졌겠다는 생각에 모골이 송연해졌다. 내 저지가 없었다면 그는 상당히 폭력적인 방식으로 이들을 깨웠을 것이다. 힘으로 기선을 제압하고 기세를 이어 가 복종시킬 심산이었겠지. 그는 타고난 지배자니까, 여기서부터 시작해 세력을 불리려고 했을 테다. 그리고 언젠간 다시 악틸러스 같은 대국을 세우고.

아니, 그런 자세한 생각을 거치지도 않았을 게 뻔했다. 그냥 몸이 움직였을 가능성이 높다. 본능적으로 누군가의 위에 올라야 한다고 느낀 셈이다. 나는 그가 멀거니 서 있게 두고 곤히 잠든 이들을 살짝 흔들어 깨웠다. 가슴이 두근거렸다. 깨어나고 나서 라니에로가 아닌 다른 평범한 사람을 만

나는 건 처음이다.

말이 통하기는 할까? 잘 모르겠다. 내가 잠들기 전, 이 세계는 모든 지역의 언어가 통일되어 있었다. 신분 고하에 따라 사용하는 단어나 어조의 고상함에 차이가 있을 뿐, 지역 방언조차 존재하지 않았다. 하지만 시간이 흐른 뒤에는 어떻게 되었을지 모르는 일이다. 나는 어쩔 수 없이 긴장했다.

"흐그그그극……."

셋 중 가장 왜소한 체구의 여자가 기묘한 소리를 내며 잠에서 깨어났다. 그녀는 시야가 흐릿한 눈을 끔벅이다가 나를 바라보았다. '말이 통할까?' 따위의 생각을 하고 있던 나는 그녀에게 인사할 타이밍을 놓쳐 버렸다. 나와 그녀는 시선을 맞댄 채 눈만 깜박였다.

그녀는 잠시 '어어어…….' 하고 또 이상한 소리를 냈다. 나는 단춧구멍처럼 작은 그녀의 눈에서 졸음기가 날아가고, 대신 그 자리에 총기가 맺히는 것을 물끄러미 바라보았다. 그녀가 인사 대신 대뜸 물었다.

"캠프 사람이에요?"

어, 말을 알아들을 수 있다. 언어가 변하지 않았구나. 나는 기쁘고도 얼떨떨한 기분이 되었다.

"캠프 사람은 아니에요. 캠프가 뭐죠?"

"아, 연구자 모임이요. 그런데 당신은?"

"어……."

나는 어떻게 스스로를 소개해야 할지 막막했다. 라니에로는 굳게 입을 다문 채 나와 여자를 번갈아 보았다. 악틸러스 사람, 황후, 튜니아의 성녀……. 이젠 전혀 나와 상관없는 호칭이었다. 지금 내게 남은 건 이름, 그리고 내게 복속된 라니에로뿐이다.

"앤지예요."

"반가워요, 앤지. 난 마르타. 그런데 어떻게 여기 계신 거죠? 어디서 왔어요?"

"음……."

또 대답하기 어려운 질문이었다. 봉쇄된 관문 너머의 호수 속에서 아주 오래 자다가 깨어나 걸어왔다고 말하기는 좀 그랬다. 내가 대답을 망설이는 사이, 마르타가 근처에 우뚝 서 있던 라니에로를 발견했다. 그녀는 라니에로를 발견한 순간 내 귀청이 찢어질 정도로 요란하게 비명을 질렀다.

"꺄아아악!"

시끄러운 소리에 라니에로의 심기가 단박에 불편해졌다. 하지만 그는 마르타에게 아무런 조치도 취할 수 없었다. 내 명령이 여전히 그의 몸에 작용하고 있었기 때문이다. 마르타가 라니에로를 손가락질했다.

"저, 저, 저, 저건……!"

그녀의 반응이 당혹스러울 정도로 격렬했다. 뭘까? 뭔가를 알아챈 건가? 나는 당황해서 마르타를 진정시켰다.

"그, 그냥 제 동행인이에요. 괜찮아요. 무섭지 않아요."

마르타가 낸 요란한 소리 때문에 그녀의 동료 둘도 덩달아 잠에서 깼다. 그들도 몸이 뻐근한지 마르타처럼 기묘한 소리와 함께 일어났다. 그들이 상황을 파악하기도 전에, 마르타가 떨리는 목소리로 중얼거렸다.

"어떻게 저렇게 완벽하게 복원된 갑옷이……."

아. 사람이 아니라 그쪽이었나? 맥이 탁 풀려 버렸다. 마르타와 그녀의 동료 두 사람이 무시무시한 기세로 라니에로에게 뛰어들었다.

"이걸 어디서!"

"어떻게!"

"누가 만든 거죠?"

성깔대로라면 그들을 한 대 후려치고도 남았을 텐데, 라니에로는 그러지 못했다. 그는 여전히 내 명령에 복종하는 상태였다. 오만상을 찌푸린 채로 주춤주춤 물러서는 것 외에는 할 수 있는 게 없었다. 라니에로가 신체 접촉을 혐오한다는 것이 퍼뜩 떠올랐다. 나는 기겁을 하고 마르타를 비롯한 학자들을 뜯어말렸다.

"그만하세요! 이 사람이 놀라잖아요!"

그들의 손이 큰 실례를 저지르기 전에, 나는 라니에로의 앞을 가로막아 섰다. 연구자 무리는 그제야 제정신이 돌아온 듯 우뚝 멈추었다. 내 등 뒤에서 라니에로가 이를 가는 소리가 들렸다.

한편, 내 앞에 선 세 연구자는 간절한 얼굴로 내 어깨 너머를 보고 있었다. 나는 한숨을 쉬었다.

"그거 벗어 주자."

어차피 이젠 큰 필요도 없을 텐데.

내가 라니에로를 도와 갑옷의 걸쇠를 푸는 동안, 연구자 셋은 바닥에 다소곳이 앉아 '완벽하게 복원된 갑옷'이 그들의 손에 떨어지기를 학수고대했다. 얼마 지나지 않아 그들은 원하는 것을 가질 수 있게 되었다. 그들은 머리를 맞댄 채 라니에로의 갑옷을 둘러싸고 앉아 웅성거렸다. 저마다 흥분해서 지껄이고 있었기 때문에, 그들이 정확히 무슨 말을 하는지 알아듣기 어려웠다. 이들의 태도 때문에 몹시 불쾌해진 라니에로가 나를 보고 말했다.

"그냥 가지."

그때, 라니에로의 말을 귀신같이 들은 마르타가 외쳤다.

"잠깐!"

흥분에 젖은 그녀의 목소리가 먹먹하게 들리기까지 했다.

"이, 이거 어떻게 만든 거예요? 어디서 자료를 어떻게 얻어서?"

마르타 옆에 앉아 있던 카랑카랑한 목소리의 여자도 끼어들었다.

"소실된 사료의 공백은 어떤 방식으로 메웠죠? 정확히 어느 부분을 상상에 의존해서 만든 거죠?"

덩치 큰 남자도 지지 않았다.

"표면 처리가 독특한 기법으로 되어 있는데 이 부분은 정확히 어떤 방법으로……."

갑옷을 괜히 넘겨줬나 싶을 정도로 어마어마한 질문 세례가 몰려오기 시작했다. 질문하는 그들의 눈에 광기가 엿보였다. 나는 답을 회피하는 길을 택했다.

"하하, 저, 그런데 이거 저희가 만든 게 아니어서."

회피하면 놓아줄 줄 알았는데, 내 말이 떨어지자마자 이 광기의 3남매가 합창을 했다.

"그럼 누가 만든 거죠?"

몰라요!

나는 이제 정말 울상이 되었다. 나는 눈을 질끈 감고 외쳤다.

"저희 이제 정말 가 볼게요!"

그렇게 그들에게 갑옷이라는 먹이를 던져 주고 떠나려던 찰나. 꼬르륵. 내 배에서 천둥이 쳤다.

연구자들의 눈에서 광기가 잠시 잦아드는가 싶더니, 더 맹렬한 기세로 불타기 시작했다.

"먹을 게 있어요!"

"맛있어요!"

"앉아서 좀 드세요!"

나는 거절하려고 했다.

"아니, 저희는 가 보려고요……."

그러나 2차로 천둥소리가 울렸다. 마르타는 이 기회를 절대 놓칠 수 없다는 듯 내게 겁을 주었다.

"이 근처에 음식을 구할 만한 데는 없어요. 우리 캠프 빼곤. 그런데 당신들은 캠프 위치도 모르잖아요. 캠프에서 온 게 아니라는 걸 보면, 그렇겠죠?"

마르타가 내게 말하는 사이 다른 연구자들이 가방에서 먹을 것을 냉큼 꺼내 왔다. 통통한 소시지와 치즈였다. 마르타가 외쳤다.

"화로!"

눈 깜짝할 사이 소시지를 데워 먹을 휴대용 화로까지 대령되었다. 그러고 보니 헤카타 호수에서부터 여기까지 계속 걸었다. 처음에는 배고픈 것도 몰랐는데, 한번 허기를 느끼자 몸이 한계라고 고래고래 소리를 질렀다.

하지만 이 음식은…… 너무 덫 같았다. 세 연구자의 눈이 여전히 초롱초롱했다. 부담스럽기 그지없었다. 나는 정말 마지막으로 사양하고 떠나기로 마음먹었다. 그런데 여전히 내 등 뒤에 서 있던 라니에로가 내 어깨를 눌러 나를 주저앉혔다.

"어."

"먹고 가."

세 연구자의 만면에 환한 웃음이 만발했다.

나는 라니에로를 올려다보았다. 그는 나를 내려다보며 어깨를 으쓱했다.

"지나치게 빤히 쳐다보고 있잖나. 저 음식을."

내 얼굴이 화끈 달아올랐다.

* * *

마르타의 일행 중 덩치 큰 남자의 이름은 아론이었고, 목소리가 카랑카랑한 여자의 이름은 코니였다. 라니에로의 갑옷 덕분인지 세 사람이 우리 둘에게 보이는 호의가 밑도 끝도 없었다. 마르타가 싱글벙글 웃으며 내게 통통한 소시지 꼬치를 두 개나 내밀었다. 살짝 그을려 터진 표면에서 기름이 자글자글 끓고 있었다. 식욕을 자극하는 냄새가 진동했다. 나는 받은 꼬치 중 하나를 라니에로에게 내밀고 뜨거운 소시지를 조심스레 베어 물었다.

'맛있다.'

정말 훌륭한 맛이었다. 너무 짜지도 않고. 맛있는 음식 때문에 긴장이 완전히 풀려 버렸다. 난 정말 단순하고 간사한 인간이라니까…….

라니에로를 돌아보았더니, 그는 소시지 꼬치를 든 채로 멀뚱멀뚱 나를 보고 있기만 했다. 나는 얼른 먹어 보라고 손짓하며 웃었다. 그는 떨떠름하게 소시지를 베어 물었다. 나는 한 입 먹자마자 입맛이 확 돌았는데, 그는 별 감흥 없이 미묘한 표정이었다.

'맛이 없나?'

그럴지도 모른다. 라니에로는 워낙 좋은 것만 먹고 살았으니까. 아닌데, '안젤리카'도 공주님에서 황후가 된 몸이라 입맛 까다롭기로는 누구에게도 지지 않을 텐데……. 별로냐고 물어보려는데, 마르타가 내게 대뜸 얼굴을 들이대는 통에 하려던 말을 잊어버렸다. 나는 먹다 만 소시지 꼬치를 든 채로 딸꾹질을 했다.

"그런데, 당신은 대체 어디서 튀어나왔어요? 말도 안 돼. 세상에, 얼굴 뽀얀 거 봐."

아론이 순하게 웃으며 라니에로를 가리켰다.

"저쪽 형님도 뽀얗기로는 못지않네. 둘 다 얼굴이 곱네요."

"형님?"

라니에로가 탐탁잖게 중얼거렸다. 난생처음 들어 보는 호칭일 것이다. 라니에로의 '뽀얀' 얼굴 아래로 흉흉한 분위기를 감지한 아론이 머쓱하게 웃으며 고개를 돌렸다. 하지만 마르타는 전혀 분위기를 파악하지 못했다. 그녀는 날 붙잡고 수다를 떨기 시작했다.

"이 근처엔 사람 사는 데가 없거든요. 아까도 말했지만. 그런데 이렇게 뽀얀 사람들이 갑자기 튀어나오다니. 길을 단단히 잘못 들었나 보죠?"

"아, 음."

"아니면 여행 왔나? 역사를 좋아하나요?"

마르타는 그렇게 넘겨짚으며 라니에로가 벗어 준 갑옷에 시선을 던졌다. 그녀는 알았다는 듯 손뼉을 쳤다.

"그러네! 그러니까 저런 걸 만들어서 입고 다니죠?"

나는 적당히 맞장구만 쳐 주었다.

"그렇죠……."

"그렇죠?"

내 어색한 맞장구에도 마르타는 즐거워했다. 그녀는 벌떡 일어나 주변을 둘러보았다.

"정말 매력적이잖아요? 파죽지세로 세력을 넓히다 한순간 돌연 멸망해 버린 강대국이라니! 악틸러스의 몰락은 많은 부분이 미지에 싸여 있어요."

"그렇군요……."

손끝이 부들부들 떨릴 정도로 열변을 토하던 마르타의 어깨가 축 늘어졌다.

"아휴, 그런데 아직도 제대로 연구가 안 이뤄지는 게 실정이죠. 저희 대학 캠프처럼 사비를 털어서 답사하는 게 고작이니……. 연구 지원비도 안 나오고요."

"아, 안됐네요."

나는 식은땀을 흘렸다. 자칫하다가는 귀중한 학자를 푸대접하는 국가의 험담을 몇 시간이고 들어 줘야 할지도 모른다는 위기감이 솟구쳤다. 몇 입 베어 물던 소시지를 바닥에 내던진 라니에로가 마르타에게 물었다.

"악틸러스가 어떻게 멸망했는지는 알고 있나?"

"참 나. 모를 거라고 생각하고 묻는 건가요? 당연히 연합군 때문이죠."

마르타는 딱 잘라 말했다.

"많은 국가들이 악틸러스에 대항해 연합했어요. 수면 밑에서 악틸러스 곳곳에 쥐를 심었죠. 악틸러스에선 그걸 까맣게 몰랐고요. 그냥 세력을 확장하다 보면 으레 있는 반동분자인 줄 알았을 뿐."

라니에로의 눈이 가늘어졌다.

"그래?"

"구심점은 리처드 솜비니아 3세. 역사적으로 아주 중요한 인물이죠."

"왜지?"

"악틸러스 황제를 거꾸러뜨렸거든요."

나와 라니에로는 동시에 입을 다물었다. 허공에서 그와 내 시선이 마주쳤다.

"헤카타에서 전투가 있었어요."

"……."

"소수의 동료를 이끌고 리처드 3세가 헤카타에 도착했죠. 헤카타는 쑥대밭이 되어 있었고, 리처드 3세는 분노했어요. 분노한 리처드 3세를 먼저 공격한 건 황제, 라니에로! 그는 대화 따윈 하지 않죠……."

무용담이 이어졌다. 어떻게 리처드와 라니에로가 서로를 향해 무기를 들고 싸웠는지, 아주 구체적인 묘사였다. 눈앞에 리처드와 라니에로의 전투가 영상으로 재생될 것 같았다.

"격렬한 싸움 끝에 결국 리처드 솜비니아 3세가 승리했어요. 리처드 3세가 솜비니아 왕실이 자랑했던 명검, 지프란테로 라니에로를 베고 호수 속으로 빠뜨렸다고 하죠. 하지만 시체는 찾을 수 없었어요……."

마르타는 코를 찡긋거렸다.

"그 뒤로 리처드 3세가 헤카타를 봉쇄했거든요. 저주받은 땅이 되었다나, 뭐라나. 다른 심층적 이유가 있었겠지만. 아무튼, 악틸러스 수도도 황궁을 철거하고 도시를 재건하려는 도중, 재해가 꽤 여러 번 일어나서 사람의 발길이 끊겼어요."

거기까지 줄줄 설명한 마르타는 라니에로를 보고 허리에 손을 올렸다.

"이쯤 말했으면 됐죠?"

당신 시험을 통과했냐는 듯한 어조였다. 나는 섣불리 말을 꺼낼 수 없다. 마르타가 아는 이야기는 아주 화려하게 가공되어 왜곡된 채였다. 실제로 벌어졌던 일은 그렇지 않다. 역사는 사람의 필요에 따라 진실과는 전혀 다르게 기록되는구나. 내가 입을 다물고 있는데, 라니에로가 눈썹을 치켜올리고 말을 툭 뱉었다.

"솜비니아의 왕이 악틸러스 황제를 죽였다? 전혀 이야기가 다른데?"

라니에로의 말에 세 연구자가 입을 닫고 서로를 바라보았다. 그러다 이내 목소리가 카랑카랑한 코니가 나와 라니에로를 번갈아 보았다.

"혹시 당신들도 '그쪽' 이론을 지지하는 거예요? 여기 아론처럼."

그 말에 마르타가 코니에게 주의를 주었다.

"코니, 그런 소리는 실례잖아."

나는 멍하니 중얼거렸다.

"그쪽 이론이라니?"

아론이 얼굴을 붉히며 말했다. 스스로를 변호하려는 듯, 말이 굉장히 빨랐다.

"튜니아 신전령에 내려오는 이야기는 정사와 완전히 다르거든요. 원래는 허무맹랑한 이야기 취급 받았지만, 최근에 리처드 3세의 회고록이 발견되면서 갑자기 무게가 실리기 시작……."

"그 회고록이 진짜일지는 감정 끝나지 않았잖아! 위조일 공산이 크다니까?"

코니가 빽 소리를 지르자, 마르타가 중재했다.

"하지만 그 회고록에 적힌 대로 악틸러스 황후의 행방이 갑자기 묘연해진 것도 사실이잖아, 코니?"

튜니아 신전령의 이름에 내 심장이 쿵쿵 뛰기 시작했다. 나는 목이 메어 물었다.

"튜니아 신전령에선 어떤 이야기가 내려오는데요?"

"역사가 잘못됐다는 거죠. 라니에로 악틸러스를 죽인 건 리처드 3세가 아니라, 튜니아의 성녀이자 악틸러스의 황후였다고."

아론의 설명에 코니가 툴툴거렸다.

"당시 악틸러스 황후는 언로 왕국 출신이었어. 튜니아 신전령하곤 아무런 연고도 없다고. 게다가 당시 '튜니아의 성녀'는 따로 있었던 거 알지? 신전령에 묘소도 있어."

그녀는 딱 부러지게 말했다.

"논리가 엉망이야. 튜니아 신전령에서 공을 차지하려고 억지를 쓰는 거라고."

"글쎄, 공을 차지하려고 한다기엔 악틸러스 멸망은 너무 먼 옛날 이야기고……. 이제 누가 그걸로 이득을 보겠니?"

갑자기 마르타가 끼어들어 코니와 설전을 시작했다. 나는 정말이지 무슨 말을 해야 할지 알 수 없게 되었다. 진실은 코니의 말대로 정말 앞뒤 맞지 않는 소리처럼 들렸기 때문이다.

"다시 말하지만, 마르타, 너 미신 같은 소릴……."

"코니, 네 사고가 너무 경직되어서……."

잠깐 정신을 놓은 사이 마르타와 코니의 언성이 높아지기 시작했다. 심지어 격한 언사까지 오갔다. 두 사람은 서로를 향해 우아하게 빈정거리다가도, 원색적 표현 또한 서슴지 않고 사용했다. 자칫하다가는 서로 머리채라도 잡을 기세였다.

내내 심기가 불편해 보이던 라니에로의 눈에 처음으로 이채가 돌았다. 그는 턱을 괴고 흥미진진하게 두 여자의 말다툼을 관람했다.

당황한 나는 아론에게 도움을 청했다.

"말려야 하지 않아요?"

하지만 아론은 태연한 표정으로 내게 물을 한 잔 따라 주었다.

"으레 있는 일이에요. 서로 할 말 다 하면 뒤끝 없이 풀리니까 괜찮아요."

나는 납득하지 못한 채로 고개를 살짝 끄덕였다. 아론이 건넨 물은 미지근했다. 그는 나와 라니에로를 번갈아 보더니 걱정스럽게 물었다.

"그러고 보니 두 분, 따로 짐이 없네요. 혹시 강도를 당했나요?"

이 말에 마시던 물을 뿜을 뻔했다. 나도 모르게 라니에로가 강도당하는 상상을 해 버렸던 것이다. 정말 우스꽝스럽고 이상한 그림이었다. 겁도 없이 라니에로를 건드린 강도가 역으로 금품을 갈취당하지나 않으면 다행이다.

"아, 아뇨."

강도를 당했다는 게 가장 그럴싸한 소리일 텐데, 거짓말에 워낙 소질이 없는 나인지라 아니라는 말이 먼저 튀어 나갔다.

아뿔싸. 등골이 서늘해졌다. 얼른 부연 설명을 하는 수밖에.

"그냥 이, 잃어버렸어요. 짐승을 만나서……."

내 목소리는 척 듣기에도 이상할 정도로 삐걱거렸다. 코니와 마르타의 거친 말싸움에 그 삐걱거림이 어느 정도 가려져 다행이었다. 아론은 딱하다는 얼굴을 했다.

"저런……."

나는 그의 촉촉한 연민을 피해 라니에로 쪽을 흘금 보았다. 입가에 희미한 미소를 띤 채 코니와 마르타의 말싸움을 경청하던 라니에로도 시선을 느꼈는지 나를 마주 보았다.

라니에로의 입가가 굳었다. 나와 가까이 앉은 아론 때문인 것 같았다. 아론과 떨어져 앉아야 하나 싶은 생각이 순간 덜컥 들었다. 그런데 그와 동시에 또 '어쩌라고' 싶어졌다. 내가 안 떨어져 앉는다 해도, 이제 자기가 날 뭐, 어쩔 거야? 라니에로 악틸러스는, 적어도 내 앞에서만은 이제 발톱 빠진 사자나 마찬가지다.

나는 보란 듯이 계속 아론의 곁을 지켰다. 그에게 먼저 말을 붙여 보기도 했다.

"계속 여기를 답사하실 건가요?"

"아, 아뇨. 저희 장비로 살펴볼 수 있는 건 한계가 있어서요. 자세한 건 저희 다음에 오는 사람들이 발굴하고 살펴볼 거예요. 우리 일지를 토대로 요."

"그럼 이동하세요?"

"네. 저희는 선발대라, 어디에 우선적인 연구가 들어갈지 가르는 역할만 해요. 위험은 없는지 체크하는 일도 하고요."

"다음엔 어디로 가시는데요?"

"동쪽."

나는 입을 약간 벌린 채로 할 말을 잃었다.

라니에로와 함께 숲을 지나 이리로 오던 순간을 떠올렸다. 동쪽 관문은 꼼꼼히 봉쇄되어 있었지만, 오래된 철문이 부식되어 약해진 채였다. 그 귀퉁이를 라니에로가 부수고 나왔다. 이들이 자세히 살펴본다면, 철문이 최근에 부서졌다는 것 정도는 쉽게 알아차리겠지?

"오래된 관문을 넘어 헤카타로 가는 길이 정말 재미있을 거예요. 리처드 3세가 그곳을 봉쇄한 이면의 이유도 그쪽 길에 접어들면 알 수 있겠죠."

그렇게 말하는 아론의 목소리가 은근히 들떠 있었다.

"벌어졌던 전투의 흔적을 발견할 수 있다면 좋을 텐데, 아무래도 저희가 볼 만한 건 다 없어져 버렸겠죠?"

내가 눈을 뜬 순간 헤카타의 숲이 어땠더라. 그저 평화로웠다. 싫지 않을 정도의 물비린내, 바람에 숨죽였다 일제히 지저귀는 새 소리, 그리고 수면 너머에서 나를 기다리던 라니에로. 이들이 원할 만한 옛 흔적은 찾아볼 수 없게 된 지 오래였다.

생각에 잠겨 있던 내 귓가를 아론의 목소리가 두드렸다.

"그런 건 다 사라져 버렸더라도, 운이 좋다면 '안젤리카'를 발견할지도 몰라요."

갑작스레 튀어나온 내 이름에 나는 거의 앉은 채로 튀어 오를 뻔했다. 나는 눈을 커다랗게 뜨고 아론을 바라보았다.

"아, 아, 안젤리카요?"

물론 내 존재는 앞에서도 언급되었다. '악틸러스 황후'라는 호칭으로. 그때는 별생각이 들지 않았는데, 갑자기 이렇게 이름이 나오니 너무 개인적인 부분을 찔린 느낌이 들었다. 뺨이 화끈했다. 나는 또 삐걱거리며 물었다.

"그게 뭔데요?"

나와 '안젤리카'는 접점이 없음을 어필하려는 눈물 나는 노력이었다. 말을 뱉어 놓고 보니 제 발 저려 괜한 짓을 했나 싶기도 했다.

아론은 하하 웃었다.

"튜니아 신전령에 구전되는 전설에 따르면 헤카타 호수에 그들의 옛 성녀 '안젤리카'가 잠들어 있다고 하거든요. 그 '안젤리카'가 뭘 상징하는지 답을 얻을 수 있지 않을까 해요."

그 옛 성녀 당사자인 내 가슴이 뜨끔뜨끔했다. 나는 아론의 눈을 피하며 물었다.

"아까 코니와의 대화에서 느낀 거지만, 당신은 정사가 아니라 튜니아 신전령 이야기를 믿는 거죠?"

아론은 머쓱하게 대꾸했다.

"그건 코니가 세게 말한 거고요. 믿는다기보단, 가능성을 열어 둬야 한다는 입장인 거죠."

"왜 거기 가능성을 열어 두려는 거예요?"

"그러지 않으면 진짜 일어났던 일을 놓칠지도 모르니까요."

연구자로서 감동적인 자세였다. 내가 그의 관심사에 깊숙이 연루된 사람만 아니었어도, 순수하게 감탄하며 박수를 쳤을지도 모른다.

"사실 정사와 충돌하는 사료는 전에도 있었거든요. 그래서 약간 개운치 않았어요."

"정사와 충돌하는 사료요……."

"당신도 알고 있으려나요? 한 악틸러스 귀족의 수기예요. 악틸러스 최후의 날, 그가 황제를 배신하고 연합군에 붙어, 수도의 북문을 뚫으면서 전투의 포문을 열었거든요. 이건 이견 없는 역사예요."

도시노 백작이다. 머리가 찌르르 울렸다.

"그의 수기에 따르면, 그가 수세에 몰렸을 때 리처드 3세가 혜성처럼 등장해 북문에서 그를 지원했다고 하거든요. 그게 그의 인생에 가장 큰 영광이었다고 해요. 하지만 그러면, 그 시각에……."

"리처드 3세가 헤카타와 북문, 어느 쪽에 있었는지 의견이 갈리겠군요."

"맞아요! 원래는 그 귀족이 고의로 수기에 거짓을 썼을 가능성이 높다고들 생각했어요……. 왜냐면 그는 자신이 리처드 3세의 '동료'였던 것을 증명하느라 남은 생을 전부 썼거든요."

"출세욕 때문에요?"

"그렇죠. 솜비니아의 중심 사회로 도약하고 싶었을 확률이 크지 않나. 그럴듯한 얘기죠?"

하지만 리처드의 회고록이 새로 발견되면서, 아론을 비롯한 일부 학자들의 생각이 좀 변한 모양이었다.

나는 만 하루도 채 함께하지 못했던 적갈색 턱수염의 남자를 떠올렸다. 짧은 만남이었지만 알 수 있었다. 리처드는 좋은 사람이었다. 이들에게는 그저 역사 속 인물일 뿐인 리처드의 모습을 나는 생생하게 기억했다. 탈출, 도망, 헤카타로 향했던 모든 여정이 내게는 바로 어제의 일이었기 때문이다.

에덴이나 실비아, 시스엔도 기록되었을까? 세라피나에 관한 기록은 남아 있는 것 같다. 코니가 신전령에 있다는 '당시 성녀'의 묘소를 언급했으니……. 이제는 기록으로만 만날 수 있는 이들이구나.

하지만 믿을 수 있는 기록이 있기는 할까? 리처드와 관련된 정사만 봐도 상당히 왜곡된 상태였다. 다른 이들에 대한 기록이, 설령 남아 있더라도, 온전하고 정확하기를 기대하는 건 무리일 것 같다.

모든 것이 낯설어진 세상, 내가 과거로부터 가지고 온 것은 먼 옛날의 폭군 하나뿐. 이전에는 결코 믿을 수 없었던 존재가, 지금 와서는 신뢰할 수 있는 유일한 사람이 되었다.

"그런데 '황후가 황제를 죽였다'는 이야기가 사실이라고 치면, 또 의문이 생기죠?"

아론이 친절한 어조로 내 상념을 깨고 들어왔다. 나는 어색한 미소를 띤 채 그를 마주 보았다.

"뭔데요?"

"코니의 말마따나, 왜 튜니아 신전령과는 아무런 관련도 없는 소왕국 출신의 황후가 성녀가 되었는지."

"……."

"그리고 황후가 왜 황제를 죽이러 헤카타까지 갔는지. 거기에 덧붙여, 왜 함께 사라졌는지까지도."

나는 아무 말도 하지 못했다.

"그녀에게는 어떤 이유와 사연이 있었을까요?"

"글쎄요……."

"개인적 이유였을까? 아니면 좀 더 외부적인 원인 때문일까? 복합적일 수도 있겠지요."

말을 잇지 못하는 나를 보고 아론은 서글서글하게 웃어 주었다.

"본인조차 그 순간에는 알아차리지 못한 이면의 이유가 있을지도 모르고요. 사람이 하는 일은 항상 그렇죠."

그쯤 되자 마르타와 코니의 설전도 끝이 났다. 두 사람은 얼굴이 빨개져 식식거리다 서로를 바라보며 낄낄 웃었다. 마르타와 코니의 논쟁이 마무리되자, 아론이 내 등을 탁탁 쳤다.

"혹시……."

아론의 말이 떨어지기도 전에, 그 모습을 본 라니에로가 자리에서 일어나 다가왔다.

"왜?"

나는 모르는 체 물었다. 라니에로가 눈을 가늘게 했다.

"몰라서 묻나?"

"방해하지 마. 대화 중이니까."

반쯤은 일부러 쏘아붙인 말에 라니에로의 손가락이 꿈틀거렸다. 눈치가 있는 편인지, 아론이 재빨리 손을 다소곳하게 거두었다. 나는 그런 아론에게 친절하게 말했다.

"무슨 말 하려고 했던 것 아니었어요?"

아론의 눈동자에 난감한 기색이 스쳤다. 냅다 도망칠까 갈등하는 모습이었다. 하지만 정말 하고 싶은 말이었는지, 그는 라니에로가 내뿜는 무형의 위협을 눈앞에 두고도 얼버무리지 않았다.

"혹시 튜니아 신전령에 가 볼 생각 있어요?"

나는 눈을 굴렸다. 튜니아의 성녀로서 의무까지 수행했지만, 나는 그 땅에 별로 좋은 추억이 없다.

"이 얘기에 관심이 있으면 한번 가 보는 것도 좋을 거예요. 그쪽 사람들이 저보다 훨씬 구체적인 이야기를 해 줄 테니까."

"아, 아니, 전 별달리……."

"관심 없어도 이맘때면 가 볼 가치가 있잖아요."

아론이 공상에 잠겨 들었다. 그는 언젠가 가 보았던 튜니아 신전령의 모습을 떠올리는 것 같았다.

"끝없이 분홍 꽃이 피는 들판이 아름다우니까."

말문이 막혔다. 내가 기억하는 튜니아 신전령에는 꽃 피는 들판이 존재하지 않았다. 그 땅은 불모지였다.

"그 땅에서만 흐드러지게 피는 희귀한 꽃 말이에요."

아론은 공공연한 비밀을 말하듯 작게 중얼거렸다.

"거긴 정말 낙원 같아요."

낙원 같다는 그 말이 내 신경을 건드렸다. 머리에서 피가 빠지는 듯한 느낌. 무심코 내 머리카락을 내려다보았다. 언제나처럼 살짝 탁한 분홍색이다.

내 죽음 이후부터 핀다는 분홍 꽃…… 짐작이 갔다. 신들의 작품이겠지.

'허.'

악틸라를 저지해야 한다는 합의에 이르고도, 섭리와의 거래로 대가를 치를 것이 무서워 비겁하게 등 돌리고 있던 신들. 악틸라가 끝장나자, 희생한 나를 기리며 그들끼리 슬피 울다가, 합심하여 튜니아 신전령에 '성의'를 보여 줬을 게 뻔하다.

'좀 기가 막히네?'

아니, 무슨 별자리 만드는 그리스 신들도 아니고. 원하지도 않은 의무를 지게 만들어서 온갖 고생이란 고생은 다 시키더니, 내가 죽은 다음에야 땅을 낙원으로 만들어? 물론 죽은 건 아니고 잠을 깊이 잔 거지만, 언제 깨어날지 기약도 없는 상태인데 그게 그거나 마찬가지지.

'애당초 그 땅에 보상을 왜 줘? 난 그 땅하고 별 관계도 없었어! 코니도 아는 사실인데. 몇백 년 후의 인간들보다 더 무지하네.'

완전 자기 멋대로잖아?

이쯤 되자 튜니아보다 이름 모를 신들에게 더 화가 치민다. 튜니아는 어떤 관점에서 보면 짠하기도 하다. 누군가는 반드시 해야 하는 일. 남들은 다 뒷짐 지고 모른 체만 한다. 그 와중에 그가 자비의 이름을 달고 어떻게 자기까지 물러서겠어? 튜니아 신전령의 땅이 북부의 척박한 불모지였던 것도 아마 비슷한 이유였겠지. 은근한 압박에 양보하고 또 양보하다 보니 그에게 남은 비옥한 땅은 없었을 테다.

심보가 고약하고 비겁해. 이득은 같이 보고 희생은 하지 않겠다니. 일이 다 끝난 다음에 좀 슬퍼하는 체하며 추모 공간을 만들어 주면 다야?

짜증 나고 분하고 억울하다. 아니, 찬찬히 생각해 보니 튜니아 신도 그래. 꽃 피는 땅을 준다고 또 그걸 냉큼 받아?

하……. 준다면 당연히 나라도 받았겠지만……

또 다른 억울함이 나를 덥석 물었다.

'그러고 보니 내 얘기를 줄줄이 구전시키는 건 대체 왜야? 누가 그래 달래? 내가 몇백 년 동안 기려 달라고 말했냐고?'

생각하다 보니 내 표정이 험악해졌나 보다. 아론이 손을 어디다 두어야 할지 모르고 헤매며 쩔쩔맸다.

"제가 무슨 불편한 소리라도 했나요?"

한숨 나온다. 아론은 당연히 아무것도 모르지. 여기서 성질 내 봐야 괜히 잘못 없는 아론만 내 눈치를 본다. 괜한 화풀이를 하긴 싫다.

"아무것도 아니에요."

나는 힘없이 말했다. 그래⋯⋯. 원래는 튜니아 신전 쪽으로는 머리도 두지 않을 생각이었지만, 이쯤 되면 한 번쯤 가 보긴 해야겠다. 억울하고 화나는 와중에 나를 기리는 그 꽃밭이 얼마나 예쁠지는 좀 궁금하니까. 튜니아의 신도들이 어떻게 사는지 구경이나 한번 해 보자. 내 고생을 대가로 그 사람들이 잘 먹고 잘 살고 있으면, 내가 안젤리카라고 질러 버리고 꽃 다 뽑으라고 할 거야.

"튜니아 신전령으로 가 보려고요."

"와, 정말요? 언제쯤 가실 건가요?"

미뤄서 뭐 하겠어. 나랑 라니에로는 딱히 갈 데도 없는데.

"지금이요."

나는 오기를 섞어 말을 뱉었다. 그런데 그러자마자 좀 당황했다. 갑자기 현실이 나를 덮쳐 왔기 때문이다.

아⋯⋯. 여비가 없네.

나는 아론과 코니, 마르타를 번갈아 흘금거렸다. 그리고 마지막으로, 라니에로가 그들에게 벗어 준 갑옷을. 나도 이들에게 도움을 주었으니, 이들도 살짝 나를 도와줄 수 있지 않을까? 나는 마르타와 코니도 이쪽으로 불러 모았다.

그리고 입을 열었다.

"저, 그런데……."

* * *

"저런……."

내 이야기를 들은 코니가 코를 씰룩거렸다.

세 사람 다 착한 건지, 바보 같은 건지……. 내 이야기를 의심조차 하지 않고 고스란히 받아들였다.

"하긴, 이 근처 승냥이들은 사람 무서운 줄 모른다니까. 사람을 안 만나 봐서 그래."

세 사람이 나를 둘러싸고 연신 안타까움을 표했다. 그들이 나를 걱정하는 동안 라니에로는 한쪽에 떨어져 있었다.

"그럼 완전히 빈털터리가 된 거네요."

마르타가 '에구구' 하는 추임새까지 넣어 가면서 나를 위로해 주었다.

"집도 팔고 여행길에 올랐는데, 그렇게 되는 바람에……. 어쩌나."

지나치게 살을 붙인 부분이 언급되자 양심이 따끔거렸다. 나는 목덜미를 타고 흐르는 식은땀을 모르는 체했다.

"사실, 그래서 다음 목적지는 사람 사는 곳으로 잡아야 할 것 같거든 요……."

사람들의 시선을 피해 자꾸 곁눈질을 하는 나의 고군분투를 라니에로가 저쪽에서 물끄러미 보고 있었다. 도와주지도 않는 꼴에 잠깐 성질이 났다가도, 그래, 저 사람이 끼어들면 도움은커녕 방해만 된다는 생각에 불만이 사라졌다. 다행히 이런 방면에선 라니에로보다 훨씬 도움이 되는 성격인 아론이 내 말을 거들어 주었다.

"튜니아 신전령으로 가 보고 싶으시대."

"아, 거기, 좋죠."

"……."

마르타는 쾌활하게 반응했는데, 코니의 눈은 세모꼴로 변했다. 역시 튜니아 신전령의 주장을 배척하고 정사를 믿는 사람다웠다.

"어디 보자. 그럼 일단 캠프에 가서 부유선을 한 대 빌리고……."

"엘포트 정거장까지 데리고 나가면 되겠네요. 아차, 이 사람들 지도도 잃어버렸겠네."

지도는 당연히 없다. 누가 주면 감사히 받아야 한다.

나와 라니에로를 어디로 어떻게 실어 나를지까지는 이야기가 정해졌으니, 이제 누가 안내자가 될지만 정하면 되었다. 내심 아론이나 마르타가 되지 않을까 싶었다.

'튜니아 신전령으로 간다고 했을 때의 반응만 봐도…….'

코니의 싸늘한 시선이 다시 느껴지는 것 같다. 그녀와 동행한다면 끝없는 어색함만이 감돌겠지. 아무튼 코니만 아니게 해 주세요. 그런데, 어쩐지 일이 너무 술술 풀린다 싶더라니. 아론이 안타까운 표정으로 내게 말했다.

"안내는 코니가 담당해야 할 것 같네요. 제가 데려다드리고 싶었지만……. 승냥이가 좀 걱정돼요. 코니와 마르타 둘만 보냈다간 당신들처럼 짐을 다 잃어버릴 거예요."

하, 정말. 근처에 승냥이가 있다는 이야길 누가 했지? 내가 했다……. 내 말이 내 발을 걸어 넘어뜨린 셈이었다. 나는 할 말을 잃고 아론을 바라보았다. 몇 발짝 떨어진 곳에서 라니에로가 '하!' 차갑게 웃는 소리가 들렸다.

"마, 마르타는요?"

나는 코니가 싫은 건 아니라는 의사를 전달하기 위해 코니와 눈을 맞추고 최대한 상냥한 미소를 지어 보였다. 마르타가 정말 유감이라는 듯 말했다.

"저만 조작할 줄 아는 장비가 있거든요."

떼쓸 구석이 다 막혀 버린 셈이었다. 나는 단념하고 코니를 바라보았다.

"잘 부탁해요, 코니."

코니가 코를 씰룩거렸다.

"저야말로요."

* * *

예상대로, 코니와의 여정은 좀 어색했다. 함께 캠프까지 걸어가, 여정에 필요한 것들을 나누어 받고 '부유선'을 빌려 타는 동안 일행 셋 중 아무도 입을 열지 않았다. 라니에로야 원체 '아랫것'과 말을 섞는 걸 귀찮아하는 타입이고, 코니는 좀 심기가 불편하다 보니.

나는 미묘한 분위기 속에서 부유선이라는 것을 뜯어보았다. 말 그대로 작은 배처럼 생긴 그것은 바닥에서 30센티미터가량 떠서 움직이는 이동 수단이었다. 마법의 발달이 미비하던 세계에 무슨 일이 벌어져 이런 게 발명된 건지 정말 궁금했지만, 괜히 물었다간 이상한 사람 취급 받을까 봐 나는 가만히 있었다. 하지만 라니에로는 참지 않았다. 그는 부유선에 올라타는 즉시 물었다.

"이게 뭐지?"

"부유선이요."

코니는 산뜻하게 대꾸했다. 원하던 설명이 없자 라니에로의 표정이 싹 굳었지만, 거기까지였다. 난 아직도 마르타 일행을 다치게 하지 말라는 명령을 철회하지 않았으니까. 라니에로가 침묵하자 코니가 그를 흘금거렸다.

"처음 봐요?"

"그래."

"특이하네? 사진 못했어도 보긴 봤을 텐데."

코니와 나, 라니에로를 태운 부유선이 자갈밭 위로 매끄럽게 날아갔다.

속도가 꽤 빨랐다. 내 머리칼이 산뜻하게 흩날렸다.

코니가 라니에로에게 부유선의 동력원에 대해 설명을 해 주었다. 하지만 라니에로가 이해할 턱이 없었다. 그가 살던 때보다 한참 미래의 기술이니까. 그는 손을 내저어 코니의 설명을 중단시켰다.

악틸러스의 수도였던 영역을 벗어나고 두어 시간쯤 더 부유선으로 달리자, 매끈하게 다듬어진 길과 번듯한 건물들이 보였다. 도시로 접어들자 부유선의 속도가 점차 느려졌다. 코니는 연료를 주입해야 한다며 주유소와 비슷하게 보이는 곳 앞에 멈추어 섰다. 라니에로는 부유선에서 내리며 주변을 둘러보았다.

도시의 경광은 내가 '연지'로 살 때 책에서 본 19세기 유럽의 모습과 엇비슷했다. 그래서 내게는 어느 정도 친숙한 풍경이었다. 하지만 라니에로에게는 이 모든 것이 낯설게 여겨질 것이다. 그는 입을 굳게 다물고 처음 보는 모든 것을 찬찬히 눈에 담았다. 나는 여전히 부유선 위에 올라탄 채로 그를 지켜보았다.

한때 이 땅의 군주였던 라니에로. 하지만 그를 따르던 수많은 병사들은 이제 없다. 그를 알아보고 비명에 가까운 환호성을 지르며 관심을 갈구할 백성들도. 세상의 중심에서 밀려난 지 몇백 년이 지났다. 세상은 이제 라니에로를 이방인 취급 할 것이다. 그 또한 스스로를 이방인으로 여기겠지.

같은 움직임을 반복하는 정교한 자동인형을 물끄러미 보던 그가 결국 나에게로 시선을 옮겼다. 그의 화려한 시절을 기억하는 유일한 사람인 나에게로. 그가 가졌던 모든 것을 빼앗아 간 나에게로.

그와 나의 눈 맞춤이 길었다. 나를 바라보는 눈빛에 원망은 없었다. 문득 황궁의 폐허 속에서 말하던 라니에로의 목소리가 환청으로 울렸다.

"재미있었는데."

그 말에 질척질척 아쉬움이 남아 있었지. 만지면 지금이라도 손에 묻어나 뚝뚝 흘러내릴 것 같다. 라니에로가 그 즐거움을 앗아 간 사람이 누구인지 몰라서 원망하지 않는 건 아닐 테다. 그는 적어도 그런 영역에서만큼은 눈치가 빠르다.

가벼운 궁금증이 번졌다.

'왜?'

왁자한 세상의 소리가 먹먹하게 멀어졌다. 두 개의 선홍색 점만이 내 시야의 전부가 되어 간다.

부유선의 난간 밖으로 상체를 살짝 내민 채 그의 눈 깊은 곳을 들여다보려던 나는, 문득 화들짝 놀랐다. 라니에로의 심층이 궁금해진 것은 처음이었다. 그의 심리를 알아보려 애쓰기는 했다. 하지만 깊이 파고들려 해 본적은 없다.

언제나 표면적인 것만 알면 그만이었다. 라니에로의 행동과 심리는 즉각적이고 단순 명쾌하니까. 재미있으면 너그럽고, 재미없으면 가혹하다. 나는 그런 그의 앞에서 가느다란 평균대 위를 걸으며 어떻게 해야 다음 걸음도 잘 내디딜 수 있을지만 온 힘을 다해 고민했다. 잘못된 선택은 추락으로 직결되니, 쓸데없는 생각은 금물이었다.

생존에 필요한 만큼만 파악하기. 나의 무의식적인 철칙. 파악한 것에 의문도 가지지 않았다. 그냥 빨리 수용하고 다음 걸음을 딛는 것만이 내가 할 수 있는 모든 것이었다.

'왜?'

그를 볼 때 그런 생각이 아예 들지 않았다면 거짓말이지만, 나는 언제나 그 질문을 금방 의식 저편으로 밀어 버렸다. 의문을 갖는 건 살아남는데 하등 도움이 되지 않았으니까. 하지만 생존이 급박하지 않은 지금, 박탈감과 원망으로 얼룩지지 않은 라니에로의 눈은 계속 의문으로 남을 것 같다.

"충전 끝났어요."

카랑카랑한 코니의 목소리에 나는 화들짝 놀랐다. 코니는 부유선에서 멋대로 내려 바깥 골목에 우두커니 서 있는 라니에로를 보더니 코를 씰룩거렸다.

"여기서 엘포트 정거장까지 걸어가게요?"

나는 재빨리 말했다.

"아뇨, 데려다주세요."

라니에로에게 손짓하자 그는 얌전히 따라왔다. 지나가던 사람들이 라니에로를 살짝 곁눈질했다. 하지만 그 시선은 라니에로의 권위가 아니라, 화려한 미모 때문에 따라붙는 것에 불과하다.

라니에로가 부유선에 올라 내 곁에 섰다. 그는 자신을 바라보는 사람들을 마주 보았다. 시선을 살짝 내리깔고, 턱을 치켜든 채. 피비린내와 광휘를 몰고 다니는 오만한 군주처럼.

나는 할 말을 잃었다. 이방인으로 전락했어도, 모든 행동을 구속당하고 있어도 그는 여전히 라니에로 악틸러스였다.

* * *

'엘포트 정거장'의 '엘포트'가 무엇일지 오는 내내 내심 궁금했다. 도착하고 '엘포트'의 정체가 무엇인지 알게 되자 좀 맥이 빠졌다. 그냥 이 지역의 이름이 엘포트였다. 악틸러스 때는 다른 이름이었다. 정거장에 책자가 놓여 있어 살펴보았더니, 100여 년 전 엘포트라는 사람이 도시 발전에 지대한 공헌을 하여 그의 이름을 따 이 근방을 부르게 되었다는 설명이 적혀 있었다.

엘포트의 정체를 파악하고 나니 '정거장'엔 무엇이 서는지 궁금해졌다. 처음에는 거대한 부유선이 아닐까 싶었다. 그런데 코니가 매표소에서 사 온 티켓에 그려진 것은 의외로 평범한 열차 그림이었다.

코니가 나와 라니에로에게 표를 한 장씩 내밀려고 했지만, 그냥 내가 둘 다 받았다. 라니에로는 열차 탑승을 위해 표를 내는 절차를 이해하지 못할

게 뻔했으니까. 라니에로는 정거장에 사람이 북적거리는 것을 보고 오만상을 찌푸렸다. 남들과 어깨를 부딪칠까 봐 짜증 나는 모양이었다. 그가 코니에게 말했다.

"그것으로 계속 가면 되잖아."

그의 손끝이 부유선을 가리켰다. 코니는 황당하기 그지없다는 듯 눈을 세모꼴로 떴다.

"연료 충전은 어쩌고요? 부유선 연비는 아주 나쁘거든요?"

나는 표를 다시 내려다보았다. 표에 그려진 열차 밑에는 분명 철도가 깔려 있었다. 하긴, 뭘 허공으로 띄우는 건 땅에 붙어 가는 것보다 연료를 훨씬 많이 필요로 하겠지. 코니가 진절머리를 냈다.

"조작도 어렵다고요. 측량 장비 보호 때문에 쓰는 거지, 아니면……."

라니에로는 물론, 코니의 하소연을 들어 주지 않았다. 안 된다는 말이 떨어지자마자 몹시 실망하여 부유선에 대한 관심을 아예 끊어 버렸다. 결국 그는 험악한 얼굴로 정거장 입구를 노려보더니, '나와 손톱만큼이라도 닿았다간 다 죽여 버리겠다'는 표정으로 성큼성큼 걸어가기 시작했다. 어쨌거나 열차에 타 주기는 할 작정인 듯했다. 생각 외로 협조적인 모습에 내가 다 놀랐다. 나도 어영부영 그의 뒤를 따랐고, 코니도 부유선을 한쪽에 주차해 둔 채 바삐 우리 둘을 좇았다.

라니에로의 시퍼런 서슬에 사람들이 주춤주춤 물러났다. 결국 아무와도 부딪치지 않고 무사히 열차에 입성할 수 있었다. 우리는 객실 하나를 차지하고 앉았다. 합석하려는 사람들은 라니에로가 단 한 번 쏘아보는 것만으로 전부 좇아냈다. 나는 객실 창문을 열고, 승강장에 서 있는 코니에게 따뜻하게 웃어 주었다.

"도와줘서 고마워요. 데려다준 것도 고맙고……. 가방도 고마워요."

마르타 일행은 튜니아 신전령까지 가는 데 사흘가량이 소요될 거라고 했다. 산을 넘어 걸어갔을 때를 생각하면 획기적으로 시간을 단축한 셈이다.

그들은 나와 라니에로가 그동안 먹을 물과 음식, 덮고 지낼 모포, 불을 피울 점화기, 길을 찾을 지도와 나침반, 그리고 여비 약간을 나누어 주었다. 더 이상 쓸모없는 갑옷이 꽤나 쓸 만한 물건들로 돌아온 것이다. 코니가 입술을 비죽이 올리며 어깨를 으쓱했다.

"우리야말로 고맙죠."

나는 다소 신경질적인 인상을 풍기는 코니의 얼굴을 찬찬히 뜯어보았다. 진실 대신 그럴듯하게 기록된 정사를 믿는 연구자. 진실의 어느 부분이 그토록 그녀의 마음에 들지 않는지는 잘 모르겠지만⋯⋯. 그녀의 확언과 달리, 리처드의 회고록은 아마 진품일 것이다. 원치 않은 것이 진실로 밝혀지는 순간 그녀의 기분이 어떨까?

나는 본디 그런 것이 궁금하더라도 입 밖으로 잘 내지는 않는 성격이다. 하지만 기적이 울리면 그녀와 영영 헤어질 예정이어서 그런지, 생각을 거치지 않고 말이 툭 튀어 나갔다.

"코니, 만약에 정사가 틀렸고 튜니아 신전령의⋯⋯ 전설이 진실로 밝혀진다면요."

별로 듣고 싶지 않은 말인지 코니의 눈이 다시 세모꼴로 변했다. 나는 살짝 기가 죽어 웅얼거렸다.

"결코 그럴 리는 없지만, 정말 만약에요. 10,000분의 1 확률로, 그 회고록이 진짜라면⋯⋯."

"당연히 결코 그럴 리는 없지만, 만약 리처드 3세의 회고록이랍시고 발견된 그게 진짜라면⋯⋯."

코니는 생각하더니 치를 떨었다.

"자기들 신앙을 공고히 하기 위해 악성 홍보물처럼 뿌린 튜니아 신전령의 전설이 진짜라면⋯⋯!"

그녀의 어깨가 부들부들 떨리고 있어, 나는 창문 너머로 팔을 뻗어 휘저었다.

"너, 너무 생각하기 싫으면 안 하셔도 돼요!"

"받아들이는 수밖에 별수 있어요?"

코니와 내 말이 동시에 튀어나와 허공에서 섞여 들었다. 나는 얼떨떨한 표정으로 코니를 바라보았다. 코와 귀를 새빨갛게 물들인 채로, 코니가 씩씩거렸다.

"진실은 그냥 거기 있을 뿐이잖아요? 내 호오가 이미 일어난 일을 바꿀 수 있는 것도 아니고. 받아들여야죠."

꽤 깔끔한 대답을 내놓은 그녀가 단호하게 덧붙였다.

"하지만 평가는 단단히 할 거예요."

평가……. 나는 나도 모르게 살짝 위축되었다. 내 행적이 평가의 요소가 되는구나. 그런 생각은 해 본 적 없는데.

나는 조심스럽게 두 번째 질문을 던졌다.

"어떤 평가를 할 건데요?"

"그야……."

코니가 입을 열려는데 길게 기적이 울렸다. 열차가 떠나려는 것이다. 나는 무심코 기적이 울린 방향으로 고개를 돌렸다. 그 바람에 긴 분홍빛 머리칼이 창밖으로 쏟아지듯 흘러내렸다. 요란한 기적 소리를 뚫고 코니가 물었다.

"앤지, 그런데 당신……."

"네?"

열차가 움직이기 시작했다. 땅에서 몇 뼘 떠 다니는 이동 수단이 발명된 세계답지 않게, 열차는 몹시 덜컹거리며 소음을 냈다. 코니가 손나팔을 만들며 물었다.

"그러고 보니 어느 쪽에서 왔다고 했죠?"

신경이 쭈뼛 곤두섰다. 나는 듣지 못한 척하며 코니에게 손을 흔들어 주고 얼른 객실 안으로 머리칼을 끌어당겼다. 내가 코니와 이야기하는 동안,

라니에로가 가방을 다 풀어 헤쳐 놓고 있었다. 열린 가방 주둥이 안으로 음식을 싸 놓은 종이봉투와 양말 몇 켤레가 보였다.

라니에로가 가방을 열어 꺼낸 것은 지도였다. 코니는 축척별 지도를 여러 장 챙겨 주었는데, 라니에로의 손에 들린 것은 세계 전도 같았다. 그는 다리를 꼰 채 지도를 펼쳐 뚫어져라 내려다보았다. 지나치게 오래 보는 게 아닌가 싶을 무렵, 그가 살짝 눈을 들었다. 그는 지도를 접어 내게 건넸다.

"봐."

"왜?"

라니에로는 대꾸하지 않았다. 나는 지도를 펼쳐 보았다. 옛 지도보다 땅이 훨씬 복잡하게 나뉘어 있었다. 통합된 곳도 있었지만, 아무래도 악틸러스가 무너지다 보니 쪼개진 곳이 더 많았다. 찬찬히 지도를 살펴보던 나는, 곧 라니에로가 왜 그렇게 오래 지도를 보았는지 알 수 있었다.

그와 내가 기억하는 지명이라곤 튜니아 신전령 하나뿐이었다. 솜비니아도, 언로 왕국도 세월의 틈바구니에 휩쓸려 무너져 내렸다. 심지어 연호까지 바뀌어 버려, 악틸러스의 멸망으로부터 시간이 얼마나 흘렀는지 알 수도 없었다.

라니에로가 말했다.

"무엇도 영원하지 않군."

나는 그것을 이제야 알았느냐는 표정으로 그를 바라보았다.

"나는 그래서 항상 불안했어."

라니에로가 등받이에 깊이 파묻혀 눈을 감았다.

"그대는 내가 모르는 걸 얼마나 더 많이 알고 있나?"

유리창을 통과한 햇살이 그의 섬세한 이목구비 위로 쏟아져 작품 같은 그림자를 만들었다. 나는 속삭였다.

"아주 많이……."

연민, 애정, 슬픔과 같은 것들도.

* * *

열차는 하루 하고도 한나절 정도를 달렸다.

종점은 '유비라 정거장'이었다. '유비라 정거장'은 튜니아 신전령으로부터 도보로 열두 시간가량 떨어진 지점에 있었다. 유비라 정거장은 간이역에 가까웠다. 승강장과 매표소를 제외하면 아무것도 없는 공간이었다. 하지만 쓸쓸한 감상을 불러일으키는 곳은 아니었다. 나는 오히려 소란스럽다는 인상을 받았다. 많은 사람들이 유비라 정거장에서 하차하고, 또 승차했기 때문이다.

외딴곳인 유비라 정거장까지 열차를 타고 오는 사람들의 목적지는 뻔하다. 이 시기에만 볼 수 있는 아름다운 꽃이 핀다는 북부의 신전령. 나는 매표소 앞에 비치된 안내 책자를 열어 보았다. 튜니아 신전령까지 도착하려면, 여기서부터 하루 정도 더 가야 한다고 적혀 있었다. 이래서 연구자 무리가 '사흘쯤 걸린다'고 이야기했구나.

나는 왜 철도가 하필 유비라 정거장에서 멈추는지 궁금했다. 이왕 만드는 거, 튜니아 신전령까지 쭉 노선을 이을 수는 없었던 걸까? 하지만 역을 나서서 걷는 사람들의 들뜬 표정을 보자, 튜니아 신전령과 유비라 정거장을 떨어뜨려 놓은 이유를 좀 알 것도 같았다. 사람들은 여기서부터 튜니아 신전령까지 걸어가야 한다는 사실 자체가 즐거운 것 같았다.

"이건 일종의 순례길이야."

소리 높여 그렇게 떠드는 사람도 있었다.

나는 사람들에게서 시선을 떼고 주변을 돌아보았다. 튜니아 신전령은 나와 라니에로가 지도에서 유일하게 발견한 '아는 이름'이다. 하지만 풍경은 전과 사뭇 달라져 있었다. 잘 다져진 길 옆으로 발목 높이까지 오는 풀들이 바람결에 누웠다가 일어나곤 했다. 앙증맞고 흰 풀꽃들이 녹음 사이사이에서 고개를 내밀었다. 햇빛 때문에 맺힌 땀을 소슬한 바람이 살짝 밀어냈다. 희미한 꽃향기가 비강을 간지럽혔다. 여긴 본래 불모지였는데.

나는 낯선 풍경 이곳저곳을 눈에 익히며 걸었다. 즐거워질 수밖에 없는 환경이었다. 흙과 풀에서 좋은 냄새가 나고, 상기된 사람들이 수다 떠는 소리가 계속해서 들려왔으니까.

얼마간 걷자 풀숲 사이로 긴 의자가 여러 개 마련된 공간이 나타났다. 달리 약속한 것도 아닌데, 걷던 사람들이 모두 거기 앉아 식사를 했다.

캠프에서 챙겨 준 먹을거리에는 황궁 유적에서 먹었던 맛있는 소시지가 포함되어 있었다. 심지어 불을 피울 화로도. 나는 나지막하게 콧노래를 부르며 화로에 불을 붙이고 소시지를 꼬챙이에 꿰었다. 곧 맛있는 냄새가 풍기기 시작했다.

근처에 앉아 있던 여행자 하나가 다가와, 제 도시락과 소시지를 바꾸어 먹을 수 있을지 물었다. 라니에로가 그 여행자를 흘긋 바라보았다. 혹시 시비라도 붙을까 싶어 조마조마했지만, 다행히 라니에로는 곧 흥미를 잃어버렸다. 나는 그 요청에 이상하게 기분이 들떠서, 흔쾌히 허락했다. 여행자는 희고 포근한 롤빵과 산양유를 주고 소시지를 받아 갔다.

편안하고 행복했다.

나는 아무 걱정 없이 느긋하게 식사를 했다. 우리 주변에서 마찬가지로 느긋하게 식사를 마친 사람들이 자리를 정리하고 일어나기 시작했다. 나도 그들과 템포를 맞추고 싶어, 서둘러 먹은 자리를 정리했다.

그런데 그릇을 치우던 내 손이 멈칫했다. 라니에로가 음식에 거의 손대지 않은 것이다. 차려 놓은 것은 전부 맛있는 것들뿐이었는데, 라니에로는 그 음식들을 딱 한 입씩만 먹었다. 먹는 시늉만 한 셈이다. 혹시 식욕이 없냐고 물어보려던 찰나, 의문이 떠올랐다.

'열차에서는 잘 먹었나?'

폐허에서 마르타 일행을 만났을 때는?

'거의 안 먹었어.'

라니에로가 원래 입이 짧은 사람은 아니다. 오히려 그는 대식가에 가깝다. 내 얼굴에 떠오른 의문을 라니에로가 알아차렸다. 그는 제 앞에 놓인 음식에서 자신이 베어 문 부분을 잘라 내고, 종이에 싸며 말했다.

"나는 이제 맛을 느끼지 못해."

그는 남긴 음식을 가방에 집어넣었다.

"음식을 먹을 필요도 없고, 잠을 잘 수도 없지."

"왜?"

"체질이 변했어."

라니에로는 아무렇지 않게 말했다.

"그대가 날 죽인 이후로."

사람들이 떠나가고 주변이 조용해졌다. 나는 천천히 라니에로에게 손을 뻗었다. 그의 손목을 쥐었다. 그래야 할 것 같았다. 얼음장같이 차갑던 손에 내 체온이 찬찬히 옮았다. 손끝으로 그의 손목을 더듬어 보았다. 지그시 눌러도 맥이 느껴지지 않는다.

나는 화들짝 놀라 내 손목을 짚어 보았다. 혈관이 가녀리게 팔딱거리는 것이 손끝을 통해 느껴졌다. '체질이 변했다'는 것으로 간단히 말할 수 있는 일이 아니었다.

그는 죽어 있고, 나는 살아 있었다.

* * *

『원숭이 손』이라는 단편 소설이 있다. 어떤 남자가 소원을 들어준다는 원숭이 손을 얻게 되어 소원을 빈다. 영험한 원숭이 손은 이상한 방향으로 소원을 이루어 준다. 거액의 돈을 손에 넣고 싶다고 빌었더니, 아들이 끔찍한 사고에 휘말려 죽는 바람에 보험금을 수령하게 된다는 식이다. 섭리와의 거래도 유사하다.

끔찍한 일을 저질러 버렸다는 생각이 들었다. 여름인데 으슬으슬 한기가 느껴졌다. 나는 파리한 얼굴로 라니에로를 바라보았다. 살아 있는 시체가 된 당사자인 라니에로는 정작 아무런 동요도 보이지 않았다. 그는 새로운 정체성에 빠르게 적응한 모양이었다.

"아무렇지 않아?"

나는 떨리는 목소리로 물었다.

"무슨 답을 바라나?"

라니에로가 눈을 느리게 깜박였다.

바라는 답이 있을 리 없었다. 나는 말을 잇지 못했다. 방금 맛있게 먹은 것들이 명치를 꽉 틀어막고 속을 아프게 했다. 나는 그냥 라니에로가, 내가 느낀 걸 똑같이 느꼈으면 했다. 사과를 받고 싶었지만, 그게 가능할 리 없다는 걸 아니까.

침실에 갇혀 있던 내 처지가 어땠는지 알기를 바랐다. 상대의 기분과 명령에 따라 나의 모든 것이 좌지우지되는 것이 얼마나 두렵고 비참한지, 그것이라도 깨달았으면 했다.

나를 지킬 수단으로써 라니에로의 목줄도 필요했다. 아무런 무기 없이는 이전의 권력 구도를 답습하기만 할 것 같았다. 라니에로는 결코 을이 되려 하지 않는 사람이니까.

그냥 그게 다였다.

"이런 것까지 바랐던 게 아닌데……."

눈앞이 캄캄했다. 라니에로는 여전히 동요 없는 표정이었다. 그의 고개가 살짝 기울어졌다.

"왜 그러지? 상관없잖나."

"상관없다니……."

나는 멍하니 중얼거렸다. 라니에로는 태연하게 말했다.

"그대가 이겼고 내가 졌을 뿐이야. 나는 패배했으니 불만을 말할 권리가 없고, 그대에게 복종한다. 그대는 내게 명령하며 승리를 만끽하면 그것으로 충분하지 않나?"

그 말에 가슴이 싸늘하게 식었다. 조금 전과는 다른 느낌의 그늘이 내게 드리우는 것 같다. 라니에로는 나와 본질적으로 다르다. 이 상황의 관계 구도가 역전되었다면……. 그는 아무런 양심의 가책 없이, 내 처지를 이용하여 '길들이려' 들었겠지. 나를 침실에 가두어 두었을 때처럼.

명령과 복종. 그가 아는 관계의 도식은 그런 것뿐이다. 태어날 때부터 망가진 사람. 눈가가 화끈해졌다. 가득 차오른 눈물이 금방이라도 떨어질 것 같았다. 라니에로는 내 얼굴을 물끄러미 뜯어보았다. 내가 왜 우는지 모르겠다는 표정이었다.

그에게 쏘아붙이는 내 호흡이 꼴사납게 떨렸다.

"당신 머릿속엔 정말 지배와 복속밖에 없구나……."

"……."

"넌 짐승 같아……. 그래……."

나는 얼굴을 가리고 피를 토하듯 말을 토해 냈다.

"악틸러스 사람들은 네게 그런 걸 바랐겠지. 그런데 어쩌지? 내가 악틸라를 죽여 버렸어. 그래서 이젠 네게 그런 걸 바라는 사람이 아무도 없어."

"앤지?"

"너도 그게 좋았지? 짐승으로 사는 거 쉽지? 간단하고 마음 편하고……."

나의 비난에 라니에로는 항변하지 않는다. 그게 약한 자, 패배자의 자세니까.

"나, 승리를 만끽하고 싶었던 거 아냐. 내가 느낀 걸 네가 똑같이 느꼈으면 했어. 사죄를 받고 싶었어. 그게 무슨 뜻인지 알아?"

침묵이 돌아온다. 그가 알 턱이 없다. 나는 비명을 지르듯 외쳤다.

"네가 인간이었으면 좋겠다고!"

눈물이 쏟아져 흘렀다. 동화 같은 행복한 결말을 맞기에는 모든 것이 너무 근본적인 부분부터 어긋나 있다.

"복잡하고 어렵고 불안하게 살아!"

라니에로는 슬픔과 죄책감을 모른다. 그래서 이 상황을 어떻게 수습해야 할지도 모른다. 내가 그의 눈에서 읽을 수 있는 건 불안감뿐이다. 감정이 격해진 내가, 그에게 여기 있으라는 명령을 남기고 혼자 떠나갈까 봐……

어쨌거나 그는 나를 따라오고 싶어 한다. 나와 살아가기를 원한다. 하지만 나는 지배의 논리로밖에 세상을 해석하지 못하는 라니에로를 견디는…… 괴로운 일은…… 오래 할 수 없을 것 같다. 나는 거칠게 눈물을 훔쳤다.

"복종으로 흡족해하는 건 너 같은 머저리나 하는 짓이야. 나와 살아가고 싶다면 날, 날 이해해 봐."

"나는……."

"사람과 사람의 관계는 이기고 지고 지배하고 복종하는 게 전부가 아니란 말이야! 아니라고, 아니라고!"

신경질적으로 외치자 목에서 쇠 맛이 났다. 나는 결국 참지 못하고 주저앉아 엉엉 울었다. 라니에로는 내 몸에 차마 손대지 못하고 어정쩡하게 서서 우는 나를 불안하게 바라보았다.

그가 미웠다. 정말 견딜 수 없이.

온몸에서 힘이 빠지고 나서야 내 눈물도 그쳤다. 라니에로가 홧홧한 내 눈가를 머뭇머뭇 매만졌다. 몹시 차가운 손이었다.

"다르게 해석해 보지……."

라니에로가 결국 그렇게 말했다. 그가 할 수 있을지는 모르겠다. 하지만 나는 일단 고개를 끄덕였다. 라니에로에게는 나만 남았다. 나라고 딱히 그와 사정이 다르지는 않은 것 같다.

우느라 엉망이 되었던 호흡이 천천히 잦아들었다. 소리를 지르는 바람에 아직도 머리가 찡 울리는 것 같다. 비척비척 일어나며 얼핏 올려다본 라니에로의 눈빛이 가라앉아 있었다. 벌을 받을 준비가 된 모양이다. 내 기분을 거스르는 소리를 했으니 응당 대가를 받아야 한다고 생각하는 것이다. 왜냐하면, 자기가 여태껏 그렇게 해 왔으니까.

또다시 힘의 논리. 막막하다.

'전부 네가 자초한 일이야.'

나의 심연이 나를 비웃는다.

'힘의 논리가 싫다면서 너도 힘으로 그에게 목줄을 채웠잖아?'

그럼 어떡해? 온건하고 자상하게, 무한정 사랑으로 보듬었어야 해? 그게 현실적으로 가능해? 이런 사람을 대상으로? 누가 그런 일을 할 수 있는데?

'게다가 네가 그를 죽였어.'

그랬지. 하지만 죽이지 않았으면? 평생 도망이나 다녀? 겨울처럼 그가 나를 찾아낼까 내내 겁먹은 채로? 지구로 돌아가려고 목숨을 걸고 날 빼내려 찾아온 수현 씨는, 무시하고?

결국 두 가지 선택 모두, 그 상황의 내게는 최선이었다. 흠결 있는 결정임은 분명하다. 하지만 나는 현명하거나 인격적인 사람이 아니기 때문에, 원래 내가 하는 선택은 하나같이 불완전하다. 거대한 선택일수록 불완전성이 도드라진다.

그래서 사람들이 선택하길 무서워하는 거야. 어떤 길도 완전하지 못할 걸 아니까. 게다가 뒤에 무슨 일이 일어날지 추측밖에 못 하잖아. 더 정확히 추측하고, 선택의 흠을 조금이라도 줄여 보고자 계속해서 발버둥 치는 게 삶이지.

하지만 예리한 감각과 매끈한 선택지가 동시에 준비될 때까지 선택을 무한정 미룰 수는 없다. 그래서 나도 그나마 제일 좋아 보이는 것을 골랐다.

뒷면의 흠결을 비집고 올라오는 괴로운 부산물들은 감수해야지……. 감수해야겠지.

나는 라니에로에게 벌을 내리지 않았다.

"가자. 가야지."

몸을 돌렸다. 뒤에서 라니에로가 성급하게 한 발짝을 먼저 뗀다. 나는 그에게 등을 돌린 채로 말했다.

"네 몸은…… 어떻게 할 수 있을지 생각해 볼게."

그에게 죄책감을 느낀다. 자조적인 웃음이 흘렀다. 그는 나를 완전히 망쳐 놓았을 때도, 내게 그런 것을 한 번도 느껴 본 적 없을 텐데.

* * *

이제 튜니아 신전령까지 남은 것은 둘만의 여정이었다. 유비라 정거장에서 함께 내린 사람들은 저만치 앞질러 가 버렸으니까.

바람은 여전히 소슬하고, 풍경도 여전히 아름답다. 하지만 나는 이제 그 경광을 온전히 즐길 수 없다. 해가 넘어가고 주변이 깜깜해져도 나는 걸었다. 라니에로가 한 발짝 뒤에서 따라오는 소리가 들린다.

앞서간 사람들은 노을이 질 무렵 이미 빈 땅에 잠자리를 만들었다. 점심을 먹을 때처럼 옹기종기 모여 있었다. 나는 멈추어 서서 그쪽을 잠시 바라보다가, 라니에로에게 말했다.

"가자."

"쉬지 않나?"

"그냥 빨리 도착할래."

라니에로는 잠시 말이 없었다. 유비라 정거장에서 읽은 책자에 적힌 것과 여태까지 걸어온 거리를 가늠하는 모양이었다.

"그 전에 그대가 쓰러지겠군."

"언제부터 그런 걱정을 하고 살았어?"

아무 말도 들리지 않았다.

"내가 쓰러지면 네가 업고 가."

"그래."

무척 쉬운 일이라는 듯, 대답은 간단하게 떨어졌다. 잠깐의 침묵. 라니에로가 불현듯 깨달았다는 양 말했다.

"명령이 아니군."

나는 입을 다물었다.

쓰러질 때까지 걷기만 하는 것도 쉽지는 않았다. 그것도 다 의지가 강력해야 할 수 있는 짓이다. 다리가 무거워 도저히 더 못 걷겠어서, 나는 자리에 털썩 주저앉았다. 코니가 가방에 넣어 준 회중시계를 꺼내 보니, 시각은 새벽 4시였다. 주저앉아 물을 마시고 있는 나를 지나쳐 라니에로가 저 멀리까지 걸어갔다가 돌아왔다.

"저 앞에 표식이 있는데."

유비라 정거장에서 튜니아 신전령까지 가는 길에는 일정한 거리마다 표식이 찍혀 있었다. 당신은 올바른 길 위를 걷고 있습니다. 신전령까지는 이제 이만큼 남았습니다. 그렇게 말하듯.

나는 수통을 닫으며 물었다.

"숫자는?"

"8."

신전령의 입구에는 숫자 10과 함께 마지막 표식이 찍혀 있다. 정말 얼마 남지 않았구나. 그런데 뭐야, 열두 시간은 한참 넘게 걸리잖아. 체력 좋은 성인 남자가 중간중간 휴식을 취해 가며 최상의 컨디션으로 걸었을 때, 순수히 걷는 시간만 따지면 열두 시간 걸린다는 뜻이었나 보다.

"조금만 쉴게."

바람이 서늘해서 걷는 도중 흘렸던 땀이 금방 말랐다. 풀벌레 소리가 들렸다. 바람이 불면 멈추었다가, 그치면 맹렬하게 운다. 작은 방울을 소쿠리에 넣고 한꺼번에 이리저리 굴리는 것 같은 소리가 자꾸 들렸다. 다리는 무겁고 이마와 목덜미는 제법 기분 좋게 말라 간다. 나를 괴롭혔던 고민은 당장의 고단함 때문에 저 멀리 처박히고, 단순히 오감에 집중하게 된다.

잠깐만 눈 감고 있자.

잠깐만…….

* * *

잠깐 잠이 들었나 보다. 라니에로가 나를 업은 채 걷고 있었다. 뺨에 닿는 공기는 약간 찼다. 하지만 옷 너머로 느껴지는 사자(死者)의 체온은 따뜻했다. 꽤 오래 마주 닿아 있었기 때문일 것이다.

나는 눈을 깜박였다. 가물거리는 흐린 시야에 온통 분홍빛이 들어찼다. 퍼뜩 눈을 떴다. 파르스름한 새벽 공기 때문에 얼핏 보라색으로도 보이는 분홍 꽃이 사방에 가득 피어 있었다. 긴 꽃줄기 위에 핀 주먹만 한 꽃에 단순한 꽃잎 다섯 개가 겹쳐 둘러 난 모습이었다.

"낙원 같아요."

아론의 말대로 비현실적인 공간. 나는 얼떨떨하게 대뜸 물었다.

"여기, 신전령이야?"

"그래."

대답은 간단하게 돌아왔다.

"신전령의 입구부터 피어 있었어."

신전령의 입구부터 민가까지는 또 거리가 있었다. 열두 시간이라며. 안내 책자는 순 사기였다.

"내려 줘."

명령이 아니었기 때문에, 라니에로는 거부했다. 나는, 그래서, 그냥 계속 업혀 있었다. 종아리가 뭉쳐 단단하게 아팠으니까……

꽃들은 하염없이 물결을 만들며 넘실거렸다. 소박한 모양의 꽃이어서 떼 지어 있는 모습이 더 예뻤다. 내가 저 꽃밭으로 들어가 웅크리고 있으면, 아무도 꽃과 내 머리칼을 구분하지 못할 것 같다. 보면 화가 날 것 같다고 생각했는데, 얼떨떨하고 부끄러운 마음이 더 컸다.

라니에로의 등에 업혀 나는 이제부터 뭘 하지, 생각했다. 여기에 도착하고 나서 어떻게 할지는 계획해 둔 바 없었던 것이다. 홧김에 '이 사람들 잘 살고 있으면 꽃 다 뽑아 버리라고 할 거야.' 따위의 생각은 했지만, 그건 정말 홧김이고……

내가 그 '안젤리카'라고 밝힐 생각도, 사실은 없었다. 이제 악틸라의 죽음으로 인한 모든 이해관계가 사라졌다. 그 말은, 내가 구원자로서 나서는 것에 아무런 의미가 없다는 뜻이다. 거기에 더해……. 수많은 사실들은 역사가들의 손에 선별되어 가공되고, 교묘하게 변한 채로 기록된다. 수백 년이 흐른 지금, 이들의 이야기로 구전되는 '안젤리카'는 나의 본질보다 훨씬 위대하게 미화된 사람일 것이다. 기록과 실물의 간극을 체감한 순간, 사람들은 실망을 드러내 보일 테지. 그런 걸 감당하기 싫었다. 그런데 이런 내 생각은 아무런 의미도 없었다. 계획대로 일이 돌아가지 않았던 것이다.

민가에서, 꽃밭으로 어린애들 한 무리가 뛰어 내려왔다. 아이들은 커다란 시냇물 소리 같은 목소리로 자기들끼리 조잘거리고, 왔던 길을 되돌아갔다 다시 뛰어오는 등 정신 사납게 굴었다. 자세히 보니 왔던 길을 자꾸 되돌아가는 데에는 이유가 있었다. 아이들은 몹시 느릿느릿 걷는 사람과 동행 중이었다.

잠시 후, 아이들 중 하나가 나와 라니에로를 발견했다. 그 아이는 대번에 다른 아이들의 옷자락을 잡아당기더니, 이쪽을 가리켰다. 네 명의 아이가 일제히 몇 초간 멈추어 서서 이쪽을 내려다보았다. 아이들은 동행인을 두고 와악 소리를 지르며 비탈길을 달려 내려왔다. 지나치게 흥분한 상태라 동행인까지는 미처 배려하지 못한 듯했다.

나는 멀리서부터 느껴지는 기세에 벌써부터 약간 넋이 나가, 순식간에 다가오는 아이들을 멍하니 바라보기만 했다. 아이들은 모두 다섯이었고, 똑같은 흰옷을 입고 있었다. 신발도 마찬가지로 희었다. 아주 깨끗하게 세탁한 의복이었다. 이 동네는 원래 이맘때 애들한테 이런 걸 입히나? 빨래는 누가 하고?

혼란스럽던 찰나, 개중에 가장 나이 많아 보이는 아이가 라니에로에게 꽃다발을 불쑥 내밀었다.

"뭐지?"

라니에로가 불쾌한 기색을 감추지 않고 물었다. 그러자 어린애도 마찬가지로 겁 없이 불쾌한 기색을 드러냈다.

"말고."

그 모습을 보자 정말……. 악틸라 사후로 오랜 시간이 흘렀다는 게 새삼다시 실감 났다. 옛날이라면 그 누가 악틸라의 대자에게 이렇게 버릇없이 굴 수 있었을까. 아무튼, 아이가 준비한 꽃의 주인이 라니에로가 아니라면, 나뿐이었다. 나는 얼떨떨하게 그의 등 뒤에서 물었다.

"그러면 나?"

그 말에 아이의 얼굴이 환히 밝아졌다. 아이들이 신이 나 합창을 했다.

"안젤리카!"

순간 얼굴이 화끈 달아올랐다. 어떻게 알았지? 그냥 분홍색 머리카락을 가진 사람한테는 다 하는 말인가? 그럼 어떻게 반응해야 하지? 나는 재빨리 라니에로의 등에서 내렸다. 꽃을 받으려고 내린 줄 알았는지, 아이가 내 품에 분홍 꽃 한 아름을 안겨 주었다. 나는 그것을 돌려주며 우물쭈물 말했다.

"나는, 안젤리카가 아니야……."

그러자 다섯 아이의 얼굴 위로 일제히 물음표가 떠올랐다.

"정말?"

그 무구한 얼굴에 대고 거짓말을 하기에는 양심의 가책이 느껴졌다. 내 목소리가 더욱 기어들어 갔다.

"안젤리카는, 전설 속 사람이잖아. 호수에 잠들어 있는……."

"하지만 깨어났어."

"며칠 전에."

아이들은 어리둥절하게 서로를 바라보았다.

"그리고 오늘 온댔는데?"

"어……."

당황스러운 소리의 연속이었다. 깨어났다니. 그걸 어떻게 알지?

충격적인 소리에 말을 잇지 못하고 있는데, 아이들 후미에서 천천히 따라오던 사람이 마침내 내 앞으로 다가왔다. 아이들과 마찬가지로 흰옷을 입은 노파였다. 그녀가 나를 향해 허리를 깊이 숙였다.

"옛 성녀님……."

그 모습을 보고 나서야 모든 것을 이해할 수 있었다.

"마침내 맞이하게 되어 무한히 기쁩니다."

노파의 목소리는 나이에 맞지 않게 곱고 청아했다. 아마 이번 세대의 성녀일 그녀는, 나이와 생김새가 전혀 다른데도 세라피나와 닮은 느낌이었다. 우아하고 자상한 몸짓 때문에 그렇게 느껴지는 것일지도 모른다.

튜니아의 성녀라니. 완전히 변해 버린 세상에서 발견한, 유일한 옛것이었다.

"신이 당신에게 제가 오고 있다고 말했나요?"

"그렇습니다."

내 다리에 매달려서 나를 올려다보는 아이들의 눈이 부담스러울 정도로 초롱초롱했다.

"그러면, 이 아이들을 비롯해서 여기 사는 모든 사람들이 다 알고 있겠네요?"

"예, 그렇습니다."

얼굴이 화끈거렸다. 요란한 환영은 원치 않는다. 외지인들도 오는데…….

"혹시 잔치라도 열리는 건 아니겠죠?"

만약 잔치가 열린다면 신전령의 분홍 꽃을 보러 오는 외부인들에게도 내 정체가 드러나고 만다. 그러면 정말 못 견딜 것 같았다. 성녀는 잔잔하게 웃었다.

"그렇지 않습니다. 화려하게 맞이할 생각이었더라면 고작 아이 다섯만 데리고 나오지는 않았을 거예요."

"그러면……."

"바깥 사람들은 옛 성녀께서 도착하셨다는 사실을 모르고 떠날 겁니다."

나는 그제야 조금 안도했다. 그리고 아이들을 내려다보며 말했다.

"그래, 사실은 내가 안젤리카야."

신이 성녀를 통해 이야기했다면 내가 감추려고 해도 아무런 소용이 없다. 신은 모든 것을 알고 있으니까. 그렇다 하더라도 좀 불안한 건 어쩔 수 없었다. 이 아이들은 전설 속의 내가 어떤 존재라고 배웠을까? 숭고한 의지를 품에 안은 채 목숨 걸고 나서서 악틸라를 살해했다고 배웠을까? 악틸라의 대자를 살아 있는 시체로 되살렸다는 건 모르겠지…….

내 얼굴에 수심이 드리운 것을 성녀가 발견한 모양이다. 그녀는 조금 더 가까이 다가와, 내 팔을 나긋나긋하게 토닥였다.

"걱정하시는 일은 일어나지 않을 거예요."

내가 무슨 생각을 하는지 안다는 듯한 몸짓에 나는 좀 부끄러워졌다.

"우리는 당신을 자비의 강요에 희생당한 개인이라고 배웠습니다. 우리의 신께서는 모두에게 자비로우셨지만, 당대의 두 성녀에게는 터무니없는 고통을 강요하셨지요."

성녀는 흐드러지게 만개한 꽃밭을 둘러보며 서글픈 미소를 머금었다.

"이 낙원은 신의 죄책감의 산물입니다."

그 말을 들은 나는 튜니아 신전령의 꽃밭에 대해 처음 들은 순간부터 품고 있었던 말을 그대로 뱉을 수밖에 없었다.

"제가 죽고 난 후에 생긴 낙원이잖아요, 제겐 의미가 없어요."

성녀는 고개를 저었다.

"아니에요, 언젠가 긴 잠에서 깨어나 반드시 돌아올 당신의 보금자리로 낙원이 준비되었습니다."

"만약 제가 이리로 돌아오지 않았다면……."

성녀는 내 말이 끝나기까지 기다려 주었다. 나는 북받치는 설움을 가까스로 가라앉히고 다시 입을 열었다.

"그랬다면……."

그런데 말을 맺을 수 없었다. 이곳을 한 번도 방문하지 않고 생을 마감할 수는 없었을 것이다. 여기 분홍 꽃이 피는 한, 여기를 낙원이라고 부르는 이들이 세상 밖에 존재하는 한…….

나는 결국 말을 바꾸었다.

"제가 여기 살지 않고 떠난다면요?"

외지인들처럼, 다시 유비라 정거장까지 돌아가 열차를 탈 것을 고려하고 한 말이었다. 그런데 느릿느릿 고개를 끄덕이는 성녀의 입에서 나온 말은 상상도 못 한 것이었다.

"그것 또한 염두에 두고 있었습니다. 그러면 극진히 준비를 마쳐 옛 성소로 데려다드리겠지요."

"옛 성소?"

"예……."

성녀는 뭔가 부연 설명을 하려다, 내 반응을 보고 입을 다물었다. 그녀의 주름진 얼굴에 잔잔한 미소가 떠올랐다.

"그 전에, 몹시 고단하시겠군요. 목욕물과 식사가 준비되었을 겁니다. 피로부터 푸시고 옛 성녀님을 위해 준비된 모든 것을 둘러보세요."

성녀가 강조하듯 다시 한번 말했다.

"낙원에 존재하는 모든 것이 오직 당신을 위하여 준비된 것입니다."

* * *

다섯 아이는 몹시 씩씩한 태도로 걸음을 옮겼다. 제풀에 신나 금세 저만큼 앞서 나갔다. 나는 꽃을 안은 채 성녀, 알리시아와 보폭을 엇비슷하게 해 걸었다. 라니에로도 마찬가지였다. 신전령 사람들은 마을 입구까지 나를 마중 나오지는 않았지만, 각자 가정의 현관 앞에서 내가 지나갈 때까지 기다리다 허리를 깊이 숙였다.

나는 마수 토벌을 위해 불모지였던 튜니아 신전령에 왔던 때를 떠올렸다. 그때도 여기와 같은 길을 지났다. 창가에 붙어 경계심 가득한 눈으로 이쪽을 바라보던 사람들의 강렬한 이미지는 쉬이 잊히지 않았다. 그 시절의 사람들은 공포와 거북함이 얼룩진 눈으로 폭군, 라니에로를 보고 있었다. 그러나 지금 그들의 눈에 비치는 것은, 전설 속 주인공인 나와, 존경받는 성녀 알리시아뿐……. 라니에로를 향한 원한이나 두려움을 내비치는 사람은 아무도 없었다. 낯선 사람들이 보내는 순수하고 거대한 호의 속에서 나는 몸 둘 바를 몰랐다.

튜니아 신전령은 평화롭고 아름다운 곳이 되어 있었다. 나는 아무 감흥 없는 표정으로 아침 햇살 속에서 걷는 라니에로를 바라보고 말했다.

"이런 걸 평화라고 해."

내가 가지고 싶었던 것.

라니에로는 이런 것의 좋은 점을 잘 모르겠다는 듯 고개를 살짝 기울였다. 그렇겠지, 그에게 평화란 그저 따분한 것일 뿐이니까.

알리시아와 아이들은 마을 한쪽의 예쁘고 아늑한 집으로 나를 안내했다.

"당신의 것입니다."

정말이었다. 현관문에 내 이름이 적힌 팻말이 걸려 있었다. 나는 문의 나뭇결을 쓰다듬었다. 잘 관리된 오래된 나무 문이 반질반질했다. 이들은 정말 내 자리를 준비한 채 나를 기다리고 있었다. 세계 지도가 전부 바뀌어 버릴 정도로 오랫동안. 이 집도 아주 오래된 것이 분명했다. 내가 언제 깨어나서 들어와 살아도 상관없도록 오래전에 지어 놓고, 매일같이 누군가 찾아와 보살피고, 망가진 부분을 수리했을 것이다.

무심코 노크하려는 나를 알리시아가 우아하게 저지했다. 나는 팻말을 잠시 가만히 바라보았다.

나의 것…….

노크하려던 손을 내려 문고리를 돌렸다. 삐걱거리는 소리도 없이 문이 부드럽게 열렸다.

안에는 두 사람의 여자가 있었다. 집 안을 정돈하러 온 듯했다. 나를 본 그들은 눈부시도록 상냥한 미소를 띠고, 내 품의 꽃다발을 받아 들었다. 갑작스러운 방문에도 놀란 기색이 없었다. 내가 올 것을 이미 알았다는 듯.

"목욕물과 의복, 아침 식사를 전부 준비했어요."

그들은 라니에로에게도 마찬가지로 친절하게 웃었다.

"옛 성녀님의 일행분을 위한 것도 마찬가지로 준비되어 있답니다."

"필요 없어."

라니에로가 싸늘하게 말했다. 나는 혹시 친절한 이들의 얼굴에 그늘이라도 질세라 라니에로에게 재빨리 말했다.

"식사는 그렇다 쳐도, 씻을 물과 갈아입을 옷은 필요하잖아."

그의 태도가 순식간에 누그러들었다. 여전히 차가운 표정이기는 했지만, 더 입을 열지 않고 얌전해졌다.

* * *

목욕을 하고 나서 옷을 갈아입고, 아침 식사도 마쳤다. 사치스러운 식탁은 아니었지만, 충분히 정성이 담겨 있어 만족스러웠다. 식사를 마치고 나서는 알리시아와 함께 신전령을 둘러보았다.

"저쪽에 신전이 있지요."

알리시아는 한참 먼 곳을 가리켰다. 나는 고개를 끄덕였다.

"그런데 신전의 기도실이 아니라 외곽의 마을에 계시네요. 저를 맞이하러 특별히 나오신 건가요?"

"오늘은 그렇지만, 특별한 일이 없어도 자주 나오곤 합니다."

알리시아가 은구슬을 굴리듯 웃었다. 그러더니 내게 물었다.

"준비된 것은 마음에 드십니까?"

'준비된 것'이란, 널따랗게 펼쳐진 꽃밭부터 시작하여 신전령의 모든 것을 의미하는 게 분명했다. 분명 마음에 든다. 하지만 미묘한 석연찮음이 나를 자꾸 간지럽혀서, 나는 아무런 말도 하지 못했다. 그 '미묘한 석연찮음'이란, 인간이라면 당연히 느낄 만한 의심에서 오는 것이었다.

악틸라의 죽음이 오래되어 아무 의미가 없어질 정도로 긴 시간이 지났는데, 이들은 어째서 계속 이 낙원을 내게 바칠 의지를 지속할 수 있었을까. 나는 알리시아에게 그것에 대해 물었다. 알리시아는 그 질문을 받을 줄 알았다는 듯 부드러운 목소리로 막힘없이 대답해 주었다.

"당신의 존재가 이 낙원의 탄생 이유이자 동력이기 때문입니다."

"……"

"우리의 신은 모든 것을 양보하느라 그분의 자녀에게는 가장 거친 것만을 남기는 분이었습니다."

그건 알고 있다. 그것이 튜니아의 원칙. 본디 자비란 것은 베푸는 이를 갉아먹는 개념이다. 나는 위에서 보았던 튜니아의 모습을 떠올렸다. 안락한 것은 누리지도, 원하지도 않는 것처럼 꼿꼿한 태도에 풍파를 겪은 얼굴.

"옛날의 우리는 그런 것을 전부 감수하고서 이곳에 남았습니다. 오직 당신만 빼고요. 당신은 제 발로 찾아오지 않았는데도 미덕을 강요당한 사람입니다."

나는 고개를 살짝 떨어뜨렸다.

"오직 무기에 가장 적합하다는 이유로."

따분한 표정으로 주변을 둘러보던 라니에로의 시선도 내게로 꽂혔다. 나는 입술을 지그시 깨물었다.

"신께서는 당신에게 폭력적이었습니다. 그렇게 스스로 교리를 어기셨습니다. 그래서 자신의 평생에 걸쳐 당신에게 사죄하고자 하십니다."

알리시아는 이렇게 말을 맺었다.

"그리하여 계속 그분의 자녀들을 가르치셨습니다. 우리가 누구 덕에 아름다운 비옥토에서 살 수 있는지 잊지 않도록……. 안젤리카의 존재가 이 낙원의 이유입니다."

나는 불현듯 물었다.

"그러면, 제가 죽으면 이 낙원도 사라지나요?"

알리시아는 내 말에 눈을 느리게 끔벅거렸다.

"아아……. 그 이야기를 하려면, 대가 이야기를 해야겠군요."

"대가?"

"옛 성녀님과 섭리의 두 번째 거래로 인한 대가 말입니다."

두 번째 대가 이야기를 듣자, 나는 어쩔 수 없이 조금 불안해졌다. 나는 아직 무엇을 지불해야 하는지 전혀 몰랐으니까.

"신전으로 가실까요?"

알리시아가 상냥하게 말했다. 나는 기어들어 가는 목소리로 웅얼거렸다.

"그냥 여기서 말씀해 주시면 안 돼요?"

"보여 드릴 것이 있어서 그렇습니다. 가면서 말씀드리지요."

나는 하는 수 없이 알리시아를 따라나섰다.

"신전에서도 이미 보여 드릴 것의 준비를 마쳤을 겁니다."

마음이 조금 급했다. 그러려던 게 아니었는데, 나도 모르게 알리시아를 다그치고 말았다.

"제게 뭘 보여 주시려는 건데요? 그리고…… 제 대가를 어떻게 저보다 신전령에서 먼저 알죠? 신이 모든 것을 아시기 때문인가요?"

"아닙니다. 섭리와의 거래자가 대가를 치르기 전에는 그 누구도, 저 위의 신들마저도 대가가 무엇일지 알지 못합니다."

"그럼……"

나는 머뭇거리다 조심스레 물었다.

"제가 이미 대가를 치르고 있다는 뜻인가요? 그리고 신께서는 그분의 전지성이 아니라, 다른 방식으로 대가를 알아내셨고요?"

알리시아는 고개를 끄덕였다. 나는 혼란스러워졌다.

"정작 저 자신도 대가를 모르는데요?"

원래 우아하던 알리시아의 태도가 더욱 조심스러워졌다. 나는 물론이고, 내 옆에 나란히 서서 걷는 라니에로를 자극하길 원하지 않는 것 같았다.

"무엇을 보여 드릴지부터 답해 드릴까요? 아니면, 이 늙은 성녀가 옛 성녀님의 대가를 알게 된 경위부터 말씀드려야 할까요?"

답하기 어려운 질문이었다. 하지만 나는 길게 망설이지 않았다.

"경위부터 들을래요."

알리시아는 느리게 고개를 끄덕였다. 그녀는 발걸음을 재촉했다. 그래 봐야 거북이 같은 속도이기는 했지만……

"500여 년 전, 옛 성녀께서 악틸라를 무찌르고 깊은 잠에 빠지셨을 무렵."

'악틸라를 무찔렀다'는 간략한 표현에 나는 나도 모르게 라니에로를 살짝 올려다보았다. 악틸라의 이름이 알리시아의 입에 올랐지만, 라니에로는 별

감흥 없는 표정이었다. 나는 문득 라니에로가 악틸라를 정확히 어떻게 생각하고 있을지 궁금해졌다. 그건 나중에 물어봐야지. 나는 알리시아의 나직하고 맑은 목소리에 주의를 기울였다.

"세계는 솜비니아의 리처드 3세에 주목했어요."

이 이야기는 연구자 일행으로부터 이미 들은 바가 있었다. 대외적으로는 라니에로를 죽인 것으로 알려진 리처드가 당시의 가장 중요한 인물로서 대접받았다고. 하지만 알리시아는 좀 더 깊은 내막을 알고 있었다.

"리처드 3세는 어질었지만……."

알리시아의 말에 동의해 내가 고개를 끄덕이자, 라니에로가 묘하게 굳은 얼굴로 나를 내려다보았다. 내가 리처드의 성품을 고평가하는 것이 살짝 마음에 걸리는 듯했다. '인간이 되라'며 라니에로를 무참하게 공격한 것이 만 하루도 되지 않은 일이니까. 알리시아는 우리 둘을 살짝 번갈아 보고는, 희미한 미소와 함께 말을 이었다.

"종전 이후의 상황을 총괄하여 수습하는 데에는 한계를 느꼈습니다. 그래서 그는 누군가에게 간절히 도움을 요청했습니다. 저희는 이 인물을 통해 옛 성녀님의 두 번째 대가를 알게 되었습니다."

심장이 빠르게 뛰었다. 잡힐 듯 말 듯 한 이름이 있었다. 하지만 정말? 알리시아는 나의 의문에 종지부를 찍듯 말을 맺었다.

"자신의 존재를 어디에도 기록하지 않는 것을 전제로 리처드 3세의 요청을 받아들인 그는, 솜비니아 사람들에게는 '외눈의 현자'로 불리었고, 이곳 튜니아 신전령의 사람들에게는 '수'로 불리었습니다."

외눈의 현자. 수.

어디를 보는 건지 정확히 알 수 없던 검은 눈이 떠오른다.

"그 성기사 놈이군."

에덴을 떠올리는 듯, 라니에로의 목소리가 사나워졌다. 나는 조용히 그의 손을 잡았다. 알리시아의 이야기를 방해하지 말라는 뜻이었다.

좀 혼란스럽다. 알리시아의 이야기는 너무 이상하게 들린다. 에덴……
아니, 수현 씨가 그럴 리 없었다. 그는 문만 열리면 서둘러 집에 돌아갈 것
처럼 굴었다. 이 세계에 머물러 지내며 리처드를 도와 전후 상황을 수습했
다니, 내가 본 그의 성격으로 판단하건대 믿기지 않는 소리였다. 나는 생각
한 바를 그대로 말했다.

"제가 아는 사람이 맞는다면 그 사람은 떠났을 텐데요."

그 순간 불길한 상상이 뇌리를 스쳤다. 설마, 떠날 수 없었던 건가? 내가
지불한 '대가'로 인해 옛 성소의 문이 영영 잠긴 채로 남게 된 건가? 그러면
수현 씨는 어쩔 수 없이 이 세계에 남아, 여기서 죽어 간 걸까? 안 돼, 그러
면 안 돼……. 최악의 상황을 가정하며 패닉에 빠지려는 나를 보고 알리시
아가 단호하게 말했다.

"옛 성녀님 말씀이 맞습니다. 그는 떠났어요."

"하……."

그 말을 듣고 나서야 긴장이 풀렸다. 다행이다. 무사히 갔구나. 정말 다행
이야…….

나도 모르게 숨을 참고 있었는지, 잠깐 머리가 핑 돌아 나는 휘청거렸다.
차가운 손이 내 팔을 잡아 부축했다. 그가 나를 부축하길 다행이었다. 알리
시아가 조심스레 꺼낸 다음 말은 다른 방향의 큰 충격을 몰고 왔기 때문이
었다.

"청년의 모습으로 170여 년간 지내다, 옛 성소의 '보이지 않는 문'을 넘
어 먼 곳으로 사라졌습니다."

청년의 모습으로 170여 년. 눈앞이 새하얗게 변했다. 수현 씨도 내 소원
으로 인한 영향을 받은 것만은 분명하다는 뜻이었다.

알리시아가 황급히 주름진 손으로 내 얼굴을 감싸 눈을 마주쳤다. 그녀의
손은 라니에로의 것과 달리 몹시 따뜻했다. 짙은 갈색으로 빛나는 영롱한
눈동자도 마찬가지로 따뜻했다. 나는 숨을 골랐다.

"옛 성녀님, 수는 당신을 원망하지 않았어요. 그는 원할 때면 언제든 문을 열고 떠날 수 있었으니까요."

"아……. 그렇다면 정말 다행이지만……."

그러면 왜 여기 170년이나 있었지? 혼란스러웠다. 인간의 수명을 아득히 뛰어넘은 세월 동안? 그것도 청년의 모습으로? 대가와 어떤 관련이 있는 걸까?

알리시아가 다정히 내 뺨을 쓸어 주었다. 그녀에게는 사람을 진정시키는 마력이 있었다. 나는 허공에서 시선을 배회시키다 마침내 알리시아의 두 눈 속으로 시선을 고정시킬 수 있었다.

"수가 당신을 위한 글을 남겨 두었어요. 보여 드릴 것이 그것이랍니다."

"네……."

"걱정하지 마세요. 모든 것이 다 괜찮아요. 옛 성녀님께 드릴 수 있는 한 가장 좋은 것을 드리는 것이 저희의 의무니까요."

알리시아가 내 손을 잡고 천천히 걸었다. 나는 복잡한 기분으로 그녀를 따라갔다. 곧 신전이 보였다. 알리시아와 마찬가지로 흰옷을 차려입은 사제들이 나와 내게 허리를 깊이 숙여 절했다.

"옛 성녀님."

간지러움과 어색함을 느낄 겨를도 없었다. 수현 씨가 내게 남겼다는 글이 무엇인지 당장 읽고 싶었기 때문에. 나는 알리시아의 걸음이 느리다는 것도 잠시 잊고, 발길을 재촉했다.

"수가 남겼다는 글은 어디에 있나요?"

초조하게 묻자 알리시아가 고개를 느리게 끄덕이며 말했다.

"잠깐 여기에 앉아 계세요. 이 늙은 성녀가 옛 성녀님께 수가 남긴 글을 가져다드릴 겁니다."

나는 알리시아가 안내한 자리에 앉아 그녀가 돌아오기를 기다렸다. 알리시아가 떠난 동안, 그 자리에는 나와 라니에로 둘만 남게 되었다.

나의 시선이 자연히 라니에로에게 향했다. 라니에로의 손끝이 알리시아만큼이나 느리게, 아까 그녀의 손이 닿았던 내 머리칼과 뺨을 쓸어내렸다. 찬 온도에 살짝 오싹함이 느껴진다. 그가 목소리를 낮추어 속삭였다.

"그 성기사가 170년 이상 살았다는 것이 그대에게는 그렇게 충격적인 일인가?"

라니에로의 질문이 뜻하는 바를 단박에 파악하기 어려웠다. 내가 살짝 미간을 찡그린 채 올려다보기만 하자, 그가 질문을 고쳤다.

"그대는 그게 불행이라고 생각하나? 그래서 내 몸에도 죄책감을 느끼는 건가?"

"그건……."

질문은 이해하기 쉬워졌지만, 답하기는 어려웠다. 생각이 잘 정리되지 않았다. 내가 라니에로에게 죄책감을 느끼는 이유도 언어로 조형되지 못하고 파편적으로 가슴 어딘가에 부유했다.

나는 역으로 질문했다.

"그러면 너는 아무렇지 않아? 네 몸 말이야."

언제나 사고방식이 단순하고 명쾌한 라니에로답게, 그는 즉시 답을 내놓았다.

"마음에 들지 않는 것은 하나뿐이었지."

"뭔데?"

"그대만 살아 있다는 것."

그러나 이번에도 단박에 이해되지 않아 몇 번 눈을 깜박이던 나는, 그의 말이 약간 빠르다는 것을 알아차렸다. 그가 살아 있다면 심박도 평소보다 빨라져 있을 것 같았다.

라니에로는 다소 흥분해 있었다. 붉은 눈은 시체의 것답지 않게 몹시 반짝거렸다. 나는 사로잡히듯 그 눈에 시선을 고정했다. 눈을 마주치고 있노라니 조금은 알 것 같기도 했다. 그를 공포에 젖게 만드는 유일한 것은 내가 떠나는 것이다. 내가 할 수 있는 유일한 협박도 떠나겠다는 것……

나는 숨을 깊게 들이쉬었다.

그는 기대하고 있다. 수현 씨의 몸에 일어난 일이 내 몸에도 똑같이 일어나기를. 내가 이 땅 위에 아주 오래 머무르기를. 적어도 나의 수명이 다해 그의 눈앞에서 내가 사라지는 일이 없도록. 그래서 물어본 것이다. 오랜 수명이 내게는 저주로 느껴지는지.

그 순간 나도 떠올릴 수밖에 없었다. 라니에로 같은 존재와 아주 오랫동안 살아가는 것에 대해서. 상기된 목소리와 눈빛은 그의 기대감을 여실히 드러내고 있다. 나는 쉬이 답을 하지 못하고 시선을 돌렸다.

그의 정답은 내게는 언제나 오답이었다.

"아직 정확한 것은 아무것도 몰라. 알리시아가 와 봐야……."

내 말에 라니에로는 침묵했다. 꽤 오래. 하필 알리시아의 걸음은 몹시도 느려서, 나는 그 침묵 속에서 아주 많은 생각을 해야 했다.

알리시아는 내 머릿속 실타래가 엉망으로 헝클어지고 나서야 돌아왔다. 자물쇠 걸린 작은 나무 함이 그녀의 손에 들려 있었다. 알리시아는 그것을 내 곁에 내려놓았다.

"이 안에 수가 옛 성녀님을 위해 적어 둔 편지가 있어요."

내 대가가 무엇일지 거기 적혀 있다는 뜻이었다. 신경이 살짝 곤두서고 마른침이 넘어갔다. 라니에로도 나무 함을 물끄러미 보고 있었다. 알리시아는 품에서 열쇠를 꺼내 자물쇠에 밀어 넣었다. 살짝 돌리자 찰칵, 잠금쇠 풀리는 소리가 났다. 주름진 손이 조심스레 함을 열었다.

안에는 돌돌 말아 끈으로 묶어 둔 종이 한 장이 있었다. 수현 씨가 남긴 메시지는 길지 않은 것 같다. 종이의 크기가 그다지 크지 않아 보인다. 알리시아가 그것을 아주 조심스레 꺼내 손에 쥐었다. 그녀는 내게 그것을 건네주기 전에, 차분한 시선으로 나를 응시했다.

"옛 성녀님, 진실은 당신께 복된 일이 될 수도, 저주가 될 수도 있습니다."

"네."

"그러나 당신의 운명을 당신께서 축복으로 받아들일 수 있도록, 이 늙은 성녀를 비롯한 신전령의 가족 전부가 애쓰겠습니다."

"네."

"이제부터는 옛 성녀님 혼자 모든 것을 짊어지지 않으셔도 됩니다."

알리시아가 거듭 나를 안심시키려고 하는 통에, 나는 웃어 버리고 말았다.

"대체 대가가 뭐기에 그렇게까지 말씀하시는 거예요?"

그제야 알리시아는 내게 수현 씨의 서신을 넘겨주었다. 오래된 종이는 힘을 주어 만졌다간 그대로 부스러질 것 같았다. 방치되었던 옛 성소의 책을 처음 펼쳐 볼 때 느꼈던 것과 비슷한 감각.

나는 조심스레 끈을 끄르고 돌돌 말린 종이를 펼쳤다. 라니에로의 손이 내가 앉아 있는 의자의 등받이를 짚었다. 그 또한 서신의 내용을 확인하려는 듯했다. 그러나 펼쳐진 종이에서 내용물이 드러나는 순간, 라니에로는 실망한 듯 한숨을 내쉬었다.

"이게 무슨 문자지?"

철저한 성격의 수현 씨는, 다른 사람이 함부로 열어 보아도 의미가 없게끔, 내게 보내는 서신의 내용물을 한글로 적어 두었던 것이다. 오로지 나만 똑똑히 읽을 수 있게. 예상대로 내용은 몇 줄 되지 않았다. 안부 인사도, 그가 어떻게 지냈는지도 적혀 있지 않았다. 오직 대가의 내용과 나를 향한 당부의 말뿐.

[두 번째 대가의 영향은 세계의 바깥에서 온 이들 모두에게 적용되는 듯합니다.

당신과 내 육체의 시간은 '섭리와의 거래 당일'로 고정되어, 그날 하루를 반복합니다.

때가 되면 배가 고프고 졸리지만, 자거나 먹지 않아도 상관없습니다. 아침이면 전날의 상태로 돌아가니까.

깊은 상처도 다음 날이면 낫고, 신체 일부를 잘라도 다시 자라납니다.

숨을 끊는 실험은 해 본 적 없습니다만, 같은 상태로 되살아나지 않을까 추측합니다.]

나는 일단 여기까지 읽고 살짝 눈을 감았다.

"그렇구나……."

그래서 수백 년 동안 긴 잠을 잤어도 내 몸은 전혀 변하지 않았고, 그날의 그 모습 그대로…….

살짝 식은땀이 흐른다. 나는 나도 모르게 옛 성소에서 만났던 라니에로를 떠올리고 있었다. 순식간에 나아 가던 상처는 나를 공포에 젖게 했다. 정상 범주를 한참 넘어선 기이한 특성 말이다.

어쩌면 이제부터 나도 그때의 그와 다를 바 없이…….

'괴물.'

나는 애써 생각을 떨쳤다. 아직 읽을 것이 남아 있었다.

[그러니 여기 도달했다면, '낙원' 밖에서는 되도록 오래 머물지 마세요. 이해받을 수 없을 겁니다.

낙원의 사람들만이 예외입니다.

당신이 그 땅 위에 살아 있는 한 낙원도 계속해서 존재할 테니, 그들은 대를 이어 당신을 극진히 모실 수밖에 없습니다.

하지만 당신을 무한히 사랑하며 봉사할 그들에게 사랑을 돌려주지는 마십시오. 그들의 삶은 유한하니까.

만일 그자의 수명이 다해 당신의 할 일이 끝나거나, 그 세계에서의 존재가 견딜 수 없도록 괴로운 상황이 벌어진다면 그때는]

'그때는'이라는 단어 옆에 잉크가 튀었는지 큰 얼룩이 져 있었다. 이제는 정말 한 줄밖에 남지 않았다. 나는 그 다음, 마지막 줄에 오래도록 시선을 고정했다.

[아직 문을 열어 두었으니 돌아가세요. 이쪽에서 아무리 긴 시간이 흘렀어도, 저쪽은 아닙니다.]

길지도 않은 서신을 나는 몹시 오랫동안 보고 있었다.
"뭐라고 적혀 있지?"
라니에로가 속삭였다. 그의 숨결이 차갑다. 나는 그를 바라보았다. 그는 영원히 죽어 있을 테고, 나는 영원히 살아 있을 테다. 양극단의 운명은 영원이라는 점으로 수렴한다.
세상에는 정말 이상한 일이 많이 일어난다. 태생적으로 서로를 이해할 수 없게 태어난 나와 라니에로가 결국은 이렇게, 가장 큰 부분을 공유하게 되어 버렸다.
나는 직감했다. 만일 여기서 살아가게 된다면, 나는 영영 라니에로를 버릴 수 없게 되겠다고. 내가 앞으로 마음을 주게 될 모든 것들이 찰나 반짝이다 나를 스쳐 갈 텐데, 그만은 억겁의 시간 동안 사라지지 않고 함께 존재할 테니까. 불멸자로서의 삶을 이해할 수 있는 유일한 존재일 테니까……
라니에로의 눈은 처음 만났을 때와 다를 바 없이 반짝인다.
"내가 너 같은 존재와……"
영원히……

나는 뒷말을 잇지 못하고 그의 싸늘한 뺨만 쓰다듬다가, 알리시아에게 질문했다.

"옛 성소의 문은 아직 열려 있나요?"

알리시아는 느리게 고개를 끄덕였다.

"예, 그렇습니다. 닫히지 않도록 지키고 있었습니다."

"제가 떠나면 낙원은 어떻게 되나요?"

"모든 사람이 떠날 수 있도록 갑작스럽지는 않게, 그렇다고 꾸물거릴 시간까지는 없이 몰락할 겁니다. 이곳은 오직 옛 성녀님을 위한 공간이니까요."

"떠난다고?"

알리시아의 또렷한 답에 라니에로의 불안한 목소리가 섞였다. 나는 알리시아를 물끄러미 바라보았다. 코가 시큰해졌다.

"당신들은, 낙원을 영속시키기 위해 문을 닫아서 나를 가둘 수도 있었는데 그러지 않았군요."

알리시아는 주름진 얼굴에 온화한 미소를 띠고 상냥하게 말했다.

"예, 이곳에 존재하는 모든 것은……."

나를 위한 것이니까. 나는 알리시아에게 미소를 돌려주었다. 마음을 정했다. 수현 씨의 서신을 다시 돌돌 말아 함에 넣었다.

"옛 성소로 가요."

알리시아가 물었다.

"지금 그렇게 할까요?"

"네."

"앤지."

라니에로가 내 손을 잡았다. 불안한 기운을 감지한 모양이었다.

"떠난다고?"

나는 잡은 손을 놓지 않고 끌어당겼다.

"너도 가자. 옛 성소까지."

* * *

옛 성소는 거의 완벽하게 보존되어 있었다. 외로운 건물은 쓸쓸하고 아름다웠다. 성기사 두 사람이 옛 성소의 입구 앞에서 보초를 서고 있었다. 그들은 나와 알리시아, 라니에로를 발견하고 짧게 경례했다.

"알리시아, 당신은 대서고까지 먼저 가 주세요."

알리시아는 고개를 끄덕이고 허리를 깊이 숙였다.

"그러면 늙은 성녀가 먼저 들어가 보지요."

그녀는 옛 성소의 문을 열고, 느린 걸음으로 들어갔다. 나는 여전히 라니에로의 손을 잡은 채 그와 시선을 맞댔다.

"첫째로, 세력을 형성하고 나라를 세우면 안 돼. 너를 받드는 이들이 생기면 즉시 그들을 떠나."

명령이었다.

라니에로의 몸이 경직된다. 그의 눈가가 일그러졌다.

"둘째로, 재미를 위해서 뭔가를 피 흘리게 해서도 안 돼."

이것 또한 명령.

"앤지."

라니에로는 어떤 것도 요구하지 못하고 그저 내 이름만 불렀다. 나는 희미하게 웃으며 그의 손을 놓았다.

"그리고 만일, 이 문에서 알리시아 혼자 나온다면……. 그때는 나를 기다리지 마."

옛 성소로 들어서려는 나를, 라니에로가 따라오려고 했다. 나는 다시 한 번 명령했다.

"안 돼, 들어오지 마."

언령이 라니에로를 속박하여 그 자리에 주저앉혔다. 그는 허망하게 무릎을 꿇은 채 나를 올려다보았다. 나는 허리를 숙여 그 머리칼을 한 번 쓰다듬어 주고 옛 성소로 들어섰다. 그의 표정은 확인하지 않았다.

빛과 그림자가 바닥에 오묘하고 아름다운 무늬를 만든다. 나는 그 무늬를 밟고 대서고로 향했다. 들어서는 순간부터 알 수 있었다. 정말, 문은 열려 있었다. 저쪽에서부터 흰빛이 일렁거렸다. 알리시아가 문 앞에서 나를 기다리고 있었다.

"신기하다……."

나는 문간을 쓰다듬었다. 그때는 내게도 벽으로만 보였는데. 열리니까 여기에 문이 있다는 걸 알겠어. 나는 알리시아를 돌아보았다.

"당신에게도 문이 보이나요?"

알리시아는 고개를 느리게 끄덕였다.

"열리고 나서는 누구라도 볼 수 있었다고 전해 내려온답니다."

"그렇구나……."

활짝 열린 문은 누름돌 같은 것으로 고정된 채였다. 인위적인 힘 없이는 결코 다시 닫히지 않게. 나는 문을 쓰다듬으며 알리시아에게 물었다.

"알리시아, 당신은 몇 살인가요?"

"여든이 다 되어 가요."

"당신이 만나고 떠나보낸 사람은 몇이나 될까요?"

"셀 수 없지요."

"많은 사람을 보았다니 물을게요. 사람은 변하지 않지요?"

"변하기도 하지요. 다만, 변함없이 살았던 나날의 몇 배에 달하는 시간을 들여 간절히 변하고자 몸부림쳐야겠지요."

나는 웃었다. 라니에로가 그런 일을 할 수 있을 거라고 생각하지는 않는다. 그를 향한 내 기대는 바닥을 친다. 그는 이해하지 못하는 것이 너무 많고, 나는 끈기 있는 선생님이 될 자신이 없다. 만일 그와 함께 살아가려면,

많은 날을 슬픔과 괴로움 속에서 허우적거려야겠지. 너무 힘들 것 같아.

나는 흰 빛 무리 너머를 바라보았다. 저 너머에는 내가 잘 아는 세상이 있다. 나는 저곳에서는 조금도 특별하지 않다. 평범한 수명을 가지고, 평범한 사람들 속에서, 평범한 수준으로 괴롭고 또 행복하기도 할 테다.

'그것도 정말 나쁘지 않겠네.'

돌아간 곳에서 내게 찾아올 뻔하고 예상 가능한 고난쯤은, 이제 별로 막막하지도 않게 넘길 수 있을 것 같다.

'적어도 목숨 걸고 도망치거나, 인간이 못 되는 존재와 영원히 살지는 않아도 되니까……'

저 너머의 예측 가능한 고통. 나는 그것을 찬찬히 생각해 보다가, 희미하게 미소 지었다.

"알리시아."

"예, 옛 성녀님."

"날 좀 도와줘요."

나는 헤카타의 숲을 빠져나올 때와 비슷한 홀가분함을 다시 한번 느꼈다.

"이 돌을 치우고 문을 닫을 거예요."

* * *

옛 성소 밖에서는 라니에로가 기다리고 있었다. 우두커니 선 채로 오직 나만을.

발소리를 들었는지 그가 등 뒤를 돌아본다. 알리시아의 느린 발걸음 소리가 아니라는 것은, 듣는 순간부터 알아챘을 것이 분명하다. 나는 문밖으로 뛰쳐나가 그를 와락 끌어안았다. 그는 차갑고 단단하다. 그는 얼떨떨하게 나를 마주 안았다.

"예측 가능한 건 재미없을 것 같지 않니?"

일이 이렇게 되기 전에 그랬던 것처럼, 나는 그가 이해할 수 있는 말을 한다. 평화가 아닌 흥미를 입에 올린다.

"고요해졌어."

그러자 그 또한 어설프게 내가 이해할 수 있는 말을 한다……. 내가 돌아왔으니 이제 두렵지 않지, 불안하지 않지. 시간은 지겹도록 많으니까 한 번 거기서부터 해 보자.

나는 그의 품에 얼굴을 묻고 속삭였다.

"같이 살아가 보자. 지긋지긋하게, 이 영원을……."

〈完〉

외전 1. 차수현

의식을 찾을 가능성이 아주 희박하다는 의사의 진단을 비웃듯, 수현은 쓰러진 지 1년 반이 좀 넘어 눈을 떴다.

아침에 간호사가 수현을 발견했다. 적잖이 놀란 그녀에게 수현은 잠겨서 알아듣기 어려운 목소리로 말했다.

"제 이름은 차수현입니다."

강렬한 의무감에 사로잡혀 충동적으로 뱉은 자기소개는 뻣뻣하고 부자연스럽기 그지없었다.

"차수현……."

그 이름 석 자로 불려 본 지 정말 오래되었다.

* * *

수현에게 느긋한 회복기란 사치였다. 이곳과는 완전히 다른 세상에서

170년이나 살다 돌아와 온갖 것이 낯설었지만, 세상은 그를 기다려 주지 않았다. 스물세 살의 겨울, 수현은 전보다 약해진 몸으로 벅차게 일상을 좇아갔다.

그가 퇴원하자마자 국회 의원인 어머니가 몸담은 당의 대표가 집으로 찾아왔다. 중진 의원을 둘 대동하고서였다.

"자네가 차수현인가?"

수현은 머리를 깊이 숙이며 '그렇습니다.' 하고 대답했다. 당 대표와 의원 둘, 수현, 그리고 수현의 어머니까지 다섯 명이 집에서 저녁 식사를 했다. 세 명의 방문객이 모두 입에 침이 마르도록 수현을 칭찬했다. 하지만 수현이 괜히 들뜨는 일은 없었다. 눈치 빠르고 영리한 그는 오늘의 주인공이 어머니라는 것을 잘 알았다. 예상은 빗나가지 않았다. 당 대표가 은근한 목소리로 말했다.

"효자니까 어머니 선거 도와드려야지."

그는 수현의 잔에 향긋한 술을 따라 주며 능글맞게 웃었다. 마치 중학생이라도 대하듯 어르는 말투였다. 수현은 이들이 뭘 원하는지 알고 있고, 그것쯤은 내주어도 상관없겠다고 생각했다. 그는 흠잡을 데 없이 예의 바르고 순종적인 태도로 '예.', '염려 감사합니다.', '영광입니다.' 세 가지 뜻의 말만 내어놓았다. 수현의 태도가 흡족했는지, 중진 의원들은 '이 의원이 아들을 아주 잘 키웠다'는 둥, '현명한 엄마'라는 둥 칭찬을 아끼지 않았다.

* * *

"불행팔이, 사연팔이. 난 그런 게 제일 경멸스러워. 능력으로 승부해야지. 수현이 넌 엄마 절대 실망시키지 말고, 능력 있는 사람 돼야 해."

수현은 눈을 깜박였다.

정당의 상징 색으로 옷을 갖추어 입은 어머니가 트럭 위에서 외쳤다.

"세상에는 기적이 존재합니다. 혼수상태에 빠졌던 아들이 제게 알려 주었습니다."

"기호 1번 이선우!"

"아들이 깨어나고 이게 기적이구나 싶었습니다. 지역구 여러분께 기적적 혁신의 기쁨을 선사하라는 하늘의 전언으로 알아듣고 뼈를 갈아 일하겠습니다."

"기호 1번 이선우!"

수현의 어머니, 국회 의원 이선우는 외교관 출신으로, 이번 선거에서 처음으로 지역구에 출마했다.

이선우 의원의 약점은 살갑지 않고 도도한 엘리트 이미지였다. 표를 얻으려면 직관적으로 공감되는 스토리가 필요했다. 마침 적절한 이야깃거리가 있었다. 갑자기 쓰러진 아들, 깨어날 가망이 없다는 의사의 소견, 속 썩던 어머니, 그러나 간절한 기도 끝에 기적처럼 눈 뜬 수현의 사연. 눈물을 자아내는 극적인 이야기였다.

"사랑하는 우리 지역구 여러분. 저는 간절함이 무엇인지 뼈저리게 배운 몸입니다. 병석의 아들을 돌보던 간절함으로 이제는 우리 지역구를 돌보겠습니다!"

눈을 깜박일 때마다 눈꺼풀 뒷면의 어둠 속에서 당 대표가 수현을 보고 능글맞게 웃었다.

"효자니까 어머니 선거 도와드려야지."

어머니에게는 그간 팔아먹을 사연이 없었을 뿐이다. 사연팔이를 경멸한 것도, 솔직히 그것 때문에 불과하다. 자기가 쓸 수 없는 전략이라 약이 오른 거다.

수현은 감흥 없는 얼굴로 돌아섰다. 저쪽에서 보냈던 170년의 공백이 무색하게, 세상은 너무 수현이 알 만하게 돌아간다.

* * *

늦은 밤, 수현이 집 문을 열었을 때, 안에 있는 사람은 아버지 하나뿐이었다. 아버지는 TV에 시선을 고정한 채로 물었다.

"어디 갔다 오냐?"

수현은 신발을 벗으며 대꾸했다.

"스터디요."

"또 돈 번답시고 쓸데없는 짓 하는 건 아니지?"

아버지는 질리지도 않고 수현이 스무 살 때 취미로 벌였던 사업 이야기를 들먹였다. 꽤 순조롭게 커 가던 사업체를 다른 사람에게 팔아넘기고 손을 뗀 건, 수현이 하는 일을 알게 된 아버지가 노발대발했기 때문이었다. 명예롭게 판사가 돼야지, 어디 남한테 굽실대야 하는 장사에 손을 대냐며, 부모가 너를 그렇게 돈에 굶주린 놈으로 키웠냐며. 수현은 매몰차게 쏟아지던 폭언을 떠올리며 차분하게 대꾸했다.

"안 해요."

"그래. 네 나이엔 학생 본분이나 다하면 그만이야. 스터디에서 무슨 공부했나?"

아버지는 마치 숙제 검사라도 하듯 물었다. 수현이 오늘 스터디에서 다룬 기호 논리를 아버지가 알아들을 리 없었다. 그는 어머니와 달리 가방끈이 짧았다. 하지만 수현은 아버지를 무시하는 내색 없이 친절하고 단조롭게 공부한 내용을 설명했다. 아버지는 어려운 설명을 채 5분도 견디지 못했다.

"그래, 고생했어."

수현은 말없이 공책을 접어 가방에 집어넣었다. 잠깐의 침묵 끝에 아버지가 입을 열었다.

"이게 로스쿨 가는 데 필요하다고?"

그의 목소리는 수치에 젖어 있었다. 스스로가 '이런 것도 모르는 무식쟁이'라 환멸스러운 모양이었다. 수현은 물론, 아버지의 속을 알기에 그를 자극하지 않는다.

"예."

핀잔기 없이 깔끔한 대답에 아버지가 안도하는 기색을 드러냈다. 긴장이 풀리자 그가 어머니 흉을 보고 나섰다.

"네 엄마는 너 크는 내내 너 떼어 놓고 외국 나가 대접받을 줄이나 알았으면서, 왜 선거 나가서 새삼스레 애틋한 엄마인 척을 하는지 모르겠다. 가증스러워서, 원."

이것도 항상 듣는 레퍼토리다.

아버지의 주장은 이렇다. 냉혹한 이선우는 엄마 자격이 없다. 이선우는 수현의 성장에 아무런 기여도 하지 않았다. 낳아 놓고 나돌기만 해서, 아비인 자신이 홀로 수현을 번듯하게 키워 놓았다. 수현이 잘되면 그건 다 제 공이고, 이선우는 털끝만큼도 지분을 주장해선 안 된다. 수현은 아버지 기분을 풀어 주기 위해 듣기 좋은 말을 들려주었다.

"아버지였으면 제 얘기 팔아서 선거 운동 안 하셨을 텐데."

"그래! 제 손으로 키워야 자식 귀한 줄 아는 건데……. 너 깨어나서 걸어다닐 수 있게 된 지 얼마나 됐다고 이리 스트레스를 줘?"

"괜찮아요."

"넌 참 속 깊다. 그리고 착해."

수현은 희미하게 웃었다. 아버지는 이렇게 수현의 능력과 인품을 아낌없이 칭찬하곤 했다. 사실 전부 자화자찬이다. 수현을 이토록 잘 기른 자신의 능력에 탄복하는 것이다. 그는 이렇듯 수현을 통해 아내를 향한 열등감을 해소하려고 했다.

"저, 들어가 공부하다 잘게요."

그 말에 아버지가 반색했다.

"어, 그래. 어서 들어가라. 공부 열심히 하고."

공부한다는 소리에 대번에 TV 볼륨이 줄어들었다. 수현은 방으로 들어가 전등을 켰다. 방문을 닫고, 가방을 내려 두고, 외투를 벗어 건다. 옷걸이 옆에는 전신 거울이 있었다. 수현은 거울 속 자신과 눈을 마주쳤다. 처음 깨어났을 때 예상하던 것에 비해 적응기가 짧았다. 세상이 너무 뻔하기만 해서인지도 모른다.

거울 속 자신이 검은 머리카락을 가진 건장하고 수려한 청년이 아니어도, 이제는 흠칫 놀라지 않는다. 거울 속의 청년은 다소 파리한 낯빛에 호리호리한 체형이었다. 갸름한 턱이 그에게 어쩐지 나이에 맞지 않게 소년 같은 인상을 보탰다. 수현에게 존재하는 모든 것의 색이 엷다. 머리카락도, 눈동자도 묘한 다갈색이었다. 얇게 쌍꺼풀이 진 단정한 눈매는 예쁘장한 느낌을 자아냈다. 수현은 스스로를 아주 오랫동안 들여다보았다.

양 눈과 양 귀가 전부 멀쩡한 몸. 턱없이 부족한 심박 횟수를 인공 심장 박동기가 정상치로 조절해 주는 몸. 그토록 돌아오고 싶었던, 몸. 이제 그는 그가 속한 세계에 온전히 존재한다. 육체와 자아의 일체감이 떠나가기 전과 다름없이 단단했다.

수현은 이제 때가 됐다고 생각했다. 지금이라면 그곳과의 연결 고리를 들추어도 동요하지 않을 자신이 있었다. 정말 그곳을 끊어 내려면, 남은 접점을 다시 한 번쯤은 살필 필요가 있었다. 수현은 마무리 짓지 못한 것이 앙금처럼 남아 미지의 영역이 되어, 자신의 궁금증을 자극하는 것이 싫었다.

그는 쓰러지기 전에 쓰던 태블릿 PC를 꺼내 충전했다. 전원을 켜고 잠깐 여유롭게 기다리다가, 독서 애플리케이션에 접속했다. 온갖 실용서와 고전 사이에 이질적인 표지의 책이 하나 끼어 있었다. 검은 배경에 붉은 꽃 한 송이. 수현은 그 책 표지를 물끄러미 내려다보았다. 이 책은, 구매한 기억도 없는데 어느 날 다운로드 목록에 끼어들어 수현의 서재 한쪽에 자리하고 있었다. 기억에 없던 책이라 이상한 느낌이 들어 클릭했었다. 그러지 말았어야 했는데.

손이 살짝 떨렸다. 목덜미에 솜털이 곤두섰다. 수현은 문 너머로 발을 내딛기 직전, 성녀에게 들었던 소리를 떠올렸다.

"떠나면, 당신은 다시는 여기로 돌아올 일 없을 거예요. 정말 가실 건가요?"

정말 바라던 바였다. 170년가량 그곳에 있었지만 미련도, 애정도 남긴 것이 없었다. 아니, 정확히는 170년이나 있었기에 더더욱 남긴 것이 없다고 보아야 옳을 것이다.

아무튼, 수현은 그 성녀의 말을 떠올리며 용기를 냈다. 이걸 다시 눌러보아도 그에게는 아무런 일도 일어나지 않는다. 달갑지 않은 세상으로 납치당하는 일 따위…….

그는 『나락 속에도 꽃은 핀다』의 표지를 클릭했다.

[대여 기간이 만료된 도서입니다.]

수현은 입술을 살짝 벌린 채 미간을 찡그렸다. 그는 망연하게 화면을 마구잡이로 터치했다. 하지만 '대여 기간이 만료된 도서입니다.'라는 메시지만이 철옹성처럼 버티고 있을 뿐이었다. 수현은 하는 수 없이 뒤로 가기 버튼을 클릭했다. 그 순간, 애플리케이션 위로 팝업 창이 떠올랐다.

[당신은 무슨 일이 있어도 무너지지 않습니다.]

애플리케이션의 '불특정 다수 사용자'가 아닌, '수현' 한 사람에게 전하는 메시지였다. 수현은 놀라 태블릿 PC를 놓쳐 버렸다. 바닥에 떨어진 태블릿 PC의 액정이 깨지고 말았다. 금 간 액정에는 여전히, 팝업 메시지가 떠올라 있었다.

수현은 태블릿 PC가 바퀴벌레 시체라도 되는 양 노려보았다. 건드리기 꺼림칙했다. 배터리가 다시 방전될 때까지 기다릴까? 완충하지 않았으니

자고 일어나면 꺼져 버릴 것이다.

하지만······.

수현은 허리를 숙여 태블릿 PC를 집어 들고, 화면을 터치했다. 팝업 창이 내려갔다가 다시 올라왔다.

그의 예상대로 메시지는 더 있었다.

[그것이 당신이 검으로 선택된 이유입니다.]

이건 무슨 소리지? 애초에 내가 검으로 선택되었기에 이 '소설'을 읽게 되었다는 뜻인가?

수현은 다시 화면을 터치해서 메시지를 넘겼다.

[과거를 잊고 미래로 나아가세요.]

다시 한번, 터치.

[죄송합니다.]

수현은 눈을 가늘게 한 채, 그 다섯 글자를 한참 바라보았다.

메시지가 더 있나? 수현은 다시 한번 화면을 터치했다. 메시지는 그것으로 끝이었던 모양이다. 애플리케이션이 수현에게 물었다.

[해당 도서를 삭제하시겠습니까?]
[예 / 예]

선택지는 하나뿐이었다. 팝업 메시지 바깥을 아무리 터치해도 팝업 창은 내려가지 않았다. 애플리케이션을 강제 종료할 수도 없었다. 수현은 별수 없이 '예' 버튼을 클릭했다. 진행 바가 급하게 올라가더니, 도서 파일은 순식간에 사라져 버렸다.

수현은 서점 웹 사이트에 접속해 구매 목록을 살폈다. 수많은 서적의 구매 목록 사이에, 이질적인 로맨스 소설의 제목은 어디에도 보이지 않았다. 그는 웹 사이트의 검색창에 『나락 속에도 꽃은 핀다』의 제목을 입력했다. 검색 결과가 없었다. 판매가 중지된 모양이었다.

수현은 새 탭을 띄우고 검색 포털에 접속했다. 서점에서 판매가 중지된 책이라도, 포털에 검색하면 미처 삭제되지 않은 웹 캐시가 잡힌다. 수현은 포털의 검색창에 다시 제목을 입력했다. 그런데 원하는 검색 결과는 나오지 않았다. 유사한 제목의 다른 책들 목록만 보일 뿐이었다.

이미지 검색으로 탭을 옮겨 가도 마찬가지였다. 검은 바탕에 붉은 꽃이 요요히 피어 있는 표지는 아무 데도 없었다. 세상에 그 책이 존재했다는 증거가 온데간데없이 사라지고 말았다.

수현은 의자 등받이에 기대 태블릿 PC를 물끄러미 내려다보았다. 깔끔한 마무리는 아니다.

"깔끔한 마무리는 아냐……."

혼잣말을 뱉은 수현은 순간 멈칫했다. 마무리인가?

'아니.'

아니다.

분명 그녀의 단말기에도 소설이 남아 있을 것이다.

최연지.

* * *

수소문 끝에 찾게 된 연지의 육체는 한 대학 병원의 병실에 조용히 누워 있었다. 수현은 두어 시간쯤 운전해 연지가 자고 있다는 병원을 방문했다.

"환자분하고 어떤 관계세요?"

간호사가 수현에게 넌지시 물었다. 수현은 너무 긴 간격을 두지 않고, 짧게 말했다.

"친구예요."

"그러시구나."

더 캐묻기 무안할 정도로 명료한 대답에 간호사는 그냥 고개를 끄덕였다. 하지만 티 나지 않게 수현을 자꾸 흘금거리는 것을 보아 하니, 여간 궁금한 게 아닌 모양이었다. 친구라면서 왜 그간 코빼기도 비치지 않았는지. 하지만 그는 잘 훈련받은 훌륭한 직업인이었으므로, 환자의 친구 사생활을 그이상 꼬치꼬치 캐묻는 무례한 짓은 하지 않았다. 그는 친구분과 이야기 나누시라는 말을 남기고 병실을 떠났다.

수현은 작은 의자를 끌어와 누운 연지 옆에 앉았다. 그는 아무 말도 하지 않았다. 듣지 못할 사람에게 깨어나라는 말을 속삭이는 감상적인 짓을 하는 사람이 아니니까. 대신 그는 연지를 뜯어보았다. 그녀를 정성스레 돌보아 주는 사람은 없는 것 같았다. 간병인의 모습도 보이지 않았고, 손톱은 길다. 수현이 누워 있는 동안 극진히 관리받았던 것과는 딴판이다.

수현은 그를 향해 빈정거리며 자신의 처지에 대해 이야기하던 연지를 떠올렸다.

'나는 있는 집 자식이지만 본인은 다르다고 했나.'

수현에게 170년 전의 일이 된 그 대화의 상세한 부분은 당연히 기억에서 날아간 지 오래다. 사실, 수현은 그런 질투 섞인 소리를 숱하게 듣고 자랐으므로 그 말이 너무 식상하게 들렸었다. 그 순간 얼이 빠지기는 했던 것 같다. 수현이 생각하기에 너무 뜬금없는 타이밍에 나온 말이라······.

'그럼, 이 사람도 있는 집 자식이었다면 돌아왔을까?'

확실치 않다. 수현은 창백하고 수척하며, 푸석푸석한 연지의 얼굴을 보면

서 길게 한숨을 쉬었다.

튜니아의 검은 반드시 실패한다. 그 말이 맞다. 수현은 실패했다. 그는 마침내 인정했다. 그의 계획은 연지와 함께 귀환하는 것이었다. 하지만 연지는 수현의 이해 너머에 있는, 비이성적이고 터무니없는 이유 때문에 그곳에 남았다. 어마어마한 대가를 치르면서까지. 만일 이대로 연지가 돌아오지 않는다면, 그녀는 수현의 인생에서 유일한 실패담이 되리라.

수현이 정말 용납할 수 없는 것은 그것이었다. 삶은 언제나 뻔하게, 그의 예상 범위 내에서 돌아갔다. 그는 앞으로도 분명 그럴 거라고 확신하고 있었다. 연지는 그런 수현의 확신에 얼룩을 남긴 존재다.

사실, 수현에게는 '긴 잠'이 끝날 때까지 기다린 후 설득하면 무조건 그녀를 데려올 수 있을 거라는 확신이 있었다. 연지는 우유부단하고 마음이 약하다. 수현이 그녀와 함께 돌아가기 위해 몇백 년이나 기다렸다고 한다면, 수현에게 미안한 마음 때문에라도 함께 문을 넘어왔을 것이다.

몇백 년은 수현이 생각하기에 별것도 아니었다. 옛 성소의 문 너머 흰 빛무리에는 이쪽 세계의 모습이 비쳤다. 수현은 그것을 들여다보다, 이쪽과 저쪽의 시간이 다르게 흐른다는 것을 발견했다. 저쪽의 시간이 현저히 빠르게 흘렀다. 그곳에서 몇백 년을 보내도 이쪽에서 소모되는 시간은 고작 몇 년 정도였다. 그러니 충분히 기다릴 수 있었다. 하지만 수현이 다른 이유로 연지의 대가 지불이 끝나기를 기다리지 못하고 돌아오는 바람에, 모든 것이 수렁에 빠져 버렸다.

수현은 넘어오기 전 그녀에게 편지를 남겼다. 객관적인 어조로 적힌 다정한 내용의 편지를. 마지막 줄에 유혹 같은 미끼를 더해서. 그게 그가 항상 쓰는 전략이다. 너무 밀어붙이는 태도를 취하지 않는다. 어디까지나 선택하는 건 상대방이다. 하지만 양 선택지를 저울에 놓고 무게를 재어 보면, 결국 누구나 수현이 제시한 방향을 따라오게 되어 있다.

메마르고 자기중심적인 차수현은 이렇게, 상대가 누구든 건조한 호의를 내보이며 교묘하게 적의를 피해 간다. '에덴'일 적에는 좀 더 과격한 수법을 택하기도 했지만, 그건 에덴의 몸이 수현의 것이 아니어서였다. 그 몸의 평판도, 무엇도 중요하지 않았다. 그의 몸으로 이것저것 실험해 본 것도 버릴 육체여서일 따름이었다.

저쪽 세계와의 악연을 마무리 짓고 싶다. 그러려면 연지가 돌아와야 한다. 그녀의 휴대폰이든, 태블릿 PC든, 단말기 한쪽에 존재할 그 빌어먹을 소설도 삭제해 버리고.

하지만 그녀가 돌아올까?

먼저 넘어와 버린 시점에서, 수현은 자신이 없어졌다. 그녀의 곁에는, 이름이 뭐였더라…… 하여간 그 황제가 있을 테고, 그는 그녀를 붙잡아 두려 할 테다. 그러나 연지가 영원한 삶의 아득함을 버틸 수 있을까? 인위적으로 만들어진 낙원을 의심 없이 누릴 수 있을까?

그런 요소까지 고려하면, 그녀가 돌아올 가능성은 반반 정도라고 계산하는 것이 적절하겠다.

수현은 한동안 많은 생각을 하며 연지의 옆에 앉아 있었다. 그동안 누구도 연지를 찾아오지 않았다. '식사' 때가 되어, 간호사가 연지의 위장으로 유동식을 밀어 넣어 줄 뿐이었다.

수현은 자리에서 일어서 병실을 나섰다. 그녀가 눈을 떴으면 싶었다. 연지가 정말 돌아오지 않는다면, 수현은 언제나 마음 한쪽에 그녀를 담아 두고, 거슬리는 기억을 곱씹게 될 것 같았다. 그러다 로비로 내려오는 엘리베이터 속에서, 수현은 불현듯 떠오른 생각에 고개를 갸웃거렸다.

'난 지금 저쪽에서의 실패에 비합리적인 수준의 집착을 하고 있는 건가?'

저쪽에서의 실패에 그만한 의미 부여를 하고 있다면, 수현 자신이야말로 저쪽과의 연결 고리를 끊지 못하고 있는 것일지도 모른다.

'사서 스스로를 괴롭히고 있는 건가?'

그렇다면 지금부터 연지에 대한 모든 관심을 끊는 것이 낫다. 차라리 그게 좋겠다고 생각하려던 찰나, 경쾌한 차임벨 소리와 함께 엘리베이터 문이 열렸다. 그 소리는 수현의 기억 속 깊은 곳에서 어떤 대화의 내용을 끄집어 냈다.

"저쪽으로 돌아가면, 제가 최연지 씨가 뭘 하시든 좀 도와준다고 해도 영 의욕이 안 나요?"

맞다. 그녀에게 그런 카드도 내밀었었지. 왜 그렇게까지 함께 돌아가려고 했을까? 아마 그녀가 수현의 판단과 계획에 미적지근한 태도를 보이는 것이 마음에 들지 않아서였을 것이다. 생각해 보면, 그런 직접적인 유혹은 수현다운 방식이 아니다. 너무 절박해 보여서 낯 뜨겁다. 그리고, 수현에게 책임이 생기고 만다.

수현은 혀를 찼다.

'무덤을 팠네.'

약속을 한 이상 지키는 수밖에 없었다. 그러려면 때때로 그녀가 깨어났는지, 누워 있는지, 그것도 아니면 죽었는지 관심을 가지고 알아보아야 했다. 일의 마무리가 수현의 의지대로 되지 않았다.

결국 연지에게 달려 있었다.

'정말 끝까지…….'

수현은 그렇게 생각하며 차에 시동을 걸었다.

* * *

다행인지 불행인지, 수현은 그 약속을 지킬 필요가 없게 되었다. 3년 후, 연지가 조용히 숨을 거두었기 때문이다. 수현은 그 죽음이 어떤 의미인지 안다.

'저쪽을 선택했군.'

황제가 연지를 쟁취한 것이다.

수현은 연지의 장례식이 있었던 것도 뒤늦게 알게 되었다. 간호사에게 둘러댔던 말처럼 그들이 진짜 친구는 아니었기 때문이다.

'이제 됐어.'

그는 생각했다. 그녀의 시신과 함께 문제의 태블릿 PC도 처리될 테니, 이제 정말 이쪽과 저쪽의 접점은 아무것도 남지 않았다. 깔끔하지 못한 마무리지만.

'그냥 잊어버려. 이렇게 끝난 거야.'

하지만 저쪽에서의 실패담은 그의 희망과 달리 지워지지 않는 얼룩이 되었다. 그는 자신의 의지와 상관없이 때때로 그 얼룩을 의식하고 살아야만 했다.

결국 수현은 저쪽의 기억을 깨끗하게 털어 낼 수 없게 되었다. 그는 계속 연지의 이름과 존재를 기억하고 때때로 뒤를 돌아보게 될 것이다.

매끄러운 삶의 유일한 걸림돌이었다.

외전 2. 최연지

※ 해당 외전은 IF 외전으로,
안젤리카가 지구로 돌아온 평행 우주에서의 이야기를 다룹니다.

'잘 아는 세상으로 돌아가자.'

수현 씨가 열어 둔 문 너머의 흰 빛 무리가 이리 오라는 듯 일렁거렸다. 나는 알리시아를 향해 눈인사를 했다.

알리시아는 내 인사의 의도를 알아들었는지, 허리를 깊게 숙여 인사했다.

"떠나시면 돌아오실 수 없답니다."

"좋네요."

다시 돌아올 수 있다는 보험이 있으면, 거기에만 매달려 있게 된다. 선택한 방향에 최선을 다할 수 없게 된다. 고난이 닥치면 도피부터 생각하게 된다. 그게 나라는 사람이다. 도망치지 않으려면, 앞을 볼 수밖에 없는 상황을 만들어야만 한다.

나는 흰 빛 무리를 향해 한 발짝 내디뎠다.

"부디 평안하세요, 옛 성녀님."

알리시아의 작별 인사를 뒤로하고.

흰 빛 무리는 가까이에서 보니 투명했는데, 그 너머로 저쪽의 내 모습이 비쳐 보였다. 나는 홀로 병실에 누워 있었다. 내 곁을 지키는 사람은 아무도 없다.

'어쩜 이런 것까지 생각한 대로일까?'

빛 무리에 살짝 손을 갖다 대 보았다. 따뜻했다……. 어서 오라는 듯. 저쪽 세상이 이 빛 무리의 온도만큼만 다정했다면 나는 좀 더 행복했을 텐데.

나는 그렇게 집으로 돌아왔다. 돌아온 세상은 딱 예상만큼 쓸쓸했다.

* * *

나는 5년 조금 안 되게 누워 지냈다고 한다. 20대의 반 토막을 홀랑 날려 버리고, 나는 스물여덟 살이 되어 있었다.

병원 측은 내 가족과 연락이 닿지 않는다고 했다. 병원에서 전화했을 때 통화가 이루어진 적이 없으니, 나보고 연락해 보라고 조심스레 제안했다. 어느 정도 재활이 끝나 몸을 움직일 수 있게 되면, 그간 쌓인 병원비를 수납하고 퇴원해야 하니까.

하지만 나는 엄마에게 전화하지 않았다. 혼수상태였던 딸을 퇴원시켜 집에서 돌볼 시간도, 그렇다고 긴 입원 기간의 병원비를 낼 돈도 없는 사람이 우리 엄마다. 가난하고 바쁜 엄마는 당장 가장 중요한 것 외에는 신경 쓸 여력이 없었고, 불행히도 나는 엄마의 가장 중요한 존재가 아니다.

'전화해 봤자 아무런 의미도 없어.'

엄마의 끝없는 회피에 내 정신력만 소모될 뿐이다. 이미 여러 번 겪었다. 엄마는 '어떡하니, 돈이 없는데.' 같은 말만 반복할 게 뻔했다.

병원비를 스스로 해결하는 수밖에 없었다. 하지만 내가 작은 회사에서 비서 겸 경리로 온갖 잡무까지 떠안으며 조금씩 모아 놓은 돈은 그간의 병원비를 대기에 턱없이 모자랐다.

'정부 보조금 같은 것 좀 받을 수 없으려나?'

내 처지가 처지인 만큼, 수급이 가능할 것 같았다.

'내일쯤 구청이나…… 어디에 전화해 봐야겠다.'

그리고 혹시 대출을 받을 수 있는지 은행에도 알아보고……. 나는 그 뒤로 며칠간 내가 탈 수 있는 보조금이나 긴급 대출을 알아보았다. 모든 걸 다 끌어와도 병원비를 내고 거처를 구하기엔 모자라겠다 싶어 난감해졌을 무렵, 뜻밖의 일이 벌어졌다.

"최연지 님, 퇴원 날짜 이때쯤으로 잡힐 거예요."

나는 그 말을 듣고 어색하게 웃었다.

"아, 정말요? 그런데 그날까지 병원비 수납이 되려나."

"어라, 친구분께서 도와주시기로 한 것 아니었어요?"

"네?"

내 반문에 간호사가 더 당황했다.

"못 들으셨어요? 친구분이 만나서 아무 말도 안 하셨나요?"

친구를 만나서 무슨 말을 하긴. 애당초 온 친구가 없는데…….

머릿속이 혼잡해지려는데 간호사가 다시 한번 확인하듯 물었다.

"차수현 씨 말이에요, 친구분 아니세요?"

심장이 빠르게 뛰기 시작했다. 내가 저쪽에서 긴 잠을 자는 동안, 그가 나를 찾아낸 것이다.

* * *

수현 씨는 내가 병원에서 지내는 동안 한 번도 나를 만나러 오지 않았다. 서운한 마음은 없었다. 그가 살가운 사람이 아닌 걸 아니까. 오히려 내가 누워 있는 동안 날 찾아서 병원비까지 내 줄 생각을 한 게 놀랍고 고맙달까. 혹시 몰라 병원에는 가족들에게 연락하지 말아 달라고 부탁했다. 수현 씨가 내 병원비를 내 줬다는 걸 알면 별로 좋은 일이 벌어질 것 같지 않았다.

나는 차수현이 어떤 사람일지 생각해 보았다.

'돈 턱턱 내 주는 것 보면, 나이가 좀 있으려나.'

내가 원하는 게 있으면 도와주겠다고 했던 호언장담을 생각해 보아도, 안정된 수입원이 있을 것 같았다. 그런데 말하는 것을 보았을 때 나이가 아주 많게 느껴지진 않았고, 음. 30대 중반? 후반? 자기 사업체가 있으려나? 아니면 건물주? 어떻게 생긴 사람일까? 나는 나도 모르게 냉정하고 수려한 에덴의 얼굴을 떠올렸다.

수현 씨 덕에 금전적인 걱정을 내려놓자 병원 생활에도 좀 여유가 생겼다. 나는 몸을 보전하는 데 전념했다. 때로는 라니에로나 낙원에 대해 생각하기도 했다. 꾸물거릴 틈도 없이 무너질 거라던 낙원. 그 낙원에 살던 이들은 정말 나를 원망하지 않을까? 결국 내가 떠나서 삶의 터전이 없어지게 생겼는데.

'하지만 이제 나랑은 상관없는 일이야.'

나는 그곳을 영영 떠났다.

건강이 조금씩 회복되고 몸에 힘이 붙고 나자, 퇴원 날짜가 잡혔다.

"이날 퇴원하시고, 앞으로는 외래로 오시면 될 것 같아요."

"네, 감사합니다. 아, 그리고 부탁이 있어요."

"말씀하세요."

"차수현 씨한테 제 퇴원 날짜 좀 전해 주시겠어요?"

내 말에, 간호사가 나를 이상하게 쳐다보았다. 그럴 만하다. 병원비까지 내 줄 정도로 가까운 친구의 연락처도 없어서, 병원에 대신 연락해 달라고 하면 좀 이상하긴 하지. 하지만 어쩔 수 없다. 수현 씨는 내게 자기 연락처를 남기지 않아서.

얼굴이 화끈거렸지만, 나는 모르는 척 웃었다.

"부탁드릴게요."

그렇게 또 시간이 흘러, 퇴원 날이 다가왔다.

* * *

퇴원 안내서를 받고 사복으로 갈아입은 채 로비로 내려갔다. 수현 씨가 직접 오려나? 사람을 보낼지도 모르겠다. 그 사람은 왠지 바쁠 것 같은 느낌이라.

'음, 굳이 내가 안 찾아도 그쪽에서 알아보겠지?'

나는 로비의 대기 장소에 앉아 상대방이 나에게 알은체길 기다렸다. 불행히도, 내겐 아직 수현 씨의 전화번호가 없었다. 당연한 말이지만, 그의 얼굴도 몰랐다. 사람들이 바쁘게 지나다니는 것을 구경하던 도중, 누군가 내게 다가왔다.

"최연지 씨."

부드러운 미성의 소유자가 나를 불렀다. 나는 고개를 들었다. 흰 피부에 예쁘장한 얼굴을 가진 청년이 나를 내려다보고 있었다. 그는 깔끔하게 다린 하늘색 셔츠 위로 흰 여름 카디건을 입은 캐주얼한 차림이었다. 나는 나도 모르게 자리에서 일어나 황급히 고개를 숙였다.

"네, 제가 최연지……."

말끝을 흐리며 그의 얼굴을 바라보았다. 앳된 인상이다. 나보다 어릴 것 같다.

"저, 혹시 차수현 씨 쪽에서……."

"아, 네. 저예요."

"아, 그렇구나……."

이 사람은 수현 씨와 어떤 관계일까? 막연히 정장 차림을 한 사람이 날 맞으러 올 거라고 생각한지라, 예상 밖의 상황에 나는 당황을 감추지 못했다. 어색한 분위기가 감돌았다. 그는 내 손에서 퇴원 안내서를 가져 갔다.

"퇴원 절차 끝나고 잠깐 이야기나 좀 하죠. 꼭 할 얘기가 몇 가지 있어 서."

나는 고개를 끄덕이고 그를 따라갔다. 퇴원 절차를 밟고 병원 밖으로 나 서, 쨍한 햇살에 눈살을 찌푸리고 아스팔트 위를 걸었다. 여전히 분위기는 서먹하고 어색했다. 나는 이 서먹함을 깰 겸 조심스럽게 물었다.

"저, 수현 씨 본인은 오늘 못 오셨나요?"

내 말에 옆에서 걷던 앳된 인상의 청년이 멈칫했다. 그는 말없이 나를 빤 히 바라보았다. 나도 멀뚱하게 그를 마주 보았다. 그렇게 10초쯤 시선을 교 환했을까. 갑자기 내 얼굴이 확 달아올랐다.

설마?

부드러운 목소리에 약간 한심하다는 기색이 섞였다.

"제가 차수현 본인인데요."

머리를 맞은 듯한 기분이 들었다.

진짜로?!

* * *

"생각보다 너무 어려서 그랬어요."

수현 씨와 프랜차이즈 카페에 앉은 나는 그를 다른 사람이라고 착각한 데 대한 변명을 늘어놓았다.

"'너무 어리다'는 소리를 들을 나이는 아닌데요."

보통 사람이라면 타인으로 착각하더라도 무안하게 웃어넘기고 말았을 테다. 하지만 수현 씨는 어쩐지 좀 더 뾰족한 반응을 보였다. 나는 미안해서 쩔쩔매다 조심스레 물었다.

"몇…… 살인데요?"

"스물여섯 살이요."

나보다 어리네…….

"그, 그럼 군대 다녀와서 취직 준비할 나이 아닌가요?"

"군대는 면제예요."

"아니, 그게 아니고……."

건강이 좋지 않은 건가? 나는 생각지도 못한 부분을 건드렸다는 생각이 들어 허둥거렸다.

"신전령으로 가는 황야에서 했던 말 있잖아요."

내가 뭘 하든 지원해 주겠다는 말.

"그 말을 했을 땐, 20대 초중반이었던 거잖아요."

그 어린 나이에 그럴 돈이 있었느냐는 우회적인 질문을 수현 씨는 단박에 알아들었다. 그는 앞에 놓인 찻잔에서 티백을 꺼내 트레이 위에 올려놓고 눈을 깜박였다.

"상관없었어요. 개인적으로 모아 놓은 돈도 있었고……. 그걸 다 쓰더라도, 돈 댈 구석은 있었어요. 약간 도박을 하긴 했어야겠지만."

"무슨 도박이요?"

"알 필요 없어요. 도박 걸 이유가 사라졌거든요. 제가 선거철에 깨어나서."

선거철이라니? 내 얼굴에 떠오른 물음표를, 수현 씨가 보충 설명으로 지웠다.

"그냥 쓰러졌다 깨어난 걸로 당선을 도왔거든요. 저 같은 사람이 쓰러지는 건 드라마가 되고……. 일어나는 건 더 드라마가 되죠."

충격적인 이야기의 연속이었다. 쓰러지는 게 드라마가 되는 건 어떤 사람인데? 나는 할 말을 잃었다. 너무 캐물으면, 민감한 개인사를 건드릴 것 같았다. 수현 씨가 혼자 말을 이었다.

"여차하면 그쪽에 이야기하면 돼요. 제가 베푼 것에 대한 대가라고 생각하고 별말 없이 갚아 줄 테니까. 그것보다, 이것 말인데요."

수현 씨가 테이블 위에 올라와 있던 내 휴대폰을 가리켰다. 빠르게 변해 가는 세상 속에서 구형이 되어 버린 모델이었다. 이젠 은행 앱의 보안 서비스도 지원이 안 돼서, 바꿔야 했다.

"그게 전에 쓰던 전화기입니까?"

"아, 네."

"그럼……."

수현 씨는 잠시 뜸을 들이며 고개를 기울였다. 그의 목소리가 살짝 낮아졌다.

"그 소설도 그 단말기에 저장해 뒀어요?"

온몸의 솜털이 바짝 곤두섰다. 수현 씨는 '그 소설'이라고만 지칭했을 뿐이지만, 그와 나 사이 통용되는 '그 소설'이란 뻔하다.

가슴이 두근거렸다. 떠나오고 나서는 이런저런 일들로 바빴다. 회복만 해도 길고 지칠 만한 과정의 연속이었기 때문에, 독서는 생각도 못 했다. 독서 애플리케이션을 열어 본 일도, 당연히 없었다.

"그렇긴 한데요."

나는 수현 씨가 거의 나를 만나자마자 소설에 대해 묻는 것이 심상치 않다고 생각했다. 수현 씨는 쓸데없는 소리를 하는 사람이 아니다.

"왜…… 소설에 무슨 일 있어요?"

"네."

"뭐였는데요?"

"일단 열어 봐요. 해로운 건 아니니까."

"아, 네……."

나는 조금 불안한 마음으로 독서 애플리케이션을 열었다. 그런 내게 수현 씨가 물었다.

"당신도 말이에요, 그 소설. 산 적도 없는데 서재에 끼어 있던가요?"

"네?"

나는 로딩을 기다리다 말고 고개를 들었다. 수현 씨가 소설을 읽은 경위가 그랬단 말이야? 그의 얼굴을 가만히 들여다보자, '어쩐지' 하는 생각이 자라났다. 완전히 납득된다. 수현 씨의 관상엔 로맨스 소설이 없다.

"아, 아뇨. 저는 샀어요."

"아, 샀다고요……."

수현 씨가 의미심장하게 중얼거렸다.

"그런…… 소설을."

식은땀이 흐른다.

실언했다. 나도 그냥 서재에 끼어 있었다고 할걸. 하지만 이미 엎질러진 물. 나는 필사적으로 수현 씨의 떨떠름한 반응을 못 들은 체했다.

『나락 속에도 꽃은 핀다』는 내가 마지막으로 읽은 소설이었다. 나는 서재 맨 앞에 있는 소설을 클릭했다. 검은 배경에 붉은 꽃이 요요히 피어 있는 표지가 내 휴대폰 화면 한가득 떴다.

그때, 수현 씨가 뭔가 깨달은 듯 말했다.

"당신은 구매자라고 했죠."

나는 그의 얼굴을 힐끗 보았다.

"저는 대여 기간이 만료돼서 읽을 수 없었거든요."

수현 씨가 내 휴대폰을 끌어 가져갔다.

"메시지 뜨는 것도 없고."

"메시지?"

수현 씨는 대답해 주지 않았다. 그는 화면을 터치해 페이지를 넘겼다. 첫 페이지가 나타난 순간 우리 둘 모두 숨을 죽였다. 글자가 전부 깨져 있었다.

"오류 났나 봐요. 삭제하고 다시 다운로드받아 볼까요?"

"이 소설 판매 중지됐는데."

판매 중지됐다니, 그건 또 새로운 소식이었다. 수현 씨가 자기 휴대폰으로 무엇인가 확인했다. 그는 나를 보더니 고개를 저었다.

"판매 중지된 도서는 삭제 후 재다운로드가 불가능하다는데요."

으음. 나는 계속 화면을 터치했다. 한글과 영어, 한자, 그리고 숫자가 의미 없이 뒤섞인 문자열이 계속 이어졌다. 서점에 문의해 봐야 하나? 이건 내가 삭제한 게 아니라, 애플리케이션 내에서 파일이 마음대로 깨져 버린 거니까, 당연히 복구해 줘야 할 사안이다. 그런데 판매 중지됐으면, 서점에 복구해 줄 소설 데이터가 남아 있긴 하려나……?

"아까 메시지 이야기는 뭐였어요?"

"아, 제가 이 소설 제 단말기에서 열었을 땐 팝업 메시지가 떴거든요. 그다음엔 자동 삭제."

"그, 대여 기간이 만료됐다는?"

"그것 말고도요."

수현 씨는 제 단말기에 떠올랐던 메시지들에 대해 이야기해 주었다. 어쩐지 가슴이 쿵쾅거렸다.

"마치 누군가가 수현 씨를 검으로 지목하고 소설을 읽게 만든 것 같잖아요. 누구인지는 몰라도……."

"그래서 당신한테는 무슨 메시지가 나올지 궁금했는데."

수현 씨가 궁금해하던 메시지는 없고, 깨진 글자뿐이다.

나는 수현 씨와 이야기를 하면서도 계속 화면을 터치하는 무의미한 움직임을 반복했다. 그러던 와중, 수현 씨가 갑자기 내 팔목을 덥석 잡았다.

"잠시만."

"네?"

나는 화들짝 놀라 손을 뺐다. 수현 씨가 내 휴대폰의 화면을 터치해 두어 페이지 앞으로 돌아갔다. 깨진 문자열 사이에 유일하게, 뜻을 알아볼 수 있는 문자열이 있었다. 나는 멍하니 중얼거렸다.

"주소……?"

군, 면, 리, 번지. 분명히 주소였다. 나는 멍하니 중얼거렸다.

"우연……."

"일 수는 없겠네요. 가 보죠."

"네? 지금요?"

수현 씨는 금방이라도 그 문자열이 증발하기라도 할 것처럼, 내 휴대폰 화면을 사진으로 찍어 두었다. 입 속으로 수없이 그 문자열을 외운 건 덤이었다. 마치 기계에 저장된 데이터는 오류를 가장해 삭제할 수 있어도, 자기 머릿속에 들어 있는 건 그러지 못할 거라는 듯.

"네. 지금."

* * *

수현 씨의 차로 한 시간 반쯤을 달렸다. 도심을 벗어나 산골로 들어갔다. 그냥 산골도 아니고 흙길 위에 자갈이 굴러다니는 비포장도로로 접어들어, 차가 덜컹거렸다. 민가의 간격도 넓어져서, 어쩐지 휑한 느낌이 났다.

"그 주소에 뭐가 있긴 할까요?"

그냥 사람 없이 텅 빈 폐가만 남아 있을지도 모른다고 생각하니 으스스했다.

"글쎄요."

하지만 수현 씨는 그런 사소한 공포는 느끼지 않는 듯했다.

"가 봐야 알죠."

"네……."

나는 더 말을 붙이지 않고 입을 다물었다. 아직 다 회복되지 않은 몸이라, 멀미가 심해 속이 메슥거렸다.

얼마 안 가 차가 멈추어 섰다. 길도 좁고, 주차할 곳도 마땅치 않았다. 수현 씨가 차를 적당히 덤불 근처 아무 곳에나 댔다.

'아이고, 여기다 대면 다 긁힐 것 같은데.'

나 혼자 그렇게 생각하며 차에서 내렸다. 문제의 주소지에는 다 쓰러져 가는 건물이 서 있었다. 칠이 벗겨진 슬레이트 지붕, 걸쇠가 녹이 슬어 그냥 삐걱대는 소리를 내며 열려 있는 대문. 수현 씨가 대문을 두드렸다.

"계십니까?"

나는 재빨리 주변을 살펴보았다. 대문 너머로 보이는 마당엔 시멘트를 부어 놓았다. 방 두 칸에 작은 부엌이 딸려 있는 집이었다. 집은 허름했지만, 생활감이 곳곳에서 엿보였다. 분명 사람이 살고 있었다. 내 생각을 증명하듯, 안쪽 방에서 느릿하게 인기척이 들려왔다. 방문을 열고 초라한 행색의 노인 하나가 모습을 드러냈다. 옆에서 수현 씨가 움찔거렸다.

"잘못 생각했나?"

수현 씨의 작은 혼잣말이 내 귓가를 스친다. 그런 생각이 들 만도 했다. 『나락 속에도 꽃은 핀다』와 저 노인에게 무슨 상관관계가 있다고 생각하기는 어려웠으니까.

하지만 나는 달랐다. 머리가 어질어질했다. 아직 근력이 다 돌아오지 않은 다리가 휘청거렸다. 나는 대문을 넘어 그에게 다가갔다. 이목구비는 기억과 다르지만 익숙한 인상이었다. 거센 풍파가 깊은 상흔을 새긴 얼굴.

나는 쉰 목소리로 말했다.

"튜니아 신을 아세요?"

그 말에 노인의 얼굴에 참담한 빛이 깃들었다. 그는 후들후들 떨리는 몸으로 대청마루에서 내려왔다. 신발도 신지 않은 채였다. 그가 내 앞으로 다가와 눈을 휘둥그렇게 뜨고 물었다.

"그, 버려진 이름은 어떻게 아십니까……?"

수현 씨는 이 상황을 이해할 수 없다는 듯 나를 바라보았다. 사실 나도 이해할 수 없기는 마찬가지였다. 나는 수현 씨에게 이야기해 주었다.

"튜니아 신과 같은 인상이에요. 어쩌면……."

동일인일 수도 있겠어요.

* * *

노인은 문명의 이기와 거리가 몹시 먼 삶을 살고 있었다. 냉장고도 없어서, 그가 나와 수현 씨에게 대접한 보리차는 시원한 맛 없이 미지근했다. 나는 보리차를 입에 대려다가 내려놓고, 노인에게 물었다.

"혹시, 『나락 속에도 꽃은 핀다』의 작가가 당신인가요?"

"『나락, 속에도 꽃은, 핀다』……?"

전혀 모르는 눈치였다. 이 반응은 솔직히 좀 당황스러웠다. 나는 당연히 그와 소설 사이에 연관성이 있을 줄 알았다. 나는 그에게 깨져 버린 소설 파일을 보여 주었다.

"여기, 악틸라의 대자와 튜니아의 성녀가 지독한 악연으로 엮이는 소설이 있었어요. 어떤 이야기인지 아시죠? 겨울에, 악틸라의 대자가 튜니아의 성녀를 만나서."

노인은 내 말에 살짝 몸을 떨었다.

"알고 있습니다."

"그 내용, 소설로 써서 내지 않으셨어요?"

저쪽 세계에서 만났던 튜니아 신과 다르게, 노인의 눈에는 총기가 없었다. 나는 그가 내 말을 잘 알아듣고 있는지 염려되었다. 노인은 흐린 눈으로 내 휴대폰을 들여다보다 고개를 저었다.

"저는 이 세계의 글을 모릅니다. 소설의 작가가 되는 것은 어불성설입니다."

수현 씨가 침묵하다 물었다.

"저쪽 세계의 자비신이었던 건 맞고요?"

노인이 느릿느릿 고개를 끄덕였다.

"왜 이쪽 세계로 넘어오게 되셨습니까?"

"제 업입니다. 저의 대가입니다."

노인이 고개를 깊이 숙였다. 나는 고민하다가 입을 열었다.

"저, 안젤리카예요. 이쪽은……."

"됐어요."

수현 씨가 내 말을 끊었다.

"당신 이름만 말하면 됐잖아요."

또다시 살짝 예민한 반응이었다. 나는 그의 기백에 눌려 움츠러들었다.
노인이 느리게 눈을 끔벅거렸다.

"안젤리카……?"

음, 역시 정신이 좀 오락가락하는 모양인데. 나는 또박또박 말했다.

"당신의 성녀요. 미안하다고 저한테 꽃밭도 만들어 주고 그러셨잖아요.
기억 안 나세요?"

노인의 얼굴에 혼란이 번졌다.

"제 슬하에 둔 이번 성녀의 이름은 세라피나입니다. 세라피나 다음 성녀
이십니까? 그렇다면, 제가 아직도 그곳에 남아 있나요?"

제가 아직도 그곳에 남아 있냐니, 이게 무슨 소리야? 이야기가 난해하게
흘러가는 것 같다. 나는 난처한 얼굴로 수현 씨를 바라보았다.

"저는 섭리와 거래를 했습니다."

노인이 떨리는 목소리로 말했다.

"첫 번째 거래의 대가는 제가 가장 사랑하는 아이, 세라피나의 영원한 불
행이었습니다. 그리고 두 번째 거래의 대가는, 신격을 잃고 세계 너머로 추
방당하는 것이었습니다."

"잠깐. 두 번째 거래요?"

전혀 모르는 이야기였다. 두 번째 거래? 추방? 추방당해서 이 세계로 왔다고? 이 사람, 세라피나는 아는데 왜 나는 전혀 모르지? 수많은 의문이 나를 어지럽게 만들었다.

노인이 거의 울 것 같은 얼굴을 했다.

"세라피나에게 씻을 수 없는 죄를 지었습니다……."

나는 그를 재촉했다.

"좀 더, 자세히 이야기해 보세요. 얼른요."

"무기를 내려 달라는 제 소원에, 섭리는 세라피나를 무기로 지정했습니다."

여기까지는 안다. 그래서 세라피나가 끔찍한 일을 겪어야 했지.

노인은 목이 메는지 보리차를 벌컥벌컥 마셨다. 이어진 말은 충격적이었다.

"그러나 악틸라의 대자와 그를 찌를 무기가 만났을 때, 아무 일도 일어나지 않았습니다."

"네?"

"예?"

나와 수현 씨가 동시에 반응했다. 아무 일도 일어나지 않았다니? 그 반대다. 무슨 일이 일어났기 때문에 세라피나가 시간을 돌렸고, 성녀의 운명에서 벗어나 내가 휘말리게 되었다. 수현 씨도 마찬가지고. 다소 흥분한 나머지, 내 말이 빨라졌다.

"무슨 말씀이세요? 겨울에 악틸라의 대자가 튜니아의 성녀를 만나서……."

"아무 일도 일어나지 않은 건 겨울이 아닙니다."

노인은 생기 없이 시든 목소리로 말했다.

"늦여름에서 가을로 넘어가는 길목입니다."

그 시기에 무슨 일이 있었나. 그쪽에서 170년가량을 보낸 수현 씨는 먼 곳으로 떨어진 기억을 더듬어야 했지만, 나는 바로 답을 꺼내 놓을 수 있었다.

"마수 토벌……."

"아."

수현 씨도 그제야 깨달은 모양이었다. 후텁지근한 주변 공기가 순식간에 싸늘해지는 느낌이었다. 나는 팔을 쓸어내리며 가볍게 떨었다. 수현 씨와 나는 서로를 잠시 바라보았다.

내가 라니에로와 함께 튜니아 신전령에 갔을 때, 세라피나는 없었다. 라니에로와 세라피나가 원작 시점보다 일찍 마주치는 것을 피하기 위해, 수현 씨가 대주교를 구워삶아 세라피나가 순방을 떠나도록 만들었다. 원래라면 떠나지 않았을 순방이었다.

노인의 말에 따르면……. 1회차 시간선의 원작 시작 이전 시점, 라니에로와 세라피나가 이미 만났다. 그리고 아무 일도 일어나지 않았다.

"아……."

나는 이마를 짚었다.

소설을 읽은 나는, 겨울의 만남이 두 사람의 첫 만남이라고 철석같이 믿고 있었다. 소설의 시작, 라니에로와 세라피나가 조우하는 순간의 서술은 라니에로가 주도한다. 세라피나에 대한 '첫인상'이 얼마나 강렬한지, 천지개벽에 비견되는 묘사가 이어진다.

하지만 사실, 그건 첫인상이 아니었다. 두 사람은 이미 마수 토벌 시점에서 만났다. 당시 세라피나의 얼굴을 보고도 기억하지 못한 라니에로가, 겨울에 만난 순간에야 첫 만남으로 생각해 버린 것이다. 그 부분에서 분명 지난번 만남을 기억할 세라피나 쪽 시선은 누락되어 서술되지 않았다.

교묘한 서술에 나도, 수현 씨도 당했다.

"그렇다면……."

마수 토벌 시기, 라니에로와 세라피나 사이에 아무런 불꽃도 튀지 않았다면.

"아……."

나는 퍼뜩 튜니아와의 만남을 떠올렸다. 독이 든 음식을 먹고 쓰러졌을 때, 내 정신은 신계로 잠시 올라갔다. 그때 만났던 신이 이렇게 말했다.

"세라피나가 일을 수행할 때는 라니에로의 정신을 사로잡기 위해 추가적인 개입이 필요했다."

추가적인 개입. 세라피나가 라니에로를 찌를 동기 부여를 위한, 추가적 개입. 섭리와 튜니아의 두 번째 거래 내용은 분명 그것이었겠지.

"세라피나와 라니에로를 억지로 엮는 거래의 대가로 당신은 자신의 원래 세계에서 튕겨 나와, 다른 세계의 인간으로 전락해 버렸군요……."

그래서 자비신은 원작의 전개 내내 세라피나에게 아무런 목소리도 들려줄 수 없었다. 존재하지 않았으니까!

내가 거래를 하려고 마음먹었을 때, 나를 다급하게 말리느라 내리꽂히던 신의 목소리를 기억한다. 하지만 세라피나의 경우는 달랐다. 세라피나가 섭리와 거래를 하려던 것을 튜니아는 몰랐다. 거래가 끝나고, 시간이 돌아가고 나서야 세라피나에게 불호령이 떨어졌다. 사고가 번개처럼 내달렸다.

'세라피나는 늦봄으로 시간을 되돌렸어.'

튜니아가 섭리와 두 번째 거래를 한 것은 가을 무렵으로 추정된다. 마수 토벌 이후니까.

'그러니까, 세라피나는 튜니아와 섭리 간의 두 번째 거래가 이루어지기 전으로 시간을 돌린 건데…….'

"하."

머리가 지끈거렸다. 두 개로 찢어진 시간선 속에서, 튜니아 신의 존재도 둘로 갈라져 버렸다. 그래서 나와 수현 씨 앞에 괴로운 얼굴로 앉은 이 빈

곤한 노인은 나를 모른다.

세라피나가 시간을 돌렸고, 성녀의 지위를 박탈당했으며, 섭리와 거래한 대가로 에덴의 혼마저 소멸되어, '무기'와 '검'의 빈자리를 메우기 위해 나와 수현 씨가 저쪽으로 끌려간 일련의 과정 자체를 알지 못하는 것이다. 그런 과정은커녕, 1회차 시간선의 겨울에 세라피나와 라니에로가 무슨 일을 겪었는지조차 그는 모른다.

"세라피나 다음 성녀이십니까? 그렇다면, 제가 아직도 그곳에 남아 있나요?"

그 이상한 말의 맥락이 이제야 이해된다.

"더…… 설명하지 않아도 알겠어요."

나는 떨리는 목소리로 속삭였다. 옆을 바라보니 수현 씨도 대강 일이 어떻게 된 건지 알아챈 모양이다. 다만 그는 미간을 찌푸린 채 생각에 더 골몰하고 있었는데, 나보다 더 먼 곳까지 사고를 전개하는 것 같았다.

수 분 후, 그가 마침내 입을 열었다.

"작가가…… 섭리구나."

그가 토해 낸 혼잣말에, 나는 내 휴대폰을 내려다보았다. 말이 되는 것 같았다. 섭리가 소설을 가장한 게이트를 열어, 나와 수현 씨를 저쪽 세계로 끌고 갔다. 세라피나와 튜니아 사이 소원과 대가의 관계가 상충되면서 생겨 버린 공백을 메우기 위해서.

* * *

섭리와 거래하던 그 순간을 기억한다. 그때, 섭리에게는 성격과 개성이 없다는 인상을 강하게 받았다. 인공 지능과 대화를 나누는 것 같았다. 그것은 말 그대로 섭리였다. 거대한 법칙에 불과했다.

하지만 내가 저쪽 세계에서 읽었던 『나락 속에도 꽃은 핀다』의 작가 후기나, 수현 씨가 단말기의 팝업 창으로 받았던 메시지에는 인격과 개성이 강하게 드러나 있어 위화감이 느껴졌다.

이상한 부분은 더 있다. 후기와 메시지, 분명 둘 다 작가의 작품일 텐데, 다른 사람이 쓴 것 같다. 작가 후기에는 자신만만한 자의식이, 수현 씨가 받은 메시지에서는 겸허함과 송구함이 읽힌다.

하지만 수현 씨는 이 위화감을 이렇게 일축했다.

"인격이 없으니까 그런 거예요."

섭리가 '사람'을 흉내 내었기 때문에 그런 거라고. 고유한 인격이 없는 존재가 인간을 흉내 낸 것에 불과하기 때문에, 드러난 인격이 극과 극으로 달라 보이는 거라고. 나는 그 가설에 어느 정도 납득했다.

수현 씨와 나는 이만 돌아가기로 했다. 여기서 더 얻을 건 없어 보였다. 노인은 묻고 싶은 것이 한가득인 표정이었다. 나와 수현 씨는 누구인지, 저쪽에서 무슨 일이 벌어졌는지…….. 그가 직접 사지로 몰아넣은 사랑하는 딸, 세라피나는 어떻게 되었는지. 하지만 그는 아무것도 묻지 않고 우리를 전송했다. 묻지 않는데 해 줄 말도 달리 없어, 우리도 그대로 일어섰다. 그 궁금증을 해소하지 못하고 괴로워하는 것도 그가 치러야 할 대가의 일부일 테니까. 타인의 삶을 구렁텅이로 몰아넣은 죄로, 그는 낯선 세상에서 빈곤에 허덕이며 살게 될 것이다. 평생, 외로이.

어쩐지 속이 쓰리다. 죗값을 치르는 이를 향한 통쾌함이나 고소함이 느껴지지 않고, 불편한 감각만이 꼬리를 남긴다.

"다른 신들은 소원을 빌지 않았으니 대가도 치르지 않겠죠."

차에 타며 내가 수현 씨에게 넌지시 말했다. 다른 신들뿐만 아니라, 섭리도 대가를 치르지 않겠지. 수현 씨는 차에 시동을 걸며 무심하게 대꾸했다.

"그렇겠죠."

간단히 돌아온 대답에 막막했다. 나는 허름한 집을 바라보며 음울하게 중얼거렸다.

"죄는 같이 지었는데 대가는 한 사람만 감당하네요. 부조리해요."

차가 덜컹거리며 나아갔다. 수현 씨는 노인을 향한 내 연민에 아무런 말도 하지 않았다. 노인의 사정은 제 알 바 아니라고 생각하는 듯했다.

차 안에는 한동안 낮은 엔진음만이 맴돌았다. 수현 씨는 정적이 불편하지도 않은지, 라디오도 틀지 않았다. 무거운 침묵 속에서 나는 느리게 흘러가는 창밖 풍경을 바라보며 타이밍을 재다가, 수현 씨에게 물었다.

"그쪽에서 170년을 보낸 이유가 뭐예요?"

에덴이라는 이름으로 소개되는 것을 예민하게 거부하던 그의 모습 때문에 궁금증이 일었다. 그 이름이 그렇게 싫었다면, 왜 더 일찍 돌아오지 않았는지. 수현 씨가 특유의 단조로운 미성으로 설명해 주었다.

"처음에, 리처드가 승전 연회에 참석해 달라고 했었어요."

"부탁을 수락하셨군요."

"네. 어려울 것 없었으니까. 문은 아무 때나 닫았다 열 수 있었고."

그래서 수현 씨는 리처드와 함께 솜비니아로 향했다고 한다.

"그러다 습격을 받았어요."

나라를 잃은 악틸러스 군사들의 소행이었다. 수현 씨는 크게 다쳐 사경을 헤맸다고 한다.

"그때는 그냥 승전 연회 초대를 수락하지 말고 문을 넘어갈 걸 싶었습니다."

수현 씨는 스스로의 어리석음에 조소하며 눈을 감았다. 하지만 눈을 감으면 죽음이 다가오리라고 생각했던 것과 달리, 그는 다음 날 아침 깨어나게 되었다.

"모든 상처가 깨끗하게 아문 채로."

"……."

"뭐, 그 뒤로도 몇 가지 사건을 더 겪으면서 몸 상태에 대한 윤곽을 잡기 시작했어요. 실험도 여러 번 했고."

그는 마치 남의 일을 설명하는 양 건조했다. 나는 조용히 듣고 있었다.

"에덴의 육체가 '어떤 하루'를 기준으로 끊임없이 복원된다는 걸 깨달았고, 원인이 무엇일지도 짐작하게 됐죠. 당신의 소원 때문에 치르는 대가이니 당신도 마찬가지 일을 겪게 될 거라고 추측했어요."

어느새 수현 씨의 차는 도심으로 나와 있었다. 그가 빨간 신호등 불빛 앞에서 차를 멈추었다.

"당신 같은 사람은 버티지 못할 거라고 생각했어요. 그래서 당신을 기다리기로 했습니다."

나는 수현 씨의 곱상한 옆얼굴을 물끄러미 바라보았다.

"나 없이 문이 닫히면 당신은 그 세계에 갇혀 영원한 하루의 굴레를 살아가야 할 테니까."

"감동적인 말이네요."

나는 한숨을 쉬었다.

기다려 준 건 정말 고맙지만, 감동받지는 않았다. 그가 나를 염려해서 기다렸다고 생각하지 않는다. 그와 함께 움직이면서 그가 어떤 사람인지 똑똑히 알게 된 나니까.

오히려 좀 더 수현 씨다운 이유라면…….

'자존심이 상했겠지.'

뻔하다. 그가 달콤하게 포장한 거짓말을 내민 것도 그 자존심 때문일 것이다. 그쪽에 남았던 진짜 이유를 숨기고 싶어서. 캐묻는다고 진짜 이유를 뱉어 내지는 않을 것이다. 그래서 나는 모르는 척 지나가기로 했다.

나는 화제를 옮겼다.

"하지만 결국 제가 깨어날 때까지 기다리지는 못하셨네요."

그 말에 수현 씨의 미간에 살짝 주름이 잡혔다. 좋지 않은 일을 떠올리는 듯했다.

"그건……."

수현 씨는 조개처럼 입을 다물었다. 그대로 빨간 신호등을 세 개쯤 더 마주쳤을 때, 내가 기다리다 못해 먼저 입을 열었다.

"말씀하기 힘드시면 안 하셔도 돼요."

의도한 바는 아니었지만, 그 말이 수현 씨의 스위치를 눌렀다.

"힘든 일은 아니었어요."

그는 자신이 '저쪽'의 일로 '힘들어'한다는 것을 용납하기 어려운 듯했다. 나는 잠자코 그의 다음 말을 기다렸다. 수현 씨가 긴 한숨 끝에 설명했다.

"그쪽에서 지내는 동안 솜비니아에 몸담았어요. 35년 후 리처드가 죽고, 그의 딸이 왕위에 올랐죠. 오래가지는 못했습니다. 고작 3년 후 아버지의 뒤를 따랐어요."

"그렇군요……."

"그 뒤로도 왕조가 이어졌습니다. 그런데 솜비니아 왕국의 여성 후계자들은 불행히도 오래 통치할 별 아래서 태어나지는 않은 것 같았어요. 그 뒤로 4대 후쯤, 한 번 더 여왕이 있었는데, 거의 즉위하자마자 죽었습니다."

왜소하고 몸이 약한 열한 살의 아이를 두고 떠나야 했던 그녀는, 남편이 아니라 수현 씨에게 아이를 부탁했다. 세기의 영웅이었던 리처드의 동료이자 외눈의 현자인 수현 씨를 깊이 신뢰했던 모양이다. 수현 씨는 어려울 것 없는 부탁이라고 생각했다.

"어린 나이에 즉위한 새로운 여왕은……."

'여왕'이라는 말에 내 몸의 근육이 가볍게 수축한다. 조금 전, 수현 씨는 '솜비니아의 여성 후계자들은 나라를 오래 다스리지 못하고 죽는다'는 요지의 이야기를 했었다. 내 불길한 직감이 맞아떨어졌다.

"열여덟 살이 되자 암살당했습니다."

나와는 전혀 상관없는 사람의 이야기인데, 괜히 심장이 내려앉았다. 수현 씨는 그 뒤로 쉽사리 입을 열지 못했다. 나는 머뭇거리다 그에게 위로의 말을 전했다.

"마음고생이 많으셨겠어요."

뱉어 놓고 아차 싶었다. 혹여 내가 그의 자존심을 건드린 게 아닐까. 하지만 수현 씨는, 뜻밖에 선선히 고개를 끄덕였다.

"화가 났어요. 정치 지형상 그 애를 죽일 사람들이야 뻔했고, 그자들이 대가를 치르게 해야겠다고 생각했습니다."

나는 창밖을 내다보았다. 그럼, 수현 씨는 복수하고 탈력감에 젖어 돌아온 것일까? 괴로워하면서? 보통 사람들이라면 그랬겠지만, 수현 씨는 보통 사람이 아니다. 어쩐지 그러지는 않았을 것 같다는 생각이 든다. 나는 확인을 위해 조심스레 물었다.

"그럼, 복수하셨나요?"

"아뇨."

돌아온 대답이 깔끔했다.

"응징하고 싶다는 생각이 드는 순간 위험하다고 판단했습니다. 그래서 즉시 손을 떼고 돌아왔어요."

수현 씨답다고 생각하면서도, 이해는 잘 가지 않았다. 뭐가 위험하다고 판단한 건지.

"그 세계에 이입해 동화되기 시작했다고 느꼈던 거죠. '차수현'으로서 내 정체성을 유지하기 어려워질지도 모른다고."

그 설명에도 여전히 약간의 의문이 남는다. 내게는, 이 몸뚱이와 이름이 그렇게 중요하지 않다. 저쪽에서 살아남으려고 구르는 동안 최연지라는 이름을 잊었을 만큼. 이름과 몸이 나를 규정한다고 생각하지는 않으니까.

하지만 수현 씨는 다른 모양이다. 자신의 이름과 육체에 집착한다. 무엇이 그를 그렇게 만들었을까? 나는 그의 단편적인 사정만 알고 있기 때문에, 잘 모르겠다.

'자기애가 투철한 사람 같지도 않았는데.'

"저쪽 얘기는 이제 그만하죠."

수현 씨가 선언하듯 말했다.

"마무리된 것 같아요. 당신도 돌아왔고, 꺼림칙한 의문으로 남던 부분도 대강 알게 됐고."

나는 고개를 살짝 끄덕였다. 그리고, 과거에 붙잡혀 있기에는 당장 내가 처한 사정이 급하다.

나는 조심스레 말했다.

"직장을 구해야겠어요. 어려울지도 모르지만……."

나는 학력도 보잘것없고, 5년이나 건강 문제를 겪었다. 취업 전선에서는 마이너스가 될 요소뿐이다.

'자격증부터 따야 하나…….'

"무슨 일 하게요?"

수현 씨가 물었다.

"글쎄요……."

"정말 의욕이 없네."

갑자기 들어온 날카로운 공격에 나는 콜록거렸다.

"하고 싶은 일이 딱히 없다는 건 정말이었군요."

정말 그렇다. 나는 그의 눈길을 피하며 애매하게 웃었다. 내가 민망해하는 사이, 수현 씨가 성큼 이야기를 진전시켰다.

"당장 직장을 구할 필요는 없고, 지낼 방부터 알아보죠."

"구해 주시려고요?"

나는 농담처럼 물었다. 사실 수현 씨가 병원비를 내 주었기 때문에, 그것까지 본격적으로 기대하는 건 염치없다고도 생각했다. 모은 돈으로 저렴한 자취방의 보증금과 월세는 몇 개월 해결할 수 있을 것 같다는 생각도 했고.

그런데 수현 씨의 입에서 나온 말은 뜻밖이었다.

"제가 뱉은 말이 있으니 책임을 져야죠."

* * *

결국, 나는 당장 구직하지는 않기로 했다.

수현 씨가 여기까지만 하고 살짝 발을 뺐어도 나는 개의치 않았을 테다. 병원비를 지원받은 것만 해도, 객관적으로 아주 큰 도움이었으니까. 하지만 그가 날 돕겠다고 나서는 걸 사양하고 들지도 않았다. 염치없긴 하지만, 생각해 보니 염치를 따질 시점이 아닌 것 같기도 했다.

5년의 공백은, 실감하자니 무서웠다. 저쪽 세계와의 마지막 고리까지 끊고 현실에 집중하려니 그 실감이 더 커져 나는 조급해졌다. 그런 내게 도움이 된 건 역시나 수현 씨의 일침이었다.

"조급해질수록 나쁜 선택을 하게 되는 건 알죠?"

나는 그 말에 고개를 끄덕이면서도, 속으론 '아, 이 사람 원래 재수 없는 자식이었지.' 하고 흉을 봤다. 납득 가는 소리긴 했다. 느긋해질 여유가 없어서 뻔히 보이는 수렁으로 들어간 경험은 누구에게나 있을 것이다. 이 사람도 조급해진 나머지 나쁜 선택을 하게 된 적이 있기는 할까?

수현 씨는 한 달 정도는 그냥 생각만 하는 여유를 가져 보라고 했다. 어차피 병원비와 주거 비용은 수현 씨가 도와주었기 때문에, 당장 돈을 버는 데에는 급급하지 않아도 되었다.

하지만 나는 한 달이 다 끝나 가도록 이렇다 할 결론을 내리지 못했다. 이대로라면 계속 시간을 흘려보내기만 하고, 나이만 먹게 되는 것 아닐까 싶은 마음이 들었다. 조급함은 쉽게 떨쳐 낼 수 없었다.

그러던 어느 날, 전환점이 찾아왔다.

나는 불현듯 결심했다.

* * *

"대학에 가려고 해요."

나는 심호흡을 하고, 그렇게 말했다.

"그런데, 수능을 봐야 할 것 같아요. 가고 싶은 학과 편입 학생 모집 단위가 말도 안 되게 적어요."

"무슨 학과에 가려는데요?"

말하려니 어쩐지 얼굴이 화끈거려, 나는 머뭇거렸다. 정말 이거 말해도 될까. 전문직 면허가 나오는 학과가 아닌데. 취업을 잘 할 수 있을지 확실치 않은데.

"원예요."

"원예."

내 말에 수현 씨가 어떤 인상을 받았는지 가늠하기는 어려웠다. 그는 침착한 무표정이었고, 쉽게 고개를 끄덕였다.

"그러세요."

나는 염치없는 질문을 했다.

"언제까지…… 지원해 주실 수 있으세요?"

"대학 졸업까지."

"진짜요?"

분명 부담될 텐데.

수현 씨는 내년에 변호사 시험을 치는 로스쿨 학생이라고 들었다. 지금은 딱히 수입원이 없고. 모아 둔 돈이 있다곤 하지만, 그걸 나 때문에 다 탕진하는 건 아닐까?

"뱉은 말이 있으면 거기까지는 해야 되지 않나 싶어서요."

수현 씨는 생각하다 조건을 걸었다.

"대신, 내년 수능까지 결판이 나야 돼요."

내년 수능까지는 1년 반도 안 되게 남았다. 나는 수현 씨의 말에 바짝 긴장했다. 나를 위해서라도 그 조건에 맞춰야 한다는 건 안다. 내년 수능에서 좋은 결과를 얻어도, 나는 서른의 나이에야 대학에 입학하게 된다. 하지만 불안한 건 어쩔 수 없었다. 그게 될까? 공부를 포기한 지 한참 됐는데.

나는 주눅 들어 물었다.

"공부할 양이 어마어마할 텐데, 내년 수능까지 될까요?"

"1년 반이면 서울대도 가능해요. 수능 레벨까지는 의외로 머리를 많이 타지 않거든."

머리 좋은 사람의 기만적인 발언이었다. 나는 수현 씨의 말을 대충 네네, 흘려들었다. 한숨이 나왔지만 어쩔 수 없었다. 못 하겠다고 엄살을 부리면 나만 손해였다. 내가 할 수 있는 말은 한마디뿐이었다.

"해 볼게요. 내년 수능까지."

* * *

내 퇴원 사실을 뒤늦게 알게 된 엄마로부터 연락이 왔다. 전화번호는 진즉 바꿨는데 어떻게 연락이 닿은 건지 잘 모르겠다.

[연지야, 엄마야. 퇴원했다며? 너무 잘됐다. 일 잘 풀린 거 축하해. 엄마가 너 돌보지 못해서 미안해. 엄마 용서해 주겠니? 이제 가족끼리 오순도순 행복하게 지내고 싶어. 정말 미안하다. 엄마가 우리 딸에게 속죄할 기회를 주렴. 앞으로 잘해 줄게. 연지야, 우리 딸 엄마가 많이 사랑해.]

내가 전화를 받지 않자, 엄마는 장문의 문자를 남겼다. 오순도순 행복하게 지내고 싶다는 게 거짓말은 아닐 테다. 지금 돈 벌어 생활 꾸리는 게 팍팍하겠지. 내가 돈을 벌어서 엄마 생활에 보탬이 되었으면 하는 것이다.

내가 병원에 누워 있을 때는 연락을 죄다 피하다가, 건강해지니까 먼저 슬그머니 다가오는 꼴이 속 보인다 싶었다. 나는 답장하지 않았다.

처음 며칠간 절절하게 사과를 하던 엄마는, 열흘쯤 지나자 본색을 드러냈다. 매정하고 독한 년이라는 비난 섞인 문자가 줄을 이었다. 나는 병원에서 깨어난 이후로는 처음이자 마지막으로 엄마에게 답장하고, 엄마를 차단했다.

[재호랑이나 오순도순 행복하게 살아. 난 거기 안 끼고 혼자 잘 살게.]

그렇게 엄마의 아픈 손가락이었던 내 동생이랑.

내가 그러고 나자, 엄마는 남의 전화를 빌려 내 휴대폰에 불이 나도록 전화를 해 댔다. 나는 휴대폰을 꺼 버렸다. 그리고 전투적으로 문제집에 파고들었다. 우울감에 젖을 시간도 없었다.

* * *

사느냐, 죽느냐의 기로에 서 있던 기억을 떠올리면, 그냥 앉아서 공부만 하면 되는 입시는 아무것도 아니라는 생각이 들었다. 성과를 내서, 평탄한 삶을 살고, 돌아오길 잘했다고 스스로에게 증명하고 싶었다. 그 과정에서, 나는 수현 씨와 약간 소원해졌다.

내가 공부에 골몰하고 있으니 당연하다고 생각했다. 애초에 수현 씨도 살인적인 공부량을 소화해야 하는 대학원생이라 바쁘기도 했고. 단지 그런 이유 때문만이 아니라는 건, 나와 수현 씨 둘 다 준비하던 시험을 무사히 마친 시점이 오자 알게 되었다.

수현 씨의 변호사 합격 발표와 내 첫 중간고사가 끝나는 시점이 맞물려 있어, 오랜만에 만나기로 한 날이었다. 먼저 만나자고 한 건 수현 씨였다. 사실, 약속을 잡은 건 내가 대학 합격 통지를 받은 2월 초 시점이었지만, 수현 씨가 시험을 치고도 바빴던지라 약속이 계속 미뤄졌다. 그와 나는 서로를 축하했다. 나는 그에게 작은 선물을 주었고, 그는 내게 점심을 사 주었다.

거기까지는 좋았다.

점심을 먹으면서 이야기를 나누는데, 뭔가 이상했다. 대화의 결이 어긋난다는 생각이 계속해서 들었다. 전에는 의식하지 못했던 부분이었다. 분위기는 자연스레 약간 서먹해졌다.

음식과 함께, '왜 이러지.' 하는 생각을 꼭꼭 씹어 넘기던 나는 불현듯 깨달음을 얻고 살짝 웃었다. 그의 관심사에는 내가 관심이 없었고, 나의 관심사에는 그가 관심이 없었다. 그러니 형식적인 예의를 갖춘 리액션 이상으로 대화가 진전되지 못했다.

'그렇구나.'

수현 씨와 내 인생의 공통분모는 『나락 속에도 꽃은 핀다』가 끝이었다. 그게 아니었으면 만나지 못했을 물과 기름이, 그 소설에 얽힌 사건을 계기로 지금까지 연을 이어 오는 것이다.

『나락 속에도 꽃은 핀다』와의 악연이 정리되면서, 그와 나는 관계를 유지할 동력을 잃어버렸다. 유일한 끈은 저쪽 세계의 황야에서 그가 내게 했던 약속뿐. 내가 대학을 졸업하고, 그의 금전적 지원이 끊기면, 그때는 정말 억지로 붙들지 않는 한 그와 나의 관계는 와해될 것이다.

수현 씨가 나를 억지로라도 붙들 생각이 있을까? 그럴 것 같지는 않다. 맞은편에 앉은 곱상한 청년의 단정한 태도에는, 나를 향한 개인적 호감이 묻어나지 않았다. 그의 인생에 나라는 존재는 있어도 그만, 없어도 그만. 내 존재가 절실하게 필요했던 적도 있겠지만, 그건 전부 과거의 일이 되고 말았다.

꾸준한 금전적 지원은 나를 향한 호감이 아니라, 그의 책임감을 바탕으로 한다. 자신이 입 밖에 낸 말은 지켜야 한다는. 그는 약속을 지키지 않는 자신을 용납할 수 없는 것이다.

그는 라니에로와는 약간 다른 방향으로, 지독히 자신밖에 모른다. 그가 지키고자 하는 것은 스스로의 자아, 평정심, 자신만의 원칙뿐이다. 셋 모두 지키기 쉽지 않은 것들이다. 하지만 그는 전부 지켜 내고 있다. 흔들린 순간도 있었지만, 그 사건을 넘으며 더 공고해졌다. 자신을 견고하게 다듬느라 바쁜 그에게 타인의 존재는 파고들지 못한다.

나는 그에게 물었다.

"당신은 항상 그렇게 일정하고 단단했나요? 옛날부터 그랬어요?"

"글쎄요."

수현 씨는 담백하게 대답해 주었다.

"부모가 각각 정반대 소리를 하며 나를 길렀는데, 그 사이에서 중심을 잡으려면 단단해질 수밖에 없었죠. 난 누군가의 꼭두각시가 되는 게 싫고, 내가 나로 존재하는 걸 아주 중요하게 생각해요."

나는 빙그레 웃었다. 나는 파도가 몰아치면 파도에 쓸려 가는 사람이다. 원칙보다는 순간의 임기응변이 중요하다. 수현 씨는 하나부터 열까지 나와 다르다. 하긴, 그건 저쪽 세계에서부터 느끼긴 했었다. 부평초처럼 흔들리는 나, 확고한 목표를 세워 놓고 달리기만 하는 차수현. 커트러리를 내려놓고, 나는 지난번 제대로 된 답을 듣지 못했던 질문을 다시 한번 던졌다.

"왜 나를 데려와야겠다고 생각했어요?"

"그때 말했잖아요."

"하지만 그 이유가 아니잖아요?"

"……."

부정하고 나서지 않는 태도에서, 나는 역시 그가 거짓말을 했다는 것을 알 수 있었다.

"말해 줘요. 절대 악감정 가지지 않을 테니까."

거듭된 재촉에 수현 씨가 마지못해 말했다.

"튜니아의 검은 항상 실패하니까."

"아……."

"내 계획은 당신과 함께 돌아오는 것이었는데, 그게 실패했으니까. 난 누군가의 꼭두각시가 되는 게 싫어요. 그게 신이든, 섭리든 간에."

그의 목소리가 평소보다 살짝 격앙되었다.

"그 무엇도 나를 발아래 순응시킬 수는 없다고. 내가 성공할지, 실패할지 정하는 건 나 자신뿐이라고. 그래서 반드시, 나는. 반드시."

"이제 됐어요."

나는 수현 씨의 말을 끊었다.

"알겠어요."

잠깐 분노가 일렁이던 그의 다갈색 눈은, 천천히 평정을 찾았다.

내가 돌아온 덕에 그를 묶고 있던 주박이 무너져 내렸다. 실패의 운명을 극복해 낸 그는 저쪽 세계에서의 일을 깔끔하게 청산했다.

아, 아냐. 내 존재가 있지. 저쪽과의 끈. 그는 나를 독립시켜 끊어 내는 순간에야말로 온전히 저쪽으로부터 자유로워질 수 있다.

나는 마음속으로 그에게 속삭였다. 당신 인생에 실패란 없었다고. 그와 나의 눈이 마주쳤다. 오늘이 우리가 만나는 마지막 날이리라는 생각이 들었다. 앞으로 그와 나는 통장에 찍힌 이름과 안부 문자로만 접촉하게 될 것이다. 연락 간격은 천천히 벌어지다, 내가 대학을 졸업하고 취직하는 순간 종지부를 찍겠지.

나는 그날 수현 씨에게 이렇게 문자를 보낼 것이다.

[지금까지 감사했습니다. 은혜는 꼭 갚을게요.]

그럼 수현 씨는 이런 식으로 답장을 보낼 것 같다.

[수고하셨습니다. 갚을 필요는 없어요.]

수현 씨는 손해 보는 장사를 하지 않는다. 내가 돌아왔기 때문에 수현 씨
는 저쪽 세계의 실패가 남긴 얼룩을 품고 살지 않아도 된다. 한 치의 굴욕
도 없이, 자신이 옳았으며, 옳고, 옳으리라는 확신을 가지고, 그는 계속 나
아갈 것이다.

내게도, 그에게도 서로를 잃었다는 아쉬움은 남지 않을 것이다.

* * *

사실, 수현 씨에게 비밀로 한 것이 있다.

비밀로 했다고 하기엔 좀 그런가? 수현 씨가 묻지 않아서 말하지 않은
거니까. 음, 생각해 보니 물어봤어도 얼버무렸을 것 같기도 하고. 그가 좋아
할 만한 이야기는 아니니까.

내가 갑작스레 원예과를 지망하게 된 이유 말이다.

동영상 스트리밍 사이트에서 아카타마 사막을 다룬 영상을 보았다. 세상
에서 가장 메마른 사막이라는 그곳에는, 5년에서 7년을 주기로 큰 비가 내
린다. 그러면 기적이 일어난다. 물을 흠뻑 머금고 일제히 발아한 씨앗들이
순식간에 키를 키우고 꽃을 피운다. 분홍 꽃을. 지평선 너머까지, 멀리. 영
상을 보는데 갑작스레 눈물이 툭 터졌다. 나는 흐르는 눈물을 닦을 생각도
하지 못하고 영상에 몰두한 채, 멍하니 색색거렸다.

그때 불현듯 식물을 만지며 살아야겠다는 생각이 들었다. 되짚어 보니 그
영상이 원예과랑 무슨 상관이야, 싶지만 그 당시에는 벼락같이 그런 결심을
했다.

수현 씨와 달리 나는 그 세상을 온전히 털어 낼 수 없었다. 이것도 나와

그가 본질적으로 다른 지점이다. 나를 위한 낙원으로 예비되었던 아름다운 분홍빛 꽃밭은, 이제 황무지가 된 지 몇백 년이나 지났을 것이다. 저쪽과 이쪽의 시간의 흐름은 아주 많이 다르니까.

사람들은 떠나고, 안젤리카의 이름은 잊혔겠지.

나는 떠나기 전 라니에로에게 이야기했다. 세력을 형성하고 나라를 세우지 말라고, 재미를 위해 무언가를 피 흘리게 하지 말라고. 그리고, 만일 내가 돌아오지 않는다면 기다리지 말라고.

그중 두 가지는 그를 예속하는 명령이었고, 하나는 아니었다. 명령이 없다면 그가 떠나지 않을 것임을 알면서도 그렇게 했다. 나는 그가 떠나는 것을 더 괴로워할지, 기다리는 것을 더 괴로워할지 감이 잡히지 않았다.

나는 때때로, 그 땅 위에서 돌아오지 않을 나를 우두커니, 망연히 기다리기만 하는 아름다운 시체의 꿈을 꾼다. 그의 얼굴과 목소리, 무엇 하나 선명하지 않은 것이 없다.

그는 옛 성소의 대서고, 문이 있던 자리 앞에 앉아 있을 것이다. 벽에 입술을 대고 음울한 목소리로, '앤지', 나직하게 부르겠지만 아무도 답하지 않을 테지. 몰려오는 공포에 온몸을 흠뻑 적신 채 그는 입술을 떨 것이다. 하지만 아무리 애타게 부르고 원해도 나는 돌아갈 수 없다. 돌아가지 않는다. 존재하는 매분 매초가 악몽 같아서, 그는 차라리 잠들고 싶다고 생각할지도 모른다. 물론 그는 잠들 수 없다. 죽을 수도 없다. 모든 사람은 단 한 번만 죽을 수 있다.

유일하게 나만을 기다리고 나만을 바라는 존재. 나는, 이쪽 세상에서는 그런 맹목적인 존재를 결코 손에 넣을 수 없을 것이다.

알람 소리에 잠에서 깨면 흰 천장에 옛 성소의 쓸쓸한 광경이 얼핏 잔상으로 남는다. 그런 날이면, 나는 한숨을 쉬고 다시 눈을 감는다. 그리고 흩어지려는 잔상의 꼬리를 좇는다.

이 세상으로 돌아온 것을 후회하는 것은 아니다.

다만 꽤 자주, 싫지 않은 꿈을 꿀 뿐이다.

라니에로가 영원 속에서 나라는 상흔을 움켜쥐고 하염없이 살아가는, 끔찍하고 달콤한 낭만적 꿈을…….